OMNIBUS

Salman Rushdie

I VERSI SATANICI

Traduzione di Ettore Capriolo

ARNOLDO MONDADORI EDITORE

ISBN 880432107-5

TITOLO DELL'OPERA ORIGINALE
THE SATANIC VERSES
I EDIZIONE FEBBRAIO 1989
II EDIZIONE FEBBRAIO 1989

I VERSI SATANICI

A Marianne

Satana, condannato a una condizione di vagabondo, di girovago, di nomade, non ha una dimora sicura; pur avendo, infatti, come conseguenza della sua natura angelica, una sorta d'impegno sulla distesa liquida o sull'aria, è tuttavia sicuramente parte del castigo il suo essere... privo di un luogo, o di uno spazio, fisso su cui gli sia concesso posare la pianta del piede.

Daniel Defoe, *The History of the Devil*.

I

L'ANGELO GIBREEL

1

«Per rinascere» cantò Gibreel Farishta, precipitando dai cieli, «devi prima morire. Ho-ji! Ho ji! Per scendere sulla terra rotonda, bisogna prima volare. Tat-taa! Taka-thun! Come puoi ancora sorridere, se prima non avrai pianto? Come conquisti il cuore del tuo amore, signore, senza un sospiro? *Baba*, se tu vuoi rinascere...» Poco prima dell'alba di una mattina d'inverno, il giorno di Capodanno o pressappoco, due uomini, reali, adulti e vivi, cadevano da grande altezza, seimila metri, verso la Manica, senza l'ausilio di paracadute o di ali, da un cielo limpido.

«Ti dico che devi morire, ti dico, ti dico» e così per un pezzo, sotto una luna d'alabastro, finché un grido penetrante non attraversò la notte «Al diavolo i tuoi motivi» e le parole pendevano cristalline nella gelida notte bianca, «nei film ti limitavi a mimare quelli che cantavano in playback, e quindi adesso risparmiami questi rumori infernali.»

Gibreel, il solista stonato, stava facendo capriole al chiaro di luna, mentre cantava il suo improvvisato *gazal*, e nuotava nell'aria, a farfalla, a rana, e si raggomitolava come una palla, e di nuovo apriva gambe e braccia sullo sfondo quasi infinito della quasi alba, e adottava posizioni araldiche, rampanti, coricate, opponendo leggerezza alla gravità. Adesso rotolò felice verso la voce sardonica. «Ohé, Salad *baba*, sei tu, che bellezza. Come va, vecchio Chumch?» Al che l'altro, un'ombra schizzinosa che stava cadendo a testa in giù in un vestito grigio con tutti i bottoni della giacca allacciati e le braccia lungo i fianchi, e dava per scontata l'improbabilità della bombetta che portava in testa, fece una smorfia da vera carogna. «Ehi, Spoono!» gridò Gibreel, provocando un altro sussulto nella direzione opposta, «è proprio Londra, *bhai*! Ci siamo finalmente! Quei bastardi laggiù non sapranno mai cosa gli è piombato addosso. Meteora o fulmine o vendetta di Dio? Usciamo da quest'aria rarefatta, piccolo. *Dharrraaammm*! Bello, *na*? Che ingresso, *yaaar*. Parola mia: *splat*.»

Dall'aria rarefatta: una grande esplosione, seguita da una pioggia di stelle, un'eco in miniatura della nascita del tempo... il jumbo jet *Bostan*, volo AI-420 si disintegrò senza preavviso, ad alta quota sopra la città grande, putrida, bella, nevosa e illuminata, Mahagonny, Babilonia, Alphaville. Ma Gibreel le ha già dato un nome. Io non devo interferire: era proprio Londra, capitale di Vilayet, che ammiccava, batteva le palpebre, annuiva nella notte. Mentre ad altezze da Himalaya un sole breve e prematuro esplodeva nell'aria polverosa di gennaio e un blip spariva dagli schermi radar e l'aria rarefatta si riempiva di corpi che ruzzolavano dall'Everest della catastrofe al pallore lattiginoso del mare.

Chi sono io?

Chi altro c'è lì?

L'aereo si spaccò a metà, un baccello che libera i suoi semi, un uovo che svela il suo mistero. Due attori, l'acrobatico Gibreel e l'abbottonato corrucciato Mr Saladin Chamcha, caddero come briciole di tabacco da un vecchio sigaro rotto. Sopra, dietro e sotto di loro penzolavano in quel vuoto sedili reclinabili, cuffie stereofoniche, carrelli per bibite, ricettacoli per le conseguenze del mal d'aria, carte di sbarco, video games esenti da dazio, copricapi intrecciati, bicchieri di carta, coperte, maschere d'ossigeno. Inoltre – poiché a bordo non erano certo pochi i migratori, ma sì, una quantità di mogli interrogate a fondo da funzionari ragionevoli e coscienziosi sulla lunghezza dei genitali dei mariti, e i loro eventuali segni caratteristici, un'abbondanza di bambini sulla cui legittimità il governo britannico aveva sollevato i propri dubbi sempre ragionevoli – mescolati ai resti dell'apparecchio, egualmente frantumati, egualmente assurdi, fluttuavano i detriti dell'anima, ricordi infranti, ego scartati, lingue madri tagliate, intimità violate, battute di spirito intraducibili, amori perduti e il senso dimenticato di parole vuote e sonanti, *terra*, *proprietà*, *focolare*. Un po' intontiti dall'esplosione, Gibreel e Saladin precipitavano come fagotti lasciati cadere da qualche sbadata cicogna col becco aperto, e Chamcha, poiché stava scendendo con la testa in avanti, nella posizione raccomandata ai bambini per entrare nel canale del parto, cominciò a sentire una sorda irritazione per il rifiuto dell'altro di precipitare in maniera normale. Mentre Saladin scendeva in picchiata, Farishta abbracciava l'aria, stringendola a sé con braccia e gambe: un attore troppo esteriore e gesticolante, senza tecniche di controllo. Sotto, coperte da nubi, aspettavano il loro ingresso le lente e gelate correnti della Manica inglese, zona prescelta per la loro reincarnazione acquatica.

«Oh, le mie scarpe sono giapponesi» cantò Gibreel, traducendo la vecchia canzone in inglese in un omaggio semiconsapevole alla nazione ospite che si avvicinava a loro, «questi calzoni sono inglesi, pensate. Sulla mia testa c'è un rosso cappello russo; ma nonostante questo, il mio cuore è indiano.» Le nubi salivano gorgogliando nella loro direzione, e forse fu a causa di quella grande mistificazione di cumuli e cumulonembi, che scorrevano possenti spiccando nell'alba come martelli, o del cantare (l'uno affaccendato a esibirsi, l'altro a fischiare l'esibizione), o della loro esplosione-delirio che risparmiò una reale preveggenza dell'imminente... fatto sta che, qualunque fosse la ragione, i due uomini, Gibreelsaladin Farishtachamcha, condannati a questa interminabile, ma anche quasi terminata, caduta angelicodiabolica, non si resero conto del momento in cui iniziarono i processi della loro trasmutazione.

Mutazione?

Sissignori, ma non casuale. Lassù nello spazio aereo, in quel molle impercettibile campo che era stato reso possibile dal secolo e che, da allora, aveva reso il secolo possibile, diventando uno dei luoghi che lo definivano, la sede del movimento e della guerra, il rimpicciolitore del pianeta e il vuoto di potere, la più malsicura e precaria delle zone, illusoria, discontinua, metamorfica – perché se tu getti qualcosa su in aria tutto diventa possibile – lassuinalto, comunque, attori deliranti subirono cambiamenti che avrebbero rallegrato il cuore del vecchio Mr Lamarck; in condizioni di estreme pressioni ambientali, si acquisirono caratteristiche.

Quali caratteristiche e chi le acquisì? Calma, pensate che la Creazione avvenga in un baleno? E allora neanche la rivelazione... Date un'occhiata a quei due. Non notate niente d'insolito? Sono soltanto due uomini dalla pelle scura, che cadono precipitosamente, non c'è niente di nuovo in questo, penserete; sono saliti troppo in alto, si sono spinti oltre le proprie forze, hanno volato troppo vicino al sole, è così?

Non è così. Ascoltate.

Mr Saladin Chamcha, inorridito dai rumori che emanavano dalla bocca di Gibreel Farishta, contrattaccò con altri versi. Quella che Farishta, all'improvviso, udì diffondersi nel cielo era anch'essa una vecchia canzone, parole di Mr James Thomson, millesettecento-millesettecentoquarantotto. «...per ordine del Cielo» cantò Chamcha attraverso le labbra che il freddo stava sciovinisticamente colorando di rossobiancoblu, «si leeevò dalla terra aaaazzurra.» Farishta, orripilato, cantò sempre più forte di scarpe giapponesi, cappelli russi e cuori inviolabilmente subcontinentali, ma non riuscì a soffocare l'appassionato recital di Saladin: «E gli aaaangeli custodi cantavano la melodia».

Guardiamo la verità in faccia: per loro era impossibile udirsi, tanto meno conversare, e anche gareggiare nei canti. Accelerando verso il pianeta, con le atmosfere che rombavano tutt'intorno, come avrebbero potuto? Ma guardiamo in faccia anche questa verità: lo fecero.

Giùgiù precipitavano e il freddo dell'inverno, coprendo di ghiaccio le loro palpebre e minacciando di gelare i loro cuori, stava quasi per svegliarli dalle loro fantasie deliranti, erano ormai vicinissimi a rendersi conto del miracolo del canto, della pioggia di arti e neonati di cui facevano parte e del terrore del destino che si scagliava dal basso contro di loro, quando urtarono l'ebollizione a zero gradi delle nubi e ne furono immediatamente inzuppati e congelati.

Si trovavano in quella che aveva l'aria di essere una lunga galleria verticale. Chamcha, compassato, rigido e ancora capovolto, vide Gibreel Farishta nella sua *bush-shirt* color porpora nuotare verso di lui in quell'imbuto con le pareti di nuvole, e avrebbe urlato "Sta' lontano, fila via!" solo che qualcosa glielo impedì, l'inizio di una piccola cosa vibrante e strillante nei propri intestini, e così, anziché pronunciare parole di ripulsa, spalancò le braccia e Farishta nuotò verso di loro, finché non si trovarono abbracciati, testa contro coda, e la forza della collisione li fece precipitare così rovesciati e compiere questa doppia ruota sino in fondo, lungo l'apertura che conduceva al paese delle meraviglie; e mentre cercavano a fatica di uscire da quel bianco, arrivò una successione di nuvole in costante metamorfosi, dèi in tori, donne in ragni, uomini in lupi. Ibride creature-nubi premevano su di loro, fiori giganteschi con seni umani penzolanti da steli carnosi, gatti alati, centauri, e a Chamcha, nel suo stato di semi-incoscienza, venne in mente che anche lui aveva acquisito la qualità delle nuvole, diventando ibrido, metamorfico, come se si stesse trasformando nella persona la cui testa s'annidava ora tra le sue gambe e le cui gambe erano avvolte intorno al suo lungo collo patrizio.

Tale persona non aveva però il tempo per queste ampollose meditazioni, era anzi del tutto incapace di meditare, avendo appena visto emergere dal turbinio delle nubi la figura di un'affascinante donna di una certa età, che indossava un sari di broccato verde e oro, con un diamante nel naso e la lacca per proteggersi i capelli, avvolti in crocchia sulla cima del capo, dalla pressione del vento a queste altitudini, e sedeva, tranquillissima, su un tappeto volante. «Rekha Merchant» la salutò Gibreel, «non riuscivi a trovare la strada per il paradiso, o cosa?» Parole indelicate da dire a una morta! Ma gli si può riconoscere come attenuante che era continuamente sbattuto e stava precipitando... Chamcha, stringendo le gambe, fece una domanda che dimostrò la sua incomprensione: «Cosa diavolo dici?».

«Non la vedi?» gridò Gibreel. «Non vedi il suo maledetto tappeto bukhara?»

No, no, Gibbo, gli sussurrò all'orecchio la voce di lei, non aspettarti una conferma. Io sono rigorosamente riservata ai tuoi occhi, ma tu forse stai diventando pazzo, cosa ne dici, *namagool*, escremento di porco, amor mio. Alla morte, mio amato, s'accompagna la sincerità, e adesso posso chiamarti coi tuoi veri nomi.

La nebulosa Rekha sussurrava acide inezie, ma Gibreel gridò di nuovo a Chamcha: «Spoono? La vedi o non la vedi?».

Saladin Chamcha non vedeva niente, non udiva niente, non diceva niente. Gibreel dovette affrontarla da solo. «Non avresti dovuto farlo» la sgridò. «Nossignori. È peccato. È una cosa che proprio non va.»

Oh, adesso mi fai pure la predica, rise lei. Sei proprio tu che parli con quel tono da grande moralista, è da ridere. Ma fosti tu a lasciarmi, ricordò al suo orecchio la voce di lei, che gli stava apparentemente mordicchiando il lobo. Fosti tu, o luna della mia gioia, a nasconderti dietro una nuvola. E io rimasi al buio, accecata, perduta, per amore.

Lui cominciò a spaventarsi. «Che cosa vuoi? No, non dirmelo, vattene e basta.»

Quando eri malato, io non potevo vederti, per non dare scandalo, e tu sapevi che non potevo, che me ne stavo lontana per il tuo bene, ma dopo mi punisti, usasti questo pretesto per andartene, era la nuvola dietro cui nasconderti. Questo e in più lei, la donna di ghiaccio. Bastardo. Ora che sono morta, ho dimenticato come si perdona. Ti maledico, Gibreel mio, che la tua vita possa essere un inferno. Un inferno perché è là che tu mi hai mandata, accidenti a te, ed è di là che sei venuto, diavolo, e ci stai andando, babbeo, goditi dunque questo tuffo fottuto. La maledizione di Rekha fu seguita da versi in una lingua che lui non capiva, tutta stridori e sibilanti, ma nella quale gli parve di distinguere, o forse no, un nome ripetuto, *Al-Lat*.

Si aggrappò a Chamcha; irruppero oltre il fondo delle nuvole.

Tornò la velocità, la sensazione della velocità, fischiando la sua terribile nota. Il tetto delle nubi volò in alto, il pavimento d'acqua zumò sempre più vicino, i loro occhi si aprirono. Un urlo, quello stesso urlo che aveva vibrato nelle sue viscere quando Gibreel nuotava nel cielo, esplose dalle labbra di Chamcha; lo liberò un raggio di sole penetrato nella sua bocca aperta. Erano però caduti, Chamcha e Farishta, grazie alla trasformazione delle nuvole, e vicinissime a loro c'erano una fluidità e un'indeterminatezza, e quando colpì Chamcha, la luce solare liberò qualcosa di più della sua voce.

«Vola» strillò Chamcha a Gibreel. «Comincia subito a volare.» E aggiunse, senza conoscerne la fonte, un secondo ordine: «E canta».

Come viene al mondo questa novità? Come è nata?

Di quali fusioni, trasformazioni, congiunzioni è fatta?

Come sopravvive, così eccessiva e pericolosa? Quali compromessi, quali accordi, quali tradimenti della propria natura segreta dovrà fare per sfuggire alle squadre dei demolitori, all'angelo sterminatore, alla ghigliottina?

La nascita è sempre una caduta?

Gli angeli hanno le ali? Gli uomini possono volare?

Quando Mr Saladin Chamcha cadde dalle nuvole sulla Manica, si sentì stringere il cuore da una forza talmente implacabile da fargli capire che per lui morire era impossibile. In seguito, quando i suoi piedi tornarono a piantarsi ben saldi sulla terraferma, avrebbe cominciato a dubitarne, ad attribuire gli eventi del suo passaggio allo sconvolgimento delle proprie percezioni prodotto dall'esplosione e ad ascrivere la propria sopravvivenza, nonché quella di Gibreel, a una cieca e stupida fortuna. Ma in quel momento non aveva dubbi: ciò che lo aveva tratto in salvo era la sua voglia di vivere, assoluta, irresistibile e pura, e la prima cosa che essa fece fu di informarlo che non voleva aver niente a che fare con la sua patetica personalità, quella miscela artificiosa di mimica e di voci, che intendeva ignorare tutto questo, e lui si abbandonò a essa, sì, continuiamo, come se fosse stato uno spettatore nella propria mente e nel proprio corpo, poiché essa partiva dal centro del suo corpo e si diffondeva verso l'esterno, trasformando il suo sangue in ferro, mutando la sua carne in acciaio, e in più gli dava la sensazione di un pugno che lo avvolgesse da fuori, stringendolo in un modo che era insieme insopportabilmente soffocante e incredibilmente dolce; finché non riuscì a conquistarlo del tutto e a rimettere in funzione la sua bocca, le sue dita, tutto ciò che voleva, e una volta assicuratosi del proprio potere, dilagò fuori del suo corpo e agguantò Gibreel Farishta per i testicoli.

«Vola» ordinò a Gibreel. «Canta.»

Chamcha si tenne stretto a Gibreel mentre costui cominciava, lentamente all'inizio e poi con sempre maggiore energia e rapidità, ad agitare le braccia. Le agitava sempre più forte e, mentre lo faceva, esplose da lui una canzone che, come quella dello spettro di Rekha Merchant, era cantata in una lingua che lui non conosceva e su un motivo che non aveva mai udito. Gibreel non ripudiò mai il miracolo; diversamente da Chamcha, che cercò di cancellarlo con la ragione, non cessò mai di dire che il *gazal* era stato celestiale, che senza la canzone l'agitare delle braccia non sarebbe servito a niente e senza l'agitare delle braccia sarebbero senza dubbio stati sbattuti contro le onde come sassi o qualcosa del genere e sarebbero stati immediatamente fatti a pezzi dal contatto con la tesa pelle di tamburo del mare. E invece cominciarono a rallentare. Quanto maggiore era l'entusiasmo di Gibreel nell'agitare le braccia e nel cantare, tanto più forte era la decelerazione, e alla fine i due fluttuarono verso la Manica come pezzi di carta nella brezza.

Furono i soli superstiti del disastro, i soli che caddero dal *Bostan* e sopravvissero. Li trovarono su una spiaggia. Il più loquace dei due, quello con la camicia purpurea, giurò, nelle sue frenetiche farneticazioni, che avevano camminato sull'acqua, che le onde li avevano dolcemente portati a riva; ma l'altro, al cui capo era rimasta attaccata come per magia una fradicia bombetta, smentì. «Dio, siamo stati fortunati» disse. «È possibile avere tanta fortuna?»

Io, ovviamente, conosco la verità. Ho visto tutto. In fatto di onniscienza e di onnipotenza, non avanzo, per ora, pretese, ma sin qui ci posso arrivare, spero. Lo volle Chamcha e Farishta fece quello che si voleva da lui.

Chi compì il miracolo?

Di che tipo era – angelica o satanica – la canzone di Farishta?

Chi sono io?

Diciamola in questi termini: chi conosce le arie migliori?

Queste furono le prime parole pronunciate da Gibreel Farishta quando si svegliò sulla costa inglese cinta di neve, con la presenza improbabile di una stella marina in un orecchio: «Rinati, Spoono, tu e io. Buon compleanno, amico; buon compleanno a te».

Dopo di che Saladin Chamcha tossì, sputacchiò, aprì gli occhi e, come s'addice a un neonato, scoppiò stupidamente in lacrime.

2

La reincarnazione era sempre stata un argomento importante per Gibreel, per quindici anni il più grande divo della storia del cinema indiano, ancor prima di sconfiggere "miracolosamente" il Virus Fantasma, che, a parere generale, avrebbe potuto porre termine ai suoi contratti. Di conseguenza, qualcuno avrebbe anche potuto prevedere, solo che non lo previde nessuno, che, una volta tornato in piedi e in circolazione, sarebbe per così dire riuscito dove avevano fatto fiasco i germi e avrebbe abbandonato per sempre la sua vecchia vita a meno di una settimana dal suo quarantesimo compleanno, sparendo, puf!, come per un gioco di prestigio, nell'aria rarefatta.

I primi ad accorgersi della sua assenza furono i quattro membri della squadra della sedia a rotelle del suo studio. Molto prima di ammalarsi, egli aveva infatti contratto l'abitudine di farsi trasportare da un set all'altro del grande studio di D.W. Rama da questo gruppo di atleti veloci e fidati, perché un uomo che gira "si-multaneamente" sino a undici film non deve assolutamente sprecare le proprie energie. Guidati da un complicato codice di sfregi, cerchi e puntini che, quando Gibreel era bambino, era usato dai leggendari portatori di pranzi di Bombay (di cui si riparlerà più avanti), gli addetti alla sedia lo zumavano da un personaggio all'altro facendolo navigare a tutta velocità verso il suo prossimo set, dove gli avrebbero cambiato il costume, rifatto il trucco e consegnato le battute da dire. «Una carriera nel parlato a Bombay» disse ai suoi fedeli, «è come una corsa in sedia a rotelle, con un paio di soste al box lungo il percorso.»

Dopo la malattia, il Germe Spettrale, il Malessere Misterioso, il Virus, era tornato al lavoro, ma prendendosela comoda, soltanto sette film per volta, ... e poi tuttauntratto, non c'era più. La sedia a rotelle rimase vuota nei teatri di posa ridotti al silenzio; la sua assenza mise a nudo la falsità pacchiana delle scenografie. Gli addetti alla sedia a rotelle, tutti e quattro concordi, cercarono scuse per il divo scomparso, quando calarono infuriati i dirigenti dello studio: *Ji*, deve essere malato, è sempre stato famoso per la sua puntualità; no, perché biasimarlo, *maharaj*, ai grandi artisti bisogna perdonare ogni tanto certe eccentricità, *na*, e per questa loro difesa divennero le prime vittime dell'inspiegabile ehipresto di Farishta, e furono licenziati, quattro tre due uno, *ekdumjaldi*, buttati fuori dai cancelli dello studio, e così una sedia a dondolo rimase abbandonata a raccogliere polvere sotto le palme di cocco dipinte di una spiaggia di segatura.

Dov'era Gibreel? I produttori, piantati in asso, si lasciarono costosamente prendere dal panico. Guardateli lì, nel campo di golf del Willington Club – ridotto a nove buche soltanto, poiché dalle altre nove sono spuntati grattacieli come erbacce gigantesche, o, diciamo pure, come lapidi funerarie per segnare i luoghi in cui giace il cadavere dilaniato della vecchia città – sono lì, proprio lì, i massimi dirigenti, e sbagliano i colpi più semplici; e guardate in alto, ciocche di capelli tormentati, strappate da crani autorevoli, calano svolazzando dalle finestre degli ultimi piani. L'agitazione dei produttori era facilmente comprensibile, perché in quei giorni di spettatori calanti e di drammoni sentimentali a sfondo storico e di storie di pugnaci massaie contemporanee presentati dalla rete televisiva, c'era un nome soltanto che, messo sopra il titolo di un film, poteva ancora dare l'infallibile assoluta garanzia di un Supertrionfo, di un Successone, e il proprietario di quel nome se n'era andato, in su, in giù o di lato, ma era comunque sicuramente e incontestabilmente filato.

In tutta la città, dopo che telefoni, motociclisti, poliziotti, sommozzatori e rimorchiatori che dragavano il porto cercando il suo cadavere, ebbero lavorato con energia ma senza risultato, si cominciarono a pronunciare epitaffi in memoria del divo scomparso. In uno dei sette impotenti piani degli Studi Rama, Miss Pimple Billimoria, l'ultima maggiorata tutta chili-e-spezie – *non la solita ragazzetta frivola e volubile ma un fascio di dinamite che frulla-smuove-distrugge* – vestita di veli come una danzatrice del tempio e in posa sotto sbatacchianti riproduzioni in cartone di copulanti figure tantriche del periodo Chandela – e consapevole del fatto che la sua grande scena non sarebbe più stata girata, che la sua grande occasione era ormai ridotta in briciole – diede il suo velenoso addio a un pubblico di fonici e di elettricisti che stavano fumando i loro cinici *biri*. Accompagnata da un'*ayah*, tutta gomiti, che il dispiacere aveva ridotto al mutismo, Pimple giocò la carta del disprezzo. «Dio, che colpo di fortuna, perdinci» strillò. «Voglio dire che oggi toccava alla scena d'amore, *chii chii*, e io mi sentivo morire all'idea d'avvicinarmi a quella grassa bocca col fiato che sapeva di merda di scarafaggio in putrefazione.» Pestò i piedi, facendo tintinnare bracciali da caviglie pesanti come campane. «È una bella fortuna per lui che i film non odorino, se no non troverebbe lavoro neanche come lebbroso.» A questo punto il soliloquio di Pimple culminò in un tale torrente di oscenità che i fumatori di *biri* si rizzarono per la prima volta a sedere e cominciarono a paragonare animatamente il vocabolario di Pimple a quello di Phoolan Devi, la famigerata regina dei banditi, le cui bestemmie potevano in un attimo liquefare le canne dei fucili e trasformare in gomma le matite dei giornalisti.

Esce di scena Pimple, piangente, censurata, uno scarto sul pavimento di una sala di montaggio. Mentre andava via, brillanti artificiali caddero dal suo ombelico, rispecchiando le sue lacrime... ma sull'alitosi di Farishta non aveva del tutto torto; aveva semmai attenuato un po' la verità. Le esalazioni di Gibreel, quelle nuvolette di zolfo color ocra gli avevano sempre dato – unite al pronunciato ciuffo sulla fronte e ai capelli corvini – un aspetto più saturnino che celestiale, nonostante il suo nome d'arcangelo. Dopo la sua scomparsa, qualcuno disse che sarebbe stato facile rintracciarlo, bastava un naso appena degno di questo nome... e una settimana dopo la sua partenza, un'uscita di scena più tragica di quella di Pimple Billimoria contribuì molto ad accentuare l'odore diabolico che si cominciava ad associare a quel nome pertantotempo profumato. Si potrebbe dire che era sceso dallo schermo per entrare nel mondo, e nella vita, a differenza che al cinema, la gente lo sa se puzzi.

Noi siamo creature dell'aria, Le nostre radici sono nei sogni E nelle nubi, rinati In volo. Addio. L'enigmatico biglietto trovato dalla polizia nell'attico di Gibreel Farishta, all'ultimo piano del grattacielo Everest Vilas in Malabar Hill, l'appartamento più alto del più alto edificio sull'altura più elevata della città, una di quelle abitazioni a doppia vista, da cui si poteva guardare da una parte la collana notturna di Marine Drive e dall'altra sino a Scandal Point e al mare, permise ai titoli dei giornali di insistere nelle loro cacofonie. FARISHTA SI BUTTA SOTTOTERRA, opinò "Blitz" con un gusto un tantino macabro, mentre Busybee di "The Daily" preferì GIBREEL FUGGE CONDOMINIO. Furono pubblicate molte fotografie di quella dimora da favola nella quale arredatori francesi, muniti di lettere di raccomandazione di Reza Pahlevi per il lavoro fatto a Persepoli, avevano speso un milione di dollari, riuscendo a ricostruire a quell'elevata altitudine l'effetto di una tenda beduina. Un'ennesima illusione distrutta dalla sua assenza; GIBREEL TOGLIE LE TENDE strillarono i titoli, ma era andato su, giù o di lato? Nessuno lo sapeva. In quella metropoli di chiacchiere e di sussurri, neanche l'orecchio più fine udì informazioni attendibili. Ma Mrs Rekha Merchant, leggendo tutti i giornali ascoltando tutte le trasmissioni radio restando incollata ai programmi televisivi *Doordarshan*, attinse qualcosa al messaggio di Farishta, vi udì una nota sfuggita a tutti gli altri e portò le due figlie e l'unico maschio a fare una passeggiata sul tetto del suo grattacielo. Che si chiama Everest Vilas.

La sua vicina; di fatto, abitava nell'appartamento proprio sotto il suo. Sua vicina e sua amica; perché dovrei aggiungere altro? Naturalmente le maliziose riviste scandalistiche della città riempirono le loro colonne di allusioni insinuazioni e strizzatine d'occhio, ma non è un buon motivo per abbassarsi al loro livello. Perché macchiare adesso il suo buon nome?

Chi era lei? Ricca, certo, ma Everest Vilas non era esattamente un casamento di Kurla, no? Sposata, sissignore, da tredici anni, con un marito importante nei cuscinetti a sfera. Indipendente, le sue sale d'esposizione di tappeti e antichità prosperavano agli indirizzi più prestigiosi di Colaba. Chiamava i suoi tappeti *klims* e *kleens* e gli antichi manufatti erano per lei *anti-queues*. Sì, ed era anche bella, bella nel modo duro e levigato di quelle rarefatte inquiline dei grattacieli cittadini, e ossa pelle portamento testimoniavano della sua lunga separazione dalla terra immiserita, greve, pullulante. Concordavano tutti nell'affermare che aveva una forte personalità, che beveva *come un pesce* usando cristalleria Lalique e appendeva *spudoratamente* il proprio cappello a un Chola Natraj e sapeva ciò che voleva e come procurarselo in fretta. Il marito era un topo con quattrini e un buon polso per lo squash. Rekha Merchant lesse il biglietto d'addio di Gibreel Farishta sui giornali, scrisse a sua volta una lettera, radunò i figli, chiamò l'ascensore e salì al cielo (un piano) per affrontare il destino che si era scelta.

Molti anni fa, diceva la lettera, *mi sposai per codardia. Ora, finalmente, sto per fare qualcosa di coraggioso.* Lasciò sul letto un giornale con il messaggio di Gibreel cerchiato di rosso e fortemente sottolineato – tre linee irregolari, una delle quali tracciata con tanta furia da squarciare la pagina. Così naturalmente i giornali carogna ebbero agio di sfogarsi e fu tutto un SALTA LA BELLA ABBANDONATA e un ULTIMO TUFFO DELLA BELLA DAL CUORE INFRANTO. Ma:

Forse aveva anche lei la mania della reincarnazione, e Gibreel, che non capiva il tremendo potere della metafora, aveva raccomandato il volo. *Per rinascere, devi prima* e lei era una creatura del cielo, beveva champagne Lalique, viveva sull'Everest e uno degli altri Olimpici era volato via; e se lui c'era riuscito, allora poteva anche lei munirsi d'ali e metter radici nei sogni.

Non ce la fece. Il *lala* che fungeva da portinaio del complesso Everest Vilas offrì al mondo la sua gelida testimonianza. «Stavo passeggiando qui, proprio qui, nel complesso, quando si udì un tonfo, *tharaap*. Mi voltai. Era il corpo della figlia maggiore. Aveva il cranio completamente fracassato. Guardai in alto e vidi cadere il ragazzo e dopo di lui la figlia più piccola. Cosa posso dire, ci mancò poco che mi piombassero addosso. Mi portai una mano alla bocca e mi avvicinai. La più piccola gemeva sommessamente. Allora guardai ancora in su e stava arrivando la Begum. Il suo sari fluttuava come un grosso pallone e i suoi capelli erano sciolti. Distolsi gli occhi perché stava cadendo e non era rispettoso guardare dentro i suoi vestiti.»

Rekha e i suoi figli caddero dall'Everest; nessun superstite. I mormoratori diedero la colpa a Gibreel. Lasciamola lì, per il momento.

Oh, non dimenticate: lui la vide dopo la sua morte. La vide più volte. Passò molto tempo prima che la gente capisse quanto era malato il grand'uomo. Gibreel, il divo, Gibreel che aveva sconfitto il Morbo Senzanome, Gibreel che aveva paura del sonno.

Dopo la sua partenza, le immagini onnipresenti del suo viso cominciarono a decomporsi. Sui giganteschi tabelloni a colori vistosi da cui aveva contemplato la folla, le sue palpebre pigre presero a sfaldarsi e a sbriciolarsi, abbassandosi sempre più finché le iridi assunsero l'aspetto di due lune tagliate dalle nuvole o dai coltelli affilati delle sue lunghe ciglia. Infine le palpebre caddero del tutto, dando un che di selvaggio, di protuberante ai suoi occhi dipinti. Davanti ai maggiori cinematografi di Bombay si videro marcire e crollare le colossali effigi in cartone di Gibreel. Mollemente penzolanti dalle impalcature che le sostenevano, persero le braccia, avvizzirono, si spezzarono il collo. I suoi ritratti sulle copertine delle riviste di cinema acquisirono il pallore della morte, un nulla intorno agli occhi, un vuoto. Infine le sue immagini sbiadirono letteralmente dalle pagine a stampa; al punto che le scintillanti copertine di "Celebrity", e "Society" e "Illustrated Weekly" arrivavano in bianco alle edicole, e gli editori licenziarono i tipografi e se la presero con la qualità dell'inchiostro. Persino sullo schermo d'argento, quella fisionomia che era ritenuta immortale, così al disopra dei suoi adoratori al buio, cominciò a decomporsi, a coprirsi di vesciche, a sbiancarsi; i proiettori s'inceppavano inspiegabilmente ogni volta che il suo viso passava per il quadruccio, i suoi film si bloccavano e il calore delle lampade dei proiettori mal funzionanti bruciava completamente il suo ricordo in celluloide; un divo trasformato in supernova, con il fuoco distruttore che, appropriatamente, si diffondeva dalle labbra verso l'esterno.

Era la morte di Dio. O qualcosa di molto simile; quel viso smisurato, sospeso sopra i suoi devoti nella notte artificiale dei cinematografi, non aveva infatti brillato come quello di un'Entità suprema, almeno a mezza strada fra il mortale e il divino? Più che a mezza strada, avrebbero sostenuto alcuni, perché Gibreel aveva trascorso la maggior parte della propria inimitabile carriera, incarnando, con convinzione assoluta, le innumerevoli divinità del subcontinente in film appartenenti a quel genere popolarissimo che veniva chiamato "teologico". Era parte integrante della sua magica personalità il saper varcare i confini tra le religioni senza offendere nessuno. Tinto d'azzurro danzava come Krishna, con il flauto in mano, tra le bellissime *gopi* e le loro vacche dalle mammelle turgide; con i palmi rivolti in alto, meditava sereno (come Gautama) sulle sofferenze dell'umanità ai piedi di un traballante fico delle pagode costruito in studio. Nelle rare occasioni in cui scendeva dai cieli, non si spingeva mai troppo oltre, e interpretava per esempio sia il Gran Moghul sia il suo ministro d'astuzia leggendaria nel classico *Akbar e Birbal.* Per più di un decennio e mezzo egli aveva rappresentato, agli occhi di centinaia di milioni di credenti di quel paese – dove ancor oggi il rapporto tra popolazione umana e divina è meno di tre a uno – il volto più accettabile, e più immediatamente riconoscibile, del Supremo. Per molti dei suoi fans il confine tra l'attore e i suoi personaggi aveva cessato datempo di esistere.

Già i fan, e poi? Cosa dobbiamo dire di Gibreel?

Quella faccia. Nella realtà, ridotta a grandezza naturale, in mezzo ai comuni mortali, appariva curiosamente poco divistica. Quelle palpebre abbassate potevano dargli l'aspetto di un uomo esausto. C'era anche qualcosa di volgare nel naso, la bocca era troppo carnosa per essere forte, le orecchie avevano lunghi lobi simili a giovani e nodosi *jack-fruit*. La più profana delle facce, la più sensuale. Nella quale ultimamente erano riconoscibili le rughe scavate dalla recente malattia quasi mortale. Tuttavia, nonostante la profanità e la debilitazione, era una faccia indissolubilmente unita alla santità, alla perfezione, alla grazia: materia da Dio. Gusti a parte, non c'è altro da dire. Ammetterete comunque che per un attore del genere (forse per qualsiasi attore, Chamcha compreso, ma per lui soprattutto) avere la mania degli *avatar*, come il metamorfosatissimo Vishnu, non era poi tanto sorprendente. Rinascere; anche questa dopo tutto è materia di Dio.

Oh, ma, infindeiconti... non sempre. Ci sono anche reincarnazioni laiche. Gibreel Farishta era nato Ismail Najmuddin a Poona, la Poona britannica sulla sfilacciata estremità dell'Impero, molto prima della Pune di Rajneesh ecc. (Pune, Vadodara, Mumbai; persino le città possono assumere al giorno d'oggi nomi d'arte). Ismail come il bambino coinvolto nel sacrificio di Ibrahim, e Najmuddin, *stella della fede*; aveva rinunciato a un po' po' di nome quando assunse quello dell'angelo.

In seguito quando l'aereo *Bostan* era in mano ai dirottatori, e i passeggeri, timorosi per il proprio futuro, stavano regredendo nel passato, Gibreel confidò a Saladin Chamcha di aver scelto quello pseudonimo per rendere omaggio alla memoria della madre, «la mia *mummyj*, Spoono, la mia sola e unica *Mamo*, perché chi altri fu ad avviare questa faccenda dell'angelo, il suo angelo personale, mi chiamava, *farishta*, perché apparentemente, che tu ci creda o no, ero troppo un tesoro, un bambino d'oro.»

Poona non poté trattenerlo; ancora infante, fu condotto nella città cagna, la sua prima migrazione; suo padre trovò lavoro tra i velocissimi ispiratori dei futuri quartetti della sedia a rotelle, i portatori di pranzi o *dabbawallas* di Bombay. E Ismail il *farishta* seguì, a tredici anni, le orme paterne.

Gibreel, prigioniero a bordo dell'AI-420, si abbandonò a perdonabili rapsodie, fissando Chamcha con occhi scintillanti per spiegargli i misteri del codice dei portatori, svastica nera cerchio rosso sfregio giallo puntino, ripercorrendo mentalmente l'intero percorso da casa sua all'ufficio, quell'incredibile sistema grazie al quale duemila *dabbawallas* consegnavano ogni giorno oltre centomila panieri con il pranzo, e nelle giornate in cui tutto andava storto, Spoono, ne andavano persi quindici al massimo, eravamo quasi tutti analfabeti, ma quei segni erano la nostra lingua segreta.

Bostan girava intorno a Londra, uomini armati pattugliavano i corridoi e nelle cabine dei passeggeri erano state spente le luci, ma l'energia di Gibreel illuminava l'oscurità. Sul sudicio schermo cinematografico dove, nella prima parte del viaggio l'inevitabile presenza in volo di Walter Matthau aveva lugubremente cozzato con l'aerea ubiquità di Goldie Hawn, si muovevano ora ombre proiettate dalla nostalgia degli ostaggi, e la meglio definita era quel lungo ed esile adolescente Ismail Najmuddin, l'angelo della mamma con un berretto alla Gandhi, che correva portando pranzi da un capo all'altro della città. Il giovane *dabbawal-*

la sgusciava agile nella folla delle ombre, perché era abituato a situazioni del genere, pensa, Spoono, immagina, trentaquattro pranzi in un lungo vassoio di legno sulla tua testa, e quando il treno locale si ferma hai al massimo un minuto per salire o per scendere, e poi via di corsa per le strade, ventre a terra, yaar, con i camion gli autobus gli scooter le biciclette e tutto il resto, uno-due, uno-due, i *dabba* devono passare, e nella stagione dei monsoni correvi lungo i binari quando il treno si fermava per un guasto, o nell'acqua sino alla vita in certe strade allagate, e poi c'erano le bande, Salad *baba*, autentiche bande organizzate di rapinatori di *dabba*, è una città affamata, piccolo, non ho bisogno di dirtelo, ma noi sapevamo come affrontarli, eravamo dappertutto, sapevamo tutto, non c'erano ladri che potessero sfuggire ai nostri occhi e alle nostre orecchie, non andavamo mai alla polizia, sapevamo badare a noi stessi.

La sera padre e figlio tornavano esausti alla loro baracca vicino alla pista dell'aeroporto di Santa Cruz, e quando la madre di Ismail lo vedeva avvicinarsi, illuminato dal verde rosso giallo dei jet in partenza, diceva che le bastava posare gli occhi su di lui perché tutti i suoi sogni si avverassero, e questo fu il primo segno che in Gibreel c'era qualcosa di particolare, perché, sin dall'inizio, sembrava in grado di appagare i desideri più segreti della gente pur non avendo la minima idea di come ci riusciva. Suo padre Najmuddin senior non si mostrò mai dispiaciuto del fatto che la moglie avesse occhi solo per il figlio e che i piedi del ragazzo fossero oggetto di carezze tutte le sere mentre nessuno lisciava quelli del padre. Un figlio è una benedizione, e una benedizione comporta la gratitudine dei benedetti.

Naima Najmuddin morì. La investì un autobus e fu la fine, e Gibreel non era lì a rispondere alle sue preghiere per restare in vita. Né il padre né il figlio parlarono mai di dolore. In silenzio, come se fosse una cosa abituale e attesa, seppellirono la loro tristezza lavorando sempre di più, impegnandosi in una tacita gara, a chi avrebbe portato più *dabba* sulla testa, a chi avrebbe procurato più contratti al mese, a chi riusciva a correre più in fretta, come se la maggior fatica fosse segno di un amore più grande. Quando rivedeva suo padre la sera, con le vene nodose che gli gonfiavano il collo e le tempie, Ismail Najmuddin capiva quanto l'uomo più anziano gli avesse portato rancore e quanto fosse importante per lui sconfiggere il figlio per riconquistare così la sua usurpata supremazia negli affetti della moglie morta. Una volta resosi conto di questo, il giovane se la prese calma, ma lo zelo del padre continuò implacabile, e presto ottenne una promozione, non era più un semplice portatore, ma uno dei *muqaddam* che li organizzavano. Quando Gibreel aveva diciannove anni, Najmuddin senior divenne membro della corporazione dei portatori di pranzi, la Bombay Tiffin Carriers' Association, e quando Gibreel ne aveva venti, suo padre morì, stroncato all'improvviso da un colpo che lo fece quasi saltare in aria. «È semplice, non ce l'ha più fatta» disse il segretario generale della corporazione, Babasaheb Mhatre in persona. «Poveraccio, aveva dato fondo a tutte le sue energie.» Ma l'orfano sapeva come stavano le cose. Sapeva che suo padre aveva corso così in fretta e così a lungo da frantumare le frontiere tra i mondi e, a forza di correre, era uscito dalla propria pelle per precipitarsi fra le braccia della moglie, cui aveva dimostrato, una volta per tutte, la superiorità del proprio amore. Certi migratori sono contenti di partire.

Babasaheb Mhatre sedeva in un ufficio azzurro dietro una porta verde sopra un labirintico bazar, ed era un personaggio imponente, grasso come un buddha, una delle grandi forze motrici della metropoli, con la misteriosa capacità di rimanere del tutto immobile, di non spostarsi mai da quella stanza, e di essere tuttavia importante dappertutto e di incontrare tutti quelli che contavano a Bombay. L'indomani del giorno in cui il padre del giovane Ismail varcò di corsa la frontiera per vedere Naima, il Babasaheb convocò il ragazzo al proprio cospetto. «E allora? Sei sconvolto?» La risposta, a occhi bassi fu: *Ji*, grazie, *babaji*, sto bene. «Sta' zitto» disse Babasaheb Mhatre. «D'ora in avanti vivrai con me.» Mamama, *babaji*... «Niente ma. Ho già informato mia moglie. Ho detto.» Per favore scusa *babaji*, ma come cosa perché? «Ho detto.»

A Gibreel Farishta non fu mai detto perché il Babasaheb avesse deciso di aver pietà di lui e di toglierlo dall'ambiente senza futuro delle strade, ma dopo un po' cominciò a sospettarlo. Mrs Mhatre era una donna esile, una matita accanto al gommoso Babasaheb, ma era talmente piena d'amor materno che avrebbe dovuto essere grassa come una patata. Quando il Baba veniva a casa, gli ficcava in bocca dolciumi con le sue stesse mani e la sera mettendo per la prima volta piede in quella casa egli poté udire il grande segretario generale della BTCA che protestava: Lasciami stare, moglie, so spogliarmi da solo. A colazione infilava in bocca a Mhatre grandi cucchiaiate di malto, e prima che lui andasse al lavoro gli spazzolava i capelli. Erano una coppia senza figli e il giovane Najmuddin capì che il Babasaheb gli chiedeva di dividere il proprio fardello. Curiosamente, però, la Begum non trattava il giovane come un bambino. «Ma non vedi che è un adulto?» disse al marito quando il povero Mhatre la supplicò: «Dallo al ragazzo quel dannato cucchiaio di malto.» Sì, un adulto, «dobbiamo farne un uomo, marito, non coccolarlo.» «E allora, corpo di mille diavoli» esplose il Babasaheb, «perché coccoli me?» Mrs Mhatre scoppiò in lacrime. «Tu per me sei tutto, tu sei mio padre, il mio amante e anche il mio bambino. Sei il mio signore e il mio piccolo poppante. Se ti dispiaccio, io non ho più vita.»

Babasaheb Mhatre, riconoscendosi vinto, ingoiò il cucchiaio di malto.

Era un uomo gentile, che nascondeva questa gentilezza sotto insulti e urla. Per consolare il giovane orfano, gli parlava, nel suo ufficio azzurro, della filosofia della reincarnazione, convincendolo che per i suoi genitori era già stato stabilito che sarebbero rientrati da qualche altra parte, a meno che, s'intende, non avessero vissuto in modo così santo da essersi meritati la liberazione finale. Fu dunque Mhatre che avviò Farishta alla faccenda della reincarnazione, e non solo ad essa. Il Babasaheb era un occultista dilettante, che faceva ballare le gambe dei tavoli ed entrare gli spiriti nei bicchieri. «Ma ho smesso» disse al suo protetto, con l'inevitabile contorno d'inflessioni, di gesti, di aggrottar di ciglia, «quando mi sono spaventato come mai in vita mia.»

Una volta (raccontò Mhatre) il bicchiere era stato visitato da uno spirito estremamente disponibile a cooperare, un tipo sin troppo cordiale, capisci, e allora pensai di fargli qualche grossa domanda. *Esiste un Dio*, e quel bicchiere che aveva continuato a girare come un topolino si fermò di botto, al centro del tavolo, neanche una contrazione, completamente *phutt*, *kaput*. E va bene, dissi, se non vuoi rispondere, proviamo invece con quest'altra domanda, e gliela feci immediatamente. *Esiste un Diavolo*. E allora – *baprebap!* – si mise a tremare – drizza bene le orecchie! – lentolento all'inizio, poi piùvelocepiùveloce come una gelatina e alla fine spiccò un salto! – ai-ahi! – dalla tavola e cadde su un fianco e – o-ho! – si fracassò in mille e un pezzi. Puoi crederci o no, disse Babasaheb Mhatre al suo pupillo, ma lìeallora imparai la mia lezione: non devi immischiarti, Mhatre, nelle cose che non capisci.

Questa storia ebbe un effetto profondo sulla coscienza del giovane ascoltatore, perché, ancor prima che morisse sua madre, si era convinto dell'esistenza del mondo sovrannaturale. A volte, quando si guardava attorno, specie nel caldo del pomeriggio quando l'aria diventa glutinosa, il mondo visibile, i suoi aspetti e abitanti e cose, pareva comparirgli oltre l'atmosfera, come una profusione di iceberg infocati, e sotto la superficie dell'aria densa tutto quanto continuava, persone, automobili, cani, cartelloni cinematografici, alberi, ma i nove decimi della loro realtà erano celati ai suoi occhi. Allora batteva le palpebre e l'illusione si dileguava, ma la sensazione che ne aveva tratto non gli usciva mai dalla mente. Crebbe credendo in Dio, angeli, demoni, *afrit*, *ginn*, considerandoli dati di realtà come i carri o i lampioni, e attribuiva a un difetto della propria vista il non aver mai visto un fantasma. Sognava di scoprire un optometrista magico da cui avrebbe acquistato un paio di occhiali verdi per correggere questa deplorevole miopia, dopo di che sarebbe riuscito a vedere, dietro l'aria densa e accecante, il mondo favoloso dilà da essa.

Da sua madre Naima Najmuddin aveva udito moltissime storie del Profeta, e se nelle sue versioni si erano insinuate delle imprecisioni, non gli interessava sapere quali fossero. "Che uomo!" pensava. "Quale angelo non avrebbe voluto parlargli?" A volte, però, si sorprendeva a formare pensieri blasfemi, per esempio quando, senza averne l'intenzione, mentre si stava addormentando sulla sua branda nella residenza dei Mhatre, la sua fantasia sonnolenta cominciò a paragonare le sue condizioni a quelle del Profeta nel periodo in cui, rimasto orfano e a corto di denaro, ebbe molto successo come amministratore della ricca vedova Khadija e finì anche per sposarla. Scivolando nel sonno, si vide seduto su una predella cosparsa di rose e sorrideva timido sotto il *sari-pallu* con cui si era pudicamente coperto il viso, mentre il suo nuovo marito, Babasaheb Mhatre, allungava una mano con amore per allontanare questo tessuto a contemplare i suoi lineamenti in uno specchio che teneva in grembo. Questo sogno di sposare il Babasaheb lo svegliò di soprassalto, rosso di vergogna, e da allora cominciò a preoccuparsi dell'impurità della sua indole, capace di produrre visioni così terribili.

In genere però la sua fede religiosa era una faccenda di poco conto, una parte di sé che non richiedeva più attenzioni di qualunque altra. Quando Babasaheb lo aveva portato a casa propria, il giovane la considerò una conferma del fatto che non era solo al mondo e che qualcosa si stava prendendo cura di lui, e quindi non fu del tutto sorpreso quando il Babasaheb lo chiamò nell'ufficio azzurro la mattina del suo ventunesimo compleanno e lo licenziò senza essere neppure disposto ad ascoltare le sue proteste.

«Sei licenziato» sottolineò Mhatre, raggiante. «Allontanato, messo alla porta. Mandato via.»

«Ma, zio.»

«Chiudi il becco.»

Poi il Babasaheb fece all'orfano il più grande regalo della sua vita, informandolo che gli era stato fissato un appuntamento negli studi del leggendario magnate cinematografico Mr D.W. Rama; un'audizione. «È una mera formalità» disse il Babasaheb. «Rama è mio buon amico e ne abbiamo già discusso. Una particina per cominciare, e il resto dipende da te. Ma adesso togliti dalla mia vista e smettila di fare quella faccia umile, non ti si addice.»

«Ma, zio.»

«Un ragazzo come te è troppo bello per poter portare pranzi sulla testa tutta la vita. Vattene ora, diventa un attore di cinema omosessuale. Ti ho licenziato cinque minuti fa.»

«Ma, zio.»

«Ho detto. Ringrazia la tua buona stella.»

Egli divenne Gibreel Farishta, ma per quattro anni non divenne un divo e fece il proprio apprendistato in una serie di particine farsesche. Rimase calmo e tranquillo, come se già presagisse l'avvenire, e la sua apparente mancanza di ambizioni ne fece una sorta d'emarginato in quella che è forse la più egoistica delle industrie. Lo giudicarono stupido o arrogante o tutte due le cose. E in quei quattro anni di squallore non riuscì a baciare sulla bocca nemmeno una donna.

Sullo schermo impersonava la vittima, lo sciocco che ama la bella senza capire che lei non lo contraccambierebbe neanche in mille anni, lo zio buffo, il parente povero, lo scemo del villaggio, il servo, il truffatore incapace, tutte parti che non comportano mai una scena d'amore. Le donne lo prendevano a calci, lo schiaffeggiavano, lo canzonavano, ridevano di lui, ma mai, sulla celluloide, lo guardavano o cantavano per lui o gli danzavano attorno con amore cinematografico negli occhi. Nel tempo libero, viveva da solo in due stanze disadorne vicine agli studi e cercava d'immaginare come fossero le donne senza vestiti addosso. Per distrarsi dall'amore e dal desiderio, studiava, e divenne così un onnivoro autodidatta, divorando i miti metamorfici greci e romani, gli *avatar* di Giove, il ragazzo che divenne un fiore, la donna-ragno, Circe, tutto insomma; e la teosofia di Annie Besant e la teoria del campo unificato e l'episodio dei versetti satanici nella carriera giovanile del Profeta; e gli intrighi politici nell'harem di Muhammad dopo il suo ritorno trionfale alla Mecca; e il surrealismo dei giornali, dove le farfalle potevano volare in bocca alle ragazze, chiedendo di essere consumate, e nascevano bambini senza faccia e i giovani sognavano, con inaccettabili particolari, incarnazioni precedenti, per esempio in una fortezza dorata piena di pietre preziose. Si riempiva Dio sa di che, ma nelle ore piccole delle notti insonni non poteva negare di essere pieno di qualcosa che non era mai stato usato e che lui stesso non sapeva neanche come si cominciasse a usare, vale a dire d'amore. Nei sogni lo tormentavano donne intollerabilmente dolci e belle, e preferiva quindi stare sveglio e sforzarsi di ripassare qualche parte delle sue vaste conoscenze per cancellare la tragica sensazione di essere dotato di una capacità d'amare superiore al normale, senza che ci fosse al mondo una persona cui offrirla.

La sua grande occasione arrivò con l'avvento dei film teologici. Una volta che la formula dei prodotti basati sui *purana*, con l'aggiunta della solita miscela di canzoni, danze, zii buffi ecc., si dimostrò redditizia, ogni dio del pantheon ebbe la possibilità di diventare un divo. Quando D.W. Rama mise in cantiere una produzione basata sulla storia di Ganesh, nessuno dei grandi nomi di richiamo del momento era disponibile a trascorrere un intero film nascosto nella testa di un elefante. Gibreel colse al volo l'occasione. Fu il suo primo trionfo, *Ganpati Baba*, e da un giorno all'altro divenne un superdivo, ma solo con la proboscide e le grandi orecchie. Dopo sei film in cui aveva recitato la parte del dio con la testa d'elefante, gli permisero di togliersi quella spessa e pendula maschera grigia e di mettersi invece una lunga coda pelosa, per impersonare Hanuman, il re delle scimmie, in una successione di film ispirati più a una certa serie televisiva a basso costo prodotta a Hong Kong che al *Ramayana*. Questi film erano così popolari che le code di scimmia divennero di rigore per i giovani bellimbusti, in quel genere di feste frequentate da collegiali comunemente chiamate "mortaretti" per la loro disponibilità a esplodere con un gran botto.

Dopo Hanuman, la marcia di Gibreel divenne inarrestabile e il fenomenale successo rafforzò la sua fede in un angelo custode. Ma determinò anche eventi molto incresciosi.

(Vedo che, dopo tutto, sono costretto a spifferare la verità sulla povera Rekha.)

Prima ancora di sostituire alla falsa testa la falsa coda, era diventato irresistibile con le donne. Il potere di seduzione della sua fama era tale che molte di queste giovani signore gli chiedevano di tenere la maschera di Ganesh mentre facevano l'amore, ma lui non voleva saperne perché rispettava troppo la dignità del dio. Data l'innocenza della propria educazione, non sapeva allora distinguere fra quantità e qualità, e riteneva quindi necessario ricuperare il tempo perduto. Ebbe una tale quantità di partner sessuali che non di rado ne dimenticava il nome prima ancora che uscissero dalla sua camera. Non divenne soltanto un dongiovanni del tipo peggiore, imparò anche le arti della dissimulazione, perché un uomo che recita ruoli di dèi deve essere irreprensibile. Era così abile a nascondere questa vita di scandali e gozzoviglie che il suo vecchio protettore, Babasaheb Mhatre, che giaceva sul letto di morte un decennio dopo aver spedito un giovane *dabba-*

walla nel mondo dell'illusione, del denaro nero e della lussuria, lo supplicò di sposarsi per dimostrare di essere un uomo. «Per l'amor di dio, figliolo» implorò il Babasaheb, «quando allora ti dissi di andare e di diventare omosessuale, non immaginavo certo che mi avresti preso sul serio; c'è un limite, dopo tutto, nel rispettare i voleri dei propri maggiori.» Gibreel alzò le mani e giurò di non essere niente di così vergognoso, aggiungendo che, quando avesse incontrato la ragazza giusta, sarebbe naturalmente convolato a nozze, con entusiasmo. «Cosa stai aspettando? Una dea del paradiso? Greta Garbo, Gracekali, chi?» gridò il vecchio, sputando sangue, ma Gibreel lo lasciò con un sorriso enigmatico che gli permise di morire senza essersi del tutto tranquillizzato.

La valanga di sesso da cui Gibreel Farishta era travolto riuscì a seppellire così profondamente il suo massimo talento che avrebbe benissimo potuto perderlo per sempre, alludo al talento di amare sinceramente, intensamente e senza riserve, una qualità rara e delicata che non era mai riuscito a usare. All'epoca della malattia, aveva praticamente dimenticato la sofferenza che gli aveva dato lo spreco di questa facoltà, che si era girata e rigirata in lui come il coltello di uno stregone. Ora, al termine di ogni ginnica notte, dormiva tranquillamente e a lungo, come se non fosse mai stato tormentato da creature di sogno, come se non avesse mai sperato nell'amore.

«Il tuo guaio» gli disse Rekha Merchant quando si materializzò dalle nubi, «è che tutte ti hanno sempre perdonato, Dio sa perché; tu te la cavi sempre, la faresti franca anche se ammazzassi qualcuno. Nessuna ti ha mai ritenuto responsabile di ciò che facevi.» Lui non poté obiettarle nulla. «Dono di Dio» gli urlò lei. «Dio sa da dove credevi di essere venuto, tu che sei sgorgato dai bassifondi, Dio sa quali malattie hai portato.»

Ma era questo che facevano le donne, pensava lui allora, erano recipienti in cui poteva versare se stesso, e quando se ne andava, loro capivano che era la sua natura, e lo perdonavano. Ed era vero che nessuna lo biasimava perché se ne era andato, per i suoi mille e uno esempi di indifferenza, quanti aborti, domandò Rekha nell'apertura della nube, quanti cuori infranti. In tutti quegli anni fu il beneficiario dell'infinita generosità delle donne, ma ne fu anche la vittima, perché il loro perdono rendeva possibile la più profonda e la più dolce delle corruzioni, cioè l'idea che non stava facendo nulla di male.

Rekha: entrò nella sua vita quando lui comprò l'attico di Everest Vilas e si offrì, come vicina e come donna d'affari, di mostrargli i suoi tappeti e le sue antichità. Suo marito era a Göteborg in Svezia per un congresso mondiale di fabbricanti di cuscinetti a sfere e, mentre lui era assente, lei invitò Gibreel nel proprio appartamento di graticci in pietra di Jaisalmer e di corrimani in legno scolpito dei palazzi di Keralan, dove c'era anche un *chhatri*, o cupola, di pietra Moghul trasformato in un bagno a getti rotatori: mentre versava champagne francese, se ne stava appoggiata alle pareti di marmo e sentiva contro la schiena le fresche vene della pietra. Quando lui cominciò a sorseggiare lo champagne, lei lo canzonò, sicuramente gli dèi non consumano alcol, e lui rispose con una battuta che aveva letto a suo tempo in un'intervista all'Aga Khan: oh, sa, questo champagne è mera apparenza, nel momento stesso in cui tocca le mie labbra si tramuta in acqua. Dopo di che non le ci volle molto per toccargli le labbra e sciogliersi tra le sue braccia. Quando i suoi figli tornarono da scuola con l'*ayah*, era già perfettamente vestita e pettinata e sedeva con lui in soggiorno a rivelargli i segreti del commercio dei tappeti, a confessargli che seta *art* voleva dire artificiale, non artistica, a dirgli di non lasciarsi ingannare dal suo opuscolo in cui un tappeto veniva allettantemente descritto come lana tosata dalle gole di agnelli appena nati, il che vuol dire, capisci, *lana di qualità inferiore*, ma la pubblicità, che vuoi farci, è così.

Lui non l'amava, non le era fedele, dimenticava i suoi com pleanni, non ricambiava le sue telefonate, si faceva vivo nei momenti meno adatti, quando lei aveva a cena ospiti del mondo dei cuscinetti a sfere, e lei come tutte, lo perdonava. Ma i suoi perdoni non erano il timido silenzioso lasciamo perdere che udiva dalle altre. Rekha protestava come una matta, gli faceva scenate infernali, lo buttava fuori e lo malediceva accusandolo di essere un inutile *lafanga* e *haramzada* e *salah* e persino, in casi estremi, di essersi macchiato dell'impossibile colpa di scopare la sorella che non aveva mai avuto. Non gli risparmiava nulla, lo accusava di essere una creatura di sole superfici, come uno schermo cinematografico, ma dopo un po' invariabilmente lo perdonava e gli permetteva di slacciarle la camicetta. Gibreel non sapeva resistere ai perdoni melodrammatici di Rekha Merchant, resi ancor più patetici dalla falsità della sua posizione di sposa infedele del re dei cuscinetti a sfere, cui Gibreel evitava sempre di accennare, prendendosi le sue legnate verbali come si addice a un uomo. Perciò, mentre i perdoni che riceveva dalle altre sue donne lo lasciavano freddo e li dimenticava nel momento stesso in cui venivano pronunciati, continuava a tornare da Rekha perché potesse ingiuriarlo e poi consolarlo come soltanto lei era capace.

Poi quasi morì.

Stava girando a Kanya Kamari, sulla punta estrema dell'Asia, una scena di battaglia ambientata in quella parte di Cape Comorin dove sembra davvero che tre oceani cozzino l'uno contro l'altro. Tre serie di onde rotolarono da ovest est sud e si scontrarono, in un possente battimani d'acqua, proprio mentre Gibreel si prendeva un pugno sulla mascella, sincronia perfetta, e cadeva indietro nella spuma trioceanica. Non si rialzò.

All'inizio se la presero tutti con il gigantesco *stunt-man* inglese Eustace Brown, che aveva sferrato il pugno. Lui protestò con forza. Non era forse la stessa persona che si era battuta con il Primo ministro N.T. Rama Rao nei suoi numerosi ruoli teologici? Non aveva forse portato alla perfezione l'arte di far fare una bella figura al vecchio nella lotta senza mai fargli male? Si era forse lamentato qualche volta del fatto che NTR non tratteneva mai i propri pugni, col risultato che lui, Eustace, finiva invariabilmente tutto nero e blu, picchiato come uno stupido da un vecchietto che avrebbe potuto mangiarsi a colazione su una fetta di pane tostato, eppure mai, nemmeno una volta, aveva perso le staffe? E allora? Come si poteva pensare che avesse voluto far male all'immortale Gibreel? Tuttavia lo licenziarono e, a ogni buon conto, la polizia lo mise in prigione.

Ma non era stato il pugno a prostrare Gibreel. Dopo che il divo era stato trasportato all'ospedale Breach Candy di Bombay su un jet dell'aeronautica militare messo a disposizione per questo scopo; dopo che esami esaurienti non avevano scoperto quasi nulla; e mentre lui giaceva privo di conoscenza, morente e con un conteggio dei globuli che era sceso dal normale 15 a un micidiale 4,2, un portavoce dell'ospedale affrontò la stampa nazionale sui larghi gradini bianchi del Breach Candy. «È uno strano mistero» annunciò. «Chiamatelo, se vi fa piacere, un atto di Dio.»

Senza alcun motivo apparente, Gibreel Farishta aveva cominciato ad avere emorragie in tutte le parti interne del corpo: stava insomma morendo dissanguato sotto la pelle. Nella fase più acuta, il sangue cominciò a filtrare dal retto e dal pene e pareva che da un momento all'altro potesse sgorgare torrenziale dal naso, dalle orecchie e dagli angoli degli occhi. Sanguinò per sette giorni e subì trasfusioni e gli furono somministrati tutti i coagulanti noti alla scienza medica, compresa una forma concentrata di veleno per topi, e benché queste cure avessero prodotto un piccolo miglioramento, i medici lo davano ormai per spacciato.

L'intera India era al capezzale di Gibreel. Il suo bollettino medico era la notizia d'apertura di tutti i giornali radio, la televisione nazionale trasmetteva ogni ora brevi informazioni sulle sue condizioni, e la folla che si ammassava in Warden Road era così numerosa che i poliziotti dovevano disperderla caricandola con i *lathi* e lanciando gas lacrimogeni, impiegati benché ciascuno del mezzo milione di dolenti stesse già piangendo e gemendo per conto proprio. Il Primo ministro annullò ogni appuntamento e volò a fargli visita. Suo figlio, il pilota di linea, tornò in volo da una riunione internazionale in Europa, dove era andato a trattare la vendita dell'economia indiana ad alcune multinazionali, e si sedette nella camera di Farishta tenendogli una mano. Un senso d'apprensione di diffuse nella nazione, perché se Dio aveva permesso un intervento così punitivo contro la sua più celebrata incarnazione, cosa poteva avere in serbo per il resto del paese? Se Gibreel moriva, poteva passare molto tempo prima che toccasse anche all'India? Nelle moschee e nei templi della nazione, folle compatte di fedeli pregarono non solo per la guarigione dell'eroe morente, ma per il futuro, per se stessi.

Chi non andò a trovare Gibreel in ospedale? Chi non gli scrisse, non gli telefonò, non gli inviò fiori, non gli mandò pranzi squisiti cucinati con le proprie mani? Mentre tante amanti gli spedivano spudoratamente cartoline d'auguri e *pasanda* d'agnello, chi, pur amandolo più di ogni altro, si tenne in disparte, senza sollevare il minimo sospetto in quel cuscinetto a sfere del marito? Rekha Merchant si cinse il cuore di ferro e continuò nelle consuete incombenze della sua vita quotidiana, giocando coi figli, chiacchierando col marito, facendo la padrona di casa quando era necessario, senza mai rivelare, neppure una volta, la desolata devastazione della propria anima.

Lui si riprese.

La guarigione fu misteriosa quanto la malattia, e altrettanto rapida. Anch'essa fu definita (da ospedale, giornalisti, amici) un atto del Supremo. Fu proclamato un giorno di festa nazionale; si fecero fuochi d'artificio in ogni parte del paese. Ma quando ricuperò le proprie forze, fu palese che Gibreel era cambiato, e in maniera sorprendente perché aveva perso la fede.

Il giorno in cui fu dimesso dall'ospedale, attraversò, scortato dalla polizia, l'immensa folla riunitasi a festeggiare la propria liberazione, oltre che la sua, salì sulla sua Mercedes e disse all'autista di seminare tutti i veicoli che li stavano inseguendo, operazione che richiese sette ore e cinquantun minuti, e alla fine di questa manovra aveva ormai deciso il da farsi. Scese dalla berlina all'albergo Taj e, senza guardare né a sinistra né a destra, andò direttamente nella grande sala da pranzo dove il tavolo del buffet gemeva sotto il peso di cibi proibiti, e se ne riempì il piatto, salsicce di maiale del Wiltshire e prosciutti salati di York e fette di pancetta di sadiodove; con le bistecche di prosciutto affumicato della propria incredulità e gli zampini di maiale del proprio laicismo, dopo di che, restando in piedi in mezzo alla sala, mentre da ogni parte sbucavano fotografi, cominciò a mangiare il più in fretta possibile; ingozzandosi di maiali morti con una tale rapidità che le fettine di pancetta gli penzolavano dagli angoli della bocca.

Durante la malattia, aveva passato ogni minuto in cui era cosciente invocando Dio, ogni secondo di ogni minuto. *Ya* Allah il tuo servo giace sanguinante, non abbandonarmi adesso, dopo esserti preso cura di me per tanto tempo. *Ya* Allah mostrami qualche segno, qualche piccolo indizio del tuo favore, perché io possa trovare in me la forza di guarire dai miei mali. O Dio infinitamente benefico, infinitamente misericordioso, siimi accanto in questa ora del mio bisogno, del mio più intenso bisogno. Poi gli venne in mente che forse quella era una punizione e ciò gli permise per qualche tempo di sopportare il male, ma dopo un po' s'arrabbiò. Basta, Dio, domandavano le sue parole non dette, perché devo morire io che non ho ucciso, cosa sei tu, vendetta o amore? L'essere arrabbiato con Dio gli fece superare un'altra giornata, ma poi anche questo sentimento si esaurì e lasciò il posto a un terribile vuoto, a un senso d'isolamento, quando s'accorse che stava parlando nell'*aria rarefatta*, e che lì non c'era nessuno, e allora si sentì stupido come mai in vita sua, e cominciò a implorare il vuoto, *Ya* Allah, sii almeno lì; sii lì, maledizione. Ma non sentì niente, niente di niente, e poi un giorno scoprì di non aver più bisogno che ci fosse qualcosa da sentire. Quel giorno di metamorfosi la malattia cambiò e iniziò la guarigione. E per dimostrare a se stesso l'in-esistenza di Dio, se ne stava ora nella sala da pranzo del più famoso albergo della città, con maiali che gli cascavano dal viso.

Alzò gli occhi dal piatto e vide una donna che lo stava guardando. I suoi capelli erano così biondi da essere quasi bianchi e la sua pelle aveva il colore e la traslucidità del ghiaccio delle montagne. Rise di lui e si allontanò.

«Non lo capisce?» le gridò dietro Gibreel, sputando briciole di salsiccia dagli angoli della bocca. «Niente fulmini. È questo il punto.»

Lei tornò indietro e gli si piazzò davanti. «Tu sei vivo» gli disse. «Hai riavuto la tua vita. È questo il punto.»

Raccontò a Rekha: nel momento stesso in cui si voltò e cominciò a tornare indietro, mi innamorai di lei. Alleluia Cane, scalatrice di montagne, conquistatrice dell'Everest, bionda *yahudan*, regina dei ghiacci. Alla sua sfida: *cambia la tua vita o l'avrai riavuta per niente*, non potei resistere.

«Tu e le tue stupidaggini sulla reincarnazione» lo blandì Rekha. «Che ragionamenti assurdi. Tu esci dall'ospedale, dopo esser passato per la porta della morte, e questo ti dà alla testa, scioccone, hai bisogno immediato di una scappatella, ed eccola lì, pronta, la bionda *mame*. Non credere che io non ti conosca, Gibbo, e adesso cosa vuoi che faccia, che ti perdoni o cosa?»

Non è necessario, disse lui. Lasciò l'appartamento di Rekha (e la sua amante pianse, bocconi sul pavimento) e non vi mise mai più piede.

Tre giorni dopo che lui l'ebbe incontrata con la bocca piena di carne impura, Allie prese un aereo e partì. Tre giorni fuori del tempo, dietro un cartello si-prega-di-non-disturbare, ma alla fine ammisero entrambi che il mondo era reale, ciò che era possibile era possibile e ciò che era impossibile era im-, un breve incontro, navi che passano, amore in una sala d'aspetto. Dopo la partenza di lei, Gibreel riposò, cercò di chiudere le orecchie alla sua sfida, decise di riportare la propria vita alla normalità. Il fatto d'aver perso la fede non significava che dovesse rinunciare al suo lavoro e, nonostante lo scandalo delle fotografie in cui mangiava prosciutto, primo scandalo associato al suo nome, firmò contratti cinematografici e tornò a fare il proprio mestiere.

E poi, una mattina, una sedia a rotelle rimase vuota e lui era scomparso. Un barbuto passeggero, tale Ismail Najmuddin, s'imbarcò sul volo AI-420 per Londra. Il 747 portava il nome di uno dei giardini del paradiso, non Gulistan, ma *Bostan*. «Per nascere di nuovo» disse Gibreel a Saladin Chamcha molto tempo dopo, «devi prima morire. Io spirai solo per metà, ma in due occasioni diverse, in ospedale e in aereo, e così le due cose si sommano, contano. E adesso, Spoono amico mio, eccomi qui davanti a te proprio a Londra, Vilayet, rigenerato, un uomo nuovo con una nuova vita, Spoono, non è una dannata meraviglia?»

Perché se ne andò?

A causa di lei, della sfida di lei, della novità, dell'ardore di loro due insieme, dell'inesorabilità di una cosa impossibile che insisteva sul proprio diritto di avverarsi.

E, o, forse: perché, dopo che egli ebbe mangiato i maiali, cominciò il castigo, un castigo notturno, una punizione di sogni.

3

Una volta decollato l'aereo per Londra, grazie al magico trucco di incrociare due paia di dita per mano e di far roteare i pollici, l'uomo magro sulla quarantina che occupava un sedile per non fumatori accanto al finestrino, guardando scrostarsi la città dov'era nato come una vecchia pelle di serpente, permise che un'espressione di sollievo gli attraversasse per un attimo il viso. Era un bel viso, del tipo un po' arcigno, aristocratico, con labbra lunghe, carnose, all'ingiù come quelle di un rombo gigante disgustato, e sopracciglia sottili che s'arcuavano nettamente su occhi intenti a osservare il mondo con una sorta di vigile disprezzo. Mr Saladin Chamcha si era costruito quel viso con cura – ci aveva messo anni per averlo esattamente come voleva – e ormai da molti più anni lo considerava semplicemente *il suo* – aveva persino dimenticato l'aspetto che aveva prima. Si era inoltre foggiato una voce in armonia col viso, una voce dove languide, quasi pigre, le vocali erano in sconcertante contrasto con la ruvida asprezza delle consonanti. La combinazione tra viso e voce era potente; ma, in occasione della sua recente visita alla città natale, la prima in quindici anni (esattamente, vorrei far notare, il periodo del divismo cinematografico di Gibreel Farishta), si erano avute novità strane e preoccupanti. La voce, purtroppo, (la prima a partire) e poi anche il viso avevano cominciato ad abbandonarlo.

La cosa era cominciata – e Chamcha, permettendo alle dita e ai pollici di rilassarsi e sperando, con un certo imbarazzo, che la sua ultima superstizione residua non fosse stata notata dagli altri passeggeri, chiuse gli occhi e ricordò con un brivido delicato d'orrore – durante il volo verso l'Oriente di qualche settimana prima. Era piombato in un torpido sonno, nel sorvolare le sabbie desertiche del Golfo Persico, e nel sogno gli era apparso un bizzarro sconosciuto, un uomo con la pelle di vetro, che batteva lugubremente le nocche contro la membrana fragile e sottile che gli copriva tutto il corpo e supplicava Saladin di aiutarlo, di liberarlo dalla prigione della propria pelle. Chamcha prese una pietra e cominciò a batterla contro il vetro. Immediatamente una ragnatela di sangue colò dalla superficie incrinata del corpo dello sconosciuto, e quando Chamcha cercò di raccogliere i cocci, l'altro si mise a urlare, perché insieme col vetro stavano venendo via brandelli della sua carne. A questo punto una hostess si chinò sul dormiente Chamcha e, con l'ospitalità implacabile della sua tribù, gli domandò: *Qualcosa da bere, signore? Un drink?* e Saladin, emergendo dal sogno, scoprì che la sua dizione aveva inspiegabilmente assunto la cadenza di Bombay, di cui si era tanto diligentemente (e tanto tempo fa!) sbarazzato. «*Accha*, cosa intende?» bofonchiò. «Bevanda alcolica o che?» E quando la hostess lo rassicurò, ciò che lei preferisce, signore, le bevande sono tutte gratis, lui udì di nuovo, la propria voce traditrice: «E allora okay, *bibi*, dammi solo un whiskysoda».

Che orribile sorpresa! Si era svegliato di soprassalto e sedeva rigido, ignorando alcol e arachidi. Da dove era scaturito il passato, in vocali e vocaboli trasformati magicamente? Che altro sarebbe successo? Avrebbe cominciato a versarsi olio di cocco sui capelli? Si sarebbe messo a stringere le narici tra pollice e indice, soffiando rumorosamente e facendo uscire un arco glutinoso e argenteo di muco? Sarebbe divenuto un appassionato della lotta professionistica? Quali altre diaboliche umiliazioni gli si prospettavano? Avrebbe dovuto saperlo che era uno sbaglio *andare a casa* dopo tanto tempo, come poteva non essere una regressione, un viaggio innaturale, una negazione del tempo; una rivolta contro la storia; l'intera faccenda sarebbe stata per forza un disastro.

Io non sono me stesso, pensò, mentre cominciava a sentire una leggera vibrazione nei pressi del cuore. Ma che importanza ha, aggiunse con amarezza. *Les acteurs ne sont pas des gens*, come aveva spiegato il grande Frédérick in *Les enfants du Paradis*. Maschere sotto maschere e poi, all'improvviso, il nudo teschio esangue.

Si illuminò la cintura di sicurezza, la voce del comandante annunciò turbolenza, s'immersero in vuoti d'aria e ne uscirono. Il deserto vacillava sotto di loro e l'operaio migratore che era salito a Qatar, tenendo stretta un'enorme radio a transistor, cominciò a vomitare. Chamcha notò che l'uomo non si era allacciato la cintura e si ricompose, riportando la propria voce al più altero accento inglese. «Senta, perché non...» cominciò, ma l'uomo, tra un conato di vomito e l'altro, nel sacchetto di carta che Saladin gli aveva passato appena in tempo, scosse il capo, alzò le spalle e replicò: «Perché, Sahib? Se Allah vuole che io muoia, io morirò. Se non lo vuole, non morirò. Allora a che serve la cintura di sicurezza?».

Maledetta India, imprecò silenziosamente Saladin Chamcha, sprofondando di nuovo sul sedile. Va' all'inferno. Sono sfuggito alle tue grinfie tanto tempo fa, non affonderai più in me i tuoi uncini, non puoi trascinarmi indietro.

C'era una volta – *fu così e non fu così*, come dicevano le vecchie favole, *successe e non successe mai* – forse allora, o forse no, un ragazzo decenne di Scandal Point a Bombay trovò un portafogli per strada davanti alla propria casa. Stava tornando da scuola, ed era appena sceso dallo scuolabus dove era stato costretto a starsene piegato tra il sudore appiccicoso di ragazzi in short e assordato dai loro rumori, e poiché era già allora una persona che rifuggiva dalle urla, dagli spintoni e dalla traspirazione degli estranei, era ancora un po' nauseato dalla lunghezza e dagli scossoni del tragitto. Ma, quando vide il portafogli di pelle nera ai propri piedi, la nausea sparì, e si chinò eccitato e agguantò – aprì – e scoprì con gioia che era pieno di denaro – non soltanto rupie, ma soldi veri, negoziabili al mercato nero e ai cambi internazionali – sterline! Lire sterline, che venivano proprio da Londra, nel paese favoloso di Vilayet dilà dal mare nero e infinitamente lontano. Abbagliato da quel grosso fascio di valuta straniera, il ragazzo alzò gli occhi per accertarsi che nessuno l'avesse visto, ed ebbe per un attimo l'impressione che dai cieli fosse sceso per lui un arcobaleno, un arcobaleno come il respiro di un angelo, come una preghiera esaudita, che terminava proprio dove lui ora stava. Gli tremavano le dita mentre le infilava nel portafogli avvicinandole a quel tesoro favoloso.

«Dammelo.» In futuro avrebbe avuto l'impressione che suo padre lo avesse spiato per tutta la sua infanzia, e Changez Chamchawala, pur essendo un omone, addirittura un gigante, per non parlare della sua ricchezza e della sua posizione sociale, aveva il passo leggero e anche la tendenza a comparire all'improvviso alle spalle del figlio e a rovinare ciò che lui stava facendo, risolvendo un problema di scacchi o, di notte, tirando con un rapido gesto il lenzuolo del giovane Salahuddin per scoprire il pene vergognosamente stretto nella rossa mano. E sentiva l'odore del denaro anche da cento e un miglio di distanza, benché si portasse sempre addosso il fetore delle sostanze chimiche e dei fertilizzanti, essendo il più grande industriale di spruzzi e fluidi agricoli e di letame artificiale del paese. Changez Chamchawala, filantropo, dongiovanni, leggenda vivente, luminare del movimento nazionalistico, schizzò dalla porta di casa per sottrarre un portafogli rigonfio alla mano frustrata del figlio. «Tch, tch» lo sgridò, intascando le lire sterline. «Non dovresti raccogliere roba per strada. La terra è sporca e il denaro ancora più sporco.»

Su uno scaffale dello studio rivestito di tek di Changez Chamchawala, dietro un cofanetto con i dieci volumi delle *Mille e una notte* tradotte da Richard Burton, che muffa e tarme stavano lentamente divorando per quel radicato odio per i libri che aveva spinto Changez ad acquistare migliaia di quei perniciosi oggetti al fine di umiliarli lasciandoli marcire intonsi, c'era una lampada magica, un lucidissimo *avatar* in rame e ottone della prigione del genio di Aladino: una lampada che aspettava di essere strofinata. Ma Changez né la strofinava né permetteva che lo facesse, per esempio, suo figlio. «Un giorno» gli garantì, «sarà tua. E allora potrai strofinarla e strofinarla quanto ti pare, e chissà cosa potrà succederti. Per adesso, però, è mia.» Le promesse della lampada magica trasmisero al signorino Salahuddin l'idea che un giorno i suoi guai sarebbero finiti e i suoi desideri più segreti soddisfatti, e che lui doveva soltanto aspettare con pazienza; ma poi ci fu l'episodio del portafogli, quando la magia dell'arcobaleno aveva lavorato per lui, non per suo padre ma per lui, e Changez

Chamchawala gli aveva rubato la pentola d'oro. Da allora il figlio si convinse che suo padre avrebbe sempre frustrato ogni sua speranza a meno che lui non se ne fosse andato, e da quel momento ebbe una voglia disperata di partire, di scappare, di metter di mezzo un oceano fra il grand'uomo e se stesso.

A tredici anni Salahuddin Chamchawala aveva capito di essere destinato a quella fredda Vilayet, piena delle fruscianti promesse di lire sterline che il portafogli magico gli aveva fatto balenare, e sopportava sempre meno quella Bombay di polvere, volgarità, vigili in short, travestiti, giornaletti di cinema, dormienti sui marciapiedi, per non parlare delle cantanti puttane di Grant Road che si diceva avessero esordito a Karnataka come devote del culto Yellamma, ma erano finite qui, a danzare nei templi più prosaici della carne. Era stufo delle fabbriche tessili e dei treni locali, e di tutta la confusione e la sovrabbondanza della città, e desiderava con ardore la sognata Vilayet della pacatezza e della moderazione, che lo ossessionava ormai giorno e notte. Le sue filastrocche preferite durante la ricreazione erano quelle che esprimevano nostalgia per città straniere: *kitchy-con*, *kitchy-ki*, *kitchy-con*, *stant-i*, *kitchy-opoli*, *Kitcky-nopoli*, *Kitcky-Co-stanti-nopoli*. E il suo gioco prediletto era una versione del rimpiattino in cui, quando stavano per prenderlo, voltava le spalle ai compagni che s'avvicinavano per borbottare, come un incantesimo, come un mantra, le sei lettere della città dei suoi sogni, *elloen dioen*. Nel segreto del proprio cuore, strisciava in silenzio verso Londra, lettera per lettera, proprio come i suoi amici strisciavano verso di lui. *Elloen dioen London*.

La trasformazione di Salahuddin Chamchawala in Saladin Chamcha cominciò, come vedremo, nella vecchia Bombay, molto tempo prima che avesse modo di avvicinarsi ai leoni di Trafalgar tanto da sentirli ruggire. Quando la nazionale inglese di cricket giocò con l'India allo stadio Brabourne, lui pregò che vincesse l'Inghilterra, che gli inventori del gioco sbaragliassero i parvenu locali, che fosse mantenuto il giusto ordine delle cose. (Ma le partite finivano invariabilmente alla pari, perché il *wicket* dello stadio Brabourne era soffice come un letto di piume; la grande controversia tra creatore e imitatore, tra colonizzatore e colonizzato, doveva quindi rimanere necessariamente irrisolta.)

A tredici anni era grande abbastanza per poter giocare sugli scogli di Scandal Point senza la sorveglianza della sua *ayah*, Kasturba. E un giorno (avvenne, non avvenne), uscì di casa, quell'ampio fatiscente edificio in stile parsi incrostato di sale, tutto colonne e persiane e balconcini, e passando per il giardino che era l'orgoglio e la gioia di suo padre e che in una certa luce della sera dava l'impressione di essere sterminato (ed era anche enigmatico, un indovinello irrisolto, perché nessuno, né suo padre né il giardiniere, sapeva come si chiamasse la maggior parte delle piante e degli alberi), e da lì, varcando il cancello principale, una grandiosa follia, una riproduzione dell'arco romano di Settimio Severo, s'immerse nella pazzia sfrenata della strada e superò la diga marittima, sino ad arrivare finalmente alla vasta distesa di lucenti scogli neri con le loro piccole pozze ricche di gamberetti. Ragazzine cristiane ridacchiavano nei loro vestitini, uomini con l'ombrello chiuso se ne stavano in silenzio a fissare l'azzurro orizzonte. In un incavo di pietra nera Salahuddin vide un uomo in *dhoti* chino su una pozza. I loro occhi s'incontrarono, e l'uomo gli fece segno di avvicinarsi, con un solo dito che accostò poi alle labbra, *S-st*, e il mistero delle pozze fra gli scogli attirò il ragazzo verso lo sconosciuto. Era una creatura tutta ossa. Occhiali con una montatura che poteva essere d'avorio. Il dito che si piegava e si piegava, come un amo, vieni. Quando Salahuddin si avvicinò, l'altro lo afferrò, gli coprì la bocca con una mano e costrinse la giovane mano a infilarsi tra gambe vecchie e scarne, a toccare quell'osso di carne. Il *dhoti* s'aprì ai venti. Salahuddin non aveva mai saputo battersi; fece quello che era obbligato a fare, e alla fine l'altro si allontanò con calma e lo lasciò andare.

Da allora Salahuddin non andò più agli scogli di Scandal Point; e non raccontò a nessuno quanto era successo, sapendo quali crisi di nervi avrebbe prodotto in sua madre e sospettando che suo padre avrebbe detto che era tutta colpa sua. Gli sembrava che tutto ciò che c'era di odioso, tutto ciò che era arrivato a disprezzare nella sua città natia fosse confluito nell'ossuto abbraccio dello sconosciuto, e adesso che era sfuggito a quello scheletro malvagio, doveva anche sfuggire a Bombay, o morire. Cominciò a concentrarsi intensamente su questa idea, a polarizzare su di essa la propria volontà in ogni momento, mangiando cacando dormendo, convinto di poter operare il miracolo anche senza l'aiuto della lampada di suo padre. Sognava di spiccare il volo dalla finestra della sua camera e di scoprire che lì, sotto di lui, c'era – non Bombay – ma proprio Londra, Bigben Colonnadinelson, Lordstavern, Torredilondra, Regina. Ma sorvolando la grande metropoli, sentiva che stava perdendo quota e per quanto s'accanisse a dibattersi scalciare nuotare-nell'aria, continuava a scendere lentamente, a spirale, verso la terra, poi più in fretta, poi ancora più in fretta, finché non si trovò a urlare tuffandosi a capofitto verso la City, Sanpaolo, Puddinglane, Threadneedlestreet, piombando su Londra come una bomba.

Quando accadde l'impossibile, e suo padre, a ciel sereno, gli offrì di studiare in Inghilterra, *per togliermi di mezzo*, pensò lui, *e se no perché, è evidente, ma a caval donato eccetera*, sua madre, Nasreen Chamchawala, si rifiutò di piangere e gli offrì invece il beneficio dei propri consigli. «Non diventare sudicio come gli inglesi» lo ammonì. «Pensa che si puliscono il se de re solo con la carta. E poi fanno il bagno in acqua già adoperata da qualcun altro.» Queste ignobili calunnie dimostrarono a Salahuddin che sua madre stava facendo l'impossibile per impedirgli di partire, e, nonostante il loro reciproco amore, ribatté: «Quello che tu dici, *Ammi*, è inconcepibile. L'Inghilterra è una grande civiltà, cosa stai blaterando, sciocca».

Lei sorrise, con quel suo sorrisetto nervoso, e non fece obiezioni. E in seguito restò con gli occhi asciutti sotto l'arco di trionfo del cancello e non volle accompagnarlo all'aeroporto di Santacruz. Il suo unico figlio. Gli ammonticchiò ghirlande intorno al collo sino a stordirlo con i profumi nauseanti dell'amore materno.

Nasreen Chamchawala era la più esile e fragile delle donne, con ossa come *tinkas*, come sottili schegge di legno. Per compensare questa irrilevanza fisica aveva contratto, sin dalla prima giovinezza, l'abitudine di vestirsi con una vivacità provocatoria, eccessiva. I disegni sui suoi sari erano abbaglianti, se non addirittura vistosi; seta color limone con enormi rombi di broccato, vertiginose volute Op Art in bianco e nero, baci con rossetto giganteschi su un fondo di un bianco abbagliante. La gente le perdonava i suoi gusti pacchiani perché portava quegli indumenti chiassosi con tanta innocenza, perché la voce che emanava da quella cacofonia tessile era così sottile ed esitante e perbene. E per le sue *soirées*.

Ogni venerdì, da quando si era sposata, Nasreen riempiva i saloni della dimora dei Chamchawala, quei locali insolitamente tenebrosi come grandi e vuote volte sepolcrali, di luce e di amici allegri e superficiali. Quando era bambino, Salahuddin aveva insistito per assumere la funzione del portinaio e accoglieva con grande solennità gli ospiti laccati e ingioiellati, lasciando che gli accarezzassero il capo e lo chiamassero *cuteso* e *chweetie-pie*. Il venerdì la casa era piena di rumori; c'erano suonatori, cantanti, ballerini, gli ultimi successi occidentali trasmessi da Radio Ceylon, fragorosi spettacoli di marionette in cui rajà d'argilla dipinta calcavano minuscoli stalloni e decapitavano i fantocci nemici con imprecazioni e spade di legno. Ma per il resto della settimana, Nasreen s'aggirava per casa con cautela, una donna-piccione che camminava in punta di piedi nelle tenebre, apparentemente timorosa di disturbare quel silenzio fitto di ombre; e suo figlio, che le trotterellava dietro, imparò anche lui a rendere più leggeri i propri passi per non destare gli eventuali spiriti maligni o *afreet* che forse erano in agguato.

Ma: la cautela non fu sufficiente a salvar la vita di Nasreen Chamchawala. L'orrore l'aggredì e la uccise quando si riteneva del tutto al sicuro, avvolta in un sari ornato di foto e titoli di giornali popolari, inondata dalla luce di un lampadario, circondata dagli amici.

Erano passati quasi cinque anni e mezzo da quando il giovane Salahuddin, inghirlandato e messo in guardia, si era imbarcato su un Douglas DC-8 e se n'era andato in Occidente. Davanti a lui, l'Inghilterra; accanto a lui, suo padre, Changez Chamchawala: sotto di lui, patria e bellezza. Come Nasreen, il futuro Saladin non aveva mai avuto le lacrime facili.

Su quel primo aeroplano lesse storie di fantascienza e di migrazioni intergalattiche: *Fondazione* di Asimov, *Cronache marziane* di Ray Bradbury. Immaginò che il DC-8 fosse la nave madre, che portava l'Eletto, il Prescelto da Dio e dall'uomo, a distanze impensabili, viaggiando per generazioni, procreando eugeneticamente; che il loro seme avrebbe un giorno messo radici in qualche punto di uno splendido mondo nuovo sotto un sole giallo. Si corresse: non la nave madre ma la nave padre perché, dopo tutto, c'era con lui il grand'uomo, *Abbu*, Papà. Il tredicenne Salahuddin, accantonando le pene e i rancori recenti, ritrovò l'adorazione infantile per il padre, perché lui lo aveva, lo aveva, lo aveva venerato, era un gran padre finché non cominciavi a ragionare per conto tuo, e allora discutere con lui era considerato un tradimento del suo amore, ma adesso non aveva più importanza, *io lo accuso di essere diventato il mio essere supremo, al punto che ciò che accadde fu come aver perduto la fede*, sì la nave padre, un aereo che non era un utero volante ma un fallo metallico, e i passeggeri spermatozoi in attesa di essere liberati.

Cinque ore e mezzo di fusi orari; capovolgi il tuo orologio a Bombay e saprai che ora è a Londra. *Mio padre*, avrebbe pensato Chamcha anni dopo, al culmine della sua amarezza, *io lo accuso di aver capovolto il Tempo*.

Quanto volarono? Cinquemila miglia e mezzo in linea d'aria. O: dall'India all'Inghilterra, una distanza incalcolabile. Oppure, per niente lontano, perché si levarono da una grande città, atterrarono in un'altra. La distanza fra le città è sempre piccola; l'abitante di un villaggio, nei cento chilometri che lo separano dalla città più vicina, attraversa uno spazio più vuoto, più buio, più terrificante.

Che cosa fece Changez Chamchawala quando l'aereo decollò: cercando di non farsi vedere dal figlio, incrociò due paia di dita di ogni mano e fece roteare i pollici.

E quando si furono sistemati in un albergo a pochi metri dall'antica ubicazione della forca di Tyburn, Changez disse a suo figlio: «Prendi. Questo ti appartiene», e gli porse, allungando il braccio, un portafogli nero sulla cui identità non potevano esistere dubbi. «Adesso sei un uomo. Prendi.»

La restituzione del portafogli confiscato, con tutte le sue banconote, si rivelò presto uno dei piccoli tranelli di Changez Chamchawala. Era tutta la vita che Salahuddin se ne lasciava ingannare. Ogni volta che voleva punirlo, suo padre gli offriva una tavoletta di cioccolato d'importazione o un barattolo di formaggio Kraft, e quando lui s'avvicinava per prenderlo, lo agguantava. «Somaro» diceva sprezzante Changez al figlioletto. «Ogni volta la carota ti attira al mio bastone.»

A Londra Salahuddin prese il portafogli che gli era stato offerto, accettando questo omaggio alla sua raggiunta età adulta; ma poi suo padre disse: «Adesso che sei un uomo, tocca a te provvedere al tuo vecchio padre finché staremo a Londra. Pagherai tu tutti i conti».

Gennaio 1961. Un anno potevi capovolgerlo e, a differenza del tuo orologio, segnava sempre la stessa ora. Era inverno; ma quando Salahuddin Chamchawala cominciò a rabbrividire nella sua camera d'albergo, fu perché era quasi impazzito dalla paura; la sua pentola d'oro si era improvvisamente tramutata nella maledizione di uno stregone.

Quelle due settimane a Londra, prima della partenza per il collegio, furono un incubo di registratori di cassa e di calcoli, perché Changez intendeva esattamente ciò che aveva detto e mai una volta portò una mano alla tasca. Salahuddin dovette comprarsi i suoi vestiti, compreso un impermeabile di sargia azzurra a doppio petto e sette camicie Van Heusen a righe blu e bianche con colletti semirigidi e staccabili che Changez lo obbligava a portare tutti i giorni perché si abituasse ai bottoncini, e Salahuddin aveva la sensazione di un coltello spuntato che premeva poco più in basso del suo pomo d'Adamo apparso da poco; e doveva fare in modo che restasse abbastanza per pagare la camera d'albergo e tutto il resto, e quindi era troppo nervoso per domandare a suo padre se potevano andare a vedere un film, neanche uno, neanche *The Pure Hell of St. Trinians*, o mangiare fuori, neppure un pasto in un ristorante cinese, e negli anni successivi non avrebbe ricordato niente dei suoi primi quindici giorni nell'amatissima *Elloen-Dioen* se non sterline scellini pence, come il discepolo del re-filosofo Chanayka che domandò al grand'uomo cosa intendesse quando diceva che si poteva vivere nel mondo e nello stesso tempo non viverci, e gli fu allora ordinato di portare una brocca piena d'acqua sino all'orlo attraverso una folla in festa senza versarne neppure una goccia, pena la morte, e di conseguenza quando tornò non fu in grado di descrivere le celebrazioni della giornata, che aveva vissuto come un cieco, vedendo soltanto il recipiente che portava sulla testa.

Changez Chamchawala era molto quieto in quei giorni, e sembrava non dare alcuna importanza al mangiare o al bere o a qualsiasi altra cosa; era felice di starsene seduto nella sua camera d'albergo a guardare la televisione, specialmente quando andavano in onda *Gli antenati*, perché, disse a suo figlio, quella Wilma *bibi* gli ricordava Nasreen. Salahuddin cercò di dimostrarsi uomo digiunando insieme con il padre, cercando di resistere più di lui, ma non ne fu mai capace, e quando i morsi della fame diventavano troppo tormentosi usciva dall'albergo e raggiungeva una vicina rosticceria a buon mercato dove si potevano comprare e portar via i polli arrosto esposti tutti unti nella vetrina, mentre giravano lentamente sugli spiedi. Ma quando entrava col pollo nella hall dell'albergo si sentiva imbarazzato, non voleva che il personale lo vedesse, e così se lo infilava nella sargia a doppio petto e saliva in ascensore puzzando di arrosto allo spiedo, con l'impermeabile rigonfio e la faccia tutta rossa. Impacciato e intimidito dagli sguardi delle vecchie signore e degli addetti all'ascensore, sentiva nascere in sé quella rabbia implacabile che avrebbe continuato ad ardere, immutata, per più di un quarto di secolo; e avrebbe dissipato la sua infantile venerazione per il padre facendo di lui un laico, deciso, da allora, a fare il possibile per vivere senza alcun tipo di dio; e avrebbe forse alimentato la sua determinazione a diventare ciò che suo padre non-era-né-sarebbe-mai-potuto-essere, cioè un veroeproprio inglese. Sì, un inglese, anche se sua madre aveva perfettamente ragione, anche se c'era soltanto carta nei gabinetti e acqua tiepida già adoperata piena di fango e sapone in cui immergersi dopo aver fatto ginnastica, anche se significava trascorrere la vita tra alberi spogliati dall'inverno, le cui dita s'aggrappavano disperate alle poche pallide ore di luce acquosa, filtrata. Nelle notti d'inverno, lui che non aveva mai dormito sotto più di un lenzuolo, giaceva coperto da montagne di lana e si sentiva come un personaggio di un mito antico, condannato dagli dèi a portare sempre un macigno premuto sul petto; ma questo non aveva importanza, sarebbe diventato un inglese, anche se i suoi compagni di classe ridevano della sua voce e lo escludevano dai loro segreti, perché queste esclusioni non fecero che aumentare la sua determinazione, e fu allora che cominciò a recitare, a portare maschere che gli altri potessero riconoscere, maschere da visopallido, maschere da clown, ingannandoli al punto da far loro credere che lui fosse okay, che fosse *gente-come-noi*. Li ingannò nello stesso modo in cui un essere umano sensibile potrebbe persuadere i gorilla ad accoglierlo nella loro famiglia, a vezzeggiarlo e accarezzarlo, a ficcargli in bocca banane.

(Una volta pagato l'ultimo conto, e svuotato completamente il portafogli trovato un tempo ai piedi di un arcobaleno, si sentì dire da suo padre: «Hai visto? Hai pagato la tua parte. Ho fatto di te un uomo». Ma quale uomo? È una cosa che i padri non sanno mai. Non in anticipo, non se non quando è troppo tardi.)

Un giorno, poco dopo l'inizio della scuola, scendendo a colazione trovò sul piatto un'aringa affumicata. Restò lì a guardarla, non sapendo da dove cominciare. Poi la tagliò e si riempì la bocca di minuscole lische. E dopo averle estratte tutte, un altro boccone e altre lische. I compagni lo guardavano soffrire in silenzio; nessuno gli disse, ehi, te lo insegno io, è così che si fa. Gli ci vollero novanta minuti per mangiare il pesce e non gli fu permesso di alzarsi da tavola finché non ebbe finito. A questo punto stava tremando e, se fosse stato capace di piangere, avrebbe pianto. Poi capì che gli era stata impartita una lezione importante. L'Inghilterra era un pesce affumicato con uno strano sapore, pieno di lische e di spine, e nessuno gli avrebbe mai detto come mangiarlo. Scoprì di essere un gran testardo. «Glielo farò vedere io» giurò. «Vedrete se non ne sarò capace.» Mangiare l'aringa fu la sua prima vittoria, il primo passo verso la conquista dell'Inghilterra.

Guglielmo il Conquistatore, si dice, cominciò mangiando un boccone di sabbia inglese.

Cinque anni dopo, quando tornò a casa dopo aver finito la scuola, in attesa che cominciasse il trimestre nell'università inglese, la sua trasformazione in un Vilayeti era ormai a buon punto. «Lo senti come si lamenta bene» lo derise Nasreen davanti a suo padre. «Non c'è niente cui non rivolga le sue grandi-grandi critiche, i ventilatori sono fissati male al soffitto e cadranno e ci taglieranno la testa mentre dormiamo, dice, e il cibo fa ingrassare troppo, perché non possiamo cucinare niente senza friggerlo, i balconi dell'ultimo piano sono malsicuri e la vernice è scrostata, perché non siamo capaci di essere fieri di quello che ci circonda eh, e il giardino è pieno di erbacce, siamo gente della giungla, a sentir lui, e guarda come sono rozzi i nostri film, non gli piacciono più; e quante malattie, non puoi neanche bere l'acqua del rubinetto, dio mio, è diventato un'arca di scienza, marito, il nostro piccolo Sallu, reduce dall'Inghilterra, e come parla bene.»

Era sera e passeggiavano sul prato, guardando il sole che si tuffava nel mare, vagando all'ombra di quei grandi alberi frondosi, in parte contorti in parte diritti, che Salahuddin (che ora si faceva chiamare Saladin secondo la moda della scuola inglese, ma che sarebbe rimasto Chamchawala ancora per un po', finché un agente teatrale non gli abbreviò il cognome per ragioni commerciali) aveva cominciato a riconoscere, albero del pane, baniano, jacaranda, fiamma della foresta, platano. Pianticelle *chhooi mooi*, *noli me tangere* crescevano ai piedi dell'albero della sua vita, il noce che Changez aveva piantato con le proprie mani il giorno dell'arrivo del figlio. Davanti all'albero della nascita, padre e figlio erano entrambi imbarazzati e incapaci di reagire in maniera adeguata alla garbata ironia di Nasreen. Saladin aveva il malinconico sospetto che il giardino fosse stato più bello prima che lui imparasse tutti quei nomi e che fosse andato perso qualcosa che non avrebbe mai più potuto ritrovare. E Changez Chamchawala si rese conto che non riusciva più a guardare il figlio negli occhi, perché l'amarezza che ci vedeva gli gelava il cuore. Quando parlò, voltando bruscamente le spalle al noce diciottenne nel quale aveva a volte immaginato, durante la lunga separazione, che dimorasse l'anima del suo unico figlio, le parole vennero fuori sbagliate e lo fecero apparire quella figura fredda e rigida che aveva sperato di non diventare mai e che temeva di non poter più evitare.

«Di' a tuo figlio», tuonò Changez a Nasreen, «che se è andato all'estero per imparare a disprezzare la sua gente, allora la sua gente non può avere per lui altro che disprezzo. Cos'è? Un fauntleroy, un pezzo grosso? È questo il mio destino: perdere un figlio e trovare un mostro?»

«Qualunque cosa io sia, mio caro babbo» disse Saladin all'uomo più anziano, «la devo interamente a te.»

Fu la loro ultima chiacchierata in famiglia. Per tutta l'estate, la tensione continuò a crescere, nonostante i tentativi di mediazione di Nasreen, *devi chiedere scusa a tuo padre, tesoro, quel pover uomo sta soffrendo le pene dell'inferno ma è troppo orgoglioso per abbracciarti*. Anche l'*ayah* Kasturba e il vecchio servo Vallabh, suo marito, tentarono di mediare, ma né il padre né il figlio erano disposti a cedere. «Stessa stoffa è il problema» disse Kasturba a Nasreen. «Papà e figliolo, stessa stoffa, stessa e medesima.»

In settembre quando cominciò la guerra col Pakistan, Nasreen decise, in una sorta di sfida, di non sospendere i suoi ricevimenti del venerdì, «per dimostrare che indù e musulmani possono amare oltre che odiare» affermò. Changez vide l'espressione dei suoi occhi e non tentò neppure di discutere, ma ordinò ai servi di oscurare con tende tutte le finestre. Quella sera, per l'ultima volta, Saladin Chamchawala ricoprì il suo vecchio ruolo di portinaio, tutto in ghingheri nel suo smoking inglese, e quando arrivarono gli invitati – gli stessi invitati di sempre, spruzzati dalle polveri grigie della vecchiaia, ma gli stessi – gli fecero le stesse carezze e gli diedero gli stessi baci di allora, le benedizioni nostalgiche della sua giovinezza. «Guardate com'è cresciuto» dicevano. «È proprio un tesoro, non c'è niente da dire.» Cercavano tutti di nascondere la paura della guerra, *pericolo di incursioni aeree*, diceva la radio, e quando scompigliavano i capelli di Saladin le loro mani erano un po' troppo tremanti, oppure un po' troppo ruvide.

Più tardi, quella sera, le sirene cantarono e gli invitati corsero a mettersi al riparo, nascondendosi sotto i letti, negli armadi, dappertutto. Nasreen Chamchawala rimase sola davanti a un tavolo sovraccarico di cibi e tentò di rassicurare la compagnia standosene lì nel suo sari decorato con pagine di giornale, a masticare un pezzo di pesce come se non fosse successo nulla. Fu così che quando cominciò a soffocare per la lisca della sua morte non c'era nessuno ad aiutarla, erano tutti rannicchiati in qualche angolo, con gli occhi chiusi; persino Saladin, il conquistatore delle aringhe affumicate, Saladin con la sua arroganza di reduce dall'Inghilterra, si era perso d'animo. Nasreen Chamchawala cadde, si contorse, boccheggiò, morì, e quando suonò il cessato allarme, gli invitati riemersero imbarazzati e trovarono la padrona di casa estinta al centro della sala da pranzo, rapita dall'angelo sterminatore, *khali-pili khalass*, come dicono a Bombay, finita senza nessuna ragione, scomparsa per sempre.

Meno di un anno dopo la morte di Nasreen Chamchawala, dovuta alla sua incapacità di trionfare sulle lische di pesce come aveva imparato il figlio studiando all'estero, Changez si risposò senza aver preavvertito nessuno. Saladin ricevette nel suo college inglese una lettera in cui il padre gli ordinava, nello stile fastidiosamente ampolloso e antiquato che caratterizzava la sua corrispondenza, di essere felice. "Rallegrati" diceva la lettera, 'perché ciò che è perduto rinasce." La spiegazione di questa frase piuttosto enigmatica veniva poche righe dopo nello stesso aerogramma, e quando Saladin apprese che anche la sua nuova matrigna si chiamava Nasreen, qualcosa girò storto nella sua testa ed egli scrisse al padre una lettera intrisa di rabbia e crudeltà, di una violenza che può esistere solo tra padri e figli, e che si distingue da quella tra madri e figlie per il fatto che vi s'annida la possibilità di una reale cazzottata con conseguente rottura di mascelle. Changez rispose a giro di posta; una lettera breve, quattro righe di insulti arcaici, villano mascalzone maleducato canaglia briccone bastardo furfante. "Ti prego di considerare irrimediabilmente spezzati tutti i legami familiari" concludeva. "Le conseguenze sono tua responsabilità."

Dopo un anno di silenzio, Saladin rievette un'altra missiva, una lettera di perdono, in tutto e per tutto più difficilmente sopportabile delle invettive della precedente scomunica. "Quando diventerai padre, figlio mio" confidava Changez Chamchawala, "conoscerai anche tu quei momenti – oh! troppo dolci! – in cui per amore fai ballare il caro bebè su un ginocchio; dopo di che, senza preavviso né provocazione la deliziosa creatura – posso parlare francamente? – ti *bagna*. E allora per un attimo ti si rivolta lo stomaco, un'ondata di rabbia ti gonfia il sangue – ma poi si spegne, rapida come è venuta. Come possiamo infatti noi adulti capire che la colpa non è del piccolino? Lui non sa che cosa fa."

Profondamente offeso da questo paragone con un bebè orinante, Saladin mantenne quello che, nelle sue speranze, doveva essere un silenzio dignitoso. Prima di laurearsi, aveva ottenuto un passaporto britannico, essendo arrivato in quel paese poco prima che le leggi diventassero più severe, e poté quindi informare Changez, in una breve lettera, che intendeva stabilirsi a Londra e cercare lavoro come attore. La risposta di Changez Chamchawala arrivò per espresso: "Tanto varrebbe che tu diventassi un dannato gigolo. Sono convinto che è entrato in te qualche diavolo e ti ha fatto uscire di senno. Ti è stato dato molto; pensi forse di non dover niente a nessuno? Al tuo paese? Alla memoria della tua cara madre? Alla tua stessa intelligenza? Vuoi passare la vita a dimenarti e pavoneggiarti sotto luci brillanti, a baciare donne bionde davanti a estranei che hanno pagato per assistere alla tua vergogna? Non sei mio figlio, ma un *ghoul*, un *hoosh*, un demone sgorgato dall'inferno. Un attore! Rispondi a questa domanda: cosa dirò ai miei amici?".

E sotto la firma, questo patetico petulante poscritto: "Ora che tu hai il tuo cattivo *ginn* personale, non pensare più di ereditare la lampada magica".

In seguito Changez Chamchawala scrisse al figlio a intervalli irregolari e in ogni lettera riaffrontava il tema dei demoni e dell'esserne posseduti. "Un uomo infedele a se stesso diventa una menzogna con due gambe, e queste bestie sono i capolavori di Shaitan" scriveva, e anche, in una vena più sentimentale: "Io, figlio mio, ho messo al sicuro la tua anima qui in questo noce. Il diavolo possiede solo il tuo corpo. Quando ti sarai liberato di lui, torna a rivendicare il tuo spirito immortale. Fiorisce in giardino".

La grafia di queste lettere si modificò col trascorrere degli anni, perdendo l'ornata sicurezza che la rendeva immediatamente riconoscibile e diventando più angusta, disadorna, purificata. Poi le lettere cessarono, ma Saladin apprese da altre fonti che la mania di suo padre per il sovrannaturale non aveva fatto che aumentare, tanto da trasformarlo in un recluso, forse per sfuggire a un mondo in cui i demoni potevano rubare il corpo del suo stesso figlio, un mondo malsicuro per un uomo sinceramente religioso.

Questa trasformazione di suo padre sconcertò Saladin, anche da così lontano. I suoi genitori erano stati musulmani alla maniera tiepida e superficiale dei bombayiti; Changez Chamchawala era parso al figlio bambino assai più dio di qualsiasi Allah. Che suo padre, questa divinità profana (anche se ora screditata), da vecchio si fosse gettato in ginocchio e avesse cominciato a inchinarsi verso la Mecca, era difficile da accettare per il figlio ateo.

«Per me la colpa è di quella strega» disse a se stesso, abbandonandosi, a fini retorici, a quello stesso linguaggio di incantesimi e di *goblin* che suo padre aveva cominciato a usare. «Quella Nasreen numero due. E sarei poi io l'oggetto di una operazione diabolica, io il posseduto da un demonio? Non è la mia scrittura che è cambiata.»

Le lettere cessarono. Trascorsero anni; poi Saladin Chamcha, attore, uomo che si era fatto da sé, tornò a Bombay con i Prospero Players per interpretare la parte del medico indiano in *La miliardaria* di George Bernard Shaw. In scena adattò la voce alle esigenze della parte, ma quei modi di dire per tanto tempo repressi, quelle vocali e consonanti abbandonate, cominciarono a sgorgare dalla sua bocca anche fuori del teatro. La sua voce lo stava tradendo, ed egli scoprì che le sue parti componenti erano capaci anche di altri tradimenti.

Un uomo che decide d'inventare se stesso, si assume il ruolo del Creatore, almeno secondo un certo modo di vedere le cose: è uno snaturato, un bestemmiatore, un abominio tra gli abomini. Da un altro punto di vista, potreste vedere patos nella sua persona, eroismo nella sua lotta, nella sua disponibilità a rischiare:

non tutti i mutanti sopravvivono. O se no, consideratelo sotto l'aspetto sociopolitico: quasi tutti i migratori imparano a camuffarsi e sanno identificarsi con i propri camuffamenti. Le descrizioni false che diamo di noi per controbattere le falsità inventate sul nostro conto, nascondendo per motivi di sicurezza il nostro io segreto.

Un uomo che inventa se stesso ha bisogno di qualcuno che creda in lui, per dimostrare che ce l'ha fatta. Di recitare ancora la parte di Dio, potreste dire. Ma potreste anche scendere qualche gradino e pensare a *Tinker bell*: le fate non esistono se i bambini non battono le mani. O potreste semplicemente dire: significa proprio questo essere un uomo.

Non è solo il bisogno di esser creduti, ma quello di credere in un altro. Avete capito benissimo: amore.

Saladin Chamcha conobbe Pamela Lovelace cinque giorni e mezzo prima della fine degli anni Sessanta, quando le donne portavano ancora i fazzoletti in testa. Se ne stava al centro di una stanza piena di attrici trotskiste e lo fissava con occhi così luminosi, così luminosi. La monopolizzò tutta la sera e lei non smise mai di sorridere e se ne andò con un altro. Lui tornò a casa a sognare i suoi occhi e il suo sorriso, la sua snellezza e la sua pelle. La corteggiò per due anni. L'Inghilterra cede i propri tesori con riluttanza. Era sbalordito dalla propria perseveranza e si rendeva conto che Pamela era diventata la custode del suo destino, che, se non si fosse lasciata convincere, il suo tentativo di metamorfosi sarebbe fallito. «Lasciami fare» la supplicava, lottando educatamente sul tappeto bianco che lo faceva arrivare alla fermata dell'autobus di mezzanotte, coperto di colpevoli batuffoli. «Credimi, sono io il tuo uomo.»

Una sera, *inaspettatamente*, lo lasciò fare, disse che gli credeva. Lui la sposò prima che potesse cambiare idea, ma non imparò mai a leggere i suoi pensieri. Quando era infelice, lei si chiudeva a chiave in camera finché non si sentiva meglio. «Non è affar tuo» gli diceva. «Quando sono così non voglio che nessuno mi veda.» Lui la definiva un mollusco bivalve. «Apri» bussava a tutte le porte chiuse a chiave della loro vita in comune, seminterrato prima, poi villino unifamiliare, poi palazzo signorile. «Io ti amo, fammi entrare.» Aveva un tale bisogno di lei, per rassicurarsi di esistere, che non seppe mai intuire la disperazione nel suo eterno abbagliante sorriso, il terrore nella gaiezza con cui affrontava il mondo o le ragioni che la spingevano a nascondersi quando non riusciva a sorridere radiosamente. Solo quando fu troppo tardi, gli raccontò che i suoi genitori si erano uccisi insieme quando lei aveva appena incominciato a mestruare, indebitati per il gioco sino al collo, lasciandole una voce con l'accento aristocratico che la classificava come una ragazza d'oro, una donna invidiabile, mentre in realtà era abbandonata, perduta, i genitori non si erano neanche presi il disturbo di aspettare che fosse cresciuta, così lei era stata amata, e quindi naturalmente non aveva nessuna fiducia in sé, e ogni momento che passava al mondo era traboccante di panico, e per questo sorrideva e sorrideva e una volta la settimana più o meno chiudeva la porta a chiave e tremava e si sentiva come una buccia, un guscio d'arachide vuoto, una scimmia senza una noce.

Non riuscirono mai ad aver figli; a sentir lei per colpa sua. Ma dieci anni dopo Saladin scoprì che c'era qualcosa che non andava in certi suoi cromosomi, due bastoncelli troppo lunghi o troppo corti, non ricordava bene. La sua eredità genetica; a quanto pareva era già una fortuna che lui esistesse e non fosse una sorta di mostro deforme. Gli veniva dalla madre o dal padre? I medici non erano in grado di dirlo; ed è facile indovinare su chi dei due Saladin gettò la colpa, dopo tutto non sarebbe stato corretto pensar male dei morti.

Ultimamente non andavano d'accordo.

Lui lo disse a se stesso dopo, non durante.

Dopo, disse a se stesso: il matrimonio stava naufragando, forse per i bambini che non erano venuti, forse perché ci allontanavamo sempre più l'uno dall'altra, forse per questo, forse per quello...

Durante, distoglieva lo sguardo da tutte le tensioni, da tutti gli stridori, da tutte le liti che non scoppiavano mai, chiudeva gli occhi e aspettava che le tornasse il sorriso. Permetteva a se stesso di credere in quel sorriso, in quella brillante simulazione di gioia.

Cercò d'inventare un futuro felice per entrambi, di fare in modo che s'avverasse, prima immaginandolo, poi credendoci. Mentre andava in India pensò com'era fortunato ad avere lei. Sono fortunato sì lo sono non c'è dubbio sono il bastardo più fortunato del mondo. E: che meraviglia aver davanti il lungo viale ombreggiato degli anni, la prospettiva d'invecchiare accanto alla sua dolcezza.

Aveva così duramente lavorato su se stesso ed era arrivato così vicino a convincersi di essersi convinto, che quando andò a letto con Zeeny Vakil meno di quarantotto ore dopo il suo arrivo a Bombay, la prima cosa che fece, prima ancora di far l'amore, fu di svenire, di perdere i sensi, perché i messaggi che gli arrivavano al cervello erano così gravemente contraddittori che sembrava che il suo occhio destro vedesse il mondo spostarsi a sinistra mentre l'occhio sinistro lo vedeva scivolare a destra.

Zeeny fu la prima donna indiana con cui fece l'amore. Irruppe nel suo camerino dopo la prima di *La miliardaria* con le sue braccia melodrammatiche e la sua voce stridula, come se non fossero passati anni. *Anni.* «*Yaar* che delusione, lo giuro, sono rimasta sino alla fine solo per sentirti cantare *Goodness Gracious Me* come Peter Sellers o che so io, pensavo, vediamo se ha imparato a imbroccare una nota, ricordi quando facevi le imitazioni di Elvis con la tua racchetta da squash, tesoro, eri troppo buffo, completamente stonato. Ma com'è questa storia? Nel dramma la canzone non c'è. Maledizione. Senti, ce la fai a mollare tutti questi visipallidi e a uscire con noi *wogs*? Forse hai dimenticato com'è.»

La ricordava come un'adolescente che sembrava un manico di scopa, con una strana pettinatura asimmetrica e un sorriso asimmetrico uguale-ma-nella-direzione-opposta. Una ragazza scriteriata. Una volta, per puro divertimento, era entrata in un *adda* malfamato, una bettola, di Falkland Road ed era rimasta lì a fumar sigarette e a bere cocacola finché i magnaccia che gestivano il locale non minacciarono di sfregiarla, essendo vietato l'ingresso alle libere professioniste. Lei li fissò sino a far loro abbassare gli occhi, finì la sigaretta e uscì. Impavida. Forse matta. Adesso, sui trentacinque anni, era laureata in medicina con una consulenza all'ospedale Breach Candy, e lavorava con i senzatetto della città ed era andata a Bhopal appena si era sparsa la notizia dell'invisibile nube americana che divorava gli occhi e i polmoni della gente. Era un critico d'arte il cui libro sul mito limitativo dell'autenticità – quella camicia di forza folcloristica cui lei cercava di sostituire l'etica di un eclettismo convalidato dalla storia, perché l'intera cultura nazionale non era forse basata sul principio del prendere in prestito tutti gli indumenti che sembravano della misura giusta, ariani, moghul, britannici, porta-via-il-meglio-e-lascia-lì-il-resto? – aveva sollevato un prevedibile scandalo, soprattutto per il titolo. Lo aveva intitolato *Il solo buon indiano*. «Vale a dire un indiano morto» spiegò a Chamcha quando gliene regalò una copia. «Perché dovrebbe esserci un modo giusto di essere *wog*? Questo è puro fondamentalismo indù. In realtà siamo tutti indiani cattivi. E alcuni sono peggiori degli altri.»

Aveva raggiunto l'apice della sua bellezza, capelli lunghi e sciolti, e non era più un manico di scopa. Cinque ore dopo il suo ingresso nel camerino di lui, erano a letto, e Saladin svenne. Quando si svegliò, lei gli disse: «Ti ho fatto bere un liquore con un sonnifero». Lui non seppe mai se gli aveva detto o no la verità.

Zeenat Vakil vedeva in Saladin la propria missione. «Il tuo ricupero» spiegò. «Ti riporteremo a casa.» In certi momenti lui aveva l'impressione che intendesse riuscirci mangiandolo vivo. Faceva l'amore come una cannibale e lui era il suo boccone preferito. «Sapevi» le domandò, «che si è stabilito da tempo un collegamento tra l'essere vegetariani e il sentire un impulso all'antropofagia?» Zeeny, che stava cibandosi della sua coscia nuda, scosse il capo. «In certi casi estremi» continuò lui, «un consumo eccessivo di verdure può liberare nell'organismo sostanze biochimiche che provocano fantasie cannibalesche.» Lei alzò il capo e sorrise col suo sorriso obliquo. Zeeny, la bella vampira. «Ma va là» disse. «Noi siamo una nazione di vegetariani e la nostra è una cultura pacifica, mistica, lo sanno tutti.»

Per parte sua, Saladin aveva l'obbligo di maneggiare con cautela. La prima volta che le toccò i seni, lei versò calde e sorprendenti lacrime che avevano il colore e la consistenza del latte di bufala. Aveva visto morire sua madre come un uccello trinciato per il pranzo, prima il seno sinistro, poi il destro, e il cancro aveva continuato a estendersi. La paura di ripetere la morte della madre le imponeva di vietare l'accesso al proprio seno. Era il terrore segreto dell'impavida Zeeny. Non aveva mai avuto figli, ma i suoi occhi piangevano latte.

Dopo che ebbero fatto l'amore la prima volta, partì decisa all'attacco, accantonate ormai le lacrime. «Lo sai che cosa sei? Te lo dico io. Un disertore ecco, più inglese degli inglesi, con quell'accento *angrez* nel quale ti avvolgi come in una bandiera, e non pensare che sia così perfetto, scivola via, *baba*, come un paio di baffi finti.»

«C'è una cosa strana che mi sta succedendo» avrebbe voluto dirle «la mia voce» ma non sapeva come dirlo, e tenne la bocca chiusa.

«Quelli come te» sbuffò Zeeny baciandogli una spalla. «Tornate a casa dopo tanto tempo e vi credete sadiocosa. Be', piccolo, noi abbiamo di voi un'opinione ben più bassa.» Il suo sorriso era più luminoso di quello di Pamela. «Vedo, Zeeny» le disse, «che non hai perso il tuo sorriso Binaca.»

Binaca. Da dove era saltata fuori la pubblicità, da tempo dimenticata, di questo dentifricio? Attento, Chamcha, bada alla tua ombra. Quella nera figura che striscia alle tue spalle.

La seconda sera, lei venne a teatro con due amici a rimorchio, un giovane cineasta marxista che si chiamava George Miranda, una specie di balena dinoccolata con le maniche del *kurta* rimboccate, un panciotto sbottonato e pieno d'antiche macchie e un sorprendente paio di baffi soldateschi con le punte incerate; e Bhupen Gandhi, poeta e giornalista, che era diventato grigio prima del tempo ma aveva un viso innocente come quello di un bimbo finché non faceva partire la sua maliziosa risata. «Vieni, Salad *baba*» annunciò Zeeny. «Ti mostreremo la città.» Si voltò verso i suoi compagni. «Questi *asiatici* che vengono dall'estero non hanno pudore» affermò. «Saladin è come una maledetta lattuga, credetemi.»

«Qualche giorno fa è capitata qui una telecronista» disse George Miranda. «Con i capelli rosa. Diceva di chiamarsi Kerleeda. Non riuscivo a crederci.»

«Sentite, George è un uomo troppo semplice» lo interruppe Zeeny. «Lui non sa quali mostri potete diventare voialtri. Quella Miss Singh, uno scandalo. Io le dissi, tu ti chiami Kalida, carina, fa rima con Dalda, che è un utensile da cucina. Ma lei non ce la faceva a pronunciarlo. Il suo stesso nome. Portami dal tuo capo. Voialtri non avete cultura. Siete soltanto dei *wogs*. Non è così?» aggiunse, improvvisamente allegra e con gli occhi sgranati, temendo d'avere esagerato. «Smettila di tormentarlo, Zeenat» disse Bhupen Gandhi con la sua voce pacata. E George, imbarazzato, borbottò: «Senza offesa, amico. Si fa solo per scherzare».

Chamcha decise di sorridere e poi di controbattere: «Zeeny» disse, «la terra è piena di indiani, lo sai bene, noi arriviamo dappertutto, facciamo i calderai in Australia e le nostre teste finiscono nel frigorifero di Idi Amin. Forse aveva ragione Colombo; il mondo è fatto di Indie, orientali, occidentali, settentrionali. Maledizione, tu dovresti essere fiera di noi, del nostro spirito di iniziativa, di come premiamo contro tutte le frontiere. La sola differenza è che non siamo indiani come te. Ti conviene abituarti a noi. Qual era il titolo di quel libro che hai scritto?»

Zeeny infilò un braccio nel suo. «Ascoltate. Ascoltate il mio Salad. All'improvviso vorrebbe essere indiano, dopo aver passato la vita cercando di diventare bianco. Non tutto è perduto, vedete. In lui c'è ancora qualcosa di vivo.» E Chamcha si sentì avvampare, sentì crescere la propria confusione. L'India: imbrogliava sempre le cose.

«Per l'amor di Dio» aggiunse lei, pugnalandolo con un bacio. «*Chamcha*, voglio dire, che cazzo. Ti fai chiamare Mister Rospo e poi ti aspetti che noi non ridiamo.»

Nella sconquassata Hindustan di Zeeny, una macchina fabbricata per una cultura di servi, con il sedile posteriore più imbottito di quello anteriore, sentì la notte che lo avvolgeva come una folla. L'India lo metteva a confronto con la propria immensità dimenticata, la propria mera presenza, il suo vecchio disprezzato disordine. Un *jira* amazzonico vestito come una Wonder Woman indiana e munito persino di un tridente d'argento, fermò il traffico con un braccio imperioso, camminò lento davanti a loro. Chamcha lalo guardò negli occhi fiammeggianti. Gibreel Farishta, il divo del cinema inspiegabilmente sparito dalla circolazione, imputridiva sui cartelloni. Detriti, rifiuti, rumori. Manifesti di sigarette sfilavano fumando: Forbici – soddisfazione per l'uomo d'azione. E, più strano ancora: Panama – parte integrante del grande scenario indiano.

«Dove stiamo andando?» La notte aveva assunto il colore verdastro dell'illuminazione al neon. Zeeny parcheggiò la macchina. «Ti sei perso» lo accusò. «Cosa sai di Bombay? È la tua città, ma non lo è mai stata. Per te è un sogno infantile. Crescere a Scandal Point è come vivere sulla luna. Niente *bustee* da quelle parti, nossignori, soltanto alloggi per la servitù. Venivano mai lì elementi di Shiv Sena a dare noia? Pativano la fame i tuoi vicini durante gli scioperi dei tessili? Datta Samant tenne mai un comizio davanti ai vostri bungalow? Quanti anni avevi quando hai conosciuto un sindacalista? Quanti la prima volta che sei salito su un treno locale anziché su una macchina con autista? Quella non era Bombay; tesoro. Scusami. Era il Paese delle Meraviglie, Peristan, il Mondo dei sogni, Oz.»

«E tu?» le ricordò Saladin. «Dov'eri allora?»

«Nello stesso posto» disse lei con asprezza. «Con tutti gli altri maledetti *Munchkin*.»

Stradine secondarie. Stavano ridipingendo un tempio Jain e avevano messo tutti i santi in sacchetti di plastica per proteggerli dallo sgocciolio. Sul marciapiede un giornalaio metteva in mostra fogli pieni di orrore: un disastro ferroviario. Bhupen Gandhi cominciò a parlare, nel suo mite bisbiglio. Dopo l'incidente, disse, i passeggeri superstiti nuotarono verso la riva (il treno era precipitato da un ponte) e là trovarono quelli del posto che li spinsero sott'acqua fino a farli affogare e depredarono i cadaveri.

«Chiudi il becco» gli gridò Zeeny. «Perché gli racconti queste cose? Già ci considera dei selvaggi, una specie inferiore.»

Una bottega vendeva legno di sandalo da bruciare in un vicino tempio di Krishna e occhi-di-Krishna rosa-e-bianchi smaltati che vedevano tutto. «C'è troppo da vedere» disse Bhupen. «È questo il fatto.»

In un *dhaba* affollato che George aveva cominciato a frequentare quando stava prendendo contatti, a fini cinematografici, con i *dada*, o capi, che gestivano il mercato cittadino della carne umana, si beveva rum scuro ai tavoli d'alluminio e George e Bhupen, un po' brilli, cominciarono a litigare. Zeeny beveva Thums-Up Cola e denunciò a Chamcha i suoi amici. «Hanno problemi col bere, tutti e due, sono ridotti come vecchie pentole, maltrattano le mogli, frequentano le bettole, sprecano le loro sudice vite. Non c'è da stupirsi che io mi sia innamorata di te, tesoro, quando i prodotti locali sono così degradati, finiscono col piacerti le merci straniere.»

George era andato con Zeeny a Bhopal e stava diventando fastidioso continuando a parlare di quella catastrofe, dandone un'interpretazione ideologica. «Cos'è l'Amrika per noi? Il potere nella sua forma più pura, disincarnato, invisibile. Non possiamo vederlo, ma ci sfrutta completamente, senza scampo.» Paragonò la società Union Carbide al cavallo di Troia. «Siamo stati noi a far entrare quei bastardi.» Era come la storia dei quaranta ladroni. Nascosti nelle anfore ad aspettare la notte. «E noi purtroppo non avevamo Ali Babà» gridò. «Chi avevamo? Mr Rajiv G.»

A questo punto Bhupen Gandhi si alzò bruscamente in piedi, barcollando un po', e cominciò, come un indemoniato, come posseduto da uno spirito, a *testimoniare*: «Per me» disse, «il punto non può essere l'intervento straniero. Noi continuiamo a perdonare noi stessi gettando la colpa sull'estero, l'America, il Pakistan, qualsiasi altro paese. Scusami, George, ma per me tutto risale ad Assam, è da lì che dobbiamo cominciare». Il massacro degli innocenti. Fotografie di cadaveri infantili, tutti schierati ordinatamente in fila come soldati in parata. Erano stati bastonati a morte, lapidati, avevano tagliato loro il collo con i coltelli. Quelle schiere impeccabili di morti, ricordò Chamcha. Come se soltanto l'orrore potesse spronare l'India all'ordine.

Bhupen parlò per ventinove minuti, senza pause né esitazioni. «Tutti siamo colpevoli di Assam» disse. «Ciascuno di noi. A meno che e finché non ci renderemo conto di questa realtà, che la morte di quei bambini è stata colpa nostra, non potremo mai definirci un popolo civile.» Beveva rum con la stessa rapidità con cui parlava, e la sua voce era sempre più alta, e il suo corpo cominciò a pendere pericolosamente, ma benché l'intero locale fosse ammutolito, nessuno s'avvicinò a lui, nessuno cercò di farlo tacere, nessuno gli diede dell'ubriaco. A metà di una frase, *ogni giorno accecamenti o sparatorie o corruzioni, chi crediamo di essere*, si sedette pesantemente e si mise a fissare il proprio bicchiere.

A quel punto un giovane si alzò da un angolo lontano del locale e controbatté. Assam doveva essere vista in termini politici, gridò, c'erano ragioni economiche, e un altro balzò in piedi per replicare, le questioni di denaro non spiegano perché un uomo adulto bastoni a morte una ragazzina, e poi un altro disse, se pensi questo non hai mai avuto fame, *salah*, com'è schifosamente romantico credere che l'economia non possa tramutare gli uomini in bestie. Chamcha teneva ben stretto il proprio bicchiere, mentre il livello del rumore cresceva e l'aria sembrava diventare più densa, denti d'oro lampeggiavano sul suo viso, altre spalle sfioravano le sue, gomiti lo toccavano, l'aria stava diventando poltiglia e nel suo petto erano cominciate le palpitazioni irregolari. George lo agguantò per un polso e lo trascinò in strada. «Stai bene, amico? Stavi diventando verde.» Saladin ringraziò con un cenno d'assenso, si riempì i polmoni della notte, si calmò. «Rum e stanchezza» disse. «Ho la strana abitudine di farmi prendere dai nervi dopo lo spettacolo. Spesso addirittura barcollo. Avrei dovuto saperlo.» Zeeny lo stava guardando e nei suoi occhi c'era qualcosa di più che simpatia. Uno sguardo scintillante, trionfale, duro. *Qualcosa è penetrato in te*, gongolava la sua espressione. *Era quasi ora.*

Una volta guarito dalla febbre tifoide, rifletté Chamcha, sei immune da questa malattia per una decina d'anni. Ma niente vale per sempre; col tempo gli anticorpi spariscono dal tuo sangue. Doveva accettare il fatto che nel suo corpo non c'erano più gli agenti immunizzanti che gli avrebbero permesso di sopportare la realtà dell'India. Rum, palpitazioni cardiache, nausea dello spirito. È ora di andare a letto.

Lei non volle mai portarlo a casa propria. Sempre e soltanto in albergo, con i giovani arabi, muniti di medaglioni d'oro, che a mezzanotte camminavano impettiti nei corridoi con bottiglie di whisky di contrabbando. Lui si sdraiò sul letto, con le scarpe ai piedi, colletto e cravatta allentati, il braccio destro sugli occhi;

lei, nell'accappatoio bianco dell'albergo, si chinò a baciargli il mento. «Te lo spiego io che cosa ti è successo stanotte» disse. «Potresti dire che abbiamo incrinato il tuo guscio.»

Saladin si rizzò a sedere, furioso. «Be', ecco che c'è dentro» esplose. «Un indiano tradotto in inglese. Adesso quando tento di parlare hindi, la gente mi guarda senza capire. Questo sono io.» Immerso nella gelatina della lingua che aveva adottato, aveva cominciato a udire, nella Babele dell'India, un monito sinistro: non venire mai più. Una volta attraversato lo specchio, puoi tornare indietro solo a tuo rischio e pericolo. Lo specchio può farti a brandelli.

«Ero così fiera di Bhupen stasera» disse Zeeny buttandosi sul letto. «In quanti paesi puoi entrare in un bar e avviare una discussione come quella? La passione, la serietà, il rispetto. Tienti pure la tua civiltà, Rospetto; a me va benissimo questa.»

«Rinuncia a me» la supplicò lui. «Non mi piace che la gente venga a trovarmi senza avermi avvisato. Ho dimenticato le regole delle sette piastrelle e del *kabbadi*. Non so recitare le mie preghiere. Non so cosa dovrebbe succedere in una cerimonia *nikah* e in questa città dove sono cresciuto mi perdo se rimango solo. Non è casa mia. Mi fa venire le vertigini perché sembra casa mia e non lo è. Mi fa tremare il cuore e girare la testa.»

«Sei uno stupido» gli gridò lei. «Uno stupido. Cambia! Maledetto idiota! Certo che puoi cambiare.» Era un vortice, una sirena, che lo tentava, perché ridiventasse ciò che era stato. Ma quello era morto, un'ombra, un fantasma, e lui non voleva diventare uno spettro. Aveva nel portafogli un biglietto di ritorno per Londra e lo avrebbe usato.

«Tu non ti sei mai sposata» disse lui mentre giacevano entrambi insonni nelle ore piccole. Zeeny sbuffò. «Davvero sei rimasto via troppo. Non mi vedi? Io non sono una nera.» Arcuando la schiena e sbarazzandosi delle lenzuola, per mostrare la propria sontuosità. Quando la regina dei banditi Phoolan Devi lasciò le gole per arrendersi e farsi fotografare, i giornali distrussero immediatamente il mito che essi stessi avevano creato della sua *bel-*

lezza leggendaria. Divenne *insignificante*, *una creatura comune*, *per nulla stuzzicante*, lei che era stata *appetitosa*. Pelle scura nell'India del nord. «Non la bevo» disse Saladin. «Non pensare che ci creda.»

Lei rise. «Bene, allora non sei ancora un completo idiota. Che bisogno c'era di sposarsi? Avevo del lavoro da fare.»

E dopo una pausa, fu lei a fargli la stessa domanda: *È così. E tu?*

Non solo sposato, ma ricco. «Raccontami allora, *na*. Come vivete tu e la *mame*.» In un palazzo a cinque piani in Notting Hill. Ma ultimamente aveva cominciato a sentirsi malsicuro, perché la più recente infornata di ladri non si era limitata a portar via i soliti video e stereo, ma anche il cane lupo che faceva la guardia. Non era più possibile, aveva cominciato a pensare, vivere in un luogo dove i criminali rapiscono le bestie. Pamela gli disse che era un'antica usanza locale. Ai Vecchi Tempi, spiegò (per Pamela la storia si divideva in Era Antica, Evi Bui, Vecchi Tempi, Impero Britannico, Età Moderna e Presente), rubare gli animali domestici era una fiorente industria. I poveri sottraevano ai ricchi i loro cagnolini, li addestravano a dimenticare il proprio nome e li rivendevano agli afflitti e smarriti proprietari nelle botteghe di Portobello Road. La storia locale di Pamela era sempre ricca di particolari e spesso inattendibile. «Ma, Dio mio» disse Zeeny Vakil. «Dovreste vendere subito e traslocare. Li conosco questi inglesi, tutti uguali, marmaglia e nababbi. Non puoi opporti alle loro fottute tradizioni.»

Mia moglie, Pamela Lovelace, fragile come la porcellana, armoniosa come le gazzelle, ricordò. *Io metto radici nelle donne che amo*. Le banalità dell'adulterio. Le accantonò e parlò del proprio lavoro.

Quando Zeeny Vakil apprese come si guadagnava da vivere Saladin Chamcha, emise una serie di urletti che indussero uno degli arabi col medaglione a bussare alla porta per accertarsi che andasse tutto bene. Vide una bella donna seduta sul letto, e sul suo viso scorreva quello che sembrava latte di bufala che gocciolava poi dalla punta del mento, e dopo aver chiesto scusa a Chamcha per l'intrusione, s'affrettò a ritirarsi, *mi scusi, amico, ehi, lei è davvero un uomo fortunato*.

«Povero idiota» boccheggiò Zeeny tra uno scroscio di risa e l'altro. «Quei bastardi di *Angrez*. Ti hanno proprio fottuto.»

Adesso, dunque, il suo lavoro era buffo. «Io ho disposizione per gli accenti» disse lui con alterigia. «Perché non dovrei servirmene?»

«*Perché non dovrei servirmene?*» lo imitò Zeeny, tirando calci in aria. «Signor attore, i suoi baffi si sono di nuovo staccati.»

Oh, Dio mio.

Cosa mi sta succedendo?

Che diavolo?

Aiuto.

Avendo quella disposizione, e l'aveva davvero, era l'uomo delle mille e una voce. Se volevi sapere come la tua bottiglia di ketchup avrebbe dovuto parlare nella sua pubblicità televisiva, se non eri sicuro della voce ideale per il tuo pacchetto di patatine fritte all'aglio, Chamcha era il tuo uomo. Faceva parlare i tappeti nelle pubblicità dei grandi magazzini, imitava persone celebri, fagioli al forno, piselli surgelati. Alla radio poteva far credere al pubblico di essere russo, cinese, siciliano o il presidente degli Stati Uniti. Una volta, in un radiodramma per trentasette voci, interpretò tutte le parti con una serie di pseudonimi, e nessuno se ne accorse. Con la sua equivalente femminile, Mimi Mamoulian, regnava sulle onde radio britanniche. Occupavano una fetta talmente larga del mercato delle voci fuori campo, che, come disse Mimi: «La gente non dovrebbe parlare della Commissione contro i monopoli quando ci siamo noi, neanche per scherzo». Lei aveva una gamma impressionante: poteva dar voce a qualsiasi età, a qualsiasi femmina del mondo, a qualsiasi livello del registro vocale, dall'angelica Giulietta alla diabolica Mae West. «Un giorno o l'altro dovremmo sposarci, quando tu sarai libero» gli suggerì una volta Mimi. «Insieme potremmo essere le Nazioni Unite.»

«Tu sei ebrea» gli fece notare lui. «E io sono stato educato ad avere certe opinioni sugli ebrei.»

«E va bene, sono ebrea» ribatté lei alzando le spalle. «Ma sei tu che sei circonciso. Nessuno è perfetto.»

Mimi era una donna minuscola con fitti riccioli scuri e pareva un manifesto della Michelin. A Bombay, Zeenat Vakil si stirò e sbadigliò e scacciò ogni altra donna dai suoi pensieri. «È troppo» rise. «Ti pagano perché tu li imiti, purché non debbano guardarti. La tua voce diventa famosa ma la tua faccia la nascondono. Hai idea del perché? Verruche sul naso, occhi strabici, cosa? Non ti viene in mente niente, piccolo? È il tuo dannato cervello di lattuga, scommetto.»

Era vero, pensò lui. Saladin e Mimi erano in un certo senso delle leggende, ma leggende mutilate, divi oscuri. Il campo gravitazionale delle loro capacità gli assicurava lavoro, ma rimanevano invisibili, spogliandosi dei propri corpi per indossare voci. Alla radio Mimi poteva diventare la Venere di Botticelli, poteva essere Olympia, Marilyn, qualunque altra donna che le fosse venuta in mente. Non le importava un accidente dell'aspetto che aveva; era diventata la propria voce, valeva una miniera d'oro e tre giovani donne erano disperatamente innamorate di lei. Inoltre comprava immobili. «Comportamento nevrotico» ammetteva senza vergognarsene. «Un bisogno eccessivo di metter radici, causato dalle traversie degli ebrei d'America. Un pizzico di disperazione dovuto all'avanzare degli anni e a certi piccoli polipi scoperti nella gola. Possedere immobili è così rasserenante. Lo raccomando a tutti.» Possedeva una canonica nel Norfolk, una casa colonica in Normandia, una torre campanaria in Toscana, un litorale in Boemia. «Tutte abitate da fantasmi» spiegava. «Cigolii, urla, sangue sui tappeti, donne in camicia da notte, non manca niente. Nessuno rinuncia alla propria terra senza essersi battuto.»

Nessuno tranne me, pensò Chamcha, aggredito dalla malinconia mentre giaceva accanto a Zeenat Vakil. Forse io sono già uno spettro. Ma, se non altro, uno spettro con biglietto d'aereo, successo, soldi, moglie. Un'ombra, che vive però nel mondo materiale, tangibile, con dei *beni*. Sissignore.

Zeeny gli accarezzò i capelli che s'arricciavano sulle orecchie. «Certe volte, quando stai zitto» sussurrò, «quando non fai voci strane o gesti magniloquenti, e dimentichi che c'è gente che ti guarda, sei come uno spazio vuoto. Capisci? Una lavagna su cui non c'è scritto niente, un posto dove non c'è nessuno. A volte mi fa impazzire. Mi vien voglia di prenderti a schiaffi. Di pizzicarti per richiamarti in vita. Ma nello stesso tempo mi rattrista. Quanto sei sciocco, tu, il grande divo con la tua faccia del colore sbagliato per le loro TV a colori, costretto a venire nel paese dei *wog* con una compagnia di terz'ordine, per di più in una parte di *babu*, per recitare in una commedia. Ti prendono a calci e tu rimani lì, tu li ami, con la tua fottuta mentalità di schiavo, Chamcha.» Lo prese per le spalle e lo scosse, sedendosi a cavalcioni su di lui, con i seni proibiti a pochi centimetri dal suo viso, «Salad *baba*, o come diavolo preferisci chiamarti, per l'amor del cielo *vieni a casa*.»

La sua grande occasione, quella che avrebbe potuto far perdere in fretta al denaro il proprio significato, era stata in partenza poca cosa: televisione per i ragazzi, un programma che si chiamava *The Aliens Show*, un'imitazione di *The Munsters* derivata da *Guerre Stellari* tramite *Sesame Street*. Era di fatto una *situation comedy* su un gruppo di extraterrestri, la cui gamma andava dal carino allo psicopatico, dall'animale al vegetale, e persino al minerale, perché c'era anche un'artistica roccia spaziale capace di estrarre da se stessa la sua materia prima e di rigenerarsi in tempo per la puntata successiva. Questa roccia si chiamava Pigmalione e, dato il distorto senso dell'umorismo dei produttori della serie, c'era anche una rozza e ruttante creatura simile a un cactus vomitante che veniva da un pianeta deserto ai confini del tempo: era Matilda l'australiana, e c'erano tre grottesche prosperose e canore sirene spaziali chiamate le Alien Korns, forse perché potevi sdraiarti in mezzo a loro, e c'era una squadra di hippy venusiani e di gente che scriveva con lo spray nella metropolitana e di negri che si facevano chiamare la Nazione Aliena, e sotto un letto dell'astronave, che era l'ambiente principale del programma, viveva Bugsy, il gigantesco scarabeo stercorario della nebulosa Cancro, scappato da suo padre, e nella vasca dei pesci potevi trovare Cervelli, la superintelligente aliotide gigante cui piaceva mangiare alla cinese, e poi c'era Ridley, il più terrificante dei membri permanenti del cast, che sembrava una bocca piena di denti ballonzolanti in fondo a un baccello e dipinti da Francis Bacon, e aveva un'ossessione per l'attrice Sigourney Weaver. I protagonisti della serie, i suoi Kermit e Miss Piggy, erano una coppia molto alla moda, con abiti attillati e acconciature bizzarre, Maxim e Mamma Alien, che aspiravano a diventare – che cosa se no? – divi della televisione. Erano impersonati da Saladin Chamcha e da Mimi Mamoulian, che cambiavano voce ogni volta che mutavano d'abito, per non parlare della pettinatura, che tra un'inquadratura e l'altra poteva passare dal purpureo al vermiglio e poteva stare diagonalmente un metro sopra la loro testa o scomparire del tutto; o se no cambiavano arti e lineamenti, capaci com'erano di modificare tutto, mutando gambe, braccia, nasi, orecchie, occhi, e ogni mutazione suscitava un accento diverso nelle loro leggendarie ugole proteiformi. Ciò che fece della serie un successo fu l'uso delle più aggiornate immagini generate dal computer. Gli sfondi erano tutti simulati: astronave, paesaggi d'altri mondi, *game-show* intergalattici; e anche gli attori erano trattati dalle macchine e obbligati a trascorrere quattro ore al giorno sepolti sotto l'ultima trovata in fatto di truccature protesiche che – una volta entrati in funzione i video-computer – facevano apparire anche loro delle simulazioni. Maxim Alien, playboy dello spazio, e Mamma, invincibile campionessa galattica di lotta e regina universale della pasta, fecero immediatamente sensazione. Li voleva la fascia oraria di massimo ascolto; poi l'America, l'Eurovisione, il mondo.

A mano a mano che diventava più importante, *The Aliens Show* cominciò a provocare critiche politiche. I conservatori lo attaccavano perché troppo terrorizzante e sessualmente troppo esplicito (Ridley era capace di avere un'autentica erezione ogni volta che pensava un po' troppo a Miss Weaver) e troppo *bizzarro*. I commentatori radicali attaccavano invece il suo procedere per stereotipi, il suo rafforzare l'idea degli alieni come mostri, la sua mancanza di immagini positive. Chamcha subì varie pressioni perché abbandonasse la serie; rifiutò; divenne una sorta di bersaglio. «Mi aspettano guai ogni volta che torno a casa» disse a Zeeny. «Quella dannata serie non è un'allegoria. È uno spettacolo. Vuole solo divertire.»

«Divertire chi?» volle sapere lei. «E poi, anche adesso ti mandano in onda solo dopo averti coperto la faccia di gomma e averti messo in testa una parrucca rossa. Un gran bel successo, mi pare.»

«Il punto è» gli disse quando si svegliarono il mattino dopo, «carissimo Salad, che tu sei davvero bello, senza alcun dubbio. Pelle che sembra latte, reduce dall'Inghilterra. Adesso che Gibreel ha tagliato la corda, potrebbe toccare a te. Dico sul serio, *yaar*. Hanno bisogno di una faccia nuova. Torna a casa e potresti diventare il prossimo, più grande di Bachchan, più grande di Farishta. Non hai la faccia buffa come loro.»

Quando era giovane, le disse, ogni fase della sua vita, ogni personalità che sperimentava, lo avevano rassicurato con la loro provvisorietà. Che fossero imperfette non aveva importanza, perché poteva facilmente sostituirle da un momento all'altro, da un Saladin all'altro. Adesso però il cambiamento cominciava a diventare doloroso; le arterie del possibile si stavano indurendo. «Non è facile dirtelo, ma io adesso sono sposato, e non solo con una moglie ma con la vita.» *Di nuovo lo slittamento dell'accento.* «In realtà sono venuto a Bombay per una ragione che non era la commedia. Lui ora ha passato i settanta, e non avrò più molte occasioni. Lui non è venuto a teatro; Muhammad deve andare alla montagna.»

Mio padre, Changez Chamchawala, proprietario di una lampada magica. «Changez Chamchawala, stai scherzando, non pensare neanche di poter lasciarmi a casa» disse lei battendo le mani. «Voglio controllare con i miei occhi i capelli e le unghie dei piedi.» Suo padre, il famoso recluso. Quella di Bombay era una cultura di rifacimenti. La sua architettura imitava i grattacieli; il suo cinema reinventava all'infinito *I magnifici sette* e *Love Story*, obbligando tutti i suoi eroi, almeno una volta nella loro carriera, a salvare un villaggio da briganti assassini e tutte le sue eroine a morire di leucemia. Anche i suoi miliardari avevano cominciato a importare il proprio modo di vivere. L'invisibilità di Changez era un sogno indiano del nevrotico *crorepati* in un attico di Las Vegas; ma un sogno, in fondo, non è una fotografia e Zeeny voleva vedere con i propri occhi. «Quando è di cattivo umore fa le boccacce alla gente» l'avvertì Saladin. «Nessuno ci crede finché non succede, ma è vero. E che boccacce! Doccioni! Inoltre è un puritano e ti darà della bagascia, e io dovrò probabilmente litigare con lui, è scritto.»

Ecco la ragione per cui Saladin Chamcha era venuto in India: perdono. Era questo il suo obiettivo nella città natia. Ma se lo avrebbe dato o ricevuto non era in grado di dirlo.

Aspetti curiosi delle attuali condizioni di Mr Changez Chamchawala: con la nuova moglie, Nasreen Seconda, viveva cinque giorni la settimana in un complesso cinto da alti muri soprannominato il Forte Rosso, nel quartiere di Pali Hill, prediletto dai divi del cinema; ma ogni finesettimana tornava senza la moglie nella vecchia casa di Scandal Point, a trascorrervi giornate di riposo nel mondo perduto del passato, in compagnia della prima defunta Nasreen. Non solo: si diceva che la seconda moglie si rifiutasse di metter piede nella vecchia dimora. «O non le è permesso» ipotizzò Zeeny sul sedile posteriore della Mercedes berlina con i finestrini oscurati che Changez aveva mandato per prendere il figlio. E quando Saladin ebbe finito di informarla dei precedenti, Zeenat Vakil fischiò con ammirazione. «*Paaazzesco*.»

La ditta di fertilizzanti Chamchawala, l'impero del letame di Changez, stava per essere sottoposto all'indagine di una commissione governativa per frode fiscale e evasione del dazio d'importazione, ma questo a Zeeny non interessava. «Stavolta» disse, «arriverò a scoprire che cosa tu sei realmente.»

Si aprì davanti a loro Scandal Point. Saladin sentì il passato irrompere come una marea, annegandolo, riempiendogli i polmoni della sua spettrale salsedine. *Oggi non sono me stesso*, pensò. Il cuore batte irregolarmente. La vita danneggia i vivi. Nessuno di noi è se stesso. Nessuno di noi è *così*.

C'erano adesso cancelli d'acciaio, comandati a distanza dall'interno, che chiudevano il fatiscente arco di trionfo. Si aprirono con un lento ronzio per accogliere Saladin in questo luogo del tempo perduto. Quando vide il noce in cui, secondo suo padre, era conservata la sua anima, cominciarono a tremargli le mani. Si nascose dietro la neutralità della cosa. «Nel Kashmir» disse a Zeeny, «l'albero della tua nascita è una sorta d'investimento. Quando un figlio raggiunge la maggiore età, il noce cresciuto diventa una sorta di polizza d'assicurazione maturata; è un albero che ha un suo valore, si può venderlo per pagare le nozze o per avviare una carriera. L'adulto abbatte la propria infanzia per aiutare il proprio io cresciuto. È una spaventosa mancanza di sentimenti, non trovi?»

La macchina si era fermata sotto il portico dell'ingresso. Zeeny rimase in silenzio mentre loro salivano con lui i sei gradini sino al portone, dove furono accolti da un decrepito e compassato servitore in livrea bianca con i bottoni d'ottone, nella cui massa di capelli bianchi Chamcha riconobbe all'improvviso, ritraducendola in nero, la criniera di quello stesso Vallabh che ai Vecchi Tempi aveva diretto la casa come maggiordomo. «Dio mio, Valabhbhai» riuscì a dire, e abbracciò il vecchio. Il servo gli sorrise con difficoltà. «Sono diventato così vecchio, *baba*. Pensavo che non mi avrebbe riconosciuto.» Li guidò lungo i corridoi della dimora carichi di cristalli e Saladin si accorse che l'assenza di cambiamenti era eccessiva, e doveva quindi essere deliberata. Era proprio così, gli spiegò Vallabh: quando era morta la Begum, Changez Sahib aveva giurato che la casa sarebbe diventata il suo monumento. Di conseguenza non era più stato cambiato niente dal giorno della sua scomparsa, quadri, mobili, portasaponi, figurine in vetro rosso di tori in combattimento e ballerine in porcellana di Dresda, tutto era ancora esattamente nella stessa posizione, le stesse riviste sulle stesse tavole, le stesse carte appallottolate nel cestino della carta straccia, come se anche la casa fosse morta e fosse stata imbalsamata. «Mummificata» disse Zeeny, dando, come al solito, voce all'indicibile. «Dio, che cosa sinistra, no?» Fu a questo punto, mentre Vallabh il servo stava aprendo la doppia porta del salotto azzurro, che Saladin Chamcha vide il fantasma di sua madre.

Lanciò un grido e Zeeny si voltò di scatto. «Guarda» indicando il buio fondo del corridorio, «non ci sono dubbi, quel maledetto sari con la carta stampata e i titoloni, quello che portava il giorno in cui, in cui» ma intanto Vallabh aveva cominciato ad agitare le braccia come un uccello indebolito e incapace di volare, non vede, *baba*, era solo Kasturba, non l'avrà dimenticata, mia moglie, è soltanto mia moglie. *La mia ayah Kasturba con cui giocavo nelle pozze tra gli scogli. Finché non divenni più grande e ci andai senza di lei e in un incavo un uomo con gli occhiali d'avo-*

rio. «Per favore, *baba*, non s'arrabbi, è solo che quando morì la Begum, Changez Sahib regalò a mia moglie qualche vestito, lei non avrà obiezioni? Sua madre era una donna così generosa, quando era viva, donava sempre con liberalità.» Chamcha, che stava ritrovando il proprio equilibrio, si sentì un po' stupido. «Per l'amor di Dio, Vallabh» mormorò. «Per l'amor di Dio. È ovvio che non ho obiezioni.» Vallabh ritrovò l'antico sussiego; il diritto di parola del vecchio servo gli permise di rimproverare. «Mi scusi, *baba*, ma lei non dovrebbe bestemmiare.»

«Guarda come suda» sussurrò Zeeny, in modo da farsi sentire «Sembra spaventato a morte.» Entrò nella stanza Kasturba e, benché il suo ricongiungimento con Chamcha fosse piuttosto caloroso, c'era ancora nell'aria qualcosa che non andava. Vallabh andò a prendere birra e Thums Up, e quando si congedò anche Kasturba, Zeeny disse immediatamente: «C'è qualcosa di equivoco. Lei si muove come se fosse la padrona. Il modo in cui si comporta. Quei due hanno qualcosa in mente, scommetto». Chamcha cercò di essere ragionevole. «Stanno quasi sempre qui soli, ed è probabile che dormano nella camera da letto padronale e usino per mangiare il miglior servizio di piatti, per forza finiscono col considerarla casa loro.» Ma stava pensando come fosse impressionante, in quel vecchio sari, la somiglianza della sua *ayah* Kasturba con sua madre.

«Sei stato via tanto tempo» disse la voce di suo padre alle sue spalle, «che non sai più neanche distinguere un'*ayah* viva dalla tua mamma morta.»

Saladin si voltò per contemplare il malinconico spettacolo di un padre avvizzito come una mela vecchia, ma che insisteva comunque a indossare i costosi vestiti italiani dei suoi opulenti anni carnosi. Adesso che aveva perso sia gli avambracci di Braccio di Ferro, sia la pancia di Bluto, pareva vagare all'interno dei propri abiti come uno che sta cercando qualcosa senza essere ancora riuscito a identificarla. Si fermò sulla soglia a guardare il figlio, con naso e labbra arricciati dalla stregoneria distruttiva degli anni e ridotto a un pallido simulacro della sua faccia da orco di un tempo. Chamcha aveva cominciato a capire che suo padre non era più in grado di spaventare nessuno, che il suo incantesimo si era spezzato ed era ormai solo un vecchio bislacco avviato verso la tomba; mentre Zeeny aveva notato con una punta di delusione che i capelli di Changez Chamchawala erano tagliati corti secondo la tradizione e che, dal momento che indossava un paio di lucidissime Oxford con le stringhe, sembrava improbabile che la storia delle unghie dei piedi lunghe trenta centimetri avesse qualche fondamento; e a questo punto tornò l'*ayah* Kasturba, con una sigaretta in bocca, e passò davanti a loro tre, padre figlio amante, muovendosi verso un divano Chesterfield azzurro rivestito di velluto e con lo schienale trapuntato, dove adagiò il proprio corpo con la sensualità di una divetta del cinema, pur essendo piuttosto avanti negli anni.

Appena Kasturba ebbe completato questo sconvolgente ingresso, Changez si spostò rapidamente oltre il figlio e andò a piantarsi accanto all'ex *ayah*. Zeeny Vakil, con gli occhi scintillanti di scandalizzati puntini di luce, sibilò a Chamcha. «Chiudi la bocca, caro. Fa un brutto effetto.» E dalla soglia il servo Vallabh, che stava spingendo un carrello di bibite, guardò impassibile il suo padrone di tanti anni che cingeva con un braccio la sua docile consorte.

Quando il progenitore, il creatore, si rivela satanico, il figlio assume spesso un atteggiamento puritano. Chamcha si sorprese a chiedere: «E la mia matrigna, caro papà? Sta bene?».

Il vecchio si rivolse a Zeeny: «Spero che con te non sia così bacchettone. Se no, dovete passarvela in modo ben triste». Poi al figlio, in un tono più aspro: «Così adesso provi interesse per mia moglie? Ma lei non ne ha alcuno per te. Non vuole neanche incontrarti. Perché dovrebbe perdonare? Non sei suo figlio. E, a questo punto, forse neanche il mio».

Non sono venuto per litigare con lui. Guardalo il vecchio caprone. Non devo litigare. Ma questo, questo è intollerabile. «Nella casa di mia madre» gridò in toni melodrammatici Chamcha, perdendo la propria battaglia con se stesso. «Lo stato considera corrotta la tua azienda, e qui c'è la corruzione della tua anima. Guarda cos'hai fatto a loro, a Vallabh e a Kasturba. Con i tuoi soldi. Quanto ti è costato? Avvelenare la loro vita. Sei un uomo malato.» Se ne stava davanti al padre, divampando di giusta collera.

Inaspettatamente, intervenne Vallabh, il servo. «*Baba*, con tutto il rispetto, mi scusi, ma lei cosa ne sa? Se n'è andato e adesso viene qui a giudicarci.» Saladin sentì crollare il pavimento sotto i suoi piedi; stava contemplando l'inferno. «È vero che ci paga» continuò Vallabh. «Per il nostro lavoro e anche per quello che lei vede. Per questo.» Changez Chamchawala strinse ancor più forte le docili spalle dell'*ayah*.

«Quanto?» gridò Chamcha. «Vallabh, quanto avete stabilito voi due uomini? Quanto per prostituire tua moglie?»

«Che idiota» disse sprezzantemente Kasturba. «Avrai studiato in Inghilterra e tutto il resto, ma hai ancora la testa piena di fieno. Vieni qui a fare questi discorsi roboanti, *nella casa di tua madre* eccetera, ma forse non l'amavi tanto. Noi invece l'amavamo, tutti noi. Noi tre. E in questo modo possiamo mantenere vivo il suo spirito.»

«È *puja*, si potrebbe dire» intervenne la voce pacata di Vallabh. «Un atto di culto.»

«E tu» parlò Changez Chamchawala, sommessamente come il suo servo, «tu vieni qui in questo tempio. Con la tua incredulità. Hai una bella faccia tosta.»

Infine il tradimento di Zeenat Vakil. «Piantala, Salad» disse, andando a sedersi sul bracciolo del Chesterfield, accanto al vecchio. «Perché sei così musone? Tu non sei un angelo, piccolo, e questi tre hanno trovato una soluzione eccellente.»

Saladin aprì e subito richiuse la bocca. Changez accarezzò un ginocchio a Zeeny. «È venuto qui per accusare, cara. È venuto per vendicare la sua giovinezza. Ma noi abbiamo capovolto la situazione, e adesso lui è confuso. Ora dobbiamo però offrirgli una possibilità, e tu farai da arbitro. Non voglio farmi condannare da lui, ma da te accetterò il peggio.»

Il bastardo. Quel vecchio bastardo. Mi voleva sbilanciato, ed ecco che lo sono, piegato di traverso. Ma non parlerò, perché dovrei, non così, che umiliazione. «C'era una volta» disse Saladin Chamcha, «un portafogli pieno di sterline e un pollo arrosto.»

Di che cosa il figlio accusò il padre? Di tutto: spionaggio di se stesso bambino, furto della pentola dell'arcobaleno, esilio. Di averlo trasformato in ciò che sarebbe potuto non diventare. Di aver-fatto-un-uomo-di. Di cosa-dirò-ai-miei-amici. Di rotture irreparabili e di perdoni offensivi. Di essere soggiaciuto al culto di Allah con la nuova moglie, e anche al culto blasfemo della sposa defunta. Soprattutto di culto della lampada-magica, di essere un apriti-sesamo. Per lui, tutto era stato facile, fascino, donne, ricchezza, potere, posizione. Strofina, puf, genio, desiderio, e subito padrone, in un attimo. Era un padre che aveva promesso, e poi rifiutato, una lampada magica.

Changez, Zeeny, Vallabh e Kasturba restarono zitti e immobili finché Saladin Chamcha, rosso in viso e imbarazzato, non ebbe finito. «Una tale violenza dello spirito dopo tanto tempo» disse Changez dopo una pausa. «Che tristezza. Un quarto di secolo e il figlio ancora brontola sui peccatucci del passato. O figlio mio. Devi smetterla di portarmi sulla spalla come un pappagallo. Cosa sono io? Finito. Io non sono il tuo Vecchio del Mare. Guarda le cose in faccia, uomo: io non ti darò altre spiegazioni.»

Da una finestra, Saladin Chamcha scorse un noce di quarant'anni. «Abbattilo» disse a suo padre. «Taglialo, vendilo, mandami i soldi.»

Chamchawala si alzò e tese la mano destra. Zeeny, alzatasi anche lei, la prese come una ballerina che accetti un bouquet; Vallabh e Kasturba si ridussero subito a servi, come se un orologio avesse silenziosamente suonato l'ora della zucca. «Il tuo libro» disse lui a Zeeny. «Ho qualcosa che ti farebbe piacere vedere.»

I due lasciarono la stanza; l'impotente Saladin, dopo un attimo d'esitazione, s'avviò petulante sulla loro scia. «Musone» gridò Zeeny allegramente, voltando appena la testa. «Dài, scuotiti, cresci.»

La raccolta d'arte di Chamchawala, ospitata qui a Scandal Point, comprendeva un vasto campionario di leggendari tessuti *Hamza-nama*, facenti parte della serie cinquecentesca che raffigurava episodi della vita di un eroe che era forse, ma forse no, il famoso Hamza, lo zio di Muhammad, il cui cuore era stato mangiato da Hind, la donna della Mecca, mentre giaceva morto sul campo di battaglia di Uhud. «Mi piacciono queste pitture» disse Changez Chamchawala a Zeeny, «perché all'eroe è permesso di fallire. Guarda quante volte hanno dovuto toglierlo dai pasticci.» Le pitture erano anche una prova eloquente della tesi di Zeeny Vakil sul carattere ibrido, eclettico, della tradizione artistica indiana. I Moghul avevano fatto venire artisti da ogni parte dell'India perché lavorassero a questi quadri; e avevano cancellato la loro identità individuale per creare un Superartista con tante teste e tanti pennelli, che era, letteralmente, la pittura indiana. Una mano disegnava i pavimenti a mosaico, una seconda le figure, una terza dipingeva i cieli nuvolosi, di derivazione cinese. Sul verso delle tele c'erano le storie che accompagnavano le varie scene. I quadri venivano mostrati come un film: li tenevano sollevati mentre qualcuno leggeva le vicende dell'eroe. Negli *Hamza-nama* si vedeva la miniatura persiana fondersi con gli stili pittorici del Kannada e del Kerala, si vedevano le filosofie indù e musulmana pervenire a una sintesi, tipica del tardo periodo Moghul.

Un gigante era intrappolato in una buca e i suoi tormentatori umani gli trafiggevano la fronte con le loro lance. Un uomo, tagliato verticalmente in due dalla cima del capo all'inguine teneva ancora la spada in mano mentre cadeva. Ovunque, gorgoglianti fiotti di sangue. Saladin Chamcha riacquistò il dominio di se stesso. «La ferocia» disse forte con la sua voce inglese. «Il barbaro amore per la sofferenza.»

Changez Chamchawala ignorò il figlio, aveva occhi soltanto per Zeeny, che reagiva fissando i suoi. «Il nostro è un governo di filistei, giovane signora, non sei d'accordo? Ho offerto l'intera collezione gratis, non lo sapevi? Purché le trovassero una sede adatta, purché costruissero un edificio. Le condizioni delle stoffe non sono perfette, capisci... ma loro non ci stanno. Non gli interessa. E intanto ricevo ogni mese offerte dall'*Amrika*. E quali offerte! Tu non ci crederesti. Ma io non vendo. La nostra eredità, mia cara, gli Usa ce la portano via ogni giorno. Pitture Ravi Varma, bronzi Chandela, graticci Jaisalmer. Noi ci stiamo vendendo, no? Loro lasciano cadere per terra i portafogli e noi ci inginocchiamo ai loro piedi. I nostri tori Nandi finiscono in qualche gazebo del Texas. Ma questo lo sai già. L'India oggi è un paese libero.» S'interruppe, ma Zeeny rimase in attesa, c'era dell'altro in arrivo. Arrivò. «Un giorno prenderò anch'io i dollari. Non per il denaro. Per il piacere di essere una puttana. Di diventare niente. Meno di niente.» Ecco, finalmente, la vera tempesta, le parole dietro le parole, *meno di niente*. «Quando morirò» disse Changez Chamchawala a Zeeny, «che cosa sarò? Un paio di scarpe vuote. Questo è il mio destino e questo è ciò che ha fatto per me. Questo attore. Questo simulatore. Ha fatto di sé un imitatore di uomini inesistenti. Non ho nessuno che mi succeda, nessuno a cui donare ciò che ho fatto. È questa la sua vendetta: mi deruba della mia posterità.» Sorrise, le accarezzò una mano, l'affidò alle cure di suo figlio. «Gliel'ho detto» disse Saladin. «Tu hai ancora i tuoi polli da portar via. Le ho espresso le mie lagnanze. Ora tocca a lei giudicare. Era questo l'accordo.»

Zeenat Vakil s'avvicinò al vecchio con il vestito troppo largo per le sue misure, gli posò le mani sulle guance e lo baciò sulle labbra.

Dopo che Zeenat lo ebbe tradito nella casa delle perversioni di suo padre, Saladin Chamcha si rifiutò di vederla o di rispondere ai messaggi che lei lasciava al portiere dell'albergo. *La Miliardaria* chiuse il suo ciclo di repliche; la tournée era finita. Era tempo di tornare a casa. Dopo la festa per l'ultima recita, Chamcha andò direttamente in albergo. In ascensore una giovane coppia, chiaramente in luna di miele, ascoltava musica con le cuffie. Il giovane mormorò alla moglie: «Senti, dimmi una cosa. Ti sembro ancora un estraneo qualche volta?». La ragazza, con un sorriso affettuoso, scosse il capo, *non sento niente*, si tolse le cuffie. Lui ripeté, serio serio: «A te certe volte sembro ancora un estraneo?». Lei, con un sorriso risoluto, appoggiò per un attimo una guancia alla sua alta spalla ossuta. «Sì, una volta o due» disse, e si rimise le cuffie. Così fece anche lui, evidentemente soddisfatto della risposta. I loro corpi ritrovarono il ritmo della musica registrata. Chamcha uscì dall'ascensore. Zeeny era seduta sul pavimento, con la schiena contro la porta.

Nella stanza, si versò una dose generosa di whisky e soda. «Ti sei comportato come un bambino» disse. «Dovresti vergognarti.»

Quel pomeriggio gli era arrivato un pacco da suo padre. Conteneva un pezzetto di legno e un gran numero di banconote, non rupie ma sterline: le ceneri, per così dire, di un noce. Era pieno di sentimenti confusi e poiché era capitata Zeenat, lei ne divenne il bersaglio. «Tu pensi che io ti ami?» disse, parlando con deliberata cattiveria. «Tu pensi che resterò con te? Io sono un uomo sposato.»

«Non volevo che tu restassi per me» disse lei. «Per certe ragioni, lo desideravo per te.»

Qualche giorno prima, era andato a vedere un adattamento teatrale indiano dell'episodio "Vergogna" di *Critique* di Sartre. Nell'originale, un marito sospetta la moglie d'essergli infedele e prepara una trappola per sorprenderla. Finge di partire per un viaggio d'affari, ma qualche ora dopo torna per spiarla. Si inginocchia per guardare dal buco della serratura della porta di casa loro. Poi sente una presenza dietro di sé, si volta senza alzarsi, e lì c'è lei, che lo guarda con ripugnanza e disgusto. Questa immagine, lui inginocchiato, lei che lo guarda dall'alto, è l'archetipo sartriano. Ma nella versione indiana il marito inginocchiato non sente nessuna presenza dietro di sé; viene sorpreso dalla moglie; si alza per affrontarla da pari a pari; urla e dà in escandescenze; alla fine lei piange, lui l'abbraccia e i due si riconciliano.

«Tu dici che dovrei vergognarmi» disse Chamcha a Zeenat con amarezza. «Tu che sei senza vergogna. In effetti questa è forse una caratteristica nazionale. Comincio a sospettare che agli indiani manchi la raffinatezza morale necessaria per un vero senso tragico, e quindi non possano capire veramente il concetto di vergogna.»

Zeenat Vakil finì il suo whisky. «Okay, non occorre che tu dica altro.» Alzò le mani. «Mi arrendo. Me ne vado. Mr Saladin Chamcha. Pensavo che tu fossi ancora vivo, appena appena, ma respirassi ancora. Mi sbagliavo. Si scopre che eri morto sin dall'inizio.»

E disse ancora una cosa prima di uscire dalla porta, con gli occhi che sgorgavano latte. «Non permettere agli altri di avvicinarti troppo, Mr Saladin. Lascia che travolgano le tue difese e quei bastardi ti pugnaleranno al cuore.»

Dopo di che non c'era più stato niente per cui restare. L'aereo decollò e s'inclinò in virata sopra la città. In qualche punto sotto di lui suo padre stava vestendo una serva come la propria defunta moglie. Le nuove norme del traffico avevano totalmente ingorgato il centro cittadino. Gli uomini politici cercavano di far carriera andando in *padyatras*, pellegrinaggi a piedi attraverso il paese. C'erano scritte sui muri che dicevano: *Consiglio ai politici. Basta solo un passo: da un padyatra all'inferno*. O, a volte: *ad Assam*.

Gli attori si stavano dando alla politica: MGR, N.T. Rama Rao, Bachchan. Durga Khote affermò che un'associazione d'attori era una "copertura dei comunisti". Saladin Chamcha, sul volo 420, chiuse gli occhi, e sentì, con sollievo profondo, quei significativi spostamenti e assestamenti della gola che gli fecero capire che la sua voce aveva cominciato di propria iniziativa a riprendere il suo fidato timbro inglese.

La prima cosa conturbante che accadde a Mr Chamcha in quel volo fu riconoscere, fra gli altri passeggeri, la donna dei suoi sogni.

4

La donna del sogno era più piccola e meno graziosa di quella vera, ma nell'attimo stesso in cui Chamcha la vide percorrere avanti e indietro con calma i corridoi del *Bostan*, gli tornò in mente l'incubo. Dopo la partenza di Zeenat Vakil, era piombato in un sonno agitato e aveva avuto la premonizione: la visione di una bombardiera con l'accento canadese e una voce così sommessa che era faticoso udirla e che, per profondità e melodia, faceva pensare a un oceano sentito da molto lontano. La donna del sogno era così carica d'esplosivi da sembrare, più che una bombardiera, una bomba; quella che camminava nei corridoi portava in braccio un bebè che pareva dormire senza far rumore, un bebè fasciato con tanta abilità e tenuto così stretto al seno che Chamcha non riuscì a scorgere neppure una ciocca dei suoi capelli neonati. Influenzato dal ricordo del sogno, gli venne in mente che il bebè poteva essere in realtà un fascio di candelotti di dinamite o una bomba a orologeria, e stava già per mettersi a gridare quando tornò in sé e si rimproverò aspramente. Era una di quelle sciocche superstizioni che si stava lasciando alle spalle. Lui era un uomo inappuntabile, con un completo ben abbottonato, che stava tornando a Londra e a una vita ordinata e riuscita. Era un membro del mondo reale.

Viaggiava solo, evitando la compagnia degli altri Prospero Players, che sedevano sparpagliati nella cabina della classe economica, indossando *T-shirt* Fancy-a-Donald e cercando di dimenare il collo come le danzatrici natyam e coprendosi di ridicolo con i loro sari Benarsi e bevendo troppo champagne di pessima qualità della linea aerea e importunando le sprezzanti hostess che, essendo indiane, avevano capito che gli attori erano persone da poco; si comportavano, insomma, con la consueta maleducazione dei comici. La donna con il bebè aveva la capacità di penetrare oltre i visi pallidi degli attori, di trasformarli in fili di fumo, miraggi, fantasmi. Per un uomo come Saladin Chamcha lo svilimento dell'inglesità da parte di inglesi era uno spettacolo troppo penoso. Rivolse quindi la propria attenzione al suo giornale, dove una dimostrazione *rail roko* di Bombay veniva dispersa dalle cariche dei *lathi* dei poliziotti. Il cronista del giornale ne era uscito con un braccio rotto e gli avevano anche fracassato la macchina fotografica. La polizia aveva emesso un "comunicato". *Né il cronista né altri sono stati aggrediti intenzionalmente.* Chamcha cominciò ad appisolarsi. La città delle storie perdute, degli alberi abbattuti e delle aggressioni non intenzionali svanì dai suoi pensieri. Quando, poco dopo, riaprì gli occhi ebbe la seconda sorpresa di quel macabro viaggio. Un uomo gli stava passando accanto per andare alla toilette. Aveva la barba e portava occhiali neri di poco prezzo, ma Chamcha lo riconobbe egualmente; la persona, che viaggiava in incognito nella classe economica del Volo AI-420, era il superdivo scomparso, la leggenda vivente, Gibreel Farishta in carne e ossa.

«Dormito bene?» Si rese conto che la domanda era stata rivolta a lui e distolse lo sguardo dal grande attore cinematografico per rivolgerlo alla figura altrettanto straordinaria che gli sedeva accanto, un incredibile americano in berretto da baseball, occhiali con la montatura di metallo e una casacca con le frange verde neon su cui si contorcevano, intrecciate e luminose, le forme dorate di due draghi cinesi. Chamcha aveva cancellato questa entità dal suo campo visivo, nel tentativo di avvolgersi in un bozzolo di isolamento, ma l'isolarsi non era più possibile.

«Eugene Dumsday ai suoi ordini» l'uomo drago protese un'enorme mano rossa. «Ai suoi e a quelli della guardia cristiana.»

Obnubilato dal sonno, Chamcha scosse il capo. «Lei è un militare?»

«Ha! Ha! Sissignore, si potrebbe dire così. Un umile fantaccino, signore, nell'esercito della Guardia Onnipotente.» Oh, la guardia *onnipotente*, perché non l'ha detto subito? «Io sono un uomo di scienza, signore, ed è stato mio compito, mio compito e mi permetta d'aggiungere mio privilegio, visitare la vostra grande nazione per combattere la diavoleria più perniciosa che mai abbia soggiogato il cervello dell'uomo.»

«Non capisco.»

Dumsday abbassò la voce. «Sto parlando di quella baggianata delle scimmie, signore. Il darwinismo. L'eresia evolutiva di Mr Charles Darwin.» Dal suo tono era evidente che il nome dell'angosciato Darwin, così ossessionato da Dio, suscitava il suo disgusto quanto quello di qualsiasi altro diavolo dalla coda forcuta, Belzebù, Asmodeo o lo stesso Lucifero. «Ho messo in guardia i suoi connazionali» confidò Dumsday, «contro Mr Darwin e le sue opere. Con l'aiuto delle mie cinquantasette diapositive personali che accompagnano ogni conferenza. Ho parlato di recente, signore, al banchetto della Giornata della comprensione mondiale del Rotary Club di Cochin, nel Kerala. Ho parlato del mio paese e dei suoi giovani. Io li vedo perduti, signore. I giovani d'America. Vedo che, nella loro disperazione, si rivolgono alle droghe e persino, perché io sono uno che parla chiaro, ai rapporti sessuali prematrimoniali. E io dissi questo allora e lo dico adesso a lei. Se credessi che il mio bisnonno era uno scimpanzé, be', mi sentirei molto depresso.»

Gibreel Farishta sedeva dall'altra parte del corridoio e guardava dal finestrino. Stava cominciando la proiezione di un film e le luci erano state abbassate. La donna col bebè era ancora in piedi e continuava a camminare avanti e indietro, forse per far star buono il piccolo. «E come è andata a finire?» domandò Chamcha, sentendo che era suo dovere dare un proprio contributo.

Il vicino ebbe un attimo di esitazione. «Credo che ci fosse un guasto nell'impianto d'amplificazione» finì col dire. «È l'ipotesi più attendibile. Non capisco perché quelle brave persone si sarebbero messe a parlare tra loro se non avessero pensato che avevo finito.»

Chamcha era un po' imbarazzato. Stava pensando che, in un paese di fervidi credenti, l'idea che la scienza fosse il nemico di Dio doveva avere esercitato un indubbio fascino; ma la noia dei rotariani di Cochin lo aveva smontato. Nella luce tremolante dello schermo Dumsday continuò, con la sua voce di bue innocente, a raccontare storie contro se stesso senza dare il minimo segno di rendersene conto. Era stato abbordato, al termine di un giro dello splendido porto naturale di Cochin, dove Vasco de Gama era sbarcato in cerca di spezie, dando così inizio all'ambigua storia dei rapporti oriente-occidente da un ragazzino pieno di psst e di ehi-mister-okay. «Ehilà, yes! Vuole hashish, sahib? Ehi, misteramerica. Sì, ziosam, vuole oppio, la qualità migliore, un gran prezzo? Okay, vuole cocaina?»

Saladin, incapace di controllarsi, cominciò a ridacchiare. L'episodio era ai suoi occhi la vendetta di Darwin; se Dumsday riteneva il povero e inamidato vittoriano Charles il responsabile della cultura americana della droga, era troppo divertente che proprio lui, dall'altra parte del globo, fosse considerato un rappresentante di quella stessa etica che combatteva con tanto fervore. Dumsday lo fissò con un'espressione di sofferto rimprovero. Era duro essere un americano all'estero e non sospettare perché ti detestavano tanto.

Dopo che alle labbra di Saladin era sfuggita quella risatina involontaria, Dumsday sprofondò in un'accigliata e offesa sonnolenza, lasciando Chamcha ai propri pensieri. Doveva considerare il film proiettato in volo una mutazione particolarmente spregevole ma casuale della forma, mutazione che sarebbe stata automaticamente eliminata dalla selezione naturale, o un'indicazione del futuro del cinema? Un futuro di commediole strampalate con Chevy Chase e Goldie Hawn eterni protagonisti era troppo orribile da contemplare; era una visione dell'inferno... Chamcha stava di nuovo abbandonandosi al sonno, quando si accesero le luci della cabina; il film s'interruppe; e all'illusione del cinema si sostituì quella del telegiornale, perché quattro figure armate e urlanti arrivarono di corsa nei corridoi.

I passeggeri restarono prigionieri sull'aereo dirottato per centoundici giorni, isolati su una pista luccicante, intorno alla quale si frangevano le grandi onde di sabbia del deserto, perché dopo che i quattro dirottatori, tre uomini e una donna, ebbero costretto il pilota ad atterrare, nessuno era riuscito a decidere che cosa fare di loro. Non erano scesi in un aeroporto internazionale, ma nell'assurda follia di una mastodontica pista d'atterraggio costruita per il piacere dello sceicco locale nei pressi della sua oasi preferita, attuale punto d'arrivo anche di un'autostrada a sei corsie, popolarissima tra i giovani celibi e le giovani nubili che percorrevano questo vuoto sterminato su macchine lentissime, lanciandosi sguardi amorosi attraverso i finestrini... ma una volta che vi fu atterrato il 420, l'autostrada si riempì di autoblinde, di mezzi di trasporto militari, di berline con bandierine sventolanti. E mentre i diplomatici discutevano sul destino dell'aereo, assaltarlo o non assaltarlo, mentre cercavano di stabilire se fare concessioni o tener duro sulla pelle di altri, calò un grande silenzio intorno all'apparecchio e non molto tempo dopo cominciarono i miraggi.

All'inizio c'era stato un flusso costante di eventi, con il quartetto dei dirottatori carico d'elettricità, nervosissimo, sempre pronto a sparare. Sono questi i momenti peggiori, pensava Chamcha mentre i bambini gridavano e la paura si estendeva come una macchia; è adesso che potrebbero farci fuori tutti. Poi quelli assunsero il controllo della situazione, tre uomini e una donna, tutti alti, nessuno mascherato, tutti di bell'aspetto, attori anche loro, stelle adesso, stellefilanti o stellecadenti, e avevano persino dei nomi d'arte. Dara Singh Buta Singh Man Singh. La donna era Tavleen. La donna del sogno era senza nome, come se la fantasia di Chamcha addormentato non avesse avuto tempo per gli pseudonimi, ma, come lei, Tavleen parlava con un accento canadese, fluido e con quelle arrotondate O rivelatrici. Dopo l'atterraggio dell'aereo presso l'oasi di Al-Zamzam divenne evidente per i passeggeri, intenti a osservare i propri catturatori con l'attenzione ossessiva che ha per un cobra una mangusta ipnotizzata, che nella bellezza dei tre uomini c'era qualcosa di caricato, un amore dilettantesco per il rischio e la morte che li spingeva a presentarsi frequentemente sulle porte aperte dell'apparecchio e a mettere in mostra i propri corpi davanti ai cecchini professionisti sicuramente in agguato fra le palme dell'oasi. La donna rifuggiva da queste stupidaggini e pareva trattenersi a fatica dal rimproverare i suoi tre colleghi. Sembrava anche insensibile alla propria bellezza, il che faceva di lei la più pericolosa del quartetto. Saladin Chamcha pensò che quei giovani erano troppo schizzinosi, troppo narcisisti, per sporcarsi le mani di sangue. Per loro uccidere sarebbe stato difficile; erano qui per comparire in televisione. Tavleen invece faceva sul serio. Chamcha teneva gli occhi fissi su di lei. Gli uomini non *sanno*, pensò. Vogliono comportarsi come hanno visto comportarsi i dirottatori nei film o alla TV; sono la realtà che scimmiotta una rozza immagine di se stessa, sono vermi che si mordono la coda. Ma lei, la donna, *sa*... mentre Dara, Buta, Man Singh camminavano tronfi e burbanzosi, lei se ne stava tranquilla, assorta nelle proprie riflessioni, e spaventava a morte i passeggeri.

Cosa volevano? Niente di nuovo. Una patria indipendente, libertà religiosa, liberazione di detenuti politici, giustizia, denaro per il riscatto, un salvacondotto per un paese di loro scelta. Molti passeggeri finirono per simpatizzare con loro, pur essendo sotto la minaccia costante della morte. Se vivi nel Ventesimo Secolo non ti è difficile vedere te stesso in quelli che, più disperati di te, cercano di foggiarlo secondo i propri voleri.

Dopo l'atterraggio, i dirottatori liberarono tutti i passeggeri tranne cinquanta, avendo deciso che quello era il numero più alto che potevano controllare senza difficoltà. Donne, bambini e sikh furono lasciati liberi. Risultò che Saladin Chamcha era il solo dei Prospero Players che non fosse stato rimesso in libertà; e finì per rassegnarsi alla logica iniqua della situazione, e invece di protestare per essere stato trattenuto fu lieto di essersi sbarazzato dei suoi screanzati compagni, addio per sempre, gentaglia, pensò.

Lo scienziato creazionista Eugene Dumsday non tollerò il fatto che i dirottatori non avessero intenzione di liberarlo. Si alzò in piedi, ondeggiando alla sua grande altezza come un grattacielo in un uragano, e si mise a urlare parole isteriche e incoerenti. Un flusso di bava gli colò da un angolo della bocca; e lui lo leccò febbrilmente con la lingua. *Ehi sentite un po', giovanotti, quel che è troppo è troppo, maledizione, chi vi ha messo in mente di poter* eccetera, e, in questo suo incubo a occhi aperti, continuò a blaterare finché uno dei quattro, ovviamente la donna, gli si avvicinò, fece roteare il calcio del fucile e gli spaccò un'agitata mascella. Non solo: poiché lo sbavante Dumsday si stava leccando le labbra, quando si chiuse di scatto la sua mascella si staccò la punta della lingua che andò a finire sulle ginocchia di Saladin Chamcha; seguita quasi immediatamente dal suo ex proprietario, Eugene Dumsday, che cadde privo di lingua e di sensi fra le braccia dell'attore.

Perdendo la lingua, Eugene Dumsday si guadagnò la libertà. Il persuasore riuscì a persuadere i suoi catturatori sacrificando il proprio strumento di persuasione. Non avevano nessuna voglia di occuparsi di un ferito, con i rischi di cancrena eccetera, e così egli poté unirsi all'esodo dall'aereo. In quelle prime frenetiche ore, la mente di Saladin Chamcha continuava a sollevare questioni di dettaglio, hanno in mano fucili automatici o mitra, come hanno fatto a introdurre a bordo tutto quel metallo, in quali parti del corpo è possibile essere colpiti e sopravvivere egualmente, come devono essere spaventati quei quattro, come devono essere ossessionati dalla propria morte... una volta partito Dumsday, si aspettava di rimanere solo, ma un uomo venne a occupare il posto che era stato del creazionista, dicendo non le dispiace, *yaar*, in queste circostanze uno ha bisogno di compagnia. Era il divo del cinema, Gibreel.

Dopo i primi giorni di nervosismo, durante i quali i tre giovani dirottatori in turbante arrivarono pericolosamente ai limiti della follia, gridando nella notte del deserto *venite a prenderci, bastardi*, o, alternativamente, *o dio o dio adesso ci mandano i loro fottuti commando, quei fottimamma di americani, yaar, quei fottisorelle degli inglesi* – momenti durante i quali gli ostaggi rimasti chiudevano gli occhi e pregavano, perché la paura aumentava quando i dirottatori mostravano segni di debolezza – tutto si assestò in quella che si cominciò a considerare una sorta di normalità. Due volte al giorno un veicolo solitario portava cibo e bevande al *Bostan* e li lasciava sulla pista. Gli ostaggi dovevano caricare le scatole a bordo, mentre i dirottatori li sorvegliavano standosene al sicuro sull'aereo. A parte queste visite quotidiane, non c'erano contatti col mondo esterno. La radio aveva smesso di funzionare. Pareva che l'incidente fosse stato dimenticato, che fosse così imbarazzante che l'avevano semplicemente rimosso. «Quei bastardi ci lasciano qui a marcire» gridò Man Singh, e gli ostaggi si unirono a lui con molto entusiasmo: «*Hjiras! Chootias!* Stronzi!».

Erano avvolti nel caldo e nel silenzio, e adesso negli angoli dei loro occhi cominciavano a luccicare gli spettri. Il più nervoso degli ostaggi, un giovane con il pizzo e i capelli ricci tagliati cortissimi, si svegliò all'alba urlando di paura per aver visto sulle dune uno scheletro in groppa a un cammello. Altri ostaggi videro globi colorati che penzolavano nel cielo o sentirono battere ali gigantesche. I tre dirottatori maschi caddero in una profonda fatalistica tetraggine. Un giorno Tavleen li convocò a una riunione in fondo all'aereo; gli ostaggi udirono voci furiose. «Gli sta dicendo che devono mandare un ultimatum» spiegò Gibreel Farishta a Chamcha. «Bisogna che muoia uno di noi, o qualcosa del genere.» Ma quando gli uomini tornarono, Tavleen non era con loro e nei loro occhi l'abbattimento era carico di vergogna. «Si sono persi di coraggio» sussurrò Gibreel. «Non ce la fanno. Che cosa resta adesso alla nostra Tavleen *bibi*? Zero. La faccenda è *funtoosh*.»

Ecco che cosa fece lei.

Per dimostrare ai suoi prigionieri, e anche agli altri catturatori, che l'idea del fallimento, della resa, non avrebbe mai indebolito la sua risolutezza, uscì dal momentaneo isolamento nella sala da cocktail della prima classe per presentarsi davanti a loro come una hostess che spiega le procedure di sicurezza. Ma invece di mettersi un giubbotto di salvataggio o di tener sollevato un fischietto a cerbottana eccetera, sollevò all'improvviso l'ampio *djellabah* nero che era il suo unico indumento e rimase completamente nuda, in modo che tutti potessero vedere l'arsenale del suo corpo, le bombe a mano come seni aggiunti nella scollatura, la gelatina esplosiva fissata con un nastro alle cosce, proprio come nel sogno di Chamcha. Poi si rimise il vestito e parlò con la sua esile voce oceanica: «Quando compare nel mondo una grande idea, una grande causa, le si pongono alcune domande essenziali» mormorò. «La storia ci domanda: che specie di causa siamo? Siamo intransigenti, rigorosi, forti, o ci dimostreremo dei conformisti disposti al compromesso, alla mediazione, alla resa?» Il suo corpo aveva già dato la risposta.

I giorni continuavano a scorrere. Le roventi, soffocanti condizioni della propria cattività, insieme intima e remota, fecero venire a Saladin Chamcha la voglia di discutere con la donna, l'inflessibilità può anche essere monomania, avrebbe voluto dirle, può essere tirannide, e può anche essere fragile, mentre ciò che è flessibile può anche essere umano, e forte abbastanza per durare. Ma, ovviamente, non disse nulla e cadde nel torpore di quelle giornate. Gibreel Farishta scoprì nella tasca del sedile davanti al proprio un volantino dell'ormai lontano Dumsday. A questo punto Chamcha si era accorto della determinazione con cui il divo del cinema resisteva agli assalti del sonno, e non lo sorprese quindi vederlo recitare e imparare a memoria il testo del volantino del creazionista, mentre le sue palpebre, già pesanti, si abbassavano sempre di più finché lui non le costringeva a riaprirsi. Il volantino sosteneva che persino gli scienziati si stavano affaccendando a reinventare Dio, che una volta dimostrata l'esistenza di un'unica forza unificata di cui l'elettromagnetismo, la gravitazione e le interazioni forti e deboli delle reazioni nucleari erano semplici aspetti, *avatar*, si potrebbe dire, o angeli, a quel punto cos'altro potremmo avere se non la cosa più antica del mondo, un'entità suprema che controlla tutto il creato... «Capisci, quello che dice il nostro amico è che se dovessi scegliere tra un qualche campo di forza incorporeo e il concreto Dio vivente, cosa faresti? Un bell'argomento, *na*? Non si può certo pregare una corrente elettrica. Non ha senso chiedere a una forma d'onda la chiave del Paradiso.» Chiuse gli occhi, poi li riaprì di scatto. «Tutte cazzate» disse con ferocia. «Mi danno la nausea.»

Dopo i primi giorni, Chamcha smise di notare l'alito cattivo di Gibreel, perché in quel mondo di sudore e di apprensione nessuno aveva un odore migliore. Ma era impossibile ignorare il suo viso, dove i grandi lividi purpurei dell'insonnia si diffondevano dagli occhi verso l'esterno come macchie d'olio. Alla fine però smise di resistere e crollò sulla spalla di Saladin e dormì quattro giorni senza svegliarsi neppure una volta.

Quando riprese i sensi, scoprì che Chamcha, con l'aiuto dell'ostaggio col pizzo e il muso di topo, tale Jalandri, lo aveva spostato su una fila di sedili vuoti al centro dell'apparecchio. Andò in gabinetto a orinare per undici minuti e ne tornò con un'espressione di terrore autentico negli occhi. Si sedette di nuovo accanto a Chamcha, ma non disse una parola. Due sere dopo, Chamcha, lo udì battersi, ancora una volta, contro gli attacchi del sonno. O meglio, come si venne poi a sapere, dei sogni.

«La decima cima più alta del mondo» lo udì borbottare Chamcha, «è lo Xixabangma Feng, otto zero uno tre metri. La nona l'Annapurna, ottantasettantotto.» Oppure cominciava dall'inizio: «Prima, Chomolungma, otto otto quattro otto; seconda K2, ottantasei undici. Kanchenjunga, ottantacinque novantotto. Makalu, Dhaulagiri, Manaslu, Nanga Parbat, metri ottomilacentoventisei.»

«Stai contando le cime di ottomila metri per addormentarti?» gli domandò Chamcha. Più grosse delle pecore, ma assai meno numerose.

Gibreel Farishta gli lanciò un'occhiataccia; poi chinò il capo; prese una decisione. «Non per dormire, amico mio. Per stare sveglio.»

Fu allora che Saladin Chamcha scoprì perché Gibreel Farishta aveva cominciato a temere il sonno, tutti hanno bisogno di qualcuno con cui parlare e Gibreel non aveva mai raccontato a nessuno ciò che gli era successo dopo aver mangiato i maiali impuri. I sogni erano cominciati proprio quella notte. In quelle visioni lui era sempre presente, non come se stesso ma come il suo omonimo, e non voglio dire che interpreto un personaggio, Spoono, io sono lui, lui è me, io sono il maledetto arcangelo, Gibreel in persona, in carne e ossa.

Spoono. Come Zeenat Vakil, Gibreel aveva reagito ridendo al cognome abbreviato di Saladin. «*Bhai*, oh. Questo sì che è divertente. Divertente da morire. Ma se adesso sei un *chamcha* inglese, va benissimo. Mr Sally Spoon. Sarà il nostro piccolo scherzo.» Gibreel Farishta era assolutamente incapace di capire quando faceva arrabbiare qualcuno. *Spoon, Spoono, mio vecchio chumch*. Saladin odiava tutti questi nomignoli. Ma non poteva farci niente. Se non odiare.

Forse a causa dei nomignoli, ma forse no, a Saladin le rivelazioni di Gibreel sembrarono patetiche, deludenti, cosa c'era di tanto strano se nei suoi sogni compariva come un angelo, i sogni ne combinano di tutte, e questo rivelava davvero qualcosa di più di una banale egomania? Ma Gibreel sudava di paura. «Il fatto è, Spoono» implorò, «che ogni volta che mi addormento il sogno ricomincia dove si era fermato. Lo stesso sogno nella stessa stanza. Come se qualcuno avesse spento il video mentre io ero fuori dalla stanza. Oppure, oppure. Come se lui fosse quello che è sveglio e questo il suo dannato incubo. Il suo dannato sogno: noi. Qui. Tutto quanto.» Chamcha lo guardò. «È pazzesco, lo so» disse lui. «Nessuno sa se gli angeli dormono, e tanto meno se sognano. Parlo come un matto. Dico bene?»

«Sì. Parli come un matto.»

«Allora» gemette, «cosa diavolo succede nella mia testa?»

Quanto più tempo restava senza addormentarsi, tanto più diventava loquace, e cominciò a intrattenere gli ostaggi, i dirottatori, nonché lo sconfortato equipaggio del volo 420 – quelle hostess un tempo così sprezzanti e quei piloti così tirati a lucido che sembravano ora lugubremente tarlati nell'angolo dell'aereo dove si erano raccolti e stavano persino perdendo l'entusiasmo iniziale per le interminabili partite a ramino – con le sue teorie sempre più eccentriche sulla reincarnazione: paragonando il loro soggiorno su quella pista vicino all'oasi di Al-Zamzam a un secondo periodo di gestazione, raccontando che erano tutti morti per il mondo e in via di rigenerazione, prossimi a ricominciare da capo. L'idea pareva in certo qual modo rallegrarlo, anche se ad alcuni ostaggi faceva venir voglia d'impiccarlo, e allora balzò su un sedile per spiegare che il giorno della nostra rinascita sarebbe stato quello della nostra liberazione, una dichiarazione ottimistica che valse a calmare i suoi ascoltatori. «Strano ma vero!» gridò. «Sarà il giorno zero, e poiché avremo tutti in comune la data di nascita, da allora in poi avremo tutti esattamente la stessa età per il resto della nostra vita. Come si dice quando da una stessa madre nascono contemporaneamente cinquanta bambini? Lo sa Dio. Un parto cinquantagemino. Accidenti!»

Reincarnazione, per il frenetico Gibreel, era un termine dietro il quale si nascondeva una babele di concetti: la fenice-dalle-ceneri, la resurrezione di Cristo, la trasmigrazione, nell'attimo stesso della morte, dell'anima del Dalai Lama nel corpo di un neonato... e a queste cose si mescolavano gli *avatar* di Vishnu e le metamorfosi di Giove, che aveva imitato Vishnu assumendo la forma di un toro: e così via, compreso ovviamente il cammino degli esseri umani, attraverso successivi cicli vitali, ora come scarafaggi ora come re, sino alla felicità del non-dover-più-tornare. *Per rinascere devi prima morire.* Chamcha non si prese la briga di obiettare che in quasi tutti gli esempi citati da Gibreel nei suoi soliloqui, la metamorfosi non aveva comportato una morte; si era entrati nella nuova carne da altre porte. Gibreel in pieno volo, che agitava le braccia come ali imperiose, non ammetteva interruzioni. «Il vecchio deve morire, intendete bene il mio messaggio, o il nuovo non può esistere, no?»

A volte queste tirate terminavano in lacrime. Farishta, in quella spossatezza-oltre-la-spossatezza, perdeva il suo autocontrollo e posava la testa singhiozzante sulla spalla di Chamcha, mentre Saladin – una cattività prolungata erode certe riluttanze tra i prigionieri – gli accarezzava il viso e lo baciava sul cocuzzolo, *Su, su, su.* In altre occasioni Chamcha si lasciava vincere dall'irritazione. La settima volta che Farishta citò la vecchia battuta di Gramsci, Saladin sfogò la propria frustrazione urlando, forse è quello che sta capitando a te, chiacchierone, il tuo vecchio io sta morendo e quell'angelo dei tuoi sogni sta cercando di nascere nella tua carne.

«Vuoi sentire qualcosa di veramente pazzesco?» Dopo cento e un giorno Gibreel fece a Chamcha altre confidenze. «Vuoi sapere perché sono qui?» Glielo disse comunque. «Per una donna. Sì, capo. Per il fottuto amore della mia fottuta vita. Con la quale ho passato in totale tre giorni virgola cinque. Non è una dimostrazione che sono proprio fuori di testa? C.V.D. Spoono, vecchio *chumch.*»

E: «Come faccio a spiegartelo? Tre giorni e mezzo, quanto tempo occorre per sapere che ti è capitata la cosa migliore, la più profonda, quella-che-deve-essere? Te lo giuro: quando la baciai, ci furono fottutissime scintille, *yaaar*, puoi credermi o non credermi, lei diceva che c'erano scariche nei tappeti dell'albergo, ma io avevo già baciato ragazze in camere d'albergo, e questa era assolutamente la prima volta, assolutamente la sola-e-unica. Dannate scariche elettriche, amico, saltai indietro per il male».

Non aveva parole per descriverla, la sua donna delle montagne ghiacciate, per spiegare come in quel momento la propria vita era caduta in pezzi ai suoi piedi e lei ne era diventata il senso. «Non puoi capire» annunciò. «Forse non hai mai incontrato una persona per la quale attraverseresti il mondo, pianteresti in asso tutto, te ne andresti a prendere un aereo. Lei aveva scalato l'Everest, amico. Ottomilaottocentoquarantotto metri o forse ottomilaottocentoquarantasette. Fino in cima. Pensi che avrei potuto non salire su un jumbo per una donna come quella?»

Quanto più Gibreel Farishta si sforzava di spiegare la propria ossessione per l'alpinista Alleluia Cone, tanto più Saladin cercava di evocare il ricordo di Pamela, ma senza riuscirvi. All'inizio era Zeeny che gli si presentava, la sua ombra, e poi, dopo un po', più nessuno. La passione di Gibreel cominciò a far impazzire Chamcha di rabbia e frustrazione, ma Farishta non se ne accorse, gli diede una pacca sulla spalla, *sta' allegro, Spoono, ormai non ne avremo per molto*.

Il centodecimo giorno, Tavleen si avvicinò all'ostaggio con il pizzo, Jalandri, e con un dito gli fece cenno d'avvicinarsi. La nostra pazienza si è esaurita, annunciò, abbiamo mandato numerosi ultimatum, senza mai ottenere risposta, è venuto il momento del primo sacrificio. Usò proprio questa parola: sacrificio. Guardò negli occhi Jalandri e pronunciò la sentenza di morte. «Tu sarai il primo. Apostata traditore bastardo.» Ordinò all'equipaggio di prepararsi per il decollo, non volendo rischiare un assalto all'aereo dopo l'esecuzione, e con la punta del fucile spinse verso la porta anteriore aperta Jalandri, che gridava e implorava misericordia. «Ha occhi penetranti quella» disse Gibreel a Chamcha. «Lui è un *cut-sird*.» Jalandri era stato scelto come primo bersaglio per la sua decisione di rinunciare al turbante e di tagliarsi i capelli, che ne aveva fatto un traditore della propria fede, un Sirdarji rapato. *Cut-sird.* Una condanna in sette lettere; senza appello.

Jalandri si era buttato in ginocchio, una macchia si stava espandendo sul fondo dei suoi pantaloni, Tavleen lo stava trascinando per i capelli verso la porta. Nessuno si mosse. Dara Buta Man Singh distolsero gli occhi dalla scena. Lui era inginocchiato con le spalle rivolte alla porta aperta; lei gli ordinò di voltarsi, gli sparò alla nuca, e lui si rovesciò sulla pista. Tavleen chiuse la porta.

Man Singh, il più giovane e nervoso del quartetto, le urlò: «E adesso dove andremo? In qualsiasi posto manderanno di certo i commando. Siamo finiti ormai».

«Il martirio è un privilegio» disse lei sottovoce. «Saremo come le stelle; come il sole.»

La sabbia lasciò il posto alla neve, l'Europa d'inverno, sotto il suo bianco tappeto in continua trasformazione, un bianco spettrale che luccicava nella notte. Le Alpi, la Francia, la costa inglese, bianche scogliere che si levavano da prati imbiancati. Mr Saladin Chamcha si calcò previdentemente in testa una bombetta. Il mondo aveva riscoperto il Volo AI-420, il Boeing 747 *Bostan*. Il radar lo seguiva; crepitavano messaggi radio. *Volete il permesso d'atterrare?* Ma non furono chiesti permessi. Il *Bostan* girava in cerchio sopra la costa inglese come un gigantesco uccello marino. Gabbiano. Albatro. Gli indicatori del livello del carburante continuavano a scendere: verso lo zero.

Quando scoppiò la rissa, tutti i passeggeri furono colti di sorpresa, perché stavolta i tre dirottatori maschi non discussero con Tavleen, non ci furono intensi bisbiglii sul *combustibile* o su *che cazzo stai facendo*, ma solo una muta freddezza, come se avessero rinunciato alla speranza, e poi fu Man Singh che partì all'attacco, troppo presto. Gli ostaggi assistettero alla lotta mortale, non riuscendo a sentirsi coinvolti, perché nell'aereo dominava ora un curioso distacco dalla realtà, una sorta di illogica indifferenza, un fatalismo, si potrebbe dire. Caddero sul pavimento e il coltello di lei s'infilò nel ventre di lui. Tutto qui, e la brevità dell'episodio ne accentuò l'apparente irrilevanza. Man Singh era un romano caduto sulla spada di Tavleen, e poi nel momento in cui lei si rialzò fu come se tutti si fossero svegliati, compresero che lei faceva sul serio, che sarebbe andata sino in fondo, sino alle estreme conseguenze, aveva in mano il filo di ferro che collegava le spolette di tutte le bombe a mano nascoste sotto il suo vestito, tutti quei seni mortali, e benché in quel momento Buta e Dara le si precipitassero addosso, lei tirò egualmente il filo, e le pareti crollarono.

No, non morte: nascita.

II

MAHOUND

Quando Gibreel si rassegna all'inevitabile, quando scivola con palpebre appesantite verso visioni della propria angelicità, incoccia la sua amorevole madre che gli dà un nome diverso, Shaitan lo chiama, proprio come Shaitan, esattamente così, perché lui ha scherzato con i *tiffin* da portare in città per il pranzo di chi lavora negli uffici, quel discolo malizioso, e lei affetta l'aria con una mano, quella canaglia ha messo scomparti di carne musulmana nei *tiffin* per indù portati da non vegetariani, e i clienti protestano. Sei un vero diavoletto, lo sgrida, ma poi se lo prende tra le braccia, il mio piccolo *farishta*, i ragazzi sono sempre ragazzi, e lui le passa davanti piombando nel sonno, e diventando sempre più grosso a mano a mano che cade e la caduta comincia a sembrargli un volo, la voce della madre gli arriva da lontano, *baba*, guarda come sei cresciuto, enorme, uà-uà, applausi. È un gigante privo di ali, con i piedi sull'orizzonte e le braccia intorno al sole. Nei primi sogni vede gli inizi, Shaitan gettato dal cielo, che allunga una mano per aggrapparsi a un ramo della Cosa più alta, il loto del confine del mondo proprio sotto il Trono, Shaitan se lo lascia sfuggire, precipita, si spiaccica. Ma continuò a vivere, non era non poteva essere morto, cantava dal fondodellinferno i suoi dolci versetti seducenti. O le belle canzoni che conosceva. Con le figlie come suo diabolico gruppo d'accompagnamento, sì, tutte e tre, Lat Manat Uzza, ragazze senza madre che ridono con il loro *Abba*, ridacchiano a Gibreel nascondendosi il viso con una mano, che scherzo ti stiamo preparando, ridacchiano, a te e a quell'uomo d'affari sulla collina. Ma prima dell'uomo d'affari ci sono altre storie, c'è l'arcangelo Gibreel che rivela la sorgente di Zamzam a Hagar l'egiziana, e così lei, abbandonata nel deserto dal profeta Ibrahim con il loro figlio, può bere le fresche acque della sorgente e sopravvivere. E in seguito, dopo che lo Jurhum riempì Zamzam di fango e di gazzelle dorate, tanto che per un certo periodo andò persa, eccolo di nuovo, a indicarla a quest'altro, Muttalib delle tende scarlatte, padre del bambino coi capelli d'argento che generò, a sua volta, l'uomo d'affari. L'uomo d'affari: eccolo che arriva.

A volte, quando dorme, Gibreel percepisce, all'interno del sogno, un se stesso addormentato che sogna la propria consapevolezza del sogno, e allora comincia il panico, O Dio, grida, o grandio allahdio, sono morto. Ho i vermi nel cervello, sono completamente matto, matto da manicomio, un vero babbuino. Proprio quello che pensò lui, l'uomo d'affari, quando vide per la prima volta l'arcangelo: credeva di essere impazzito, voleva gettarsi da una roccia, da un'alta roccia, da una roccia su cui cresceva un loto rachitico, da una roccia alta quanto il tetto del mondo.

Sta arrivando: avanza su per il monte Cone sino alla grotta. Buon compleanno; oggi ha quarantaquattro anni. Ma, benché dietro e sotto la città sia gremita per la festa, s'arrampica solo. Per il suo compleanno, non c'è un vestito nuovo stirato e ben piegato ai piedi del letto. È un uomo con gusti ascetici. (Ma che razza d'uomo d'affari è?)

Domanda: qual è il contrario della fede?

Non l'incredulità. Troppo definitiva, certa, chiusa. Anch'essa una sorta di fede.

Il dubbio.

La condizione umana, ma che dire di quella angelica? A metà fra Allahdio e homosap, hanno mai dubitato? Certo: un giorno, sfidando la volontà di Dio, si nascosero bisbigliando sotto il Trono, osarono chiedere cose proibite: antidomande. Proprio così. Impossibile dubitarne. La libertà, la vecchia antidomanda. Lui li calmò, naturalmente, con le tecniche manageriali *alla dio*. Li lusingò: voi sarete gli strumenti della mia volontà sulla terra, della salvezzadannazione dell'uomo, e tutti i soliti eccetera. E immediatamente, fine della protesta, recupero delle aureole, ritorno al lavoro. È facile placare gli angeli; trasformali in strumenti e suoneranno con le loro arpe i motivi che tu vorrai. Gli esseri umani hanno scorze più dure, possono dubitare di qualsiasi cosa, anche dell'evidenza dei propri occhi. Di ciò che sta-dietro-i-propri-occhi. Di ciò che, mentre sprofondano appesantiti dalle palpebre traspira dietro gli occhi chiusi... gli angeli non sono molto dotati in fatto di volontà. Volere è non esser d'accordo; non sottomettersi; dissentire.

Lo so; parla il diavolo. Shaitan che interrompe Gibreel.

Io?

L'uomo d'affari: l'aspetto è quello che ci si può immaginare, fronte alta, naso aquilino, spalle larghe, fianchi stretti. Statura media, pensoso, vestito di due semplici pezze di stoffa, ognuna lunga quattro *ell*, la prima drappeggiata intorno al corpo, l'altra sulla spalla. Occhi grandi; ciglia lunghe come quelle di una ragazza. I suoi passi possono sembrare troppo lunghi per le sue gambe, ma è un uomo agile. Gli orfani imparano a diventare bersagli mobili, acquisiscono rapidità di movimenti, prontezza di reazioni, una cautela che tiene loro a freno la lingua. Arriva su per i roveti e gli opobalsami, inerpicandosi sui macigni, è un uomo in forma, non un panciuto usuraio. E sì, è bene ripeterlo: ci vuole un tipo curioso di *wallah* d'affari per inoltrarsi in questa terra selvaggia, sul monte Cone, a volte per un mese di fila, unicamente per restare solo.

Il suo nome: un nome di sogno, cambiato dalla visione. Pronunciato in modo corretto significa colui-per-il-quale-si-dovrebbe-ringraziare-Dio, ma lui non risponderebbe a questo nome; e neanche, pur sapendo benissimo che è così che lo chiamano, al soprannome che gli hanno messo giù a Jahilia, *colui-che-va-su-e-giù-per-il-vecchio-Coney*. Non è né Mahomet né MoeHammered; ha adottato invece l'epiteto diabolico che i *farangi* gli hanno accollato. Per trasformare gli insulti in forza, whig, tory, neri decisero tutti di portare con fierezza nomi che erano stati loro affibbiati con disprezzo; così il nostro solitario che s'arrampica-sulla-montagna, che ha le motivazioni-di-un-profeta, sarà lo spauracchio dei bambini medioevali, il sinonimo del diavolo: Mahound.

Questo è lui. Mahound l'uomo d'affari, che scala la sua rovente montagna nell'Hijaz. Sotto, il miraggio di una città luccica nel sole.

La città di Jahilia è fatta tutta di sabbia, i suoi edifici sono stati costruiti col deserto in cui sorgono. È uno spettacolo che lascia meravigliati: cinta di mura, con quattro porte, è un autentico miracolo compiuto dai suoi abitanti, che hanno imparato il trucco di trasformare le bianche e sottili dune di sabbia di questi luoghi dimenticati da Dio – il simbolo stesso dell'incostanza, la quintessenza dell'instabilità, della variabilità, dell'insidiosità, dell'assenza di forma – e ne hanno fatto, per alchimia, la materia prima della loro permanenza da poco scoperta. Queste persone distano non più di tre o quattro generazioni dal loro passato di nomadi, quando erano sradicate come le dune, o meglio, radicate nella consapevolezza che la loro casa era il viaggio.

– Il migratore invece può fare completamente a meno del viaggio; esso è soltanto un male necessario; l'importante è arrivare.

Recentemente, dunque, e da quegli astuti uomini d'affari che erano, i jahiliani si insediarono nel punto in cui si intersecano le piste delle grandi carovane e aggiogarono le dune ai loro voleri. Adesso la sabbia è al servizio dei grandi mercanti urbani. Pestata in ciottoli, pavimenta le strade tortuose di Jahilia; di notte, fiamme dorate divampano dai grandi bracieri di sabbia brunita. C'è vetro alle finestre, alle lunghe finestre, sottili come feritoie, inserite nei muri di sabbia infinitamente alti dei palazzi dei mercanti; nei vicoli di Jahilia, carri trainati da asini avanzano su scorrevoli ruote di silicone. Io, nella mia perfidia, immagino a volte l'arrivo di una grande ondata, un alto muro d'acqua schiumante che romba nel deserto, una catastrofe liquida piena di barche che si rompono e di braccia che annegano, un maremoto che ridurrebbe questi vani castelli di sabbia al nulla, ai granelli da cui sono venuti. Ma qui non ci sono onde. A Jahilia l'acqua è il nemico. Portata in vasi di coccio, non bisogna mai versarla (il codice penale punisce ferocemente i trasgressori), perché dove essa cade la città si corrode in maniera allarmante. Compaiono buche nelle strade, le case si piegano e ondeggiano. I portatori d'acqua di Jahilia sono odiate necessità, paria che non è possibile ignorare, e quindi neanche perdonare. Non piove mai a Jahilia; non ci sono fontane nei giardini di silicone. Si leva qualche palma nei cortili cintati, e le loro radici si spingono sottoterra in estensione e in profondità cercandovi l'umido. L'acqua della città proviene da ruscelli e sorgenti sotterranee, compresa la favolosa Zamzam, nel cuore della concentrica città di sabbia, accanto alla Casa della Pietra nera. Qui, a Zamzam, un *behesti*, un disprezzato portatore d'acqua, sta estraendo il fluido vitale e pericoloso. Ha un nome: Khalid.

Una città di uomini d'affari, Jahilia. Il nome della tribù è *Squali*.

In questa città, l'uomo d'affari-trasformato-in-profeta, Mahound sta fondando una delle grandi religioni del mondo; e oggi, giorno del suo compleanno, è arrivato alla grande crisi della sua vita. C'è una voce che gli sussurra all'orecchio: *che specie di idea sei? Uomo-o-topo?*

Noi conosciamo questa voce. L'abbiamo già udita una volta.

Mentre Mahound si arrampica su Coney, Jahilia festeggia un anniversario differente. Nei tempi antichi, il profeta Ibrahim venne in questa valle con Hagar e Ismail, loro figlio. E qui, in questo deserto senz'acqua, lui l'abbandonò. Lei gli domandò: possibile che sia questa la volontà di Dio? Egli rispose: lo è. E se ne andò, quel bastardo. Sin dall'inizio gli uomini si sono serviti di Dio per giustificare l'ingiustificabile. Agisce in modi misteriosi, dicono gli uomini. Non c'è poi tanto da meravigliarsi, allora, se le donne si sono rivolte a me. – Ma non divaghiamo. Hagar non era una strega. Era fiduciosa: *allora certo Egli non mi lascerà morire*. Dopo che Ibrahim se ne fu andato, nutrì il suo bimbo al seno finché non restò senza latte. Allora salì due colline, prima Safa poi Marwah, correndo disperata dall'una all'altra, nella speranza di scorgere una tenda, un cammello, un essere umano. Non vide niente. Fu allora che venne da lei Gibreel e le mostrò le acque di Zamzam. Così Hagar sopravvisse, ma perché oggi si riuniscono i pellegrini? Per festeggiare la sua sopravvivenza? No, no. Stanno celebrando l'onore fatto alla valle dalla visita di – ma sì, avete indovinato – di Ibrahim. In nome di quel marito amorevole si riuniscono, pregano e, soprattutto, spendono.

Jahilia oggi è tutta un aroma. I profumi d'Arabia, dell'*Arabia Odorifera*, incombono nell'aria: balsamo, cassia, cannella, incenso, mirra. I pellegrini bevono vino di datteri e s'aggirano nella grande fiera della festa di Ibrahim. E in mezzo a loro s'aggira uno che la fronte corrugata distingue dalla folla esultante; un uomo alto in vesti bianche e sciolte, più alto di Mahound di almeno una testa. La sua barba aderisce perfettamente al viso obliquo e ossuto; nel suo passo c'è la cadenza, l'eleganza micidiale del potere. Come lo chiamano? – La visione svela col tempo il proprio nome; anch'esso è cambiato dal sogno. Abu Simbel. Karim Abu Simbel, Grande di Ismailia, marito della bella e feroce Hind. Presidente del consiglio che governa la città, ricco in misura incalcolabile, padrone dei templi redditizi alle porte della città, proprietario di cammelli, controllore di carovane, con una moglie che è la più grande bellezza del paese; cosa potrebbe scuotere le certezze di un uomo simile? Eppure, anche per Abu Simbel, si sta avvicinando una crisi. Un nome lo tormenta, e voi avrete già immaginato qual è: Mahound Mahound Mahound.

Oh lo splendore della fiera di Jahilia! Qui nelle grandi tende profumate sono esposte spezie, foglie di sena, legni aromatici; qui si possono trovare i venditori di profumi che si contendono i nasi dei pellegrini, e anche i loro portafogli. Abu Simbel si fa largo tra la folla. Mercanti, ebrei, monofisiti, nabatei, comprano e vendono oggetti d'argento e d'oro, pesandoli, mordendo le monete con denti esperti. C'è lino egiziano e seta cinese; da Bassora armi e grano. Si gioca, si beve, si balla. Ci sono schiavi in vendita, nubiani, anatolici, etiopi. Le quattro fazioni della tribù dello Squalo controllano ciascuna una zona della fiera, i profumi e le spezie nelle Tende scarlatte, le stoffe e le pelli nelle Tende nere. Il gruppo dei Capelli d'argento ha in mano le pietre preziose e le spade. Il divertimento – dadi, danzatrici del ventre, vino di palma, fumo di *hashish* e *afeem* – è monopolio del quarto quarto della tribù, i Padroni dei cammelli pezzati, che gestiscono anche il mercato degli schiavi. Abu Simbel guarda in una tenda dove si esibiscono le danzatrici. I pellegrini siedono tenendo sacchetti di denaro nella mano sinistra; ogni tanto una moneta viene tolta dal sacchetto e passa sul palmo della destra. Le danzatrici ballonzolano e sudano, e i loro occhi non abbandonano mai le punte delle dita dei pellegrini; quando cessa il passaggio delle monete, termina anche la danza. Il grand'uomo fa una smorfia e lascia cadere il lembo della tenda.

Jahilia è stata costruita in una serie di cerchi rudimentali, e le sue case si estendono verso l'esterno, a partire dalla Casa della Pietra nera, più o meno in ordine di ricchezza e di rango. Il palazzo di Abu Simbel è nel primo cerchio, nell'anello più interno; egli procede per una delle tortuose, ventose strade radiali, passando davanti ai molti veggenti della città che, mirando ai soldi dei pellegrini, cinguettano, tubano e sibilano, a seconda che siano posseduti dai *ginn* di uccelli, bestie, serpenti. Una strega, che per un attimo dimentica di alzare gli occhi, si accoccola sul suo cammino: «Vuoi conquistare il cuore di una ragazzina, mio caro? Vuoi avere in pugno un tuo nemico? Provami; prova i miei piccoli nodi!». E si alza, fa dondolare una corda nodosa, trappola per vite umane – ma, appena ha visto a chi si sta rivolgendo, lascia cadere il braccio deluso e se la svigna nella sabbia.

Ovunque, baccano e gomiti. Poeti declamano salendo su casse mentre i pellegrini gettano monete ai loro piedi. Alcuni di questi bardi recitano versetti *rajaz*, un metro di quattro sillabe suggerito, secondo la leggenda, dal passo del cammello; altri recitano i *qasidash*, poesie di amanti volubili, di avventure nel deserto, di cacce all'onagro. Tra poco più di un giorno inizierà l'annuale gara di poesia, e le sette composizioni migliori saranno inchiodate ai muri della Casa della Pietra nera. I poeti si stanno allenando per la loro grande giornata: Abu Simbel ride delle satire maliziose, delle odi mordaci, commissionate da un capo contro un altro, da una tribù contro quella vicina. E saluta con un cenno del capo, avendolo riconosciuto, un poeta che si mette a camminargli accanto, un giovane sveglio e striminzito con le dita frenetiche. Questo giovane panflettista è già la lingua più temuta di tutta Jahilia, ma con Abu Simbel si comporta quasi con deferenza. «Perché sei così preoccupato, Grande? Se non stessi perdendo i capelli, ti consiglierei di scioglierli.» Abu Simbel sogghigna, col suo sogghigno contorto. «Quanta reputazione» medita. «Quanta fama, prima ancora che ti siano caduti i denti da latte. Sta' in guardia, o quei denti te li dovremo estrarre.» Sta scherzando, parla superficialmente, ma nella sua superficialità c'è un elemento di minaccia, per le dimensioni del suo potere. Il giovane però non si lascia impressionare. Tenendo il passo di Abu Simbel, ribatte: «Per ciascuno che estrarrete, ne crescerà uno più forte, che morderà più a fondo e farà sgorgare fiotti più caldi di sangue.» Il Grande annuisce vagamente. «A te piace il sapore del sangue» dice. Il giovane alza le spalle. «È il lavoro del poeta» risponde. «Nominare l'innominabile, additare le imposture, prendere posizioni, avviare discussioni, plasmare il mondo e impedirgli di addormentarsi.» E se dalle ferite che infliggeranno i suoi versi scorreranno fiumi di sangue, saranno per lui nutrimento. Perché lui è il satirico, Baal.

Passa una lettiga chiusa da tende; un'elegante dama della città sta andando a vedere la fiera, portata in spalla da otto schiavi anatolici. Abu Simbel prende per un gomito il giovane Baal, col pretesto di allontanarlo dalla strada; gli sussurra: «Speravo proprio di trovarti; se permetti, devo dirti una parola». Baal ammira l'abilità del Grande. Quando cerca un uomo, sa far credere alla sua preda di essere stata lei a cacciare il cacciatore. La stretta di Abu Simbel si rafforza; tenendolo sempre per il gomito, pilota il compagno verso il *sancta sanctorum* nel centro della città.

«Ho un incarico per te» dice il Grande. «Una faccenda letteraria. Io conosco i miei limiti; le tecniche della malignità in rima, le arti della maldicenza metrica sono al disopra delle mie capacità. Tu capisci.»

Ma Baal, uomo fiero e arrogante, s'irrigidisce, insiste sulla sua dignità. «Non è bene che l'artista diventi servo dello stato.» La voce di Simbel s'abbassa, assume ritmi più suadenti. «Oh certo. Mettersi invece a disposizione degli assassini è un'impresa del tutto onorevole.» Imperversa a Jahilia un culto dei morti. Quando un uomo muore, prefiche a pagamento si percuotono il petto, si graffiano i seni, si strappano i capelli. Si lascia a morire sulla tomba un cammello azzoppato. E se l'uomo è stato assassinato, il suo parente più stretto pronuncia voti d'ascetismo e dà la caccia all'omicida finché il sangue non sia stato vendicato col sangue; dopo di che si usa comporre una poesia per festeggiare, ma sono pochi i vendicatori che hanno il dono della rima. Molti poeti si guadagnano da vivere scrivendo canti d'assassinio, ed è opinione generale che il più bravo di questi verseggiatori che esaltano il sangue sia proprio il nostro precoce polemista. Il cui orgoglio professionale gli vieta, ora, di sentirsi ferito dalla piccola stoccata del Grande. «Questo è un fatto culturale» ribatte. Abu Simbel diventa ancora più suadente. «Può darsi» bisbiglia davanti alle porte della Casa della Pietra nera, «ma, ammettilo, Baal; non ho forse qualche piccolo diritto su di te? Serviamo entrambi, o almeno così pensavo, la stessa signora.»

Ora il sangue abbandona le guance di Baal; la sua sicurezza s'incrina, si stacca come un guscio. Il Grande, in apparenza ignaro di questa alterazione, spinge il satirico all'interno della Casa.

Dicono a Jahilia che questa valle è l'ombelico della terra; che il pianeta, quando fu creato, si mise a ruotare intorno a questo punto. Adamo venne qui e vide un miracolo: quattro pilastri di smeraldi che tenevano sollevato un rubino gigantesco e scintillante, e sotto quel baldacchino un'enorme pietra bianca, che splendeva anch'essa di luce propria, come una visione della sua anima. Eresse intorno alla visione solidi muri nell'intento di tenerla sempre ancorata alla terra. Fu quella la prima Casa. Fu ricostruita più volte – una volta da Ibrahim, dopo che Hagar e Ismail erano sopravvissuti con l'aiuto dell'angelo – e a poco a poco, attraverso i secoli, gli innumerevoli tocchi delle mani dei pellegrini ne oscurarono il colore sino a farla diventare nera. Poi cominciò l'epoca degli idoli: ai tempi di Mahound intorno alla pietra di Dio si accalcavano trecentosessanta dèi di pietra.

Cosa avrebbe pensato il vecchio Adamo? Qui ci sono anche i suoi figli; il colosso di Hubal, mandato dagli amaleciti di Hit, si erge sopra il pozzo del tesoro, Hubal il pastore, la luna crescente; ma c'è anche il torvo e pericoloso Kain. Lui è la luna calante, fabbro e musicista; ha anch'esso i suoi devoti.

Hibal e Kain guardano dall'alto il Grande e il poeta che stanno passeggiando. E il protodioniso dei nabatei, Quello-di-Shara; la stella del mattino, Astarte, e il saturnino Nakruh. Ed ecco il dio del sole, Manaf! Guarda, lì agita le ali il gigante Nasr, il dio in forma di aquila! E c'è anche Quzah! con l'arcobaleno in mano... non è forse un eccesso di dèi, un diluvio di pietra, per saziare l'ingordigia dei pellegrini, per placare la loro empia sete? Le divinità, per allettare i viaggiatori, vengono – come i pellegrini – da lontano. Anche gli idoli sono delegati a una sorta di fiera internazionale.

C'è qui un dio che è chiamato Allah (significa semplicemente il dio). Interrogate i jahiliani e vi diranno che questo tizio ha una sorta di autorità generale, ma la sua popolarità non è molta: un eclettico in un'epoca di statue di specialisti.

Abu Simbel e Baal, ora sudatissimo, sono arrivati ai santuari, disposti fianco a fianco, delle tre dee più amate di Jahilia. S'inchinano davanti a tutte tre: Uzza, dal volto radioso, dea della bellezza e dell'amore; la scura e oscura Manat, che distoglie il viso, che ha fini misteriosi, che fa scorrere sabbia fra le dita – a lei è affidato il destino; è il Fato – e infine la più alta delle tre, la dea-madre, quella che i greci chiamavano Latona. Qui la chiamano Ilat, o, più spesso, Al-lat. *La dea*. Persino il nome la rende eguale e contraria ad Allah. Lat l'onnipotente. Con un viso che esprime un sollievo improvviso, Baal si butta a terra e si prostra davanti a lei. Abu Simbel resta in piedi.

La famiglia del Grande, Abu Simbel – o, per essere più precisi, quella di sua moglie Hind – controlla il famoso tempio di Lat alla porta sud della città. (Riscuotono anche le entrate del tempio di Manat alla porta est e di quello di Uzza a nord.) Queste concessioni sono il fondamento della ricchezza del Grande, che di conseguenza, intuisce Baal, è ovviamente il servo di Lat. E la devozione del satirico a questa dea è nota in tutta Jahilia. Insomma era solo questo che intendeva dire! Tremando di sollievo, Baal rimane prostrato a ringraziare la sua patrona. Che lo guarda con benevolenza; ma non c'è da fidarsi dell'espressione di una dea. Baal ha commesso un grave errore.

Senza preavviso, il Grande sferra un calcio al rene del poeta. Aggredito proprio quando si era convinto di essere al sicuro. Baal strilla, rotola su se stesso, e Abu Simbel lo segue, continuando a dargli calci. Si sente il rumore di una costola che si spacca. «Verme» dice il Grande, e il suo tono è ancora sommesso e bonario. «Ruffiano con la voce acuta e i testicoli minuscoli. Pensavi che il padrone del tempio di Lat volesse trattarti con confidenza solo per questa tua passione adolescenziale per lei?» E ancora calci, regolari, metodici. Baal piange ai piedi di Abu Simbel. La Casa della Pietra nera è tutt'altro che deserta, ma chi mai s'intrometterebbe tra il Grande e la sua collera? D'un tratto il tormentatore di Baal s'accovaccia, afferra il poeta per i capelli, gli solleva di scatto la testa, gli sussurra all'orecchio. «Baal, non era questa la signora a cui alludevo» e allora Baal emette un orribile urlo di autocommiserazione, perché sa che la sua vita sta per finire, e proprio quando ha ancora tante cose da compiere, poverino. Le labbra del Grande gli sfiorano l'orecchio. «Merda di un cammello spaventato» respira Abu Simbel. «Io so che tu scopi mia moglie.» Osserva con interesse che Baal ha ora un'evidente erezione, ironico monumento alla propria paura.

Abu Simbel, il Grande cornuto, si rialza, ordina: «In piedi» e Baal, sconcertato, lo segue all'esterno.

Le tombe di Ismail e di sua madre Hagar l'egiziana si trovano presso la facciata a nordovest della Casa della Pietra nera, in un recinto circondato da un muretto. Abu Simbel si avvicina a questo luogo e poi si ferma a poca distanza da esso. Nel recinto c'è un gruppetto di uomini. C'è il portatore d'acqua Khalid, e una sorta di barbone arrivato dalla Persia che porta lo strano nome di Salam, e, a completare questa trinità di canaglie, c'è anche lo schiavo Bilal, quello che Mahound ha liberato, un enorme mostro nero, con una voce degna delle sue dimensioni. I tre sfaccendati siedono sul muretto del recinto. «Quella marmaglia» dice Abu Simbel. «Sono quelli i tuoi bersagli. Scrivi di loro; e anche del loro capo.» Baal, nonostante il terrore, non riesce a nascondere la propria incredulità. «Grande, questi *idioti*? questi fottuti *pagliacci*? Non devi preoccuparti per loro. Cosa pensi? Che il Dio di Mahound farà fallire i tuoi templi? Trentasei contro uno, e l'uno dovrebbe vincere? Non può succedere.» Ridacchia, quasi isterico. Abu Simbel rimane calmo. «Conserva gli insulti per i tuoi versetti.» Baal non può smettere di ridacchiare. «Una rivoluzione di portatori d'acqua, di immigrati, di schiavi... oh, Grande. Sai che spavento.» Abu Simbel guarda con attenzione il ridacchiante poeta. «Sì» risponde. «È vero, dovresti aver paura. Mettiti a scrivere, per favore, e conto che questi versi siano il tuo capolavoro.» Baal s'affloscia, geme. «Ma sono uno spreco del mio modesto talento...» Capisce di aver parlato troppo.

«Fa' quello che ti è stato detto» sono le ultime parole che gli rivolge Abu Simbel. «Non hai scelta.»

Il Grande se ne sta sdraiato in camera da letto, mentre le concubine attendono ai suoi bisogni. Olio di cocco per i suoi capelli radi, vino per il suo palato, lingue per il suo piacere. *Il ragazzo aveva ragione. Perché ho paura di Mahound?* Si mette, oziosamente, a contare le concubine, ma arrivato a quindici desiste con un rapido movimento della mano. *Il ragazzo. Hind continuerà a vederlo, è ovvio; che possibilità ha quel poverino contro i suoi voleri?* È un suo punto debole, e lo sa, quello di vedere troppo, di tollerare troppo. Se lui ha i propri appetiti, perché non dovrebbe averli anche lei? Purché sia discreta; purché lui sappia. Deve sapere: la conoscenza è la sua droga, la sua ossessione. Non riesce a tollerare ciò che non sa, ed è per questo motivo, se non altro, che Mahound è suo nemico, Mahound con la sua banda di straccioni, aveva ragione il ragazzo a riderne. Per lui, il Grande, riderne è meno facile. Come il suo avversario, è un uomo cauto, cammina in punta di piedi. Gli torna in mente quello grosso, lo schiavo Bilal: quando il suo padrone gli domandò, davanti al tempio di Lat, di elencare gli dèi. «Uno» rispose con quel suo vocione musicale. Bestemmia, punibile con la morte. Lo fecero sdraiare nella fiera con un macigno sul petto. *Quanti hai detto?* Uno, ripeté lui, uno. Fu aggiunto un secondo macigno al primo. *Uno uno uno*. Mahound versò al suo padrone una grossa somma e lo liberò.

No, riflette Abu Simbel, il ragazzo Baal aveva torto, questi uomini meritano la nostra attenzione. Perché ho paura di Mahound? Per questo: uno uno uno, per questa terrificante singolarità. Mentre io sono sempre diviso; sempre due o tre o quindici. Capisco anche il suo punto di vista; è ricco e arrivato come chiunque di noi, ma poiché non ha le giuste parentele, non lo abbiamo invitato a entrare nel nostro gruppo. Escluso, in quanto orfano, dall'élite mercantile, si sente defraudato, pensa di non aver avuto ciò che gli spettava. È sempre stato un ambizioso. Ambizioso, ma anche solitario. Non raggiungi la cima se scali un colle da solo. A meno, forse, di non incontrare lì un angelo... sì, è questo. Adesso so a cosa mira. Ma lui non mi capirebbe. *Che specie di idea sono io?* Io mi piego, io ondeggio, io calcolo le probabilità, navigo secondo il vento, manipolo, sopravvivo. È per questo che non accuserò Hind di adulterio. Siamo una bella coppia noi due, ghiaccio e fuoco. Lo stemma della sua famiglia, il favoloso leone rosso, la manticora con tanti denti. Si diverta pure col suo satirico; tra noi non è mai stata questione di sesso. Lo liquiderò quando lei avrà chiuso con lui. Ecco una grossa bugia, pensa il Grande di Jahilia mentre scivola nel sonno: la penna è più potente della spada.

Le fortune della città di Jahilia erano fondate sulla supremazia della sabbia sull'acqua. Nei vecchi tempi si riteneva più sicuro trasportare merci nel deserto anziché via mare, dove da un momento all'altro potevano infuriare i monsoni. In quei giorni precedenti la meteorologia, era impossibile prevedere tali cose. Era la ragione della prosperità dei caravanserragli. I prodotti del mondo arrivavano da Zafar a Sheba, e da qui a Jahilia e all'oasi di Yathrib e al Midian dove viveva Mosè; e da lì ad Aqabah e all'Egitto. Da Jahilia partivano anche altre piste: a est e a nordest, verso la Mesopotamia e il grande Impero persiano. Verso Petra e Palmira, dove un tempo Salomone amò la regina di Saba. Erano giorni grassi. Ma ora le flotte che solcano le acque intorno alla penisola sono diventate più ardite, i loro equipaggi più abili, i loro strumenti di navigazione più precisi. Le carovane di cammelli stanno perdendo clienti a vantaggio delle barche. Nell'antica rivalità tra nave del deserto e nave del mare, si stanno modificando i rapporti di forza. I governanti di Jahilia si preoccupano, ma possono farci ben poco. Certe volte Abu Simbel ha il sospetto che solo i pellegrinaggi si frappongano fra la città e la sua rovina. Il consiglio cerca nel mondo intero statue di dèi stranieri, per attirare nuovi pellegrini alla città di sabbia; ma, anche in questo, non manca la concorrenza. Giù nello Sheba è stato costruito un grande tempio, un santuario che rivaleggia con la Casa della Pietra nera. Molti pellegrini sono stati allettati al sud, e il numero dei frequentatori delle fiere di Jahilia è in calo.

Su consiglio di Abu Simbel, i governanti di Jahilia hanno aggiunto alle pratiche religiose le spezie stuzzicanti della profanità. La città è divenuta famosa per la sua licenziosità, come bisca, come bordello, come luogo di canzoni oscene e di musica rumorosa e selvaggia. Una volta certi membri della tribù dello Squalo esagerarono nella loro avidità di denaro. I portieri della Casa cominciarono a chiedere mance ai viaggiatori esausti e in certi casi, irritati per aver ricevuto solo una miseria, li ammazzavano spingendoli giù per la grande e ripida rampa di scale. Questa soluzione si rivelò un fallimento poiché scoraggiava i superstiti a tornare... Oggi accade spesso che si rapiscano pellegrine per chiederne il riscatto o che le si venda come concubine. Bande di giovani Squali pattugliano la città, facendo rispettare la propria legge. Si dice che Abu Simbel incontri in segreto i capibanda e sia lui a organizzarli. È in questo mondo che Mahound ha portato il suo messaggio: uno uno uno. In tanta molteplicità, sembra una parola pericolosa.

Il Grande si alza a sedere e subito le concubine si avvicinano e riprendono a oliare e lisciare. Lui le allontana con un gesto, batte le mani. Entra l'eunuco. «Manda un messaggio a casa del *kahin* Mahound» ordina Abu Simbel. *Lo sottoporremo a una piccola prova. Un equo contesto: tre contro uno.*

Portatore d'acqua immigrato schiavo: i tre discepoli di Mahound si stanno lavando al pozzo di Zamzam. Nella città di sabbia questa ossessione per l'acqua li rende quasi assurdi. Abluzioni, sempre abluzioni, le gambe sino ai ginocchi, le braccia sino ai gomiti, la testa sino al collo. Torso asciutto, arti bagnati e testa umida, come sembrano eccentrici! *Splisc, splasc*, si lavano e pregano. Inginocchiati, sprofondano braccia, gambe, testa nella sabbia onnipresente, e poi ricomincia il ciclo dell'acqua e della preghiera. Sono bersagli facili per la penna di Baal. Il loro amore per l'acqua è una sorta di tradimento; la gente di Jahilia accetta l'onnipotenza della sabbia. S'infila tra le dita delle mani e dei piedi, incrosta le ciglia e i capelli, ottura i pori. Si offrono al deserto: vieni, sabbia, lavaci con la tua aridità. Questo è il modo di vivere dei jahiliani, dal cittadino più eminente al più infimo. Sono gente di silicone, e tra loro sono arrivati amanti dell'acqua.

Baal gira loro attorno a distanza di sicurezza – Bilal non è certo uomo da prendere alla leggera – e grida malignità. «Se le idee di Mahound valessero qualcosa, credete che avrebbero successo solo fra disgraziati come voi?» Salman tiene a freno Bilal: «Dovremmo considerare un onore che il grande Baal abbia deciso di attaccarci» sorride, e Bilal si rilassa, si calma. Khalid il portatore d'acqua è nervoso e, quando vede avvicinarsi la figura massiccia di Hamza, zio di Mahound, gli corre incontro ansioso. A sessant'anni, Hamza è ancora il più famoso combattente e cacciatore di leoni della città. La verità tuttavia è meno gloriosa dei panegirici: Hamza è stato più volte sconfitto in battaglia, salvato da amici o da casi fortunati, sottratto alle mascelle dei leoni. Ha soldi abbastanza per impedire che queste notizie si diffondano. E l'età, e l'essere sopravvissuto, convalidano in certo qual modo la sua leggenda eroica. Bilal e Salman, dimenticando Baal, seguono Khalid. Sono tutti e tre giovani, agitati.

Non è ancora a casa, riferisce Hamza. E Khalid si preoccupa: Ma sono passate ore, cosa gli sta facendo quella carogna, lo tortura, gli torce i pollici, lo fustiga? Salman, ancora una volta, è il più calmo: Non è questo lo stile di Simbel, dice, è qualcosa di più tortuoso, credetemi. E Bilal barrisce lealmente: Tortuoso o no, io ho fede in lui, nel Profeta. Non cederà. Hamza si accontenta di rimproverarlo gentilmente: Oh, Bilal, quante volte te lo deve dire? Riserva la tua fede a Dio. Il Messaggero è soltanto un uomo. La tensione di Khalid esplode: squadra bellicosamente il vecchio Hamza, domanda: Stai forse dicendo che il Messaggero è debole? Tu sarai magari suo zio... Hamza colpisce il portatore d'acqua alla tempia. Non far mai capire che hai paura, dice, neanche quando sei spaventato a morte.

I quattro si stanno lavando per l'ennesima volta quando arriva Mahound; gli si affollano intorno, chicosaperché. Hamza resta indietro. «Nipote, questo non va per niente bene» ringhia con la sua durezza soldatesca. «Quando sei sceso da Coney c'era luce in te. Oggi c'è qualcosa di buio.»

Mahound si siede sul bordo del pozzo e sogghigna. «Mi è stato proposto un accordo.» *Da Abu Simbel?* grida Khalid. *Impensabile. Rifiuta.* Il fedele Bilal lo sgrida: Non dare ordini al Messaggero. Lui, naturalmente, ha già rifiutato. Salman il persiano domanda: Che specie d'accordo? Mahound di nuovo sorride: «Almeno uno di voi vuole saperlo».

«È una piccola cosa» riprende. «Un granello di sabbia. Abu Simbel chiede ad Allah di fargli un minuscolo favore.» Hamza vede che è stanco. Come se avesse lottato con un demonio. Il portatore d'acqua sta gridando: «Niente! Neanche un briciolo!». Hamza lo fa tacere.

«Se il nostro grande Dio fosse disposto ad ammettere» ha usato proprio questa parola, ammettere «che tre, soltanto tre, dei trecentosessanta idoli della Casa sono degni di venerazione...»

«Non c'è altro dio che Dio!» grida Bilal. E i suoi compagni gli fanno coro: «*Ya* Allah!». Mahound sembra arrabbiato. «Vogliono i fedeli ascoltare il Messaggero?» Allora ammutoliscono strusciando i piedi nella sabbia.

«Chiede che Allah accetti Lat, Uzza e Manat. In cambio ci garantisce che saremo tollerati, e anche riconosciuti ufficialmente; e a dimostrazione di questo, io entrerò a far parte del consiglio di Jahilia. Tale è l'offerta.»

Salman il persiano dice: «È una trappola. Se tu sali sul Coney e ne scendi con un Messaggio del genere, ti chiederà: come hai potuto indurre Gibreel a farti la rivelazione giusta? Potrà darti del ciarlatano, dell'impostore». Mahound scuote il capo. «Devi sapere, Salman, che io ho imparato a *ascoltare*. Non è un *ascolto* normale; è anche un modo di domandare. Spesso, quando compare Gibreel, è come se sapesse cosa c'è nel mio cuore. Ho la sensazione, il più delle volte, che lui sgorghi dall'interno del mio cuore; dal profondo di me stesso, dalla mia anima.»

«Ma questa è una trappola differente» insiste Salman. «Da quanto stiamo recitando il credo che tu ci hai portato? Non esiste altro dio che Dio. E se adesso lo abbandoniamo? Ci indebolirà, ci renderà ridicoli. Cesseremo di essere pericolosi. Nessuno ci prenderà più sul serio.»

Mahound ride, sinceramente divertito. «Tu non sei qui da molto» dice con gentilezza. «Non hai notato? La gente non ci prende sul serio. Mai più di cinquanta persone quando io parlo, e metà sono turisti. Non li leggi i libelli che Baal affigge in tutta la città?» Recita:

Messaggero, ti prego, dammi
ascolto. La tua monofilia,

il tuo uno uno uno, non è per Ismailia
Torna al mittente.

«Ci prendono in giro dappertutto e tu dici che siamo pericolosi» gridò.

Adesso Hamza sembra preoccupato. «Non ti avevano mai interessato le loro opinioni. Perché adesso sì? Perché da quando hai parlato a Simbel?»

Mahound scuote il capo. «Penso a volte che dovrei facilitare la gente a credere.»

Un silenzio imbarazzato si crea tra i discepoli; si scambiano occhiate, spostano da un piede all'altro il proprio peso. Mahound grida ancora: «Voi sapete tutti che cosa sta succedendo. Non riusciamo a convertire nessuno. La gente non rinuncia ai propri dèi. Non vuole». Si alza, si allontana da loro, si lava tutto solo dalla parte opposta del pozzo Zamzam, s'inginocchia a pregare.

«La gente è immersa nelle tenebre» dice Bilal con tristezza. «Ma essi vedranno. Essi udiranno. Dio è uno.» Lo sconforto contagia tutti e quattro; persino Hamza è depresso. Mahound è scosso; e i suoi seguaci tremano.

Lui si alza, s'inchina, sospira, torna da loro. «Ascoltatemi tutti» dice, cingendo con un braccio le spalle di Bilal e con l'altro quelle dello zio. «Ascoltate: è un'offerta interessante.»

Il non abbracciato Khalid lo interrompe con amarezza: «È un'offerta *allettante*». Gli altri lo guardano inorriditi. Hamza si rivolge con gentilezza al portatore d'acqua. «Non eri tu, Khalid, che poco fa volevi batterti con me perché pensavi, a torto, che io, definendo il Messaggero un uomo, gli dessi in realtà del debole? E adesso? Dovrei essere io a sfidarti?»

Mahound li invita a far pace. «Se litighiamo fra noi, non c'è più speranza.» Cerca di elevare la discussione a un livello teologico. «Non ci si sta proponendo chc Allah accetti quelle tre come sue pari. Neanche Lat. Ma solo che sia loro riconosciuta una posizione inferiore, d'intermediarie.»

«Come diavoli» sbotta Bilal.

«No.» Salman il persiano ha capito. «Come arcangeli. Il Grande è un uomo astuto.»

«Angeli e diavoli» dice Mahound. «Shaitan e Gibreel. Noi tutti ne accettiamo già l'esistenza, a mezza strada fra Dio e l'uomo. Abu Simbel ci chiede di accogliere tre soli esseri in più in questa compagnia. Tre soltanto e, ci fa capire, tutte le anime di Jahilia saranno nostre.»

«E la Casa sarà sgombrata dalle statue?» domanda Salman. Mahound risponde che questo non è stato specificato. Salman scuote il capo. «Vogliono far questo per distruggerci.» E Bilal aggiunge: «Dio non può essere quattro». E Khalid, prossimo alle lacrime: «Messaggero, cosa stai dicendo? Lat, Manat, Uzza – sono tutte *femmine*! Misericordia! Adesso dovremmo avere delle dee. Delle vecchie gru, aironi, megere?»

Tristezza, tensione, fatica scavano profondamente il viso del Profeta. Che Hamza, come un soldato che conforti un amico ferito sul campo di battaglia, prende fra le mani. «Non possiamo risolvere per te questo problema, nipote» dice. «Sali sulla montagna. Va' a domandarlo a Gibreel.»

Gibreel: il sognatore, il cui punto di vista è a volte quello della macchina da presa e, in altri momenti, quello dello spettatore. Quando è macchina da presa il pi di vi si sposta in continuazione, lui odia le inquadrature statiche, e quindi ondeggia su un'altissima gru guardando là in basso le figure minuscole degli attori, o scende a capofitto per mettersi invisibile in mezzo a loro, girando lentamente su un tallone per una panoramica di trecentosessanta gradi, oppure tenta una carrellata seguendo Baal e Abu Simbel mentre camminano; o, tenuto in mano con l'aiuto di una macchina fissa, esplora i segreti della camera da letto del Grande. Ma, in genere, se ne sta seduto sul monte Cone come uno spettatore pagante di prima galleria e Jahilia è il suo schermo. Segue e valuta l'azione come qualsiasi appassionato di cinema, si gode lotte infedeltà crisi morali, ma non ci sono abbastanza ragazze per un vero successo, amico, e dove sono le fottute canzoni? Avrebbero dovuto sviluppare la scena della fiera, magari con la partecipazione straordinaria di Pimple Billimoria, che in una tenda-spettacolo fa ballonzolare le sue famosissime tette.

E poi, senza preavviso, Hamza dice a Mahound: «Va' a domandarlo a Gibreel» e lui, il sognatore, ha un tuffo al cuore, si mette in agitazione, chi, io? *Io* dovrei sapere quali sono le risposte? Me ne sto qui seduto a guardare il film e tutt'a un tratto questo attore punta un dito su di me, chi ha mai sentito una cosa simile, chi ha mai chiesto ai fottuti spettatori di un "teologico" di risolvere il fottuto intreccio? – Ma, a mano a mano che si sposta il sogno, continua a cambiare forma, e lui, Gibreel, non è più uno spettatore qualsiasi, ma l'attore principale, il divo. Con la sua vecchia mania di interpretare più parti: sì, sì, non impersona soltanto l'arcangelo, ma anche lui, l'uomo d'affari, il Messaggero, Mahound, e sale la montagna quando arriva lui. Occorre un abile lavoro di montaggio perché possa portare a termine la sua doppia parte, i due non devono mai essere visti nella stessa inquadratura, ognuno deve parlare al vuoto, all'incarnazione immaginata dell'altro, e confidare nella tecnologia perché fornisca la visione mancante, con le forbici, lo scotch o, in maniera più esotica, con una stuoia mobile. Da non confondere ha ha con un tappeto magico.

Ha capito: ha paura dell'altro, dell'uomo d'affari, non è pazzesco? L'arcangelo che trema davanti al mortale. È vero, ma: il tipo di paura che senti quando sei per la prima volta su un set cinematografico, e sta per fare il suo ingresso una delle leggende viventi del cinema; tu pensi, farò una figuraccia, dimenticherò le mie battute, farò scena vuota, hai una voglia matta di essere *all'altezza*. Sarai risucchiato nel vortice del suo genio, potrà farti sembrare bravo, uno che vola in alto, ma tu saprai che se non ce la metterai tutta e anche qualcosa di più, lui... La paura di Gibreel, la paura del se stesso che crea il suo sogno, lo induce a lottare contro l'arrivo di Mahound, a cercare di rimandarlo, ma ora sta venendo, non ci sono dubbi, e l'arcangelo trattiene il fiato.

Quei sogni in cui ti spingono su un palcoscenico quando non hai nessuna ragione di esserci, non conosci la trama non hai imparato neanche una battuta, ma c'è un teatro pieno che guarda, guarda: così si sente. O la storia vera dell'attrice bianca che interpretò una negra in Shakespeare. Entrò in scena e si accorse di avere ancora gli occhiali, *eek*, ma aveva dimenticato di annerirsi le mani e quindi non poteva alzare il braccio per toglierseli, doppio *eek*: si sente anche così. *Mahound viene da me in attesa di una rivelazione, per chiedermi di scegliere tra monoteismo ed enoteismo, e io sono soltanto uno stupido attore che ha un bhaenchud incubo; che cazzo ne so, yaar, che cosa posso dirti, aiuto. Aiuto.*

Per arrivare al monte Cone da Jahilia bisogna percorrere bui crepacci dove la sabbia non è bianca, non è la pura sabbia filtrata tanto tempo fa tra i cadaveri dei cetrioli di mare, ma nera e arcigna, e risucchia luce dal sole. Coney è accovacciato su di te come una bestia immaginaria. Tu t'arrampichi sulla sua spina dorsale. Lasciandoti alle spalle gli ultimi alberi, con fiori bianchi e fitte foglie lattiginose, sali tra i macigni, che diventano più grossi quanto più sei in alto, sino ad assomigliare a muri giganteschi e a cancellare il sole. Le lucertole sono azzurre come ombre. Poi ti trovi sulla vetta, con Jahilia dietro, il deserto uniforme davanti. Scendi verso il deserto, e dopo centocinquanta metri circa arrivi alla grotta, alta abbastanza da poterci stare in piedi e con il pavimento coperto da una miracolosa sabbia albina. Mentre t'arrampichi odi le colombe del deserto che ti chiamano per nome e anche le rocce ti salutano, nella tua stessa lingua, gridano *Mahound, Mahound*. Una volta arrivato alla grotta, sei stanco, ti sdrai, ti addormenti.

Ma dopo aver riposato, entra in un sonno d'altro genere, una sorta di non-sonno, quello stato che lui chiama *ascoltare*, e sente un dolore lancinante nelle viscere, come se ci fosse qualcosa che sta cercando di nascere, e ora Gibreel, che era-sospeso-in-alto-guardando-giù, si sente confuso, *chi sono io*, in quei momenti comincia a sembrare che l'arcangelo sia davvero *dentro il profeta*, sono io che gli tiro le viscere, io l'angelo espulso dall'ombelico del dormiente, io ne emergo, Gibreel Farishta, mentre l'altro mio io, Mahound, giace *ascoltando*, in trance, io sono legato a lui, ombelico contro ombelico, da un luccicante cordone di luce, impossibile dire chi di noi sta sognando l'altro. Fluiamo in ambedue le direzioni lungo il cordone ombelicale.

Oggi, oltre all'opprimente intensità di Mahound, Gibreel sente la sua disperazione; i suoi dubbi. Sente anche che ha molto bisogno, ma Gibreel non conosce ancora le proprie battute ...ascolta quell'ascoltare-che-è-anche-un-domandare. Mahound *domanda*: Si mostrarono loro miracoli ma essi non credettero. Ti videro venire da me, sotto gli occhi della città, e aprirmi il petto, ti videro lavarmi il cuore nelle acque di Zamzam e rimetterlo nel mio corpo. Molti di loro videro tutto questo, ma continuano a venerare pietre. E quando tu venisti di notte e mi portasti in volo a Gerusalemme e io sorvolai la città santa, non la descrissi forse al ritorno esattamente qual è, precisa sino al minimo particolare? A questo punto non potevano più dubitare del miracolo, e tuttavia continuarono ad andare da Lat. Non ho già fatto del mio meglio per semplificare loro le cose? Quando tu mi portasti addirittura sul Trono e Allah impose al fedele il grande peso di quaranta preghiere al giorno. Al ritorno, incontrai Mosè ed egli disse il peso è eccessivo, torna da lui e imploralo di diminuirlo. Quattro volte tornai, quattro volte Mosè disse, è ancora troppo, torna ancora da lui. Ma la quarta volta Allah aveva ridotto l'obbligo a cinque preghiere e io non volli più tornare. Mi vergognavo di implorare ancora. Nella sua generosità ne chiede cinque anziché quaranta, e loro continuano ad amare Manat, a volere Uzza. Cosa posso fare? Cosa reciterò?

Gibreel rimane in silenzio, non ha risposte, santo cielo, *bhai*, non chiederlo a me. La sofferenza di Mahound è terribile. *Domanda*: È possibile che *siano* angeli? Lat, Manat, Uzza... posso definirle angeliche? Gibreel, tu hai avuto sorelle? Sono figlie di Dio? E si punisce, oh la mia vanità, io sono un uomo arrogante, è debolezza questa, è soltanto un sogno di potere? Devo tradire me stesso per un seggio nel consiglio? È ragionevole e saggio o è ingannevole ed egoistico? Non so neanche se il Grande è sincero. E lui lo sa? Forse neppure lui. Io sono debole e lui è forte, l'offerta gli dà molti modi di rovinarmi. Ma anch'io ho tanto da guadagnare. Le anime della città, del mondo, non valgono forse tre angeli? Possibile che Allah sia così inflessibile da non accoglierne altri tre per salvare la razza umana? – io non so nulla. – Dovrebbe Dio essere fiero o umile, grandioso o semplice, arrendevole o in...? *Che specie di idea è lui? Che specie di idea sono io?*

E mentre si sta addormentando, o mentre si sta svegliando, Gibreel Farishta è spesso pieno di risentimento per la mancata apparizione, nelle visioni che lo perseguitano, dell'Uno che dovrebbe avere le risposte. *Egli* non compare mai, quello che non si è fatto vedere quando io stavo morendo, quando io avevo bisogno bisogno di lui. Quello che è tutto, Allah *Ishvar* Dio. Non c'è mai, e noi ci contorciamo e soffriamo in suo nome.

L'Essere Supremo non si fa vedere; ciò che continua a tornare in questa scena è il Profeta in trance, l'estrusione, il cordone di luce, e poi Gibreel nel suo duplice ruolo di chi guarda-dall'alto e di chi osserva-dal-basso. Ed entrambi con una paura del diavolo per la trascendenza della cosa. Gibreel si sente paralizzato dalla presenza del Profeta, dalla sua grandezza, pensa non posso emettere neanche un suono avrei l'aria di un maledetto idiota. Il consiglio di Hamza: non mostrare mai la tua paura; gli arcangeli ne hanno bisogno quanto i portatori d'acqua. Un arcangelo deve mostrarsi calmo, cosa penserebbe il Profeta se l'Elevato da Dio si mettesse a farfugliare perché ha paura del pubblico?

Accade: rivelazione. In questo modo: Mahound, ancora nel nonsonno, si irrigidisce, le vene del suo collo si gonfiano, si stringe forte lo stomaco. No, no, non ha niente a che vedere con una crisi epilettica, non si può dare una spiegazione così semplice; quale crisi epilettica ha mai provocato la trasformazione del giorno in notte, o un ammassamento di nubi in cielo, o l'addensarsi dell'aria come brodo mentre un angelo incombe, terrorizzato, in cielo sopra il sofferente, tenuto su come un aquilone da un filo d'oro? Di nuovo qualcosa che tira e tira e ora il miracolo comincia nelle mie stesse viscere, egli si sta forzando con tutte le proprie energie per ottenere qualcosa, sta premendo per qualcosa, e Gibreel comincia a sentire quella forza, quel vigore, eccola *nella mia mascella* e agisce su di essa, apre chiude; e il potere, nato all'interno di Mahound, arriva alle *mie corde vocali* e ne esce la voce.

Non la mia voce io non ho mai saputo queste parole non sono uno che parla con classe non lo sono mai stato non lo sarò mai ma questa non è la mia voce è una Voce.

Gli occhi di Mahound si spalancano, sta guardando una sorta di visione, la contempla, oh, è così, Gibreel si ricorda, me. Sta vedendo me. Le mie labbra si muovono, sono mosse da. Chi, Che cosa? Non lo so, non posso dirlo. Eppure sono qui, escono dalla mia bocca, salgono alla mia gola, passano per i miei denti: le Parole.

Essere il postino di Dio non è divertente, *yaar*.

Mamama: Dio non c'è in questa immagine.

Dio sa di chi sono stato il postino.

A Jahilia stanno aspettando Mahound vicino alla sorgente. Khalid il portatore d'acqua, come sempre il più impaziente, corre alla porta della città e si mette di vedetta. Hamza, come tutti i vecchi soldati abituati a farsi compagnia da soli, s'accovaccia nella polvere e si mette a giocare coi ciottoli. Non c'è fretta; a volte lui rimane assente per giorni, settimane anche. E oggi la città è praticamente deserta; sono andati tutti alle grandi tende della fiera per assistere alla gara dei poeti. Nel silenzio, si ode soltanto il rumore dei ciottoli di Hamza e il gorgoglio dei piccioni di roccia scesi dal monte Cone. Poi un rumore di piedi in corsa.

Arriva Khalid, senza fiato, con l'aria infelice. Il Messaggero è tornato, ma non viene a Zamzam. Adesso si sono alzati, perplessi per questa deviazione dalla prassi consueta. Quelli che stavano aspettando con fronde di palma e steli domandano a Hamza: Allora non ci sarà Messaggio? Ma Khalid, che sta ancora cercando di riprender fiato, scuote la testa: «Io penso che ci sarà. Ha la faccia che ha sempre quando ha ascoltato la Parola. Ma a me non ha detto niente e si è avviato subito verso la fiera».

Hamza assume il comando, prevenendo le discussioni, e fa strada. I discepoli – se n'è radunata una ventina – lo seguono, con espressioni di pio disgusto, in direzione dei locali malfamati della città. Soltanto Hamza sembra guardare verso la fiera.

Davanti alle tende dei Padroni dei cammelli pezzati trovano Mahound, che se ne sta in piedi con gli occhi chiusi a raccogliere le forze per il compito che lo aspetta. Gli fanno domande ansiose; lui non risponde. Qualche secondo dopo, entra nella tenda della poesia.

All'interno della tenda il pubblico reagisce all'arrivo del Profeta impopolare e dei suoi miserabili seguaci con frasi di scherno. Ma, a mano a mano che Mahound avanza, con gli occhi ermeticamente chiusi, i fischi e i miagolii cessano e cala il silenzio. Mahound non apre gli occhi neppure per un istante, ma i suoi passi sono sicuri e arriva al palcoscenico senza inciampare e senza urtare nessuno. Sale i pochi gradini che lo portano in luce; i suoi occhi restano chiusi. I poeti qui riuniti, autori di panegirici d'assassini, narratori in versi e satirici – compreso Baal, naturalmente – guardano divertiti, ma anche un po' imbarazzati, il sonnambulo Mahound. Nella folla i suoi discepoli si aprono un varco a spintoni. Gli scribi lottano per avvicinarsi a lui, per annotare qualsiasi cosa lui possa dire.

Il Grande Abu Simbel riposa appoggiato ai cuscini su un tappeto di seta steso accanto al palcoscenico. Con lui, splendente nella sua dorata sciarpa egiziana, c'è sua moglie Hind, quel famoso profilo greco coi capelli neri, lunghi quanto il suo corpo. Abu Simbel si alza e si rivolge a Mahound: «Benvenuto». È estremamente cortese. «Benvenuto a Mahound, il veggente, il *kahin*.» È una dichiarazione pubblica di rispetto e la folla ne è impressionata. Non allontana più in malo modo i discepoli del Profeta, ma li lascia passare. Stupefatti, contenti solo a metà, arrivano in prima fila. Mahound parla senza aprire gli occhi.

«Questa è una riunione di poeti» dice chiaramente, «e io non posso pretendere di essere uno di loro. Ma io sono il Messaggero e porto i versetti di Uno più grande di tutti quelli che sono qui adunati.»

Il pubblico sta perdendo la pazienza. La religione va bene nel tempio; jahiliani e pellegrini sono qui per divertirsi. Fate tacere quel tizio! Buttatelo fuori! – Ma interviene ancora Abu Simbel. «Se davvero il tuo Dio ti ha parlato, tutto il mondo deve ascoltarlo.» E in un attimo il silenzio nella grande tenda è assoluto.

«*La stella*» grida Mahound, e gli scribi cominciano a prender nota.

«Nel Nome di Allah il Compassionevole, il Misericordioso!

«Per le Pleiadi quando si formarono: il Vostro compagno non è in errore; e non sta deviando.

«Né parla mosso dai propri desideri. È una rivelazione che gli è stata rivelata; una potenza con potere gli ha insegnato.

«Egli stava sull'alto orizzonte: il signore della forza. Poi si avvicinò, più della lunghezza di due archi, e rivelò al suo servo ciò che rivelò.

«Il cuore del servo era lucido quando vide ciò che vide. Osereste, allora, mettere in dubbio ciò che fu visto?

«Lo vidi anche accanto al loto del confine del mondo, vicino al quale c'è il Giardino di riposo. Quando quell'albero fu coperto dalla sua copertura, il mio occhio non si distolse, né il mio sguardo vagò; e io vidi alcuni dei segni più grandi del Signore.»

A questo punto, senza ombra d'esitazione o di dubbio, recita altri due versetti.

«Hai pensato a Lat e Uzza e Mahat, la terza, l'altra?» – Dopo il primo versetto, Hind balza in piedi; il Grande di Jahilia è già perfettamente eretto. E Mahound, con occhi ammutoliti, recita: «Esse sono uccelli eminenti e la loro intercessione è assai auspicata».

Mentre il rumore – urla, applausi, frasi scandalizzate, grida di devozione alla dea Al-Lat – si gonfia ed esplode all'interno del padiglione, la folla, già sbalordita, assiste al doppio spettacolo sensazionale del Grande Abu Simbel che preme i pollici sui lobi delle orecchie, apre a ventaglio le dita di entrambe le mani e pronuncia ad altissima voce la formula «*Allahu Akbar*». Dopo di che, cade in ginocchio e schiaccia con decisione la fronte sul pavimento. Sua moglie, Hind, segue immediatamente il suo esempio.

Nel corso di questi eventi, il portatore d'acqua Khalid è rimasto nei pressi del lembo aperto della tenda. Ora guarda inorridito, mentre tutti i presenti, sia la folla nella tenda, sia gli uomini e le donne in eccesso che sono rimasti fuori, s'inginocchiano col sedere in aria davanti al Profeta occhi-chiusi che ha riconosciuto le dee patrone della città. Il Messaggero invece rimane in piedi, come fosse restio a unirsi all'assemblea nelle sue devozioni. Piangendo a dirotto, il portatore d'acqua fugge nel cuore deserto della città della sabbia. Le sue lacrime, durante la corsa, scavano buche nella terra, come se contenessero qualche violento acido corrosivo.

Mahound rimane immobile. Non è possibile scorgere tracce d'umidità sulle ciglia dei suoi occhi chiusi.

In quella notte del trionfo desolante dell'uomo d'affari nella tenda degli increduli, avvennero certi omicidi dei quali, dopo aver aspettato anni, la prima signora della città avrebbe tratto terribile vendetta.

Hamza, lo zio del Profeta, se ne sta tornando a casa solo, con il capo chino e grigio nel crepuscolo di questa malinconica vittoria, quando sente un ruggito e, alzando gli occhi, vede un gigantesco leone scarlatto pronto a saltargli addosso dagli alti spalti della città. Lui conosce questa bestia, questa favola. *L'iridescenza della sua pelle scarlatta si confonde con la lucentezza brillante delle sabbie del deserto. Attraverso le narici esala l'orrore dei luoghi solitari della terra. Sputa pestilenza e quando gli eserciti s'avventurano nel deserto, li distrugge completamente.* Nell'ultima luce azzurra della sera, urla alla bestia, preparandosi, disarmato com'è, ad affrontare la propria morte. «Salta giù, bastardo, manticora, ne ho strangolati di gattoni a mani nude, ai miei tempi.» Quando ero più giovane. Quando ero giovane.

C'è una risata dietro di lui, e una più lontana echeggia, o così sembra, dagli spalti. Si guarda attorno, la manticora è scomparsa. Ora è circondato da un gruppo di jahiliani vestiti a festa che stanno tornando dalla fiera e ridacchiano. «Adesso che hanno accolto la nostra Lat, questi mistici vedono nuovi dèi in tutti gli angoli, no?» Hamza, intuendo che la notte potrebbe essere piena d'orrori, torna a casa e si fa portare la sua spada di guerra. «Più di qualsiasi altra cosa al mondo» ringhia all'incartapecorito valletto che lo ha servito in guerra e in pace per quarantaquattro anni, «odio ammettere che i miei nemici non hanno tutti i torti. È decisamente meglio ammazzarli, quei bastardi, ho sempre pensato. È più pulita la soluzione del sangue.» La spada è rimasta inguainata nel fodero di cuoio da quando è stato convertito dal nipote, ma stasera, confida al valletto: «Il leone è in libertà. La pace dovrà aspettare».

È l'ultima sera della festa di Ibrahim. Jahilia è tutta follia e mascherate. I grassi corpi oliati dei lottatori hanno concluso le loro contorsioni e le sette poesie sono state inchiodate ai muri della Casa della Pietra nera. Ora puttane cantanti prendono il posto dei poeti, e puttane danzanti, anch'esse col corpo oliato, si sono messe al lavoro; la lotta notturna soppianta la varietà diurna. Le cortigiane danzano e cantano in maschere dorate con becchi d'uccello, e l'oro si riflette negli occhi lucenti della clientela. Oro, oro dappertutto, nei palmi dei pescicani jahiliani e dei loro ospiti libidinosi, nei fiammeggianti bracieri di sabbia e nei muri scintillanti della città notturna. Hamza cammina dolente per le strade d'oro, incrociando pellegrini che giacciono privi di sensi mentre i tagliaborse si guadagnano da vivere. Ode le grida impastate dal vino dietro ogni porta luccicante d'oro, e le canzoni e le risate fragorose e il tintinnio delle monete lo feriscono come insulti mortali. Ma non trova ciò che sta cercando, non qui, e allora si allontana dall'illuminata baldoria d'oro e comincia ad avanzare nell'ombra, aspettando l'apparizione del leone.

E, dopo ore di ricerca, trova ciò che sapeva che sarebbe stato in attesa, in un angolo buio delle mura esterne della città, l'oggetto della sua visione, la rossa manticora con la triplice fila di denti. La manticora ha occhi azzurri e viso da uomo e una voce che è per metà tromba e per metà flauto. È veloce come il vento, ha unghie che sono artigli a spirale e una coda che scaglia aculei avvelenati. Ama cibarsi di carne umana... è in corso una rissa. Coltelli sibilano nel silenzio, ogni tanto un cozzare di metallo contro il metallo. Hamza riconosce gli uomini attaccati: Khalid, Salman, Bilal. Divenuto a sua volta un leone, Hamza snuda la spada, ruggisce riducendo a brandelli il silenzio, corre avanti veloce quanto glielo permettono le gambe di sessantenne. Dietro le maschere, gli aggressori dei suoi amici sono irriconoscibili.

È stata una notte di maschere. Percorrendo le dissolute strade di Jahilia, col cuore gonfio di bile, Hamza ha visto uomini e donne in sembianze di aquile, sciacalli, cavalli, grifoni, salamandre, facoceri, *rok*; sgorgati dalla melma dei vicoli sono apparsi anfisbene con due teste e tori alati meglio noti come sfingi assire. *Ginn*, uri, demoni popolano la città in questa notte di fantasmagoria e di lussuria. Ma solo adesso, in questo luogo buio, vede le maschere rosse che stava cercando. Le maschere d'uomo-leone: sta slanciandosi verso il proprio destino.

Preda di un'infelicità suicida, i tre discepoli avevano cominciato a bere e, per la loro scarsa familiarità con l'alcol, si trovarono ben presto non solo ebbri ma rincretiniti dall'ubriachezza. Si fermarono in una piazzetta e si misero a insultare i passanti, e dopo un po' il portatore d'acqua Khalid brandì la propria ghirba, facendo lo spaccone. Avrebbe potuto distruggere la città, aveva infatti l'arma suprema. L'acqua: avrebbe purificato Jahilia la sozza, l'avrebbe cancellata, e così si sarebbe potuto ricominciare da capo dalla bianca sabbia purificata. Fu allora che gli uomini-leoni cominciarono a dar loro la caccia e, dopo un lungo inseguimento, si trovarono con le spalle al muro, mentre defluiva da loro la sbronza, scacciata dalla paura, e stavano fissando le rosse maschere di morte, quando arrivò Hamza, appena in tempo...

...Gibreel fluttua sopra la città assistendo alla battaglia. Che termina in fretta, dopo l'entrata in scena di Hamza. Due degli aggressori mascherati fuggono, altri due giacciono morti. Bilal, Khalid e Salman sono stati feriti, ma non gravemente. Più grave delle loro ferite è ciò che si scopre dietro le maschere di leone dei morti. «I fratelli di Hind» constata Hamza. «Ora per noi è la fine.»

Massacratori di manticore, terroristi dell'acqua, i seguaci di Mahound siedono a piangere all'ombra delle mura cittadine.

Per quanto riguarda lui, il Profeta Messaggero Uomo d'affari: ora i suoi occhi sono aperti. Cammina avanti e indietro nel cortile di casa sua, la casa di sua moglie, e non vuole entrare da lei. Ha quasi settant'anni, e ormai la sente più come una madre che come una. È la donna ricca che lo assunse tanto tempo fa per dirigere le sue carovane. Le sue capacità manageriali furono la prima cosa di lui che le piacque. E dopo un po' s'innamorarono. Non è facile essere una donna brillante e di successo in una città dove gli dèi sono femmine ma le femmine sono soltanto merci. Gli uomini avevano avuto paura di lei o forse la ritenevano talmente forte da non aver bisogno della loro considerazione. Lui non si era spaventato e le aveva dato quel senso di stabilità che le mancava. Dal canto suo, l'orfano trovava in lei molte donne in una: madre sorella amante sibilla amica. Quando pensava di essere pazzo, era lei l'unica a credere nella sua visione. «È l'arcangelo» gli diceva, «non una nebbia uscita dalla tua testa. È Gibreel, e tu sei il Messaggero di Dio.»

Ma ora non può non vuole vederla. Lei lo guarda dalla grata di pietra di una finestra. Lui non smette di camminare, s'aggira per il cortile in una successione casuale di figure geometriche inconsce, i suoi passi descrivono una serie di ellissi, di trapezi, romboidi, ovali, cerchi. E lei ricorda quando tornava dalle piste carovaniere gonfio di storie udite lungo il cammino nelle oasi. Un profeta, Isa, nato da una donna di nome Maryam, nato da nessun uomo, sotto una palma nel deserto. Storie che gli facevano brillare gli occhi, e poi si dileguavano lontano. Ricorda la sua eccitabilità: la passione con cui sosteneva, anche tutta notte se necessario, che i vecchi tempi del nomadismo erano preferibili a questa città d'oro dove la gente abbandonava le proprie figliolette alle intemperie. Nelle antiche tribù ci si prendeva cura anche del più povero degli orfani. Dio è nel deserto, diceva, non qui in questo aborto di città. E lei replicava: Nessuno te lo contesta, amor mio, ma è tardi e domani ci sono da fare i conti.

Lei ha le orecchie lunghe; ha già udito ciò che lui ha detto di Lat, Uzza e Manat. E allora? Una volta voleva proteggere le neonate di Jahilia; perché ora non dovrebbe prendere sotto la sua ala anche le figlie di Allah? Ma, dopo essersi fatta questa domanda, scuote il capo e s'appoggia pesantemente alla fresca parete accanto alla finestra riparata dalla pietra. E intanto, lì sotto, il marito cammina in pentagoni, parallelogrammi, stelle a sei punte, e poi in disegni sempre più astratti e labirintici che non hanno nome, come se non riuscisse a trovare una linea semplice.

Ma, qualche secondo dopo, quando lei guarda nel cortile, Mahound è scomparso.

Il Profeta si sveglia fra lenzuola di seta, con un terribile mal di testa, in una camera che non ha mai visto. Oltre la finestra, il sole è vicino al suo zenit feroce, e in controluce, sul fondo bianco, c'è un'alta figura in mantello nero col cappuccio, che canta dolcemente con voce forte e sommessa. È la canzone del coro delle donne di Jahilia per incitare i loro uomini alla guerra.

Avanzate e noi vi abbracciamo,
vi abbracciamo, vi abbracciamo,
avanzate e noi vi abbracciamo
e stendiamo morbidi tappeti.

Arretrate e noi vi piantiamo,
vi lasciamo, vi piantiamo,
ritiratevi e non più vi ameremo,
non nel letto dell'amore.

Riconosce la voce di Hind, si alza a sedere e si trova nudo sotto le morbide lenzuola. Le grida: «Sono stato attaccato?». Hind si volta verso di lui, sorridendo col suo sorriso di Hind. «Attaccato?» lo scimmiotta, e batte le mani per farsi portare la colazione. Scagnozzi entrano, portano, servono, sparecchiano, corrono via. Si fa indossare a Mahound una vestaglia di seta nera e oro; Hind, esageratamente, distoglie lo sguardo. «La mia testa» domanda ancora lui. «Sono stato colpito?» Lei, in piedi davanti alla finestra, a capo chino, recita la parte della fanciulla pudibonda. «Oh, Messaggero, Messaggero» lo canzona. «Che Messaggero poco galante. Non saresti mai venuto in camera mia consapevolmente, di tua volontà? No, certo. Io ti ripugno, ne sono sicura.» Lui non sta al gioco. «Sono prigioniero?» domanda, e di nuovo lei ride di lui. «Non essere sciocco.» E poi, con un'alzata di spalle, si ammorbidisce. «Ieri sera stavo passeggiando mascherata per le strade della città perché volevo vedere la festa, e in che cosa sono inciampata se non nel tuo corpo esanime? Come un ubriaco in un rigagnolo, Mahound. Ho mandato i miei servi a prendere una lettiga e ti ho fatto portare a casa mia. Dimmi grazie.»

«Grazie.»

«Non penso che ti avessero riconosciuto» dice lei. «Se no, forse, saresti morto. Sai com'era la città ieri sera. La gente ha ecceduto. Neanche i miei fratelli sono tornati a casa.»

Ora gli torna in mente, la sua frenetica angosciata passeggiata nella città corrotta, a guardare le anime che aveva teoricamente salvato, a vedere le effigie di *simurgh*, le maschere diaboliche, i *behemot* e gli ippogrifi. La stanchezza di quella lunga giornata, in cui era sceso dal monte Cone, era tornato in città a piedi, aveva subito la tensione degli avvenimenti nel padiglione della poesia – e, dopo, la collera dei discepoli, il dubbio – tutto questo lo aveva travolto. «Sono svenuto», ricorda.

Lei viene a sederglisi accanto sul letto, allunga un dito, trova l'apertura della sua vestaglia, gli accarezza il petto. «Svenuto» mormora. «È debolezza, Mahound. Stai diventando debole?»

Prima che lui possa rispondere, gli passa il dito carezzevole sulle labbra. «Non dir niente, Mahound. Io sono la moglie del Grande, e nessuno di noi ti è amico. Mio marito, però, è un uomo debole. A Jahilia lo ritengono astuto, ma io so come stanno le cose. Sa che ho degli amanti, ma non fa niente per impedirmelo, perché i templi sono affidati alla mia famiglia. Quelli di Lat, di Uzza, di Manat. Le – devo chiamarle *moschee*? – dei tuoi nuovi angeli.» Gli offre cubetti di melone da un piatto, cerca di nutrirlo con le proprie dita. Lui non le permette di accostare il frutto alla sua bocca, prende i cubetti, li mangia. Lei continua: «Il mio ultimo amante è stato il ragazzo, Baal». Vede la collera sul viso di Mahound. «Sì» dice soddisfatta. «Ho saputo che ti irrita. Ma non conta. Né lui né Abu Simbel sono tuoi pari. Io invece sì.»

«Devo andare» dice lui. «Tra poco» ribatte lei, tornando alla finestra. Intorno alla città stanno ripiegando le tende, le lunghe carovane di cammelli si preparano a partire, convogli di carri già si avviano verso il deserto; il carnevale è finito. Si volta di nuovo verso di lui.

«Io sono tua pari» ripete, «e anche il tuo contrario. Non voglio che tu diventi debole. Non avresti dovuto fare ciò che hai fatto.»

«Ma ne trarrai profitto» ribatte amaramente Mahound. «Non ci sono più minacce alle rendite dei tuoi templi.»

«Non hai capito» dice lei sottovoce, avvicinandosi a lui, accostando il viso al suo. «Se tu sei per Allah, io sono per Al-Lat. E lei non crede nel tuo Dio quando lui la riconosce. La sua ostilità è implacabile, irrevocabile, totale. La guerra tra noi non può finire con una tregua. Macché tregua! Il tuo è un signore comprensivo, condiscendente. Al-Lat non ha nessuna voglia di essere sua figlia. Lei gli è pari, come io lo sono a te. Domandalo a Baal: lui la conosce. E conosce me.»

«Insomma il Grande tradirà la sua promessa» dice Mahound.

«Chi lo sa?» lo schernisce Hind. «Deve calcolare le sue probabilità. Non lo sa nemmeno lui. È debole, come ti dicevo. Ma tu sai che ti sto dicendo la verità. Fra Allah e le tre non può esserci pace. Io non la voglio. Voglio la lotta. A morte: è questa la specie di idea che io sono. E tu che specie sei?»

«Tu sei sabbia e io sono acqua» dice Mahound. «E l'acqua cancella la sabbia.»

«E il deserto assorbe la sabbia» gli risponde Hind. «Guardati attorno.»

Poco dopo la sua partenza, arrivano al palazzo del Grande i feriti, avendo trovato il coraggio di informare Hind che il vecchio Hamza ha ucciso i suoi fratelli. Ma a questo punto il Messaggero è irreperibile; si sta di nuovo dirigendo, lentamente, verso il monte Cone.

Gibreel, quando è stanco, vorrebbe ammazzare sua madre per avergli dato un nomignolo così maledettamente cretino, *angelo*, e prega *chi? che cosa?* perché gli sia risparmiata la città di sogno degli sgretolati castelli di sabbia e dei leoni con tre file di denti, basta con i lavaggi del cuore dei profeti, o con le istruzioni su cosa recitare o con le promesse di paradiso, smettiamola con le rivelazioni, finito, *khattam-shud*. Ciò che desidera: un sonno nero, senza sogni. Fottutissimi sogni, causa di tutti i guai della specie umana, film compresi, se io fossi Dio, toglierei subito l'immaginazione alla gente e allora forse quei poveracci come me potrebbero godersi una bella notte di riposo. Lottando col sonno, si sforza di tenere gli occhi aperti, di non battere le palpebre, finché la porpora visiva non si stacca dalle retine e non lo acceca, ma lui è solo un essere umano, e alla fine casca nella tana del coniglio, ed eccolo di nuovo lì, nel Paese delle Meraviglie, sulla montagna, e l'uomo d'affari si sta svegliando, e ancora una volta le sue richieste, i suoi bisogni, entra in azione, stavolta non sulle mie mascelle e la mia voce, ma sull'intero mio corpo; mi riduce alle sue dimensioni e mi risucchia in sé, il suo campo gravitazionale è incredibile, potente come una maledetta megastella... e ora Gibreel e il Profeta stanno lottando, nudi tutti e due, rotolano abbracciati, nella grotta di fine sabbia bianca che si leva intorno a loro come un pozzo. *Come se mi stesse imparando, esplorando, come se fossi io a sottopormi a un test.*

In una grotta centocinquanta metri sotto la vetta del monte Cone, Mahound lotta con l'arcangelo, scaraventandolo da una parte all'altra, e permettetemi di dirvi che arriva *dappertutto*, la sua lingua nelle mie orecchie il suo pugno intorno alle mie spalle, non ci fu mai persona con tanta rabbia dentro, lui deve sapere deve SAPERE e io non ho niente da dirgli, è due volte fisicamente più in forma di me e quattro volte più intelligente, come minimo, può darsi che entrambi abbiamo imparato qualcosa ascoltando molto ma è chiarocomeil sole che come ascoltatore lui è anche meglio di me; così rotoliamo scalciamo graffiamo, e lui è piuttosto contuso mentre la mia pelle naturalmente è ancora liscia come quella di un neonato, un angelo non s'impiglia in un roveto, non s'ammacca su una roccia. E hanno un pubblico, ci sono *ginn* e *afrit* e fantasmi d'ogni genere che assistono alla lotta seduti sui macigni, e in cielo ci sono tre creature alate, che sembrano aironi o cigni o semplicemente donne, a seconda della luce... Mahound pone fine alla lotta. Si dà per vinto.

Dopo essersi battuti per ore, o anche per settimane, Mahound è adesso immobilizzato sotto l'angelo, è quello che voleva, era suo desiderio impegnarmi a fondo e darmi la forza per metterlo a terra, perché gli arcangeli non possono perdere queste lotte, non sarebbe giusto, sono solo i diavoli che escono sconfitti da queste arene, e così nel momento stesso in cui gli fui sopra si mise a piangere di gioia e poi rifece il vecchio trucco obbligando la mia bocca ad aprirsi e facendo di nuovo uscire da me la voce, la Voce, costringendola a rovesciarsi su di lui, come vomito.

Al termine del suo incontro di lotta con l'arcangelo Gibreel, il Profeta Mahound piomba nel consueto sonno esausto post-rivelazione, ma stavolta si sveglia più in fretta del solito. Quando riprende i sensi in quel luogo alto e selvaggio, non si vede più nessuno, non ci sono più creature alate accovacciate sulle rocce, e lui balza in piedi, eccitato dal nuovo messaggio. «Era il diavolo» dice ad alta voce all'aria vuota, facendo vera la cosa con l'esprimerla in parole. «L'altra volta era Shaitan.» Questo è ciò che *udì* nel suo *ascoltare*, che era stato imbrogliato, che gli si era presentato il diavolo travestito da arcangelo, e di conseguenza i versetti che aveva imparato a memoria, quelli che aveva recitato nella tenda della poesia, non erano la verità ma il suo diabolico contrario, non erano divini ma satanici. Torna in città il più in fretta possibile, per cancellare gli abominevoli versetti che puzzano di zolfo, per eliminarli per sempre dal libro, in modo che sopravvivano soltanto in un paio di inattendibili raccolte di tradizioni antiche e che gli interpreti ortodossi cerchino di sopprimere la storia, ma Gibreel, che guarda sospeso dal suo alto angolo di campo, conosce un piccolo particolare, una cosetta soltanto che qui è un po' un problema, e precisamente che *ero io tutte due le volte, baba, io la prima e ancora io la seconda*. Dalla mia bocca sia l'affermazione sia il suo ripudio, i versetti e i controversetti, gli universi e i viceversa, tutto quanto, e sappiamo già come la mia bocca fu messa in movimento.

«Prima era il diavolo» mormora Mahound correndo verso Jahilia. «Ma stavolta l'angelo, non ci sono dubbi. Ha lottato con me sul terreno.»

I discepoli lo fermano nei crepacci, quasi ai piedi del monte Cone, per metterlo in guardia contro la furia di Hind che ora indossa abiti bianchi da lutto e si è sciolta i capelli neri, lasciandoseli svolazzare attorno come una tempesta o uno strascico nella polvere, che cancella le sue orme al punto da farla sembrare un'incarnazione dello spirito della vendetta. Loro sono fuggiti dalla città e anche Hamza si tiene nascosto; ma gira la voce che, per ora, Abu Simbel non ha accondisceso alle suppliche della moglie perché il sangue sia lavato col sangue. Sta ancora calcolando le probabilità di Mahound e delle dee... Mahound, sordo ai consigli dei seguaci, torna a Jahilia e va direttamente alla Casa di Pietra Nera. I discepoli lo seguono, nonostante la paura. Si raduna una folla che spera in nuovi scandali o smembramenti o qualche altro svago del genere. Mahound non la delude.

Si pone davanti alle statue delle Tre e annuncia l'abrogazione dei versetti che Shaitan gli sussurrò alle orecchie. Questi versetti sono esclusi dalla vera recitazione, *al-qur'an*. Per sostituirli se ne gridano di nuovi.

«Avrà egli figlie e voi figli?» recita Mahound. «Sarebbe una bella divisione!

«Sono soltanto nomi che avete sognato voi, voi e i vostri padri. Allah non conferisce loro alcuna autorità.»

Lascia la Casa ammutolita prima che a qualcuno venga in mente di raccogliere, o scagliare, la prima pietra.

Dopo il ripudio dei versi satanici, il Profeta Mahound torna a casa e trova ad aspettarlo una sorta di castigo. Una sorta di vendetta – di chi? Luce o tenebra? Buoni cattivi? – compiuta, come al solito, sull'innocente. La moglie del Profeta, settantenne, siede ai piedi di una finestra con la grata di pietra, siede eretta con la schiena contro la parete, morta.

Mahound, sconvolto dal dolore, se ne sta per proprio conto, senza quasi pronunciare parola per settimane. Il Grande di Jahilia vara una politica di persecuzione che, secondo Hind, procede con lentezza eccessiva. Il nome della nuova religione è *Sottomissione*: ora Abu Simbel decreta che i suoi seguaci devono sottomettersi a vivere segregati nei tuguri del quartiere più miserabile della città; a un coprifuoco; all'esclusione da qualsiasi impiego. E sono numerose le aggressioni fisiche, donne a cui si sputa addosso nei negozi, fedeli malmenati da bande di giovani turchi che obbediscono segretamente al Grande, fuoco gettato di notte da una finestra perché cada fra ignari addormentati. E per uno dei consueti paradossi della storia, il numero dei fedeli si moltiplica, come una messe che miracolosamente fiorisce mentre le condizioni del terreno e del clima continuano a peggiorare.

Arriva un'offerta, dai cittadini insediati nell'oasi di Yathrib nel nord; Yathrib ospiterà quelli-che-si-sottomettono, se vorranno lasciare Jahilia. Il parere di Hamza è che si deve partire. «Qui, nipote, non arriverai mai alla fine del tuo Messaggio, dammi retta. Hind non sarà contenta finché non ti avrà strappato la lingua, per non parlare delle mie palle, scusami.» Mahound, solo e circondato da echi nella casa del suo lutto, acconsente, e i fedeli partono per fare i loro piani. Khalid il portatore d'acqua rimane e il Profeta con gli occhi incavati aspetta che lui parli. Egli dice goffamente: «Messaggero, io ho dubitato di te. Ma tu eri più saggio di quanto noi sapessimo. Prima dicemmo, Mahound non farà mai compromessi, e tu facesti un compromesso. Poi dicemmo, Mahound ci ha traditi, ma tu ci stavi portando una verità più profonda. Ci hai portato il diavolo in persona, perché potessimo vedere come agisce il Maligno e come il Bene lo sconfigge. Tu hai arricchito la nostra fede. Mi dispiace di quel che ho pensato».

Mahound si allontana dalla luce solare che penetra dalla finestra. «Sì.» Amarezza, cinismo. «È stata una cosa meravigliosa quella che ho fatto. Una verità più profonda. Vi ho portato il diavolo. Sì, mi assomiglia.»

Dalla vetta del monte Cone, Gibreel guarda i fedeli che fuggono da Jahilia, lasciando la città dell'aridità per il luogo di palme fresche e acqua, acqua, acqua. A piccoli gruppi, quasi a mani vuote, attraversano l'impero del sole, in questo primo giorno del primo anno del nuovo inizio del Tempo, che è a sua volta rinato, mentre il vecchio muore dietro di loro e il nuovo li aspetta più avanti. E un giorno se la svigna anche Mahound. Scoperta la sua fuga, Baal scrive un'ode di saluto:

Che specie di idea
sembra oggi "Sottomissione"?

Un'idea piena di paura.
Un'idea che scappa.

Mahound è arrivato alla sua oasi. Gibreel non è così fortunato. Spesso, ora, si trova solo sulla vetta del monte Cone, bagnato dalle fredde stelle cadenti, e dal cielo notturno gli cadono addosso le tre creature alate, Lat Uzza Manat, agitando le ali intorno al suo capo, graffiandogli gli occhi, mordendolo, fustigandolo con i capelli, con le ali. Lui alza le mani per difendersi, ma la loro vendetta è implacabile, riprende ogni volta che lui si riposa, ogni volta che abbassa la guardia. Lotta contro di loro, ma sono più svelte, più agili, alate.

Lui non ha un diavolo da ripudiare. Sognando, non può volere che se ne vadano.

III

ELLOWEN DIOEN

1

Io so che cos'è un fantasma, affermò in silenzio la vecchia. Si chiamava Rosa Diamond; aveva ottantotto anni; e sbirciava attraverso le finestre incrostate di sale della propria camera, guardando il mare sotto la luna piena. E so anche che cosa non è, annuì, non è una scarificazione o un lenzuolo che svolazza, e allora puah e pfui a tutte *queste* scempiaggini. Che cos'è un fantasma? Un lavoro incompiuto, ecco cos'è. – Dopo di che la vecchia, un metro e ottanta, schiena eretta, capelli tagliati corti come quelli di un uomo, abbassò gli angoli della bocca in una smorfia soddisfatta da maschera tragica – s'avvolse uno scialle azzurro di lana intorno alle spalle ossute – e chiuse per un attimo gli occhi insonni e pregò perché tornasse il passato. Su, navi normanne, implorava; abbiamo bisogno di te, Guglielmo-il-Conq.

Novecento anni fa tutto questo era sott'acqua, questa costa lottizzata, questa spiaggia privata, con i suoi ciottoli che salgono ripidi verso la piccola fila di ville con l'intonaco che va a pezzi e le scrostate rimesse per le barche stipate di sedie a sdraio, cornici vuote per fotografie, vecchie scatole di biscotti piene di fasci di lettere legate con nastri, biancheria di seta-e-pizzo in naftalina, romanzi macchiati di lacrime delle ragazzine di una volta, mazze da lacrosse, album di francobolli e tutte le sepolte cassette del tesoro dei ricordi e del tempo perduto. La linea costiera era cambiata, era avanzata più o meno un miglio nel mare, lasciando il primo castello normanno arenato distante dall'acqua, lambito ora da una terra paludosa che affliggeva di tutte le febbri malariche dell'umidità e degli acquitrini i poveri che vivevano lì nelle loro comelechiamavano *tenute*. Lei, la vecchia, vedeva nel castello il rudere di un pesce tradito da un antico riflusso della marea, un mostro marino pietrificato dal tempo. Novecento anni!

Nove secoli prima, la flotta normanna era passata navigando attraverso la casa di questa inglese. Nelle notti limpide, quando c'era luna piena, lei aspettava il ritorno del suo lucente fantasma.

È il posto migliore per vederla arrivare, si rassicurava, una visione completa. Nella sua decrepitezza la ripetizione era diventata un conforto; le frasi fatte, *lavoro incompiuto*, *visione completa*, la facevano sentire solida, immutabile, sempiterna, e non quella creatura di crepe e di assenze che sapeva di essere. – Quando tramonta la luna piena, nel buio che precede l'alba, è il loro momento. Gonfiarsi di vele, lampeggiar di remi e il Conquistatore in persona a prora della nave ammiraglia, ecco che salgono navigando dalla costa tra i frangiflutti di legno incrostati di conchiglie e qualche remo da bratto capovolto. – Oh, ne ho viste di cose ai miei tempi, ho sempre avuto questo dono, la capacità di vedere i fantasmi. – Il Conquistatore, nel suo appuntito elmo di metallo, supera la sua porta di casa, scivola tra le bancarelle delle frittelle e i divanetti col poggiacapo, come un'eco che risuona debolmente in questa casa di rimembranze e di nostalgie; poi ammutolisce; *come la tomba*.

– Una volta, da ragazza, su Battle Hill, amava raccontare, sempre con le stesse parole levigate dal tempo – una volta, bambina solitaria, mi trovai all'improvviso e senza che la cosa mi sembrasse strana, nel pieno di una guerra. Archi lunghi, mazze, picche. I biondi ragazzi sassoni, abbattuti nella loro dolce giovinezza. Harold Arroweye e Guglielmo con la bocca piena di sabbia. Sì, ancora il dono, la capacità di vedere i fantasmi. – La storia del giorno in cui Rosa bambina aveva avuto una visione della battaglia di Hastings era divenuta, per la vecchia, uno dei punti di riferimento che delimitavano la sua stessa esistenza, anche se l'aveva raccontata così spesso che nessuno, neppure la narratrice, avrebbe potuto giurare con sicurezza sulla sua veracità. *Ho una gran voglia di loro certe volte*, dicevano i pensieri abituali di Rosa. *Les beaux jours: i cari giorni scomparsi.* Chiuse ancora una volta i suoi occhi evocatori. Quando li riaprì, vide, giù sul bordo dell'acqua, impossibile negarlo, qualcosa che cominciava a muoversi.

Ecco cosa disse ad alta voce nella sua eccitazione: «Non ci credo!» – «Non è vero!» – «Lui non è mai *qui*!» – Con gambe malferme, e il cuore che le batteva forte, Rosa andò a prendersi cappello, mantello, bastone. Intanto, sulla costa invernale, Gibreel Farishta si svegliava con la bocca piena di, no, non di sabbia.

Di neve.

Ptui!

Gibreel sputò; balzò in piedi come spinto dalla poltiglia espettorata; augurò a Chamcha – così è stato riferito – cento di questi giorni; e cominciò a scuotersi la neve dalle inzuppate maniche purpuree. «Dio, *yaar*» gridò, ballonzolando da un piede all'altro, «non c'è da stupirsi se a questa gente viene un cuore di ghiaccio.»

Poi, però, la gioia pura di vedersi circondato da tanta neve travolse la sua prima reazione di cinismo – era infatti uomo dei tropici – e cominciò a saltellare qua e là, saturnino e fradicio, facendo palle di neve e lanciandole al compagno sdraiato, immaginando un pupazzo di neve e cantando una selvaggia e trascinante versione della carola *Jingle Bells*. C'era già in cielo il primo barlume di luce e su questa accogliente costa marina danzava Lucifero, la stella del mattino.

Il suo alito, è bene farlo presente, per chissà quale ragione aveva completamente smesso di puzzare...

«Dài, baby» gridò l'indomabile Gibreel, nel cui comportamento il lettore può, non irragionevolmente, notare gli effetti deliranti e sconvolgenti della sua recente caduta. «Alzati e splendi! Prendiamo d'assalto questo posto.» Voltando le spalle al mare, cancellando il brutto ricordo per far posto a ciò che doveva succedere, appassionato come sempre delle novità, avrebbe piantato (se ne avesse avuta una) una bandiera, per reclamare in nome di chissacchi questo bianco paese, la sua terra nova. «Spoono» implorò. «Muoviti, *baba*, o sei già morto?» E l'aver pronunciato queste parole permise a chi le aveva dette di tornare alla ragione (o almeno di avvicinarvisi). Si chinò sul corpo prostrato dell'altro, senza avere il coraggio di toccarlo. «Non ora, vecchio Chumch» lo incitò. «Non dopo che abbiamo fatto tanta strada.»

Saladin: non era morto, ma stava piangendo. Le lacrime di choc si congelavano sul suo viso. E tutto il corpo era rivestito di una sottile pelle di ghiaccio, liscia come vetro, come un brutto sogno che s'avvera. Nella miasmatica semi-incoscienza provocata dalla bassa temperatura corporea lo ossessionava l'incubo pauroso di incrinarsi, di veder zampillare sangue dalle spaccature nel ghiaccio e venir via la propria carne con i cocci. Era pieno di domande, l'abbiamo fatto davvero, voglio dire, con te che agitavi le mani e poi le acque, non vorrai mica raccontarmi che loro *davvero*, come nei film, quando Charlton Heston allungava il suo bastone, e ci saremmo riusciti in questo modo, sul fondo dell'oceano, ma non è mai successo, non è possibile, ma se no allora come, o ce l'abbiamo fatta in qualche modo sott'acqua, scortati dalle sirene, col mare che ci passava attraverso come se fossimo stati pesci o fantasmi, era questa la verità, sì o no, io ho bisogno di... Ma quando i suoi occhi si aprirono, le domande acquisirono l'indeterminatezza dei sogni, tanto che lui non era più in grado di afferrarle, le loro code gli guizzavano davanti e sparivano come pinne sottomarine. Stava guardando il cielo, e notò che aveva decisamente il colore sbagliato, arancio sanguigno con chiazze verdi, e la neve era azzurra come inchiostro. Batté vigorosamente le palpebre, ma i colori si rifiutarono di cambiare, facendogli venire in mente che forse era caduto dal cielo in qualche sbaglio, in qualche altro posto, non in Inghilterra o forse in Non-Inghilterra, un'area contraffatta, un borgo putrido, uno stato alterato. Forse, pensò per un attimo: l'Inferno? No, no, si rassicurò sotto la minaccia di perdere i sensi, non può essere, non ancora, non sei ancora morto; ma morente.

Be', allora: una sala di transito.

Cominciò a rabbrividire; la vibrazione divenne così intensa che pensò che si sarebbe potuto sfasciare sotto la tensione, come un, come un, aereo.

Poi non ci fu più nulla. Era in un vuoto e se voleva sopravvivere avrebbe dovuto costruire tutto da capo, inventare la terra sotto i suoi piedi prima di fare un passo, solo che non c'era più bisogno di preoccuparsi di queste cose, perché qui davanti a lui c'era l'inevitabile: la figura alta, ossuta della Morte, con un cappello di paglia a larga tesa e un mantello scuro che fluttuava nella brezza. La Morte, appoggiata a un bastone dal pomo d'argento, con un paio di Wellington verde oliva ai piedi.

«Cosa credete di fare qui?» voleva sapere la Morte. «Questa è proprietà privata. C'è un cartello» disse con una voce di donna un po' tremula e più che un po' eccitata.

Qualche istante dopo, la Morte si chinò su di lui – *per baciarmi*, si spaventò in silenzio. *Per risucchiare il fiato dal mio corpo*. Fece piccoli gesti furtivi di protesta. «Sì, è vivo» osservò la Morte a, chi era, Gibreel. «Ma, mio caro. Il suo alito: che *puzza*. Quando si è lavato i denti l'ultima volta?»

L'alito di un uomo si era addolcito, mentre, per un mistero eguale e contrario, si era guastato quello di un altro. Cosa si aspettavano? Cadendo dal cielo in quel modo: immaginavano forse che non ci sarebbero stati effetti collaterali? Le Potenze Superiori si erano interessate, doveva ormai essere ovvio per entrambi, e queste Potenze (sto parlando di me, naturalmente) hanno una maliziosa, quasi smodata, tendenza a far capitombolare le mosche. E poi chiariamo un'altra cosa: le grandi cadute cambiano le persone. Voi pensate che la *loro* caduta sia stata lunga? In fatto di capitomboli, io non ho niente da invidiare a nessun personaggio, mortale o im-. Dalle nubi alle ceneri, giù per il camino, diciamo, dalla lucedelparadiso al fuocodellinferno... sotto l'azione di un lungo tuffo, dicevo, bisogna aspettarsi certe mutazioni, non tutte casuali. Selezioni innaturali. Non è poi un gran prezzo da pagare per la sopravvivenza, per rinascere, per diventare *nuovi*, e alla loro età per di più.

Cosa? Dovrei enumerare i cambiamenti?

Alito buono/ alito cattivo.

E intorno alla testa di Gibreel Farishta, in piedi con le spalle rivolte all'alba, parve a Rosa Diamond di scorgere una luminosità, pallida ma indubbiamente dorata.

E quelle protuberanze sulle tempie di Chamcha, sotto la sua fradicia e sempre-al-suo-posto bombetta?

E, e, e.

Quando posò gli occhi sulla bizzarra, satiresca figura di Gibreel Farishta caracollante e dionisiaco nella neve, Rosa Diamond non pensò di *dire* angeli. Vedendolo dalla finestra, attraverso vetri annebbiati dal sale e occhi annebbiati dagli anni, sentì il proprio cuore scalciare, due volte, così dolorosamente da farle temere che potesse fermarsi; perché in quella forma indistinta le parve di individuare l'incarnazione del desiderio più profondamente sepolto nella sua anima. Dimenticò gli invasori normanni come se non fossero mai esistiti e scese con difficoltà un pendio di ciottoli infidi, troppo in fretta per l'incolumità dei propri arti non-del-tutto-nonagenari, decisa a fingere di rimproverare quell'impossibile forestiero perché era entrato abusivamente nella sua terra.

Di solito era implacabile nel difendere il suo amato frammento di costa, e d'estate quando i gitanti di finesettimana si spingevano oltre la linea dell'alta marea, piombava su di loro, *come un lupo sul gregge*, l'espressione che lei stessa usava, a spiegare e a esigere: «Questo è il mio giardino, vedete». E se quelli diventavano sfacciati – levatidimezzovecchiascema, questaèsolounafottutaspiaggia – tornava a casa a prendere un lungo tubo verde da giardino e lo rivolgeva spietatamente verso le loro coperte scozzesi e le mazze da cricket di plastica e le bottiglie di lozione antisolare, e distruggeva i castelli di sabbia dei loro bambini e inzuppava i panini di salsiccia di fegato, il tutto sorridendo con dolcezza: *Non vi dispiace se annaffio un po' il mio prato?...* Oh era un Tipo, la conoscevano bene nel villaggio, impossibile rinchiuderla in un ospizio per vecchi, aveva scacciato l'intera sua famiglia quando avevano osato suggerirglielo, non fatevi più vedere, disse, e li diseredò tutti quanti senza il minimo preavviso. Tutta sola adesso, era, mai una visita per settimane e settimane, neanche Dora Shufflebotham, che era andata a farle i mestieri per tutti quegli anni, Dora era morta lo scorso settembre, e possa riposare in pace, e comunque alla sua età è un miracolo come riesca a cavarsela la vecchia balorda, tutte quelle scale, sarà magari un po' toccata, ma rendiamole giustizia, quanti finirebbero completamente fuori di testa a vivere così soli.

Per Gibreel non ci furono né un tubo da giardino né la *punta affilata* della sua lingua. Rosa pronunciò frasi simboliche di rimprovero, si tappò le narici mentre esaminava il caduto e sulfureo Saladin (che non si era ancora tolto la bombetta), e poi, con un accesso di timidezza che accolse con stupore nostalgico, balbettò un invito, ffarebbe mmeglio a pportar vvia il ssuo amico dal ffreddo, e tornò ad arrampicarsi sui ciottoli per metter su la teiera, contenta di quella frizzante aria invernale che le aveva arrossato le guance, evitandole di avvampare per l'imbarazzo.

Da giovane Saladin Chamcha aveva avuto un viso eccezionalmente ingenuo, un viso che sembrava non aver mai conosciuto la delusione o la cattiveria, con una pelle liscia e morbida come il palmo della mano di una principessa. Gli era stato molto utile nei rapporti con le donne e, di fatto, era stata una delle prime ragioni addotte dalla sua futura moglie Pamela Lovelace per spiegare come mai si fosse innamorata di lui. «Così rotondo, così da cherubino» si meravigliò, unendo a coppa le mani sotto il suo mento. «Come una palla di gomma.»

Lui si offese. «Ho anche le ossa» protestò. «Una *struttura* ossea.»

«Lì dentro, da qualche parte» ammise lei. «Ce l'hanno tutti.»

In seguito, e per un certo periodo, fu ossessionato dall'idea di sembrare un'informe medusa, e fu soprattutto per soffocare questa sensazione che decise di adottare quel comportamento meticoloso e altero che era divenuto per lui una seconda natura. Fu dunque un fatto di qualche rilevanza che quando, destandosi da un lungo torpore turbato da una serie di sogni intollerabili, tra i quali spiccavano immagini di Zeeny Vakil che, trasformata in sirena, cantava per lui da un iceberg in toni di insopportabile dolcezza, gemendo sulla propria incapacità di raggiungerlo sulla terra asciutta, chiamando – ma quando lui s'avvicinava, s'affrettava a rinchiuderlo nel cuore della sua montagna di ghiaccio e la canzone diventava un canto di trionfo e di vendetta... fu, dicevo, una faccenda seria quando Saladin Chamcha si svegliò, si guardò a uno specchio incorniciato di lacca giapponese azzurra e oro, e scoprì che la sua vecchia faccia da cherubino aveva ricominciato a fissarlo; mentre, sulle tempie, notò un paio di tumefazioni spaventosamente sbiadite, segno evidente che, nel corso delle recenti avventure, doveva aver subito dei colpi poderosi.

Guardando allo specchio il proprio viso alterato, Chamcha tentò di ricordarsi di sé. Io sono un uomo reale, disse allo specchio, con una storia reale e un avvenire pianificato. Sono un uomo per il quale certe cose sono importanti: rigore, autodisciplina, ragione, il perseguimento di ciò che è nobile senza ricorrere a quella vecchia gruccia che è Dio. L'ideale della bellezza, la possibilità dell'esaltazione, la mente. Io sono: un uomo sposato. Ma, nonostante questa litania, pensieri cattivi insistevano nell'importunarlo. Per esempio: che il mondo non esisteva oltre quella spiaggia laggiù e, adesso, questa casa. Che se non fosse stato attento, se avesse precipitato le cose, sarebbe caduto oltre il bordo, nelle nuvole. C'erano cose che bisognava *fare*. O ancora: che se avesse telefonato a casa sua, adesso subito, come avrebbe dovuto, se avesse informato la sua amorevole moglie di non esser morto, né esploso in mille pezzi a mezz'aria ma qui, su un terreno solido, se avesse fatto questa cosa eminentemente assennata, la persona che avesse risposto al telefono non avrebbe riconosciuto il suo nome. O, in terzo luogo: che il rumore di passi che gli risonava nelle orecchie, passi lontani, ma che si stavano avvicinando, non era un tinnito provocato dalla caduta, ma il suono di una condanna imminente, sempre più prossima, di lettera in lettera, *ellowen, dioen, London. E adesso sono qui, nella casa della nonna. Come sono grandi i suoi occhi, le sue mani, i suoi denti.*

C'era una derivazione del telefono sul suo tavolino da notte. Su, si incitò. Prendi il ricevitore, fa' il numero, e ritroverai il tuo equilibrio. Tutti questi vaneggiamenti: non sono da te, non sono degni di te. Pensa al suo dolore; chiamala subito.

Era notte. Lui non sapeva l'ora. Non c'era un pendolo nella camera e il suo orologio da polso era sparito chissà dove durante il viaggio. Doveva non doveva? – Compose i nove numeri. Al quarto trillo rispose una voce maschile.

«Che diavolo?» Assonnata, non identificabile, familiare.

«Mi scusi» disse Saladin Chamcha. «Ho sbagliato numero.»

Fissando l'apparecchio, gli tornò casualmente in mente uno spettacolo teatrale visto a Bombay, basato su un originale inglese, un racconto di, non riusciva proprio a ricordare il nome. Tennyson? No, no. Somerset Maugham? – Al diavolo. – Nel testo originale, e ora privo d'autore, un uomo, da tempo ritenuto morto, torna dopo molti anni d'assenza, come un fantasma vivente, nei luoghi che frequentava un tempo. Si reca di nascosto di notte alla sua casa di allora e guarda da una finestra aperta. Scopre che la moglie, credendosi vedova, si è risposata. Sul davanzale vede un giocattolo infantile. Per un po' rimane lì al buio, a lottare con i propri sentimenti; poi prende il giocattolo dal davanzale; e si allontana per sempre senza informare nessuno della sua presenza. Nella versione indiana la storia era parecchio diversa. La moglie aveva sposato il miglior amico del marito. Il marito, tornando, arrivava alla porta ed entrava direttamente, senza aspettarsi nulla. Vedendo la moglie e il suo vecchio amico seduti insieme, non riusciva a capire che erano sposati. Ringraziava l'amico di aver confortato la moglie; ma adesso era di nuovo a casa, e quindi andava tutto bene. I due coniugi non sapevano come dirgli la verità; e alla fine era un servo che scopriva il gioco. Il marito, la cui lunga assenza era stata apparentemente causata da un attacco d'amnesia, reagiva alla notizia del matrimonio, affermando che anche lui doveva essersi sicuramente risposato durante la lunga assenza da casa; purtroppo, però, adesso che gli era tornata la memoria della sua vita di un tempo, aveva dimenticato ciò che gli era accaduto negli anni in cui era scomparso. Andava allora alla polizia a chiedere che rintracciassero la sua nuova moglie, anche se di lei non ricordava niente, né i suoi occhi e neppure la sua esistenza.

Calava il sipario.

Saladin Chamcha, solo in una camera sconosciuta e in un pigiama a strisce bianche e rosse che non gli era familiare, si gettò bocconi su uno stretto letto e pianse. «Accidenti a tutti gli indiani» gridò nelle lenzuola che soffocavano la sua voce, battendo con tale forza i pugni sulle federe orlate di gale, fabbricate da Harrods, Buenos Aires, che il tessuto cinquantenne si ridusse a brandelli. «*Che diavolo.* La volgarità della cosa, L'indelicatezza, *cazzo cazzo. Che diavolo.* Quel bastardo, quei bastardi, la loro *bastarda* mancanza di gusto.»

Fu in quel momento che arrivò la polizia per arrestarlo.

La notte successiva a quella in cui aveva accolto in casa propria i due della spiaggia, Rosa Diamond se ne stava per l'ennesima volta alla finestra notturna della sua insonnia di vecchia, a contemplare il mare novecentenario. Quello che puzzava si era addormentato appena lo avevano messo a letto, tutto avvolto in borse d'acqua calda, la cosa migliore per lui, lasciamogli ritrovare le sue forze. Li aveva sistemati di sopra, Chamcha nella camera per gli ospiti e Gibreel nel vecchio studio del suo defunto marito e, mentre osservava la grande luccicante pianura del mare lo sentiva muoversi, fra le stampe ornitologiche e i richiami per gli uccelli del compianto Henry Diamond, le *bolas*, e i nervi di bue e le fotografie aeree dell'*estancia* di Los Alamos lontanissima nello spazio del tempo; i passi di un uomo in quella stanza, com'erano rassicuranti. Farishta camminava su e giù, evitando il sonno, per ragioni sue. E sotto il rumore dei suoi passi, Rosa, levando gli occhi al soffitto, lo chiamò sottovoce con un nome da tempo non più pronunciato. Martin disse. Il cognome era lo stesso di quello del serpente più micidiale del suo paese, la vipera, la *vivora. De la Cruz.*

Vide improvvisamente muoversi delle figure sulla spiaggia, come se il nome proibito avesse evocato i morti. Ancora, pensò, e andò a prendere il suo binocolo da teatro. Tornò e vide la spiaggia piena di ombre, e stavolta ebbe paura, perché la flotta normanna arrivava, quando arrivava, a vele spiegate, fieramente e apertamente e senza ricorrere a sotterfugi, mentre queste sagome erano furtive, emettevano imprecazioni soffocate e ringhi e latrati sommessi e allarmanti, sembravano prive di testa, camminavano piegate in due, con braccia e gambe penzoloni, come gamberoni non sgusciati. Avanzavano frettolose di traverso, con i pesanti scarponi che facevano scricchiolare i ciottoli. Erano tante. Le vide raggiungere la rimessa per le barche sulla quale sogghignava brandendo un coltellaccio l'immagine sbiadita di un pirata con l'occhio bendato, e questo era troppo. *Non lo tollero*, decise, e scendendo da basso con passo malfermo per mettersi qualcosa di caldo, prese l'arma preferita delle sue punizioni, un lungo rotolo di verde tubo da giardino. Arrivata alla porta d'ingresso, gridò con voce limpida: «Vi vedo molto chiaramente. Venite fuori, venite fuori, chiunque voi siate».

Essi accesero sette soli e l'accecarono, e allora lei si lasciò prendere dal panico, illuminata dai sette riflettori azzurro-bianchi, intorno ai quali, come lucciole o satelliti, ronzava una quantità di luci più piccole: lanterne torce sigarette, e a lei girava la testa, e per un attimo perse la capacità di distinguere tra *allora* e *adesso*, nel suo smarrimento cominciò a dire Spegnete quella luce, non sapete che c'è l'oscuramento, ci salteranno addosso i crucchi se andate avanti così. «Sto delirando» si rese conto con disgusto, e batté la punta del bastone sullo zerbino. A quel punto, come per magia, nell'accecante cerchio di luce si materializzarono dei poliziotti.

Si venne a sapere che qualcuno aveva segnalato una persona sospetta sulla spiaggia, ricorda quando venivano coi pescherecci, i clandestini, e, grazie a quell'unica telefonata anonima, c'erano adesso cinquantasette agenti a rastrellare la spiaggia, con le loro torce elettriche che si agitavano frenetiche nel buio, agenti venuti da località lontane come Hastings Eastbourne Bexhill-upon-Sea, persino una deputazione di Brighton, perché nessuno voleva lasciarsi sfuggire il divertimento, il brivido della caccia. I cinquantasette rastrellatori erano accompagnati da tredici cani, che annusavano l'aria di mare e sollevavano le zampe eccitati. Mentre su a casa, lontana dal grande spiegamento di uomini e cani, Rosa Diamond stava guardando i cinque agenti che sorvegliavano le uscite, porta principale, finestre del pianterreno, porta del retrocucina, nell'eventualità che il presunto malfattore compisse un ipotetico tentativo di fuga; e i tre uomini in abiti borghesi, cappotti borghesi e cappelli borghesi con facce equivalenti; e davanti a tutti loro, senza avere il coraggio di guardarla negli occhi, il giovane ispettore Lime, che strascicava i piedi e si sfregava il naso e pareva più vecchio e più arrossato dei suoi quarant'anni. Lei gli diede un leggero colpetto con la punta del bastone, *a quest'ora di notte, Frank, che significa questo*, ma lui non poteva permetterle di farla da padrona, non stanotte, non con gli agenti dell'immigrazione che sorvegliavano ogni sua mossa, e così si erse in tutta la sua statura e tirò indietro tutti i suoi menti.

«Chiedo scusa, Mrs D. – certe asserzioni – informazioni che ci sono arrivate – ragione di credere – meritano un'indagine – necessario perquisire la sua – abbiamo ottenuto un mandato.»

«Non essere ridicolo, caro Frank» cominciò Rose, ma proprio

in quel momento i tre uomini con la faccia borghese si raddrizzarono e parvero irrigidirsi, ognuno sollevando un poco una gamba, come cani alla punta: il primo emise uno strano sibilo che pareva di gioia, mentre dalle labbra del secondo usciva un gemito sommesso, e il terzo prese a roteare gli occhi con aria curiosamente soddisfatta. Poi tutti additarono, dietro Rosa Diamond, l'atrio illuminato a giorno della casa, dove si trovava Mr Saladin Chamcha, reggendosi il pigiama con la mano sinistra perché gli era saltato un bottone quando si era gettato sul letto. Con la destra si stava sfregando un occhio.

«Tombola» disse il sibilante, mentre il gemente giunse le mani sotto il mento per far capire che tutte le sue preghiere erano state esaudite, e il roteatore di occhi avanzò con una spallata oltre Rosa Diamond, senza far tanti complimenti e limitandosi a mormorare: «Signora, mi scusi».

Poi ci fu un'inondazione e Rosa si trovò bloccata in un angolo del suo soggiorno da quel mare ballonzolante di elmetti di poliziotti, al punto che non poté distinguere Saladin Chamcha o ascoltare ciò che stava dicendo. Non lo udì mai spiegare l'esplosione del *Bostan* – c'è stato un equivoco, gridava, io non sono uno dei vostri immigrati clandestini da pescherecci, non sono uno dei vostri ugando kenyatta, io. I poliziotti cominciarono a sogghignare, capisco, signore, da diecimila metri, e poi ha nuotato sino a riva. Lei ha il diritto di rimanere in silenzio, ridacchiarono, ma dopo un po' esplosero in risate fragorose, abbiamo pescato un bel matto, è chiaro. Ma Rosa non riuscì a cogliere le proteste di Saladin, glielo impedivano gli sghignazzanti poliziotti, voi dovete credermi, io sono cittadino britannico, stava dicendo, con diritto di soggiorno, anche, ma poiché non poteva presentare un passaporto o un altro documento d'identità, si misero a piangere dal ridere, e le lacrime scorrevano persino lungo le scialbe guance degli uomini dell'ufficio immigrazione in abiti borghesi. Ma certo, come no, ridacchiavano, le sono caduti dalla giacca durante il capitombolo, o forse l'hanno borseggiata le sirene? Rosa non poté vedere, in quell'onda di uomini e cani sollevata dal riso, che cosa le braccia in uniforme stessero facendo alle braccia di Chamcha, o i pugni al suo stomaco, o gli scarponi ai suoi stinchi; come non poté essere sicura se era la sua voce che urlava o semplicemente l'ululato dei cani. Udì però la sua voce levarsi in un ultimo grido disperato. «Nessuno di voi guarda mai la TV? Non vedete? Io sono Maxim. Maxim Alien.»

«Certo» disse l'agente con gli occhi bovini. «E io sono Kermit il Ranocchio.»

Una cosa Saladin Chamcha non disse mai, neanche quando fu evidente che la faccenda si era messa molto male: «Ecco un numero di Londra» trascurò d'informare i poliziotti che lo stavano arrestando. «Troverete all'altro capo, pronta a garantire per me, a confermare la verità di ciò che sto dicendo, la mia amorevole bianca moglie inglese». Nossignore. *Che diavolo*!»

Rosa Diamond raccolse tutte le sue forze. «Un momento, Frank Lime» gridò. «Stammi a sentire» ma i tre uomini in borghese avevano ricominciato i loro strani numeri di sibili gemiti roteare d'occhi, e nel silenzio improvviso della stanza il roteatore d'occhi puntò un dito tremante verso Chamcha e disse: «Signora, se è una prova che lei sta cercando, non ne troverebbe mai una migliore di *quelle*».

Saladin Chamcha, seguendo la direzione del dito puntato di Occhibovini, si portò le mani alla fronte, e fu allora che capì di essersi svegliato nel più spaventoso degli incubi, un incubo che era soltanto agli inizi, perché lì sulle sue tempie, sempre più lunghe di momento in momento e così appuntite da spillare sangue, c'erano due nuove, caprine, inequivocabili corna.

Prima che l'esercito dei poliziotti conducesse Saladin Chamcha alla sua nuova vita, ci fu un altro evento inaspettato. Gibreel Farishta, vedendo le luci abbaglianti e udendo le deliranti risate dei rappresentanti della legge, scese da basso in giacca da casa marrone e calzoni da cavallerizzo, scelti dal guardaroba di Henry Diamond. Emanando un vago odore di naftalina, si fermò sul pianerottolo del primo piano a guardare i fatti senza esprimere commenti. Rimase lì inosservato finché Chamcha, ammanettato e trascinato verso il cellulare, a piedi nudi e ancora in pigiama, lo vide e gli gridò: «Gibreel, per l'amor di Dio, racconta a questa gente cosa è successo».

Sibilante Gemente Occhibovini si voltarono ansiosi verso Gibreel. «E chi sarebbe questo?» domandò l'ispettore Lime. «Un altro che si è tuffato dal cielo?»

Ma le parole morirono sulle sue labbra, perché in quel momento i riflettori erano spenti, in seguito all'ordine impartito quando Chamcha era stato ammanettato e tratto in arresto, e nell'eco dei sette soli era evidente per tutti che dall'uomo in giacca da casa emanava una pallida luce dorata, o più precisamente fluiva tenue verso l'esterno da un punto immediatamente dietro la sua testa. L'ispettore Lime non parlò mai più di quella luce, e se lo avessero interrogato in proposito avrebbe negato di aver mai visto una cosa simile, un'aureola, nel tardo ventesimo secolo, non dirne più.

Comunque, quando Gibreel domandò: «Cosa vogliono questi uomini» tutti i presenti sentirono il desiderio di rispondere alla sua domanda in termini letterali e particolareggiati, di rivelare i propri segreti, come se lui fosse stato, come se, ma no, è ridicolo, avrebbero scosso il capo per settimane sino a persuadersi tutti quanti di aver fatto ciò che avevano fatto per ragioni puramente logiche, lui era un vecchio amico di Mrs Diamond, e loro due avevano trovato il malvivente Chamcha semiannegato sulla spiaggia e lo avevano ospitato per ragioni umanitarie, non aveva senso disturbare ulteriormente Rosa o Mr Farishta, un gentiluomo più rispettabile di lui non puoi neanche immaginartelo, con la sua giacca da casa e la sua, la sua, be', l'eccentricità non è mai stata un delitto, in ogni caso.

«Gibreel» disse Saladin Chamcha. «Aiuto.»

Ma lo sguardo di Gibreel era stato attirato da Rosa Diamond. La guardò e non poté più distogliere gli occhi. Poi annuì e tornò di sopra. Nessuno tentò di fermarlo.

Quando arrivò al cellulare, Chamcha vide il traditore, Gibreel Farishta, che lo stava guardando dal balconcino della camera di Rosa, e non c'era nessuna luce che splendesse intorno alla testa di quel bastardo.

2

Kan ma kan! Fi qadim azzaman... Fu così, non fu così, in un'epoca da tempo dimenticata, che nella terra argentea d'Argentina vivevano un certo Don Enrique Diamond, il quale s'intendeva molto di uccelli e poco di donne, e sua moglie Rosa, la quale non s'intendeva per niente di uomini ma molto d'amore. Un giorno accadde che, mentre la *senõra* era fuori, cavalcando all'amazzone e con in testa un cappello con una piuma, arrivò davanti alla grande porta di pietra dell'*estancia*, assurda in mezzo alle pampas deserte, e vi trovò uno struzzo che correva verso di lei con tutte le sue forze, correva per salvarsi la vita, usando tutti i trucchi e le varianti che gli venivano in mente; perché lo struzzo è un uccello astuto, difficile da catturare. Subito dietro lo struzzo c'era una nuvola di polvere riempita dai rumori di cacciatori, e quando lo struzzo era a meno di due metri da lei, la nuvola lanciò dei *bolas* che si avvolsero intorno alle sue zampe e lo fecero cadere a terra ai piedi della grigia giumenta della *señora*. L'uomo che scese di sella per uccidere l'uccello non tolse mai gli occhi dal viso di Rosa. Estrasse un coltello con l'impugnatura d'argento dalla guaina che portava alla cintura e lo immerse sino al manico nella gola dello struzzo, e fece questo senza guardare neanche una volta l'uccello morente, ma continuando a fissare Rosa Diamond negli occhi mentre s'inginocchiava sulla sterminata terra gialla. Si chiamava Martin de la Cruz.

Dopo che ebbero portato via Chamcha, Gibreel Farishta s'interrogò spesso sul proprio comportamento. In quell'attimo di sogno in cui era stato intrappolato dagli occhi della vecchia inglese, gli era parso che la propria volontà non gli obbedisse più, che avessero preso il sopravvento i bisogni di qualcun altro. Dato l'aspetto sconcertante degli avvenimenti recenti, e data anche la sua determinazione di restare il più possibile sveglio, passò qualche giorno prima che collegasse ciò che stava accadendo con il mondo dietro le proprie palpebre, e solo allora capì che doveva andarsene, perché l'universo dei suoi incubi aveva cominciato a filtrare nella sua vita di veglia, e se non fosse stato attento non ce l'avrebbe mai fatta a ricominciare, a rinascere con lei, attraverso di lei, Alleluia, che aveva visto il tetto del mondo.

Fu un colpo per lui rendersi conto di non aver fatto alcun tentativo per mettersi in contatto con Allie; o per aiutare Chamcha nell'ora del bisogno. Né lo aveva in alcun modo turbato la comparsa sulla testa di Saladin di un paio di belle corna nuove, cosa che certamente avrebbe dovuto dargli qualche preoccupazione. Aveva vissuto come in trance, e quando domandò alla vecchia signora che cosa pensasse di tutto questo, lei sorrise in maniera strana e gli disse che non c'era niente di nuovo sotto il sole, lei aveva visto tante cose, compresa l'apparizione di uomini con elmi cornuti, in una terra antica come l'Inghilterra non c'era spazio per storie nuove, ogni filo d'erba era già stato calpestato più di centomila volte. Per lunghi periodi della giornata i suoi discorsi erano sconnessi e confusi, ma in altri momenti insisteva per cucinargli pasti enormi e pesanti, polpettoni con puré, crostate di rabarbaro con uno spesso strato di crema, stufati con una salsa densissima, minestroni d'ogni genere. E aveva sempre un'aria inspiegabilmente contenta, come se la sua presenza le desse una profonda e inattesa soddisfazione. Lui l'accompagnava al villaggio a fare la spesa; la gente li guardava; lei li ignorava, agitando il suo imperioso bastone. Passarono i giorni. Gibreel non partiva.

«Dannata *mame* inglese» disse a se stesso. «Una sorta di specie estinta. Cosa diavolo ci faccio qui?» Ma rimaneva, trattenuto da catene invisibili. Mentre lei approfittava di ogni occasione per cantare una vecchia canzone, in spagnolo, di cui Gibreel non capiva neanche una parola. Che fosse qualche stregoneria? Qualche antica Fata Morgana che col suo canto allettava un giovane Merlino in una grotta di cristallo? Gibreel si avviò verso la porta; Rosa si mise a cantare; lui si fermò di botto. «Perché no, in fondo» alzò le spalle. «La vecchia ha bisogno di compagnia. Splendore sbiadito, è chiaro! Guarda come si è ridotta! A me comunque occorre riposo. Riprendere le forze. Solo un paio di giorni.»

La sera si sedevano in quel soggiorno ingombro di ornamenti d'argento, compreso, alla parete, un certo coltello con l'impugnatura d'argento sotto il busto in gesso di Henry Diamond che li guardava dall'alto della credenza d'angolo, e quando il pendolo batteva le sei lui riempiva due bicchieri di sherry e lei si metteva a parlare, ma non senza aver detto, prevedibile come l'orologio, *Il pendolo è sempre in ritardo di quattro minuti, per buona educazione, non gli piace essere troppo puntuale.* Dopo di che attaccava, senza neanche prendersi la briga di dire tantotempo fa e sia che fosse tutto vero o tutto falso, lui riconosceva l'intensa energia che confluiva nel suo raccontare, le ultime riserve disperate della propria volontà che lei stava immettendo nella storia, *il solo periodo felice che posso ricordare*, gli disse, per fargli capire che quell'accozzaglia di materiali messi in disordine dalla memoria era in realtà la sua stessa essenza, il suo autoritratto, il modo in cui si guardava allo specchio quando non c'era nessun altro nella stanza, e che la sua dimora preferita era la terra argentea del passato, non quella casa in sfacclo dove urtava continuamente in qualcosa – facendo cadere tavolini da caffè, ammaccandosi contro i pomelli delle porte – scoppiava in lacrime e gridava: *Tutto si restringe.*

Quando nel 1935 si era imbarcata per l'Argentina, come fresca sposa dell'anglo-argentino Don Enrique di Los Alamos, lui le aveva mostrato l'oceano e le aveva detto, quella è la pampa. Non basta guardarla per capire com'è. Ci devi viaggiare, nella sua immutabilità, per giorni e giorni. In certi punti il vento è forte come un pugno, ma completamente silenzioso, ti scaraventa a terra ma non senti mai nulla. È perché non ci sono alberi: non un *ombu*, non un pioppo, *nada.* Dovrai anche stare attenta alle foglie di *ombu*, tra parentesi. Un veleno mortale. Il tempo non t'ammazza ma il succo di foglia sì. Lei batté le mani come una bambina: Ma andiamo, Henry, venti silenziosi, foglie velenose. A sentirti sembra una fiaba. Henry, capelli biondi, corpo molle, occhi sgranati e pesante, era inorridito. *Oh no*, disse, *non è così brutto.*

Arrivò in quell'immensità, sotto quell'infinito cielo azzurro, perché Henry le aveva fatto la domanda e lei gli aveva dato la sola risposta possibile per una zitella di quarant'anni. Ma, una volta arrivata, si fece lei una domanda più grossa: cosa avrebbe potuto fare in tutto quello spazio? Di che cosa avrebbe avuto il coraggio, come sarebbe riuscita a *espandersi*? Essere buona o cattiva, disse a se stessa; ma essere *nuova*. Il nostro vicino, il dottor Jorge Babington, raccontò a Gibreel, non mi ebbe mai in simpatia, capisci, mi raccontava storie degli inglesi in Sudamerica, tutti giovani brillanti, diceva con disprezzo, spie e briganti e saccheggiatori. *Siete così esotici nella vostra fredda Inghilterra?* le domandava, ed era lui stesso a rispondere, *io non credo, señora. Stipati in quella bara di isola, avete bisogno di orizzonti più ampi per poter esprimere la vostra personalità segreta.*

Il segreto di Rosa Diamond era una capacità d'amore talmente grande che fu presto evidente che il suo povero prosaico Henry non l'avrebbe mai appagata, perché quel tanto di sentimento che c'era in quel corpo gelatinoso era riservato agli uccelli. Albanelle reali, animidi, caradridi. Passava le sue giornate più felici su una piccola barca a remi nelle lagune locali, in mezzo ai giunchi, con il binocolo da campo agli occhi. Una volta, andando in treno a Buenos Aires, mise in imbarazzo Rosa dando una dimostrazione dei suoi richiami preferiti nella carrozza ristorante, con le mani unite a coppa intorno alla bocca: uccello dormiglione, ibis vanduria, *trupial*. Perché non puoi amare me in questo modo, avrebbe voluto chiedergli. Ma non lo fece mai, perché secondo Henry lei era una brava persona, e la passione era un'eccentricità di altre razze. Divenne così il generalissimo della casa e cercò di soffocare le proprie brame peccaminose. Di notte prese l'abitudine di uscire a piedi nella pampa e di sdraiarsi sulla schiena a guardare la galassia lassù, e a volte, subendo l'influenza di quel luminoso flusso di bellezza, cominciava a tremare dappertutto, a rabbrividire di una gioia profonda e a canticchiare un motivo che non conosceva, e questa musica di stelle era il suo massimo avvicinarsi alla felicità.

Gibreel Farishta: sentiva che queste storie gli si avvolgevano intorno come una ragnatela, tenendolo in quel mondo perduto dove *cinquanta si sedevano a tavola ogni giorno, e che uomini erano, i nostri gauchos, niente di servile in loro, molto focosi e or-*

gogliosi, molto. Carnivori puri; puoi vederlo dalle fotografie. Nelle lunghe notti d'insonnia gli raccontò della foschia che calava sulla pampa dove i pochi alberi spiccavano come isole e un cavaliere sembrava un essere mitologico, lanciato al galoppo sulla superficie dell'oceano. *Era come il fantasma del mare.* Gli raccontò storie da bivacco, per esempio quella del gaucho ateo che, quando morì sua madre, dimostrò l'inesistenza del Paradiso gridando al suo spirito di tornare, ogni notte per sette notti. L'ottava notte affermò che evidentemente non doveva averlo udito, se no sarebbe certo venuta a consolare il figlio amatissimo; quindi, la morte doveva essere la fine. Lo incantò descrivendogli i giorni in cui erano arrivati i *Peronistas* vestiti di bianco e con i capelli impomatati e i *peones* li cacciarono via, gli raccontò come gli Anglos avevano costruito le ferrovie a beneficio delle loro *estancias*, e le dighe anche, la storia, per esempio, della sua amica Claudette, «una vera rubacuori, mio caro, sposò un ingegnere che si chiamava Granger, deluse metà dell'Hurlingham. Andarono insieme a una diga che lui stava costruendo e subito dopo arrivò la notizia che i ribelli sarebbero venuti a farla saltare in aria. Granger andò con gli uomini a montare la guardia alla diga, lasciando Claudette sola con la cameriera, e poche ore dopo, pensa, arrivò di corsa la cameriera, señora, c'è un hombre alla porta, è grosso come una casa. E sai cos'era? Un comandante dei ribelli. "E il suo sposo, *madame*?" "Vi sta aspettando alla diga, com'è suo dovere." "Allora, siccome lui non ha ritenuto opportuno proteggerla, ci penserà la rivoluzione." E lasciò qualcuno di guardia alla casa, mio caro, proprio così. Poi nella battaglia furono uccisi tutti e due, marito e comandante, e Claudette insistette per un funerale comune, guardò le due bare scendere affiancate nella fossa, portò il lutto per entrambi. Poi venimmo a sapere che era una tipa pericolosa, *trop fatale*, eh? Capisci? Decisamente *trop fatale*.» Nella storia improbabile della bella Claudette, Gibreel udì la musica delle nostalgie personali di Rosa. In momenti del genere la sorprendeva intenta a guardarlo con la coda dell'occhio, e sentiva uno strattone nella zona dell'ombelico come se qualcosa stesse cercando di uscirne. Poi lei guardava altrove e la sensazione spariva. Forse era solo un effetto secondario della tensione.

Una notte le domandò se avesse visto crescere le corna sulla testa di Chamcha, ma lei fece orecchi da mercante e, anziché rispondere, gli raccontò di quando si sedeva su un seggiolino pieghevole vicino al *galpón* o recinto dei tori di Los Alamos e i tori da esposizione s'avvicinavano e le posavano le teste cornute in grembo. Un pomeriggio una ragazza che si chiamava Aurora del Sol ed era la fidanzata di Martin de la Cruz, disse una frase impertinente. Pensavo che facessero così solo nei grembi delle vergini, sussurrò, in modo da farsi ben sentire, alle sue ridacchianti amiche, e Rosa si voltò soavemente verso di lei e disse: Allora forse, mia cara, ti piacerebbe provare? Da quel momento, Aurora del Sol, la miglior ballerina dell'*estancia* e la più desiderabile di tutte le donne *peonas*, divenne la nemica mortale della donna troppo alta e troppo ossuta venuta da oltremare.

«Tu assomigli tutto a lui» disse Rosa Diamond, mentre se ne stavano affiancati alla sua finestra notturna a guardare il mare. «Sei il suo doppio. Martin de la Cruz.» Appena pronunciato il nome dell'allevatore di bestiame, Gibreel sentì una fitta all'ombelico così violenta, come se qualcuno gli avesse piantato un gancio nello stomaco, che si lasciò sfuggire un grido. Rosa Diamond pareva non averlo udito. «Guarda» gridò felice, «laggiù.»

Correndo sulla spiaggia di mezzanotte verso la torre di Martello e il campeggio estivo – correndo sul bordo dell'acqua tanto che le onde ne cancellavano le orme – sterzando e fintando, correndo per salvarsi la vita, passò di lì uno struzzo adulto in grandezza naturale. Fuggì lungo tutta la spiaggia, e gli occhi di Gibreel lo seguirono meravigliati, finché non riuscirono più a distinguerlo nel buio.

Ciò che accadde dopo accadde nel villaggio. Ci erano andati a prendere una torta e una bottiglia di champagne, perché Rosa si era ricordata che era il suo ottantanovesimo compleanno. Aveva scacciato la famiglia dalla propria vita, e quindi non aveva ricevuto né biglietti d'auguri né telefonate. Gibreel volle assolutamente che si festeggiasse l'evento come era doveroso e le mostrò il segreto che nascondeva nella propria camicia, una grossa cintura con tasche piene di sterline comprate al mercato nero prima di lasciare Bombay. «Ho anche una quantità di carte di credito» disse. «Non sono un indigente. Su, andiamo. Offro io.» Era ormai così profondamente schiavo della stregoneria narrativa di Rosa che gli era difficile ricordare da un giorno all'altro di avere una vita da vivere, una donna da sorprendere col semplice fatto di essere ancora vivo, o altre cose del genere. La seguiva docile, portando le borse della spesa di Mrs Diamond.

Stava oziando a un angolo di strada, mentre Rosa chiacchierava col fornaio, quando sentì, ancora una volta, quel gancio che gli tirava lo stomaco, e cadde contro un lampione e boccheggiò per respirare. Udì uno zoccolio, e dall'angolo arrivò un arcaico calessino, pieno di giovani che a vederli parevano vestiti a festa: gli uomini in calzoni neri aderenti, ornati di bottoni d'argento al polpaccio, e in camicie bianche aperte sin quasi alla vita; le donne in gonne larghe e gale e strati e colori vivaci, scarlatto, smeraldo, oro. Stavano cantando in una lingua straniera e la loro gaiezza faceva sembrare la strada scialba e pacchiana, ma Gibreel si rese conto che c'era qualcosa di strano, perché nessun altro si era in alcun modo accorto del calessino. Poi Rosa uscì dalla bottega del fornaio con la scatola della torta che penzolava per il nastrino dall'indice della sua mano sinistra, ed esclamò: «Oh, eccoli che arrivano per il ballo. Davamo sempre dei balli, sai, a loro piacciono tanto, ce li hanno nel sangue». E, dopo una pausa: «Quello fu il ballo in cui uccisero l'avvoltoio».

Quello fu il ballo in cui un certo Juan Julia, soprannominato l'avvoltoio per il suo aspetto cadaverico, bevve troppo e insultò l'onore di Aurora del Sol e non smise finché a Martin non restò altra scelta che battersi, *ehi, Martin, come mai ti piace scopare con questa, a me è sembrata molto insipida.* «Allontaniamoci dal ballo» disse Martin, e nell'oscurità, stagliandosi contro i lampioncini appesi agli alberi intorno alla pista, i due uomini si avvolsero il poncho intorno all'avambraccio, estrassero i coltelli, girarono in tondo, si batterono. Juan morì. Martin de la Cruz raccolse il cappello del morto e lo gettò ai piedi di Aurora del Sol. Lei prese il cappello e lo guardò andar via.

Rosa Diamond, a ottantanove anni, in un lungo abito aderente d'argento, con un bocchino in una mano inguantata e un turbante argenteo in testa, beveva gin-and-sin da un triangolo di vetro verde che raccontava storie dei bei tempi antichi. «Ho voglia di ballare» annunciò all'improvviso. «È il mio compleanno e non ho ballato neanche una volta.»

Gli sforzi di quella notte, durante la quale Rosa e Gibreel ballarono sino all'alba, si rivelarono eccessivi per la vecchia signora, che l'indomani crollò a letto con una febbre altissima che evocò apparizioni ancor più deliranti; Gibreel vide Martin de la Cruz e Aurora del Sol ballare il flamenco sul tetto di tegole a due spioventi di casa Diamond, e Peronistas vestiti di bianco che, in piedi sulla rimessa delle barche, parlavano del futuro a un gruppo di peones: «Con Perón le terre saranno espropriate e distribuite al popolo. Anche le ferrovie britanniche diventeranno proprietà dello stato. Buttiamoli fuori questi briganti, questi pirati...». Il busto di gesso di Henry Diamond, sospeso a mezz'aria, osservava la scena, e uno degli agitatori in bianco gli puntò un dito contro e gridò: È lui, il vostro oppressore; quello è il nemico. Gibreel aveva un tale male allo stomaco che temeva di morire, ma nell'attimo stesso in cui la sua mente razionale prendeva in esame la possibilità di un'ulcera o di un'appendicite, il resto del suo cervello gli sussurrò la verità, che era tenuto prigioniero e manipolato dalla forza di volontà di Rosa, nello stesso modo in cui l'angelo Gibreel era stato obbligato a parlare dal bisogno irresistibile del profeta Mahound.

«Lei sta morendo» si rese conto. «Non ne ha per molto.» Agitandosi sul letto per la febbre, Rosa Diamond borbottava del *veleno di ombu* e dell'ostilità del vicino dottor Babington, che aveva chiesto a Henry, tua moglie è abbastanza tranquilla per una vita pastorale, e che le aveva regalato (per festeggiare la sua guarigione dal tifo) una copia del libro di Amerigo Vespucci sui suoi viaggi. «L'uomo, naturalmente, era famoso per la sua fantasia» sorrise Babington, «ma la fantasia può essere più forte della realtà; in fondo, ci sono stati continenti che hanno preso il suo nome.» A mano a mano che s'indeboliva, riversava una quantità sempre maggiore delle energie che le rimanevano nel suo sogno dell'Argentina, e Gibreel si sentiva l'ombelico come se gli avessero dato fuoco. Giaceva accasciato su una poltrona al suo capezzale e le apparizioni si moltiplicavano di ora in ora. Musica di legni riempiva l'aria e, meraviglia suprema, comparve appena oltre la riva un bianco isolotto, che ballonzolava sulle onde come una zattera; era bianco come la neve, con sabbia bianca in un pendio che portava a una macchia di alberi albini, bianchi, bianchi come gesso, bianchi come carta, sino alle punte delle foglie.

Dopo l'arrivo dell'isola bianca, Gibreel fu preso da una profonda letargia. Accasciato su una poltrona nella camera da letto della morente, con le palpebre che s'abbassavano, sentì il peso del proprio corpo che aumentava sino a rendergli impossibile qualsiasi movimento. Poi si trovò in un'altra camera, in pantaloni neri aderenti, con bottoni d'argento lungo i polpacci e una massiccia fibbia d'argento alla vita. *Lei mi ha fatto chiamare, Don Enrique*, stava dicendo all'uomo molle e pesante con la faccia da busto di gesso bianco, ma lui sapeva chi l'aveva fatto chiamare, e non toglieva mai gli occhi dal volto di lei, neanche quando vide levarsi il rossore dalle balze bianche intorno al collo.

Henry Diamond non aveva voluto permettere alle autorità di immischiarsi nella faccenda di Martin de la Cruz, *queste persone sono responsabilità mia*, disse a Rosa, *è una questione d'onore*. Si era anzi spinto parecchio in là per dimostrare la propria persistente fiducia nell'assassino, de la Cruz, nominandolo, per esempio, capitano della squadra di polo dell'*estancia*. Ma Don Enrique non fu mai più lo stesso dopo che Martin ebbe ucciso l'avvoltoio. Si stancava sempre più facilmente, era molto irrequieto e non s'interessava più neanche agli uccelli. A Los Alamos le cose stavano andando allo sfascio, in modo prima impercettibile, poi più evidente. Tornarono gli uomini vestiti di bianco e non furono scacciati. Quando Rosa Diamond si ammalò di tifo, furono in molti all' *estancia* a considerare la cosa un'allegoria del declino della vecchia proprietà.

Cosa sto facendo io qui, pensò allarmatissimo Gibreel, trovandosi davanti a Don Enrique nello studio dell'allevatore, mentre Doña Rosa arrossiva sullo sfondo, *questo è il posto di un altro*. – Grande fiducia in te, stava dicendo Henry, non in inglese ma Gibreel lo capiva egualmente. – Mia moglie deve fare un giro in auto, per la sua convalescenza, e tu l'accompagnerai... Le responsabilità a Los Alamos m'impediscono di muovermi. *Adesso devo parlare io, che dire*, ma quando la sua bocca si aprì ne emersero parole straniere, sarà un onore per me, Don Enrique, schioccare di tacchi, dietro front, via.

Rosa Diamond, nella debolezza dei suoi ottantanove anni, aveva cominciato a sognare la sua storia numero uno, che aveva tenuto segreta per oltre mezzo secolo, e Gibreel era a cavallo dietro la sua Hispano-Suiza, andando da un'*estancia* all'altra, attraversando una foresta di alberi Arayana, passando sotto l'alta Cordillera, arrivando a grottesche dimore costruite a imitazione di castelli scozzesi o di palazzi indiani, visitando le terre di Mr Cadwallader Evans, che aveva sette mogli ben felici di avere una sola notte di corvée a testa ogni settimana, e il territorio del famigerato MacSween, che si era innamorato delle idee quando era arrivato in Argentina dalla Germania, e faceva sventolare, dall'asta della bandiera dell'*estancia*, un rosso vessillo al centro del quale una croce uncinata nera danzava in un cerchio bianco. Fu nell'*estancia* MacSween che trovarono per caso la laguna, e Rosa vide per la prima volta l'isola bianca del proprio destino, e insistette per andarci in barca a fare un picnic, senza farsi accompagnare né dalla cameriera né dall'autista, e prendendo con sé solo Martin de la Cruz perché remasse e stendesse un panno scarlatto sulla sabbia bianca e le servisse carne e vino.

Bianco come neve e rosso come sangue e nero come ebano. Quando si sdraiò in gonna nera e camicetta bianca, sullo scarlatto che era a sua volta steso sul bianco, mentre lui (pure in bianco e nero) le versava vino rosso nel bicchiere tenuto dalla mano inguantata di bianco – e poi, con sua grande meraviglia, *dannazione*, quando le prese una mano e cominciò a baciare – accadde qualcosa, la scena si offuscò, a un certo punto giacevano entrambi sul panno scarlatto, rotolando in ogni direzione al punto che formaggi e piatti freddi e insalate e pâté si schiacciarono sotto il peso del loro desiderio, e quando tornarono alla Hispano-Suiza era impossibile nascondere qualcosa all'autista o alla cameriera con tutte quelle macchie di cibo sui vestiti – mentre un minuto dopo, lei si staccava, non con crudeltà ma con tristezza, ritirando la mano e facendo un piccolo gesto con la testa, *no*, e lui si alzò, s'inchinò, si ritirò, lasciandola con virtù e colazione intatte – le due possibilità continuavano ad alternarsi, mentre la morente Rosa di rigirava sul letto, lo-aveva-fatto-non-lo-aveva-fatto, costruendo l'ultima versione della storia della sua vita, senza saper decidere quale voleva che fosse vera.

"Sto diventando pazzo" pensò Gibreel. "Lei è moribonda, ma io sto perdendo il senno." Era spuntata la luna, e il respiro di Rosa era il solo rumore della stanza; russava aspirando ed espirando pesantemente, con piccoli grugniti. Gibreel cercò di alzarsi dalla poltrona e scoprì di non esserne capace. Anche negli intervalli tra una visione e l'altra, il suo corpo rimaneva insopportabilmente pesante. Come se gli avessero posato un macigno sul petto. E le immagini, quando arrivavano, erano sempre confuse, al punto che in un momento si trovava in un fienile di Los Alamos a far l'amore con lei che mormorava, in continuazione, il suo nome, *Martino della Croce* – e un attimo dopo lei lo ignorava in pieno giorno sotto gli occhi vigili di una certa Aurora del Sol – e insomma non era possibile distinguere i ricordi dai desideri o le ricostruzioni cariche di senso di colpa dalle verità da confessione – perché neanche sul letto di morte Rosa Diamond sapeva guardare in faccia la propria storia.

Il chiaro di luna si riversò nella stanza. Quando colpì il viso di Rosa, sembrò passare attraverso di lei, e in effetti Gibreel cominciava a distinguere il disegno del ricamo di pizzo sulla sua federa. Poi vide Don Enrique e il suo amico, il moralistico e severo dottor Babington, in piedi sul balcone, solidi come di più non si potrebbe essere. Gli venne in mente che, a mano a mano che aumentava la chiarezza delle apparizioni, Rosa diventava sempre più fievole, si dissolveva, si scambiava, potremmo dire, di posto con i fantasmi. E poiché aveva anche capito che le manifestazioni contavano su di lui, sul suo mal di stomaco, sulla sua pesantezza da pietra, cominciò a temere anche per la propria vita.

«Tu hai voluto che io mentissi sul certificato di morte di Juan Julia» stava dicendo il dottor Babington. «Io l'ho fatto per la nostra vecchia amicizia. Ma è stato uno sbaglio; e ne vedo davanti a me le conseguenze. Hai dato rifugio a un assassino e forse è la tua coscienza che ti sta consumando. Torna a casa tua, Enrique. Torna a casa tua e portati appresso quella tua moglie, prima che accada qualcosa di peggio.»

«Io sono a casa mia» disse Henry Diamond. «E mi offende il modo in cui parli di mia moglie.»

«Ovunque s'insedino, gli inglesi non lasciano mai l'Inghilterra» disse il dottor Babington svanendo nel chiaro di luna. «A meno che, come Doña Rosa, non s'innamorino.»

Passò una nuvola sopra la luna e, adesso che il balcone era vuoto, Gibreel Farishta riuscì finalmente, con uno sforzo, a staccarsi dalla poltrona e ad alzarsi. Camminare era come trascinare sul pavimento palla e catena, ma arrivò ugualmente alla finestra. In ogni direzione, fin dove poteva vedere, cardi giganteschi ondeggiavano nella brezza. Dove c'era stato il mare, c'era adesso un oceano di cardi, che si prolungava sino all'orizzonte, cardi alti come un uomo adulto. Udì la voce senza corpo del dottor Babington sussurrargli all'orecchio: «La prima epidemia di cardi in cinquant'anni. A quanto pare, il passato ritorna». Vide una donna correre in quella fitta e ondeggiante vegetazione, a piedi nudi e con gli scuri capelli sciolti. «È stata lei» disse chiaramente la voce di Rosa alle sue spalle. «Dopo averlo tradito con l'avvoltoio e aver fatto di lui un assassino. Poi lui non volle più guardarla. Oh certo che è stata lei. È molto pericolosa quella. Molto.» Gibreel perse di vista Aurora del Sol tra i cardi; un miraggio ne oscurò un altro.

Sentì qualcosa che lo afferrava da dietro, lo faceva ruotare su se stesso e lo scaraventava a terra sulla schiena. Non si vedeva nessuno, ma Rosa Diamond si era rizzata a sedere sul letto, e lo stava guardando con gli occhi spalancati, per fargli capire che aveva rinunciato a qualsiasi speranza di restare aggrappata alla vita e aveva bisogno di lui perché l'aiutasse a completare la sua ultima rivelazione. Come con l'uomo d'affari dei suoi sogni, egli si sentì impotente, ignorante... Lei però sembrava saper estrarre da lui immagini. Vide un cordone lucente che li legava, ombelico a ombelico.

Adesso era in riva a uno stagno, tra quell'infinità di cardi, e stava facendo abbeverare il cavallo quando arrivò lei sulla sua giumenta. Adesso la stava abbracciando, le scioglieva i capelli e i vestiti, e adesso stavano facendo l'amore. E adesso lei sussurrava, come è possibile che ti piaccia, sono tanto più vecchia di te, e lui pronunciò parole confortanti.

Adesso lei si alzò, si vestì, galoppò via, mentre lui rimase lì, col corpo languido e caldo, e non s'accorse del momento in cui una mano di donna sbucò furtiva dai cardi e s'impadronì del suo coltello con l'impugnatura d'argento...

No! No! No, non così!

Adesso lei arrivò a cavallo da lui in riva allo stagno e nel momento in cui smontò guardandolo nervosa, lui le cadde addosso, le disse che non poteva più sopportare i suoi rifiuti, finirono insieme per terra, lei gridò, lui le strappò gli abiti, e le mani di lei, aggrappandosi al suo corpo, incontrarono il manico di un coltello...

No! No, mai, no! Così: ecco!

Adesso loro due stavano facendo l'amore, teneramente, con molte lente carezze; e adesso un terzo cavaliere entrò nella radura in riva allo stagno, e gli amanti s'affrettarono a separarsi; adesso Don Enrique estrasse la sua piccola pistola e mirò al cuore del rivale –

– ed egli sentì Aurora che lo pugnalava al cuore, più e più volte, questo è per Juan, e questo è per avermi abbandonata, e questo per la tua puttanona inglese –

– ed egli sentì il coltello della sua vittima entrargli nel cuore, quando Rosa lo pugnalò, una volta, due volte, e ancora –

– e dopo che la pallottola di Henry lo ebbe ucciso l'inglese prese il coltello del morto e lo pugnalò, più volte, nella ferita sanguinante.

A questo punto, Gibreel, con un grande urlo, svenne.

Quando riprese i sensi, la vecchia sul letto stava parlando tra sé, così sottovoce che lui distingueva a stento le parole. «Venne il *pampero*, il vento di sudovest, appiattendo i cardi. Fu allora che lo trovarono, o successe prima.» La fine della storia. Come Aurora del Sol sputò in faccia a Rosa Diamond al funerale di Martin de la Cruz. Come si sistemarono le cose in modo che nessuno fosse accusato dell'omicidio, a patto che Don Enrique prendesse con sé Doña Rosa e tornasse in Inghilterra a tutta velocità. Come presero il treno alla stazione di Los Alamos e gli uomini in bianco stavano sul marciapiede con i loro borsalino per accertarsi che se ne andassero davvero. Come, una volta che il treno si mise in moto, Rosa Diamond aprì la borsa da viaggio sul sedile accanto e disse in tono di sfida: *Ho portato qualcosa. Un piccolo ricordo*. E svolse un fagotto di panno mostrando un coltello da gaucho con l'impugnatura d'argento.

«Henry morì nel primo inverno in patria. Poi non accadde più nulla. La guerra. La fine.» Fece una pausa. «Ridursi a questo dopo essere stata in quella vastità. È intollerabile.» E, dopo un'altra pausa. «Tutto si restringe.»

Ci fu un cambiamento nel chiaro di luna, e Gibreel sentì un peso che si sollevava dal suo corpo, con una tale repentinità da dargli la sensazione di poter fluttuare in alto verso il soffitto. Rosa Diamond giaceva immobile, con gli occhi chiusi, le braccia posate sul suo copriletto patchwork. Pareva: *normale*. Gibreel si rese conto che ora niente gli impediva di uscire dalla porta.

Scese da basso con cautela, poiché le gambe lo reggevano ancora poco; trovò il cappotto pesante di gabardine che apparteneva un tempo a Henry Diamond e il cappello floscio grigio all'interno del quale sua moglie aveva cucito di propria mano il nome di Don Enrique; e se ne andò, senza voltarsi. Appena fuori, un colpo di vento gli strappò il cappello e lo fece rotolare sulla spiaggia. Lui lo inseguì, lo riprese, se lo calcò di nuovo in testa. *London shareef, eccomi qua*. Aveva la città in tasca: la Londra dei geografi, l'intera metropoli, piena d'orecchie, dalla A alla Z.

"Che fare?" stava pensando. "Telefono o non telefono? No, arrivo, suono il campanello e dico, piccola, il tuo desiderio si è avverato, dal letto del mare al tuo letto. Ci vuol altro che un aereo che precipita per tenermi lontano da te." Okay, forse non esattamente così, ma il senso generale è questo. «Sì. La sorpresa è la politica migliore. Allie Bibi, bu.»

Poi udì il canto. Veniva dalla vecchia rimessa per le barche con all'esterno il pirata con un occhio solo, e la canzone era straniera, ma familiare: una canzone che Rosa Diamond aveva canticchiato spesso, e anche la voce era familiare, ma un po' differente, meno tremula: *più giovane*. La porta della rimessa per le barche era inspiegabilmente aperta, e il vento la faceva sbattere. Si avviò verso la canzone.

«Togliti il cappotto» gli disse. Vestita come quel giorno sull'isola bianca: gonna e scarpe nere, camicetta di seta bianca, senza cappello. Lui stese il cappotto sul pavimento della rimessa per le barche, e la sua brillante fodera scarlatta luccicava in quello spazio limitato illuminato dalla luna. Lei si sdraiò tra i casuali rimasugli di una vita inglese, paletti da cricket, un paralume ingiallito, vasi sbocconcellati, un tavolo pieghevole, bauli; e allungò un braccio verso di lui. Che le si sdraiò accanto.

«Come è possibile che ti piaccia?» mormorò. «Sono tanto più vecchia di te.»

3

Quando gli tirarono giù il pigiama nel furgone senza finestrini della polizia e vide i peli scuri, folti e arricciati, che gli coprivano le cosce, Saladin Chamcha crollò, per la seconda volta in quella notte; solo che stavolta ridacchiò in maniera isterica, contagiato, forse, dalla persistente ilarità dei suoi catturatori. Particolarmente allegri erano i tre funzionari dell'immigrazione, ed era stato uno di loro – quello con gli occhi bovini, che si scoprì chiamarsi Stein – a togliere i pantaloni a Saladin al grido gioioso di «È ora di aprire, Paki; vediamo di che cosa sei fatto!» Strisce rosse e bianche furono sfilate all'indignatissimo Chamcha, sdraiato sul pavimento del furgone con due robusti poliziotti a tenergli fermo ogni braccio e uno scarpone di un quinto agente saldamente piantato sul petto, e le sue proteste rimasero inascoltate nel gaio baccano generale. Le corna continuarono a sbattere dappertutto: sul volante, sul pavimento senza stuoia o sullo stinco di qualche poliziotto – e in questi ultimi casi veniva sonoramente schiaffeggiato in faccia dal rappresentante della legge, comprensibilmente infuriato – era insomma profondamente depresso come non ricordava di esserlo mai stato. Tuttavia, quando vide cosa c'era sotto il pigiama che aveva avuto in prestito, non poté impedire che gli uscisse dai denti quel risolino incredulo.

Le sue cosce erano diventate eccezionalmente grosse e possenti, oltre che pelose. Ma la pelosità cessava sotto il ginocchio e le gambe si restringevano in polpacci duri, ossuti, quasi privi di carne, che terminavano in un paio di luccicanti zoccoli fessi, come si possono vedere in qualsiasi caprone. Saladin fu anche sorpreso dalla vista del proprio fallo, enormemente ingrossato ed eretto in maniera imbarazzante, un organo che gli era assai difficile riconoscere come il proprio. «Che è questo?» scherzò Novak – l'ex "Sibilatore" – dandogli un pizzicotto faceto. «Ti piace qualcuno di noi?» Dopo di che il funzionario "gemente", Joe Bruno, si diede una grande pacca sulla coscia, accompagnata da una gomitata nelle costole di Novak, e gridò: «No, non è così. La verità è che gli abbiamo fatto gonfiare i coglioni». «Capito» gridò a sua volta Novak mentre il suo pugno colpiva per puro caso gli ingigantiti testicoli di Saladin. «Ehi, ehi!» sghignazzò Stein, con le lacrime agli occhi. «Sentite, questa è ancora meglio... non c'è da stupirsi che sia infoiato come un caprone.»

Dopo di che i tre, ripetendo più volte «Gonfiare i coglioni... infoiato come un caprone...» caddero l'uno nelle braccia dell'altro smascellandosi dalle risate. Chamcha avrebbe voluto parlare, ma temeva che la sua voce si fosse mutata in belati caprini, senza contare che lo scarpone del poliziotto si era messo a premere ancora più forte sul suo petto, per cui formare parole era divenuto difficile. Tuttavia, a sconcertarlo maggiormente era il fatto che un evento per lui così sbalorditivo e senza precedenti – cioè la propria metamorfosi in questo mostro di natura – fosse trattato dagli altri come la cosa più banale e normale del mondo. "Questa non è l'Inghilterra" pensò, non per la prima né per l'ultima volta. Come poteva esserlo, dopo tutto; dove c'era spazio in questo paese moderato e assennato, per un furgone della polizia al cui interno potevano plausibilmente avvenire cose di tal sorta? Stava arrivando a concludere che lui in realtà era morto nell'esplosione dell'aeroplano e che ciò che era accaduto dopo era stato una specie di aldilà. In tal caso, il suo antico rifiuto dell'Eterno cominciava a sembrare un po' stupido. – Ma dov'era in tutto questo un segno di un Essere supremo, benevolo o maligno? Perché il Purgatorio, o l'Inferno, o qualsiasi altra cosa fosse questo posto, assomigliava tanto a quel Sussex dei premi e delle fate che conoscevano tutti gli scolaretti? Forse, pensò, lui in realtà non era morto nel disastro del *Bostan*, ma giaceva gravemente malato in qualche reparto d'ospedale, tormentato da sogni deliranti? Era una spiegazione che gli andava a genio, se non altro perché cancellava il significato di una certa telefonata a tarda notte e di una voce maschile che stava cercando, senza riuscirvi, di dimenticare... Sentì una secca pedata alle costole, sufficientemente dolorosa e realistica per fargli mettere in dubbio la fondatezza di tutte le sue teorie sull'allucinazione. Tornò a concentrare l'attenzione sul concreto, su questo presente che comprendeva un furgone chiuso della polizia con tre funzionari dell'immigrazione e cinque poliziotti e che era, almeno per il momento, tutto il suo universo. Un universo di paura.

Novak e gli altri si erano bruscamente riavuti dal loro buonumore. «Animale» lo insultò Stein, somministrandogli una serie di calci, e Bruno di rincalzo: «Siete tutti uguali. Non ci si può aspettare che le bestie rispettino le norme del viver civile. Eh?». E Novak diede loro il cambio: «Stiamo parlando della fottuta igiene personale, piccolo coglione».

Chamcha era sconcertato. Poi notò che sul pavimento del cellulare erano comparsi numerosi oggetti piccoli e molli simili a palline. Si sentì struggere dall'amarezza e dalla vergogna. Che umiliazione! Lui era – e si era dato parecchio da fare per diventarlo – un uomo raffinato! Degradazioni simili potevano andar bene per la marmaglia dei villaggi del Sylhet o per quelli che riparavano le biciclette a Gujranwala, ma lui era fatto di ben altra stoffa! «Amici miei» cominciò, tentando un tono autorevole ben difficile da sostenere in quella posizione così poco dignitosa, sdraiato sulla schiena con le gambe a zoccolo aperte e il molle ruzzolare dei propri escrementi tutt'intorno. «Amici miei, fareste meglio a rendervi conto del vostro sbaglio prima che sia troppo tardi.»

Novak si mise una mano a coppa dietro un orecchio. «Cos'è? Cos'era quel rumore?» domandò guardandosi attorno, e Stein disse: «Non chiederlo a me». «Vi dico io che cosa sembrava» intervenne Joe Bruno, e mettendosi le mani intorno alla bocca mugghiò: «Me-e-e-e-!». Allora ricominciarono a ridere tutti e tre, e Saladin non poteva sapere se lo stavano solo insultando o se le sue corde vocali erano state davvero contagiate, come temeva, da quella macabra demoniasi che lo aveva sopraffatto senza alcun preavviso. Ora stava di nuovo rabbrividendo. La notte era molto fredda.

Il funzionario Stein che sembrava il capo della trinità, o almeno il *primus inter pares*, tornò bruscamente al tema dei rifiuti a palline che stavano rotolando sul pavimento del furgone. «In

questo paese» disse a Saladin, «noi puliamo dove sporchiamo.»
I poliziotti smisero di tenerlo sdraiato e lo fecero inginocchiare. «Proprio così» disse Novak. «E adesso pulisci.» Joe Bruno posò una delle sue manone sulla nuca di Chamcha e ne spinse la testa verso il pavimento cosparso di palline. «Avanti» disse in tono colloquiale. «Prima cominci e prima finirai di ripulire.»

Proprio mentre stava compiendo (non avendo scelta) l'ultimo e il più ignobile rituale della propria ingiustificata umiliazione – o, per esprimerci in altri termini, mentre le circostanze della sua vita, risparmiata per miracolo, diventavano sempre più infernali e assurde – Saladin Chamcha cominciò a notare che i tre funzionari dell'immigrazione non apparivano e non si comportavano più in maniera strana come all'inizio. Prima di tutto, non s'assomigliavano per niente. Il funzionario Stein, che i colleghi chiamavano "Mack" o "Jockey", era un omone corpulento con un grosso naso a montagne russe; il suo accento, lo si notava adesso, era esageratamente scozzese. «Così va bene» osservò in tono d'approvazione mentre lo sventurato Chamcha continuava a masticare. «Un attore, hai detto? Io ho la mania di veder recitare i professionisti.»
Questa dichiarazione indusse il funzionario Novak – cioè "Kim" – che aveva ora un colorito preoccupantemente pallido e un ossuto viso ascetico che faceva pensare a un'icona medioevale e un cipiglio che suggeriva un profondo tormento interiore, a sbottare in una breve perorazione sui divi di telenovelas e sui presentatori di giochi a premi che lui preferiva, mentre il funzionario Bruno, che a Chamcha pareva diventato all'improvviso straordinariamente bello, con i capelli luccicanti di *gel* alla moda, la riga in mezzo, e la barba bionda in drammatico contrasto con i peli più scuri del capo – Bruno, il più giovane dei tre, domandò con voce lasciva, e come la mettiamo con le ragazze, è quello lo spettacolo che piace a me. Questo nuovo concetto suggerì ai tre un ricco campionario di storielle rimaste in parte incompiute e dense di allusioni di un certo tipo, ma quando i cinque poliziotti tentarono di partecipare, serrarono le file, divennero seri e rimi-

sero gli agenti al loro posto. «I bambini» li ammonì Mr Stein, «dovrebbero farsi vedere, non sentire.»

A questo puntò Chamcha ebbe violenti conati di vomito, dovuti al suo pasto, ma si sforzò di non rimettere, sapendo che un errore simile sarebbe servito soltanto a prolungare le sue sofferenze. Stava strisciando sul pavimento del furgone, alla ricerca delle palline della sua tortura, che rotolavano in tutte le direzioni, e i poliziotti, che avevano bisogno di sfogare l'irritazione provocata dal rabbuffo dei funzionari dell'immigrazione, si misero a dirgliene di tutti i colori e a tirargli i peli del sedere per aumentare sia la sua angoscia sia la sua frustrazione. Poi, in un atto di sfida, i cinque iniziarono una loro versione del colloquio tra i funzionari dell'immigrazione e si misero ad analizzare i meriti di vari divi del cinema, giocatori di freccette, lottatori professionisti e simili; ma, essendo stati messi di cattivo umore dall'alterigia di "Jockey" Stein, non furono in grado di mantenere il tono astratto e intellettuale dei loro superiori e finirono col litigare sui meriti comparati dello squadrone dei Tottenham Hotspurs dei primi anni Sessanta e del formidabile undici del Liverpool di adesso – e i tifosi del Liverpool fecero infuriare quelli degli Spurs insinuando che il grande Danny Blanchflower era un giocatore "di lusso", un piumino da cipria, fiore di nome, finocchio di natura – al che lo schieramento insultato reagì urlando che, nel caso del Liverpool, erano i tifosi a essere dei mollaccioni, quelli degli Spurs potevano farli a pezzi anche con le braccia legate dietro la schiena. Naturalmente tutti gli agenti conoscevano benissimo le tecniche degli *hooligans* del calcio, per aver passato molti sabati voltando le spalle alla partita e tenendo d'occhio gli spettatori in vari stadi su e giù per il paese, e quando la discussione si accalorò, arrivarono al punto di voler dimostrare ai colleghi della parte avversa che cosa intendevano con precisione quando parlavano di "fare a pezzi", "dare ginocchiate nelle palle" "prendere a bottigliate" e simili. Le due fazioni infuriate si scambiarono occhiate torve, dopo di che, tutti assieme, si voltarono verso la persona di Saladin Chamcha.

Be', nel furgone della polizia, il tafferuglio divenne sempre più rumoroso – anche per colpa, è giusto dirlo, di Chamcha, che si era messo a squittire come un maiale – e i giovani sbirri stavano sferrando pugni e spingendo dita in varie parti del suo corpo, utilizzandolo sia come cavia sia come valvola di sicurezza, ma stando bene attenti, nonostante l'eccitazione, a limitare i colpi alle parti più molli e carnose, per ridurre al minimo i rischi di fratture e ammaccature; e Jockey, Kim e Joey, quando videro cosa stavano combinando i loro inferiori, decisero di essere tolleranti, perché i ragazzi hanno il diritto di divertirsi un po'.

Inoltre, tutti quei discorsi sul guardare, avevano indotto Stein, Bruno e Novak a prendere in esame questioni più serie, e adesso, con facce solenni e voci assennate, stavano parlando della necessità, in questa particolare epoca, di aumentare l'osservazione, non solo nel senso di "controllo" ma in quello di "vigilanza" e "sorveglianza". L'esperienza dei giovani agenti era estremamente rilevante, proclamò Stein: guardare la folla, non la partita. «Un'eterna vigilanza è il prezzo della libertà» dichiarò.

«Iiiik» gridò Chamcha, incapace di evitare l'interruzione. «Aaaarg, unnnnn, ouuuu.»

Dopo un po' Saladin sentì uno strano senso di distacco. Non sapeva più, neanche vagamente, da quanto tempo stessero viaggiando nel cellulare della sua precipitosa caduta dallo stato di grazia, né avrebbe potuto avanzare un'ipotesi sulla distanza della loro destinazione definitiva, anche se il tinnito nelle sue orecchie stava diventando sempre più forte, quei fantomatici passi della nonna, *ellowen, dioen, London.* I colpi che gli piovevano addosso li sentiva ora teneri come le carezze di un'amante; la visione grottesca del proprio corpo trasformato aveva cessato di sbigottirlo; e le ultime palline di escrementi caprini non mettevano più in subbuglio il suo già provatissimo stomaco. Come intontito, si acquattò nel suo piccolo mondo, cercando di diventare sempre più piccolo, nella speranza di riuscire col tempo a sparire del tutto e a ritrovare quindi la libertà.

La discussione sulle tecniche di sorveglianza aveva riunito funzionari dell'immigrazione e poliziotti, sanando la frattura provocata dalle puritane parole di rabbuffo di Jockey Stein. Chamcha, l'insetto sul pavimento del furgone, udì, come attraverso uno *scrambler* telefonico, le voci remote dei propri catturatori parlare animatamente della necessità di più numerosi impianti video nelle manifestazioni pubbliche e dei vantaggi delle informazioni computerizzate, nonché, con quella che sembrava una contraddizione totale, dell'efficacia di mettere una miscela molto densa nelle musette dei cavalli della polizia la sera prima di un corteo importante, perché quando le scariche equine facevano spiovere una doccia di merda sui manifestanti, questo li stimolava sempre alla violenza, *e allora possiamo veramente mescolarci a loro, no?* Non riuscendo a trovare il modo di raggrumare questo universo di telenovelas, partitedelgiorno, melodrammoni di cappa e spada in qualcosa di riconoscibile, Chamcha chiuse le orecchie alle loro chiacchiere e ascoltò il rumore dei passi.

Poi gli venne finalmente l'idea.

«Domandatelo al computer!»

Tre funzionari dell'immigrazione e cinque poliziotti ammutolirono quando la fetida creatura si alzò a sedere e si mise a strillar loro qualcosa. «Che sta succedendo?» domandò il più giovane dei poliziotti – per combinazione, uno dei tifosi del Tottenham – dubbioso. «Devo mollargli un'altra sberla?»

«Io mi chiamo Salahuddin Chamchawala, nome d'arte Saladin Chamcha» farfugliò il semicaprone. «Sono socio del Sindacato Attori, dell'Automobil Club e del Garrick Club. Il numero di targa della mia macchina è B101 YOY. Chiedete al computer. Per favore.»

«Chi stai cercando di sfottere?» domandò uno dei tifosi del Liverpool, ma anche lui sembrava incerto. «Guardati. Sei solo un fottuto caprone pakistano. Sally cosa? – Che razza di nome è per un inglese?»

Chamcha trovò da qualche parte un residuo di rabbia. «E loro?» domandò, indicando con un rapido movimento del capo gli agenti dell'immigrazione. «A me non sembrano tanto anglosassoni.»

Sembrò per un attimo che potessero saltargli addosso tutti assieme e strappargli arto dopo arto per tanta temerarietà, ma alla fine il funzionario Novak, quello con la faccia da teschio, si limitò a mollargli qualche ceffone mentre ribatteva: «Io sono di

Weybridge, stronzo. Ficcatelo bene in testa: *Wey*bridge, dove vivevano i fottutissimi *Beatles*».

Stein disse: «Meglio controllare». Tre minuti e mezzo dopo, il cellulare si fermò e tre funzionari dell'immigrazione, cinque agenti e un autista della polizia tennero una riunione d'emergenza – *questa è una grana di emme* – e Chamcha notò che nel loro attuale stato d'animo tutti e nove avevano ricominciato ad assomigliarsi, resi uguali e identici dalla tensione e dalla paura. Non molto tempo dopo, capì che la telefonata al Computer nazionale della polizia, che lo aveva immediatamente identificato come cittadino britannico di prima classe, non aveva migliorato la sua situazione, ma lo aveva messo, se mai, in pericolo più di quanto già non fosse.

«Potremmo dire», propose uno dei nove «che giaceva svenuto sulla spiaggia.» «Non va bene» fu la risposta, «c'è da tener conto della vecchia e di quell'altro babbeo.» «Allora ha opposto resistenza all'arresto ed è diventato cattivo e nell'alterco che ne è seguito ha perso i sensi.» «O se no la vecchia megera era rimbambita, nessuno di noi capiva che cosa stesse dicendo, e quell'altro non aprì bocca, e in quanto a questo bastardo, basta e avanzava guardarlo, sembra proprio il diavolo, cos'avremmo dovuto pensare?» «E poi è svenuto davanti a noi, e allora cosa ci restava da fare, oggettivamente, vostro onore, se non portarlo all'infermeria del Centro di detenzione, perché vi fosse adeguatamente curato e tenuto in osservazione e interrogato, partendo da questa domanda di fondo: come la classificate una creatura di questo genere?» «Siamo nove contro uno, ma la vecchia megera e l'altro tipo possono metterci nei casini.» «Senti, la storia la prepareremo bene più avanti, per prima cosa, come io continuo a ripetere, bisogna fargli perdere i sensi.» «Giusto.»

Chamcha si svegliò in un letto d'ospedale con del muco verde che gli usciva dai polmoni. Si sentiva le ossa come se qualcuno le avesse tenute a lungo in una ghiacciaia. Si mise a tossire, e quando l'accesso finì, diciannove minuti e mezzo dopo, ripiombò in un sonno leggero e malsano senza aver avuto modo di vedere qualcosa del luogo dove ora si trovava. Quando riemerse, un cordiale viso di donna lo stava guardando e gli sorrideva in modo rassicurante. «Guarirà presto» disse, dandogli un buffetto alla spalla. «Un po' di polmonite, non ha altro.» Si presentò come la sua fisioterapista, Hyacinth Phillips. E aggiunse: «Io non giudico mai una persona dalle apparenze. Nossignore. Non deve pensare che io faccia questo».

Dopo di che, lo fece voltare su un fianco, gli accostò alle labbra una scatoletta di cartone, sollevò il camice, si liberò con un calcio delle scarpe, e saltò come un'atleta sul letto dove gli si sedette addosso a cavalcioni, come se lui fosse stato un cavallo che intendeva far correre attraverso i paraventi che circondavano il letto fino a condurlo sa il cielo in quale fantastico paesaggio. «Ordini del dottore» spiegò. «Sedute di trenta minuti, due volte al giorno.» E senza altri preamboli, cominciò a martellarlo rapidamente, intorno alla vita, con pugni non proprio serrati, ma senza alcun dubbio esperti.

Per il povero Saladin, ancora fresco delle botte nel furgone della polizia, quest'ultimo assalto fu la goccia che fece traboccare il vaso. Si mise ad agitarsi sotto quella gragnuola di pugni, gridando a squarciagola: «Fatemi uscire di qui; nessuno ha informato mia moglie?». Lo sforzo che gli costò urlare provocò un secondo accesso di tosse che durò diciassette minuti e tre quarti e gli procurò una ramanzina della fisioterapista, Hyacinth. «Mi sta facendo perdere tempo» gli disse. «A quest'ora dovrei aver già finito col suo polmone destro e invece non ho neanche cominciato. Vuol decidersi o no a fare il bravo?» Era rimasta sul letto, a cavalcioni su di lui e saltellava su e giù mentre il corpo di Chamcha continuava a dimenarsi, come un partecipante a un rodeo che cerca di tener duro aspettando la campana dei nove secondi. Alla fine lui si arrese e le permise di far uscire a pugni il fluido verde dai suoi polmoni infiammati. Quando lei ebbe finito, fu costretto a riconoscere che si sentiva molto meglio. Hyacinth ritirò la scatoletta, ora piena per metà di muco, e disse allegramente: «Fra non molto potrà correre e saltare come un capretto» e poi, arrossendo confusa, si scusò: «Mi perdoni» e corse via senza ricordarsi di rimettere al loro posto i paraventi che lo circondavano.

«È ora di valutare attentamente la situazione» disse a se stesso. Un rapido esame fisico lo informò che la sua nuova condizione di mutante era rimasta intatta. Questo lo depresse, perché aveva quasi sperato che l'incubo fosse finito mentre lui dormiva. Indossava un altro pigiama che non era il suo, di un colore verde chiaro uniforme, lo stesso del tessuto dei paraventi e di quello che poteva vedere delle pareti e del soffitto di quell'enigmatico e anonimo reparto. Le sue gambe terminavano ancora in quegli angoscianti zoccoli e le corna sulla sua testa erano appuntite come prima... fu distratto da questo cupo inventario da una voce maschile che lì vicino urlava con pena straziante: «Oh, quale corpo ha tanto sofferto...».

"Cosa diavolo è?" pensò Chamcha, e decise d'indagare. Ora però cominciava a percepire anche altri suoni, tutti sconvolgenti come il primo. Gli sembrava di udire rumori animali di ogni genere: sbuffare di tori, strepitare di scimmie, persino i gridi mimetici di graziosi pappagalli o parrocchetti parlanti. Poi, da un'altra direzione, udì grugnire e strillare una donna che pareva giunta al termine di doglie particolarmente dolorose, e subito dopo l'ululare di un neonato. Tuttavia le grida della donna non cessarono quando cominciarono quelle del bebè; semmai, divennero due volte più intense, e un quarto d'ora dopo, circa, Chamcha udì chiaramente la voce di un secondo infante che si univa al primo. Ma le sofferenze della partoriente non erano ancora finite, e a intervalli che andavano dai quindici ai trenta minuti, per un tempo in apparenza interminabile, essa continuò ad aggiungere nuovi bebè alla massa già incredibile che stava uscendo, come un esercito conquistatore, dal suo utero.

Il suo naso lo informò che l'infermeria, o come diavolo si chiamava questo posto, incominciava anche a mandare un terribile puzzo; odori di giungla e di aia mescolati a un aroma più intenso, simile a quello di spezie esotiche che sfrigolano nel burro chiarificato – coriandolo, curcuma, cannella, cardamomo, chiodi di garofano. "Questo è troppo" pensò allora con decisione. "È venuto il momento di metter in chiaro certe cose." Fece ruotare le gambe fuori del letto, cercò di alzarsi e cadde subito sul pavimento, non essendo per nulla abituato alle sue nuove zampe. Gli ci volle quasi un'ora per superare questo problema – per imparare a camminare, reggendosi al letto e continuando a inciampare finché non acquistò un minimo di sicurezza. Alla lunga, e vacillando non poco, riuscì ad arrivare al paravento più vicino; e a questo punto comparve la faccia del funzionario dell'immigrazione Stein, simile a quella del gatto del Cheshire, tra due dei paraventi alla sua sinistra, subito seguita dal resto della combriccola, che riaccostò i paraventi alle sue spalle con sospetta rapidità.

«Va tutto bene?» domandò Stein, mantenendo il largo sorriso.

«Quando posso vedere il dottore? Quando posso andare al gabinetto? Quando posso andar via?» domandò precipitosamente Chamcha. Stein rispose con calma: il dottore avrebbe fatto il suo giro tra poco; l'infermiera Phillips gli avrebbe portato una padella; sarebbe potuto andar via non appena guarito. «Molto gentile da parte sua farsi venire quella polmonite» aggiunse Stein, con la gratitudine di uno scrittore al quale un suo personaggio ha inaspettatamente risolto un delicato problema tecnico. «Rende la storia molto più convincente. Sembra che lei sia stato talmente male da svenire davanti a noi. Siamo in nove a ricordarcelo bene. Grazie.» Chamcha non riusciva a trovar parole. «E un'altra cosa» continuò Stein. «La vecchia rimbambita, Mrs Diamond. L'hanno trovata morta sul suo letto, fredda come il marmo, e l'altro signore è completamente scomparso. L'ipotesi di un delitto non è stata ancora esclusa.»

«In conclusione» disse, prima di sparire per sempre dalla nuova vita di Saladin, «le suggerisco, signor cittadino Saladin, di non prendersi il disturbo di sporgere denuncia. Mi scusi se le parlo chiaro, ma con le sue piccole corna e i suoi grandi zoccoli non sarebbe il più attendibile dei testimoni. Buon giorno a lei adesso.»

Saladin Chamcha chiuse gli occhi e quando li riaprì il suo tormentatore si era trasformato nell'infermiera e fisioterapista Hyacinth Phillips. «Perché vuol camminare?» gli domandò. «Qualunque cosa voglia, non ha che da chiedere di me, Hyacinth, e vedremo cosa si potrà fare.»

«Sssst.»

Quella notte, nella luce verdastra della misteriosa istituzione, Saladin udì un sibilo che pareva venire da un bazar indiano.

«Sssst. Ehi, Belzebù. Svegliati.»

In piedi davanti a lui c'era una figura così incredibile che Chamcha avrebbe voluto nascondere la testa sotto le lenzuola; eppure non poteva, non era infatti anche lui...? «È così» disse la creatura. «Come vedi, non sei il solo.»

Aveva un corpo interamente umano, ma la testa era quella di una tigre feroce, con tre file di denti. «Spesso i guardiani notturni si addormentano» spiegò. «È così che riusciamo a parlare.»

Proprio allora una voce proveniente da un altro letto – e ogni letto, come ora Chamcha sapeva, era isolato da un recinto di paraventi – gemette rumorosamente. «Oh, quale corpo ha tanto sofferto!» e l'uomo-tigre, o *manticora*, come si faceva chiamare, ringhiò esasperato. «Quel Piagnone» esclamò. «E sì che non gli hanno fatto altro che accecarlo.»

«Chi gli ha fatto cosa?» Chamcha era confuso.

«Il punto è» continuò la manticora. «Ce la fai a sopportarlo?»

Saladin era ancora perplesso. L'altro pareva suggerire che queste mutazioni fossero opera di... di chi? Come era possibile? «Non capisco» azzardò, «chi si possa incolpare...»

La manticora digrignò le sue tre file di denti con evidente frustrazione. «C'è una donna da quella parte» disse, «che è diventata quasi del tutto un bufalo indiano. Ci sono uomini d'affari della Nigeria cui è cresciuta una grossa coda. C'è un gruppo di turisti del Senegal che stavano semplicemente cambiando aereo quando sono stati trasformati in viscidi serpenti. Io personalmente sono nel giro della moda; per qualche anno sono stato un pagatissimo indossatore, con base a Bombay, e ho presentato una gamma enorme di vestiti e anche di camicie. Ma adesso chi mi darà lavoro?» Scoppiò improvvisamente e inaspettatamente in lacrime. «Su, su» disse Saladin Chamcha, automaticamente. «Andrà tutto bene, ne sono sicuro. Fatti coraggio.»

La creatura si ricompose. «Il punto è» disse con ardore, «che alcuni di noi non intendono sopportarlo. Scapperemo di qui prima che ci trasformino in qualcosa di peggio. Ogni notte sento che una parte differente di me comicia a cambiare. Mi sono messo, per esempio, a scorreggiare in continuazione... Ti chiedo scusa... ma capisci cosa voglio dire? A proposito, prova queste» diede a Chamcha un pacchetto di caramelle alla menta molto forti. «Ti aiuteranno per l'alito. Ho corrotto uno dei guardiani per farmene portare una provvista.»

«Ma come fanno?» voleva sapere Chamcha.

«Ci descrivono» sussurrò l'altro in tono solenne. «Tutto qui. Hanno questo potere di descrizione e noi soccombiamo alle immagini che loro inventano.»

«È difficile crederlo» obiettò Chamcha. «Io vivo qui da tanti anni e finora non era mai successo...» Smise di parlare perché vide che la manticora aveva stretto gli occhi e lo stava guardando con diffidenza. «Molti anni?» domandò. «Come è possibile?... Sei forse un informatore? Sì, ecco, una spia?»

Proprio allora si udì un gemito da un angolo lontano del reparto. «Lasciatemi andare» urlò una voce di donna. «O Gesù, voglio andar via. Gesù Maria devo andarmene, lasciatemi andare, o Dio, o Gesù Dio.» Un lupo dall'aria libidinosa infilò la testa tra i paraventi di Saladin per parlare urgentemente alla manticora. «I guardiani saranno qui tra poco» sibilò. «È di nuovo lei, Bertha Vetro.»

«Vetro...?» cominciò Saladin. «La sua pelle si è trasformata in vetro» spiegò con impazienza la manticora, non sapendo che stava dando concretezza al più spaventoso incubo di Chamcha. «E quelle carogne gliel'hanno mandato in frantumi. Adesso non può neanche andare al gabinetto.»

Un'altra voce sibilò nel buio verdastro. «Per l'amore di Dio, donna. Falla nella fottuta padella.»

Il lupo stava trascinando via la manticora. «È con noi o no?» volle sapere. La manticora alzò le spalle. «Non riesce a decidersi» rispose. «Non crede ai suoi occhi, è questo il suo problema.»

Corsero via, udendo avvicinarsi lo scricchiolio degli scarponi dei guardiani.

L'indomani, non si fecero vivi né un dottore né Pamela, e Chamcha nel suo totale sbalordimento dormì e vegliò come se non fosse più necessario considerare opposte queste due condizioni, ma stati che fluivano continuamente l'uno nell'altro creando una sorta di interminabile delirio dei sensi... gli accadde di sognare la Regina, faceva teneramente l'amore con la monarca. Era il corpo della Gran Bretagna, l'*avatar* dello stato, e lui l'aveva scelta, si era congiunto a lei; lei era la sua Amata, la luna della sua gioia.

Hyacinth veniva agli orari stabiliti per cavalcarlo e prenderlo a pugni, e lui si sottometteva senza fare storie. Ma quando ebbe finito, gli sussurrò all'orecchio: «Lei è con gli altri?» e lui capì che anche Hyacinth era implicata nella grande cospirazione. «Se ci sei tu» si udì dire, «puoi star certa che ci sarò anch'io.» Lei annuì, con aria soddisfatta. Chamcha si sentì permeato di un senso di calore, e cominciò a chiedersi se prendere o no una delle manine, indubbiamente deliziose anche se fortissime, della fisioterapista; ma proprio in quel momento giunse un urlo dal letto del cieco: «Il mio bastone, ho perso il mio bastone».

«Povero vecchio» disse Hyacinth e, saltando giù da Chamcha, sfrecciò dal cieco, raccolse il bastone che gli era caduto, lo restituì al proprietario e tornò da Saladin. «Adesso» disse, «ci vediamo oggi pomeriggio. Okay, nessun problema?»

Avrebbe voluto che lei restasse, ma Hyacinth fu molto sbrigativa. «Io sono una donna occupata, Mr Chamcha. Cose da fare, gente da vedere.»

Quando se ne fu andata, tornò a sdraiarsi e sorrise per la prima volta dopo molto tempo. Pensava che la sua metamorfosi non sarebbe continuata, perché ora accarezzava fantasie romantiche su una negra; ma prima che avesse il tempo di meditare su temi così complessi, il suo vicino cieco incominciò, ancora una volta, a parlare.

«Io l'ho notata» gli sentì dire Chamcha. «L'ho notata e ho imparato ad apprezzare la sua gentilezza e comprensione.» Saladin si rese conto che stava facendo un discorso formale di ringraziamento allo spazio vuoto, dove evidentemente credeva che ci fosse ancora la fisioterapista. «Io non sono un uomo che dimentica una gentilezza. Un giorno, forse, sarò in grado di contraccambiarla, ma per il momento, sappia, la prego, che la ricordo, e anche con affetto...» Chamcha non ebbe il coraggio di gridare, *non è lì, vecchio, se n'è andata da un pezzo.* Restò ad ascoltare con tristezza finché il cieco non rivolse al nulla una domanda: «Spero che anche lei si ricorderà di me. Un poco? Qualche volta?». Poi ci fu un silenzio; una secca risata; il rumore di un uomo che d'un tratto si rimetteva pesantemente a sedere. Infine, dopo una pausa intollerabile, il ritorno al patetico: «Oh» mugghiò il monologante. «Oh, quale corpo ha tanto sofferto...!»

Noi ci sforziamo di raggiungere le altezze ma le nostre nature ci tradiscono, pensò Chamcha; pagliacci in cerca di corone. L'amarezza lo travolse. *Una volta ero più leggero, più felice, caldo. Ora c'è l'acqua nera nelle mie vene.*

Ancora niente da Pamela. *Che diavolo.* Quella notte disse alla manticora e al lupo che era con loro, sino in fondo.

La grande fuga avvenne alcune sere dopo, quando i polmoni di Saladin erano stati quasi del tutto liberati dal muco grazie alle cure di Miss Hyacinth Phillips. In un'operazione ben organizzata e di dimensioni piuttosto vaste, in quanto coinvolgeva non solo i ricoverati dell'infermeria ma anche i *detenus*, come li chiamava la manticora, rinchiusi dietro reti metalliche nel vicino Centro di detenzione. Non essendo uno dei grandi strateghi della fuga, Chamcha si limitò, secondo le istruzioni, ad aspettare accanto al proprio letto finché Hyacinth non venne a chiamarlo, dopo di che corsero fuori da quel reparto da incubo nel chiarore di un freddo cielo illuminato dalla luna, passando davanti a un certo numero di uomini legati e imbavagliati: i loro ex guardiani. Erano molte le ombre che correvano nella notte sfavillante, e Chamcha intravide creature che non avrebbe mai potuto immaginare, uomini e donne che erano in parte piante o insetti giganti o anche, in qualche caso, parzialmente costruiti con pietre o mattoni; e c'erano uomini con un corno di rinoceronte al posto del naso e donne col collo lungo come quello di una giraffa. I mostri corsero, in fretta e in silenzio, sino al confine con il Centro di detenzione, dove la manticora e altri mutanti dai denti aguzzi li stavano aspettando nei pressi dei grandi buchi che avevano aperto a morsi nel recinto, e poi si trovarono fuori, liberi, e andarono ciascuno per proprio conto, senza speranza, ma anche senza vergogna. Saladin Chamcha e Hyacinth Phillips correvano affiancati, e i suoi zoccoli caprini facevano clop clop sui duri marciapiedi; ***a est***, gli disse lei, mentre lui sentiva che nelle sue orecchie il rumore dei propri passi stava soppiantando il tinnito, ***a est a est a est*** corsero, prendendo le strade secondarie per la città di Londra.

4

Jumpy Joshi era diventato l'amante di Pamela Chamcha, per quello che lei avrebbe poi definito un "puro caso", la notte in cui lei fu informata della morte del marito nell'esplosione del *Bostan*, e di conseguenza l'udire la voce del suo vecchio compagno di college Saladin parlare da oltre tomba in piena notte, pronunciare le cinque parole gnomiche *mi scusi, ho sbagliato numero* – e per di più meno di due ore dopo che Jumpy e Pamela avevano fatto, con l'aiuto di due bottiglie di whisky, la bestia con due schiene – lo mise in una posizione difficile. «Chi era?» si voltò a chiedergli Pamela, ancora quasi del tutto addormentata e con una mascherina nera sugli occhi, e lui decise di rispondere: «Uno dei soliti maniaci, non preoccuparti» e andava bene così, solo che a preoccuparsi toccò a lui, seduto sul letto, nudo, a succhiarsi, per trarne conforto, il pollice della mano destra, come aveva fatto per tutta la vita.

Era un ometto con spalle da attaccapanni e un'enorme potenzialità di agitazione nervosa, resa evidente dal viso pallido con gli occhi infossati; dai radi capelli – ancora tutti neri e ricciuti – così spesso scompigliati dalle sue mani frenetiche che non davano più retta a spazzole e pettini, ma sporgevano in ogni direzione e conferivano al loro proprietario l'aspetto perenne di chi si è appena alzato, tardi e in fretta; e dalla sua risata teneramente acuta, timida e piena di autoironia, ma anche spasmodica e sovreccitata: tutto questo aveva contribuito a trasformare il suo nome, Jamshed, in *Jumpy*, che ora veniva usato automaticamente persino da chi lo aveva appena conosciuto; con la sola eccezione di Pamela Chamcha. La moglie di Saladin, pensò, continuando a succhiare febbrilmente. – O la vedova? – No, Dio mi aiuti, la moglie, nonostante tutto. All'improvviso se la prese con Chamcha. Tornare da una tomba marina: una trovata così melodrammatica, in quest'epoca, pareva quasi indecente, un atto di malafede.

Si era precipitato a casa di Pamela nel momento stesso in cui aveva sentito la notizia, e l'aveva trovata tranquilla e con gli occhi asciutti. Lo condusse nel proprio studio di appassionata di cianfrusaglie, alle cui pareti erano appesi acquerelli di roseti tra manifesti col pugno chiuso e la dicitura *Partido Socialista*, fotografie di amici e maschere africane, e, facendogli strada sul pavimento fra portacenere, numeri del giornale "Voice" e romanzi femministi di fantascienza, disse risoluta: «La cosa sorprendente è che quando me l'hanno detto ho pensato, be', dopo tutto, la sua morte lascerà un ben piccolo vuoto nella mia vita». Jumpy, che stava quasi per piangere e traboccava di ricordi, si fermò di botto e agitò le braccia, assumendo l'aspetto, con il suo grande e sformato cappotto nero e il suo viso pallido e terrorizzato, di un vampiro sorpreso dalla luce inaspettata e ripugnante del giorno. Poi vide le bottiglie di whisky vuote. Pamela, gli raccontò, si era messa a bere qualche ora prima, e aveva continuato costantemente, ritmicamente, con la tenacia di un maratoneta. Le si sedette accanto sul suo basso e molle divano letto e offrì i propri servizi di consolatore. «Se vuoi» disse lei, e gli porse la bottiglia.

Ora, seduto sul letto, con un pollice al posto di una bottiglia e la testa dove infuriavano altrettanto dolorosamente il suo segreto e i suoi postumi di sbornia (non era mai stato né un bevitore né un uomo riservato), Jumpy sentì che stava di nuovo per piangere, e decise di alzarsi e di camminare un po', e fu così che andò di sopra, in quello che Saladin insisteva nel chiamare la propria "tana", un grande solaio con lucernari e finestre che si affacciavano su un parco comunale costellato di confortevoli alberi, querce, larici, e persino degli ultimi olmi, un residuo degli anni della peste. *Prima gli olmi e adesso noi*, rifletté Jumpy. *Forse gli alberi erano un avvertimento*. Si scosse per scacciare dalla propria mente queste idee morbose da ore piccole, e si appollaiò sul bordo della scrivania di mogano del suo amico. Una volta, durante una festa al college, si era appollaiato nella stessa maniera su una tavola bagnata di vino e birra, accanto a un'emaciata ragazza in minigonna nera di pizzo, boa di piume purpuree e palpebre che parevano elmi d'argento, e non aveva trovato il coraggio di rivolgerle la parola. Alla fine si voltò verso di lei e balbettò qualche banalità; la ragazza gli gettò un'occhiata di totale disprezzo e disse, senza neanche muovere le labbra laccate di nero, *la conversazione è morta, uomo*. La cosa lo aveva parecchio turbato, al punto che sbottò, *dimmi, perché in questa città le ragazze sono tutte così villane* e lei, senza neanche una pausa per pensarci, rispose *perché i ragazzi sono quasi tutti come te*. Pochi secondi dopo era arrivato Chamcha, profumato di patchouli, vestito di un *kurta* bianco, la tipica caricatura dei misteri d'Oriente, e nel giro di cinque minuti la ragazza andò via con lui. Quel bastardo, pensò Jumpy Joshi, sentendo riaffluire l'antica amarezza, non aveva ombra di pudore, era disposto a essere qualsiasi cosa che gli altri fossero disposti ad accettare, vi-leggo-la-mano, giacca-tipo-copriletto, Hari-Krishna, Dharmabum, neanche morto io lo avrei fatto. Morto. Riconoscilo, Jumshed, le ragazze non ti hanno mai badato, è questa la verità, e il resto è invidia. Sì, può darsi, ammise con riluttanza, ma poi è da vedere. Forse morto, aggiunse, ma poi è da vedere, forse no.

La stanza di Chamcha parve all'insonne intruso artificiosa, e quindi triste: la caricatura della stanza di un attore, piena di fotografie con dedica di colleghi, volantini, programmi incorniciati, foto di scena, citazioni, premi, autobiografie di divi del cinema: una stanza comprata bell'e fatta, a metri, un'imitazione della vita, la maschera di una maschera. Suppellettili all'ultima moda su ogni superficie: portacenere a forma di pianoforti, Pierrot di porcellana che sbirciavano da uno scaffale di libri. E dappertutto, sulle pareti, nei manifesti dei film, nell'incandescenza della lampada sostenuta da un Eros di bronzo, nello specchio a forma di cuore, trasudante dal tappeto rosso sangue e sgocciolante dal soffitto, il bisogno d'amore di Saladin. In teatro tutti si baciano e tutti si chiamano tesoro. La vita dell'attore offre, a livello del quotidiano, il simulacro dell'amore; una maschera può essere appagata, o almeno consolata, dall'eco di ciò che cerca. C'era disperazione in lui, riconobbe Jumpy, avrebbe fatto qualsiasi cosa, si sarebbe messo qualsiasi ridicolo costume, avrebbe assunto qualsiasi aspetto, pur di guadagnarsi una parola affettuosa. Saladin, che non si poteva certo dire che non avesse successo con le donne, vedi sopra. Povero infelice. Neanche Pamela, con tutta la sua bellezza e intelligenza, era stata sufficiente.

Ed era chiaro che per lui era ormai tutt'altro che sufficiente. Verso la fine della seconda bottiglia di whisky, Pamela appoggiò la testa alla sua spalla e disse con voce da ubriaca: «Non puoi immaginare che sollievo sia per me essere con una persona con cui non devo litigare ogni volta che esprimo un'opinione. Qualcuno dalla parte degli angeli». Jumpy aspettò; dopo una pausa, ci fu dell'altro. «Lui e la famiglia reale, tu non ci crederesti. Il cricket, il Parlamento, la regina. Questo paese per lui è sempre stato una cartolina illustrata. Impossibile costringerlo a guardare ciò che era realmente reale.» Chiuse gli occhi e lasciò che la sua mano si posasse, per caso, su quella di lui. «Era un vero Saladino» disse Jumpy. «Un uomo con una terra santa da conquistare, la sua Inghilterra, quella in cui lui credeva. Anche tu ne facevi parte.» Lei rotolò via da lui e si stese su riviste, pezzi di carta appallottolati, sporcizia. «Ne facevo parte? Ero io la fottuta Britannia. Birra calda, torte farcite, buonsenso e io. Ma anch'io sono realmente reale, J.J.; io realmente realmente esisto.» Allungò un braccio verso di lui, lo attirò dove la sua bocca stava aspettando, lo baciò con un grande schiocco non proprio da Pamela. «Capisci cosa voglio dire?» Sì, lo capiva.

«Avresti dovuto sentirlo parlare della guerra delle Falkland» disse più tardi, sciogliendosi dall'abbraccio e mettendosi a giocherellare con i propri capelli. «"Pamela, immagina di sentire un rumore da basso in piena notte e, scendendo per indagare, di trovare in soggiorno un omone armato di fucile che ti dice, Torni di sopra, tu cosa faresti?" "Andrei di sopra" dissi io. "Be', è esattamente così. Intrusi in casa tua. Non è accettabile."» Jumpy notò che aveva stretto i pugni e che le si erano sbiancate le nocche. «Io dissi, se devi usare queste metafore così maledettamente comode, vediamo almeno che siano precise. *Come* la mettiamo se due persone sostengono entrambe di essere i padroni di una casa, e uno di loro la occupa abusivamente e *poi* arriva l'altro con il fucile. Ecco *come* stanno le cose.» «Questa è realmente la realtà» annuì serio Jumpy. «*Giusto*» gli diede una pacca sul ginocchio. «È realmente così, Mr. Reale Jam... è realmente veramente così. Di fatto. Un altro drink.»

Si chinò sul mangianastri e premette un pulsante. Gesù, pensò Jumpy, *Boney M.*? *Give me a break*. Con tutti i suoi atteggiamenti da dura, da esperta in problemi razziali, la signora ha ancora molto da imparare in fatto di musica. Ecco che arrivava, *boomchickaboom*. E allora, senza alcun preavviso, si mise a piangere, lacrime vere provocate da un'emozione contraffatta, da un'imitazione disco-beat della sofferenza. Era il centotrentasettesimo salmo, *Super flumina*. Re David che chiamava attraverso i secoli. Come canteremo il canto del Signore in una terra straniera.

«Io ho imparato i salmi a scuola» disse Pamela Chamcha, seduta sul pavimento, con la schiena appoggiata al divano-letto, e gli occhi ermeticamente chiusi. *Lungo il fiume di Babilonia, dove eravamo seduti, oh oh piangevamo*... Lei fermò il nastro, tornò ad appoggiare la schiena, si mise a recitare: «Se ti dimentico, Gerusalemme, si paralizzi la mia destra; se lascio cadere il tuo ricordo, mi si attacchi la lingua al palato; se non metto Gerusalemme al di sopra di ogni mia gioia».

Più tardi, a letto, mentre dormiva, sognò il suo collegio di suore, i mattutini e i vespri e i canti dei salmi, e poi irruppe Jumpy, la scosse sino a svegliarla, gridando: «Non è possibile, devo dirtelo. Lui non è morto, Saladin: è maledettamente vivo».

Fu subito sveglissima, e affondò le mani nei folti, ricciuti e tinti capelli dove incominciavano appena a scorgersi le prime ciocche bianche; s'inginocchiò sul letto, nuda, con le mani nei capelli, incapace di muoversi finché Jumpy non ebbe finito di parlare, e poi, senza preavviso, cominciò a picchiarlo, a tempestarlo di pugni sul petto e le braccia e le spalle e persino la faccia, mettendoci tutta la sua forza. Lui le sedeva accanto sul letto, ridicolo a vedersi nella vestaglia con le gale della donna, e lei continuava a picchiarlo; permise al proprio corpo di rilassarsi, di ricevere i colpi, di sottomettersi. Quando ebbe esaurito la propria riserva di pugni, il corpo di Pamela era madido di sudore, e lui pensò che si fosse rotta un braccio. Gli si sedette vicino, ansante, e rimasero in silenzio.

Il cane di lei entrò in camera, con un'aria preoccupata, e si accostò lentamente per offrirle la zampa e leccarle la gamba sinistra. Jumpy si mosse, con cautela. «Pensavo che l'avessero rubato» disse dopo un po'. Pamela chinò il capo con forza, come per dire *sì, ma.* «I ladri mi hanno contattata. Ho pagato il riscatto. Adesso risponde quando lo chiamo Glenn. Meglio così; dopo tutto non sono stata mai capace di pronunciare bene Sher Khan.»

Qualche minuto dopo, Jumpy s'accorse che aveva voglia di parlare. «Quello che hai fatto poco fa» cominciò.

«Oh, Dio.»

«No. È come una cosa che feci io una volta. Forse la cosa più assennata che io abbia mai fatto.» Nell'estate del 1967 aveva costretto il ventenne "apolitico" Saladin a partecipare a una manifestazione contro la guerra. «Una volta nella vita, Mister Snob, voglio trascinarti giù al mio livello.» Doveva arrivare in città Harold Wilson, e poiché il governo laburista appoggiava l'intervento USA nel Vietnam, era stata organizzata una grande manifestazione di protesta. Ci andò anche Chamcha, «per pura curiosità» disse. «Voglio vedere in che modo persone che si reputano intelligenti riescono a trasformarsi in una teppaglia.»

Quel giorno piovve a dirotto. I manifestanti in Market Square si bagnarono come pulcini. Jumpy e Chamcha, trascinati dalla folla, furono spinti contro i gradini del municipio: *visione completa*, disse Chamcha con pesante ironia. Accanto a loro c'erano due studenti travestiti da assassini russi, cappello floscio nero, cappotto pesante, occhiali scuri, che portavano scatole da scarpe, piene di pomodori immersi nell'inchiostro su cui era scritto a grandi lettere maiuscole nere: *bombe*. Quando stava ormai per arrivare il Primo ministro, uno di loro diede un colpetto sulla spalla a un poliziotto e disse: «Mi scusi, per favore. Quando Mr. Wilson, sedicente Primo ministro, arriva su lunga macchina, preghi per favore di abbassare finestrino così mio amico può gettargli bombe». Il poliziotto rispose: «Oh, oh, signore. Benissimo. Adesso voglio dirle una cosa. Lei può gettargli delle uova, signore, perché questo a me va bene. E può gettargli pomodori, signore, come quelli che ha lì in quella scatola, dipinti di nero e con la scritta *bombe*, perché a me va bene. Ma se proverà a gettargli qualcosa di solido, signore, il mio amico qui la farà fuori con la sua pistola». O giorni innocenti, quando il mondo era giovane... All'arrivo dell'auto, la folla cominciò a ondeggiare e Chamcha e Jumpy furono separati. Poi Jumpy ricomparve, salì sul cofano della berlina di Harold Wilson e cominciò a saltellare sul cofano, riempiendolo di grosse ammaccature, saltava come un selvaggio al ritmo fornitogli dalla folla che salmodiava: *We shall fight, we shall win, long live Ho Chi Minh.*

«Saladin mi urlava di scendere, un po' perché nella folla pullulavano gli agenti della Special Branch, che stavano convergendo verso la berlina, ma soprattutto perché era terribilmente imbarazzato.» Lui però continuò a saltellare sempre più in alto e sempre più forte, fradicio sino al midollo, con i lunghi capelli svolazzanti: Jumpy *the jumper* entrò d'un balzo nella mitologia di quegli anni remoti. E Wilson e Marcia, per la paura, se ne stavano rannicchiati sul sedile posteriore. *Ho! Ho! Ho Chi Minh!* All'ultimo momento possibile, Jumpy trasse un respiro profondo e si tuffò a capofitto in un mare di facce amiche e bagnate; e sparì. Non lo presero mai; sbirri porci schifosi. «Saladin non mi rivolse la parola per più di una settimana» ricordò Jumpy. «E quando lo fece, disse soltanto: "Spero che tu ti renda conto che quei poliziotti avrebbero potuto distruggerti con le loro pistole, ma non l'hanno fatto"».

Erano ancora seduti fianco a fianco sul bordo del letto. Jumpy toccò Pamela sull'avambraccio. «Voglio solo dire che so cosa si prova. *Uam, bang.* Era incredibile. Era necessario.»

«Oh, Dio mio» disse Pamela, voltandosi verso di lui. «Oh, Dio mio, mi dispiace, ma è proprio così, era necessario.»

La mattina ci volle un'ora per trovare libero il numero della linea aerea, date le numerosissime chiamate ancora provocate dalla catastrofe, e poi altri venticinque minuti d'insistenza – *ma lui ha telefonato, era la sua voce* – e dall'altra parte del filo una voce di donna, professionalmente addestrata con esseri umani in crisi, capiva come lei si sentiva e solidarizzava con lei in questo terribile momento ed era molto paziente, ma era chiaro che non credeva una parola di quello che diceva Pamela. *Mi dispiace, signora, non voglio esser brutale, ma l'aereo è esploso a mezz'aria, a diecimila metri.* A un certo punto della telefonata Pamela Chamcha, di solito la più controllata delle donne, che si chiudeva a chiave in bagno quando aveva voglia di piangere, si mise letteralmente a strillare, per l'amore di Dio, donna, la vuole smettere con i suoi discorsetti da buon samaritano e ascoltare quello che le sto dicendo? Alla fine sbatté giù il ricevitore e investì Jumpy Joshi, il quale, vedendo l'espressione dei suoi occhi, rovesciò il caffè che le stava portando, perché gli tremavano le gambe per lo spavento. «Verme schifoso» lo insultò. «Ancora vivo? Suppongo che sia volato giù dal cielo con delle ali del cazzo e si sia precipitato alla più vicina cabina telefonica per togliersi il suo fottuto costume da Superman, e chiamare la sua mogliettina.» Si trovavano in cucina e Jumpy notò una serie di coltelli appesi a una striscia magnetica sulla parete vicina al braccio sinistro di Pamela. Aprì la bocca per parlare, ma lei non glielo permise. «Vattene prima che ti faccia qualcosa» disse. «Non riesco a credere come posso averla bevuta. Tu e le tue voci telefoniche: avrei dovuto capirlo, cazzo.»

Nei primi anni Settanta Jumpy aveva gestito una discoteca viaggiante dal cassone del suo furgoncino giallo. L'aveva chiamata il Pollice di Finn, in omaggio al leggendario gigante addormentato irlandese, Finn MacCool, un altro succhiatore, come diceva sempre Chamcha. Un giorno Saladin aveva fatto a Jumpy uno scherzo: gli aveva telefonato, assumendo un accento vagamente mediterraneo, per chiedere le prestazioni del Pollice musicale sull'isola di Skorpios, a nome di Mrs Jacqueline Kennedy Onassis e in cambio di un cachet di diecimila dollari, più la trasferta in Grecia, su un aereo privato, per un massimo di sei persone. Era uno scherzo terribile per un uomo retto e ingenuo come Jamshed Joshi. «Mi occorre un'ora per pensarci» e iniziò il tormento della sua anima. Un'ora dopo, quando Saladin telefonò e apprese che Jumpy declinava l'offerta di Mrs Onassis per ragioni politiche, capì che il suo amico si stava allenando per diventare un santo e che era fatica sprecata cercare di prenderlo in giro. «Mrs Onassis ne avrà sicuramente il cuore spezzato» aveva concluso, e Jumpy, preoccupato, aveva replicato: «Le dica per favore che non c'è niente di personale; personalmente, anzi l'ammiro moltissimo».

Ci conosciamo tutti da troppo tempo, pensò Pamela mentre Jumpy se ne stava andando. Possiamo farci del male con ricordi di due decenni fa.

Quando si tratta di sbagli con le voci, pensò quel pomeriggio, guidando un po' troppo in fretta sulla M4 la sua vecchia MG a capote rigida, dalla quale ricavava un piacere che era, come lei stessa aveva sempre allegramente confessato, "ideologicamente malsano" – be', su questo argomento dovrei essere più caritatevole.

Pamela Chamcha, nata Lovelace, possedeva una voce per neutralizzare la quale aveva dovuto faticare, sotto molti aspetti, tutta una vita. Era una voce fatta di tweed, foulard, pudding estivi, bastoni da hockey, case col tetto di paglia, sapone per pelletterie, ospiti nella casa di campagna, suore, banchi di famiglia, grossi cani e filisteismo, ma nonostante tutti i suoi tentativi di abbassarne il volume dava nell'occhio come un ubriaco in smoking che lancia panini in un club. Era stata la tragedia della sua prima giovinezza aver dovuto subire il corteggiamento incessante di *gentlemen farmers*, damerini per debuttanti e personaggi della City, che disprezzava con tutto il cuore, mentre i verdi, i manifestanti per la pace e quelli che volevano cambiare il mondo, tutta gente con cui si sentiva per istinto a proprio agio, la trattavano con diffidenza profonda, al limite dell'ostilità. Come era possibile che stesse dalla *parte degli angeli* una che sembrava una buona a nulla ogni volta che apriva bocca? Accelerando oltre Reading, Pamela digrignò i denti. Una delle ragioni per cui aveva deciso di *ammettere* la fine del proprio matrimonio, prima che lo facesse per lei il destino, fu che un giorno svegliandosi si era accorta che Chamcha non era innamorato di lei, ma di quella voce che odorava di pudding dello Yorkshire e di cuori di quercia, quella voce cordiale, rubiconda della vecchia Inghilterra dei suoi sogni dove voleva così disperatamente vivere. Era stato un matrimonio di obiettivi incrociati, poiché ciascuno di loro tendeva esattamente a ciò a cui l'altro cercava di sfuggire.

Nessun superstite. E in piena notte, quell'idiota di Jumpy col suo stupido falso allarme. La cosa la sconvolgeva al punto che non era ancora arrivata a sentirsi sconvolta per essere andata a letto con Jumpy e aver fatto l'amore in maniera *ammettilo* piuttosto soddisfacente, *risparmiami la tua sufficienza*, si rimproverò, *quando mai ti sei divertita tanto negli ultimi tempi*? Aveva molte cose da risolvere e per questo era qui, per risolverle correndo il più velocemente possibile. Si sarebbe lasciata coccolare per qualche giorno in un costoso albergo di campagna e poi, forse, il mondo le sarebbe sembrato un po' meno un fottuto bordello. Il lusso come terapia; okay okay, riconobbe, lo so: sto *rientrando nella mia classe*. Merda; guardate come ci corro. E se per caso avete qualche obiezione, cacciatevele nel culo. Nel sedere. Nel culo.

Centocinquanta all'ora oltre Swindon, e il tempo si mise al brutto. All'improvviso, nuvole nere, lampi, pioggia fitta; lei non tolse il piede dall'acceleratore. *Nessun superstite*. La gente continuava a morirle attorno, lasciandola con la bocca piena di parole e nessuno su cui sputarle. Suo padre, lo studioso dei classici che sapeva fare giochi di parole in greco antico e da cui aveva ereditato la Voce, il suo retaggio e la sua maledizione; e la madre che si era tormentata durante la guerra, quando lui, pilota di un ricognitore, era stato obbligato a tornare centoundici volte in patria dalla Germania su un aereo lentissimo e in notti che i suoi razzi avevano appena illuminato per favorire i bombardieri – e che giurò, dopo il suo ritorno con quel rumore di contraerea nelle orecchie, di non lasciarlo mai – e così lo seguì dappertutto, sulla lenta china della depressione da cui non riemerse mai veramente – e nei debiti, perché lui non aveva la faccia da poker e prese a giocare i suoi soldi quando ebbe finito i propri – e infine in cima a un alto edificio dove trovarono finalmente la loro strada. Pamela non li perdonò mai, soprattutto perché ciò le aveva impedito di dire loro che non li perdonava. Per rendergli la pariglia, decise di rifiutare tutto ciò che di loro era rimasto in lei. Il suo cervello, per esempio: non volle andare all'università. E poiché non poteva sbarazzarsi della propria voce, ne fece un veicolo di idee che quei suicidi conservatori dei suoi genitori avrebbero colpito d'anatema. Sposò un indiano. E poiché si era rivelato troppo simile a loro, lo avrebbe lasciato. Aveva deciso di lasciarlo. Quando, ancora una volta, era stata defraudata dalla morte.

Stava superando un autotreno di surgelati quando, accecata dallo spruzzo sollevato dalle sue ruote, finì in pieno nella distesa d'acqua che la stava aspettando in un leggero declivio, e la MG cominciò a slittare a una velocità spaventosa, uscendo dalla corsia veloce e girando vorticosamente su se stessa finché non le si pararono davanti i fari dell'autotreno che la guardavano come gli occhi dell'angelo sterminatore, Azrael. "Sipario" pensò; ma la macchina voltò, scivolando via dal percorso dello *juggernaut*, attraversando le tre corsie dell'autostrada, tutte miracolosamente vuote e andando a fermarsi, con una botta decisamente meno violenta di quella che ci si sarebbe potuta aspettare, contro il guard-rail sul bordo della strada, dopo aver ruotato di altri centottanta gradi per volgersi, ancora una volta, verso occidente, dove, con tutta la stucchevole tempestività della vita reale, il sole stava disperdendo la tempesta.

Il fatto d'esser viva compensava ciò che la vita le aveva fatto. Quella sera, in una sala da pranzo rivestita di pannelli di quercia e ornata di vessilli medioevali, Pamela Chamcha, nel suo vestito più abbagliante, mangiò cacciagione e bevve una bottiglia di Château Talbot a una tavola carica di argenteria e cristalleria, per festeggiare un nuovo inizio, una fuga dalle fauci della, un'altra partenza, per rinascere devi prima: be', quasi, almeno. Sotto gli occhi lascivi di americani e commessi viaggiatori, mangiò e bevve da sola, ritirandosi presto nella sua camera da principessa in una torre di pietra per fare un lungo bagno e guardare vecchi film alla televisione. Dopo quel breve contatto con la morte sentiva che il passato le si staccava di dosso; l'adolescenza, per esempio, sotto la tutela del perfido zio Harry Higham, che viveva in un maniero secentesco già appartenuto a un lontano parente, Matthew Hopkins, il Generale Trovastreghe che lo aveva battezzato *Gremlins* in un evidente tentativo di umorismo macabro. Rievocando il giudice Higham al fine di dimenticarlo, mormorò all'assente Jumpy che aveva avuto anche lei una storia legata al Vietnam. Dopo la prima grande manifestazione di Grosvenor Square, durante la quale molti avevano gettato biglie sotto gli zoccoli dei cavalli della polizia lanciati alla carica, ci fu il solo e unico caso in tutta la storia della giurisprudenza britannica in cui si considerarono le biglie armi mortali, e alcuni giovani furono incarcerati e deportati per essere stati trovati in possesso di quelle piccole sfere di vetro. Presiedeva il processo delle Biglie di Grosvenor quello stesso Henry (da allora meglio noto come "Impiccateli") Higham, ed essere sua nipote era un peso in più per una ragazza già oppressa da una voce di destra. Ora, standosene al caldo nel letto del suo castello provvisorio, Pamela Chamcha si sbarazzò di quel vecchio demonio, *addio, Impiccateli, non ho più tempo per te*; e dei fantasmi dei suoi genitori; e si accinse a liberarsi anche del più recente di tutti i fantasmi.

Sorseggiando cognac, Pamela guardò un film di vampiri alla TV e si permise di godere di, be', di se stessa. Non si era forse inventata a propria immagine? Io sono ciò che sono, brindò a sé col Napoléon. Io lavoro in un centro di ralazioni comunitarie del distretto di Brickhall, London, NE1; vice-responsabile dei rapporti comunitari e maledettamente in gamba anche, selodicoio. Salute! Abbiamo appena eletto il nostro primo presidente negro, e i voti contrari erano tutti bianchi. Cin cin! La settimana scorsa un rispettato venditore ambulante asiatico, per il quale avevano interceduto parlamentari di tutti i partiti, è stato deportato dopo diciotto anni in Gran Bretagna perché, quindici anni fa, aveva impostato un certo modulo con quarantott'ore di ritardo. Evviva! La settimana prossima alla Magistrates' Court di Brickhall la polizia cercherà di far condannare una nigeriana di cinquant'anni, accusandola d'aggressione, dopo averla picchiata fino a farle perdere i sensi. Skol! Questa è la mia testa: la vedete? Quello che io chiamo il mio lavoro: sbattere la testa contro Brickhall [letteralmente: Palazzo di mattoni].

Saladin era morto e lei era viva.

Bevve anche a questo. C'erano cose che aspettavo di dirti, Saladin. Cose importanti: riguardavano il nuovo grattacielo per uffici in High Street di Brickhall, di fronte a Macdonald's – lo hanno costruito con un perfetto impianto d'insonorizzazione, ma gli impiegati erano talmente disturbati dal silenzio che ora fanno mettere nastri di rumore bianco nell'altoparlante. – Ti sarebbe piaciuto, eh? – E quella parsi che conosco, Bapsy, si chiama, che ha vissuto in Germania per un po' e si è innamorata di un turco. – Il guaio è che la sola lingua che avessero in comune era il tedesco; e ora Bapsy lo ha quasi completamente dimenticato mentre quello di lui continua a migliorare; le scrive lettere sempre più poetiche, e lei non può certo rispondere con filastrocche infantili. – Un amore che muore per una disparità di linguaggio, che te ne pare? – Un amore che muore. È un argomento anche per noi, eh? Saladin? Cosa dici?

Ancora un paio di cosette. C'è un assassino che si dà da fare nella mia zona, è uno specialista nell'ammazzar vecchiette; non preoccuparti quindi. Io sono al sicuro. Molto più vecchie.

Ancora una cosa: io ti lascio. È finita. Abbiamo chiuso.

Non sono mai riuscita a dirti niente, davvero, niente di niente. Se ti dicevo che stavi ingrassando, strillavi per un'ora, come se così avessi potuto cambiare ciò che vedevi nello specchio, ciò che ti ripetevano i tuoi calzoni sempre più stretti. Mi interrompevi in pubblico. La gente lo notava, si accorgeva di cosa pensavi di me. Io ti perdonavo, era questo il mio sbaglio; io vedevo il tuo centro, quella domanda talmente spaventosa che ti obbligava a proteggerla; con tutta la tua sicurezza fasulla. Quello spazio vuoto.

Addio, Saladin. Svuotò il bicchiere e lo posò accanto a sé. La pioggia, che era tornata, bussava alle finestre piombate; lei tirò le tende e spense la luce.

Standosene lì sdraiata, lasciandosi scivolare nel sonno, pensò all'ultima cosa che doveva ancora dire al suo defunto marito. «A letto» vennero le parole, «non sembravi mai interessato a me, al mio piacere, a ciò di cui avevo bisogno, mai in realtà. Arrivai a pensare che tu non volevi un'amante. Ma una serva.» Ecco. E ora riposa in pace.

Lo sognò, e il suo viso riempì il sogno. «Tutto sta finendo» le disse. «Questa civiltà; le cose la stanno mettendo alle strette. È stata una grande cultura, brillante e oscena, cannibale e cristiana, la gloria del mondo. Dovremmo celebrarla finché possiamo; prima che scenda la notte.»

Lei non era d'accordo, neppur in sogno; ma sapeva, mentre sognava, che ormai non aveva più senso dirglielo.

Dopo che Pamela Chamcha lo ebbe buttato fuori, Jumpy Joshi andò allo Shaandaar Café di Mr Sufyan nella High Street Brickhall e si sedette cercando di stabilire se era uno stupido. Era mattina presto, e il locale, quindi, era quasi deserto, a parte una signora grassa che stava comprando una scatola di *pista barfi* e di *jalebis*, un paio di commessi d'abbigliamento scapoli che bevevano *chaloo chai*, e un'anziana polacca dei vecchi tempi in cui i padroni delle fabbriche della zona erano ebrei, che stava seduta tutto il giorno con due *samosas* di verdura, un *puri* e un bicchiere di latte, annunciando a tutti quelli che entravano che lei era lì solo perché «era quanto ci fosse di meglio dopo il cibo *Khosher* e al giorno d'oggi bisogna accontentarsi del meglio che si trova.» Jumpy si sedette col suo caffè sotto uno sgargiante quadro raffigurante una mitica donna a seno nudo con tante teste e filamenti di nuvole che le oscuravano i capezzoli, dipinta a grandezza naturale in rosa salmone, verde neon e oro, e poiché non era ancora cominiciata la calca, Mr Sufyan s'accorse che lui era depresso.

«Ehi, San Jumpy» gridò, «perché porti il tuo maltempo nel mio locale? Non ci sono già abbastanza nuvole in questo paese?»

Jumpy arrossì mentre Sufyan gli si avvicinava traballando, con il berretto bianco da preghiera fissato come sempre al suo posto e la barba senza baffi tinta di rosso dopo il recente pellegrinaggio alla Mecca. Muhammad Sufyan era un uomo massiccio con braccia possenti e pancia, il più devoto e il meno fanatico dei credenti che potevi sperare d'incontrare, e Joshi lo considerava una sorta di parente anziano. «Senti zio» disse quando se lo trovò davanti. «Tu mi consideri un vero idiota o cosa?»

«Fai mai soldi?» domandò Sufyan.

«Io no, zio.»

«Fai mai affari? Import-export? Bevande alcoliche? Negozio d'angolo?»

«Non ho mai capito niente di cifre.»

«E dove sono i membri della tua famiglia?»

«Io non ho famiglia, zio. Ci sono solo io.»

«Allora pregherai Dio perché ti guidi nella tua solitudine?»

«Tu mi conosci, zio. Io non prego.»

«Allora non ci sono dubbi» concluse Sufyan. «Sei ancora più stupido di quanto credi.»

«Grazie, zio», disse Jumpy, finendo il suo caffè. «Mi sei stato di grande aiuto.»

Sufyan, sapendo che le sue affettuose prese in giro gli stavano dando coraggio, nonostante la sua faccia lunga, chiamò dall'altra parte del locale un asiatico con la pelle chiara e gli occhi azzurri che era appena entrato nel suo elegante soprabito a quadri con risvolti enormi. «Ehi, Hanif Johnson» gridò, «vieni qui a risolvere un mistero.» Johnson, un abile avvocato e un ragazzo del quartiere che si era fatto strada, e aveva ora un ufficio sopra lo Shaandaar Café, si staccò dalle due belle figlie di Sufyan, per avvicinarsi al tavolo di Jumpy. «Io proprio non capisco. Non beve, considera i soldi una malattia, possiede sì e no due camicie e neanche un videoregistratore, ha quarant'anni e non è sposato, lavora per una miseria al centro sportivo dove insegna arti marziali e non so cos'altro, vive d'aria, si comporta come un *rishi* o un *pir* ma non ha la fede, non va da nessuna parte ma ha l'aria di chi conosce qualche segreto. Tutto questo più l'università, trovami la soluzione.»

Hanif Johnson diede a Jumpy un pugno sulla spalla. «Sente le voci» disse. Sufyan alzò le mani fingendosi sbalordito: «Voci, *oopbaba*! Voci da dove? Telefono? Cielo? Sony nascosto nel cappotto?»

«Voci interiori» disse solennemente Hanif. «Di sopra, sulla sua scrivania c'è un foglio dove ha scritto alcuni versi. E un titolo: *Il fiume di sangue*.»

Jumpy balzò in piedi, rovesciando la sua tazza vuota. «Io ti ammazzo» urlò ad Hanif, che s'affrettò a fuggire dall'altra parte della stanza, salmodiando: «Abbiamo un poeta in mezzo a noi, Sufyan Sahib. Trattalo con rispetto. Maneggialo con attenzione.

Dice che una strada è un fiume e noi siamo il flusso; l'umanità è un fiume di sangue, questa è la teoria del poeta. Anche il singolo essere umano» s'interruppe per correre dall'altra parte di un tavolo per otto persone, mentre Jumpy lo inseguiva, arrossendo furiosamente e agitando le braccia. «Nei nostri stessi corpi, non scorre il fiume di sangue?» *Come i romani*, aveva detto lo xenofobo Enoch Powell, *mi sembra di vedere il Tevere schiumante di sangue.* Ricupera la metafora, si era detto Jumpy Joshi. Capovolgila; fanne una cosa che possiamo adoperare. «È come uno stupro» insistette con Hanif. «Per l'amore di Dio, smettila.»

«Le voci che uno ode sono esterne, ma» stava riflettendo il padrone del caffè. «Giovanna d'Arco, *na.* O come si chiamava quello con il gatto: Turnagayin Whittington. Ma con quelle voci uno diventa grande, o almeno ricco. Questo invece non è grande, ed è povero.»

«Basta» Jumpy alzò le braccia sopra la testa, sorridendo senza averne realmente voglia. «Mi arrendo.»

Dopo di che, per tre giorni, nonostante tutti gli sforzi di Mr Sufyan, di Mrs Sufyan, delle loro figlie Mishal e Anahita, e dell'avvocato Hanif Johnson, Jumpy Joshi non fu più lui. Più Dumpy [depresso] che Jumpy [saltellante], come diceva Sufyan. Andava a sbrigare le proprie faccende, ai circoli giovanili, negli uffici della cooperativa cinematografica di cui era socio, e per le strade a distribuire volantini, a vendere certi giornali, a bighellonare; ma i suoi passi erano pesanti. Poi, la quarta sera, dietro il banco dello Shaandaar Café squillò il telefono.

«Mr Jamshed Joshi» trillò Anahita Sufyan, imitando a suo modo un accento inglese aristocratico. «Vuole Mr Joshi venire per favore al telefono? È una chiamata personale.»

Sufyan vide la gioia che sprizzava dal viso di Jumpy e mormorò sottovoce alla moglie: «Sai, la voce che quel ragazzo ha bisogno di udire non è per niente interiore».

La cosa impossibile s'intromise fra Pamela e Jamshed dopo che avevano trascorso sette giorni facendo l'amore con entusiasmo inesauribile, tenerezza infinita e una tale freschezza di spirito da far pensare che quella tecnica fosse stata appena inventata. Per sette giorni rimasero nudi, con il riscaldamento centrale al massimo e finsero di essere amanti tropicali in qualche luogo caldo e assolato del sud. Jamshed, che con le donne era sempre stato goffo, disse a Pamela che non si era sentito così bene dal giorno in cui a diciotto anni, aveva finalmente imparato ad andare in bicicletta. Appena queste parole gli uscirono di bocca, temette di aver rovinato tutto, e che questo paragone tra il grande amore della sua vita e la sgangherata bicicletta del suo periodo studentesco venisse recepito come quell'insulto che senza alcun dubbio era; ma non aveva motivo di preoccuparsi, perché Pamela lo baciò sulla bocca e lo ringraziò per aver detto la cosa più bella che mai uomo avesse detto a una donna. A questo punto capì che non avrebbe più potuto sbagliare, e per la prima volta in vita sua cominciò a sentirsi veramente al sicuro, al sicuro come le case, al sicuro come un essere umano che è amato; e lo stesso avveniva per Pamela Chamcha.

La settima notte li svegliò da un sonno senza sogni il rumore inconfondibile di qualcuno che cercava di penetrare nella casa. «Ho un bastone da hockey sotto il mio letto» sussurrò Pamela, terrorizzata. «Dammelo» sibilò Jumpy, che aveva altrettanta paura. «Vengo con te» tremò Pamela, e Jumpy trepidò: «Oh no, tu no». Alla fine strisciarono entrambi da basso, ognuno coperto da una delle vestaglie orlate di gale di Pamela e ognuno con una mano sul bastone da hockey che nessuno dei due avrebbe avuto il coraggio di usare. Immagina che sia un uomo con un fucile, si sorprese a pensare Pamela, un uomo con un fucile che dice: Tornate di sopra... Arrivarono ai piedi della scala. Qualcuno accese le luci.

Pamela e Jumpy urlarono all'unisono, lasciarono cadere il bastone da hockey e corsero di sopra alla massima velocità di cui erano capaci; mentre giù nell'atrio, brillantemente illuminata dalla porta d'ingresso, grazie al pannello di vetro che aveva fracassato per girare il pomello della serratura a linguetta e cava (nel parossismo della passione Pamela aveva dimenticato di usare le serrature di sicurezza), c'era una figura che pareva uscita da un incubo o da un telefilm di quelli che si programmano a tarda notte, una figura coperta di fango e ghiaccio e sangue, la creatura più pelosa che si fosse mai vista con le zampe e gli zoccoli di un gigantesco caprone, un torso umano coperto di peli caprini, braccia umane e una testa cornuta, ma per il resto umana, coperta di sterco e sporcizia e di qualche pelo di barba. Sola e inosservata, l'impossibile creatura cadde in avanti sul pavimento e rimase immobile.

Di sopra, all'ultimo piano della casa, vale a dire nella "tana" di Saladin, Mrs Pamela Chamcha si contorceva fra le braccia dell'amante, piangendo tutte le sue lacrime e strillando con quanto fiato aveva in gola: «Non è vero. Mio marito è esploso. Non ci sono superstiti. Mi senti? Io sono la vedova Chamcha, il cui sposo è bestialmente morto».

5

Mr Gibreel Farishta, sul treno per Londra, fu di nuovo preso dalla paura – come lo sarebbe chiunque – che Dio avesse deciso di punirlo di aver perso la fede facendolo impazzire. Si era seduto accanto al finestrino in uno scompartimento di prima classe per non fumatori, con le spalle voltate verso la locomotiva perché purtroppo un altro individuo aveva già occupato l'altro posto, e, con il cappello floscio calcato sulla testa e i pugni chiusi infilati nel gabardine foderato di scarlatto, era stato colto dal panico. Il terrore di perdere il senno per un paradosso, di essere distrutto da ciò che non credeva più che esistesse, di diventare nella follia l'*avatar* di un chimerico arcangelo, era talmente grande che gli fu impossibile soffermarsi a lungo; eppure come avrebbe potuto spiegare altrimenti i miracoli, le metamorfosi e le apparizioni degli ultimi giorni? "La scelta è semplice" tremò in silenzio. "O è A, e allora sono fuori di testa, o è B, e allora *baba*, qualcuno è intervenuto per cambiare le regole."

Ora, però, c'era il confortante bozzolo di questo scompartimento ferroviario, dove il miracoloso era per fortuna assente, i braccioli erano sfilacciati, la lampadina per leggere sopra la sua spalla era saltata, lo specchio era sparito dalla sua cornice, e in più c'erano i regolamenti: i piccoli cartelli circolari rossi e bianchi che vietavano di fumare, gli adesivi che penalizzavano l'uso improprio del segnale d'allarme, le frecce che indicavano sino a che punto – e non oltre! – era permesso aprire i finestrini scorrevoli. Gibreel si recò alla toilette, e anche qui una piccola serie di istruzioni e di divieti gli rallegrò il cuore. Quando arrivò il controllore con l'autorità della sua pinza che praticava nei biglietti fori a forma di mezzaluna, Gibreel si era un po' calmato, grazie a queste rassicurazioni fornitegli dalla legge, e aveva cominciato a riprendersi e a inventarsi spiegazioni razionali. Era sfuggito per mera fortuna alla morte, e aveva poi avuto una sorta di delirio, ma ora, restituito a se stesso, poteva aspettarsi di riprendere i fili della sua vecchia vita – o meglio, della sua nuova vecchia vita, la nuova vita che aveva programmato prima della, ehm, interruzione. Mentre il treno lo portava sempre più lontano dalla zona intermedia del suo arrivo e della successiva misteriosa cattività, trasportandolo sulla rallegrante prevedibilità delle strisce metalliche parallele, sentiva che la calamita della grande città cominciava a esercitare su di lui la propria magia, e riaffiorò la sua vecchia disposizione alla speranza, il suo talento di accettare il rinnovamento, di chiudere gli occhi davanti alle difficoltà del passato per poter vedere il futuro. Si alzò di scatto dal suo posto e si andò a sedere di botto sull'altro lato dello scompartimento, con il viso simbolicamente rivolto verso Londra, anche se ciò significava dover rinunciare al finestrino. Ma che gli importava dei finestrini? Tutta la Londra che voleva era lì, nell'occhio della sua mente. Ne pronunciò il nome ad alta voce: «Alleluia».

«Alleluia, fratello» confermò il solo altro occupante dello scompartimento. «Osanna, mio buon signore, e amen.»

«Devo però aggiungere, signore, che le mie credenze sono assolutamente non confessionali» continuò lo sconosciuto. «Se lei avesse detto *La-ilaha*, le avrei risposto con gioia e a piena gola *Illallah*.»

Gibreel si rese conto che l'essersi spostato dall'altra parte dello scompartimento e l'aver sbadatamente pronunciato il nome di Allie erano stati scambiati dal suo compagno di viaggio per approcci insieme mondani e teologici. «John Maslama» dichiarò quel tizio, estraendo un biglietto da visita da un astuccio in coccodrillo e costringendo Gibreel a prenderlo. «Io personalmente seguo la variante della fede universale inventata dall'imperatore Akbar. Dio, potrei dire, è qualcosa di molto vicino alla Musica delle sfere.»

Era evidente che Mr Maslama traboccava di parole e, adesso

che era esploso, non si poteva far altro che starsene seduti ad ascoltarlo, lasciando che il torrente completasse il suo ampolloso corso. Poiché l'uomo aveva il fisico di un pugile professionista, irritarlo pareva sconsigliabile. Nei suoi occhi Farishta scorse lo scintillio del Vero Credente, una luce che, fino a poco tempo prima, aveva visto ogni giorno allo specchio quando si radeva.

«Io ho fatto una certa strada, signore» si stava vantando Maslama nel suo ben modulato accento oxfordiano. «Per essere un uomo di colore, una strada eccezionale, considerando l'essenza della situazione in cui viviamo; come spero che ammetterà anche lei.» Con un piccolo ma eloquente movimento di quel prosciutto che era la sua mano, richiamò l'attenzione sull'opulenza del proprio abbigliamento: la confezione su misura del suo tre pezzi a righine, l'orologio d'oro con relativo taschino e catena, le scarpe italiane, la cravatta di seta con stemma, i gemelli ornati di pietre preziose e i bianchi polsini inamidati. Sopra questo costume da milord inglese c'era una testa di sorprendenti dimensioni, coperta da folti capelli impomatati e munita di lussureggianti sopracciglia sotto le quali lampeggiavano gli occhi feroci che Gibreel aveva già accuratamente notato. «Di grande fantasia» ammise Gibreel, poiché era chiaro che gli si chiedeva un commento. Maslama annuì. «Ho sempre avuto» ammise, «una tendenza alla ricercatezza.»

Aveva fatto quello che chiamava il suo *primo gruzzolo* componendo *jingles*, "quella vecchia diabolica musica" che induceva le donne ad acquistare biancheria e rossetti e gli uomini in tentazione. Adesso possedeva negozi di dischi in tutte le città, un night di successo che si chiamava Cera Bollente e un emporio pieno di luccicanti strumenti musicali che era il suo orgoglio e la sua gioia. Era un indiano della Guyana, «ma non resta più niente in quei posti, signore. La gente scappa via ancora più in fretta di quanto riescono a volare gli aerei.» Lui aveva fatto fortuna in poco tempo, «per grazia di Dio onnipotente. Io assisto regolarmente alle funzioni domenicali, signore; confesso di avere un debole per l'innario inglese e canto da scoperchiare il tetto».

L'autobiografia si concluse con un breve accenno all'esistenza di una moglie e di una dozzina di figli. Gibreel gli fece le congratulazioni, sperando di ridurlo al silenzio, ma a questo punto Maslama lasciò cadere la sua bomba. «Lei non ha bisogno di parlarmi di sé» disse giovialmente. «Naturalmente l'ho riconosciuta, anche se non mi aspettavo di vedere un personaggio così illustre sulla linea Eastbourne-Victoria.» Gli rivolse una lasciva strizzata d'occhio e si accostò un dito al naso. «Parola d'ordine: silenzio. Io rispetto la privacy di un uomo, non c'è problema; nessun problema.»

«Io? Chi sono io?» Lo sbalordimento portava Gibreel a dire assurdità. L'altro annuì gravemente, e le sue sopracciglia ondeggiarono come molli corna. «È la domanda numero uno, a mio parere. Sono tempi problematici, signore, per un uomo morale. Chi non è sicuro della propria essenza, come fa a sapere se è buono o cattivo? Ma io la sto annoiando. Io rispondo alle mie domande con la mia fede in Esso, signore» – e a questo punto Maslama indicò con un dito il soffitto dello scompartimento – «e lei ovviamente non ha il minimo dubbio sulla sua identità, dal momento che è il famoso, potrei dire il leggendario, Mr Gibreel Farishta, divo dello schermo e, sempre più frequentemente, mi dispiace dirlo, dei video pirata; i miei dodici figli, mia moglie e io, siamo vecchi e incondizionati ammiratori delle sue divine epopee.» Afferrò e strinse ripetutamente la mano destra di Gibreel.

«Data la mia tendenza a una visione panteistica» continuò a concionare Maslama, «le mie simpatie per il suo lavoro si devono alla sua disponibilità a raffigurare divinità di tutte le sfumature concepibili. Lei, signore, è un arcobaleno del celestiale; un ONU ambulante di dèi! Lei è insomma il futuro! Mi permetta di renderle omaggio.» Incominciava a emanare l'odore inconfondibile del vero folle, e, benché non avesse ancora detto o fatto niente che superasse i confini dell'eccentricità, Gibreel si stava spaventando e calcolava con piccole occhiate ansiose la distanza che lo separava dalla porta. «Io tendo a credere, signore» stava dicendo Maslama, «che qualsiasi nome Gli si dia non è altro che un codice, una cifra, Mr Farishta, dietro la quale si nasconde il nome vero.»

Gibreel restò zitto e Maslama, senza tentar di celare la propria delusione, fu obbligato a parlare in vece sua. «Qual è questo vero nome, la sento domandare» disse, e allora Gibreel capì di aver visto giusto: l'uomo era matto completo e la sua autobiografia era con ogni probabilità un'invenzione come la sua "fede". Ovunque lui andasse, rifletté Gibreel, s'aggiravano finzioni, finzioni mascherate da esseri umani reali. "Me lo sono voluto io" si accusò. "Temendo per il mio equilibrio mentale, ho evocato, sa Dio da quale buio recesso, questo pazzo loquace e forse pericoloso."

«Lei non lo sa!» urlò improvvisamente Maslama, balzando in piedi. «Ciarlatano! Posatore! Imbroglione! Lei sostiene di essere l'immortale dello schermo, l'*avatar* di cento e un dio, e non ne ha la *più pallida idea*! Come è possibile che io, un povero ragazzo di Bartica sull'Essequibo, che ha fatto fortuna, possa sapere queste cose mentre Gibreel Farishta le ignora? Impostore! Pfui!»

Gibreel si alzò, ma l'altro riempiva quasi tutto lo spazio in piedi disponibile e lui, Gibreel, dovette piegarsi goffamente da una parte per evitare le mulinanti braccia di Maslama, una delle quali buttò giù il suo feltro grigio. Poi ad un tratto Maslama spalancò la bocca. Parve rimpicciolire di parecchi centimetri, e, dopo essere rimasto come pietrificato per qualche secondo, cadde in ginocchio con un tonfo.

Cosa sta facendo lì, si domandò Gibreel, raccoglie il mio cappello? Ma il pazzo stava implorando perdono. «Non ho mai dubitato della tua venuta» diceva. «Compatisci la mia rabbia priva di tatto.» Il treno entrò in una galleria e Gibreel s'accorse che erano entrambi avvolti in una calda luce dorata proveniente da un punto appena dietro la sua testa. Nel vetro della porta scorrevole, vide il riflesso dell'aureola intorno ai suoi capelli.

Maslama stava armeggiando con i lacci delle scarpe. «Da tutta la vita, signore, so di essere stato scelto» diceva con una voce umile quanto era stata minacciosa poco prima. «Lo sapevo anche quando ero bambino a Bartica.» Si tolse la scarpa destra e cominciò a sfilarsi il calzino. «Mi è stato dato un segno» disse. Il calzino fu tolto, mettendo a nudo un piede assolutamente normale, anche se un po' fuori misura. Allora Gibreel contò le dita e le ricontò, da uno a sei. «È così anche l'altro piede» disse Maslama con orgoglio. «Non ho mai avuto un attimo di dubbio su ciò che significava.» Si era autonominato braccio destro del Signore, sesto dito del piede della Cosa Universale. C'era davvero qualcosa di sbagliato nella vita spirituale del pianeta, pensò Gibreel Farishta. Troppi demoni all'interno di persone che affermavano di credere in Dio.

Il treno uscì dalla galleria. Gibreel prese una decisione. «Alzati, John con sei dita nei piedi» intonò con la sua migliore dizione cinematografica *hindi*. «Alzati, Maslama.»

L'altro si rimise faticosamente in piedi e restò lì a capo chino, tirandosi le dita. «Quello che voglio sapere, signore» mormorò, «è, che cosa ci aspetta? L'annientamento o la salvezza? Perché è tornato?»

Gibreel rifletté rapidamente. «Per giudicare» finì col rispondere. «Bisogna passare al setaccio i fatti, soppesare con cura i pro e i contro. È la specie umana che è sotto processo, ed è un'imputata con orribili precedenti: una mascheratrice della storia, un tipaccio. Bisognerà darne un'attenta valutazione. Per ora il verdetto è riservato; sarà comunicato al momento opportuno. Nel frattempo la mia presenza deve restare un segreto, per ragioni vitali di sicurezza.» Si calcò di nuovo il cappello in testa, sentendosi soddisfatto di sé.

Maslama annuì freneticamente. «Può contare su di me» promise. «Io sono uno che rispetta la privacy di una persona. Parola d'ordine» – per la seconda volta! – «silenzio.»

Gibreel fuggì dallo scompartimento, inseguito da presso dagli inni del folle. Mentre correva verso l'estremo opposto del treno udiva ancora debolmente i peana di Maslama alle sue spalle. «Alleluia! Alleluia!» Evidentemente il suo nuovo discepolo si era lanciato in una selezione del *Messia* di Händel.

Tuttavia Gibreel non fu seguito, e per fortuna c'era una carrozza di prima classe anche in fondo al treno. Era di quelle aperte, con comodi sedili arancioni disposti, a gruppi di quattro, intorno ai tavolini, e Gibreel prese posto accanto a un finestrino e si mise a guardare verso Londra, col cuore che batteva forte e il cappello calcato sulla testa. Cercava di venire a patti col fatto incontestabile dell'aureola, ma non ci riusciva, perché con la follia di John Maslama dietro e l'eccitazione di Alleluia Cone davanti, era difficile ragionare lucidamente. Poi, per spingerlo alla disperazione, cominciò a fluttuare accanto al finestrino Mrs Rekha Merchant, seduta sul suo Bukhara volante ed evidentemente insensibile alla bufera di neve che si addensava lì fuori e dava all'Inghilterra l'aspetto di un teleschermo dopo che si sono conclusi i programmi della giornata. Gli fece un cenno di saluto, e lui sentì defluire la speranza. Vendetta su un tappeto in levitazione: chiuse gli occhi e si concentrò sullo sforzo per non tremare.

«Io so che cos'è un fantasma» disse Allie Cone a una classe femminile di adolescenti, i cui visi erano illuminati dalla tenue luce interiore della venerazione. «Sulle alte cime dell'Himalaya accade spesso che gli alpinisti si trovino accanto i fantasmi di chi è fallito nel suo tentativo, o quelli, più tristi, ma anche più fieri, che sono riusciti a raggiungere la vetta, per poi perire nella discesa.»

Fuori, nei Fields, la neve si stava posando sugli alti alberi spogli e sulla piatta distesa del parco. Tra le basse e scure nubi nevose e la città ammantata di bianco, la luce era di un giallo sporco, una luce misera e nebbiosa che intorpidiva il cuore e gli rendeva impossibile sognare. *Lassù*, ricordò Allie, lassù a ottomila metri, la luce aveva un chiarore tale che pareva risonare, cantare, come musica. Qui sulla terra piatta, piatta e terrena era anche la luce. Qui niente volava, il carice era appassito e non c'era uccello che cantasse. Tra poco sarebbe venuto il buio.

«Ms Cone?» Le mani delle ragazze, che s'agitavano a mezz'aria, la richiamarono in classe. «Fantasmi, miss? Lassù?» «Lei ci sta prendendo in giro, vero?» Sui loro visi lo scetticismo lottava con l'adorazione. Sapeva qual era la domanda che in realtà avrebbero voluto farle, e probabilmente non le avrebbero fatta: la faccenda della sua pelle miracolosa. Le aveva udite sussurrare tra loro eccitate, mentre entrava in aula, è vero, guarda, com'è *pallida*, è incredibile. Alleluia Cone la cui gelidità sapeva resistere al calore del sole a ottomila metri. Allie la fanciulla delle nevi, la regina del ghiaccio. *Miss, come mai lei non s'abbronza mai?* Quando era salita sull'Everest con la trionfante spedizione Collingwood, i giornali li avevano ribattezzati Biancaneve e i sette nani, ma lei non era una bamboletta alla Disney, con quelle carnose labbra pallide anziché vermiglie, quei capelli biondo ghiaccio anziché neri, quegli occhi non innocentemente sgranati, ma stretti, per abitudine, per difendersi dalla luce accecante della neve a grandi altezze. Affiorò, cogliendola alla sprovvista, un ricordo di Gibreel Farishta; Gibreel, a un certo punto, durante i loro tre giorni e mezzo, aveva tuonato con la sua solita mancanza di ritegno da perfetto *gaffeur*: «Piccola, tu non sei un iceberg, qualunque cosa dicano. Sei una donna appassionata, *bibi*. Ardente come un *kachori*». Aveva finto di soffiarsi sulle dita, e per accentuare la cosa si era messo ad agitare la mano. *Oh, scotta troppo. Oh, buttaci dell'acqua!* Gibreel Farishta. Riacquistò il suo autocontrollo: su, mettiti al lavoro.

«Fantasmi» ripeté con fermezza. «Scalando l'Everest, dopo aver superato la cascata ghiacciata, vidi un uomo seduto su un affioramento nella posizione del loto. Aveva gli occhi chiusi e un berretto scozzese sulla testa, e salmodiava l'antico matra *om mani padmé hum.*» Lei aveva subito indovinato, dall'arcaico abbigliamento e dal comportamento sorprendente, che quello era lo spettro di Maurice Wilson, lo yogi che si era preparato a scalare da solo l'Everest, nel lontano 1934, digiunando per tre settimane allo scopo di cementare un'unione talmente salda tra la propria anima e il proprio corpo che la montagna non avrebbe avuto la forza di spezzarla. Era salito il più in alto possibile con un aereo leggero, aveva fatto volutamente un atterraggio di fortuna in un campo di neve, era andato su e non era più tornato. Wilson aprì gli occhi all'avvicinarsi di Allie e la salutò con un piccolo cenno del capo. Camminò accanto a lei per il resto di quella giornata o restò sospeso nell'aria mentre lei avanzava lentamente in parete. Una volta prese una spanciata nella neve di un ripido declivio e scivolò in su come se si trovasse su un invisibile toboga antigravità. Allie si era comportata con la massima naturalezza, come se si fosse imbattuta in un vecchio conoscente, per ragioni che dopo le furono oscure.

Wilson chiacchierò parecchio – «In un modo o nell'altro, non si trova molta compagnia di questi tempi» – e, tra le altre cose, espresse la propria irritazione per il fatto che il suo corpo fosse stato trovato dalla spedizione cinese del 1960. «Quei bastardi di musigialli hanno avuto la sfrontatezza, la sfacciataggine, di filmare il mio cadavere.» Alleluia Cone fu colpita dal vivido giallo e nero dei suoi impeccabili calzoni alla zuava scozzesi. Tutte queste cose le raccontò alle ragazze della Brickhall Field Girls' School, che le avevano scritto con tanta insistenza per pregarla di venire a far loro un discorso, che lei non se l'era sentita di rifiutare. «Lei c'è stata» imploravano in quelle lettere. «Ci ha persino vissuto.» Dalla finestra dell'aula, poteva scorgere il proprio appartamento dall'altra parte del parco appena visibile nella nevicata sempre più fitta.

Ciò che non raccontò alle ragazze fu questo: poiché il fantasma di Maurice Wilson le aveva descritto, con pazienza e minuzia, non solo la propria scalata, ma anche le sue scoperte postume, per esempio il lento, tortuoso, delicatissimo e invariabilmente improduttivo rituale d'accoppiamento degli yeti, cui aveva assistito di recente sul South Col – le venne in mente che quella visione dell'eccentrico del 1934, il primo essere umano che avesse mai tentato di scalare l'Everest da solo, e che era anche lui una sorta di abominevole uomo delle nevi, non fosse stata un caso, ma come un'indicazione, una dichiarazione di affinità. Una profezia del futuro, forse, perché proprio in quel momento era nato il suo sogno segreto, la cosa impossibile: il sogno di una scalata senza alcun impegno. Poteva anche darsi che Maurice Wilson fosse l'angelo della sua morte.

«Ho voluto parlare di fantasmi» stava dicendo, «perché quasi tutti gli alpinisti, quando scendono dalle vette, si sentono imbarazzati ed eliminano questi fatti dai loro racconti. Essi però compaiono, sono costretta ad ammetterlo, anche se sono sempre stata di quelli che hanno i piedi ben saldi per terra.»

Ci fu una risata. I suoi piedi. Prima ancora di scalare l'Everest aveva cominciato a soffrire di dolori lancinanti e il suo medico generico, una quadrata dottoressa Mistry di Bombay, le aveva detto che era afflitta da un cedimento della volta plantare. «Nel linguaggio comune, hai i piedi piatti.» La volta congenitamente debole, l'aveva ulteriormente indebolita portando per anni scarpe da tennis e altre calzature inadatte. La dottoressa Mistry non aveva molto da consigliare: fare esercizi come piegare le dita, salire le scale di corsa a piedi nudi, portare scarpe adatte. «Sei abbastanza giovane» le disse. «Se ti curerai, vivrai. Se no, finirai storpia a quarant'anni.» Quando Gibreel – accidenti a lui! – aveva saputo che aveva scalato l'Everest con le fitte ai piedi si era messo a chiamarla la sua *delicatina*. Aveva letto in un libro di fiabe la storia di una donna marina che aveva lasciato l'oceano e assunto una forma umana per l'uomo che amava. Ora aveva i piedi al posto delle pinne, ma ogni passo che faceva era una sofferenza, come se camminasse su cocci di vetro; continuava tuttavia a camminare, allontanandosi dal mare e restando sulla terra ferma. Tu l'hai fatto per una dannata montagna, le disse. Lo faresti per un uomo?

Aveva nascosto il suo mal di piedi ai compagni di scalata perché era troppo forte l'attrazione dell'Everest. Ma a quei tempi il male c'era ancora, e semmai stava aggravandosi. Il caso, una debolezza congenita, le stava legando i piedi. Fine dell'avventura, pensò Allie, tradita dai miei piedi. L'immagine dei piedi legati le rimase impressa. *Maledetti cinesi*, pensò, echeggiando lo spettro di Wilson.

«Per certa gente la vita è così facile» aveva pianto fra le braccia di Gibreel. «Perché non sono i *loro* maledetti piedi a cedere?» Lui l'aveva baciata sulla fronte. «Per te sarà sempre una lotta» disse. «Tu vuoi troppo.»

Le ragazze aspettavano, spazientite da tutti questi discorsi sui fantasmi. Loro volevano *la* storia, la sua storia. Volevano stare in cima alla montagna. *Sapete come ci si sente, avrebbe voluto chiedere lei, quando tutta la propria vita è concentrata in un momento, che dura poche ore? Sapete cosa vuol dire quando la sola direzione è quella che riporta giù?* «Io facevo parte della seconda coppia, con lo sherpa Pemba» disse. «Il tempo era splendido. Così limpido che ti sembrava di poter vedere ciò che poteva esserci dietro il cielo. La prima coppia sarà già arrivata in vetta a quest'ora, dissi a Pemba. Il tempo sta tenendo, e quindi possiamo andare. Pemba divenne molto serio, ed era una novità, perché era sempre stato uno dei buffoni della spedizione. Neanche lui era mai arrivato in vetta. A quel punto non pensavo di proseguire senza ossigeno, ma quando vidi che Pemba aveva questa intenzione, pensai, okay, allora anch'io. Fu uno stupido capriccio, per niente professionale, ma tutt'a un tratto desideravo essere una donna seduta in cima alla dannata montagna, un essere umano, non una macchina che respira. Pemba disse, Allie Bibi, no, ma io ricominciai a salire. Dopo un po' incrociammo gli altri che stavano scendendo e vidi nei loro occhi quella cosa meravigliosa. Erano così eccitati, così esaltati che neanche s'accorsero che non avevo l'attrezzatura per l'ossigeno. Fate attenzione, ci gridarono, cercate di vedere gli angeli. Pemba aveva trovato un buon ritmo di respiro e io mi adeguai al suo, inspirando quando lui inspirava, espirando quando lui espirava. Sentivo qualcosa che si levava dalla mia testa, e stavo ridendo, letteralmente ridendo da un orecchio all'altro, e quando Pemba si voltò a guardarmi, vidi che faceva così anche lui. Sembrava una smorfia, come di dolore, ma era soltanto stupida gioia.» Era una donna che era giunta alla trascendenza, ai miracoli dell'anima, con la dura fatica di tirarsi su lungo una parete rocciosa imprigionata dal ghiaccio. «In quel momento» raccontò alle ragazze che si stavano arrampicando accanto a lei, passo dopo passo, «credevo tutto: che l'universo avesse un suono, che si potesse alzare un velo e vedere la faccia di Dio, tutto. Vedevo l'Himalaya stendersi sotto di me e anche quella era la faccia di Dio. Pemba doveva aver visto nella mia espressione qualcosa che lo preoccupava, perché mi gridò: Attenta, Allie Bibi, l'altezza. Ricordo che quasi fluttuavo nello scalare l'ultimo strapiombo su fino alla vetta, e poi ci trovammo là con il terreno che scendeva da ogni parte. E che luce; l'universo purificato fino a tramutarsi in luce. Avevo voglia di strapparmi i vestiti di dosso e di lasciare che mi penetrasse nella pelle.» Neanche una risatina nell'aula; stavano tutte danzando nude con lei sul tetto del mondo. «Poi cominciarono le visioni: gli arcobaleni che danzavano e facevano capriole nel cielo, il fulgore che si riversava dal sole come una cascata, e c'erano anche gli angeli, gli altri non avevano scherzato. Io li vidi, e li vide anche lo sherpa Pemba. A questo punto eravamo inginocchiati. Le sue pupille parevano di un bianco purissimo, e così le mie, ne sono certa. Saremmo probabilmente morti lì, accecati dalla neve e spinti alla pazzia dalla montagna, ma proprio allora udii un rumore, un colpo secco e assordante, come una fucilata. Mi scosse da quello stato. Dovetti gridare perché se ne scuotesse anche Pem, poi iniziammo la discesa. Il tempo stava rapidamente cambiando; s'avvicinava una bufera di neve. Anche l'aria adesso era pesante, pesantezza al posto di quella luce, di quella leggerezza

Arrivammo appena in tempo al luogo dell'appuntamento e ci ammassammo tutti e quattro nella piccola tenda del Campo Sei, a novemila metri. Non si parla molto lassù. Avevamo tutti i nostri Everest da riscalare, in continuazione, per tutta la notte. Ma a un certo punto io domandai. "Cos'era quel rumore? Qualcuno ha sparato con un fucile?" Mi guardarono come se fossi impazzita. Chi avrebbe mai fatto una simile cretinata a questa altitudine? dissero, e comunque, Allie, sai benissimo che non ci sono fucili sulla montagna. Avevano ragione, certo, ma io lo sparo lo avevo sentito, ne sono sicura: uaaam, bum, il colpo e poi l'eco. Tutto qui» concluse bruscamente. «Fine. La storia della mia vita.» Prese un bastone col pomo d'argento e si preparò ad andarsene. L'insegnante, la signora Bury, s'avvicinò per rivolgerle le solite frasi fatte. Ma le ragazze non volevano restare nella loro curiosità. «Cos'era, allora, Allie?» insistettero e lei, dimostrando all'improvviso dieci anni di più dei suoi trentatré, alzò le spalle. «Non lo so bene» disse. «Forse il fantasma di Maurice Wilson.» E uscì dall'aula, appoggiandosi pesantemente al suo bastone.

La città – proprio Londra, *yaar*, e niente di *meno*! – era vestita di bianco come uno che porta il lutto a un funerale. – Il funerale di chi, mister, si domandò freneticamente Gibreel Farishta, non certo il mio. Io ho *speranza* e fiducia, cazzo. Quando il treno entrò nella stazione Victoria, saltò giù senza aspettare che si fosse fermato del tutto, si storse una caviglia e cadde lungo disteso sotto i carrelli portabagagli e i sorrisetti canzonatori dei londinesi in attesa, aggrappandosi, nel cadere, al proprio cappello sempre più malconcio. Rekha Merchant non era visibile da nessuna parte, e Gibreel, approfittando del momento, si mise a correre come un indemoniato tra la folla sparpagliata, salvo poi rivederla alla barriera dove si ritiravano i biglietti, che fluttuava paziente sul solito tappeto, invisibile a tutti tranne che a lui, a un metro dal suolo.

«Che cosa vuoi?» esplose. «Cosa t'aspetti da me?» «Di vederti cadere» replicò lei all'istante. «Guardati attorno» aggiunse. «Ti ho già fatto fare la figura dell'idiota.»

La gente stava sgombrando uno spazio intorno a Gibreel, il folle col cappotto troppo largo e il cappello da barbone, *quell'uomo sta parlando da solo*, disse una voce infantile, e la madre rispose: *ssst, tesoro, è male burlarsi degli afflitti*. Benvenuto a Londra. Gibreel Farishta si precipitò verso la scala che scendeva alla metropolitana. Rekha sul suo tappeto lo lasciò andare.

Ma, quando arrivò nella grande calca sulla banchina in direzione nord della linea Victoria, la vide di nuovo. Stavolta era una fotografia a colori, in un manifesto di 48 fogli sulla parete oltre i binari, che reclamizzava i vantaggi delle comunicazioni internazionali in teleselezione. *Mandate la vostra voce in India*, consigliava, *su un tappeto magico. Non occorrono né ginn né lampade*. Lui lanciò un grande urlo, col risultato che i suoi compagni di viaggio tornarono a dubitare del suo equilibrio mentale, e si precipitò sulla banchina in direzione sud, dove stava arrivando un treno. Saltò a bordo e lì c'era Rekha Merchant seduta di fronte a lui, col tappeto arrotolato sulle ginocchia. Le porte si chiusero con un tonfo.

Quel giorno Gibreel Farishta fuggì in tutte le direzioni nel sottosuolo della città di Londra, e Rekha Merchant lo ritrovò ovunque andasse; gli si sedette accanto nell'interminabile scala mobile per Oxford Circle e, nell'affollatissimo ascensore di Tufnell Park, gli si sfregò contro da dietro in un modo che da viva avrebbe considerato molto scandaloso. All'uscita delle stazioni più lontane della metropolitana gettò i fantasmi dei propri bambini da alberi nudi come artigli, e, quando lui salì a prendere un po' d'aria davanti alla Banca d'Inghilterra, si buttò istrionicamente dall'alto del suo frontone neoclassico. E benché non avesse idea della vera forma di questa città proteiforme e camaleontica più di ogni altra, Gibreel si convinse che essa continuava a cambiare mentre lui le correva sotto, e che le stazioni delle mutevoli linee della metropolitana si succedevano in maniera casuale. Più d'una volta emerse, sentendosi soffocare, da quel mondo sotterraneo dove le leggi dello spazio e del tempo avevano cessato di valere, e cercò di chiamare un taxi; ma nessuno voleva fermarsi, e così era costretto a rituffarsi in quel dedalo infernale, in quel labirinto senza via d'uscita, e a continuare la sua epica fuga. Infine, disperato ed esausto, s'arrese alla logica fatale della propria follia e uscì arbitrariamente da quella che ammetteva dovesse essere l'ultima irrilevante stazione del suo lungo e futile viaggio alla ricerca di un chimerico rinnovamento. Uscì nell'indifferenza straziante di una via gonfia di rifiuti, che costeggiava un rondò infestato di camion. L'oscurità era già scesa quando lui entrò con passo malfermo, attingendo alle ultime riserve del proprio ottimismo, in un parco sconosciuto e reso spettrale dal carattere ectoplasmico dei lampioni al tungsteno. Mentre cadeva in ginocchio nell'isolamento della notte invernale, vide una figura di donna avanzare lenta verso di lui sull'erba avvolta nella neve, e immaginò che fosse la sua nemesi, Rekha Merchant, venuta a dargli il bacio della morte, a trascinarlo in un sottosuolo ancor più profondo di quello in cui aveva già stroncato la sua anima ferita. Non gliene importava più nulla e, quando la donna lo raggiunse, era già caduto in avanti sugli avambracci, con il cappotto che gli penzolava attorno, dandogli l'aspetto di un grande scarafaggio morente che, per ragioni oscure, portava uno sporco cappello floscio grigio.

Udì, come se fosse lontanissimo, un grido di sorpresa uscire dalle labbra della donna, un rantolo in cui si mescolavano incredulità, gioia e uno strano risentimento, e, prima di perdere i sensi, comprese che Rekha gli aveva permesso, per ora, di approdare all'illusione di un porto sicuro, per rendere ancora più dolce, al momento opportuno, il proprio trionfo su di lui.

«Tu sei vivo» disse la donna, ripetendo le prime parole che aveva pronunciato davanti a lui. «Hai riavuto la tua vita. È questo il punto.»

Sorridendo, si addormentò ai piedi piatti di Allie mentre continuava a nevicare.

IV

AYESHA

Ora sono migrate persino le visioni a puntate; conoscono la città meglio di lui. E, dopo Rosa e Rekha, i mondi di sogno del suo doppio arcangelico cominciano a sembrare concreti quanto le realtà mutevoli del mondo che abita da sveglio. Questo, per esempio, è appena cominciato: un palazzo costruito in una parte di Londra, che egli identificherà in seguito come Kensington, dove il sogno lo trasporta in volo ad alta velocità passando oltre i grandi magazzini Barkers e la casetta grigia con i due bovindi, dove Thackeray scrisse *La fiera delle vanità*, e il collegio religioso femminile dove continuano a entrare ragazzine in uniforme, ma senza mai uscirne, e la casa dove visse da vecchio Talleyrand quando, dopo mille e un cambiamento camaleontico di fede e di princìpi, assunse l'aspetto esteriore dell'ambasciatore di Francia a Londra, ed eccolo finalmente, un palazzo d'angolo di sette piani, con verdi balconi di ferro battuto sino al quarto, e il sogno gli fa scalare veloce il muro esterno, e al quarto piano lui scosta le tende pesanti della finestra del soggiorno, e finalmente, lì seduto, c'è, insonne come sempre, con gli occhi spalancati nella fioca luce gialla a guardare il futuro, l'Imam con barba e turbante.

Chi è? Un esule. Parola da non confondere, da non permettere che sia scambiata, con tutte le altre che la gente adopera: emigrato, espatriato, profugo, immigrante, silenzio, astuzia. Esule è il sogno di un ritorno glorioso. Esule è la visione di una rivoluzione: l'Elba, non Sant'Elena. È un paradosso senza fine: guardare avanti guardandosi sempre indietro. L'esule è una palla lanciata nell'aria. Resta lì, immobilizzata nel tempo, trasposta in una fotografia; totalmente bloccato, assurdamente sospeso sulla sua terra natia, attende il momento inevitabile in cui la fotografia comincerà a muoversi, e la terra a reclamare ciò che le appartiene. Questo pensa l'Imam. La sua casa è un appartamento in affitto. È una sala d'aspetto, una fotografia, aria.

La spessa carta da parati, strisce verde oliva su fondo crema, è un po' sbiadita, quanto basta per dar risalto ai rettangoli e agli ovali più chiari che indicano dov'erano appesi un tempo i quadri. L'Imam è nemico delle immagini. Quando si trasferì qui, i quadri scivolarono via in silenzio dalle pareti e uscirono di soppiatto dalla stanza, per sottrarsi alla furia della sua tacita disapprovazione. Alcune immagini sono state tuttavia autorizzate a restare. Tiene sulla mensola un gruppetto di cartoline con vedute convenzionali della sua patria, che lui chiama semplicemente *Desh*: una montagna che incombe su una città; una pittoresca scena di villaggio all'ombra di un grande albero; una moschea. Ma in camera sua, sulla parete di fronte alla dura branda su cui si sdraia, è appesa un'icona più potente, il ritratto di una donna di forza eccezionale, famosa per il suo profilo di statua greca e per i capelli neri lunghi quanto lei è alta. Una donna importante, la sua nemica, la sua alter ego: se la tiene vicina. Proprio come lei, nei lontani palazzi della sua onnipotenza, stringe il ritratto dell'Imam sotto il manto reale o lo nasconde in un medaglione che porta alla gola. È l'imperatrice e il suo nome – quale può essere se no? – è Ayesha. Su quest'isola l'Imam esiliato, e in patria, a Desh, colei cui bisogna obbedire. Tramano ognuno la morte dell'altro.

Le tende, di spesso velluto dorato, sono tenute chiuse tutto il giorno, perché se no nell'appartamento potrebbe insinuarsi il male: il mondo straniero. La dura realtà è che lui è qui e non Là, dove sono concentrati tutti i suoi pensieri. Nelle rare occasioni in cui esce a prendere una boccata dell'aria di Kensington, al centro di un quadrato composto da otto giovani con occhiali da sole e gonfiori alle giacche, l'Imam giunge le mani davanti a sé e fissa su di esse lo sguardo, per esser certo che nessun elemento o particella di questa città odiata – di questa sentina d'iniquità che lo umilia dandogli asilo, perché lui le sia riconoscente, nonostante la lussuria, la cupidigia e la vanità dei suoi costumi – possa introdursi, come un granello di polvere, nei suoi occhi. Quando lascerà questo esilio detestato per tornare in trionfo in quell'altra città sotto la montagna della cartolina, sarà per lui un punto d'orgoglio poter dire di essere rimasto del tutto ignaro di quella Sodoma dove era stato costretto ad attendere; ignaro, e quindi incontaminato, inalterato, puro.

E un'altra ragione delle tende tirate è, ovviamente, che intorno a lui ci sono occhi e orecchie, non tutti amici. Gli edifici arancione non sono neutrali. In qualche punto sull'altro lato della strada ci saranno di certo obiettivi zoom, attrezzature video, microfoni ipersensibili; e in più c'è sempre il rischio dei cecchini. Sopra e sotto e accanto all'Imam ci sono invece gli appartamenti sicuri occupati dalle sue guardie, che passeggiano per le vie di Kensington camuffati da donne con maschere d'argento sui veli che li avvolgono; ma non si è mai troppo prudenti. La paranoia è, per l'esule, condizione necessaria alla sopravvivenza.

Una favola, che gli ha raccontato uno dei suoi favoriti, il convertito americano, un ex cantante pop di successo che si fa ora chiamare Bilal X. In un certo night dove l'Imam ha l'abitudine di mandare i propri luogotenenti perché ascoltino certe altre persone appartenenti a certe fazioni nemiche, Bilal incontrò un giovane di Desh, anche lui una specie di cantante; e si misero a chiacchierare. Si venne così a scoprire che questo Mahmood era talmente spaventato che rischiava di lasciarci la pelle. Si era messo di recente con una *gori*, una donna alta coi capelli rossi, e aveva poi scoperto che l'ex amante della sua amatissima Renata era il comandante in esilio della SAVAK, l'organizzazione incaricata delle torture dallo scià dell'Iran. Il numero uno in persona: non un piccolo sadico abile a strappare le unghie dei piedi o a dar fuoco alle palpebre, ma il grande *haramzada* in carne e ossa. Il giorno dopo il trasferimento di Mahmood e Renata nel loro nuovo appartamento, arrivò una lettera per lui. *Okay, mangiamerda, tu stai scopando la mia donna. Volevo solo dirti ciao.* L'indomani arrivò una seconda lettera. *A proposito, stronzo, mi ero scordato di dirtelo, ecco il tuo nuovo numero di telefono.* Mahmood e Renata avevano chiesto un numero che non fosse nell'elenco, ma la società telefonica non gliel'aveva ancora dato. Arrivò due giorni dopo, ed era esattamente quello della lettera. A Mahmood caddero contemporaneamente tutti i capelli. Quando li vide sul guanciale, giunse le mani davanti a Renata e la supplicò: «Piccola, io ti amo, ma tu scotti troppo per me, vattene altrove, per favore, lontano lontano». Quando gli raccontarono questa storia, l'Imam scosse il capo e disse, quella puttana, chi la toccherà adesso, nonostante il suo corpo provocante? È contaminata più che se avesse la lebbra; è in questo modo che gli esseri umani mutilano se stessi. Ma la vera morale della favola era la necessità di una vigilanza permanente. Londra era una città dove l'ex capo della SAVAK aveva relazioni importanti nella società telefonica e dove l'ex cuoco dello scià gestiva un fiorente ristorante a Hounlow. Una città così accogliente, un tale asilo, si accettano tipi d'ogni genere. Tieni le tende chiuse.

I piani dal terzo al quinto di questo edificio sono, per il momento, tutta la terra che l'Imam possiede. Sono qui i fucili e le radio a onde corte e le stanze dove giovani svegli in borghese parlano animatamente a parecchi telefoni. Non c'è alcol qui, né si vedono carte da gioco o dadi da nessuna parte, e la sola donna è quella appesa alla parete nella camera del vecchio. In questo surrogato di patria, che il santo insonne considera la sua sala d'aspetto o il suo atrio di transito, il riscaldamento centrale è aperto al massimo giorno e notte, e le finestre sono sempre ermeticamente chiuse. L'esule non può dimenticare, e deve quindi simularlo, il caldo secco di Desh, quella terra del passato e del futuro dove è calda persino da luna, e gronda come un fresco *chapati* imburrato. Oh, quella parte agognata del mondo dove il sole e la luna sono maschili, ma la loro luce calda e dolce ha nomi femminili. Di notte l'esule scosta le tende e il chiarore della luna straniera s'insinua furtivo nella stanza, la sua freddezza gli si conficca nel bulbo oculare come un chiodo. Sussulta, stringe gli occhi. In vestaglia, accigliato, sinistro, sveglio: questo è l'Imam.

L'esilio è un paese senz'anima. In esilio, i mobili sono brutti e costosi, comprati tutti lo stesso giorno e nello stesso negozio e troppo in fretta: lucenti divani argentei con pinne come vecchie Buick DeSoto Oldsmobile, librerie, chiuse da vetri, che non contengono libri ma dossier di ritagli. In esilio l'acqua della doccia diventa bollente ogni volta che qualcuno apre un rubinetto in cucina, e quindi, quando l'Imam va a lavarsi, l'intero seguito deve ricordarsi di non riempire teiere e di non sciacquare piatti sporchi, e quando l'Imam va al gabinetto i suoi discepoli saltano scottati dalla doccia. In esilio non si cucina mai; le guardie del corpo con occhiali neri vanno a comprare cibi già cotti. In esilio qualsiasi tentativo di metter radici sembra un tradimento: significa ammettere la sconfitta.

L'Imam è al centro di una ruota.

Il movimento irradia da lui, giorno e notte. Il figlio Khalid entra nel suo studio con un bicchiere d'acqua, che porta nella mano destra, tenendo sotto il palmo sinistro. L'Imam beve costantemente acqua, un bicchiere ogni cinque minuti, per tenersi pulito; l'acqua è liberata da ogni impurità, prima che lui la sorseggi, in un'apparecchiatura di filtraggio americana. Tutti i giovani che lo circondano conoscono bene la sua famosa Monografia sull'Acqua, la cui purezza, secondo l'Imam, si comunica a chi la beve, con la sua leggerezza e semplicità, e il piacere ascetico del suo sapore. «L'imperatrice» fa notare, «beve vino.» Borgogna, chiaretti e bianchi del Reno mescolano le loro inebrianti corruzioni in quel corpo insieme bello e immondo. Il peccato è sufficiente a condannarla per l'eternità senza speranza di redenzione. Il ritratto sulla parete mostra l'imperatrice Ayesha che tiene, in entrambe le mani, un teschio umano colmo di un liquido rosso scuro. L'imperatrice beve sangue, ma l'Imam è un bcvitorc d'acqua. "Non per niente gli abitanti delle nostre terre infocate le rendono omaggio" afferma la Monografia. "L'acqua, la protettrice della vita. Nessuna persona civile può rifiutarla a un altro. Una nonna, anche se ha gli arti irrigiditi dall'artrite, si alzerà subito e correrà al rubinetto se un bambino le verrà vicino e le chiederà, *pani, nani*. Guardatevi da quelli che imprecano contro l'acqua. Chi la inquina indebolisce la propria anima."

L'Imam aveva più volte espresso la propria rabbia contro la memoria del defunto Aga Khan, da quando gli avevano mostrato un'intervista che il capo degli ismailiti aveva concesso bevendo champagne d'annata. L'intervistatore gli aveva chiesto come conciliava la sua posizione di guida di una setta islamica con l'ingestione di quel liquido proibito, e il grand'uomo aveva freddamente risposto: *Oh, signore, lo champagne è soltanto scena. Nell'attimo stesso in cui tocca le mie labbra, si tramuta in acqua*. Demonio, è solito tuonare l'Imam, Apostata, bestemmiatore, impostore. Quando verrà il futuro, individui del genere saranno giudicati, dice ai suoi uomini. L'acqua avrà il suo trionfo e scorrerà sangue come vino. Tale è l'aspetto meraviglioso del futuro degli esuli: ciò che viene espresso per la prima volta nell'impotenza di un appartamento surriscaldato diventa il destino di una nazione. Chi non ha mai fatto questo sogno, di essere re per un giorno? – Ma l'Imam sogna più che un giorno; sente emanare dalle punte delle proprie dita i fili d'aracnide con i quali controllerà il movimento della storia.

No: non della storia.

Il suo è un sogno più strano.

Suo figlio, Khalid che gli porta l'acqua, s'inchina al padre come un pellegrino a un santuario e lo informa che la guardia di turno davanti allo studio è Salman Farsi. Bilal è alla radio trasmittente e legge, sulla frequenza concordata, il messaggio del giorno a Desh.

L'Imam è una massiccia immobilità. È pietra vivente. Le sue grandi mani nodose, grigie come granito, si posano pesantemente sui braccioli della sedia dall'alto schienale. La testa, che sembra troppo grossa per il corpo che la sorregge, ciondola ponderosa sul collo, sorprendentemente scarno, che s'intravede tra i ciuffi della barba sale e pepe. Gli occhi dell'Imam sono vitrei; le labbra sono immobili. Egli è la pura forza, un essere elementare; si muove senza movimento, agisce senza azioni, parla senza pronunciar parole. È il prestigiatore, e il suo numero è la storia.

No, non la storia; qualcosa di più strano.

La soluzione di questo enigma la si può udire, in questo momento, su certe onde radio clandestine, dalla voce del convertito americano Bilal, che sta cantando l'inno sacro dell'Imam. Bilal il *muezzin*: la sua voce entra in una trasmittente da radioamatore a Kensington ed emerge nel Desh sognato, trasformata nella parola tonante dell'Imam. Dopo gli insulti rituali all'imperatrice, con elenchi dei suoi delitti, omicidi, corruzioni, relazioni sessuali con lucertole eccetera, passa a diffondere con eccitante sonorità l'appello di ogni sera dell'Imam al suo popolo perché insorga contro la diabolicità dello stato. «Noi faremo una rivoluzione» proclama l'Imam per suo tramite, «che sarà una rivolta non solo contro una tiranna, ma contro la storia.» Perché, di là da Ayesha, c'è un nemico, ed è appunto la Storia. La Storia è il vino-sangue che non bisogna più bere. La Storia è ciò che ubriaca, è la creatura e il territorio del diavolo, del grande Shaitan, è la più grande delle menzogne – progresso, scienza, diritti – alle quali l'Imam ha deciso d'opporsi. La storia è una deviazione dalla Via, la conoscenza è un'illusione, perché il totale della conoscenza era già concluso il giorno in cui Al-Lah completò la sua rivelazione a Mahound. «Noi disferemo il velo della storia» declama Bilal alla notte in ascolto, «e quando l'avremo sciolto, vedremo il Paradiso in tutta la sua gloria e la sua luce.» L'Imam ha scelto Bilal per questo compito a causa della sua voce, che nell'incarnazione precedente era riuscita a scalare l'Everest della *hit parade*, non una sola volta ma almeno una dozzina, e sino alla vetta. La voce è piena e autorevole, una voce abituata a farsi ascoltare; ben nutrita, ottimamente addestrata, la voce della sicurezza americana, un'arma dell'Occidente rivolta contro i suoi creatori, che con la loro potenza sostengono l'imperatrice e la sua tirannide. Un tempo Bilal X protestava quando qualcuno descriveva così la sua voce. Apparteneva anche lui a un popolo oppresso, insisteva, ed era quindi ingiusto identificarlo con l'imperialismo yankee. L'Imam rispose, non senza gentilezza: Bilal, la tua sofferenza è anche la nostra. Ma crescere nella casa del potere significa impararne i metodi, assorbirli proprio attraverso quella pelle che è la causa della tua oppressione. L'abitudine al potere, il suo timbro, il suo atteggiamento, il suo modo di essere con gli altri. È una malattia, Bilal, che contamina chiunque si avvicini troppo. Se i potenti ti calpestano, sei contaminato dalle piante dei loro piedi.

Bilal continua a parlare al buio. «Morte alla tirannide dell'imperatrice Ayesha, dei calendari, dell'America, del tempo! Noi cerchiamo l'eternità, l'atemporalità, di Dio. Le sue acque ferme, non i vini fluenti di Ayesha.» Brucia i libri e fidati del Libro; fa' a brandelli le carte e ascolta la Parola, come fu rivelata dall'angelo Gibreel al messaggero Mahound e come è spiegata dal vostro interprete e Imam. «Ameen» disse Bilal, concludendo la trasmissione di quella sera. Intanto, nel suo studio, l'Imam manda un suo messaggio personale: chiama, evoca, l'arcangelo Gibreel.

Egli si vede nel sogno: non un angelo a guardarlo, ma un uomo vestito, come tutti i giorni, degli abiti smessi postumi di Henry Diamond: gabardine e cappello floscio, calzoni troppo larghi sorretti da bretelle, un maglione di lana da pescatore, camicia bianca, plissée. Questo Gibreel del sogno, tanto simile a quello della veglia, se ne sta tremante nella stanza dell'Imam i cui occhi sono bianchi come nubi.

Gibreel parla, con voce querula per nascondere la propria paura.

«Perché insiste sugli arcangeli? Sono passati quei tempi, dovrebbe saperlo.»

L'Imam chiude gli occhi, sospira. Dal tappeto sgorgano lunghi viticci pelosi, che s'avvolgono intorno a Gibreel, stringendolo forte.

«Lei non ha bisogno di me» insiste Gibreel. «La rivelazione è completa. Mi lasci andare.»

L'altro scuote il capo e parla, solo che le sue labbra non si muovono, ed è la voce di Bilal che riempie le orecchie di Gibreel, anche se l'annunciatore non è visibile da nessuna parte, *stanotte è la notte*, dice la voce, *e tu devi portarmi in volo a Gerusalemme*.

Poi l'appartamento si dissolve e i due si trovano sul tetto, accanto al serbatoio dell'acqua, perché l'Imam, quando vuole spostarsi, rimane immobile e sposta il mondo che lo circonda. La sua barba si gonfia nel vento. È più lunga adesso; se non fosse per il vento che le dà l'aspetto di una svolazzante sciarpa di chiffon, arriverebbe sino a terra; ha gli occhi rossi e la sua voce gli fluttua attorno nel cielo. *Portami*. Gibreel obietta: Mi sembra che lei possa farcela benissimo da solo, ma l'Imam, con un unico gesto di sorprendente rapidità, si getta la barba su una spalla, alza le gonne mostrando due gambe lunghe ed esili coperte da una quantità quasi mostruosa di peli e, spiccato un gran balzo nell'aria notturna, gira vorticosamente su se stesso e si posa sulle spalle di Gibreel, aggrappandosi a lui con unghie talmente cresciute da diventare lunghi artigli ricurvi. Gibreel si sente sollevare in cielo, carico del vecchio del mare, l'Imam con i capelli che crescono di minuto in minuto, ondeggiando in ogni direzione, e le sopracciglia che paiono vessilli al vento.

Gerusalemme, si domanda, da che parte è? – E poi è una parola infida, Gerusalemme, può essere un'idea oltre che un luogo: una meta, un'esaltazione. Dov'è la Gerusalemme dell'Imam? «La caduta della bagascia» risuona nelle sue orecchie la voce senza corpo. «La sua rovina, della puttana di Babilonia.»

Zumano nella notte. La luna si sta scaldando, comincia a emettere bollicine come il formaggio sulla griglia; lui, Gibreel, ne vede cadere di tanto in tanto dei pezzi, una sgocciolatura di luna che sibila e ribolle sulla sfrigolante griglia del cielo. Sotto appare la Terra. Il caldo diventa torrido.

È un paesaggio immenso, rossastro, con alberi dalla cima appiattita. Sorvolano montagne che hanno anch'esse la cima appiattita; persino le pietre, qui, sono appiattite dal caldo. Alla fine arrivano a un'alta montagna quasi perfettamente conica, una montagna che sorge anche in una cartolina su una mensola molto lontana; e all'ombra della montagna una città, distesa ai suoi piedi come una supplice, e sui pendii più bassi della montagna, un palazzo, il palazzo, la casa di lei: l'imperatrice che i messaggi trasmessi per radio hanno distrutto. È una rivoluzione di radioamatori.

Gibreel, con l'Imam che viaggia su di lui come su un tappeto, scende a capofitto, e nella notte fumante si ha l'impressione che le strade siano vive, che si contorcano come serpenti; mentre, davanti al palazzo della disfatta dell'imperatrice, sembra che stia crescendo una nuova collina, *sotto i nostri occhi, baba, che sta succedendo qui?* La voce dell'Imam sospesa nel cielo: «Scendi. Ti mostrerò l'Amore».

Sono al livello dei tetti quando Gibreel si rende conto che le strade brulicano di gente. Esseri umani, talmente pigiati in quelle tortuose viuzze che si sono fusi in una entità superiore, composita, implacabile, serpentina. Si muovono lentamente, a passo uniforme, dai vicoli alle viuzze, dalle viuzze alle strade laterali, dalle strade laterali a quelle maestre, e convergono tutti nel grande viale a dodici corsie, fiancheggiato da eucalipti giganteschi, che conduce alle porte del palazzo. Il viale è stipato d'umanità; è l'organo centrale della nuova creatura a più teste. In fila per settanta, la folla avanza solenne verso le porte dell'imperatrice. Davanti alle quali stanno aspettando le sue guardie, schierate su tre file, sdraiate, inginocchiate e in piedi, con le mitragliatrici in posizione di tiro. La gente sale il pendio verso le mitragliatrici; settanta per volta, arrivano a portata di tiro; le mitragliatrici farfugliano e loro muoiono, e allora i settanta successivi s'arrampicano sui cadaveri, le mitragliatrici ricominciano a ridacchiare e la collina dei morti diventa più alta. Quelli dietro iniziano, a loro volta, l'ascesa. Nei portoni bui della città ci sono madri a capo coperto, che spingono i loro figli amatissimi a partecipare al corteo, *va', sii un martire, fa' quel che bisogna fare, muori*. «Vedi come mi amano» dice la voce incorporea. «Non c'è tirannide al mondo che possa resistere alla potenza di questo amore che avanza lentamente.»

«Non è amore» ribatte Gibreel, piangendo. «È odio. È stata lei a spingerli fra le tue braccia.» La spiegazione sembra debole, superficiale.

«Mi amano» dice la voce dell'Imam, «perché io sono acqua. Io sono fertilità e lei decomposizione. Mi amano per la mia abitudine di fracassare gli orologi. Gli esseri umani che si staccano da Dio perdono l'amore e la certezza e anche il senso del Suo tempo sconfinato, che comprende passato, presente e futuro; il tempo senza tempo, che non ha bisogno di muoversi. Noi aspiriamo all'eterno, e io sono eternità. Lei non è niente: un tic o un tac. Si guarda ogni giorno allo specchio e la terrorizza l'idea d'invecchiare, del tempo che passa. Per questo è prigioniera della propria natura; è anche lei incatenata dal Tempo. Dopo la rivoluzione non ci saranno più orologi; li fracasseremo tutti. La parola *orologio* sarà espunta dai dizionari. Dopo la rivoluzione non ci saranno più compleanni. Saremo tutti rinati, tutti con la stessa immutabile età agli occhi di Dio Onnipotente.»

Ora tace, perché sotto di noi è venuto il grande momento: la gente è arrivata alle mitragliatrici. Che ammutoliscono, poiché il serpente senza fine del popolo, il pitone gigantesco delle masse insorte, avvolge le guardie, le soffoca, le strangola, e riduce al silenzio il chiocciolio letale delle loro armi. L'Imam sospira a fondo. «Fatto.»

Si spengono le luci del palazzo mentre la gente continua ad avanzare, allo stesso passo cadenzato di prima. Poi, dall'interno del palazzo abbuiato, si leva un orribile suono, che inizia come un gemito, acuto, sottile, lacerante, e s'incupisce in un urlo, in un ululato così fragoroso da riempire della sua furia ogni fessura della città. Allora la cupola dorata del palazzo si spacca come un guscio d'uovo, e si alza in volo, luccicante di nero, un'apparizione mitologica, con enormi ali nere, capelli che fluttuano sciolti, neri e lunghi come sono lunghi e bianchi quelli dell'Imam: Al-Lat, intuisce Gibreel, esplosa dal guscio di Ayesha.

«Ammazzala» ordina l'Imam.

Gibreel lo posa sul balcone cerimoniale del palazzo, a braccia aperte per cingere la gioia del popolo, un suono che soffoca persino le urla della dea e si leva come un canto. Poi viene spinto in aria, non ha scelta, è una marionetta che va alla guerra; e lei, vedendolo arrivare, si volta, s'accovaccia in aria e, con un orribile gemito, lo attacca con tutta la sua potenza. Gibreel capisce che l'Imam, combattendo come al solito per interposta persona, lo sacrificherà con la stessa indifferenza con cui ha sacrificato la collina di cadaveri alle porte del palazzo, e che lui è un soldato suicida al servizio della causa del sacerdote. Io sono debole, pensa, non posso tenerle testa, ma anche lei è indebolita dalla sconfitta. La forza dell'Imam anima Gibreel, pone fulmini nelle sue mani, e la battaglia comincia; lui scaglia saette sui piedi di lei, lei affonda comete nell'inguine di lui, *noi ci stiamo ammazzando a vicenda*, pensa Gibreel, *noi moriremo e nello spazio ci saranno due costellazioni nuove: Al-Lat e Gibreel.* Come guerrieri esausti in un campo cosparso di cadaveri, barcollano menando colpi. Entrambi si stanno rapidamente esaurendo.

Lei cade.

Rotola giù, Al-Lat regina della notte; precipita a capofitto sulla terra, fracassandosi il capo; e giace, angelo nero decapitato e con le ali strappate, accanto a un cancelletto del parco del palazzo, come una massa accartocciata. – E Gibreel, distogliendo gli occhi inorriditi, vede l'Imam trasformarsi in un mostro, sdraiato sul cortile esterno del palazzo con la bocca spalancata verso le porte: a mano a mano che entrano marciando, inghiotte tutti.

Il corpo di Al-Lat si è raggrinzito sull'erba, lasciando come unica traccia una macchia scura; e adesso ogni orologio della capitale di Desh comincia a battere colpi che continuano senza interruzione, più di dodici, più di ventiquattro, più di mille e uno, per annunciare la fine del tempo, l'ora che non è più misurabile, l'ora del ritorno dell'esule, della vittoria dell'acqua sul vino, dell'inizio del Nontempo dell'Imam.

Quando la storia notturna cambia, quando, senza preavviso, la successione degli avvenimenti a Jahilia e a Yahtrib cede il passo alla lotta tra l'Imam e l'imperatrice, Gibreel spera per un attimo che la maledizione sia finita, che i suoi sogni ritrovino la casuale eccentricità del quotidiano; ma poi, dal momento che anche la nuova storia segue i vecchi schemi, riprendendo, ogni volta che lui s'addormenta, dal punto preciso in cui si era interrotta, e che la sua stessa immagine, trasposta in un *avatar* dell'arcangelo, rientra nella cornice, la speranza muore ed egli cede ancora una volta all'inesorabile. Le cose sono a un punto tale che certe sue saghe notturne sembrano più sopportabili di altre, e dopo l'apocalisse dell'Imam, è quasi contento quando inizia un nuovo racconto, ampliando il suo repertorio interiore, perché fa almeno pensare che quella divinità che lui, Gibreel, ha cercato invano di uccidere può essere un Dio d'Amore, oltre che di vendetta, potere, dovere, regole e odio; ed è anche un racconto nostalgico, la storia di una patria perduta; sembra un ritorno al passato... ma che razza di storia è questa? Ci arriviamo subito. Per cominciare dall'inizio: La mattina del suo quarantesimo compleanno, in una camera piena di farfalle, Mirza Saeed Akhtar guardava la moglie addormentata...

La fatale mattina del suo quarantesimo compleanno, in una camera piena di farfalle, lo *zamindar* Mirza Saeed Akhtar guardava la moglie addormentata, e si sentiva il cuore gonfio d'amore sin quasi a esplodere. Una volta tanto, si era svegliato presto e si era alzato prima dell'alba per un brutto sogno che gli inacidiva la bocca, il suo sogno ricorrente della fine del mondo, dove la catastrofe era invariabilmente colpa sua. La sera prima stava leggendo Nietzsche – "la fine inesorabile di quella piccola specie troppo arrogante chiamata Uomo" – e si era addormentato con il libro aperto a faccia in giù sul petto. Svegliandosi tra un frusciare d'ali di farfalle in quella fresca camera in ombra, si era arrabbiato con se stesso per aver scelto con tanta stupidità il libro da leggere a letto. Comunque, adesso, era sveglio. Alzandosi senza far rumore, infilò i piedi nelle *chappal* e vagò oziosamente sulle verande della grande dimora, ancora buie per gli scuri abbassati, e dietro di lui le farfalle s'inchinavano come cortigiani. Qualcuno, lontanissimo, stava suonando un flauto. Mirza Saeed tirò su gli scuri e ne fissò le corde. I giardini erano immersi nella foschia, dove turbinavano le nuvolette di farfalle, e una foschia s'intersecava con l'altra. Quella regione lontana era sempre stata famosa per i suoi lepidotteri, per quelle meravigliose squadriglie che riempivano l'aria giorno e notte, farfalle con doti camaleontiche, con ali che cambiavano colore a seconda che si posassero su fiori vermigli, tende ocra, calici d'ossidiana o anelli d'ambra. Nella dimora dello *zamindar*, come nel villaggio vicino, il miracolo delle farfalle era divenuto così abituale da sembrare ovvio, ma in realtà erano tornate solo diciannove anni prima, come ricordavano le domestiche. Erano state gli spiriti familiari, almeno secondo la leggenda, di una santa locale, nota soltanto come Bibiji, che aveva vissuto sino a duecentoquarantadue anni e la cui tomba, prima che ne fosse dimenticata l'ubicazione, aveva la proprietà di guarire l'impotenza e le verruche. Dopo la morte di Bibiji, centoventi anni prima, le farfalle erano scomparse nel regno del leggendario come la stessa Bibiji; perciò quando tornarono, esattamente centun anni dopo essersene andate, sembrò a prima vista, che annunciassero qualche imminente meraviglia. Dopo la morte di Bibiji – è bene dirlo subito – il villaggio aveva continuato a prosperare, il raccolto delle patate era stato sempre abbondante, ma si era creato un vuoto in molti cuori, anche se gli abitanti attuali non ricordavano nulla dei tempi della vecchia santa. Perciò il ritorno delle farfalle sollevò molti entusiasmi; ma quando le attese meraviglie non si materializzarono, la gente del posto ripiombò, a poco a poco, nella miseria del quotidiano. Il nome della dimora dello *zamindar*, *Peristan*, traeva forse origine dalle ali leggiadre di quelle magiche creature, e il nome del villaggio, *Titlipur*, sicuramente. Ma i nomi, una volta divenuti d'uso generale, diventano presto semplici suoni, e la loro etimologia, come tante meraviglie della terra, giace sepolta sotto la polvere dell'abitudine. Gli abitanti umani di Titlipur e le sue orde di farfalle, s'incrociavano in continuazione con una sorta di disprezzo reciproco. La gente del villaggio e la famiglia dello *zamindar* avevano rinunciato da tempo al tentativo di escludere le farfalle dalle proprie case, e ora, ogni volta che si apriva un baule, ne usciva uno sciame d'insetti come dal vaso di Pandora, che cambiavano colore a mano a mano che prendevano quota; c'erano farfalle sotto i coperchi chiusi delle tazze dei gabinetti di Peristan e in ogni armadio e tra le pagine dei libri. Quando ti svegliavi, trovavi farfalle addormentate sulle tue guance.

Ciò che è abituale diventa col tempo invisibile, e per parecchi anni Mirza Saeed non aveva di fatto notato la loro presenza. Ma la mattina del suo quarantesimo compleanno, quando la prima luce dell'alba illuminò la casa e le farfalle cominciarono a rifulgere, la bellezza del momento gli tolse il fiato. Corse subito nella camera della *zenana*, dove dormiva sua moglie Mishal, velata da una zanzariera. Le farfalle magiche riposavano sulle sue dita dei piedi scoperti e anche una zanzara aveva evidentemente trovato il modo di penetrare all'interno, perché si vedeva una fila di piccoli morsi sulla parte superiore della clavicola. Saeed avrebbe voluto sollevare la zanzariera, strisciare dentro e baciare quei morsi sino a farli sparire. Come sembravano arrossati! Come si sarebbe sentita prudere quando si fosse svegliata! Ma si trattenne, preferendo godersi l'innocenza di quel corpo addormentato. Aveva capelli soffici tra il rosso e il castano, una pelle bianca bianca, e sotto le palpebre chiuse gli occhi erano di un grigio serico. Suo padre era un direttore della banca di stato, e quindi era stato un accoppiamento inevitabile, un matrimonio combinato che aveva reintegrato il patrimonio dell'antica ma decaduta famiglia di Mirza ed era poi maturato, col trascorrere del tempo e nonostante la loro incapacità d'aver figli, in un'autentica unione d'amore. Pieno d'emozione, Mirza Saeed guardava dormire Mishal e allontanava dalla propria mente gli ultimi brandelli del suo incubo. «Com'è possibile che il mondo sia spacciato» ragionava tra sé tutto contento, «quando può offrire momenti perfetti come questa splendida alba?»

Proseguendo in questi pensieri ottimistici, formulò un discorso silenzioso alla moglie che stava riposando. «Mishal, ho quarant'anni e sono felice come un bebè di quaranta giorni. Vedo che col passare degli anni mi sono immerso sempre più a fondo nel nostro amore, e nuoto ora come un pesce in quel mare caldo.» Quanto gli dava Mishal, si meravigliò; quanto aveva bisogno di lei! Il loro matrimonio andava oltre la semplice sensualità, era talmente intimo che una separazione sarebbe stata impensabile. «Invecchiare accanto a te» le disse mentre lei dormiva, «sarà un privilegio, Mishal.» Si concesse il gesto sentimentale di mandarle un bacio e uscì poi dalla camera in punta di piedi. Tornato sulla veranda principale del suo appartamento, al piano superiore della dimora, gettò un'occhiata dall'altra parte dei giardini e vide ciò che avrebbe distrutto per sempre la serenità del suo animo, frantumandola in modo irreparabile nell'attimo stesso in cui si era convinto di essere invulnerabile alle offese del destino.

Una giovane donna se ne stava accovacciata sul prato, con il palmo sinistro teso. Le farfalle si posavano su questa superficie, e lei le raccoglieva con la mano destra e se le metteva in bocca. Con metodica lentezza faceva colazione con quegli insetti acquiescenti.

Labbra, guance, mento erano fortemente macchiati dei molti colori sottratti alle farfalle morenti.

Quando Mirza Saeed Akhtar vide la giovane donna fare questa leggerissima colazione sul suo prato, ebbe un impeto di lussuria così potente che se ne vergognò subito. «È impossibile» si rimproverò. «Non sono un animale, dopo tutto.» La giovane donna indossava un sari giallo zafferano avvolto intorno alla propria nudità, come tutte le donne povere di quella regione, e quando si chinò sulle farfalle, il sari, penzolando in avanti, scoprì i piccoli seni offrendoli allo sguardo dell'ipnotizzato *zamindar*. Mirza Saeed allungò le mani per aggrapparsi alla ringhiera del balcone, e questo piccolo movimento del suo *kurta* bianco attrasse evidentemente l'attenzione di lei, che levò il capo e lo guardò fisso in volto.

Non abbassò subito gli occhi. E neanche si alzò per correre via, come lui si era quasi aspettato.

Ecco invece cosa fece: aspettò qualche secondo, come per vedere se lui aveva intenzione di parlarle. E quando ciò non avvenne, riprese tranquillamente il suo strano pasto, senza distogliere gli occhi dal volto di Mirza Saeed. L'aspetto più strano della cosa era che le farfalle parevano incanalarsi nell'aria sempre più chiara, per scendere di propria volontà verso i suoi palmi tesi e la propria morte. Le prendeva per le punte delle ali, tirava indietro la testa e le mandava giù con un guizzo della lingua. Una volta tenne la bocca aperta, con le labbra scure separate in maniera provocante, e Mirza Saeed tremò vedendo la farfalla che svolazzava nella buia caverna della propria morte, senza tentare in alcun modo di fuggire. Quando si fu convinta che lui avesse visto bene, la ragazza richiuse le labbra e cominciò a masticare. Rimasero così, contadina sotto, proprietario terriero sopra, finché, all'improvviso, lei roteò gli occhi e cadde pesantemente, contorcendosi con violenza, sul fianco sinistro.

Dopo essere rimasto paralizzato dal panico per qualche secondo, Mirza gridò: «Ehi, di casa! Ehi, svegliatevi, emergenza!». Nello stesso tempo si mise a correre verso la grandiosa scala di mogano inglese, portata qui da qualche inimmaginabile Warwick shire, da qualche luogo fantastico, dove in un umido e buio priorato, re Carlo I, prima di perdere la testa, aveva salito quei gradini nel diciassettesimo secolo di un altro computo del tempo. Gli stessi scalini furono scesi a precipizio da Mirza Saeed Akhtar, l'ultimo della sua stirpe, calpestando le orme spettrali dei piedi decapitati nel correre verso il prato.

La ragazza aveva le convulsioni e schiacciava farfalle sotto il corpo scalciante e rotolante. Mirza Saeed fu il primo ad arrivare fino a lei, ma la servitù e Mishal, svegliate dal suo grido, non erano molto più indietro. Afferrò le mascelle della ragazza e la obbligò ad aprirle, infilandovi un ramoscello trovato lì accanto, che lei subito spaccò a metà con un morso. Colò sangue dalla bocca ferita e lui temette per la sua lingua, ma proprio in quel momento la crisi finì e la ragazza si calmò e si addormentò. Mishal la fece portare in camera sua, e così Mirza Saeed fu obbligato a contemplare su quel letto una seconda bella addormentata, e fu colpito per la seconda volta da una sensazione che gli parve troppo ricca e profonda per poterla definire con un termine grossolano come *lussuria*. S'accorse di essere nello stesso tempo disgustato dai propri impuri propositi e inebriato dalle sensazioni che scorrevano in lui, sensazioni insolite la cui novità lo eccitava moltissimo. Mishal venne a mettersi accanto al marito. «La conosci?» le domandò Saeed, e lei annuì. «È un'orfana. Fa animaletti di smalto e li vende sulla camionale. Soffre di epilessia da quando era bambina.» Mirza Saeed era impressionato, non per la prima volta, dalla capacità della moglie di stabilire rapporti con altri esseri umani. Lui personalmente riconosceva, sì e no, un pugno di abitanti del villaggio, ma lei sapeva di ognuno il soprannome, le vicende familiari e il reddito. Le raccontavano persino i loro sogni, anche se erano pochi a sognare più di una volta al mese, essendo troppo poveri per permettersi questi lussi. Riaffiorò lo straripante affetto che aveva sentito all'alba e le cinse le spalle con un braccio. Lei appoggiò il capo su di lui e disse sottovoce: «Buon compleanno». Saeed la baciò sulla cima dei capelli. Poi rimasero abbracciati a guardare la ragazza addormentata. Ayesha: sua moglie gli aveva detto come si chiamava.

Da quando l'orfana Ayesha raggiunse la pubertà e divenne, per la sua tormentata bellezza e la sua aria di tenere gli occhi fissi su un altro mondo, oggetto dei desideri di molti giovani, si cominciò a dire che cercava un amante sceso dal cielo perché si riteneva troppo bella per i mortali. I suoi corteggiatori respinti sostenevano che, sul piano pratico, non aveva motivo di essere così schizzinosa, prima di tutto perché era orfana, e poi perché era posseduta dal demone dell'epilessia, che avrebbe sicuramente allontanato spiriti celesti forse altrimenti interessati. Certi giovani amareggiati arrivarono a suggerire che, dal momento che questi difetti le avrebbero sempre impedito di trovarsi un marito, Ayesha avrebbe fatto bene a prendersi degli amanti per non sprecare quella bellezza che, a essere giusti, avrebbe dovuto essere stata elargita a una persona meno problematica. Nonostante tutti i tentativi dei giovani di Titlipur di farne la loro puttana, Ayesha rimase però casta: la sua difesa era uno sguardo così intensamente concentrato su zone d'aria appena sopra la spalla sinistra del suo interlocutore, che veniva regolarmente scambiato per disprezzo. Poi vennero a sapere della sua nuova abitudine d'inghiottire farfalle e modificarono la loro opinione, convincendosi che fosse toccata in testa e che fosse quindi pericoloso andarci a letto perché c'era sempre il rischio che i demoni penetrassero nei suoi amanti. Da allora i maschi libidinosi del villaggio la lasciarono in pace nel suo tugurio, sola con i suoi animaletti e la sua singolare dieta svolazzante. Un giovane, però, prese l'abitudine di sedersi a poca distanza dalla sua porta, guardando discretamente nella direzione opposta, come se stesse montando la guardia, sebbene lei non avesse più bisogno di protettori. Era un ex intoccabile del vicino villaggio di Chatnapatna che si era convertito all'islamismo e aveva assunto il nome di Osman. Ayesha non diede mai segno di riconoscere la presenza di Osman, che dal canto suo non chiedeva nessun riconoscimento. I rami fronzuti del villaggio ondeggiavano nella brezza sopra le loro teste.

Il villaggio di Titlipur era cresciuto all'ombra di un immenso baniano, un unico monarca che regnava, con le sue molteplici radici, su un territorio di quasi un chilometro di diametro. A questo punto l'espansione dell'albero nel villaggio e del villaggio nell'albero era talmente intricata che era impossibile distinguere l'uno dall'altro. Certe parti dell'albero erano ormai notissimi angolini per innamorati, certe altre recinti per i polli. Alcuni dei braccianti più poveri si erano costruiti ripari di fortuna negli angoli di quei rami massicci, e vivevano di fatto nel denso fogliame. C'erano rami usati come sentieri per attraversare il villaggio, e altalene per bambini fatte con le barbe della vecchia pianta, e in certi punti, dove l'albero si piegava verso il terreno, le sue foglie fornivano un tetto a molte capanne, che parevano penzolare dalle fronde come il nido di un uccello tessitore. Quando si riuniva il *panchayat* del villaggio, sedeva sul più solido di tutti i rami. La gente del posto si era abituata a chiamare l'albero col nome del villaggio e il villaggio semplicemente "l'albero". Gli abitanti non umani del baniano – formiche del miele, scoiattoli, gufi – erano trattati col rispetto che si deve ai concittadini. Soltanto le farfalle erano ignorate, in quanto speranze che da tempo si erano rivelate false.

Era un villaggio musulmano, ed era per questo che il convertito Osman vi si era trasferito con il suo costume da pagliaccio e il suo torello "bum-bum", dopo aver abbracciato la fede in un atto di disperazione, sperando che l'assumere un nome musulmano gli avrebbe giovato più di altri cambiamenti di nome, per esempio quando gli intoccabili erano stati denominati "bambini di Dio". A Chatnapatna, come bambino di Dio, non era autorizzato ad attingere acqua dal pozzo municipale, perché il contatto di un paria avrebbe contaminato l'acqua potabile... Senza terra, e orfano come Ayesha, Osman si guadagnava da vivere come pagliaccio. Il suo torello portava dei coni di carta rossa sopra le corna e una quantità di drappi sgargianti sul naso e sulla groppa. Si spostava da un villaggio all'altro eseguendo – ai matrimoni e ad altre feste – un numero in cui il torello era il suo socio e la sua spalla, e annuiva in risposta alle sue domande, un cenno del capo voleva dire no, due sì.

«Non è carino il villaggio dove siamo venuti?» domandava Osman.

Bum, il torello non era d'accordo.

«No? Sì invece che lo è. Guarda: non sono brava gente?»

Bum.

«Come? Allora è un villaggio pieno di peccatori?»

Bum, bum.

«*Baapu-ré!* Allora andranno tutti all'inferno?»

Bum, bum.

«Ma, *bhaijan*. Non c'è speranza per loro?»

Bum, bum, il torello offriva la salvezza. Osman, tutto eccitato si chinava e accostava l'orecchio alla bocca dell'animale. «Dimmi subito. Cosa dovrebbero fare per salvarsi?» A questo punto il torello prendeva il berretto dalla testa di Osman e lo faceva girare tra la folla chiedendo soldi, e Osman annuiva felice: bum, bum.

Osman il convertito e il suo torello bum-bum erano benvoluti a Titlipur, ma il giovane desiderava soltanto l'approvazione di una persona, che non gliela dava. Le aveva confessato di essersi convertito all'Islam per motivi principalmente tattici. «Tanto per poter bere qualcosa, *bibi*. Cosa deve fare un uomo?» Indignata da questa confessione, gli disse che non era certo un musulmano, che la sua anima era in pericolo e che, per quel che importava a lei, poteva anche tornarsene a Chatnapatna e morire di sete. Parlando divenne tutta rossa, come se inspiegabilmente avesse subito una grande delusione, e fu la veemenza di questa delusione a dargli l'ottimismo necessario per starsene accovacciato a una dozzina di passi da casa sua, giorno dopo giorno, benché lei continuasse a passargli davanti, naso in aria, senza neanche un buon giorno o uno spero-che-tu-stia-bene.

Una volta alla settimana, i carri di patate di Titlipur arrancavano giù per la stretta pista piena di solchi che portava, in quattro ore, a Chatnapatna, una cittadina all'incrocio della pista con la grande camionale. A Chatnapatna c'erano i grandi e lucenti silos d'alluminio dei grossisti di patate, che però non avevano alcun rapporto con le regolari visite di Ayesha in questa località. Si faceva dare un passaggio su un carro di patate, tenendo ben stretto un fagotto avvolto in tela di sacco, per portare i suoi giocattoli al mercato. Chatnapatna era nota in tutta la regione per i suoi gingilli per bambini, giocattoli di legno intagliato e figurine smaltate. Osman e il suo torello rimasero al limite del baniano a guardarla sobbalzare sui sacchi di patate finché non si ridusse a un puntino.

A Chatnapatna, si recò nei locali di Sri Srinivas, padrone della più grossa fabbrica di giocattoli della cittadina. Sui muri c'erano le scritte politiche del momento: *Vota per Hand.* O, in termini più cortesi: *Si prega di votare per CP (M).* Sopra queste esortazioni si poteva leggere questo fiero annuncio: *Srinivas's Toy Univas. Il Nostro Moto: Sincerità & Creatività.* Srinivas era nel suo ufficio: un grande ammasso di carne gelatinosa con una testa che era un sole calvo, un uomo sulla cinquantina che una vita trascorsa vendendo giocattoli non era riuscita a inacidire. Ayesha gli doveva i suoi mezzi di sostentamento. Era stato così impressionato dalle qualità artistiche dei suoi intagli che si era impegnato ad acquistare tutti quelli che lei era in grado di produrre. Ma, nonostante la bonomia abituale, il suo viso si rabbuiò quando Ayesha, sciolto il suo fagotto, gli mostrò due dozzine di statuette di un giovane con un berretto da pagliaccio, accompagnato da un decorato torello, in grado di piegare la testa carica di orpelli.

Avendo capito che Ayesha aveva perdonato a Osman la sua conversione, Sri Srinivas gridò: «Quell'uomo ha tradito la propria nascita, e tu lo sai benissimo. Che razza di persona è uno che cambia dèi con la stessa facilità con cui si cambia il *dhoti*? Dio sa cosa ti ha preso, figliola, ma io queste bambole non le voglio». Sulla parete dietro la sua scrivania era appeso un certificato in cornice su cui si leggeva, in elaborati caratteri gotici. *Questo per certificare che MR SRI S. SRINIVAS è un Esperto di Storia Geologica del Pianeta Terra, per aver sorvolato il Grand Canyon con SCENIC AIRLINES*. Srinivas chiuse gli occhi e incrociò le braccia, un Buddha niente affatto ridente, con l'autorità incontestabile di uno che aveva volato. «Quel ragazzo è un diavolo» disse in un tono che non ammetteva repliche, e Ayesha, senza discutere, riavvolse le figurine nella sua tela di sacco e si voltò per andarsene. Srinivas spalancò gli occhi. «Accidenti a te» urlò, «non cerchi neanche di rendermi la cosa difficile? Credi che non sappia che ti occorrono i soldi? Perché hai fatto una stupidaggine così grossa? Come te la caverai adesso? Torna subito a casa e fammi qualche bambola PF, di gran carriera, e io te le pagherò al prezzo migliore, perché sono un uomo fin troppo generoso.» L'invenzione personale di Mr Srinivas era la bambola Pianificazione Familiare, una variante socialmente impegnata del vecchio modello della bambola russa. All'interno di una bambola *Abba*, completa di scarpe e vestito, c'era una contegnosa bambola *Amma* in sari, e all'interno di costei una figlia contenente un figlio. Due bambini sono sufficienti: era questo il messaggio delle bambole. «Ma sbrigati a farle» gridò Srinivas a Ayesha, che se ne stava andando. «Le bambole PF hanno un grande smercio.» Ayesha si voltò e sorrise. «Non si preoccupi per me, Mr Srinivas» disse, e uscì.

Ayesha l'orfana aveva diciannove anni quando s'avviò per tornare a piedi a Titlipur sulla pista delle patate piena di solchi, ma quando arrivò al villaggio, circa quarantotto ore dopo, era diventata in un certo senso una persona senza età, perché adesso i suoi capelli erano bianchi come neve, mentre la sua pelle aveva riacquistato la perfezione luminosa di quella di un neonato, e, sebbene fosse completamente nuda, le farfalle si erano posate sul suo corpo in sciami talmente fitti da dar l'impressione che indossasse un abito del materiale più delicato dell'universo. Vicino alla pista, il pagliaccio Osman stava provando i suoi numeri con il torello bum-bum, perché, sebbene si fosse preoccupato fino a star male per il prolungarsi della sua assenza e avesse passato tutta la notte precedente a cercarla, doveva comunque guadagnarsi da vivere. Quando le posò gli occhi addosso, questo giovane che non aveva mai rispettato Dio perché era nato intoccabile, si sentì permeare di un sacro terrore, e non osò accostarsi alla ragazza di cui era così disperatamente innamorato.

Lei andò nella propria capanna e dormì un giorno e una notte senza mai svegliarsi. Poi si recò dal capo del villaggio, Sarpanch Muhammad Din, e lo informò, parlandone come della cosa più normale di questo mondo, che l'arcangelo Gibreel le era apparso in una visione e si era sdraiato a riposare accanto a lei. «La grandezza è scesa tra noi» disse all'allarmato Sarpanch, che sino a quel momento si era sempre interessato più alla quotazione delle patate che alla trascendenza. «Tutto ci sarà richiesto, e tutto ci sarà dato.»

In un'altra parte dell'albero, la moglie di Sarpanch, Khadija, stava consolando un pagliaccio piangente, per il quale era arduo accettare di aver perso la sua amata Ayesha a beneficio di un essere superiore, perché quando un arcangelo giace con una donna, gli uomini l'hanno perduta per sempre. Khadija, che era vecchia e smemorata e spesso maldestra quando cercava di essere affettuosa, offrì a Osman una ben misera consolazione: «Il sole tramonta sempre quando si ha paura delle tigri» disse citando un vecchio detto: le brutte notizie arrivano sempre tutte assieme.

Non appena si diffuse la notizia del miracolo, la ragazza Ayesha fu chiamata alla grande casa, e nei giorni successivi passò lunghe ore rinchiusa con la moglie dello *zamindar*, Begum Mishal Akhtar, la cui madre era venuta a trovarla e s'innamorò della canuta moglie dell'arcangelo.

Il sognatore, sognando, vorrebbe (ma non può) protestare: io non l'ho mai toccata neanche con un dito, cosa credete che sia, una specie di sogno erotico? Mi venga un accidente se so dove questa ragazza ha attinto la sua informazione/ispirazione. Non da questa fonte, poco ma sicuro.

Accadde questo: stava tornando a piedi al suo villaggio, quando all'improvviso le parve di sentirsi stanca, e uscì dalla pista per sdraiarsi a riposare all'ombra di un tamarindo. E appena chiuse gli occhi, lui era lì accanto a lei, il sognante Gibreel in giacca e cappello, oppresso dal caldo. Lei lo guardò, ma Gibreel non poteva sapere cosa avesse visto, ali, forse, aureole, l'intero armamentario. Poi si sdraiò anche lui e s'accorse che non riusciva più ad alzarsi, i suoi arti erano diventati più pesanti che sbarre di ferro e il suo corpo gli sembrava schiacciato nel terreno dal suo stesso peso. Quando ebbe finito di guardarlo, Ayesha annuì solennemente, come se lui avesse parlato, dopo di che si tolse quel suo pezzo di sari e gli si distese accanto, nuda. A quel punto lui nel sogno s'addormentò, all'improvviso come se qualcuno avesse tolto un tappo, e quando sognò di svegliarsi lei era in piedi davanti a lui con quei capelli bianchi sciolti e quell'abito di farfalle: trasformata. Stava ancora annuendo, con espressione estasiata, nel ricevere un messaggio da qualcosa che chiamava Gibreel. Poi lo lasciò lì sdraiato e tornò al villaggio per farvi il suo ingresso.

Adesso insomma ho una moglie nel sogno, pensa il sognatore quando è abbastanza cosciente per pensare. Cosa diavolo me ne faccio? – Ma non dipende da lui. Ayesha e Mishal Akhtar sono insieme nella grande casa.

Dal giorno del suo compleanno, Mirza Saeed traboccava di desideri appassionati, "come se la vita cominciasse davvero a quarant'anni" pensava la moglie meravigliata. Il loro matrimonio divenne così ricco d'energia che la servitù doveva cambiare le lenzuola tre volte al giorno. Mishal sperava in segreto che questa intensificazione della libido del marito l'avrebbe portata a concepire, perché era sua ferma opinione che l'entusiasmo fosse importante, checché potessero dire in contrario i medici, e che gli anni trascorsi misurandosi la temperatura ogni mattina prima di scendere dal letto e riportando poi i risultati su fogli di carta millimetrata per stabilire l'andamento dell'ovulazione, avessero di fatto dissuaso i bambini dal nascere, un po' perché era difficile essere adeguatamente ardente quando la scienza veniva a letto con te, e un po' anche, a suo avviso, perché nessun feto che si rispetti accetterebbe mai di entrare nell'utero di una madre così meccanicamente programmata. Mishal pregava ancora per avere un figlio, anche se non lo diceva più a Saeed per risparmiargli la sensazione di averla delusa sotto questo aspetto. Con gli occhi chiusi, fingendo di dormire, invocava da Dio un segno, e quando Saeed divenne così amoroso, e così spesso, si domandò se il segno non poteva essere questo. Di conseguenza, la strana richiesta del marito che d'ora innanzi, ogni volta che venivano ad alloggiare a Peristan, lei adottasse le "vecchie usanze" e si nascondesse in un *purdah*, non fu accolta con il disprezzo che meritava. In città, dove avevano una casa grande e accogliente, lo *zamindar* e sua moglie erano noti come una delle coppie più "moderne" e "spregiudicate" del loro ambiente: collezionavano arte contemporanea, davano feste sfrenate e invitavano gli amici ad armeggiare al buio sui sofà guardando videocassette porno-soft. Così quando Mirza Saeed disse: «Non sarebbe delizioso, Mishu, se noi adattassimo il nostro comportamento a questa casa?» avrebbe dovuto ridergli in faccia. Rispose invece: «Come preferisci, Saeed» perché lui le aveva lasciato intendere che era una sorta di gioco erotico. Le fece anche capire che la sua passione per lei era diventata così travolgente che avrebbe potuto sentire il bisogno di esprimerla in qualsiasi momento, e se in quel particolare momento si fossero trovati all'aperto avrebbero rischiato di mettere in imbarazzo la servitù; e comunque la sua presenza gli avrebbe impedito di concentrarsi sui propri compiti, e poi in città «torneremo a essere completamente alla moda». Da tutto questo lei capì che la città per Mirza era piena di distrazioni, e quindi le possibilità di concepire erano maggiori qui a Titlipur. Decise quindi di acconsentire. Fu allora che invitò sua madre ad alloggiare da lei, perché se doveva restare confinata nella *zenana* aveva bisogno di compagnia. Mrs Qureishi arrivò tremolante di pingue furore, ben decisa a sgridare il genero finché non avesse rinunciato a questa stupidaggine del *purdah*, ma Mishal la stupì supplicandola: «Ti prego di non farlo». Anche Mrs Qureishi, moglie del direttore della banca di stato, era una donna sofisticata. «In effetti, Mishu, durante la tua adolescenza, tu eri la santerellina e io la scatenata. Pensavo che ti fossi tirata fuori da quel fosso, ma vedo che lui ti ci ha di nuovo spinta.» La moglie del finanziere era sempre stata convinta che il genero fosse segretamente un taccagno, convinzione che era rimasta intatta anche se a suffragarla non c'era neppure il più piccolo straccio di prova. Nonostante il veto della figlia, andò a cercare Mirza Saeed nel giardino all'italiana e si sfogò contro di lui, tremolando, com'era sua abitudine, per dare più forza alle proprie parole. «Che razza di vita state vivendo?» domandò. «Mia figlia non è fatta per esser rinchiusa ma per essere portata fuori! Che te ne fai di tutto il tuo patrimonio, se lo tieni sotto chiave? Figlio mio, apri il tuo portafogli e libera tua moglie! Portala via, rinnova il tuo amore con un piacevole *viaggetto*!» Mirza Saeed aprì la bocca, non trovò una risposta, la richiuse. Inebriata dalla propria oratoria, che aveva prodotto, lì per lì, l'idea di una vacanza, Mrs Qureishi s'appassionò a questo tema. «Fate le valigie e andate!» incalzò. «Parti, uomo, parti! Parti con lei, o preferisci tenerla rinchiusa finché non se ne andrà» – e a questo punto levò al cielo un dito minaccioso – «*per sempre*?»

Sentendosi in colpa, Mirza Saeed promise di prendere in considerazione la proposta.

«Cosa stai aspettando?» gridò lei trionfalmente. «Eh, mollaccione? Eh... *Amleto*?»

L'attacco della suocera provocò uno dei periodici accessi di rimorso che tormentavano Mirza Saeed da quando aveva convinto Mishal a prendere il velo. Per consolarsi, si mise a leggere il racconto *Ghare-Baire* di Tagore, dove uno *zamindar* persuade la moglie a *uscire* dal *purdah*, e poi lei si mette con un agitatore politico implicato nella campagna di *swadeshi* e alla fine lo *zamindar* muore. La storia lo rallegrò per qualche minuto, ma presto ricominciarono i suoi dubbi. Era stato sincero nelle ragioni che aveva fornito alla moglie o voleva semplicemente avere via libera per corteggiare la madonna delle farfalle, l'epilettica Ayesha? "Sai che via" pensò, ricordando Mrs Qureishi con i suoi occhi di falco accusatore, "e sai quanto libera." La presenza di sua suocera, obiettò a se stesso, era un'altra prova della sua buona fede. Non aveva forse concretamente incoraggiato Mishal a farla venire, pur sapendo benissimo che la vecchia cicciona non lo sopportava e che lo sospettava di ogni malizia possibile e immaginabile? "Avrei insistito tanto per averla qui se avessi macchinato qualche imbroglio?" si domandò. Ma le persistenti voci interiori continuavano: "Tutta questa recente sessuologia, questo rinnovato interesse per tua moglie, non sono che un transfert. In realtà vuoi che la tua contadinella prostituta venga a prostituirsi con te."

Conseguenza del senso di colpa, fu che lo *zamindar* si sentiva del tutto indegno. Gli insulti della suocera finirono per sembrargli, infelice com'era, la pura verità. "Mollaccione" lo aveva chiamato, e seduto nel suo studio, circondato da librerie dove i vermi stavano sbocconcellando allegramente inestimabili testi sanscriti che non si trovavano nemmeno negli archivi nazionali, e anche, meno preziose, le opere complete di Percy Westerman, G.A. Henty e Dornford Yates, Mirza Saeed ammise: sì, ha ragione lei, sono un molle. La casa esisteva da sette generazioni e da sette generazioni continuava il rammollimento. Percorse il corridoio dove stavano appesi i suoi antenati in sinistre cornici dorate, e contemplò lo specchio che aveva affisso all'ultimo spazio libero per ricordare a se stesso che un giorno sarebbe dovuto salire anche lui su quella parete. Era un uomo senza angoli acuti né ruvidi spigoli; persino i suoi gomiti erano coperti da cuscinetti di carne. Nello specchio vide i baffetti sottili, il mento debole, le labbra macchiate di *paan*. Guance, naso, fronte: tutto molle, molle, molle. «Chi potrebbe trovare qualcosa in un tipo come me?» gridò, e quando si rese conto di essere talmente agitato che si era messo a parlare ad alta voce, capì che doveva essere innamorato, che era malato d'amore come un cane e che l'oggetto dei suoi affetti non era più la sua amorevole moglie.

«Allora che razza di individuo superficiale, bugiardo e ipocrita sono» sospirò tra sé, «per cambiare tanto e così in fretta? Merito d'essere eliminato senza cerimonie.» Ma non era il tipo che si lascia cadere sulla propria spada. Passeggiò invece per un po' nei corridoi di Peristan, e ben presto la casa operò la propria magia e gli restituì qualcosa di simile al suo consueto buonumore.

La casa: nonostante il nome fiabesco, era un solido edificio piuttosto prosaico, che appariva esotico solo perché eretta in un altro paese. Era stata costruita sette generazioni prima da un certo Perowne, un architetto inglese molto amato dalle autorità coloniali, il cui solo stile era quello della casa di campagna neoclassica inglese. A quei tempi i grandi *zamindar* andavano pazzi per l'architettura europea. Il bis-bis-bis-bisnonno di Saeed aveva assunto questo tizio cinque minuti dopo averlo conosciuto a un ricevimento del viceré, per dimostrare in pubblico che non tutti i musulmani indiani avevano appoggiato l'azione dei soldati Meerut o solidarizzato con le successive rivolte, niente affatto – e poi gli aveva dato carta bianca – e così adesso in mezzo a campi di patate quasi tropicali e nei pressi del grande baniano c'era Peristan, coperta di bouganvillee rampicanti, con serpenti nelle cucine e scheletri di farfalle nelle credenze. Secondo alcuni il nome derivava da quello dell'inglese e non aveva origini più fantasiose: era soltanto una contrazione di *Perownistan*.

Dopo sette generazioni, cominciava a sembrare finalmente parte di questo paesaggio di carri trainati da manzi e di palme e di cieli alti e limpidi e carichi di stelle. Persino la finestra di vetro colorato che dava sulla scala di re Carlo il Decapitato era stata, in qualche modo indefinibile, naturalizzata. Pochissime di queste vecchie case degli *zamindar* erano sopravvissute ai saccheggi egualitari del presente, e quindi c'era a Peristan una vaga aria ammuffita da museo, anche se – o forse proprio perché – Mirza Saeed era molto orgoglioso della sua vecchia casa e spendeva senza risparmio per tenerla in ordine. Dormiva, sotto un alto baldacchino d'ottone lavorato e battuto, su un letto a forma di nave che era già stato occupato da tre viceré. Nel grande salone gli piaceva sedersi con Mishal e Mrs Qureishi su un insolito divanetto a tre posti. A un'estremità di questa stanza, c'era, arrotolato su blocchi di legno, un colossale tappeto Shiraz ad attendere il lussuoso ricevimento che avrebbe meritato di vederlo steso e che non arrivava mai. Nella sala da pranzo c'erano massicce colonne classiche con ornati capitelli corinzi, e c'erano pavoni, sia reali sia in pietra, che passeggiavano sui gradini davanti a casa, e lampadari veneziani che tintinnavano nell'atrio. I *punkah* originari erano ancora in condizioni perfette, con tutte le funi per farli funzionare collegate, attraverso pulegge e buchi nelle pareti e nei pavimenti, a un piccolo e mal aerato stanzino dove sedeva il *punkah-vala* che le tirava tutte assieme, ironicamente prigioniero dell'aria fetida di quel minuscolo locale senza finestre mentre faceva arrivare fresche brezze in ogni altra parte della casa. Anche i servi erano lì da sette generazioni e avevano quindi perso l'arte di lamentarsi. Vigevano ancora le antiche regole: persino il venditore di dolci di Titlipur aveva l'obbligo di ottenere l'approvazione dello *zamindar* prima di mettere in commercio qualsiasi dolciume innovativo che potesse aver inventato. La vita a Peristan era molle quanto era dura sotto l'albero; ma anche su esistenze così protette possono abbattersi colpi pesanti.

La scoperta che sua moglie passava la maggior parte del tempo rinchiusa con Ayesha riempì il Mirza di un'irritazione intollerabile, un eczema dello spirito che lo faceva impazzire perché non c'era modo di grattarlo. Mishal sperava che l'arcangelo, il marito di Ayesha, le facesse la grazia di un bambino, ma, non potendo dire questo al marito, metteva il broncio e alzava le spalle con petulanza quando lui le domandava perché mai sprecasse tanto tempo con la ragazza più pazza del villaggio. L'insolita reticenza di Mishal acuì il prurito del cuore di Mirza Saeed, e lo rese anche geloso, benché non capisse bene se lo era di Ayesha o di Mishal. Notò per la prima volta che la signora delle farfalle aveva occhi di un grigio splendente come quelli di sua moglie, e per qualche ragione anche questo lo irritò, come una prova del fatto che le donne si stavano coalizzando a suo danno, sussurrandosi Dio sa quali segreti; forse addirittura malignavano su di lui! Questa faccenda della *zenana* pareva un grosso fallimento; persino quella vecchia cicciona di Mrs Qureishi si era lasciata abbindolare da Ayesha. Proprio un bel trio; quando le chiacchiere misticheggianti entrano dalla porta, il buonsenso esce dalla finestra.

Per quanto riguardava Ayesha: ogni volta che incontrava il Mirza, sul balcone o in giardino dove andava a passeggio leggendo poesie d'amore in urdu, era invariabilmente timida e deferente; ma il suo buon comportamento, unito alla totale assenza di qualsiasi scintilla d'interesse erotico, spingeva sempre di più Saeed nell'impotenza della disperazione. Fu così che quando, un giorno, spiò Ayesha che entrava negli alloggi di sua moglie e, qualche minuto dopo, udì la voce di sua suocera emettere un urlo melodrammatico, provò un caparbio desiderio di vendicarsi e attese deliberatamente tre minuti buoni prima di andare a indagare. Trovò Mrs Qureishi che si strappava i capelli e singhiozzava come una diva del cinema, mentre Mishal e Ayesha sedevano sul letto a gambe incrociate, occhi grigi che guardavano nel grigio, e la faccia di Mishal era cullata tra i palmi tesi di Ayesha.

Risultò che l'arcangelo aveva fatto sapere ad Ayesha che la moglie dello *zamindar* stava morendo di cancro, che i suoi seni erano invasi dai noduli maligni della morte e che le restavano soltanto pochi mesi di vita. L'ubicazione del cancro aveva dimostrato a Mishal la crudeltà di Dio, perché solo una divinità malevola avrebbe introdotto la morte nel seno a una donna il cui unico desiderio era allattare una nuova vita. Quando entrò Saeed, Ayesha stava sussurrando pressantemente a Mishal: «Non devi pensare questo. Dio ti salverà. Sta mettendo alla prova la tua fede».

Mrs Qureishi comunicò la brutta notizia a Mirza Saeed, con molti strilli e ululati, e per il turbato *zamindar* quella fu l'ultima goccia. Andò su tutte le furie e si mise a urlare a gran voce e a tremare come se da un momento all'altro potesse fracassare tutti i mobili della stanza e coloro che l'occupavano.

«Al diavolo il tuo cancro fantasma» gridò esasperato ad Ayesha. «Sei entrata in casa mia con la tua pazzia e i tuoi angeli e hai stillato veleno nelle orecchie della mia famiglia. Vattene di qui con le tue visioni e il tuo sposo invisibile. Siamo nel mondo moderno, e sono i medici, non gli spettri nei campi di patate, che ci dicono quando siamo malati. Tu hai provocato questo maledetto frastuono per niente. Vattene e non metter più piede nella mia terra.»

Ayesha lo ascoltò senza distogliere gli occhi o le mani da Mishal. E, quando Saeed s'interruppe per prender fiato, aprendo e chiudendo i pugni in continuazione, disse sottovoce alla moglie di lui: «Tutto ci sarà richiesto e tutto ci sarà dato». Nell'udire questa formula, che in tutto il villaggio la gente stava cominciando a ripetere pappagallescamente, come se sapesse cosa voleva dire, Mirza Saeed Akhtar perse per un attimo la testa, alzò una mano e colpì Ayesha facendole perdere i sensi. Lei cadde sul pavimento, con la bocca sanguinante e con un dente in meno, buttato giù dal suo pugno, e mentre lei se ne stava lì sdraiata, Mrs Qureishi si mise a insultare suo genero: «Oh Dio, ho affidato mia figlia a un assassino. Oh Dio, uno che picchia le donne. Avanti, picchia anche me, allenati. Profanatore di santi, bestemmiatore, diavolo, immondo». Saeed lasciò la stanza senza una parola.

L'indomani Mishal Akhtar insistette per tornare in città e sottoporsi a un check-up completo. Saeed si oppose. «Se vuoi indulgere alla superstizione, va' pure, ma non aspettarti che io t'accompagni. Sono otto ore di macchina all'andata e otto al ritorno; e quindi, al diavolo.» Mishal partì quel pomeriggio con la madre e l'autista, e quindi Mirza Saeed non era dove sarebbe dovuto essere, cioè accanto alla moglie, quando le furono comunicati i risultati degli esami: positivo, inoperabile, troppo avanzato, gli artigli del cancro avevano scavato a fondo nel suo petto. Pochi mesi, sei se aveva fortuna; e prima, tra poco, il dolore. Mishal tornò a Peristan e andò direttamente in camera sua nella *zenana*, dove scrisse al marito un biglietto formale, su carta da lettere color lavanda, per informarlo della diagnosi del medico. Leggendo questa condanna a morte, scritta di suo pugno, lui avrebbe voluto con tutte le sue forze scoppiare in lacrime, ma gli occhi rimasero ostinatamente asciutti. Per molti anni non aveva avuto tempo per l'Essere Supremo, ma adesso continuavano a tornargli in mente due frasi di Ayesha, *Dio ti salverà. Tutto ci sarà dato*. Gli venne anche un pensiero amaro e superstizioso: "È una maledizione" pensò. "Poiché io ho desiderato Ayesha, lei ha ucciso mia moglie."

Quando lui si recò nella *zenana*, Mishal si rifiutò di vederlo, ma sua madre, nel vietargli l'accesso, gli consegnò un secondo biglietto su carta azzurra profumata. "Voglio vedere Ayesha" diceva. "Fammi il favore di permetterlo". Chinando il capo, Mirza Saeed diede il suo consenso e strisciò via pieno di vergogna.

Con Mahound c'era sempre lotta; con l'Imam schiavitù; ma con questa ragazza non c'è niente. Gibreel è inerte, quasi sempre addormentato, nel sogno come nella vita. Lei viene da lui sotto un albero, o in un fossato, ascolta ciò che lui non sta dicendo, prende ciò che le serve e se ne va. Cosa sa lui del cancro, per esempio? Assolutamente nulla.

Tutt'intorno, pensa tra il sogno e la veglia, ci sono persone che odono voci, che si fanno sedurre dalle parole. Ma non sono sue; non sono farina del suo sacco. – Allora di chi sono? Chi sussurra nelle loro orecchie, mettendoli in grado di smuovere montagne, fermare orologi, diagnosticare malattie?

Non riesce a scoprirlo.

Il giorno dopo il ritorno di Mishal Akhtar a Titlipur, la ragazza Ayesha, che la gente cominciava a considerare una *kahin*, una *pir*, sparì completamente per una settimana. Il suo sventurato ammiratore, Osman il pagliaccio, che l'aveva seguita a distanza sulla polverosa pista delle patate per Chatnapatna, raccontò agli abitanti del villaggio che si era levata una brezza a soffiargli polvere negli occhi; e quando era riuscito a liberarsene, lei era "semplicemente sparita". Di solito quando Osman e il suo torello cominciavano a raccontare le loro storie assurde di *ginn*, di lampade magiche e di apriti-sesamo, quelli del villaggio ascoltavano tolleranti e lo prendevano in giro, okay, Osman, risparmiati per quegli idioti di Chatnapatna; loro forse questa roba se la bevono, ma noi qui a Titlipur sappiamo come vanno le cose e sappiamo che i palazzi non compaiono se mille e un muratore non li hanno costruiti e non spariscono se gli stessi muratori non li hanno buttati giù. Ma in questa occasione nessuno rise del pagliaccio perché, quando si trattava di Ayesha, quelli del villaggio erano pronti a credere qualsiasi cosa. Si erano infatti convinti che la ragazza coi capelli di neve era la vera erede della vecchia Bibiji: le farfalle non erano forse ricomparse nell'anno della sua nascita e non la seguivano forse avvolgendola come un mantello? Ayesha era la rinascita della speranza, da tempo inacidita, che il ritorno delle farfalle aveva acceso, e la dimostrazione che in questa vita erano ancora possibili grandi cose, persino per i più deboli e i più poveri.

«L'angelo se l'è portata via» disse meravigliata Khadija, la moglie del Sarpanch, e Osman scoppiò in lacrime. «Ma no, è meraviglioso» spiegò la vecchia Khadija senza capire. Quelli del villaggio prendevano in giro il Sarpanch: «Come tu sia diventato il capo del villaggio con una moglie così priva di tatto, proprio non riusciamo a capirlo».

«Mi avete scelto voi» rispondeva lui arcigno.

Il settimo giorno dopo la sua scomparsa, Ayesha fu vista camminare verso il villaggio, di nuovo nuda e vestita di farfalle dorate, con i capelli argentei che la fluttuavano dietro nella brezza. Andò direttamente a casa del Sarpanch Muhammad Din e gli chiese di convocare immediatamente il *panchayat* di Titlipur per una riunione d'emergenza. «È venuto il più grande momento della storia dell'albero» confidò. Muhammad Din, incapace di dirle di no, fissò la riunione per quella sera, dopo il calar delle tenebre.

Quella notte i membri del *panchayat* presero posto sul solito ramo, mentre Ayesha, la *kahin*, stava di fronte a loro per terra. «Ho volato con l'angelo sino alle più alte alture» disse. «Sì, fino al loto del Limite estremo. L'arcangelo, Gibreel, ci ha portato un messaggio che è anche un ordine. Tutto ci è richiesto, e tutto ci sarà dato.»

Niente nella vita del Sarpanch Muhammad Din lo aveva preparato alla scelta che ora stava per affrontare. «Cosa chiede l'angelo, Ayesha, figliola?» domandò, sforzandosi di tenere ferma la voce.

«È volontà dell'angelo che tutti noi, uomini, donne e bambini del villaggio, cominciamo subito i preparativi per un pellegrinaggio. Ci è stato ordinato di andare a piedi da qui a Mecca Sharif, di baciare la Pietra nera nella Ka'aba al centro di Haram Sharif, la sacra moschea. È lì che dobbiamo andare.»

A questo punto il quintetto del *panchayat* cominciò a discutere animatamente. C'era da pensare ai raccolti, e all'impossibilità di abbandonare in massa le case. «Non è pensabile, bambina» le disse il Sarpanch. «Tutti sanno che Allah esenta dall'*haj* e dall'*umra* quelli che non sono realmente in grado di partire per motivi di povertà o di salute.» Ayesha rimase in silenzio e gli anziani continuarono a dibattere. Poi fu come se quel silenzio avesse contagiato tutti gli altri e per un lungo momento, durante il quale la questione fu risolta – anche se nessuno riuscì mai a capire come – non fu pronunciata neppure una parola.

Infine fu Osman il pagliaccio a parlare, Osman il convertito, per il quale la nuova fede non era più importante di un bicchiere d'acqua. «Sono quasi trecento chilometri da qui al mare» gridò. «Ci sono tra noi vecchie e bambini piccoli. Come facciamo ad andarci?»

«Dio ci darà la forza» replicò serena Ayesha.

«Non vi è venuto in mente» gridò Osman, che non voleva arrendersi, «che c'è un immenso oceano tra noi e Mecca Sharif? Come lo attraverseremo? Non abbiamo soldi per i battelli dei pellegrini. Forse l'angelo ci farà crescere le ali, per permetterci di volare?»

Allora quelli del villaggio investirono con rabbia il bestemmiatore Osman. «Zitto, adesso» lo rimproverò il Sarpanch Muhammad Din. «Non è da molto che sei nella nostra fede o nel nostro villaggio. Tieni il becco chiuso e impara le nostre usanze.»

Ma Osman rispose con sfrontatezza: «È così, allora, che accogliete i nuovi abitanti? Non come eguali, ma come persone che devono fare quello che gli si ordina?». Un crocchio di uomini paonazzi cominciò a stringersi intorno a lui, ma prima che potesse succedere qualcos'altro la *kahin* Ayesha modificò radicalmente la situazione rispondendo alle domande del pagliaccio.

«Anche questo ha spiegato l'angelo» disse con calma. «Faremo trecento chilometri a piedi fino ad arrivare in riva al mare e allora metteremo piede nella spuma e le acque si apriranno per noi. Le onde si divideranno e noi cammineremo fino alla Mecca sul fondo dell'oceano.»

Il mattino dopo, Mirza Saeed Akhtar si svegliò in una casa insolitamente silenziosa, e quando chiamò i servi non ebbe risposta. Il silenzio si era esteso anche ai campi di patate; ma sotto il gran tetto fronzuto dell'albero Titlipur c'era un enorme trambusto. Il *panchayat* aveva votato all'unanimità di obbedire all'ordine dell'arcangelo Gibreel e gli abitanti del villaggio avevano iniziato i preparativi per la partenza. In un primo tempo il Sarpanch avrebbe voluto che il falegname Isa costruisse lettighe da tirare con i buoi per il trasporto dei vecchi e degli infermi, ma sua moglie gli aveva tolto dalla mente questa idea, dicendogli: «Tu non ascolti, Sarpanch *sahibji*! Non ha forse detto l'angelo che dobbiamo andare a piedi? E allora è questo che dobbiamo fare». Solo i bambini più piccoli erano esentati dal camminare e sarebbero stati portati sulle spalle (si era deciso) da tutti gli adulti a rotazione. La gente del villaggio aveva riunito tutte le proprie risorse e montagne di patate, lenticchie, riso, cocomeri amari, peperoncini rossi, melanzane e altre verdure si stavano accatastando vicino al ramo del *panchayat*. Il peso delle provviste sarebbe stato equamente diviso tra i camminatori. Si stavano anche radunando gli utensili da cucina e quel tanto di biancheria e coperte da letto che era possibile trovare. Si sarebbero portati appresso bestie da soma e anche un paio di carri per i polli vivi e simili, ma in generale i pellegrini avevano avuto dal Sarpanch l'ordine di ridurre al minimo gli effetti personali. Questi preparativi erano cominciati prima dell'alba, e quando l'infuriato Mirza Saeed entrò a grandi passi nel villaggio, erano già a buon punto. Per quarantacinque minuti lo *zamindar* li rallentò facendo discorsi rabbiosi e scuotendo per le spalle individui singoli, ma poi, per fortuna, desistette e se ne andò, e il lavoro poté così continuare al ritmo intenso di prima. Nell'allontanarsi, il Mirza si batté ripetutamente la testa e insolentì la gente con orribili epiteti come *mentecatti* e *babbei*, ma era sempre stato un Senzadio, il debole punto d'arrivo di una forte schiatta, e bisognava lasciare che si trovasse lui il proprio destino; non aveva senso discutere con uomini di quella fatta.

Al tramonto gli abitanti del villaggio erano pronti a partire, e il Sarpach disse che tutti si sarebbero alzati a pregare nelle ore piccole, per potersi mettere in cammino immediatamente dopo ed evitare così le ore più torride della giornata. Quella notte, sdraiato sulla sua stuoia accanto alla vecchia Khadija, mormorò: «Finalmente. Avevo sempre desiderato di vedere la Ka'aba e di girarle attorno prima di morire». Lei allungò un braccio dalla propria stuoia per prendergli una mano. «Anch'io l'ho sperato, contro ogni speranza» disse. «Cammineremo insieme tra le acque.»

Mirza Saeed, trascinato a un'impotente frenesia dallo spettacolo del villaggio che faceva i bagagli, irruppe dalla moglie senza cerimonie. «Dovresti vedere quello che sta succedendo, Mishu» esclamò, gesticolando in modo assurdo. «L'intera Titlipur ha perso il cervello e sta partendo per la costa. Che ne sarà delle loro case, dei loro campi? C'è la rovina in vista. Devono esserci di mezzo degli agitatori politici. Qualcuno deve aver corrotto qualcuno. Pensi che se offrissi del denaro, rimarrebbero qui da persone equilibrate?» Smise di parlare. Ayesha era nella camera.

«Cagna» la insultò. Era seduta a gambe incrociate sul letto, mentre Mishal e sua madre, accovacciate sul pavimento, sceglievano tra la loro roba e cercavano di decidere quale fosse il minimo indispensabile per il pellegrinaggio.

«Noi non ci andiamo» sbraitò Mirza Saeed. «Ve lo proibisco. Solo il diavolo sa con quale germe questa puttana ha contaminato il villaggio, ma tu sei mia moglie e io mi rifiuto di lasciarti intraprendere questa avventura suicida.»

«Belle parole» rise amaramente Mishal. «Le hai scelte proprio bene, Saeed. Sai che non vivrò, eppure parli di suicidio. Saeed, qui sta succedendo qualcosa, e tu col tuo ateismo d'importazione europea non capisci che cosa sia. Ma forse lo capiresti, se guardassi sotto i tuoi vestiti inglesi e cercassi di trovare il tuo cuore.»

«È incredibile» gridò Saeed. «Mishal, Mishu, sei proprio tu? Sei diventata all'improvviso uno di quei personaggi della storia antica ossessionati da Dio?»

Mrs Qureishi disse: «Va' via, figlio. Qui non c'è posto per gli increduli. L'angelo ha detto a Ayesha che, quando Misha avrà completato il pellegrinaggio alla Mecca, il suo cancro scomparirà. Tutto è richiesto e tutto sarà dato».

Mirza Saeed Akhtar appoggiò i palmi a una parete della camera della moglie e premette la fronte contro l'intonaco. Poi, dopo una lunga pausa, disse: «Se si tratta di compiere l'*umra*, allora per l'amor di Dio andiamo in città e prendiamo un aereo. Potremo essere alla Mecca tra un paio di giorni».

Mishal rispose: «Ci è stato ordinato di andare a piedi».

Saeed perse il controllo. «Mishal? Mishal?» strillò. «Ordinato? Arcangeli, Mishu? *Gibreel*? Dio con la barba lunga e gli angeli con le ali? Paradiso e Inferno, Mishal? Il diavolo con la coda a punta e gli zoccoli fessi? Fin dove vuoi arrivare con queste bubbole? Hanno l'anima le donne, tu cosa dici? O al contrario: hanno un genere le anime? E Dio è bianco o nero? Quando le acque dell'oceano si separeranno, dove andrà a finire l'acqua che avanza? Rimarrà lì di fianco a formar pareti? Mishal? Rispondimi. Esistono i miracoli? Credi nel Paradiso? Saranno perdonati i miei peccati?» Cominciò a piangere e cadde in ginocchio, sempre con la fronte premuta contro la parete. La moglie morente gli si avvicinò e lo abbracciò da dietro. «Allora va' pure in pellegrinaggio» le disse scoraggiato. «Ma prendi almeno la Mercedes giardinetta. C'è l'aria condizionata e puoi portarti una ghiacciaia piena di coca-cola.»

«No» disse lei con dolcezza. «Andremo come tutti gli altri. Siamo pellegrini, Saeed. Non è un picnic sulla spiaggia.»

«Non so cosa fare» pianse Mirza Saeed Akhtar. «Non posso affrontare questo problema da solo.»

Parlò dal letto Ayesha: «Vieni con noi, Mirza *sahib*» disse. «Le tue idee sono finite. Vieni a salvarti l'anima.»

Saeed si alzò, con gli occhi rossi. «Bello il viaggetto che volevi» disse con cattiveria a Mrs Qureishi. «È una trovata che ricadrà certamente sulle nostre teste. Il tuo viaggetto sarà la fine di tutti noi, sette generazioni, il vero grande bang!»

Mishal appoggiò una guancia alla sua schiena. «Vieni con noi, Saeed. Vieni e basta.»

Lui si voltò verso Ayesha. «Dio non c'è» disse con fermezza.

«Non c'è altro Dio che Dio e Muhammad è il suo Profeta» replicò lei.

«L'esperienza mistica è una verità soggettiva, non oggettiva» continuò Saeed. «Le acque non si apriranno.»

«Il mare si dividerà per ordine dell'angelo» rispose Ayesha.

«Stai guidando queste persone a un sicuro disastro.»

«Le sto portando in seno a Dio.»

«Io non ti credo» insistette Mirza Saeed. «Ma verrò egualmente e ad ogni passo cercherò di porre fine a questa pazzia.»

«Dio sceglie molti mezzi» gioì Ayesha, «molte strade per portare chi dubita alla certezza.»

«Va' all'inferno» gridò Mirza Saeed Akhtar, e, disperdendo farfalle, corse fuori della camera.

«Chi è più pazzo?» sussurrò Osman il pagliaccio all'orecchio del suo torello mentre lo strigliava nella sua piccola stalla. «La pazza o il folle che ama la pazza?» Il torello non rispose. «Forse avremmo fatto meglio a rimanere intoccabili» continuò Osman. «Un oceano obbligatorio mi sembra peggio di un pozzo proibito.» E il torello annuì, due volte per dire sì, bum, bum.

V

UNA CITTÀ VISIBILE MA NON VISTA

«*Una volta che sono un cigno, qual è l'incantesimo o l'antidoto per ridiventare me stesso?*» Mr Muhammad Sufyan, prop. Café Shaandaar e padrone della pensione di sopra, mentore dei variegati, transeunti e variopinti abitanti di entrambi i luoghi, uomo che-ha-visto-tutto, il meno dottrinario degli *haji* e il più spudorato dei maniaci delle videocassette, ex maestro di scuola, autodidatta per quanto concerne i testi classici di molte culture, licenziato a Dakha per dissidi culturali con certi generali, nei tempi lontani in cui il Bangladesh era soltanto una Regione Occidentale, e quindi, per citare le sue stesse parole, "più un tappo emigrato che un tappo immigrato" – bonaria allusione, questa, alla sua modesta statura, perché, pur essendo uomo largo di braccia e di vita, non misurava più di un metro e cinquantaquattro a livello del suolo – batté le palpebre sulla soglia della propria camera, svegliato a mezzanotte dal bussare insistente di Jumpy Joshi, si pulì gli occhiali con l'orlo del *kurta* alla bengalese (con le cordicelle legate a fiocco sulla nuca), strinse forte le palpebre chiuse aperte chiuse sugli occhi miopi, si rimise gli occhiali, aprì gli occhi, si accarezzò la barba tinta con l'henné e non accompagnata da baffi, si succhiò i denti e reagì alle corna, ora inconfondibili, sulla fronte del tizio scosso da brividi che Jumpy, come il gatto, pareva aver trascinato lì, con la citata battuta improvvisata, rubata, con commendevole alacrità mentale per una persona destata da un sonno profondo, a Lucio Apuleio di Madura, sacerdote marocchino, 120-180 d.C. *ca.*, coloniale di un antico impero, colui che respinse l'accusa d'aver stregato una ricca vedova ma confessò, con un certo spirito di contraddizione, di essere stato trasformato per magia, in una precedente fase della propria carriera (no, non in un gufo, ma) in un asino. «Sì, sì» continuò Sufyan, uscendo in corridoio e soffiando una bianca nebbiolina di alito invernale sulle proprie mani a coppa, «Povero disgraziato, ma compiangerlo non serve a niente. Bisogna assumere un atteggiamento costruttivo. Vado a svegliare mia moglie.»

Chamcha aveva la barba lunga ed era sporco. Era avvolto in un lenzuolo, portato come una toga, da cui sporgeva la comica deformità degli zoccoli caprini, mentre più in alto s'intravedeva la triste buffoneria di un giaccone in pelle di pecora, che gli aveva prestato Jumpy, col colletto alzato, sicché i riccioli di pecora erano a pochissimi centimetri dalle corna appuntite da caprone. Sembrava incapace di parlare, lento nei movimenti, ottuso nell'espressione; benché Jumpy tentasse di fargli coraggio – «Su, vedrai, è una faccenda che risolveremo in un lampo» – lui, Saladin, rimaneva il più stremato e passivo dei – di che? – diciamo dei satiri. Sufyan intanto continuava a esprimere la propria solidarietà con parole di Apuleio: «Per quanto riguarda l'asino, una metamorfosi a rovescio esigeva l'intervento personale della dea Iside» sorrise. «Ma i vecchi tempi vanno bene per i vecchi bacucchi. Nel tuo caso, giovanotto, il primo passo potrebbe essere una scodella di buon brodo caldo.»

A questo punto i suoi toni gentili furono quasi sommersi dall'intervento di una seconda voce, che proruppe altissima esprimendo un orrore da melodramma; e dopo pochi istanti il suo piccolo corpo fu allontanato a spintoni e gomitate dalla figura gigantesca e polposa di una donna, che sembrava indecisa se spingerlo decisamente via o tenerselo davanti come uno scudo protettivo. Accovacciatasi dietro a Sufyan, questa nuova creatura allungò un tremulo braccio che culminava in un tozzo e fremente dito indice con l'unghia scarlatta. «Quello lì» gridò. «Cos'è questa roba che ci è piombata addosso?»

«È un amico di Joshi» disse dolcemente Sufyan, e continuò, rivolgendosi a Chamcha: «Ci scusi, la prego, ma è stato tutto così inaspettato, eccetera, no? Comunque posso presentarle la mia signora; – la mia Begum Sahiba – Hind».

«Quale amico? Come amico?» strillò la donna accovacciata. «Ma non hai occhi per vedere, *Ya Allah?*»

Il corridoio – nudo pavimento di assi, scrostata tappezzeria a fiori sulle pareti – incominciava a riempirsi di inquilini assonnati. Spiccavano tra loro due ragazze adolescenti, una con i capelli ritti, l'altra con una coda di cavallo, che pregustavano entrambe l'occasione di dimostrare la loro maestria (appresa da Jumpy) nelle arti marziali del karate e del wing chun: le figlie di Sufyan, la diciassettenne Mishal e la quindicenne Anahita, erano schizzate fuori dalla loro camera in tenuta di combattimento, pigiama alla Bruce Lee portato sciolto sulla T-shirt con la figura della nuova Madonna – videro lo sventurato Saladin – e scossero il capo con gioioso stupore.

«Drastico» disse Mishal in tono d'approvazione. E sua sorella annuì: «Favoloso. Di prim'ordine, cazzo». Sua madre, tuttavia, non la sgridò per il suo linguaggio; Hind aveva la mente altrove e gemeva, più forte che mai: «Guardate mio marito. Che razza di *haji* è questo? È Shaitan in persona che è entrato dalla nostra porta, e io dovrei offrirgli *yakhni* caldo di pollo, cucinato con la mia mano destra?».

Sarebbe stato inutile, a questo punto, per Jumpy supplicare Hind di essere tollerante, tentare una spiegazione o chiedere solidarietà. «Se non è il diavolo in persona» fece notare irrefutabilmente la popputa signora, «da dove viene quell'alito pestifero che emette? Dal Giardino profumato, forse?»

«Non da Gulistan, ma da Bostan» disse Chamcha all'improvviso. Ma, nell'udire la sua voce, Hind strillò spaventata e gli passò davanti di corsa, dirigendosi verso la cucina.

«Mister» disse Mishal a Saladin, mentre sua madre scendeva precipitosamente le scale, «chi riesce a spaventarla in quel modo deve essere proprio *cattivo*.»

«Perfido» assentì Anahita. «Benvenuto a bordo.»

Questa Hind, ora così tenacemente dedita agli esclamativi, era stata un tempo – stranomavero! – la più timida delle spose, l'incarnazione della dolcezza, la personificazione della tollerante bonarietà. Come sposa dell'erudito maestro di scuola di Dhaka, aveva assolto ai propri doveri di buona lena, da moglie perfetta, portando al marito tè al cardamomo quando rimaneva alzato sino a tardi per correggere i temi d'esame, propiziandosi il preside della scuola nelle gite scolastiche trimestrali delle famiglie del personale docente, affrontando i romanzi di Bibhuti Bhushan Baneriji e la metafisica di Tagore nello sforzo di rendersi degna di uno sposo capace di citare con noncuranza dal *Rig Veda* come dal *Quran-Sharif*, dai commentari di Giulio Cesare come dall'*Apocalisse* di san Giovanni. A quei tempi aveva ammirato la sua apertura mentale e aveva tentato, in cucina, di raggiungere un analogo eclettismo, imparando a preparare le *dosas* e gli *uttapam* dell'India meridionale, nonché le morbide polpette di carne del Kashmir. A poco a poco l'adesione alla causa del pluralismo gastronomico divenne per lei una grande passione e, mentre il laico Sufyan trangugiava le molteplici culture del subcontinente – «e non facciamo finta che non sia presente anche la cultura occidentale; dopo tanti secoli, come potrebbe non far parte della nostra eredità?» – sua moglie cucinava e mangiava in quantità sempre crescenti. E a forza di divorare gli aromatizzatissimi piatti di Hyderabad e le ricche salse allo yogurt di Lucknow, il suo corpo cominciò a modificarsi, perché tutto quel cibo doveva pur trovare spazio da qualche parte, e Hind prese a somigliare a quell'immensa e ondulata massa di terra, a quel subcontinente senza frontiere, perché il cibo attraversa qualsiasi confine che vi possa venire in mente.

Mr Muhammad Sufyan, invece, non aumentò di peso: non di una *tola*, non di un'*oncia*.

Col suo rifiuto d'ingrassare cominciarono i guai. Quando lei lo rimproverava – «Non ti piace la mia cucina? Allora per chi sto facendo tutto questo e mi sto gonfiando come un pallone?» – lui rispondeva gentilmente, e alzando il capo verso di lei (che era la più alta dei due) sopra gli occhiali: «Anche la moderazione fa parte della nostra tradizione, Begum. Mangiare due bocconi meno della propria fame: il sacrificio, la via dell'ascetismo». Che uomo: tutte le risposte possibili, ma non riuscivi mai a trascinarlo a una lite come si deve.

La moderazione non era per Hind. Forse, se Sufyan si fosse lamentato; se anche solo una volta le avesse detto, *Credevo di aver sposato una donna, ma ormai sei grossa abbastanza per due;* se le avesse dato un minimo d'incentivo! – forse allora lei avrebbe desistito, perché no, certo che l'avrebbe fatto; e quindi era colpa sua, perché mancava d'aggressività, che razza di maschio era uno che non sapeva insultare la moglie cicciona? – A dire il vero, era possibilissimo che Hind non sarebbe riuscita a controllare le proprie gozzoviglie neanche se Sufyan avesse fornito le imprecazioni e le implorazioni richieste; ma, dal momento che non le forniva, lei continuava a masticare, contenta di scaricare sul marito l'intera responsabilità della propria linea.

Di fatto, una volta cominciato a incolparlo di una cosa, scoprì che ce n'erano molte altre che poteva rimproverargli; e scoprì anche di avere una lingua, col risultato che l'umile appartamento del maestro risonava abitualmente di quelle lavate di capo che lui era troppo coniglio per fare ai propri scolari. Gli si rinfacciavano soprattutto i suoi princìpi troppo rigorosi, grazie ai quali, gli diceva Hind, aveva già capito che non le sarebbe mai stato concesso di diventare la moglie di un ricco; – cosa dire infatti di un uomo che, scoprendo che la sua banca gli aveva inavvertitamente accreditato in conto lo stipendio per due volte nello stesso mese, si era affrettato a *notificare all'istituzione* l'errore e a restituire la somma? – cosa sperare da un insegnante che, avvicinato dal più ricco dei padri dei suoi scolari, aveva recisamente rifiutato di prendere in considerazione l'ipotesi di accettare le solite rimunerazioni in cambio dei servizi resi nel dare un voto ai temi d'estate dei rampolli?

«Ma tutto questo avrei potuto perdonartelo» gli bisbigliava in tono oscuro, lasciando sottinteso il resto della frase *se non ci fossero stati i tuoi veri affronti; i tuoi crimini sessuali e politici.*

Sin da quando si erano sposati, i due avevano compiuto l'atto sessuale di rado, nel buio completo, in un silenzio in cui si sarebbe sentito cadere uno spillo e totalmente immobili. A Hind non era mai venuto in mente di dimenarsi o di scuotersi, e poiché Sufyan sembrava arrivare alla fine limitando al minimo i movimenti, immaginò – lo aveva sempre immaginato – che considerassero entrambi la cosa nello stesso modo, vale a dire, come una sporca faccenda di cui non bisognava parlare né prima né dopo, e neppure prestarle molta attenzione durante. Che i figli ci avessero messo parecchio tempo prima di arrivare lo considerò un castigo di Dio, poiché Lui solo conosceva le malefatte della sua vita precedente; del fatto che poi fossero entrambe femmine si rifiutava di incolpare Allah, preferendo invece prendersela col debole seme piantato in lei da uno sposo così poco virile, opinione che non si peritò di esprimere, con grande veemenza e con orrore della levatrice, nel momento stesso della nascita della piccola Anahita. «Un'altra femmina» boccheggiò disgustata. «Be', se penso a chi l'ha generata, è già una fortuna che non sia uno scarafaggio o un topo.» Dopo la seconda figlia, disse a Sufyan che il troppo era troppo e gli ordinò di trasferire il proprio letto in sala. Lui accettò senza discutere il rifiuto d'avere altri figli, ma Hind scoprì in seguito che il mandrillo pensava di poter ancora, ogni tanto, entrare al buio in camera sua e compiere quello strano rito di silenzio e immobilità quasi totale cui si era rassegnata soltanto in nome della riproduzione. «Cosa credi?» gli urlò la prima volta che ci provò. «Che io lo faccia per *divertimento*?»

Una volta ficcatogli in quella testa così dura di comprendonio che non scherzava, nossignore, basta con questi giochini, lei era una donna per bene, non una libertina impazzita dalla lussuria, lui cominciò a star fuori sino a tarda notte. Fu durante questo periodo – mentre lei credeva, sbagliando, che frequentasse prostitute – che si buttò nella politica, e neanche in qualche partito rispettabile; oh no, il Signor Cervellone doveva associarsi proprio ai diavoli, con il Partito comunista, nientemeno, e tanti saluti a tutti i suoi princìpi: demòni, ecco che cos'erano, ben peggio delle puttane. E in seguito a questi traffici con l'occulto, lei fu costretta a fare i bagagli, quasi senza preavviso, e a partire per l'Inghilterra con due bambine piccole a rimorchio; in seguito a questa stregoneria ideologica, aveva dovuto sopportare tutte le privazioni e le umiliazioni degli immigrati; e in seguito a questa diavoleria era impantanata per sempre in questa Inghilterra e non avrebbe mai più rivisto il suo villaggio. «L'Inghilterra» gli disse una volta, «è la tua vendetta per averti io impedito di compiere i tuoi atti osceni sul mio corpo.» Lui non aveva risposto; e chi tace acconsente.

E che cos'era che permettava loro di guadagnarsi la vita in questa Vilayet del suo esilio, in questa *Yuké* della vendetta di quel sessuomane di suo marito? I suoi *Gitanjali*, le sue *Egloghe* o quel dramma *Otello* che secondo lui si chiamava in realtà *Attal-*

lah o *Attaullah*, solo che l'autore non sapeva come si scriveva, e che razza di scrittore era, a proposito?

Era: la sua cucina. "Shaandaar" era apprezzatissima. "Eccellente, brillante, squisita." Veniva gente da tutta Londra per mangiare le sue *samosas*, il suo *chaat* di Bombay, i suoi *gulab jaman* importati direttamente dal Paradiso. E i compiti di Sufyan? Prendere i soldi, servire il tè, correre qua e là, comportarsi insomma come un servo nonostante tutta la sua cultura. Oh, sì, certo ai clienti era simpatico, era sempre stato un personaggio affascinante, ma quando devi mandare avanti un ristorante non è con la conversazione che paghi le spese. *Jalebis*, *barfi*, piatto del giorno. Gli scherzi della vita! Adesso era lei la padrona.

Vittoria!

Tuttavia era anche un fatto che lei, cuoca e sostegno di famiglia, artefice massima del successo dello Shaandaar Café, che col tempo li aveva messi in grado di costruire un intero edificio di quattro piani e di darne in affitto le stanze – *lei* era quella intorno alla quale aleggiava, come un alito fetido, il miasma della disfatta. Mentre Sufyan continuava a brillare, Hind aveva un'aria spenta, come una lampadina con un filamento rotto, come una stella cadente, come una fiamma. – Perché? – Perché, mentre Sufyan, privato della professione, degli allievi e del rispetto, saltellava come un agnellino e aveva persino cominciato a metter su peso, ingrassando proprio a Londra come non gli era mai successo in patria; perché, quando il potere gli era stato tolto di mano per essere affidato a lei, si comportava – secondo suo marito – come "una creatura inetta", "una depressa cronica", "un cane bastonato"? Semplice: non malgrado questo, ma a causa di questo. Tutto ciò che lei aveva apprezzato era stato sconvolto dal cambiamento; e durante la trasformazione era andato perso.

Il suo linguaggio: obbligata ora a emettere questi suoni esotici che le stancavano la lingua, non aveva forse il diritto di lamentarsi? L'abitazione della sua famiglia: che importanza aveva che, a Dhaka, avessero vissuto nell'umile appartamento di un insegnante, mentre ora, grazie al suo buon senso imprenditoriale, ai suoi risparmi e alla sua abilità con le spezie, occupavano questa casa di quattro piani? Dov'era la città che lei conosceva? Dove il villaggio della sua giovinezza e i verdi canali del suo paese? Le tradizioni sulle quali aveva costruito la propria vita erano anch'esse perdute, o almeno erano difficili da trovare. Nessuno in questa Vilayet aveva tempo per le piccole cortesie della vita di laggiù o per i molti riti della fede. Inoltre: non era forse costretta a sopportare un marito di poco conto, mentre prima poteva bearsi della sua posizione dignitosa? Perché avrebbe dovuto essere orgogliosa di lavorare per guadagnarsi da vivere, per guadagnargli da vivere, mentre prima poteva starsene tranquilla a casa in un lusso molto più confacente? – E poi conosceva, come poteva non conoscerla, la tristezza che si nascondeva sotto la bonomia di Sufyan, e anche quella era una sconfitta: prima non si era mai sentita così inadeguata come moglie, perché che razza di donna è una che non riesce a rallegrare il suo uomo, ma ha davanti agli occhi la simulazione della felicità e deve far finta che sia autentica? – Non solo: erano venuti in una città diabolica, dove poteva succedere qualsiasi cosa, che ti mandassero in frantumi le finestre in piena notte senza nessuna ragione; che ti gettassero a terra per strada con mani invisibili; che udissi nei negozi insulti tali da darti l'impressione che ti si stessero staccando le orecchie, per poi voltarti nella direzione delle parole e vedere soltanto aria vuota e facce sorridenti, e ogni giorno sentivi raccontare di un nuovo ragazzo o di una ragazza picchiati da fantasmi. – Sì, una terra di diavoletti fantasma, come la spieghi? La soluzione migliore era starsene a casa, non uscire nemmeno per impostare una lettera, rimanere in casa e chiudere la porta a chiave e dire le preghiere, e allora (forse) gli spiriti maligni avrebbero girato al largo. – Le ragioni della sconfitta? *Baba*, chi ce la farebbe a elencarle? Non solo era diventata la moglie di un bottegaio e una schiava della cucina, ma non poteva contare nemmeno sulla sua gente; – c'erano uomini da lei sempre considerati rispettabili, *sharif*, che divorziavano per telefono dalle mogli rimaste in patria e si mettevano con femmine *haramzadi*, e ragazze uccise per la dote (certe cose riuscivano a passare le dogane straniere senza pagare dazio); – e, peggio ancora, il veleno di questa isola del diavolo aveva contaminato anche le sue figliole, che crescevano rifiutandosi di parlare la loro madre lingua, benché ne capissero ogni parola, e solo per dispetto; perché, se no, Mishal si sarebbe fatta tagliare i capelli e vi avrebbe infilato degli arcobaleni; e ogni giorno risse, litigi, disobbedienze – e, peggio ancora, non c'era niente di nuovo nelle sue lagnanze, era così per tutte le donne come lei, e quindi non era più soltanto una, soltanto se stessa, soltanto Hind moglie del maestro Sufyan; era precipitata nell'anonimità, nella pluralità indefinita dell'essere puramente una-delle-donne-come-lei. Era questa la lezione della storia: per donne-come-lei non c'era che soffrire, ricordare e morire.

Era quello che faceva: per non riconoscere la debolezza del marito, lo trattava, quasi sempre, come un lord, come un monarca, perché, nel mondo che aveva perduto, la propria gloria s'identificava con la sua; per non riconoscere i fantasmi fuori del Café, non usciva mai, e mandava altri ad acquistare le provviste per la cucina e le altre cose necessarie alla casa, e anche a rifornirla costantemente di film hindi e bengalesi in videocassetta grazie ai quali (oltre che al cumulo sempre crescente di riviste di cinema indiane) riusciva a tenersi al corrente di ciò che avveniva nel "mondo reale", per esempio la bizzarra scomparsa dell'incomparabile Gibreel Farishta e il successivo tragico annuncio della sua morte in un incidente aereo; e per dare al suo senso di frustrata ed esausta disperazione un certo sfogo, faceva scenate alle figlie. La maggiore delle quali, per vendicarsi, portava i capelli cortissimi e permetteva ai propri capezzoli di premere contro camicie scandalosamente aderenti.

L'arrivo di un vero e proprio diavolo, di un uomo-caprone con le corna, era dunque, alla luce di quanto si è detto, qualcosa di molto simile alla goccia che fa traboccare il vaso, o quella almeno che la precede di pochissimo.

I residenti di Shaandaar si riunirono di notte in cucina per un improvvisato incontro al vertice. Mentre Hind lanciava imprecazioni nel brodo di pollo, Sufyan mise a tavola Chamcha, avvicinando, a beneficio del poverino, una seggiola d'alluminio con un sedile di plastica blu, e diede inizio ai lavori della nottata. Mi fa piacere riferire che le teorie di Lamarck furono citate dal maestro in esilio, il quale parlò nel suo miglior tono didattico. Quando Jumpy ebbe finito di raccontare l'incredibile storia della caduta di Chamcha dal cielo – il protagonista era troppo assorto nel brodo di pollo e nella propria infelicità per parlare direttamente – Sufyan, succhiandosi i denti, citò l'ultima edizione dell'*Origine della specie*. «Dove persino il grande Charles accettava il concetto di mutazione *in extremis* per rassicurare la sopravvivenza della specie; e che importanza ha che i suoi successori – sempre più darwiniani di lui! – respinsero, *a posteriori*, questa eresia lamarckiana, insistendo sulla selezione naturale e nient'altro, – devo tuttavia ammettere che questa teoria non si estende alla sopravvivenza dell'esemplare singolo, ma solo alla specie nel suo insieme – e in più, per quanto concerne la natura della mutazione, il problema è comprenderne la reale utilità.»

«Ba-abbo.» Anahita Sufyan, occhi rivolti al cielo, guancia appoggiata al palmo, interruppe queste meditazioni. «Piantala. Il punto è, come si è trasformato in un simile, in un simile» – con ammirazione – «mostro?»

Allora il diavolo, alzando la testa dal brodo di pollo, gridò: «No, non è vero. Non sono un mostro. Oh no, non lo sono assolutamente». La sua voce, che pareva venire da un abisso insondabile di sofferenza, commosse e allarmò la ragazza che si alzò e corse ad accarezzare impetuosamente una spalla della bestia infelice, e, nel tentativo di fare ammenda, disse: «Naturale che non lo sei, scusami, io non penso certo che tu sia un mostro; è solo che lo sembri».

Saladin Chamcha scoppiò in lacrime.

Mrs Sufyan, intanto, inorridita dallo spettacolo della figlia minore che metteva letteralmente le mani addosso a quella creatura, levò gli occhi sulla galleria degli inquilini in vestaglia e, agitando verso di loro un mestolo per la minestra, invocò aiuto. «Come tollerare? – L'onore, la protezione delle ragazze non possono più essere assicurati. – Una cosa simile in casa mia!...!»

Mishal Sufyan perse la pazienza. «Gesù, mamma.»

«*Gesù*?»

«Pensate che sia una cosa temporanea?» domandò Mishal a Sufyan e a Jumpy, voltando le spalle alla scandalizzata Hind. «Una specie di possessione diabolica – qualcosa che si possa, come dire, *esorcizzare*?» Presagi, veggenti, vampiri, incubi in Elm

Street, brillavano nei suoi occhi eccitati e suo padre, fanatico delle videocassette quanto qualsiasi adolescente, aveva l'aria di considerare seriamente questa ipotesi. «Nel *Lupo della steppa*» cominciò, ma Jumpy era stufo di queste divagazioni. «La cosa più importante» affermò, «è avere una visione ideologica della situazione.»

Questo mise tutti a tacere.

«Oggettivamente» disse, con un sorrisetto modesto, «che cosa è accaduto? Uno: arresto arbitrario, intimidazione, violenza. Due: detenzione illegale, misteriosi esperimenti medici in ospedale» – su questo mormorii d'assenso, mentre ricordi d'ispezioni intravaginali, di scandali di Depo-Provera, di sterilizzazioni non autorizzate dopo il parto, e, ancora più indietro di vendite sottocosto di farmaci nel Terzo Mondo, affioravano in tutti i presenti, dando attendibilità alle insinuazioni di chi aveva parlato – perché ciò che uno crede dipende da ciò che ha visto – non solo da ciò che è visibile ma da ciò che si è disposti a guardare in faccia – e comunque corna e zoccoli dovevano pur avere una spiegazione, e in quei reparti d'ospedali in mano alla polizia poteva capitare di tutto. «E in terzo luogo» continuò Jumpy, «collasso psicologico, perdita del senso dell'io, incapacità di lottare. Sono tutte cose che abbiamo già visto.»

Nessuno obiettò, neppure Hind: c'erano verità da cui era impossibile dissentire. «Ideologicamente» disse Jumpy, «io mi rifiuto di accettare la posizione di vittima. Certo, lui è stato perseguitato, ma sappiamo tutti che qualsiasi abuso di potere è in parte responsabilità di chi lo subisce; la nostra passività ci rende complici di questi crimini, anzi li permette.» Dopo di che, avendo così rimproverato il proprio pubblico fino a portarlo a un'imbarazzata sottomissione, chiese a Sufyan di mettere a disposizione la stanzetta nell'attico, attualmente libera, e Sufyan, a sua volta, per un senso di solidarietà e di colpa, si trovò nell'impossibilità di chiedere anche un solo penny d'affitto. Hind, è vero, borbottò: «Io so che il mondo è impazzito, quando il diavolo viene ospite in casa mia» ma lo fece così a bassa voce che nessuno la udì, tranne la figlia maggiore Mishal.

Sufyan, regolando la propria condotta su quella della figlia minore, andò dove Chamcha, avvolto nella sua coperta, stava bevendo quantità enormi dell'ineguagliabile *yakhni* di pollo di Hind, s'accovacciò e cinse con un braccio lo sventurato ancora scosso dai brividi. «Il posto migliore per te è qui» disse, come se parlasse a un idiota o a un bambino piccolo. «Dove potresti, se no, guarire dalle tue deformazioni e ricuperare la salute? Dove se non qui, con noi, fra la tua gente, i tuoi simili?»

Fu quando si trovò solo nella camera dell'attico, al limite estremo delle proprie forze, che Saladin Chamcha rispose alla domanda retorica di Sufyan. «Io non sono un vostro simile» disse chiaramente nella notte. «Voi non siete la mia gente. Ho passato metà della mia vita cercando di allontanarmi da voi.»

Il suo cuore cominciò a comportarsi male, a scalciare e ad agitarsi, come se volesse anche lui assumere una nuova forma diabolica, sostituire la complessa imprevedibilità di *tabla improvisations* al suo vecchio ritmo da metronomo. Giacendo insonne su quello stretto letto, impigliandosi con le corna nelle lenzuola e nelle federe ogni volta che si girava, egli sopportò il ritorno dell'eccentricità coronarica con una sorta di fatalistica rassegnazione: se c'è tutto il resto, perché non dovrebbe esserci anche questo? Badabum, faceva il cuore, e il suo torso sussultava. *Sta' attento o ti arrangio io. Dabumbadum.* Sì, questo era proprio l'Inferno. La città di Londra trasformata in Jahannum, Gehenna, Muspellheim.

Ma i diavoli soffrono all'Inferno? Non sono loro quelli coi forconi?

Cominciò a gocciolare acqua dalla finestra dell'abbaino. Fuori, nella città infida, era venuto il disgelo che dava alle strade la consistenza inattendibile del cartone bagnato. Lente masse bianche scivolavano dai grigi tetti spioventi d'ardesia. Le tracce dei furgoni increspavano la fanghiglia. Le prime luci, e stava cominciando il coro dell'alba, cicaleccio di perforatrici, cinguettio d'antifurto, strombettio di creature con ruote che si scontravano agli angoli, il ronzio profondo di un grosso inceneritore verde oliva, sbraitanti voci radiofoniche dal montacarichi di un verniciatore appeso al piano superiore di una birreria, rombare di grandi *juggernaut* che appena svegli correvano spargendo terrore in questo viottolo lungo ma stretto. Dal sottosuolo giungevano tremori a rivelare il passaggio di enormi vermi sotterranei che divoravano e rigurgitavano esseri umani, e dai cieli il ronzio degli elicotteri e lo stridore di uccelli più alti e luccicanti.

Si levò il sole, scartando la città nebbiosa come un regalo. Saladin Chamcha si addormentò.

Ma non per questo trovò requie; tornò anzi in quell'altra strada notturna sulla quale, in compagnia della fisioterapista Hyacinth Phillips, era fuggito verso il proprio destino, clop clop, su zoccoli traballanti; e ricordò che, a mano a mano che si allontanava la prigionia e si avvicinava la città, gli era sembrato che la faccia e il corpo di Hyacinth cambiassero. Vide aprirsi e allargarsi la fessura fra i suoi denti incisivi superiori centrali, e il modo in cui i suoi capelli si annodavano e s'intrecciavano come quelli della medusa e la strana forma triangolare del suo profilo, che declinava dalla linea dei capelli alla punta del naso, dove cambiava radicalmente direzione e proseguiva in senso opposto, in una linea ininterrotta fino al collo. Vide nella luce gialla che la sua pelle diventava di minuto in minuto sempre più scura e i suoi denti più sporgenti e il suo corpo più lungo e sottile come il disegno schematico di un bambino. Contemporaneamente, gli scoccava occhiate di una lussuria sempre più esplicita e gli teneva stretta la mano con dita così ossute e irresistibili da dargli l'impressione che uno scheletro si fosse impadronito di lui e cercasse di trascinarlo in una tomba; sentiva un odore di terra appena rimossa, un odore nauseante, nel suo alito, nelle sue labbra... ed ebbe un senso di disgusto. Come aveva potuto considerarla attraente, e persino desiderarla, persino fantasticare, mentre lei gli sedeva addosso a cavalcioni e faceva uscire a pugni il fluido dai suoi polmoni, che fossero amanti negli spasimi violenti di un rapporto sessuale?... La città s'infittiva intorno a loro come una foresta; gli edifici s'attorcigliavano e s'arruffavano come i capelli di lei. «Non c'è luce che possa arrivare sin qui» gli sussurrò. «È nero; tutto nero.» Fece per sdraiarsi e per attirarlo a sé, nella terra, ma lui gridò: «Svelta, la chiesa» e s'immerse in una poco attraente struttura a forma di scatola, cercandovi asilo in più di un senso. Ma all'interno i banchi erano pieni di Hyacinth, giovani e vecchie, Hyacinth in informi abiti blu a due pezzi, perle false e tocchi con la veletta, Hyacinth in verginali camicie da notte bianche, Hyacinth di ogni tipo immaginabile, e tutte cantavano a gran voce: *Guardami, Gesù!* finché non videro Chamcha e rinunciarono alla spiritualità e cominciarono a sbraitare con voci che di spirituale non avevano niente, *Satana, il Caprone, il Caprone*, e cose simili. A questo punto era chiaro che la Hyacinth con cui era entrato lo stava guardando con occhi diversi, proprio come lui aveva guardato lei in strada; che lei pure aveva cominciato a vedere qualcosa che l'aveva disgustata; e quando lesse il ribrezzo su quella faccia orribilmente appuntita e annebbiata, decise di sfogarsi. «*Hubshees*» le maledì, ricorrendo, chissà per quale ragione, alla madre lingua abbandonata. Sobillatrici e selvagge, le chiamò. «Mi fate pena» affermò. «Ogni mattina dovete guardarvi allo specchio e vedervi riflesso il buio, la macchia, la dimostrazione che siete le più spregevoli delle creature spregevoli.» Allora lo investirono, tutte quelle Hyacinth, compresa la sua Hyacinth ora confusa in mezzo a loro, non più distinguibile, non più una persona ma una donna-come-loro, e lui fu picchiato con violenza spaventosa, ed emise miserevoli belati, correndo in cerchio alla ricerca di una via d'uscita; finché non capì che la paura delle sue assalitrici era molto più forte della loro collera, e si levò in tutta la sua statura, allargò le braccia e urlò suoni diabolici, costringendole a mettersi al riparo, a nascondersi dietro i banchi, mentre lui, sanguinante ma indomito, lasciava il campo di battaglia.

I sogni dispongono le cose alla loro maniera; ma Chamcha, svegliandosi per un attimo mentre i battiti del suo cuore iniziavano un nuovo ritmo sincopato, si rese amaramente conto che l'incubo non era poi stato molto lontano dalla verità; lo spirito, almeno, era questo. – Quella è stata la fine di Hyacinth, pensò, e ci fu un'altra dissolvenza. – Dopo di che si vide rabbrividire in casa propria, mentre, al piano superiore, Jumpy Joshi discuteva animatamente con Pamela. *Con mia moglie.*

E quando la Pamela del sogno, echeggiando parola per parola quella della realtà, aveva respinto il proprio marito cento e una volta, *lui non esiste, certe cose non sono possibili*, era stato Jamshed, il virtuoso, che, mettendo da parte amore e desiderio, era accorso in suo aiuto. Lasciandosi dietro una singhiozzante Pamela – *Non osare riportare qui quella cosa*, gridò dall'ultimo piano, – dalla *mia* tana! – Jumpy, dopo aver avvolto Chamcha in un giaccone di pecora e coperta, lo condusse, indebolito, nelle tenebre sino allo Shaandaar Café, promettendo, con vana gentilezza: «Andrà tutto bene. Vedrai. Andrà tutto benissimo».

Quando Saladin Chamcha si svegliò, il ricordo di queste parole suscitò in lui una collera intensa. Dov'è Farishta, si sorprese a pensare. Quel bastardo: scommetto che se la sta cavando benissimo. – Era un pensiero cui sarebbe ancora tornato, con conseguenze straordinarie; ma per il momento aveva altre gatte da pelare.

Io sono l'incarnazione del male, pensò. Doveva guardare in faccia la realtà. Comunque fosse accaduto, ciò era inconfutabile. *Io non sono più me stesso*, o almeno non soltanto. Io sono la personificazione della malvagità, di ciò-che-odiamo, del peccato.

Perché? Perché io?

Che cosa aveva fatto di male – quale cosa abietta poteva, doveva aver fatto?

Per che cosa lo stavano – non poteva evitare questo pensiero – punendo? E già che ci siamo, *chi* lo puniva? (Io rimasi zitto.)

Non aveva forse perseguito la propria idea del *bene*, non aveva cercato di diventare ciò che più ammirava, non si era dedicato con una forza di volontà che sconfinava nell'ossessione, all'obiettivo di diventare inglese? Non aveva lavorato sodo, evitando di mettersi nei guai, lottando per rinnovarsi? Assiduità, meticolosità, moderazione, riserbo, fiducia in sé, probità, vita di famiglia, cos'erano tutte queste cose se non un codice morale? Era colpa sua se Pamela e lui non avevano avuto figli? Era responsabilità sua la genetica? Possibile che, in quest'epoca alla rovescia, dovesse essere punito dai – dai fati, aveva deciso di chiamare così la forza che lo perseguitava – proprio *perché* aveva perseguito "il bene"? Che oggi questo fosse considerato sbagliato, o addirittura malvagio? E com'erano crudeli questi fati a istigare la sua cacciata da quel mondo che aveva corteggiato con tanta determinazione; com'era desolante farsi mettere alla porta dalla città che credeva di aver conquistato da tempo! Che perfida piccineria era quella di ributtarlo in seno alla *sua gente* da cui si era così a lungo sentito lontano! Affiorarono a questo punto pensieri su Zeeny Vakil, ma lui, sentendosi nervoso e in colpa, tornò a spingerli nel proprio inconscio.

Il cuore gli sferrò un calcio violento, e allora si alzò a sedere, piegato in due, respirando a fatica. *Calmati o è la fine. Non c'è spazio per queste riflessioni stressanti. Non più.* Aspirò a fondo; tornò a sdraiarsi; si sgombrò la mente. Il traditore che portava in petto riprese il suo lavoro normale.

Basta, si disse Saladin Chamcha con fermezza. Devo smetterla di ritenermi un malvagio. Le apparenze ingannano: la copertina non è la miglior guida al libro. Diavolo, Caprone, Shaitan?

Non io.

Non io; un altro.

Chi?

Arrivarono Mishal e Anahita con la colazione su un vassoio e l'eccitazione sul viso. Chamcha divorò fiocchi di grano e Nescafé, mentre le ragazze, dopo pochi secondi di timidezza, chiacchieravano, contemporaneamente, senza mai fermarsi. «Be', hai creato un bel casino in casa, poco ma sicuro.» – «Non è che stanotte tu sia cambiato di nuovo e sia di nuovo te stesso?» – «Senti, non sarà mica un imbroglio? Voglio dire un trucco, una trovata teatrale? – voglio dire, Jumpy ci ha detto che sei un attore, e allora ho pensato – voglio dire» e a questo punto la giovane Anahita smise di parlare, perché Chamcha, sputando fiocchi di grano, urlò con rabbia: «Trucco? Trovata teatrale? *Imbroglio?*».

«Non volevamo offenderti» disse ansiosa Mishal, accorrendo in difesa della sorella. «È solo che pensavamo, capisci cosa voglio dire, e be' sarebbe altrettanto orribile se tu non lo fossi, ma invece lo sei, certo che lo sei, e allora va tutto bene» concluse in fretta poiché Chamcha la stava di nuovo guardando male. – «Il fatto è» riprese Anahita, e poi, balbettando, «Voglio dire, be', noi pensiamo che sia meraviglioso.» – «Vuol dire te» la corresse Mishal. «Noi pensiamo che tu sia meraviglioso, capisci?» – «Brillante» disse Anahita, e abbagliò lo sbalordito Chamcha con un sorriso. «Magico, capisci. *Eccezionale.*»

«Non abbiamo chiuso occhio tutta la notte» disse Mishal. «E ci sono venute delle idee.»

«Quello che abbiamo pensato» Anahita tremava per l'eccitazione, «è che siccome ti sei trasformato in – quello che sei – allora forse, be', probabilmente, di fatto, anche se non l'hai ancora messo alla prova, sarebbe possibile che tu avessi...» Fu la ragazza più grande a concludere la frase: «Che tu avessi acquisito – come dire – dei *poteri*».

«Questo pensavamo» aggiunse debolmente Anahita, poiché aveva visto annuvolarsi la fronte di Chamcha. E, indietreggiando verso la porta, aggiunse: «Ma probabilmente sbagliamo. Sì. Sbagliamo di grosso. Buon appetito». Prima di fuggire, Mishal tirò fuori un flacone di liquido verde dalla tasca del suo giaccone a quadretti rossi e neri, lo posò sul pavimento accanto alla porta e pronunciò questa battuta di congedo: «Oh, scusami, ma la mamma dice che può farti comodo, è un colluttorio, per il tuo alito».

Che Mishal e Anahita adorassero la deformazione che lui odiava con tutto il cuore lo convinse del fatto che la "sua gente" era folle e perversa come lui aveva da tempo sospettato. Che quelle due dovessero reagire alla sua amarezza – quando, la seconda mattina che passò nell'attico, gli portarono una *masala dosa* anziché un pacchetto di cereali con i relativi astronauti di carta argentata e lui, ingrato, strillò: «E adesso dovrei mangiare questo sporco cibo straniero?» – con espressioni di simpatia, non faceva che peggiorare le cose. «Nera segatura» concordò Mishal. «Niente salsicce qui dentro, purtroppo.» Rendendosi conto di aver insultato la loro ospitalità, lui cercò di spiegarle che ormai si considerava, be', un inglese... «E noi?» volle sapere Anahita. «Cosa credi che siamo?» E Mishal confidò: «Il Bangladesh per me non è niente. È solo un posto su cui papà e mamma la menano in continuazione». E Anahita, per chiudere l'argomento: «Granpasticcio». Con un cenno del capo per esprimere la propria soddisfazione. «È così che lo chiamo io.»

Loro però non erano inglesi, avrebbero voluto dirgli, non lo erano *realmente*, non in un modo che lui potesse riconoscere. E tuttavia le sue certezze di un tempo stavano a mano a mano scivolando via da lui, insieme con la sua vecchia vita... «Dov'è il telefono?» domandò. «Devo fare qualche telefonata.»

Era nell'atrio: Anahita, razziando i propri risparmi, gli prestò le monete. Con la testa avvolta in un turbante preso in prestito, il corpo nei pantaloni di Jumpy e i piedi nelle scarpe di Mishal, Chamcha chiamò il passato.

«Chamcha» disse la voce di Mimi Mamoulian. «Ma tu sei morto.»

Ecco cosa era successo durante la sua assenza: Mimi svenne e perse i denti. «Un mancamento, niente altro» gli disse, con la voce più stridula del solito per i problemi che le davano le mascelle. «La ragione? Non chiedermela. Chi può chiedere una ragione di questi tempi? Qual è il tuo numero?» aggiunse, mentre si susseguivano i *pip*. «Ti richiamo subito.» Ma passarono cinque minuti prima che lo facesse. «Ero andata a pisciare. C'è forse una ragione per cui sei ancora vivo? Perché le acque si sono aperte per te e per quell'altro tizio ma si sono chiuse per gli altri? Non dirmi che tu eri il più meritevole. Al giorno d'oggi la gente non crede più a queste storie, e nemmeno tu, Chamcha. Quando è successo, passeggiavo per Oxford Street, alla ricerca di un paio di scarpe di coccodrillo; svenni mentre stavo camminando e caddi in avanti come un albero, battendo sulla punta del mento, e tutti i miei denti finirono sul marciapiede davanti al solito-tizio-che-va-in-cerca-di-una-donna. La gente sa anche essere premurosa, Chamcha. Quando rinvenni, trovai i miei denti ben allineati vicino alla mia faccia. Aprii gli occhi e vidi che quei piccoli bastardi mi stavano guardando, non è carino? Prima cosa che pensai fu, grazie a Dio ho i soldi. Me li feci rimettere, da un dentista privato naturalmente, un lavoro di prim'ordine, meglio di prima. E adesso mi sto concedendo un periodo di riposo. L'arte delle voci fuori campo, lascia che te lo dica, è in pessime condizioni, con te che muori e i miei denti, è chiaro che non abbiamo senso di responsabilità. I livelli si sono abbassati, Chamcha. Apri la TV, ascolta la radio, e sentirai come sono stucchevoli le pubblicità delle pizze, e quelle della birra con accento *tetesco* della direzione centrale del casting, e i marziani che mangiano patate in polvere e sembra che vengano dalla luna. Ci hanno licenziati dall'*Aliens Show*.

Cerca di guarire presto. Tra parentesi, potresti dire lo stesso anche per me.»

Insomma aveva perso il lavoro, insieme con la moglie, la casa e il controllo della propria vita. «Non sono soltanto le dentali che vengono male» continuò Mimi implacabile. «Mi spaventano da morire anche le esplosive. Continuo a pensare che mi storcerò di nuovo queste vecchie ossa per la strada. È l'età, Chamcha: umiliazioni e basta. Uno nasce, lo riempiono di botte e di ammaccature, e alla fine crolla e con una pala lo gettano in un'urna. Comunque, se non lavorerò mai più, morirò serena. Lo sapevi che adesso sto con Billy Battuta? Già, come potevi saperlo, tu stavi nuotando. Sì, ho rinunciato ad aspettare te e mi sono presa un giovanotto del tuo stesso gruppo etnico. Consideralo un complimento. Be', adesso devo scappare. È stato un piacere parlare col morto, Chamcha. La prossima volta tuffati dal trampolino. Ciao ciao.»

Io sono per natura un uomo introverso, disse lui silenziosamente al telefono staccato. Ho lottato, alla mia maniera, per arrivare ad apprezzare le cose nobili, per raggiungere un livello minimo di raffinatezza. Nelle giornate buone la sentivo alla mia portata, in qualche punto dentro di me, in qualche punto. Ma mi sfuggiva. Ho finito per ingarbugliarmi nelle cose, nel mondo e nei suoi pasticci, e non so difendermi. Il grottesco mi ha in sua balìa, come un tempo il quotidiano. Il mare mi ha lasciato andare, la terra mi trascina a sé.

Stava scivolando su un grigio pendio; l'acqua nera sciabordava contro il suo cuore. Perché la rinascita, la seconda possibilità, concessa a lui e a Gibreel Farishta, assomigliava tanto, nel suo caso, a un'eterna fine? Era rinato alla conoscenza della morte; e l'inevitabilità del cambiamento, delle cose-che-non-sono-mai-le-stesse, dell'indietro-non-si-torna gli faceva paura. Quando perdi il passato, ti trovi nudo di fronte allo sprezzante Azraeel, l'angelo della morte. Tieni duro se ci riesci, disse a se stesso. Aggrappati agli ieri. Lascia i segni delle tue unghie sul grigio pendio mentre stai scivolando.

Billy Battuta: quel miserabile pezzo di merda. Playboy pakistano, trasformò una qualunque agenzia di viaggi – *Battuta's Travels* – in una flotta di supercisterne. Un truffatore, famoso soprattutto per i suoi amori con dive del cinema hindi e, secondo i pettegoli, per la sua predilezione per le bianche con tette enormi e natiche abbondanti, che "trattava male", come si diceva con un eufemismo, e "compensava con generosità". Cosa voleva Mimi da quella canaglia di Billy, con i suoi attrezzi sessuali e la sua Maserati biturbo? Per ragazzi come Battuta, le bianche – tanto più se grasse, ebree e irrispettose – erano buone per scopare e poi le si buttava via. Ciò che odiamo nei bianchi – l'amore per la carne scura – bisognerebbe odiarlo anche quando si manifesta, alla rovescia, nei neri. Il razzismo non è solo una funzione del potere.

Mimi telefonò da New York la sera dopo. Anahita venne a chiamarlo con la sua migliore voce genere maledettiyankee, e lui indossò faticosamente il suo camuffamento. Quando arrivò all'apparecchio, lei aveva già riattaccato, ma lo richiamò presto. «Nessuno paga i costi di una chiamata transatlantica per stare ad aspettare.» «Mimi» disse Chamcha, con evidente disperazione nella voce. «Non m'avevi detto che stavi partendo.» «E tu non m'avevi dato il tuo maledetto indirizzo» rispose lei. «Come vedi, abbiamo tutti e due i nostri segreti.» Avrebbe voluto dirle, Mimi, torna a casa, ti prenderanno a calci. «L'ho presentato alla famiglia» disse lei troppo scherzosamente. «Immagina. Yassir Arafat che incontra i Begin. Ma non ha importanza. Tutti dobbiamo vivere.» Avrebbe voluto dirle, Mimi, sei tutto quello che ho. Ma riuscì solo a farla incazzare. «Volevo metterti in guardia contro Billy» fu ciò che disse.

Lei divenne gelida. «Ascolta, Chamcha. Un giorno o l'altro ne parleremo, perché forse, nonostante tutte le tue cazzate, t'importa qualcosa di me. Cerca dunque di capire, ti prego, che io sono una donna intelligente. Ho letto *Finnegans Wake* e sono al corrente delle critiche postmoderne all'Occidente, per esempio so che abbiamo una società capace solo di *pastiche*: un mondo "appiattito". Quando divento la voce di un flacone di bagno schiuma, entro in questa terra piatta a ragion veduta, sapendo che cosa faccio e perché. Vale a dire per guadagnar quattrini. E come donna intelligente, capace di parlare un quarto d'ora dello stoicismo e più ancora del cinema giapponese, ti assicuro, Chamcha, che conosco benissimo la reputazione di Billy. Non hai bisogno di darmi lezioni sullo sfruttamento. Noi lo subivamo quando voi andavate ancora in giro nudi. Prova una volta a essere ebrea, femmina e brutta. Pregherai per diventare nero. Anzi no, scusa, bruno.»

«Tu allora ammetti che ti sta sfruttando» intervenne Chamcha, ma il torrente lo spazzò via. «Che cazzo di differenza fa» trillò con la sua voce per Tweety Pie. «Billy è un ragazzo divertente, un imbroglione nato, uno dei grandi. Chi può sapere quanto durerà? Voglio elencarti alcuni concetti che non mi interessano: patriottismo, Dio e amore. Non li voglio proprio a bordo. Billy mi piace perché sa come stanno le cose.»

«Mimi» le disse. «Mi è successa una cosa» ma lei stava ancora protestando troppo e la frase le sfuggì. Mise giù il ricevitore senza darle il proprio indirizzo.

Lo chiamò ancora una volta, qualche settimana dopo, e a questo punto i taciti precedenti erano diventati regola: lei non gli chiese e lui non le disse dove si trovava, ed era chiaro per entrambi che era finita un'epoca, che si stavano allontanando sempre di più, era venuto il momento di dirsi addio. Anche stavolta Mimi parlò soltanto di Billy, dei piani per girare film hindi in Inghilterra e in America, importando i più grandi divi, Vinod Khanna, Sridevi, e facendoli caracollare davanti al municipio di Bradford e al ponte del Golden Gate – «ovviamente è un modo per sfuggire al fisco» cinguettò allegramente. In realtà la situazione di Billy cominciava a diventare scottante: Chamcha aveva visto il suo nome sui giornali, associato a termini come *polizia tributaria* ed *evasione fiscale*, ma una volta imbroglione, sempre imbroglione, disse Mimi. «E un giorno mi dice, lo vuoi un visone? Io dico, Billy, non comprarmi niente, e lui, ma chi parla di comprare? Ti faccio avere un visone. Si tratta d'affari.» Erano di nuovo a New York e Billy aveva noleggiato una lunga Mercedes berlina «e anche un lungo autista». Quando arrivarono alla pellicceria sembravano uno sceicco del petrolio con la sua pupa. Mimi provò quelle con prezzi di cinque cifre, aspettando che Billy le facesse un cenno. E Billy alla fine disse, Ti piace questa? È carina, Billy, sussurrò lei, è da *quarantamila*, ma lui stava già imbambolando il commesso: era venerdì pomeriggio, le banche erano chiuse, il negozio avrebbe accettato un assegno? «Be', a questo punto loro sanno che lui è uno sceicco del petrolio e quindi dicono sì certo e noi ce ne andiamo con la pelliccia, e lui mi porta in un altro negozio, appena voltato l'angolo, e dice, ho appena comprato questa per quarantamila dollari, ecco la ricevuta, me ne dareste trenta, mi occorrono contanti, mi aspetta un grosso weekend.» Fecero aspettare Mimi e Billy, mentre il secondo negozio telefonava al primo, dove cominciarono a suonare tutti i campanelli d'allarme del cervello del direttore, e cinque minuti dopo arrivò la polizia, arrestò Billy per emissione d'assegno a vuoto, e lui e Mimi trascorsero il weekend in prigione. Il lunedì mattina riaprirono le banche e si scoprì che nel conto di Billy c'erano quarantaduemilacentodiciassette dollari, e quindi l'assegno era sempre stato coperto. Lui allora informò i pellicciai che li avrebbe querelati *per* diffamazione chiedendo due milioni di dollari, una causa vinta in partenza, e nel giro di quarantott'ore aveva concordato in privato per 250.000 dollari sull'unghia. «Non lo ammiri?» domandò Mimi a Chamcha. «Il ragazzo è un genio. Voglio dire, è stato un colpo di *classe*.»

Io, si rese conto Chamcha, sono un uomo che non sa come stanno le cose, che non sa vivere in un mondo amorale dove ciò che conta è sopravvivere e farla franca. Mishal e Anahita, che continuavano inspiegabilmente a trattarlo come un'anima gemella, erano creature piene d'ammirazione per gente come i sabotatori, i taccheggiatori, i ladruncoli e gli imbroglioni in genere. Si corresse: non era proprio ammirazione. Nessuna delle due avrebbe mai rubato uno spillo. Ma vedevano in quelle persone i rappresentanti della *Gestalt*, di come-stavano-le-cose. A mo' d'esperimento, raccontò alle ragazze la storia di Billy Battuta e della pelliccia di visone. Brillavano loro gli occhi, e alla fine applaudirono e ridacchiarono divertite: la malvagità impunita le faceva ridere. Nello stesso modo, si rese conto Chamcha, la gente doveva avere accolto un tempo con applausi e risatine le gesta di tanti fuorilegge, Dick Turpin, Ned Kelly, Phoolan Devi, e naturalmente l'altro Billy: William Bonney, anche lui un Kid.

«Criminali Idoli di Giovani Scervellati» gli lesse Mishal nel pensiero e poi, ridendo della sua disapprovazione, lo tradusse in un titolo da stampa scandalistica, mentre atteggiava il suo corpo lungo e, s'accorse Chamcha, straordinario in posizioni, analogamente eccessive, da ragazza provocante. Sporgendo le labbra in maniera esagerata, e ben consapevole d'averlo eccitato, aggiunse con grazia: «Bacetto?».

La sorella minore, per non essere da meno, cercò di copiare la posa di Mishal, ma con risultati meno efficaci. Poi, rinunciando un po' seccata a questo tentativo, disse imbronciata: «Il guaio è che noi abbiamo prospettive. Un'azienda familiare, nessun fratello, tutto che fila alla perfezione. Questo posto rende un sacco di soldi, no? E allora?» La pensione Shaandaar era ufficialmente considerata un esercizio che forniva alloggio e prima colazione, di quelli che i consigli di zona usavano sempre più spesso in seguito alla crisi dell'edilizia pubblica, lasciando alloggiare famiglie di cinque persone in un'unica stanza, chiudendo gli occhi di fronte alle violazioni delle norme igieniche e di sicurezza, e chiedendo al governo centrale contributi per "sistemazione temporanea". «Dieci sterline per notte a testa» disse Anahita a Chamcha nel suo attico. «Il che equivale, il più delle volte, a trecentocinquanta alla settimana per stanza. Sei camere occupate: fa' tu il conto. Attualmente, con questo attico, ci rimettiamo trecento sterline al mese, e spero quindi che tu ti senta in colpa.» Con cifre simili, venne in mente a Chamcha, si potevano affittare discreti appartamenti unifamiliari nel settore privato. Ma non erano classificabili come sistemazione temporanea; e quindi non c'erano sovvenzioni governative per queste soluzioni. Alle quali si sarebbero opposti anche i politici locali impegnati a battersi contro i "tagli" della spesa pubblica. *La lutte continue*; intanto, Hind e le sue figlie rastrellavano quattrini, lo spirituale Sufyan andava alla Mecca e, tornato a casa, dispensava semplice saggezza, cortesia e sorrisi radiosi. E dietro le sei porte, che si socchiudevano ogni volta che Chamcha andava a fare una telefonata o al gabinetto, vivevano una trentina di esseri umani temporanei, con poche speranze di diventare ufficialmente permanenti.

Il mondo reale.

«Ma non fare quella faccia scandalizzata» gli fece notare Mishal Sufyan. «Guarda dove ti ha portato tutto il tuo rispetto della legge.»

«Il tuo universo si sta rimpicciolendo.» Uomo occupato, Hal Valance, creatore di *The Aliens Show* e suo unico proprietario, impiegò esattamente diciassette secondi per congratularsi con Chamcha del suo essere ancora vivo, prima di spiegargli perché questo fatto non avrebbe influito sulla decisione dello show di fare a meno dei suoi servizi. Valance aveva esordito nella pubblicità e da quel colpo il suo vocabolario non si era più riavuto. Chamcha comunque lo reggeva benissimo. Tutti quegli anni come voce fuori campo gli avevano insegnato un bel po' di cattiva lingua. Nel gergo del marketing un *universo* era il mercato potenziale totale di un determinato prodotto o servizio: l'universo del cioccolato, l'universo delle diete dimagranti. L'universo dentale era composto da tutti quelli coi denti; gli altri erano il cosmo delle dentiere. «Sto parlando» sussurrò Valance al telefono, nella sua migliore voce Gola Profonda, «dell'universo etnico.»

Di nuovo la mia gente: Chamcha, camuffato da un turbante e da altri indumenti di misure sbagliate, parlava al telefono in un corridoio, mentre gli occhi di donne e bambini non permanenti brillavano dalle porte socchiuse; si domandò cos'altro gli avesse combinato la sua gente. «*No capisc!*» disse, ricordando che Valance aveva un debole per il gergo italo-americano – era lui, dopo tutto, l'autore dello slogan per un fast food *Getta pizza da action*. Stavolta, però, Valance non stava scherzando. «I rilevamenti dell'audience rivelano» bisbigliò, «che le minoranze etniche non guardano gli show etnici. Non li vogliono, Chamcha. Vogliono *Dynasty* come tutti gli altri. Il tuo profilo è sbagliato, capisci: con te dentro lo show diventa troppo razziale. E *The Aliens Show* è un'idea troppo grossa perché si possa rinchiuderla in dimensioni razziali. Le sole potenzialità delle attività promozionali, ma non ho bisogno di dirtelo.»

Chamcha si vide riflesso nello specchietto incrinato sopra il telefono. Sembrava un genio sperduto, alla ricerca di una lampada magica. «È un punto di vista» rispose a Valance, sapendo che discutere sarebbe stato inutile. Con Hal ogni spiegazione era una giustificazione razionale a posteriori. Era rigorosamente un prammatico, e il suo motto era il consiglio dato da Gola Profonda a Bob Woodward: *Segui i quattrini*. Aveva fatto comporre questa frase a grandi caratteri bastone e l'aveva appesa nel suo ufficio sopra un fotogramma di *Tutti gli uomini del presidente*: Hal Holbrook (un altro Hal) nel parcheggio, celato nella penombra. Segui i quattrini: questo spiegava – come gli piaceva ripetere – le sue cinque mogli, tutte ricche di tasca propria, da ciascuna delle quali aveva ricevuto al momento del divorzio una generosa liquidazione. La moglie attuale era una ragazza smunta che aveva sì e no un terzo dei suoi anni, con i capelli castano-ramati lunghi sino alla vita e un'aria spettrale che un quarto di secolo prima ne avrebbe fatto una grande bellezza. «Questa non ha un soldo; mi sta prendendo tutto quello che ho, e quando si sarà presa tutto taglierà la corda» aveva confidato una volta a Chamcha, in tempi più felici. «Ma che diavolo. Sono umano anch'io. Stavolta è amore.» Altro esempio di coniuge-che-potrebbe-esserti-figlio. Non c'è modo di evitarlo di questi tempi. Chamcha, al telefono, s'accorse di non ricordare il nome della bambina. «Tu conosci il mio motto» stava dicendo Valance. «Sì» replicò Chamcha in tono neutro. «È la linea giusta per il prodotto.» E il prodotto sei tu, bastardo.

Quando lui lo aveva conosciuto (quanti anni fa? Cinque, forse sei), durante una colazione alla White Tower, Hal Valance era già un mostro: una pura immagine che lui stesso si era creato, un insieme d'attributi applicati a un corpo che, per citare le sue stesse parole, si stava "allenando a essere Orson Wells". Fumava assurdi sigari da caricatura, rifiutando però tutte le marche cubane, in nome della sua fede intransigente nel capitalismo. Possedeva un panciotto con i colori della bandiera britannica e insisteva per far sventolare la bandiera stessa sulla sua agenzia e anche sopra la porta della sua casa di Highgate; tendeva a vestirsi come Maurice Chevalier e a cantare, nelle presentazioni più importanti, di fronte ai clienti sbalorditi, con l'aiuto di una paglietta e di un bastone col pomo d'argento; sosteneva di essere il proprietario del primo castello della Loira fornito di telex e di macchina per telefoto; e dava molta importanza ai suoi "stretti" legami col primo ministro, che chiamava affettuosamente "Signora Tortura". Incarnazione del filisteismo trionfante, Hal, col suo accento transatlantico, era una delle glorie dell'epoca, la metà creativa della più prestigiosa agenzia cittadina, la Valance & Lang Partnership. Come Billy Battuta, aveva una predilezione per le macchine grosse guidate da grossi autisti. Si raccontava che una volta, viaggiando ad alta velocità in un viottolo della Cornovaglia per "riscaldare" un'indossatrice finlandese alta due metri e particolarmente glaciale, aveva avuto un incidente; nessun ferito, ma quando l'altro guidatore emerse furibondo dal proprio veicolo ridotto a un rottame, risultò che era ancora più grosso della guardia del corpo di Hal. Vedendo avvicinarsi questo colosso, Hal abbassò il finestrino e sussurrò, col suo sorriso più dolce: «Le consiglio vivamente di fare dietro front e di andarsene in fretta; perché, signore, se non obbedirà entro quindici secondi io la farò uccidere». Altri geni della pubblicità erano famosi per le loro trovate: Mary Wells per i suoi aerei Braniff Rosa, David Ogilvy per la sua benda all'occhio, Jerry della Femina per "Da quella gente meravigliosa che vi ha dato Pearl Harbour". Valance, la cui agenzia era specializzata in allegre e scadenti volgarità, tutte chiappe e gran baccano, si era fatto un nome nell'ambiente per questo (probabilmente apocrifo) «Io la farò uccidere» un tipo di frase che dimostrò a quelli del giro che si trattava realmente di un genio. Chamcha sospettava da tempo che la storia se la fosse inventata lui, poiché aveva tutti gli ingredienti di pubblilandia – gelida bellezza scandinava, due omaccioni, macchine costose, Valance nella parte di Blofeld e 007 invisibili in scena – e l'avesse poi attribuita a se stesso sapendo che avrebbe giovato ai suoi affari.

La colazione era un modo di ringraziare Chamcha per la sua partecipazione alla recente fortunatissima campagna per i cibi dietetici Slimbix. Saladin aveva dato voce al fumetto di un disegno animato: *Salve, io sono Cal, e sono una caloria triste*. Quattro portate e fiumi di champagne per premiare chi aveva convinto la gente a patire la fame. *Come fa una povera caloria a guadagnarsi uno stipendio? Grazie a Slimbix, io sono disoccupata.* Chamcha allora non sapeva cosa aspettarsi da Valance. Ciò che ne ebbe fu, se non altro, nudo e crudo. «Sei stato bravo» si congratulò con lui Hal, «per un uomo di razza colorata.» E senza togliergli gli occhi di dosso, continuò: «Lascia che ti racconti qualche fatto. Negli ultimi tre mesi abbiamo dovuto girare una seconda volta uno spot per un burro d'arachidi perché dalle indagini è risultato che funzionava meglio senza il ragazzo nero sullo sfondo. Abbiamo dovuto registrare di nuovo la canzoncina di una società edilizia perché secondo il suo presidente il cantante sembrava nero, anche se era bianco come un lenzuolo di bucato, e anche se l'anno prima ci eravamo serviti di un nero che, per sua fortuna, non soffriva di eccesso di *soul*. Un'importante linea aerea ci ha detto di non usare neri nella sua pubblicità, neanche i suoi impiegati. Un attore nero è venuto da me a fare un'audizione con un distintivo dell'Eguaglianza razziale, una mano nera che stringe una mano bianca. Io gli ho detto: Non pensare di avere da me un trattamento speciale, ragazzo. Mi segui? Segui quello che ti sto dicendo?». È una fottuta audizione, comprese Saladin. «Io non ho mai fatto l'asiatico per vivere» replicò. E fu forse per questo che, quando Hal Valance fondò la sua casa di produzione, Chamcha fu incluso nella sua "Lista A" e che, in seguito, gli fu affidata la parte di Maxim Alien.

Quando *The Aliens Show* cominciò a comparire sui loro cartelli, gli estremisti neri diedero a Chamcha un soprannome. Poiché aveva frequentato scuole private ed era in ottimi rapporti con l'odiato Valance, lo chiamarono "Zio Tom bruno".

A quanto pareva, durante l'assenza di Chamcha, erano aumentate le pressioni politiche sullo show, orchestrate da un certo dottor Uhuru Simba. «Dottore in che proprio non lo so» disse Valance al telefono dal profondodellagola. «I nostri ehm ricercatori per adesso non hanno scoperto niente.» Picchettaggio di massa, una partecipazione imbarazzante a *Diritto alla replica*. «A vederlo, quel tizio sembra un fottuto carro armato.» Chamcha capì che i due, Valance e Simba, erano l'uno l'antitesi dell'altro. Sembrava che comunque le proteste avessero raggiunto lo scopo: Valance "depoliticizzò" lo show licenziando Chamcha e immettendo un ernorme teutone biondo con pettorali e ciuffo nella truccatura protesica e nelle immagini generate dal computer. Uno Schwarzenegger di Latex-e-Quantel, una versione sintetica, con un linguaggio alla moda, del Tutger Hauer di *Blade Runner*. Erano out anche gli ebrei: al posto di Mimi ci sarebbe stata nel nuovo show una voluttuosa bambola *shiksa*. «Ho mandato un messaggio al dottor Simba: ficcatela nel culo la tua laurea. Non ho avuto risposta. Dovrà faticare molto di più se vuole impadronirsi di *questo* piccolo paese. Io» dichiarò Hal Valance «amo questo paese del cazzo. È per questo che venderò lo show a tutto il mondo, al Giappone, all'America, alla fottuta Argentina. Darò via il culo per riuscirci. Perché è questo che ho fatto in tutta la mia fottuta vita: questa fottuta nazione. La *bandiera.*» Non udiva ciò che stava dicendo. Quando imboccava questa strada, diventava paonazzo e spesso piangeva. Lo aveva fatto anche alla White Tower, quella prima volta, mentre si rimpinzava di piatti greci. A questo punto Chamcha ricordò la data: subito dopo la guerra delle Falkland. In quel periodo la gente aveva una tendenza a fare dichiarazioni patriottiche e a canticchiare *Pomp and Circumstance* sugli autobus. Così quando Valance, davanti a un grande bicchiere di Armagnac, aveva attaccato – «Adesso voglio dirti perché amo questo paese» – Chamcha, anche lui pro-Falkland, pensava di sapere già che cosa lo aspettava. Ma Valance si mise a parlare del programma di ricerche di una società aerospaziale britannica, sua cliente, che aveva rivoluzionato la fabbricazione dei sistemi di guida dei missili studiando la traiettoria di volo delle mosche comuni. «Correzione di rotta in volo» sussurrò drammaticamente. «Compiuta tradizionalmente seguendo la linea del volo; alzando un pochino l'angolo, abbassandolo un tantino, appena appena a destra o a sinistra. Ma gli scienziati, studiando i filmati al rallentatore delle umili mosche, hanno scoperto che quegli animaletti fanno sempre, dico sempre, correzioni *ad angolo retto.*» Indicò l'angolo con la mano tesa, il palmo aperto, le dita unite. «Bzzz! Bzzz! In realtà quelle bastarde volano verticalmente, in su o in giù, o di lato. Molto più preciso. Un impiego molto migliore del carburante. Prova invece a servirti di un motore che dipende da un flusso dell'aria da prora a poppa, e che cosa succede? Il maledetto non riesce a respirare, si blocca, cade dal cielo, finisce addosso ai tuoi fottuti alleati. Karma negativo. Mi segui? Capisci quello che sto dicendo? E allora questi tizi inventano un motore con un triplice flusso aereo: da prora a poppa, dall'alto in basso, da una parte all'altra. Ed ecco: un missile che vola come una dannata mosca ed è in grado di colpire una moneta da cinquanta pence che viaggia a centocinquanta chilometri all'ora a una distanza di cinque chilometri. È questo che mi piace del mio paese: il suo genio. I più grandi inventori del mondo. È bello: ho ragione o torto?» Aveva parlato estremamente sul serio. Chamcha rispose: «Hai ragione». «Hai proprio ragione quando dici che ho ragione» confermò lui.

Si videro per l'ultima volta poco prima che Chamcha partisse per Bombay. Una colazione domenicale nella dimora con bandiera di Highgate. Pannelli di palissandro, terrazza con urne di pietra, vista su una collina boscosa. Valance che si lamentava di un nuovo gruppo d'immobili che avrebbero rovinato il paesaggio. La colazione fu, com'era prevedibile, sciovinista: *rosbif, boudin Yorkshire, choux de Bruxelles.* Baby, la moglie ninfetta, non fece loro compagnia, ma mangiò *pastrami* caldo con pane di segale, giocando al biliardo nella stanza accanto. Servi, un Borgogna strepitoso, ancora Armagnac, sigari. Il paradiso dell'uomo che si è fatto da sé, rifletté Chamcha, e ammise che c'era invidia in questo pensiero.

Dopo colazione, una sorpresa. Valance lo condusse in una stanza dove c'erano due clavicordi di grande delicatezza e leggerezza. «Li ho fatti io» confessò il padrone di casa. «Per rilassarmi. Baby vuole che le faccia una chitarra.» Il talento di Hal Valence come ebanista era incontestabile, e abbastanza in contrasto col resto di quell'uomo. «Mio padre era del mestiere» ammise di fronte alle domande di Chamcha, e Saladin capì che gli era stato concesso il privilegio di dare un'occhiata all'unico pezzo superstite della personalità originaria di Valance, l'Harold prodotto dalla storia e dal sangue e non dal suo cervello frenetico.

Appena uscirono dalla stanza segreta dei clavicordi, ricomparve il solito Hal Valance. Appoggiandosi alla balaustra della terrazza, confidò: «La cosa che più stupisce di lei è la grandiosità di ciò che sta cercando di fare». Lei? Baby? Chamcha era confuso. «Sai bene di chi sto parlando» spiegò Valance per aiutarlo. «Di Tortura. Di Maggie la Carogna.» Ah. «È una vera radicale. Quello che vuole – quello che crede di poter *ottenere* – è inventare, letteramente, una nuova classe media in questo paese. Sbarazzarsi di tutti quei vecchi stronzi rincoglioniti e incompetenti del Surrey e dell'Hampshire, per lasciar posto ai nuovi. Gente senza passato, senza storia. Gente affamata. Gente che realmente *vuole*, e sa che con lei può benissimo *avere.* Finora nessuno aveva mai cercato di sostituire tutta una fottuta *classe*, e ciò che è sbalorditivo è che potrebbe benissimo riuscirci se non la fanno fuori prima. La vecchia classe. I morti. Capisci cosa sto dicendo?» «Credo di sì» mentì Chamcha. «E non solo gli uomini d'affari» disse Valance con voce impastata. «Anche gli intellettuali. Via tutta quella banda di finocchi. Porte aperte ai tipi affamati che hanno fatto le scuole sbagliate. Nuovi professori, nuovi pittori, tutto quanto. È una vera rivoluzione. Arriva il nuovo in un paese stipato sino a scoppiare di vecchi *cadaveri*. Sarà uno spettacolo. Lo è già.»

Baby uscì a salutarli, con aria annoiata. «È ora che tu te ne vada, Chamcha» ordinò suo marito. «La domenica pomeriggio noi andiamo a letto a guardare videocassette porno. È tutto un mondo nuovo, Saladin. Prima o poi dovranno entrarci tutti.»

Non esistono compromessi. O sei dentro o sei morto. Non era stato questo il modo di procedere di Chamcha; né il suo né quello dell'Inghilterra che aveva idolatrato ed era venuto a conquistare. Avrebbe dovuto capirlo all'istante; gli si stava dando, gli era stato dato, un avvertimento leale.

E ora il colpo di grazia. «Senza rancore» gli stava mormorando Valance all'orecchio. «Ci vediamo, eh? Okay, bene.»

«Hal» si costrinse a obiettare. «Io ho un contratto.»

Come un caprone al macello. Ora la voce al suo orecchio era certamente divertita. «Non dire stupidaggini» gli disse. «Non ce l'hai proprio. Leggi le note in calce. Falle leggere a un *avvocato*. Portami pure in tribunale. Fa' tutto quello che devi fare. A me non importa. Non lo capisci? Tu ormai sei storia.»

Segnale di libero.

Abbandonato da un'Inghilterra aliena, naufrago in un'altra, Mr Saladin Chamcha, nel suo grande scoramento, ebbe notizie del vecchio compagno al quale evidentemente la fortuna sorrideva molto di più. Lo strillo della sua padrona di casa – «*Tini bénché achén!*» – lo avvertì che doveva esser successo qualcosa. Hind avanzava ondeggiando nei corridoi della pensione Shaandaar agitando, si scoprì, una recente copia di un giornale indiano per fanatici del cinema, "Ciné-Blitz". Si aprirono porte e ne sbucarono creature temporanee, che parevano perplesse e allarmate. Mishal Sufyan emerse dalla propria camera mostrando metri di diaframma, tra una succinta maglietta senza maniche e i Levi's 501. Dal suo ufficio, sull'altro lato del corridoio, emerse anche Hanif Johnson in un elegantissimo tre pezzi del tutto fuori luogo e, colpito da quel diaframma, si coprì il viso. «Che Dio abbia pietà di noi» pregò. Mishal, ignorandolo, gridò a sua madre: «Che succede? Chi è che è vivo?».

«Svergognata venuta chissà da dove» gridò in risposta Hind dal corridoio, «copri la tua nudità.»

«Vaffanculo» borbottò Mishal, lanciando un'occhiata risentita a Hanif Johnson. «Cosa dovremmo dire allora delle michelin che spuntano tra il suo sari e il suo *choli*, vorrei proprio saperlo.» In fondo al corridoio, si poteva vedere, nella penombra, Hind che agitava "Ciné-Blitz" di fronte agli inquilini, ripetendo, è vivo. Con lo stesso fervore di quei greci che, dopo la scomparsa dell'uomo politico Lambrakis, coprirono il paese scrivendo con la calce la lettera Z: *Zi: egli vive.*

«Chi?» domandò ancora Mishal.

«Gibreel» le rispose il grido dei bambini non permanenti. «*Farishta benché achén.*» Hind, che era sparita da basso, non vide la figlia maggiore tornare in camera sua – lasciando la porta aperta – seguita, quando fu ben certo che la strada era libera, dal ben noto avvocato Hanif Johnson, perfettamente vestito e calzato, che teneva lì un ufficio per non perdere i contatti con la base, che aveva successo anche nel suo elegante studio in centro, che era in ottimi rapporti col Partito laborista locale ed era stato accusato dal deputato in carica di tramare per prendere il suo posto quando fosse venuto il momento della nuova selezione.

Quando sarebbe stato il diciottesimo compleanno di Mishal Sufyan? Non prima di qualche settimana. E dov'era sua sorella, la sua compagna di stanza, amica, ombra, eco e spalla. Dov'era questo chaperon potenziale? Era: fuori.

Ma continuiamo:

La notizia di "Ciné-Blitz" era che una nuova casa cinematografica, con sede a Londra, diretta dal giovane e brillante magnate Billy Battuta, di cui era ben noto l'interesse per il cinema, aveva concluso un accordo con lo stimato produttore indiano indipendente Mr S.S. Sisodia, al fine di mettere in lavorazione un film su misura per il ritorno agli schermi del leggendario Gibreel, del quale si rivelava ora, in esclusiva, che era sfuggito, per la seconda volta, alle grinfie della morte. «È vero che avevo prenotato un posto su quell'aereo, col nome di Najmuddin» aveva dichiarato il divo. «E so che quando gli investigatori scoprirono che lo avevo usato per viaggiare in incognito – in verità è il mio vero nome – la cosa provocò molto dolore in patria, e di questo chiedo sinceramente scusa ai miei fan. La verità è che, per grazia di Dio, persi quel volo, e, poiché volevo comunque scomparire, non è un gioco di parole, lasciai che la finzione della mia scomparsa non fosse smentita e presi un volo successivo. Sono stato molto fortunato: un angelo deve davvero aver vegliato su di me.» Ma, dopo un periodo di riflessione, aveva deciso che era male privare il suo pubblico, in questo modo crudele e poco sportivo, della verità, e anche della propria presenza sullo schermo. «Ho perciò aderito a questo progetto con entusiasmo e con gioia.» Il film sarebbe stato – cosa se no? – un "teologico", ma di tipo nuovo. Ambientato in una favolosa città immaginaria tutta di sabbia, avrebbe raccontato l'incontro tra un profeta e un arcangelo; nonché la tentazione del profeta e la sua scelta della via della purezza anziché di quella del vile compromesso. «È un film» dichiarò a "Ciné-Blitz" il produttore Sisodia, «su come il nuovo entrò nel mondo.» Ma non poteva essere considerato blasfemo, un delitto contro... «No di certo» sosteneva Billy Battuta. «La finzione è finzione; i fatti sono fatti. Nostro obiettivo non è realizzare un pasticcio come quel film, *Il messaggio*, nel quale, ogni volta che si udiva parlare il Profeta Muhammad (sul cui nome sia pace!), si vedeva soltanto la testa del suo cammello che muoveva la bocca. *Quello* – scusatemi se lo faccio notare – mancava di classe. Noi invece stiamo facendo un film di qualità e di ottimo gusto. Una storia morale: come – voi come le chiamate? – le favole.»

«Come un sogno» disse Mr Sisodia.

Quando, qualche ora dopo, la notizia fu portata nell'attico da Anahita e Mishal Sufyan, Chamcha ebbe il più terribile accesso di collera a cui le due ragazze avessero mai assistito, una rabbia sotto la cui tremenda influenza la voce divenne così acuta che parve lacerarsi, come se fossero spuntati coltelli dalla gola e avessero fatto a brandelli le grida; il suo alito pestilenziale le soffiò quasi via dalla stanza; e ora, con le braccia alzate e le gambe da caprone che ballavano, sembrava, finalmente, quel diavolo di cui era divenuto l'immagine. «Bugiardo!» urlava all'assente Gibreel. «Traditore, disertore, canaglia. Hai perso l'aereo, eh? – Allora di chi era la testa, sulle mie ginocchia con le mie mani...? – Chi si fece accarezzare, parlò di incubi e cadde infine cantando dal cielo?»

«Su, su» lo supplicò Mishal terrorizzata. «Calmati. Se no, da un momento all'altro, verrà su la mamma.»

Saladin si placò, e tornò a essere un patetico ammasso caprino, che non costituiva minaccia per nessuno. «Non è vero» gemette. «Quello che accadde, accadde a tutti e due.»

«Ma certo» lo incoraggiò Anahita. «Del resto nessuno crede alle riviste di cinema. Possono raccontare qualsiasi cosa, loro.»

Le sorelle uscirono dalla stanza, rinculando, trattenendo il fiato, lasciando Chamcha alla sua miseria e trascurando di notare una cosa piuttosto singolare. Ma non bisogna fargliene una colpa: le stranezze di Chamcha sarebbero bastate a distrarre anche gli occhi più attenti. Bisogna anche dire, per essere giusti, che neppure Saladin s'accorse del cambiamento.

Cosa successe? Questo: durante lo sfogo, breve ma violento, di Chamcha contro Gibreel, le corna sulla sua testa (che, è bene farlo notare, erano cresciute di parecchi centimetri mentre lui languiva nell'attico dello Shaandaar) erano chiaramente, inconfondibilmente – di circa due centimetri – *diminuite*.

Per essere rigorosamente precisi, bisognerebbe aggiungere che, in una parte più bassa del suo corpo trasformato – all'interno dei pantaloni avuti in prestito (la delicatezza vieta la pubblicazione di particolari più espliciti) – anche qualcos'altro, diciamo solo questo, era diventato un po' più piccolo.

Comunque sia: risultò che l'ottimismo del servizio apparso sulla rivista di cinema importata era prematuro, perché, pochi giorni dopo, i giornali locali annunciarono l'arresto, in un bar *sushi* nel centro di New York, di Billy Battuta e della sua compagna, Mildred Mamoulian, definita attrice, di quarant'anni. Secondo l'articolo, egli aveva avvicinato un certo numero di signore della buona società, *movers and shakers*, chiedendo loro somme "assai cospicue", di cui sosteneva di aver bisogno per riscattare la propria libertà da una setta di adoratori del diavolo. Una volta truffatore, sempre truffatore: era quella che Mimi Mamoulian avrebbe certamente definito una bella stangata. Penetrando nel cuore della religiosità americana, implorando di essere salvato – «quando vendi la tua anima, non puoi sperare di ricomprarla a buon prezzo» – Billy aveva messo in banca, secondo gli investigatori «somme di sei cifre.» La comunità mondiale dei fedeli aspirava, nei tardi anni Ottanta, a un *contatto diretto col superno*, e Billy, sostenendo di aver evocato (e di aver quindi bisogno di esserne tratto in salvo) spiriti infernali, era destinato a vincere, soprattutto perché il diavolo che lui offriva era così democraticamente sensibile ai dettami del Dollaro Onnipotente. Ciò che Billy offriva alla signore del West Side, in cambio dei loro cospicui assegni, era una conferma: sì, il diavolo esiste; l'ho visto coi miei occhi – Dio, com'era orribile! – e se esisteva Lucifero, doveva esistere anche Gabriele; se qualcuno aveva visto divampare il fuoco dell'Inferno, da qualche parte, sopra l'arcobaleno, doveva sicuramente splendere il Paradiso. Mimi Mamoulian, a quanto pareva, aveva partecipato in pieno all'imbroglio, piangendo e implorando al massimo delle proprie capacità. Erano stati sconfitti da un eccesso di sicurezza, per essere stati scoperti al Takesushi (mentre facevano baldoria e scambiavano battute spiritose con il cuoco) da una certa Mrs Aileen Struwelpeter che, nel pomeriggio del giorno precedente, aveva consegnato alla coppia, allora sconvolta e terrorizzata, un assegno di 5000 dollari. Mrs Struwelpeter aveva una certa influenza sul Dipartimento di polizia di New York, e i ragazzi in divisa blu arrivarono prima che Mimi avesse finito il suo *tempura.* I due si lasciarono portar via senza protestare. Mimi indossava, nelle fotografie dei giornali, quella che Chamcha immaginò che fosse una pelliccia di visone da quarantamila dollari, e c'era sul suo viso un'espressione che poteva essere letta in un solo modo.

Andate tutti all'inferno.

Per qualche tempo non si seppe più niente del film di Farishta.

Fu così e non fu così, che quando l'incarcerazione di Saladin Chamcha nel corpo di un diavolo e nell'attico della pensione di Shaandaar si prolungò per settimane e mesi, diventò impossibile non accorgersi che le sue condizioni continuavano a peggiorare. Le corna (nonostante l'unica, momentanea e inosservata diminuzione) erano diventate più grosse e più lunghe, arricciandosi in favolosi arabeschi e inghirlandandogli la fronte di un turbante d'osso sempre più scuro. Gli era cresciuta una barba lunga e folta, novità sconvolgente in un individuo la cui tonda faccia di luna non aveva mai esibito molti peli; di fatto stava diventando sempre più villoso in tutto il corpo, e gli era anche spuntata, alla base della spina dorsale, una coda sottile che si allungava di giorno in giorno e lo aveva persino costretto a smettere di portare i calzoni; infilava invece il nuovo arto in sformati pantaloni *salwar* che Anahita Sufyan aveva sottratto alla collezione di misure generose di sua madre. Sarà facile immaginare l'angoscia prodotta in lui dalla sua metamorfosi permanente in una specie di *ginn* in bottiglia. Persino i suoi appetiti si stavano modificando. Lui che era sempre stato schizzinoso nel mangiare, s'accorse sbigottito che il suo palato stava diventando grossolano, tanto che qualsiasi cibo cominciava ad avere più o meno lo stesso sapore, e gli accadeva di sorprendersi a mordicchiare il proprio lenzuolo o un giornale vecchio, e di tornare in sé con un sussulto, pieno di colpa e di vergogna, dopo questa prova ulteriore del suo allontanarsi dall'umanità verso – ma sì – la caprinità. Erano necessarie quantità sempre crescenti di colluttorio verde per mantenergli l'alito in limiti accettabili. La situazione era davvero troppo penosa.

La sua presenza in casa era una continua spina nel fianco di Hind, per la quale il rammarico per il reddito perduto si mescolava ai residui del suo terrore iniziale, anche se bisogna dire che i processi lenitivi dell'assuefazione avevano compiuto su di lei le consuete stregonerie, aiutandola a vedere nelle condizioni di Saladin qualcosa di simile alla malattia dell'Uomo Elefante, uno stato cioè che provoca disgusto ma non necessariamente paura. «Che non mi capiti tra i piedi» disse alle ragazze, «e io non capiterò tra i suoi. E voi, figlie della mia disperazione, che passate il tempo sedute lassù con un malato mentre scorre via la vostra giovinezza, chi può dirlo, ma sembra che in questa Vilayet tutto quello che sapevo una volta non sia più vero, per esempio l'idea che le ragazze dovrebbero aiutare le proprie madri, pensare al matrimonio, studiare, e non far compagnia a caproni, ai quali, il giorno del *Big Eid*, è nostro antico costume tagliare la gola.»

Suo marito, invece, era sempre premuroso, persino dopo lo strano incidente che avvenne il giorno in cui salì nell'attico e suggerì a Saladin che forse le ragazze non avevano tutti i torti, e poteva darsi che alla, come dire, possessione del suo corpo fosse in grado di porre fine l'intercessione di un *mullah.* Appena sentì parlare di un prete, Chamcha si rizzò in piedi, sollevando le braccia sopra la testa, e la stanza si riempì di un fumo denso e sulfureo, e intanto uno stridulo acutissimo vibrato, che aveva qualcosa di lacerante, trafiggeva le orecchie di Sufyan. Il fumo si dissipò abbastanza in fretta, perché Chamcha spalancò una finestra e lo allontanò agitando febbrilmente le braccia mentre si scusava con Sufyan in toni di grande imbarazzo. «In realtà non so bene cosa mi sia successo – ma in certi momenti ho paura che mi stia trasformando in qualcosa – qualcosa che non si può che definire *brutto.*»

Sufyan, essendo un uomo gentile, si accostò a Chamcha, che sedeva stringendosi le corna, gli fece una carezza sulla spalla e cercò di metterlo di buonumore per quanto era nelle sue possibilità. «La questione della mutabilità dell'essenza dell'io» cominciò imbarazzato, «è da tempo oggetto di discussioni profonde. Il grande Lucrezio ci dice in *De rerum natura* quanto segue: *quodumque suis mutatum finibus exit, continuo hoc mors est illius quod fuit ante*. Che si può tradurre, scusa la mia goffaggine, "Qualsiasi cosa che con il proprio mutamento esca dai propri confini" – cioè sfondi i propri argini – o forse travalichi i propri limiti – o diciamo anche ignori le proprie regole, ma questa forse è una traduzione troppo libera... "questa cosa", comunque, dice Lucrezio, "provoca così facendo la morte immediata di ciò che era prima". Tuttavia» e l'ex maestro alzò un dito, «il poeta Ovidio nelle *Metamorfosi* sostiene una tesi diametralmente opposta. Egli afferma infatti: "Come sulla cera molle" – perché è stata scaldata, capisci, forse per sigillare documenti o qualcosa del genere – s'imprimono nuovi disegni. Ed essa cambia forma e non sembra più la stessa, Eppure lo è ancora, così le nostre anime" –

hai sentito, mio caro? Il nostro spirito! La nostra essenza immortale! – "Restano sempre le stesse per sempre, ma adottano nelle loro migrazioni forme continuamente mutevoli".»

Stava ora saltellando da un piede all'altro, tutto eccitato da queste antiche parole. «Io ho sempre creduto più a Ovidio che a Lucrezio» affermò. «La tua anima, mio povero caro amico, è la stessa. Solo che nella sua migrazione ha adottato una forma attualmente mutevole.»

«È una ben magra consolazione» replicò Chamcha, ritrovando un barlume della sua antica ironia. «O accetto Lucrezio e concludo che nelle mie profondità più recondite è in corso qualche irreversibile mutazione demoniaca, o concordo con Ovidio e ammetto che tutto ciò che ora sta emergendo non è che una manifestazione di ciò che preesisteva.»

«Mi sono espresso male» si scusò Sufyan umiliato. «Volevo solo rassicurarti.»

«Quale consolazione può esserci» rispose Chamcha con un'amara retorica, poiché l'ironia era stata schiacciata dal peso della sua infelicità, «per un uomo il cui vecchio amico e salvatore è anche ogni notte l'amante di sua moglie, e favorisce in tal modo – come affermerebbero senza dubbio i tuoi antichi libri – la crescita delle corna del becco?»

Il vecchio amico, Jumpy Joshi, non era più in grado, neppure per un momento della sua vita cosciente, di sbarazzarsi della consapevolezza che, per la prima volta fin dove arrivavano i suoi ricordi, non aveva più voglia di vivere secondo le regole della propria moralità. Al centro sportivo, dove insegnava arti marziali a un numero sempre crescente di studenti, insistendo molto sugli aspetti spirituali delle varie discipline, con grande loro divertimento («Ho capito, Cavalletta» lo prendeva in giro la sua migliore allieva, Mishal Sufyan. «Quando onolevole polco fascista ti salta addosso da vicoli bui, offligli insegnamento di Budda plima di dalgli un calcio nei suoi onolevoli coglioni») – prese a comportarsi con così *appassionata intensità* che i suoi allievi, rendendosi conto che era un suo modo di esprimere qualche tormento interiore, cominciarono ad allarmarsi. Quando Mishal lo interrogò su questo, al termine di una seduta che li aveva lasciati entrambi ansimanti e ammaccati, e durante la quale i due, insegnante e migliore allieva, si erano gettati l'uno addosso all'altra come i più famelici degli amanti, le ributtò la stessa domanda con insolita mancanza di franchezza. «La padella parla al paiolo» disse. «La pagliuzza alla trave.» Si trovavano accanto ai distributori automatici. «Okay» disse lei. «Io confesso, ma tu mantieni il segreto.» Lui allungò una mano per prendere una cocacola. «Quale segreto?» L'ingenuo Jumpy. Mishal gli sussurrò all'orecchio: «Mi faccio scopare. Dal tuo amico: Mister Hanif Johnson, dottore in legge».

Lui si scandalizzò e lei s'irritò. «Oh, andiamo. Non è come se io avessi quindici anni.» Jumpy ribatté debolmente: «Se mai tua madre» e lei di nuovo si spazientì. «Se vuoi saperlo» in tono petulante, «l'unica che mi preoccupi è Anahita. Vuole sempre tutto quello che ho io. E, a proposito, lei sì che ha quindici anni.» Jumpy s'accorse d'aver rovesciato il suo bicchiere di carta e di essersi macchiato le scarpe di cocacola. «Fuori il rospo» stava insistendo Mishal. «Io la mia confessione l'ho fatta. Tocca a te adesso.» Ma Jumpy non era in grado di parlare; non faceva che scuotere la testa pensando ad Hanif. «Sarebbe la fine per lui» disse. Questo era troppo. Mishal s'inalberò. «Ah, capisco» disse. «Non valgo abbastanza per lui, secondo te.» E voltando il capo mentre se ne andava: «Ehi, Cavalletta. Non scopano mai i santoni?»

Non era poi così santo. Non era fatto per la santità più di quanto lo fosse il personaggio di David Carradine nei vecchi programmi di *Kung-Fu*: come Cavalletta, come Jumpy. Ogni giorno si sfiancava nel tentativo di star lontano dalla grande casa di Notting Hill, e ogni sera si presentava alla porta di Pamela, col pollice in bocca, mordicchiandosi la pelle intorno all'unghia e cercando di aggirare il cane e di avviarsi, senza perder tempo, verso la camera da letto. Dove cadevano l'uno addosso all'altra e le loro bocche cercavano i punti dove avevano scelto di – o imparato a – cominciare: prima le labbra di lui intorno ai capezzoli di lei, poi quelle di lei che percorrevano il pollice di lui.

Pamela era arrivata ad amare questa sua impazienza, perché era seguita da una pazienza quale lei non aveva mai conosciuto, la pazienza di un uomo che non era mai stato "attraente" ed era quindi pronto ad apprezzare ciò che gli si offriva, o almeno così le era parso all'inizio; ma poi imparò a essergli grata perché si rendeva conto delle sue tensioni interiori e se ne preoccupava, perché capiva quanto fosse difficile per il suo corpo snello e ossuto dai seni piccoli imparare e poi seguire un ritmo, perché aveva il senso della tempestività. Amava in lui anche la sua capacità di vincere se stesso; amava, pur sapendo che era una ragione sbagliata, la sua disponibilità a soffocare i propri scrupoli per poter stare con lei; amava quel suo desiderio che travolgeva tutto ciò che prima aveva considerato essenziale. Amava in questo amore, pur non essendo disposta ad accorgersene, il principio di una fine.

Avvicinandosi all'orgasmo, diventava rumorosa. «Iuu» gridava, e tutta l'aristocrazia della sua voce si concentrava nelle sillabe prive di senso del suo abbandono. «Whoop! Hi *Hah*!»

Continuava a bere molto, scotch bourbon rye, e una striscia rossa si stava allargando al centro del suo viso. Sotto l'influsso dell'alcol, il suo occhio destro si era rimpicciolito sino a diventare la metà del sinistro; cominciava ormai, cosa che gli faceva orrore, a disgustarlo. Non era però permesso parlare del suo alcolismo; l'unica volta che ci provò, Jumpy si ritrovò per strada con le scarpe nella mano destra e il cappotto sul braccio sinistro. Ma tornò anche dopo questo episodio; e lei gli aprì la porta e andò subito di sopra come se non fosse successo niente. I tabù di Pamela: le battute di spirito sulla sua educazione, gli accenni alle bottiglie di whisky come "soldati morti" e qualsiasi allusione al fatto che il suo defunto marito, l'attore Saladin Chamcha, era ancora vivo, e alloggiava dall'altra parte della città in un locale che forniva alloggio e prima colazione, nelle sembianze di una bestia sovrannaturale.

A questo punto Jumpy – che all'inizio l'aveva incessantemente assillata sulla faccenda di Saladin, dicendole che doveva decidersi a divorziare, perché questa finta vedovanza era intollerabile: come la metteva con i beni del marito, coi suoi diritti a una parte della proprietà eccetera? Non aveva certo intenzione di ridurlo in miseria? – aveva smesso di protestare per questo comportamente irragionevole. «Io ho in mano un annuncio ufficiale della sua morte» gli disse l'unica volta in cui era disposta a dire qualcosa. «E tu cos'hai? Un caprone, un fenomeno da circo, niente a che vedere con me.» E anche questo, come le sue bevute, aveva cominciato a incunearsi tra loro. Le sedute d'arti marziali di Jumpy diventavano tanto più veementi, quanto più questi problemi si profilavano gravi alla sua mente.

Ironicamente, mentre si rifiutava con forza di guardare in faccia la realtà riguardante il marito abbandonato, Pamela si era trovata coinvolta, nel suo lavoro al comitato per le relazioni comunitarie, in un'indagine sulla presunta diffusione della stregoneria tra i funzionari della stazione di polizia locale. Varie stazioni si facevano, di tanto in tanto, la fama di essere "incontrollabili" – Notting Hill, Kentish Town, Islington – ma la stregoneria? Jumpy era scettico. «Il tuo guaio» gli disse Pamela con la sua voce più altera da bastone-sedile, «è che sei ancora convinto che la normalità sia essere normali. Dio mio: guarda cosa sta succedendo in questo paese. Il fatto che qualche poliziotto corrotto si spogli completamente e si metta a bere orina dai caschi non è poi tanto strano. Chiamala massoneria della classe lavoratrice, se vuoi. Da me arrivano ogni giorno dei neri, impazziti dalla paura, che parlano di fatture, di interiora di pollo, e di roba del genere. E quei bastardi ci si divertono: a spaventare i negri con i loro stessi *ugabuga* e a godersi per di più qualche notte un po' piccante. Improbabile? *Svegliati*, cazzo.» La caccia alle streghe, evidentemente, era una tradizione di famiglia: da Matthew Hopkins a Pamela Lovelace. Nella voce di Pamela, quando parlava alle riunioni pubbliche, alla radio locale e persino al telegiornale regionale, si poteva cogliere tutto lo zelo e l'autorità del vecchio Generale-Trovastreghe, e fu solo a causa di quella voce, da Gloriana del XX secolo, che la sua campagna non fu subito troncata dalle risate. *Nuovo Manico di Scopa Necessario per Spazzare Via Streghe*. Si parlava di un'inchiesta ufficiale. Ma ciò che faceva uscire dai gangheri Jumpy era il rifiuto di Pamela di collegare le proprie argomentazioni sulla faccenda dei poliziotti devoti all'occulto con la questione di suo marito; perché, dopo tutto, la trasformazione di Saladin Chamcha era strettamente connessa proprio all'idea che la normalità non era più composta (se mai lo era stata) di elementi banali, "normali". «Non c'entra nulla» disse lei in tono reciso, quando Jumpy cercò di farglielo notare; imperiosa, gli parve, come qualsiasi giudice impiccatore.

Dopo che Mishal Sufyan gli ebbe raccontato dei suoi rapporti sessuali illeciti con Hanif Johnson, Jumpy, che stava andando da Pamela Chamcha, dovette reprimere un certo numero di pensieri razzisti, come per esempio, *se suo padre non fosse stato un bianco non l'avrebbe mai fatto*; Hanif, fremette, quel bastardo immaturo che probabilmente si faceva delle tacche sull'uccello per tenere il conto delle sue conquiste, quel Johnson che aspirava a rappresentare la sua gente e non poteva neanche aspettare che fossero maggiorenni prima di cominciare a farsele!... non lo capiva che Mishal, nonostante il suo corpo onnisciente, era solo, era solo, una bambina? *No, non lo era*. Maledizione a lui, allora, perché (e questo per Jumpy fu un vero e proprio choc) era stato il primo.

Andando dall'amante, Jumpy cercava di convincersi che il suo risentimento nei confronti di Hanif, del *suo amico Hanif*, era prima di tutto – come dire? – *linguistico*. Hanif padroneggiava alla perfezione i linguaggi che contavano: sociologico, socialista, radicale nero, anti-anti-anti-razzista, demagogico, oratorio, predicatorio: i vocabolari del potere. *Ma tu bastardo frughi nei miei cassetti e ridi delle mie stupide poesie. Il vero problema della lingua: come piegarla plasmarla, come fare in modo che sia la nostra libertà, come impadronirsi dei suoi pozzi avvelenati, come controllare il fiume di parole di tempo di sangue: tutte cose di cui non hai la minima idea*. Come era dura la lotta, come era inevitabile la disfatta. *Nessuno mi eleggerà mai a niente. Non ho base di potere, né elettorato: solo la battaglia con le parole*. Ma lui, Jumpy, doveva anche ammettere che la sua invidia per Hanif aveva radici altrettanto profonde nel maggiore controllo dell'altro sui linguaggi del desiderio. Mishal Sufyan era decisamente di prim'ordine, una bellezza slanciata, tubolare, ma lui non avrebbe mai saputo come, anche se ci avesse pensato, non avrebbe mai osato. Il linguaggio è coraggio: la capacità di concepire un pensiero, di tradurlo in parole, e così facendo di dargli verità.

Quando Pamela Chamcha venne ad aprirgli, Jumpy scoprì che all'improvviso i suoi capelli erano diventati bianchi come neve, e che la sua reazione a questa inspiegabile sciagura era stata di radersi il capo sino al cuoio capelluto e di nasconderlo poi in un assurdo turbante color borgogna che non voleva assolutamente togliersi.

«È successo e basta» disse. «Non si può escludere la possibilità che io sia stata stregata.»

Lui questo non intendeva tollerarlo. «O può essere una reazione, sia pure ritardata, alle condizioni alterate, ma esistenti, di tuo marito.»

Lei si voltò, a metà della scala che conduceva alla sua camera, e puntò teatralmente un dito verso la porta aperta del soggiorno. «In tal caso» disse trionfante. «Perché è successo anche al cane?»

Avrebbe potuto dirle, quella notte, che voleva farla finita, che la sua coscienza non gli permetteva più – forse era anche disposto ad affrontare la sua collera e ad accettare il paradosso che una decisione poteva essere contemporaneamente coscienziosa e immorale (perché crudele, unilaterale, egoistica); ma quando entrò in camera da letto, lei gli prese il viso tra le mani e, guardandolo con attenzione per vedere come avrebbe reagito alla notizia, gli confessò d'aver mentito sulle precauzioni anticoncezionali. Era incinta. Risultò così che a prendere decisioni unilaterali era più brava di lui e che lo aveva semplicemente usato per fare quel figlio che Saladin Chamcha non era stato capace di fornirle. «Lo volevo» gridò in tono di sfida, avvicinandosi ancora di più. «E adesso lo avrò.»

Il suo egoismo aveva prevalso su quello di lui. Che si sentì sollevato; assolto dalla responsabilità di fare scelte morali e agire di conseguenza – adesso, infatti, come poteva lasciarla? – si tolse dalla testa queste idee e le permise di spingerlo, dolcemente ma con intenzioni inequivocabili, all'indietro sul letto.

Sia che, con la sua lenta trasformazione, Saladin Chamcha stesse diventando una sorta di *mutante* da telefilm di fantascienza o dell'orrore, una modificazione casuale che il processo di selezione naturale avrebbe presto eliminato – sia che si stesse evolvendo in un *avatar* del Signore dell'Inferno – sia che stesse accadendo qualche altra cosa, fatto sta (e su questa faccenda sarà bene procedere con cautela, passando da un dato indubitabile a un altro dato indubitabile, senza trarre conclusioni precipitose finché il nostro sentiero di mattoni gialli, composto di cose-che-sono-incontestabilmente-così, non ci avrà condotti a pochi centimetri dalla nostra destinazione) che le due figlie di Haji Sufyan lo avevano preso sotto la loro protezione, occupandosi della Bestia come sanno farlo solo le Belle; e che, col trascorrere del tempo, anche lui si affezionò moltissimo a queste due. Mishal e Anahita gli erano a lungo sembrate inseparabili, pugno e ombra, sparo ed eco, con la più giovane che cercava sempre di emulare l'alta e irascibile sorella, esercitandosi a sferrare calci da karate e a menare violenti colpi Wing Chun con l'avambraccio, in una accattivante imitazione dei modi severi di Mishal. Di recente, però, aveva notato tra le due una crescente e rattristante ostilità. Una sera, alla finestra del suo attico, Mishal gli stava indicando alcuni personaggi della strada – lì un vecchio sikh che lo choc di un'aggressione razziale aveva ridotto al più assoluto silenzio; aveva smesso di parlare, si diceva, da quasi sette anni, lui che prima era stato uno dei pochi giudici di pace "neri" della città... ma ora non pronunciava più sentenze ed era accompagnato, ovunque andasse, da una moglie irascibile che lo trattava con sdegnosa esasperazione, *Oh, ignoratelo, non dice mai un tubo* – e laggiù, un "tipo di ragioniere" (la definizione era di Mishal), dall'aria assolutamente normale, che stava tornando a casa con la sua cartella e una scatola di dolci; quello era famoso nella Strada perché gli era venuta la strana mania di ridisporre ogni sera per mezz'ora i mobili del suo soggiorno, mettendoli in fila con un passaggio in mezzo, e di fingersi il conducente di un pullman in viaggio per il Bangladesh, una fantasia ossessiva cui erano costretti a partecipare anche i familiari, *e dopo mezz'ora esatta torna in sé e per il resto del tempo è l'uomo più grigio che si possa incontrare*; – e dopo un po' di questi discorsi, la quindicenne Anahita la interruppe con astio: «Quello che intende dire è che tu non sei la sola vittima, qui attorno di mostri ce ne sono a valanga, non hai che da guardare».

Mishal aveva preso l'abitudine di parlare della Strada come se fosse stata un mitologico campo di battaglia e lei, dall'alto dell'attico di Chamcha, l'angelo che prende nota e anche l'angelo sterminatore. Da Mishal Chamcha imparò le favole dei nuovi Kuru e Pandava, i razzisti bianchi e le squadre d'autodifesa o comitati di vigilanza, protagonisti di questo moderno *Mahabharata* o, più precisamente, *Mahavilayet*. Lassù, sotto il ponte della ferrovia, il Fronte nazionale soleva battersi con gli impavidi radicali del Partito socialista dei lavoratori, «ogni domenica dall'ora di chiusura a quella d'apertura dei bar» sogghignò Mishal, «lasciando a noi il compito di sgombrare le macerie per tutto il resto della fottuta settimana.» In fondo a quel vicolo era il punto dove i Tre di Brickhall erano stati aggrediti dalla polizia e poi messi a verbale e accusati; in quella viuzza laterale avrebbe trovato il luogo dell'assassinio del giamaicano Ulysses E. Lee, e in quel pub la macchia sul tappeto che attestava dove era spirato Jatinder Singh Mehta. «Il thatcherismo ha i suoi effetti» dichiarò, mentre Chamcha, che non aveva più la voglia e le parole per discutere, per parlare della giustizia e della norma giuridica, osservava la rabbia crescente di Anahita. «Niente battaglie campali ormai» spiegò Mishal. «L'accento è posto sulle piccole imprese e sul culto dell'individuo, no? In altre parole, cinque o sei bastardi bianchi che ci ammazzano, un individuo per volta». Ormai le squadre percorrevano ogni notte la Strada, pronte a dar fastidio. «È il nostro campo» diceva Mishal Sufyan di quella Strada dove non si vedeva neanche un filo d'erba. «Digli che provino a prenderselo se ci riescono.»

«Guardala» esplose Anahita. «Così signora, no? Così raffinata. Immagina cosa direbbe la mamma se lo sapesse.» «Se sapesse che cosa, piccola spia?» Ma Anahita non si lasciò intimidire: «Oh sì» gemette. «Oh, sì, sappiamo tutto, non credere che non sappiamo. Adesso la domenica mattina va ai *bhangra beat show* e nelle toilettes si mette addosso quei vestiti da puttanella scorreggiona – e con chi si dimena e dondola nella discoteca Cera Bollente di cui crede che io non abbia mai sentito parlare – cosa è successo in quella *bluesdance* dove è andata col signor sai-benechi Galletto presuntuoso – che bella sorella maggiore» e arrivò poi al gran finale, «finirà probabilmente morta di comesichiama *ignoranza.*» Alludendo, come Mishal e Chamcha sapevano bene – quegli spot pubblicitari cinematografici, pietre tombali espressionistiche che si levavano dalla terra e dal mare, avevano inculcato a fondo nelle memorie i residui del loro slogan, non c'era il minimo dubbio – all'*Aids.*

Mishal si buttò addosso alla sorella, tirandole i capelli, – ma Anahita, nonostante il male, riuscì a infliggerle un'altra stoccata: «Almeno io i capelli non me li sono tagliati per farli diventare un ridicolo puntaspilli, deve essere ben scema una a cui viene un'idea come questa» e se ne andarono tutte due, lasciando Chamcha a interrogarsi sull'improvvisa e totale adesione di Anahita all'etica della femminilità di sua madre. *Guai in vista,* concluse.

E i guai arrivarono, presto.

Quando ero solo, sentiva sempre di più quella lenta pesantezza che lo schiacciava, sino a fargli perdere conoscenza, scaricandolo come un giocattolo meccanico, e in queste fasi di stasi, che si concludevano sempre con l'arrivo di qualche visitatore, il suo corpo emetteva rumori allarmanti, gli ululati dei pedali di risciò infernali, lo scricchiolio da tamburo militare di ossa sataniche. Erano quelli i periodi in cui, a poco a poco, cresceva. E mentre cresceva lui, crescevano anche i rumori della sua presenza; non puoi tenere un diavolo chiuso a chiave nell'attico e aspettarti che ci resti per sempre.

Come la notizia si diffuse (quelli che erano al corrente non aprivano bocca, i Sufyan per paura di perdere clienti, le creature temporanee perché il sentirsi evanescenti le aveva rese, per il momento, incapaci di agire – e tutti quanti per paura dell'arrivo dei poliziotti, mai particolarmente restii a invadere locali del genere, a urtare accidentalmente qualche piccolo mobile e a calpestare per puro caso braccia gambe colli): egli cominciò a comparire alla gente del posto in sogno. I *mullah* della Jaimme Majid, che era stata un tempo la sinagoga Machzikel HaDath e prima ancora la chiesa calvinista degli ugonotti; e Mr Uhuru Simba, quella montagna d'uomo in tocco africano e poncho rosso-giallo-nero che aveva guidato con successo la protesta contro *The Aliens Show* e che Mishal Sufyan odiava più di qualsiasi altro nero per la tendenza a prendere a pugni in bocca le donne arroganti – lei per esempio – in pubblico, durante un comizio, con una quantità di testimoni, ma non era certo sufficiente a fermare il dottore, *è un pazzo bastardo, quello*, aveva detto un giorno a Chamcha indicandoglielo dall'attico, *capace di tutto; avrebbe potuto ammazzarmi, e solo perché avevo detto a tutti che non era africano. Lo avevo conosciuto quando era semplicemente Sylvester Roberts e abitava dalle parti di New Cross; uno stregone fottuto se vuoi il mio parere* – e la stessa Mishal, e Jumpy, e Hanif – e persino il Conducente del pullman, tutti lo avevano sognato che si levava nella strada come l'Apocalisse e bruciava la città come un toast. E in ognuno dei mille e un sogno, lui, Saladin Chamcha, dagli arti giganteschi e dalla testa con le corna avvolte in un turbante, stava cantando, con una voce così diabolicamente orribile e gutturale che era impossibile riconoscere i versetti, anche se i sogni avevano la terrificante caratteristica di essere a puntate, e ciascuno era il seguito di quello della notte prima, e così via, notte dopo notte, finché persino l'Uomo silenzioso, l'ex giudice di pace che non aveva più parlato da quella sera in cui, in un ristorante indiano, un giovane ubriaco gli aveva accostato un coltello al naso, minacciando di ucciderlo e facendogli poi l'offesa ancora più traumatizzante di sputare sul suo piatto – finché questo mite gentiluomo sbalordì la moglie alzandosi a sedere nel sonno, piegando in avanti il collo come un piccione, battendo l'uno contro l'altro l'interno dei polsi, vicino all'orecchio destro, e intonando con quanto fiato aveva in gola una canzone fatta di suoni così esotici e pieni di scariche che lei non capì nemmeno una parola.

Ben presto, perché non c'è più niente che richieda molto tempo, l'immagine del diavolo del sogno cominciò a diffondersi, diventando però popolare, è bene precisarlo, solo in quella che Hal Valance aveva definito la *razza colorata*. Mentre i neo-georgiani non colorati sognavano un nemico sulfureo che schiacciava le loro residenze restaurate alla perfezione sotto il suo tallone fumante, bruni-e-neri notturni si sorpresero ad applaudire, nel sonno, questo cos'altro-era-dopo-tutto-se-non-un-nero, forse un po' alterato da fato classe razza storia, che stava tirando su le chiappe, infuriato e inferocito, per prendere a calci quelche culo.

All'inizio questi sogni erano faccende private, ma cominciarono presto a filtrare nelle ore di veglia, a mano a mano che fabbricanti e rivenditori asiatici di distintivi magliette manifesti capivano il potere di questo sogno, e poi, all'improvviso, egli era dappertutto, sul petto delle ragazzine come sulle finestre che grate metalliche proteggevano dai mattoni, era una sfida e un monito. Simpatia per il diavolo: la resurrezione di un antico motivo. I ragazzi della Strada cominciarono a portare corna di gomma sulla testa, come, qualche anno prima, quando preferivano imitare i cosmonauti, portavano palline rosa e verdi che dondolavano da rigidi fili metallici. Il simbolo dell'Uomo-caprone, il pugno alzato con forza, comparve sui cartelli durante le manifestazioni politiche, Salvate i Sei, Liberate i Quattro, Mangiate l'Heinz Cinquantasette. *Pleasechu meechu*, cantavano le radio, *hopeyu guessma nayym*. I funzionari di polizia che si occupavano dei rapporti con la comunità facevano notare il "crescente culto del diavolo tra i giovani neri e asiatici" definendolo una "tendenza deplorevole", e approfittavano di questo "revival satanista" per controbattere le insinuazioni di Mrs Pamela Chamcha e del CRC locale: «Chi sono le streghe adesso?» «Chamcha» disse Mishal eccitata, «tu sei un eroe. Voglio dire che la gente può davvero identificarsi in te. È un'immagine così a lungo rifiutata dalla società bianca che ora possiamo prendercela noi, capisci, occuparla, abitarla, reclamarla e farla nostra. È ora che tu pensi ad agire.»

«Va' via» gridò Saladin nella sua confusione. «Non è questo che volevo. Non è questo che intendevo dire.»

«Comunque stai diventando troppo grosso per l'attico» ribatté Mishal stizzita. «Tra non molto non sarà più grande abbastanza per te.»

Sicuramente i nodi stavano venendo al pettine.

«Ieri sera hanno accoltellato un'altra vecchia» annunciò Hanif Johnson, con un finto accento giamaicano. «Per lei niente più previdenza sociale.» Anahita Sufyan, di turno al banco del Sufyan Café, sbatté tazze e vassoi. «Non capisco perché parli così» si lamentò. «Mi fai venire i nervi.» Hanif, ignorandola, andò a sedersi accanto a Jumpy, che borbottò distrattamente: «Cosa stanno dicendo?». L'approssimarsi della paternità era un peso per Jumpy Joshi, ma Hanif gli diede una pacca sulla schiena. «La poesia non sta andando tanto bene, fratello» lo commiserò. «Sembra che quel fiume di sangue si sia coagulato.» Un'occhiata di Jumpy lo obbligò a cambiar musica. «Stanno dicendo quello che dicono» rispose. «Attento a quelli di colore che girano in macchina. Se lei era nera, amico, diranno "Non c'è motivo per sospettare moventi razziali". Credimi» continuò rinunciando all'accento giamaicano, «certe volte il livello d'aggressività che ribolle a fior di pelle in questa metropoli mi fa davvero paura. Non si tratta solo dello Squartatore delle nonnine. È dappertutto. Dai un urtone al giornale di un tizio, su un treno all'ora di punta e rischi di farti spaccare la faccia. Sono tutti così maledettamente *arrabbiati*, mi pare. Compreso quel mio vecchio amico, che sei tu» concluse. Jumpy si alzò, si scusò e uscì senza dare spiegazioni. Hanif allargò le braccia e rivolse ad Anahita il suo sorriso più seducente. «Cosa posso fare?»

Anahita sorrise a sua volta con dolcezza. «Non pensi mai, Hanif, che forse la gente non ti trova molto simpatico?»

Quando si venne a sapere che lo Squartatore delle nonnine aveva colpito ancora, gli inviti a cercare la soluzione delle orribili uccisioni di vecchie signore da parte di un "diavolo umano" – che ogni volta disponeva ordinatamente gli organi interni delle vittime intorno ai loro cadaveri, un polmone per ogni orecchio, e il cuore, per ragioni ovvie, in bocca – con maggiori probabilità di trovarla, indagando sul neo-occultismo dei neri che tanto preoccupava le autorità – si fecero sentire sempre più spesso. Di conseguenza s'intensificarono gli arresti e gli interrogatori dei "colorati", nonché la frequenza delle irruzioni improvvise in locali "sospettati di ospitare cellule occultiste clandestine". Ciò che stava accadendo, anche se all'inizio nessuno lo ammetteva e nemmeno lo capiva, era che tutti, neri bruni bianchi, avevano cominciato a considerare *reale* la figura del sogno: una creatura che aveva attraversato la frontiera, sfuggendo ai consueti controlli, e ora vagava libera per la città. Migratore illegale, re fuorilegge, criminale abominevole o eroe razzista, Saladin Chamcha stava cominciando a diventare vero. Giravano voci in ogni direzione: un fisioterapista raccontò una storia assurda ai giornali domenicali, non fu creduto, ma *non c'è fumo senza arrosto*, diceva la gente; era una situazione precaria, e non sarebbe passato molto tempo prima dell'irruzione allo Shaandaar Café che avrebbe fatto scoppiare la cosa più in alto del cielo. Ci si misero di mezzo i preti, aggiungendo un altro elemento instabile – il collegamento tra il termine *nero* e il peccato della *bestemmia* – alla miscela. Nel suo attico, Saladin Chamcha cresceva lentamente.

Scelse Lucrezio anziché Ovidio. L'anima incostante, la mutabilità di ogni cosa, *das Ich*, sino all'ultima briciola. Una creatura nel corso della vita può diventare così altra da sé da essere *un'altra*, separata, staccata dalla storia. Ogni tanto pensava a Zeeny Vakil su quell'altro pianeta, Bombay, all'estremo opposto della galassia; Zeeny, eclettismo, ibridismo. L'ottimismo di quelle idee! La certezza su cui si fondavano: della volontà, della scelta! Ma, Zeeny mia, la vita ti capita e basta: come un incidente. No: ti capita come conseguenza del tuo stato. Non c'è scelta, ma – nella migliore delle ipotesi – processo; e, nella peggiore, cambiamento traumatizzante, totale. Il nuovo: lui aveva cercato qualcosa di diverso, ma ciò che aveva ottenuto era questo.

Amarezza, anche, e odio, tutti sentimenti grossolani. Sarebbe entrato nel suo nuovo io; sarebbe stato ciò che era diventato: pesante, fetido, orribile, smisurato, grottesco, inumano, potente. Aveva la sensazione che gli bastasse allungare un mignolo per rovesciare guglie di chiese con la forza che stava crescendo in lui, la rabbia, la rabbia, la rabbia. *Poteri*.

Stava cercando qualcuno da incolpare. Anche lui sognava; e nei suoi sogni, una forma, una faccia, fluttuava sempre più vicina, ancora spettrale, confusa, ma un giorno non lontano sarebbe riuscito a chiamarla per nome.

Io sono, accettò, *ciò che sono*.
Sottomissione.

La sua vita protetta alla pensione Shaandaar saltò in aria la sera in cui arrivò Hanif Johnson urlando che avevano arrestato Uhuru Simba per i delitti dello Squartatore delle nonnine, e girava la voce che gli avrebbero attribuito anche la faccenda della Magia Nera, sarebbe insomma diventato il sacerdote vodù, il *baron samedi*, il capro espiatorio, e le rappresaglie – percosse, assalti alle proprietà, il solito – erano già incominciate. «Chiudete le porte a chiave» disse Hanif a Sufyan e a Hind. «Si prepara una brutta notte.»

Hanif se ne stava al centro del Café, sicuro dell'effetto delle notizie che aveva portato, e quindi, quando Hind gli si avvicinò e lo colpì al viso con tutte le sue forze, era così impreparato che svenne letteralmente; più per la sorpresa che per il male. Lo fece rinvenire Jumpy, che gli gettò in faccia un bicchiere d'acqua, come aveva imparato al cinema, ma intanto Hind stava scaraventando in strada dal piano di sopra tutta l'attrezzatura del suo studio: i nastri da macchina per scrivere e anche i nastri rossi, quelli in uso per legare i documenti legali, divennero nell'aria festose stelle filanti. Anahita Sufyan, ormai incapace di resistere alle sollecitazioni diaboliche della gelosia, aveva parlato a Hind della relazione di Mishal con l'avvocato-uomo politico in ascesa, e da allora niente avrebbe più potuto fermare Hind, tutti gli anni di umiliazione traboccarono all'esterno, non bastava essere impantanata in questo paese pieno di ebrei e di stranieri che la consideravano alla stessa stregua dei negri, non bastava che suo marito fosse un debole capace di recitare la parte dell'*Haj* ma indifferente alla Divinità in casa propria, doveva succederle anche questo; s'avventò contro Mishal armata di un coltello da cucina, e la figlia reagì sferrando una serie dolorosa di calci e pugni, ma solo per difendersi, altrimenti ci sarebbe stato di sicuro un matricidio. Hanif riprese conoscenza e Haji Sufyan lo guardò dall'alto, muovendo le mani in piccoli cerchi impotenti lungo i fianchi, piangendo apertamente, non potendo neppure trovare consolazione nella cultura, poiché, mentre per la maggior parte dei musulmani un viaggio alla Mecca era la grande benedizione, nel suo caso si era rivelato l'inizio di un anatema; «Vattene» disse. «Fuori di qui, Hanif, amico mio» – ma Hanif non intendeva andar via senza aver detto la sua: *Ho tenuto per troppo tempo la bocca chiusa*, gridò, *voi che vi considerate tanto morali e nello stesso tempo vi arricchite sulle miserie della vostra razza*, e a questo punto fu chiaro che Haji Sufyan non aveva mai saputo nulla dei prezzi imposti da sua moglie, la quale non glieli aveva mai rivelati e aveva imposto alle figlie la segretezza con giuramenti terribili e vincolanti, sapendo che se lui l'avesse scoperto avrebbe trovato il modo di restituire il denaro e avrebbe continuato a marcire nella miseria; – e lui, lo scintillante spirito familiare dello Shaandaar Café, perse da allora qualsiasi amore per la vita. E a quel punto arrivò al Café Mishal, Oh, rappresentare in quel modo, come un dramma di terz'ordine, le vergogne della vita intima di una famiglia sotto gli occhi di clienti paganti – anche se, a dire il vero, l'ultima bevitrice di tè stava correndo via con tutta la velocità che le permettevano le sue vecchie gambe. Mishal era carica di valigie. «Me ne vado anch'io» annunciò. «Provate a fermarmi. Mancano solo undici giorni.»

Quando Hind vide che la figlia maggiore s'accingeva a uscire per sempre dalla sua vita, capì qual è il prezzo da pagare se si accoglie il Principe delle Tenebre sotto il proprio tetto. Supplicò il marito di essere ragionevole, di rendersi conto che la sua compassionevole generosità li aveva portati a questo inferno, e aggiunse che bastava allontanare quel diavolo di Chamcha per poter forse tornare a essere la famiglia industriosa e felice di un tempo. Ma, appena ebbe concluso il suo discorso, la casa cominciò a rimbombare e a tremare sopra la sua testa, e si udì il rumore di qualcosa che scendeva le scale, ringhiando e – così almeno sembrava – cantando, con voce così orribilmente rauca che era impossibile capire le parole.

Alla fine fu Mishal che gli andò incontro, Mishal con Hanif che la teneva per mano, mentre l'infida Anahita restò a guardare ai piedi della scala. Chamcha aveva ormai raggiunto la statura di due metri e mezzo, e dalle sue narici sgorgava fumo di due colori differenti, giallo dalla sinistra, nero dalla destra. Non aveva più niente addosso. I peli del corpo erano diventati lunghi e folti, la coda frusciava con rabbia, gli occhi erano di un rosso chiaro ma luminoso, ed era riuscito a terrorizzare l'intera popolazione temporanea dell'esercizio che forniva alloggio e prima colazione sino a ridurla all'incoerenza. Mishal, però, non era tanto spaventata da non poter parlare. «Dove pensi di andare?» gli domandò. «Credi che sopravvivresti cinque minuti lì fuori, con quell'aspetto?» Chamcha si fermò, diede una scorsa al proprio corpo, notò la cospicua erezione che emergeva dai suoi lombi e alzò le spalle. «Sto *pensando ad agire*» le disse, usando le sue stesse parole, che però pronunciate da quella voce di lava e di tuono non sembravano più appartenerle. «C'è una persona che voglio rintracciare.»

«Non aver fretta» disse Mishal. «Troveremo una soluzione.»

Che cosa si può vedere qui, a un chilometro e mezzo dallo Shaandaar, qui dove il ritmo arriva nella strada, al Club Cera Bollente, che un tempo si chiamava Black-and-Tan? In questa nefasta notte senza luna seguiamo le figure – alcune impettite, tutte in ghingheri, leste, altre furtive, nascoste nell'ombra, timorose – che convergono da ogni angolo del quartiere, per poi tuffarsi, all'improvviso, nel sottosuolo, oltre questa porta senza insegne. Cosa c'è dentro? Luci, fluidi, polveri, corpi che si agitano, da soli, a coppie, in trio, in marcia verso molteplici possibilità. Ma cosa sono, allora, quelle figure, oscure nello splendore, da arcobaleno a luci intermittenti, che illumina lo *spazio*, quelle forme congelate nelle loro posizioni in mezzo a tutti quei frenetici ballerini? Cosa sono quelli che ballano *hip* e *hindi* ma senza spostarsi di un centimetro? «Sembri in gran forma, squadra di Cera Bollente!» Parla il nostro presentatore: sbraita, brinda, questo disc-jockey incomparabile – il saltellante Pinkwalla, con il suo abito di luci che arrossisce seguendo il tempo. È davvero un personaggio eccezionale, un albino di oltre due metri, con i capelli di un rosa chiarissimo, il bianco degli occhi idem, i lineamenti inconfondibilmente da indiano, il naso altero, le labbra lunghe e sottili, una faccia da stoffe *Hamza-nama*. Un indiano che non ha mai visto l'India, un uomo dell'India orientale venuto dalle Indie occidentali, un nero bianco. Un divo.

Le figure immobili continuano a danzare fra l'oscillare delle sorelle, il sobbalzare e il rimbalzare dei giovani. Cosa sono? – Ma statue di cera, nient'altro. – Chi sono? – La storia. Quella, vedete, è Mary Seacole, che in Crimea fece quanto un'altra Dama con la lampada magica, ma, essendo scura, era ben poco visibile alla fiamma della candela di Florence – e laggiù! un certo Abdul Karim, alias il Munshi, che la regina Vittoria cercò di favorire, ma la cui carriera fu bloccata dai pregiudizi razziali dei ministri. Sono tutti qui, che ballano immobili nella cera bollente: il pagliaccio nero di Settimio Severo a destra; e a sinistra il barbiere di Giorgio IV che danza con la schiava Grace Jones. Ukasaw Grooniosaw, il principe africano che fu venduto per due metri di stoffa, balla all'uso antico con il figlio di schiavi Ignatius Sancho che fu, nel 1782, il primo scrittore africano pubblicato in Inghilterra. – I migratori del passato, antenati dei ballerini viventi quanto i loro consanguinei, turbinano da fermi mentre Pinkwalla sbraita brinda saltella sulla pedana. *Ora-me-essere-indignato-quando-loro-parlare-immigrazione-quando-loro-insinuare-noi-non-fare-parte-di-nazione-e-me-proclamare-vera-situazione-che-contributi-noi-avere-dato-sin-da-occupazione-romana*, e in un'altra zona della stanza affollata, inondati da una diabolica luce verde, i cattivi di cera si fanno piccoli piccoli e storcono il viso: Mosley, Powell, Edward Long, tutti gli *avatar* locali di Legree. E ora, nel ventre del club, inizia un mormorio che cresce, diventa un'unica parola, salmodiata più e più volte: «Fondere, fondere, fondere» chiedono i clienti.

Pinkwalla prende l'imbeccata dalla folla *Così-essere-tempo-di-fondere-quando-uomini-di-crimine-mettersi-in-fila-per-cuocere-in-fuoco-d'inferno*, dopo di che si volta verso la folla, allargando le braccia, battendo il tempo col piede, per domandare, *chi-sarà? Chi-volete-vedere?* Nomi vengono urlati, gareggiano, convergono, finché la compagnia qui raccolta torna ad amalgamarsi, salmodiando un'unica parola. Pinkwalla batte le mani. Dietro di lui si apre il sipario, permettendo alle sue collaboratrici in lucenti short rosa e magliette a girocollo di spinger fuori uno stipo terrificante: grosso come un uomo, con una vetrina e l'interno illuminato – il forno a microonde, con sedia elettrica, che i frequentatori del club chiamano la Cucina dell'inferno. «Benissimo» grida Pinkwalla. «Adesso cuociamo sul serio.»

Le collaboratrici si avvicinano al tableau delle figure odiate, s'avventano sull'offerta sacrificale della serata, quella che viene scelta più spesso a dire la verità, almeno tre volte la settimana. La sua permanente, le sue perle, il suo tailleur blu. *Maggie-maggie-maggie*, latra la folla. *Brucia-brucia-brucia*. La bambola viene legata alla sedia elettrica. Pinkwalla abbassa l'interruttore. E oh come fonde bene, prima dentro poi fuori, sino a crollare informe. Adesso è una pozzanghera, e la folla sospira la propria estasi: *fatto*. «Questa volta il fuoco» dice Pinkwalla. La musica riconquista la notte.

Quando Pinkwalla il disc-jockey vide ciò che, protetto dalle tenebre, stava salendo sul retro del suo furgoncino, che gli amici Hanif e Mishal lo avevano convinto a portare davanti all'ingresso posteriore dello Shaandaar, la paura dell'*obeah* gli riempì il cuore; ma c'era anche, a farle da contrappeso, il piacere di scoprire che il potente eroe di tanti suoi sogni era una creatura in carne e ossa. Si trovava sul lato opposto della strada, a rabbrividire sotto un lampione, benché non facesse molto freddo, e ci restò per mezz'ora, mentre Mishal e Hanif gli parlavano in tono pressante, *ha bisogno di un posto dove andare, dobbiamo pensare al suo avvenire*. Poi alzò le spalle, s'avvicinò al furgoncino e avviò il motore. Hanif gli si sedette accanto nella cabina, mentre Mishal viaggiava insieme a Saladin, nascosto in modo che nessuno potesse vederlo.

Erano quasi le quattro del mattino quando misero a letto Chamcha nel locale notturno deserto e chiuso a chiave. Pinkwalla – non usava mai il suo vero nome, Sewsunker – aveva trovato un paio di sacchi a pelo in uno sgabuzzino, e furono sufficienti. Hanif Johnson, augurando la buona notte a quella spaventosa entità di cui la sua amante Mishal sembrava non avere per niente paura, tentò di parlargli seriamente, «Devi renderti conto di quanto potresti essere importante per noi, c'è in gioco qualcosa di più dei tuoi bisogni personali» ma il mutante Saladin si limitò a sbuffare, giallo e nero, e Hanif s'affrettò a ritirarsi. Rimasto solo con le figure di cera, Chamcha poté finalmente concentrare di nuovo i propri pensieri sulla faccia che si era finalmente coagulata nella sua immaginazione, radiosa di una luce che lo inondava da ogni parte e veniva da un punto appena dietro la testa, il Signor Perfetto, impersonatore di dèi, che cadeva sempre in piedi, che si faceva perdonare tutti i peccati, che era amato, esaltato, adorato... La faccia che aveva cercato d'identificare nei suoi sogni, Mr Gibreel Farishta, trasformato nel simulacro di un angelo, proprio come lui era diventato l'immagine speculare del diavolo.

Con chi poteva prendersela il diavolo se non con l'arcangelo, Gibreel?

La creatura sui sacchi a pelo aprì gli occhi; cominciò a emettere fumo dai pori. Adesso i manichini di cera avevano tutti la stessa faccia, quella di Gibreel, con il suo ciuffo sulla fronte e la sua bellezza lunga sottile malinconica. La creatura scoprì i denti ed esalò un lungo fetido respiro, e le statue di cera si sciolsero in pozzanghere e vestiti vuoti, tutte quante, senza eccezione. La creatura tornò a sdraiarsi, soddisfatta. E si concentrò sul suo nemico.

Allora provò le sensazioni più inspiegabili di compressione, aspirazione, restringimento; fu devastata da dolori terribili, lancinanti ed emise grida acutissime su cui nessuno, neanche Mishal che dormiva con Hanif nell'appartamento di Pinkwalla sopra il Club, osò fare indagini. I dolori divennero sempre più intensi, e la creatura si agitò e si dimenò sulla pista da ballo, gemendo in maniera struggente; finché, finalmente, le fu concesso un momento di requie e si addormentò.

Molte ore dopo, quando Mishal, Hanif e Pinkwalla si avventurarono nei locali del club, si trovarono davanti una scena di devastazione spaventosa, tavolini fatti volar via, sedie spaccate a metà e, ovviamente, tutte le statue di cera – buone e cattive – Topsy e Legree – fuse come tigri nel burro; e in mezzo a questa carneficina, addormentato come un bimbo, non una creatura mitologica, non una Cosa iconica di corna e alito infernale, ma Mr Saladin Chamcha in persona, tornato in apparenza alla sua forma di un tempo, nudo come un verme, ma assolutamente umano nell'aspetto e nelle proporzioni, *umanizzato* – si può forse concludere altrimenti? – dalla tremenda concentrazione del suo odio.

Aprì gli occhi; che ancora ardevano chiari e rossi.

2

Scendendo dall'Everest, Alleluia Cone vide una città di ghiaccio a ovest del Campo Sei, oltre la Rock Band, che luccicava al sole sotto il massiccio di Cho Oyu. *Shangri-La*, pensò per un attimo: quella però non era una verde vallata d'immortalità, ma una metropoli di giganteschi ghiaccioli, sottili, freddi e acuminati. La sua attenzione fu distratta dallo sherpa Pemba, che l'avvertiva di non perdere la concentrazione, e, quando tornò a guardare, la città era sparita. Era ancora a novemila metri, ma il fenomeno della città impossibile la fece riandare col pensiero, attraverso lo spazio e il tempo, allo studio di Bayswater, dai vecchi mobili di legno scuro e dalle pesanti tende di velluto, dove suo padre, Otto Cone, storico dell'arte e biografo di Picabia, le aveva parlato nel suo ultimo anno – e nel quattordicesimo di Alleluia – della «più pericolosa delle bugie che ci propinano nella nostra vita» che era, secondo lui, l'idea del continuo. «Se mai qualcuno cercasse di dirti che questo pianeta, fra tutti il più bello e il più malvagio, è in qualche modo omogeneo, composto cioè solo di elementi conciliabili e che tutto *quadra*, corri a telefonare al sarto che fa le camicie di forza» le consigliò, riuscendo a darle l'impressione di aver visitato molti pianeti prima di arrivare a queste conclusioni. «Il mondo è inconciliabile, non dimenticarlo mai: rimbambiti, nazisti, fantasmi, santi vivono tutti nello stesso momento; in un punto la felicità perfetta, poco più in là, sulla stessa strada, l'inferno. Non si può immaginare un luogo più assurdo.» La città di ghiaccio sul tetto del mondo non avrebbe stupito Otto. Come sua moglie Alicja, la madre di Allie, era un emigrato polacco, sopravvissuto alla guerra in un campo di concentramento il cui nome non fu mai citato in tutta l'infanzia di Allie. «Voleva far finta che non fosse mai esistito» spiegò in seguito Alicja alla figlia. «Sotto molti aspetti non era un realista. Ma era un brav'uomo; il migliore che io abbia conosciuto.» Sorrise tra sé mentre diceva queste cose, tollerandolo nel ricordo come non aveva sempre saputo fare quando era vivo, e spesso insopportabile. Per esempio: era arrivato a odiare il comunismo al punto da spingersi a eccessi imbarazzanti, soprattutto a Natale, quando, pur ebreo, insisteva nel celebrare con la sua famiglia ebrea e con tanti altri, quello che definiva "un rito inglese", in segno di rispetto per la nuova "nazione ospite" – e poi rovinava tutto (agli occhi della moglie) irrompendo nel *salon* dove la comitiva si stava rilassando tra il calore del fuoco di legna, le lampadine dell'albero di Natale e il brandy, truccato come un cinese da pantomima, con baffi spioventi e tutto il resto, e gridando: «Babbo Natale è morto! Io l'ho ucciso! Io sono Il Mao: nessun regalo per nessuno! Ehé! Ehé! Ehé!». Sull'Everest, Allie, ricordando, trasalì – il trasalimento di sua madre, si rese conto, trasferito sul suo viso gelato.

L'inconciliabilità degli elementi della vita: in una tenda del Campo Quattro, a novemiladuecento metri, l'idea che sembrava a volte essere stata il demone di suo padre appariva banale, svuotata di significato, di *atmosfera*, dall'altitudine. «L'Everest ti riduce al silenzio», confessò a Gibreel Farishta su un letto sopra il quale la seta da paracadute formava un baldacchino di Himalaya infossato. «Quando torni giù, sembra che non valga la pena dire niente, assolutamente niente. Ti senti avvolta nel nulla, come in un sogno. Nel non-essere. Naturalmente non ce la fai a continuare così. Dopo un po' irrompe di nuovo il mondo. Ciò che ti ammutolisce, credo, è la visione che hai avuto della perfezione: perché parlare, se non sei in grado di elaborare pensieri perfetti, frasi perfette? Ti sembra un tradimento di quello che hai vissuto. Ma poi questo si affievolisce; accetti che per tirare avanti occorrano certi compromessi, certe chiusure. Nelle prime settimane insieme, trascorrevano la maggior parte del tempo a letto: essendo apparentemente inesauribile il loro reciproco desiderio, facevano l'amore sei o sette volte al giorno. «Tu mi hai aperta» gli disse. «Tu con quel prosciutto in bocca. Era esattamente come se mi stessi parlando e come se io riuscissi a leggere i tuoi pensieri. Non come se» si corresse. «Li leggevo, no?» Lui annuì: era vero. «Lessi i tuoi pensieri e dalla mia bocca uscirono le parole giuste» si stupì. «Fluirono e basta. Patatrac: l'amore. In principio era la parola.»

Sua madre assunse un atteggiamento fatalistico di fronte a questa drammatica svolta nella vita di Allie, il ritorno di un amante dall'oltretomba. «Ti dirò sinceramente che cosa ho pensato quando mi hai dato la notizia» disse davanti alla minestra e al *kreplach* di una colazione al Bloom's di Whitechapel. «Ho pensato, oh cielo, allora è proprio la grande passione; la povera Allie ci deve passare adesso, sventurata ragazza.» La strategia di Alicja consisteva nel tenere rigidamente sotto controllo le proprie emozioni. Era una donna alta e massiccia con una bocca sensuale, ma, come lei stessa diceva, «non sono mai stata rumorosa.» Con Allie parlava francamente della propria passività sessuale, e le rivelò che Otto aveva invece: «Diciamo così, tendenze differenti. Aveva un debole per la grande passione, e lo rendeva sempre infelice che io non fossi capace di eccitarmi sino a quel punto». La rassicurava sapere che le donne che il suo piccolo, calvo e dinamico marito frequentava, erano "del suo stesso tipo", grosse e formose, «solo che quelle erano anche sfacciate; facevano ciò che voleva lui, gli gridavano cose per spronarlo, fingevano mettendocela tutta; era al suo entusiasmo che reagivano, penso, e forse anche al suo libretto degli assegni. Era un uomo della vecchia scuola e faceva regali generosi.»

Otto chiamava Alleluia la sua "perla senza prezzo" e sognava per lei un grande avvenire, magari come pianista da concerto o, in assenza di questo, come Musa. «Tua sorella, francamente, mi ha deluso» disse tre settimane prima di morire in quello studio di Grandi Libri e di *bric-à-brac* picabiano – una scimmia impagliata che secondo lui era un "primo abbozzo" del famoso *Ritratto di Cézanne*, *Ritratto di Rembrandt*, *Ritratto di Renoir*, numerosi aggeggi meccanici, tra i quali stimolatori sessuali che provocavano piccole scosse elettriche, e una prima edizione di *Ubu Roi* di Jarry. «Elena ha bisogni dove dovrebbe avere pensieri.» Era stato lui ad anglicizzare il nome – Yelyena in Ellaynah – come era stata sua l'idea di ridurre "Alleluia" in Allie e di espurgare se stesso, Cohen di Varsavia, in Cone. Gli echi del passato lo angosciavano; non leggeva letteratura polacca, voltando così le spalle a

Herbert, a Milosz e a "tipi più giovani" come Baranczak, perché secondo lui la lingua era stata contaminata in modo irrimediabile dalla storia. «Io sono inglese adesso» diceva fieramente col suo forte accento dell'Europa orientale. «Stupido battitore! Pfui-puah! *Window of Windsor!* Andate tutti al diavolo!» Nonostante le sue reticenze, pareva soddisfatto di essere un gentiluomo inglese da pantomima. A ripensarci, però, era probabile che si rendesse conto sin troppo bene della fragilità della propria interpretazione e che tenesse le tende tirate quasi in permanenza, perché c'era sempre il rischio che l'inconsistenza delle cose lo portasse a vedere lì fuori dei mostri, o dei paesaggi lunari, anziché la ben nota Moscow Road.

«Credeva fermamente nel crogiolo di razze!» disse Alicja aggredendo un'abbondante porzione di *tsimmis*. «Quando cambiammo nome, gli dissi, Otto, non è necessario, questa non è l'America, è Londra W-due; ma lui voleva cancellare tutto del passato, persino il suo essere ebreo, scusami ma io lo so. Le lotte con il Board of Deputies! Tutto molto civile, linguaggio parlamentare dall'inizio alla fine, ma zuffe a pugni nudi comunque.» Dopo la morte del marito, lei era tornata immediatamente a Cohen, alla sinagoga, a Chanukah e a Bloom's. «Basta con l'imitazione della vita» masticò, agitando all'improvviso un'inquieta forchetta. «Quel film. Mi piaceva da impazzire. Lana Turner, o sbaglio? E Mahalia Jackson che cantava in una chiesa.»

Otto Cone, a settanta e più anni, saltò in una tromba d'ascensore vuota e morì. Era un argomento che Alicja, sempre pronta ad affrontare quasi tutti i soggetti tabù, si rifiutava di toccare: perché un superstite dei lager vive altri quarant'anni e completa poi il lavoro che i mostri non sono riusciti a finire? Che il grande male finisca sempre col trionfare, per quanto strenua sia la resistenza che gli si oppone? Che lasci nel sangue una scheggia di ghiaccio, la quale si fa poi strada sino a colpire il cuore? O peggio: che la morte di un uomo possa essere incompatibile con la sua vita? Allie, la cui prima reazione nell'apprendere la morte del padre, era stata la rabbia, lanciava domande del genere alla madre. Che, impassibile, sotto un largo cappello nero, disse soltanto: «Tu hai ereditato da lui la mancanza di ritegno, mia cara».

Dopo la morte di Otto, Alicja aveva rinunciato al modo nobile ed elegante di vestire e di gestire, che era stato la sua offerta sull'altare della brama d'integrazione del marito, il suo tentativo di diventare una *grande dame* alla Cecil Beaton. «Pfui» confidò ad Allie, «che sollievo, mia cara, essere finalmente sgraziata.» Avvolgeva ora i capelli grigi in uno chignon approssimativo, indossava una serie di abiti a fiori sempre uguali che comprava nei grandi magazzini, aveva rinunciato a truccarsi, si era procurata una dentiera che le faceva male, piantava ortaggi in quello che Otto aveva insistito perché fosse un giardino inglese, linde aiuole intorno a un albero centrale simbolico, una chimera derivata dall'innesto tra laburno e ginestra; e offriva, anziché cene fitte di conversazioni intellettuali, tutta una serie di pranzi – pesanti stufati e almeno tre pudding indigeribili – durante i quali poeti ungheresi dissidenti raccontavano complicate barzellette a mistici gurdjieffiani, oppure (quando le cose andavano lisce) gli invitati se ne stavano seduti sui cuscini sul pavimento a guardare tetri i loro piatti sovraccarichi, e regnava qualcosa di molto simile a un silenzio totale, apparentemente per settimane. Allie finì per evitare sia questi rituali della domenica pomeriggio, standosene imbronciata in camera sua finché non fu grande abbastanza per andarsene, con l'approvazione immediata di Alicja, sia il cammino scelto per lei dal padre che, col tradimento del proprio atto di sopravvivenza l'aveva tanto infuriata. Decise di passare all'azione e scoprì che c'erano montagne da scalare.

Alicja Cohen, per la quale il cambiamento di rotta di Allie era del tutto comprensibile, o addirittura encomiabile, e che tifava per lei sino in fondo, non riusciva a capire (lo ammise mentre prendeva il caffè) cosa si aspettava la figlia da questo rapporto col divo del cinema *revenant* Gibreel Farishta. «A sentirti parlare, quell'uomo non è nel tuo genere» disse, una frase che secondo lei era un sinonimo di *non è il tuo tipo*, e sarebbe inorridita se l'avesse sentita definire un insulto razziale o religioso: che era inevitabilmente il senso in cui la intese la figlia. «Questo mi va benissimo» ribatté Allie con vigore, mentre si alzava. «Il fatto è che il mio *genere* non mi piace proprio.»

Le dolevano i piedi, cosa che la obbligò a lasciare il ristorante zoppicando anziché precipitandosi fuori con rabbia. «Grande passione» udì annunciare alle sue spalle dalla madre a tutti gli avventori del ristorante. «Il dono della parola: significa che una ragazza può dire qualsiasi sciocchezza le venga in mente.»

Certi aspetti della sua educazione erano stati inspiegabilmente trascurati. Una domenica, non molto tempo dopo la morte del padre, stava comprando i giornali domenicali all'edicola all'angolo, quando l'edicolante le annunciò: «Questa è l'ultima settimana. Sono ventitré anni che lavoro in questo angolo e adesso i Paki sono finalmente riusciti a farmi chiudere bottega». Udendo questa parola, *p-a-c-h-i*, Allie ebbe la bizzarra visione di un branco di elefanti che avanzavano goffi in Moscow Road schiacciando venditori di giornali domenicali. «Cos'è un pachi?» domandò stupidamente, e pungente fu la risposta: «Un ebreo bruno». Per un pezzo continuò a vedere nei proprietari del "PTG" (pasticceria-tabaccheria-giornalaio) locale dei *pachidermi*; persone che si distinguevano – ed erano considerate sgradevoli – per la natura della loro pelle. Raccontò a Gibreel anche questa storia. «Ah» rispose lui, in un tono che non ammetteva replica, «una barzelletta sugli elefanti.» Non era un uomo facile.

Adesso però era nel suo letto, questo omone volgare con il quale riusciva ad aprirsi come non si era mai aperta prima; e che sapeva arrivare dentro il suo petto e accarezzarle il cuore. Erano anni che lei non entrava nell'arena sessuale con tanta rapidità, e non era mai accaduto che una relazione così repentina restasse del tutto immune da pentimenti e disgusto di sé. Il suo lungo silenzio (tale lo considerò, finché non seppe che il suo nome figurava nell'elenco dei passeggeri del *Bostan*) l'aveva molto addolorata, avendole fatto pensare che lui avesse dato una valutazione differente del loro incontro; ma com'era possibile che si fosse sbagliata sul suo desiderio, su una cosa così sfrenata, così travolgente? La notizia della sua morte provocò quindi una duplice reazione: da una parte, una sorta di gioia, piena di gratitudine e di sollievo, per aver scoperto che Gibreel aveva voluto attraversare il mondo per farle una sorpresa e rinunciare all'intera sua vita per costruirne una nuova con lei; dall'altra il dolore sordo di essere stata privata di lui proprio nel momento in cui aveva saputo di essere stata davvero amata. In seguito si rese conto di una terza reazione, meno generosa. Cosa si era messo in testa, programmando di presentarsi senza preavviso alla sua porta, dando per scontato che lei lo aspettasse a braccia aperte, con una vita libera da impegni e magari con un appartamento abbastanza grande per accoglierli entrambi? Era il tipo di comportamento che ci si può aspettare da un viziato divo del cinema, convinto che gli oggetti del suo desiderio debbano cascargli in grembo come frutti maturi... insomma si era sentita invasa, almeno potenzialmente. Ma poi si era rimproverata per questo, respingendo tali pensieri nella fossa che era il loro posto, perché in fondo Gibreel aveva pagato cara la sua presunzione, se di presunzione si trattava. Un amante morto merita il beneficio del dubbio.

E poi eccolo sdraiato ai suoi piedi, svenuto nella neve, a toglierle il fiato perché è impossibile che lui sia lì, a indurla per un attimo a domandarsi se non sia un'altra delle tante aberrazioni visive – preferiva questa espressione neutra a *visioni*, assai più carica di significati – che la tormentavano da quando aveva deciso di rinunciare alle bombole d'ossigeno e di conquistare Chomolungma con la sola energia dei propri polmoni. Lo sforzo di sollevarlo, di appenderselo alle spalle per un braccio e quasi (più che quasi, a dire la verità) di trascinarlo fino al proprio appartamento, la convinse che quella non era una chimera ma una pesante creatura di carne e di sangue. Per tutto il tragitto le fecero male i piedi, e il dolore ridestò i risentimenti che aveva represso quando lo credeva morto. Cosa fare adesso di questo ingombrante individuo che giaceva scomposto sul suo letto? Dio, aveva anche dimenticato quanto era invadente quest'uomo, che durante la notte s'impadroniva della tua parte del letto e ti portava via tutte le coperte. Ma anche altri sentimenti erano riemersi, e furono questi a vincere: perché adesso era qui, e dormiva sotto la sua protezione, la speranza abbandonata; l'amore, finalmente.

Dormì quasi senza interruzione per una settimana, svegliandosi solo per soddisfare le esigenze minime della fame e dell'igiene, e non dicendo quasi nulla. Il suo sonno era però agitato: si dimenava nel letto, e ogni tanto gli uscivano dalle labbra certe parole: *Jahilia*, *Allat*, *Hind*. Nei momenti in cui era sveglio, dava l'impressione di voler resistere al sonno, che però subito lo reclamava, in ondate che gli si riversavano addosso e lo sommergevano, mentre lui, con gesto quasi pietoso, agitava debolmente un braccio. Lei non poteva immaginare quali eventi traumatici avessero causato un simile comportamento e, sentendosi un po' allarmata, telefonò alla madre. Alicja arrivò, esaminò l'addormentato Gibreel, increspò le labbra e sentenziò: «È un uomo posseduto». Era regredita sempre di più in una sorta di dybukeria da Fratelli Singer, e il suo misticismo non mancava mai di esasperare la pragmatica figlia alpinista. «Prova magari a infilargli una pompa aspirante nell'orecchio» raccomandò Alicja. «È l'uscita che quelle creature preferiscono.» Allie accompagnò la madre alla porta. «Grazie» disse. «Ti farò sapere.»

Il settimo giorno, si svegliò completamente, aprendo gli occhi di scatto come una bambola, e allungò una mano verso di lei. La grossolanità dell'approccio la fece ridere quanto il fatto che non se l'aspettava, ma ancora una volta ebbe la sensazione che fosse naturale, giusto; sogghignò: «Okay, l'hai voluto tu» e sgusciò fuori dagli sformati pantaloni marrone con l'elastico e dall'ampio camicione (non le piacevano gli abiti che rivelavano i contorni del suo corpo), e questo fu l'inizio della maratona sessuale che, quando arrivò alla fine, li lasciò indolenziti, felici ed esausti.

Le disse: era caduto dal cielo ed era sopravvissuto. Lei respirò a fondo e gli credette, perché suo padre aveva avuto fede nelle mille e mille possibilità contraddittorie della vita, e anche per ciò che le aveva insegnato la montagna. «Okay» disse espirando. «Me la bevo. Però non dirlo a mia madre, d'accordo?» L'universo era un luogo di meraviglie, e solo l'assuefazione, l'anestesia del quotidiano, offuscava la vista. Aveva letto, pochi giorni prima, che, nel corso dei processi naturali di combustione, le stelle del cielo frantumavano il carbonio in diamanti. L'idea delle stelle che fanno piovere diamanti nel vuoto: anche questo pareva un miracolo. Ma se questo poteva succedere, poteva succedere anche quello. Bambini precipitavano da finestre del milionesimo piano e rimbalzavano. C'era una scena del genere nel film di François Truffaut, *L'argent de poche*... Mise a fuoco i propri pensieri. «A volte» si risolse a dire, «anche a me capitano cose miracolose.»

Gli raccontò ciò che non aveva mai confidato ad anima viva: le sue visioni sull'Everest, gli angeli e la città di ghiaccio. «E non solo sull'Everest» disse, e dopo una breve esitazione continuò. Tornata a Londra, era andata a fare una passeggiata sull'Embankment per togliersi di mente lui e la montagna. Era mattina presto e c'erano una nebbiolina spettrale e una neve fitta che rendevano vaga ogni cosa. Poi arrivarono gli iceberg.

Erano dieci e stavano risalendo maestosi il fiume in fila indiana. Intorno a loro la nebbia era più densa, e quindi fu solo quando le passarono davanti che ne riconobbe le forme, le configurazioni, miniaturizzate alla perfezione, delle dieci montagne più alte del mondo, in ordine crescente, con la sua montagna, *la* montagna, a chiudere la sfilata. Stava cercando di capire come avessero fatto gli iceberg a passare sotto i ponti sul fiume quando la nebbia s'infittì e poi, dopo pochi istanti, si dileguò completamente, portandosi via gli iceberg. «Ma erano lì» insistette lei con Gibreel. «Nanga Parbat, Dhaulagiri, Xixabangma Feng.» Lui non fece obiezioni. «Se lo dici tu, so che era così.»

Un iceberg è acqua che si sforza di essere terra; una montagna, soprattutto l'Himalaya, soprattutto l'Everest, è un tentativo della terra di trasformarsi in cielo; è un volo costretto al suolo, la terra mutata – o quasi – in aria, esaltata, nel senso più vero del termine. Molto prima di affrontare la montagna, Allie sapeva che la sua presenza covava nella propria anima. L'appartamento era pieno di Himalaya. Raffigurazioni dell'Everest in sughero, plastica, piastrelle, pietre, acrilici, mattoni, si contendevano lo spazio; ce n'era persino uno scolpito interamente nel ghiaccio, un minuscolo *berg* che teneva nel freezer e tirava fuori ogni tanto per mostrarlo agli amici. Perché tanti? *Perché* – non era possibile altra risposta – *erano lì.* «Guarda» disse allungando una mano senza alzarsi dal letto e prendendo, dal tavolino da notte, l'acquisto più recente, un semplice Everest di pino stagionato. «Un regalo degli sherpa di Namche Bazar.» Gibreel lo prese e se lo rigirò tra le mani. Pemba glielo aveva timidamente offerto quando si erano detti addio, dichiarando che era un dono di tutti gli sherpa come gruppo, benché lei sapesse benissimo che lo aveva intagliato lui. Era un modello particolareggiato, comprendente persino la cascata di ghiaccio e il Gradino Hillary, l'ultimo grande ostacolo prima della vetta, e il cammino che avevano fatto loro per arrivare in cima era inciso profondamente nel legno. Quando lo capovolse, Gibreel trovò un messaggio scalfito sulla base in un diligente inglese: *Ad Ali Bibi. Siamo stati fortunati. Non provarci più.*

Ciò che Allie non rivelò a Gibreel fu che la proibizione dello sherpa l'aveva spaventata, convincendola che, se avesse mai rimesso piede sulla montagna-dea, sarebbe sicuramente morta, poiché ai mortali non è permesso guardare in faccia il divino più di una volta; ma la montagna, oltre che trascendente, era anche diabolica, o, meglio la sua diabolicità e la sua trascendenza erano una cosa sola, tanto che persino contemplare il divieto di Pemba le dava una fitta così profonda da farla gemere forte, come nell'estasi sessuale o nella disperazione. «L'Himalaya» disse a Gibreel, per non dire ciò che realmente pensava, «è composto di vette emotive, oltre che fisiche; come l'opera. È questo che lo rende così terribile. Niente vale le altezze più inebrianti. Ma è un trucco che riesce difficilmente.» Allie aveva l'abitudine di passare dal concreto all'astratto, una trasposizione compiuta con tanta disinvoltura da indurre l'ascoltatore a chiedersi se conosceva la differenza tra i due; o, spessissimo, a dubitare che esistesse davvero una differenza.

Allie tenne per sé la consapevolezza che doveva placare la montagna o morire, che, nonostante i piedi piatti che impedivano qualsiasi scalata seria, era ancora contagiata dall'Everest e che, nel segreto del proprio cuore, teneva nascosto un progetto impossibile: la visione fatale di Maurice Wilson, a tutt'oggi mai realizzata. Insomma: la scalata solitaria.

Ciò che non confessò: che, dopo il suo ritorno a Londra, aveva rivisto Wilson, seduto tra i comignoli, un ammiccante folletto, in calzoni alla zuava e berretto scozzese. E Gibreel Farishta non le raccontò di essere stato perseguitato dallo spettro di Rekha Merchant. Tra loro c'erano ancora porte chiuse, malgrado tutta l'intimità fisica: ciascuno teneva segreto un fantasma pericoloso. E Gibreel, ascoltando le altre visioni di Allie, nascondeva una grande agitazione, dietro parole banali – *se lo dici tu, so che era così* – agitazione causata da questa ulteriore prova del fatto che il mondo dei sogni filtrava in quello della veglia, che le barriere che li dividevano si stavano spaccando, e che da un momento all'altro i due firmamenti si sarebbero potuti congiungere – in altri termini, che era vicina la fine di tutte le cose. Una mattina, Allie, destandosi da un sonno esausto e senza sogni, lo trovò immerso in una copia, da tempo non più aperta, del *Matrimonio del cielo e dell'inferno* di Blake, dove lei, più giovane e senza alcun rispetto per i libri, aveva fatto un certo numero di segni: sottolineature, richiami sui margini, punti esclamativi e interrogativi. Vedendola sveglia, Gibreel le lesse alcuni di questi brani con un sorriso maligno: «*La lussuria del caprone è il dono munifico di Dio*». Lei arrossì furiosamente. «Non solo» continuò lui. «*L'antica tradizione secondo la quale il mondo sarà distrutto dal fuoco alla fine di seimila anni è vera, avendolo io appreso dall'Inferno*. E più avanti, sulla stessa pagina: *Questo passerà per un miglioramento del godimento sessuale*. Ehi, questa chi è? L'ho trovata tra una pagina e l'altra.» Le porse la fotografia di una morta: sua sorella Elena, qui sepolta e dimenticata. Un'altra dedita alle visioni; e una vittima di questo vizio. «Noi non parliamo molto di lei.» Era inginocchiata nuda sul letto, col viso nascosto dai capelli chiarissimi. «Rimettila dove l'hai trovata.»

Io non vidi Dio, né lo udii, in una percezione organica finita; ma i miei sensi scoprirono l'infinito in ogni cosa. Lui sfogliò il libro e ripose Elena Cone accanto all'immagine dell'Uomo Rigenerato, che sedeva nudo e a gambe larghe su una collina, con il sole che splendeva dal suo deretano. *Ho sempre notato che gli Angeli sono così vanitosi da parlare di sé come se fossero i soli saggi*. Allie alzò le mani e si coprì il viso. Gibreel tentò di rincorarla. «Tu hai scritto sul risguardo: "Creazione del mondo sec. Arciv. Usher, 4000 a.C. Data prevista dell'apocalisse: 1996. Di conseguenza, c'è ancora tempo per il miglioramento del godimento sessuale".» Lei scosse il capo: fermo. Lui si fermò. «Raccontami» disse, mettendo via il libro.

Elena a vent'anni aveva conquistato Londra. Il suo corpo selvaggio di un metro e ottanza strizzava l'occhio attraverso una maglia a catena d'oro di Rabanne. Si era sempre comportata con straordinaria sicurezza, proclamandosi padrona della terra. La città era il suo habitat, poteva nuotarvi come un pesce. Morì a ventun anni, annegata in una vasca d'acqua fredda, con il corpo pieno di droghe psicotropiche. Ma si può annegare nel proprio elemento? si era domandata Allie tanti anni fa. Se un pesce può annegare nell'acqua, può un essere umano soffocare nell'aria? A quel tempo Allie, diciotto-diciannove anni, invidiava a Elena le sue certezze. Qual era il *suo* elemento? In quale tavola periodica dello spirito si poteva trovarlo? Ora, coi piedi piatti, reduce dall'Himalaya, piangeva per averlo perso. Quando hai conquistato il grande orizzonte non è facile tornare nella tua scatola, in un'isola angusta, in un'eternità di anticlimax. Ma i suoi piedi erano traditori e la montagna poteva uccidere.

La mitologica Elena, la cover girl, avvolta in plastica d'alta moda, era convinta della propria immortalità. Allie, che era andata a trovarla nel suo pied-à-terre di World's End, rifiutò una zolletta di zucchero che le era stata offerta, borbottò qualcosa sui danni al cervello e si sentì inadeguata, come sempre quando era con lei. Il viso della sorella, occhi molto distanziati, mento troppo aguzzo, effetto complessivo travolgente, la guardò beffardo. «Non c'è scarsità di cellule cerebrali» disse Elena. «Puoi sempre buttarne via un po'.» La capacità di buttar via il proprio cervello era il capitale di Elena. Spendeva le proprie cellule come denaro, cercando le proprie vette; cercando, nel gergo del momento, di volare. La morte, come la vita, le arrivò ricoperta di zucchero.

Aveva tentato di "migliorare" la più giovane Alleluia. «Ehi, sei una ragazzina fantastica, perché ti nascondi in quella tuta? Voglio dire, buon dio, tesoro, lì hai tutta l'attrezzatura che occorre.» Una sera vestì Allie di un abito di fronzoli e di assenze che le copriva appena l'inguine avvolto nei collant: *mi sta zuccherando come un candito*, fu la riflessione puritana di Allie, *mia sorella mi espone nella vetrina del negozio, grazie tante*. Si recarono insieme in una bisca clandestina di giovani lord in estasi e Allie s'affrettò ad andarsene quando l'attenzione di Elena era rivolta altrove. Una settimana dopo, vergognandosi di essere stata così codarda, si sedette su una poltrona sacco a World's End e confessò a Elena di non essere più vergine. Allora la sorella maggiore la schiaffeggiò in bocca e la coprì di antichi insulti: sgualdrina, svergognata, baldracca. «Elena Cone non permette mai a un uomo di toccarla con un dito» gridò, rivelando così la propria capacità di pensarsi in terza persona. «Neanche con un'unghia. Io so che cosa valgo, mia cara. So che quando gli lasci fare quello che vogliono il mistero è finito, avrei dovuto immaginarlo che saresti diventata una puttana. Sarà stato un fottuto comunista, immagino» concluse. In queste cose aveva ereditato i pregiudizi del padre. Allie, e lei lo sapeva benissimo, no.

Da allora non si erano più viste molto, ed Elena rimase sino alla morte la regina vergine della città – l'autopsia confermò che era *virgo intacta* – mentre Allie smise di portare biancheria intima, andò a lavorare per rivistine di arrabbiati, e, poiché la sorella era intoccabile, divenne esattamente l'opposto: ogni atto sessuale era uno schiaffo sulla faccia irata e sulle labbra bianche di Elena. Tre aborti in due anni e la tardiva informazione che il lungo uso delle pillole anticoncezionali l'aveva collocata, per quanto riguardava il cancro, nel gruppo a più alto rischio.

Seppe della fine della sorella dal tabellone di un giornale: *Fotomodella muore in "bagno d'acido"*. Neanche da morta sei al sicuro dai giochi di parole, fu la sua prima reazione. Poi scoprì che non era capace di piangere.

«Continuai a vederla sulle riviste per mesi», disse a Gibreel. «A causa dei lunghi tempi di lavorazione dei rotocalchi.» Il cadavere di Elena danzava nei deserti marocchini vestito solo di veli diafani; o si mostrava nel Mare d'Ombre della luna, nuda a parte un casco d'astronauta e una mezza dozzina di cravatte di seta annodate intorno ai seni e all'inguine. Allie prese l'abitudine di disegnare baffi su queste foto, con indignazione dei giornalai; strappò la sorella defunta dai giornali della sua non-morte da Zombi e l'appallottolò. Ossessionata dal fantasma ricorrente di Elena, Allie meditò sui rischi dei tentativi di *volare*: quali fiammeggianti cadute, quali macabri inferni erano riservati agli emuli di Icaro! Cominciò a pensare a Elena come a un'anima torturata, a credere che questa cattività in un mondo immobile di calendari di donnine discinte dove lei sfoggiava seni neri di plastica, di tre misure superiori ai suoi; di grovigli pseudoerotici; di messaggi pubblicitari stampati sul suo ombelico, fosse semplicemente l'inferno personale di Elena. Cominciò a vedere l'urlo negli occhi della sorella, l'angoscia di sentirsi intrappolata per sempre in quei paginoni di moda. Elena era tormentata dai diavoli, consumata dal fuoco, e lei non poteva farci nulla... dopo un po' Allie dovette evitare i negozi dove poteva trovare la sorella che la guardava dagli scaffali. Perse la capacità di aprire le riviste e nascose tutte le fotografie di Elena che possedeva. «Addio, Yel» disse alla memoria della sorella, usando il nomignolo dell'infanzia. «Devo distogliere gli occhi da te.»

«Ma alla fine sono diventata come lei.» Aveva cominciato a udire il canto delle montagne; dopo di che aveva rischiato a sua volta le cellule cerebrali per cercare l'esaltazione. Medici eminenti, esperti nei problemi riguardanti gli alpinisti, avevano spesso dimostrato, dilà da ogni ragionevole dubbio, che gli esseri umani non potevano sopravvivere senza i respiratori molto al disopra degli ottomila metri. Gli occhi avrebbero avuto emorragie irreparabili, e anche il cervello avrebbe cominciato a esplodere, perdendo cellule a miliardi, troppe e troppo in fretta, sino ad arrivare a quel danno permanente chiamato Deterioramento da Grandi Altitudini, cui seguiva entro breve tempo la morte. Cadaveri ciechi si conservano intatti nel ghiaccio permanente di quegli elevati pendii. Ma Allie e lo sherpa Pemba erano saliti lassù ed erano ridiscesi per raccontare la verità. Le cellule delle cassette di sicurezza del cervello coprivano le perdite del conto corrente. E i suoi occhi non erano esplosi. Come avevano fatto gli scienziati a sbagliare? «Pregiudizio, soprattutto» disse Allie, raggomitolata intorno a Gibreel sotto la seta da paracadute. «Non sapendo quantificare la volontà, la escludono dai loro calcoli. Ma è la volontà che ti fa scalare l'Everest, la volontà e la rabbia, e può vincere, almeno a breve termine, qualsiasi legge naturale che ti possa venire in mente, non esclusa quella di gravità. Almeno, se non pretendi troppo dalla fortuna.»

Qualche danno c'era stato. Aveva sofferto di inspiegabili vuoti di memoria; cose piccole, imprevedibili. Una volta, dal pescivendolo, aveva dimenticato la parola *pesce*. Un'altra mattina, in bagno, aveva preso in mano lo spazzolino da denti, e lo aveva fissato con uno sguardo assente, incapace di stabilire a che cosa servisse. E una mattina, svegliandosi accanto a Gibreel, ancora addormentato, c'era mancato poco che lo scuotesse per domandargli: "Chi diavolo è lei? Come è capitato nel mio letto", ma poi, all'ultimo momento, la memoria le era ritornata. «Spero che sia una cosa temporanea» gli disse. Ma continuava a tenere per sé le apparizioni del fantasma di Maurice Wilson, che agitava un braccio invitante dai tetti intorno al Fields.

Era una donna capace, per molti aspetti straordinaria: decisamente la sportiva professionista degli anni Ottanta, cliente della gigantesca agenzia di public relations MacComarck, sponsorizzata sino agli occhi. Adesso compariva anche lei nelle inserzioni pubblicitarie, a reclamizzare una gamma di prodotti per la vita all'aria aperta e di indumenti per il tempo libero, destinati ai villeggianti e ai dilettanti più che agli scalatori professionisti, per massimizzare quello che Hal Valance avrebbe chiamato – e gli uomini delle PR chiamavano – il loro universo. Era la dorata ragazza che era stata sul tetto del mondo, la superstite della "mia coppia teutonica" come Otto Cone amava definire le proprie figlie. *Ancora una volta, Yel, seguo le tue orme*. Essere una donna attraente in uno sport dominato da, chiamiamoli così, uomini villosi, voleva dire essere "vendibile", e anche la sua immagine di "regina di ghiaccio" non le recava danno. C'era da farci dei soldi, e adesso che era abbastanza adulta per scendere a compromessi con i suoi vecchi, ardenti ideali liquidandoli con una risata e un'alzata di spalle, era pronta a farli, pronta, persino, a comparire nei dibattiti televisivi per parare, con allusioni maliziose, le domande inevitabili e immutabili sulla sua vita coi ragazzi a seimila metri più o meno. Queste buffonate corrispondevano poco all'idea di se stessa cui era ancora ferocemente aggrappata: quella di essere per natura una solitaria, la più appartata delle donne, ed era convinta che le esigenze della sua vita di donna d'affari la stavano spaccando a metà. Fu da questo che derivò la sua prima lite con Gibreel, quando lui disse, con la solita franchezza: «Io penso che sia giusto sfuggire alle telecamere quando sono loro che ti corrono appresso. Ma se smettessero? La mia opinione è che tu ti volteresti e cominceresti a correre nella direzione opposta». Più tardi, quando ebbero fatto pace, lo prese in giro parlandogli della propria crescente notorietà (da quando era diventata la prima bionda sessualmente attraente che avesse scalato l'Everest, il clamore era aumentato di molto, riceveva per posta fotografie di splendidi giovanottoni, nonché inviti a serate nell'alta società e una quantità d'ingiurie pazzesche): «Potrei fare io del cinema, adesso che tu ti sei ritirato. Chissà? Forse lo farò». E lui rispose, impressionandola con la forza delle sue parole: «Dovrai passare sul mio cadavere».

Nonostante questa pragmatica disponibilità a buttarsi nelle acque inquinate del reale e a nuotare seguendo più o meno la corrente, Allie non perdeva mai la sensazione di una catastrofe in agguato appena dietro l'angolo – eredità, questa, delle morti improvvise del padre e della sorella. Questa specie di formicolio che sentiva sulla nuca aveva fatto di lei un'alpinista prudente, "un maestro nel calcolare le probabilità" come si sarebbe detto di un uomo, e a mano a mano che amici ammirati morivano su varie montagne, la cautela aumentava. Quando non faceva alpinismo, ciò le dava a volte un aspetto non rilassato, una certa irritabilità; acquisì quell'aria iperdifesa che è propria di una fortezza che si prepara a un assalto inevitabile. Ciò accrebbe la sua reputazione di gelido *berg*; la gente manteneva le distanze e lei, a sentirla, accettava l'isolamento come prezzo della solitudine. Ma anche qui c'erano contraddizioni, perché dopo tutto, non molto tempo prima, aveva rinunciato a qualsiasi cautela decidendo di sferrare l'ultimo attacco all'Everest senza ossigeno. «A parte qualsiasi altra implicazione» le aveva assicurato l'agenzia nella sua lettera ufficiale di congratulazioni, «ciò ti umanizza, dimostra che hai una vena di al-diavolo-la prudenza, e questa è una nuova dimensione positiva.» Sulla quale stavano lavorando. Intanto, pensò Allie, sorridendo debolmente a Gibreel per incoraggiarlo mentre lui scivolava verso le sue profondità inferiori, adesso ci sei tu. Quasi un perfetto estraneo, eppure sei venuto e ti sei installato qui. Dio, ti ho persino portato in braccio oltre la soglia, quasi come se fosse la stessa cosa. Non posso quindi rimproverarti di aver accettato il passaggio.

Lui non era abituato a vivere in una casa. Avvezzo ad avere servi, abbandonava vestiti, briciole, sacchetti di tè usati ovunque cadessero. Peggio: li *mollava*, li lasciava cadere dove qualcuno avrebbe dovuto raccoglierli; perfettamente, pienamente consapevole di ciò che stava facendo, continuava a dimostrare a se stesso che lui, il povero ragazzo venuto dalla strada, non aveva più bisogno di rimediare di persona al proprio disordine. Non era la sola cosa di Gibreel che la facesse impazzire. Lei versava bicchieri di vino; lui svuotava subito il proprio e poi, quando lei non guardava, prendeva anche il suo con una faccia angelica assolutamente innocente. «Ce n'è ancora tanto, no?» E poi si comportava male in casa. Gli piaceva scorreggiare. Si lamentava – sì, si lamentava dopo che lei lo aveva letteralmente raccattato dalla neve! – della piccolezza dell'alloggio. «Ogni volta che faccio due passi, sbatto la faccia contro una parete.» Era villano con chi telefonava, *proprio* villano, senza neanche preoccuparsi di sapere chi stava chiamando: e faceva anche questo automaticamente, come i divi del cinema di Bombay, quando, per caso, non c'erano lacché a disposizione per proteggerli da intrusioni del genere. Dopo essere stata oggetto di una di queste raffiche d'insolenze e oscenità, Alicja (quando finalmente venne all'apparecchio sua figlia) disse: «Scusa se te lo dico, cara, ma secondo me il tuo boyfriend è un caso clinico».

«Un caso clinico, mamma?» Queste parole valsero a spremere da Alicja la sua voce più magniloquente. Era ancora capace di magniloquenza, aveva una disposizione naturale per essa, nonostante la sua decisione post-Otto di camuffarsi da *bag-lady*. «È un suonato» proclamò, tenendo conto del fatto che Gibreel era un importato dall'India, «con corde di sitar e di sarangi.»

Allie non obiettò nulla alla madre, perché non era per niente convinta di poter continuare a vivere con Gibreel, anche se lui aveva attraversato la terra, anche se era caduto dal cielo. Cosa sarebbe successo a lungo termine era difficile prevederlo; e persino il futuro a medio termine pareva nebuloso. Per il momento, si concentrava nello sforzo di conoscere quest'uomo che aveva tranquillamente pensato, fin dall'inizio, di essere il grande amore della sua vita, con un'assenza di dubbi che poteva significare o che avesse ragione o che fosse fuori di testa. I momenti difficili erano molti. Lei non sapeva cosa sapesse lui, che cosa poteva dare per scontato; una volta cercò, citando Luzhin, lo scacchista condannato di Nabokov, che aveva finito per convincersi che, nella vita come negli scacchi, esistevano certe combinazioni che lo avrebbero inevitabilmente sconfitto, di spiegare, per analogia, il proprio senso (in realtà un po' diverso) di una catastrofe incombente (dovuta non solo a motivi ricorrenti ma all'ineluttabilità dell'imprevedibile), ma lui la guardò con un'espressione offesa che le fece capire che non aveva mai sentito parlare di questo scrittore, e men che meno della *Difesa*. D'altro canto la sorprese chiedendole, all'improvviso: «Perché Picabia?». Aggiungendo che era strano, no, che Otto Cohen, reduce dai campi di sterminio, si interessasse a tutto quell'amore neofascista per le macchine, la forza bruta, la disumanizzazione glorificata? «Chiuque abbia passato un po' di tempo con le macchine» aggiunse, «e questo, piccola, vuol dire ciascuno di noi, sa anzitutto e soprattutto che di loro, computer o bicicletta, si può dire di sicuro una cosa: si guastano.» Dove hai scoperto, cominciò lei, e s'interruppe perché non le piaceva il tono condiscendente che stava assumendo, ma Gibreel rispose senza darsi arie. La prima volta che aveva sentito parlare di Marinetti, disse, aveva frainteso e aveva creduto che il futurismo avesse qualcosa a che fare con i fantocci. «Marionette, *kathputli*, in quel periodo volevo usare in un film tecniche avanzate d'animazione, forse per rappresentare i diavoli o altri esseri sovrannaturali. Così mi procurai un libro.» *Mi procurai un libro*: nello stesso tono Gibreel l'autodidatta avrebbe potuto dire che si era fatto fare un'iniezione. Per una ragazza cresciuta in una casa dove i libri erano riveriti – suo padre obbligava tutti a baciare qualsiasi volume che per caso fosse caduto sul pavimento – e che aveva reagito trattandoli male, strappando le pagine che le servivano o non le piacevano, scarabocchiandoli e riempiendoli di segni per insegnar loro chi era il padrone, la particolare irriverenza di Gibreel, che non era aggressiva, ma prendeva i libri per ciò che potevano offrirgli senza sentire il bisogno di genuflettersi o di distruggerli, era qualcosa di nuovo; e l'accettò con piacere. Imparò da lui. Gibreel invece sembrava impermeabile a qualsiasi insegnamento che lei tentava di impartirgli, per esempio, su dove andavano messi, correttamente, i calzini sporchi. Quando cercava di suggerirgli di "dare il suo contributo", lui piombava in un profondo e irritato malumore e si aspettava che Allie lo vezzeggiasse sino a fargli ritrovare la serenità.

Cosa che, pur con disgusto, lei era disponibilissima, almeno per il momento, a fare.

Il suo lato peggiore, concluse provvisoriamente Allie, era la mania di ritenersi snobbato, disprezzato, aggredito. Divenne quasi impossibile parlare con lui di qualsiasi cosa, per quanto ragionevole, per quanto garbatamente espressa. «Avanti, avanti, continua a mangiar aria» gridava, e si ritirava nella tenda del proprio orgoglio ferito. E il suo lato più seducente era che sapeva per istinto ciò che lei voleva, come quando aveva deciso di poter diventare l'agente del suo cuore segreto. Di conseguenza, i loro rapporti sessuali erano, letteralmente, elettrici. Quella prima piccola scintilla, in occasione del loro bacio inaugurale, non era rimasta unica. Continuava a ripetersi e, a volte, mentre facevano l'amore, lei era convinta di udire scariche elettriche tutt'intorno; si sentiva persino rizzare i capelli. «Mi ricorda il *godemiché* elettrico nello studio di mio padre» disse a Gibreel, e risero entrambi. «Sono io l'amore della tua vita?» domandò rapidamente, e lui rispose, altrettanto rapidamente: «Certo».

Gli confessò sin dall'inizio che le voci sulla sua inaccessibilità, o addirittura sulla sua frigidità, avevano di fatto un certo fondamento. «Alla morte di Yel, ereditai anche questo da lei.» Non aveva più bisogno di scaraventarle in faccia i propri amanti. «Inoltre, non mi sembrava più molto divertente. Allora erano quasi tutti socialisti rivoluzionari, e facevano l'amore con me sognando le donne eroiche che avevano visto nei loro viaggi di tre settimane a Cuba. Naturalmente *quelle* non le toccavano mai; le divise da combattimento e la purezza ideologica li terrorizzavano. Tornavano a casa canticchiando *Guantanamera* e mi telefonavano.» Allora aveva deciso di smettere. «Pensai, lasciamo che i migliori cervelli della mia generazione monologhino sul potere sul corpo di qualche altra povera donna; io mi ritiro.» Cominciò a scalar montagne, come diceva sempre quando cominciò, «perché sapevo che lassù non m'avrebbero mai seguita. Ma poi pensai: palle. Non lo facevo per loro, lo facevo per me.»

Ogni sera correva scalza per un'ora su e giù per le scale, in punta di piedi, per rafforzare le sue volte plantari. Poi crollava con aria arrabbiata, su una montagna di cuscini, e lui le si agitava attorno impotente, finendo di solito col versarle qualcosa di forte: whisky irlandese, il più delle volte. Si era messa a bere parecchio, da quando si era precisata la gravità del suo disturbo ai piedi. («Per l'amor di Dio, lasciali tranquilli i tuoi piedi» le disse surrealisticamente al telefono una voce dell'agenzia di PR. «Se quelli mollano, è finito, sipario, sayonara, ce ne andiamo tutti a casa e buona notte.») Durante la ventunesima notte che passarono insieme, dopo essersi scolata cinque doppi Jameson's, disse: «Sai perché in realtà sono andata lassù? Non ridere: per sfuggire al bene e al male». Lui non rise. «Secondo te le montagne sono al di sopra della morale?» domandò seriamente. «È questo che ho imparato nella rivoluzione» continuò lei. «Esattamente questo: a un certo punto del ventesimo secolo, non so esattamente quando, le informazioni sono state abolite; e che io non lo sappia è ragionevole, è una delle informazioni che sono state abolite. Da allora viviamo tutti in una fiaba. Mi segui? Succede tutto per magia. Noi fate non sappiamo un cazzo di quello che sta accadendo. Come possiamo quindi sapere se una cosa è giusta o sbagliata? Non sappiamo neppure che cosa sia. E allora quello che ho pensato è stato, puoi spezzarti il cuore nel tentativo di risolvere questo problema, o se no puoi andare a sederti su una montagna, perché è là che è andata a finire tutta la verità, che tu ci creda o no, è volata via ed è fuggita da queste città dove persino ciò su cui camminiamo è artefatto, è bugia, e si è nascosta lassù nell'aria molto molto rarefatta dove i bugiardi non osano andare a cercarla per paura che gli scoppi il cervello. C'è davvero lassù. Io ci sono stata. Chiedimelo.» Poi s'addormentò di colpo; lui la portò a letto.

Quando aveva saputo della morte di Gibreel nell'incidente aereo, si era tormentata inventandolo: meditando, cioè, sul suo amante perduto. Era stato il primo uomo con cui fosse andata a letto dopo più di cinque anni: una figura non trascurabile nella sua vita. Si era allontanata radicalmente dalla propria sessualità, perché l'istinto l'aveva avvertita che agendo altrimenti rischiava di lasciarsene assorbire; quello era per lei, e lo sarebbe sempre stato, un grosso problema, un intero continente nero da rilevare, e non era disposta a procedere in questa direzione, a essere questo esploratore, a tracciare una mappa di quelle rive; non più, o, forse, non ancora. Ma non si era mai liberata dalla sensazione che fosse una disgrazia ignorare l'amore e si chiedeva che cosa potesse significare essere totalmente posseduta da quel *ginn* archetipo con l'iniziale maiuscola, l'anelito, il rendere indistinte le frontiere dell'io, lo sbottonarsi sino a sentirsi aperta dal pomo d'adamo all'inguine; parole e basta perché la cosa in sé non la conosceva. Mettiamo che lui fosse venuto da me, sognava. Avrei potuto scoprirlo, a poco a poco, scalarlo fino alla vetta. Negatemi le montagne dalla debole ossatura dei miei piedi, avrei cercato la montagna in lui: montando campi base, saggiando percorsi, superando cascate di ghiaccio, crepacci, strapiombi. Sarei andata all'assalto della vetta e avrei visto danzare gli angeli. Già, ma lui è morto, e in fondo al mare.

Poi lo trovò. – E forse anche lui aveva inventato lei, un pochino, inventato una persona per cui valesse la pena di correr via dalla propria vita per amarla. – In questo non c'è niente di singolare. Succede abbastanza spesso; e i due inventori proseguono, sfregando gli uni contro gli altri i rispettivi spigoli, adattando le proprie invenzioni, adeguando l'immaginazione alla realtà, imparando a stare insieme; oppure no. Funziona o non funziona. Ma supporre che Gibreel Farishta e Alleluia Cone avrebbero potuto percorrere questo cammino ben noto, significa commettere l'errore di considerare la loro una relazione normale. Non lo era; non aveva neanche un briciolo di normalità.

Era una relazione con gravi incrinature.

(«La città moderna» aveva concionato a tavola Otto Cone, rimuginando sul suo argomento preferito a beneficio dei familiari annoiati. «è il *locus classicus* delle realtà incompatibili. Vite che non hanno alcuna ragione di mescolarsi tra loro siedono affiancate sull'omnibus. Un universo, su un passaggio zebrato, viene fermato per un istante, battendo le palpebre come un coniglio, dai fari di un veicolo a motore in cui è individuabile un continuo totalmente alieno e contraddittorio. E finché è così e sfilano nella notte, prendendosi a spintoni nelle stazioni del metrò e togliendosi il cappello nei corridoi degli alberghi, non va poi tanto male. Ma se si incontrano! Sono uranio e plutonio, ognuno fa decomporre l'altro, bum.» «Se devo dirti la verità, carissimo» disse freddamente Alicja, «anch'io spesso mi sento un po' incompatibile.»)

Le incrinature nella grande passione di Alleluia Cone e Gibreel Farishta erano le seguenti: la segreta paura di lei del proprio desiderio segreto, cioè dell'amore; che la portava a staccarsi dalla persona di cui cercava maggiormente la devozione, e anche a colpirla con violenza; e quanto più l'intimità era profonda, tanto più scalciava; sicché l'altro, che era stato portato a un livello di fiducia assoluta e aveva abbassato ogni difesa, subiva tutto l'impatto del colpo e ne era distrutto; e fu questo in effetti che accadde a Gibreel Farishta quando, dopo tre settimane del più estatico far l'amore che ciascuno dei due avesse mai conosciuto, si sentì dire senza cerimonie che avrebbe fatto bene a trovarsi un posto dove andare a vivere, e alla svelta, perché lei, Allie, aveva bisogno di più spazio di quello di cui disponeva adesso;

– e la smodata possessività e gelosia di lui, della quale era del tutto inconsapevole, perché prima non aveva mai visto in una donna un tesoro da proteggere a qualsiasi costo contro le orde piratesche che avrebbero ovviamente cercato di sottrargliela; – e su questo torneremo tra poco;

– e l'incrinatura fatale, cioè la convinzione incombente – se preferite l'*idea folle* – di Gibreel Farishta di essere niente meno che un arcangelo in forma umana, e non un arcangelo qualsiasi, ma l'Angelo della Recitazione, il più eccelso (dopo la caduta di Shaitan) di tutti.

Avvolti nelle lenzuola dei propri desideri, avevano trascorso quelle giornate in un tale isolamento che la frenetica, incontrollabile gelosia di Gibreel, che, come avvertiva Jago, "dileggia la carne di cui si nutre", non venne subito alla luce. Si manifestò per la prima volta nell'assurda faccenda delle tre vignette che Allie aveva appeso insieme accanto alla porta d'ingresso, in una montatura color crema e una cornice oro antico, e che comprendevano tutte lo stesso messaggio, scarabocchiato nell'angolo destro in basso delle montature: *A A., con speranze, da Brunel.* Appena notò le dediche, Gibreel chiese una spiegazione, indicando furioso le vignette col braccio completamente teso, mentre la mano libera teneva stretto un lenzuolo intorno al suo corpo (si era vestito in questo modo informale perché aveva deciso che era venuto il momento di fare un'ispezione completa dei locali, *uno non può passare tutta la vita sdraiato, neanche su di te*, aveva detto); Allie, comprensibilmente, rise. «Mi sembri Bruto, tutto omicidio e dignità» disse prendendolo in giro. «Il ritratto dell'uomo d'onore.» Ma lui la scioccò mettendosi a urlare con violenza: «Dimmi subito chi è quel bastardo».

«Non è possibile che tu dica sul serio» disse lei. Jack Brunel lavorava come animatore, era vicino ai sessanta e aveva conosciuto suo padre. Allie non aveva mai avuto per lui il minimo interesse, ma lui si era messo a corteggiarla, usando il metodo discreto e silenzioso di mandarle, ogni tanto, questi doni grafici.

«Perché non le hai buttate nel cestino della carta straccia?» urlò Gibreel. Allie, che non aveva ancora ben capito quanto fosse infuriato, continuò con la stessa spensieratezza. Le aveva tenute perché le piacevano. La prima era una vecchia vignetta di "Punch" con Leonardo da Vinci nella sua bottega, e i suoi allievi attorno, che lanciava la Gioconda come un aeroplanino. *Ricordate quello che vi dico*, diceva la didascalia, *un giorno gli uomini voleranno fino a Padova su cose come questa*. Nella seconda cornice c'era una pagina di "Toff", un giornale a fumetti inglese per ragazzi degli anni della seconda guerra mondiale. In quel periodo, poiché tanti bambini erano sfollati, si era ritenuto necessario, per spiegarglielo meglio, fornire loro una versione a fumetti di ciò che stava accadendo nel mondo adulto. Qui, dunque, c'era uno degli scontri settimanali tra la squadra di casa – il Toff (uno spaventoso ragazzo in monocolo, giacca etoniana che gli congelava il sedere e pantaloni a righine) e Bert, col berretto di tela e le ginocchia sbucciate – e i vili nemici, Horribile Hadolf e le Camiciebrutte, (una banda di fanatici criminali, ciascuno dei quali aveva in effetti qualcosa di molto brutto, per esempio un uncino d'acciaio al posto di una mano, piedi come artigli, denti capaci di azzannarti un braccio). Ogni volta finiva col vincere la squadra britannica. Gibreel guardò con disprezzo il fumetto incorniciato, «Maledetti *Angrez*. Voi davvero la pensate così; per voi la guerra era davvero questa.» Allie decise di non parlare di suo padre e di non dire a Gibreel che uno dei vignettisti di "Toff", un berlinese ferocemente antinazista di nome Wolf, era stato un giorno arrestato e portato in un campo di concentramento, come tutti gli altri tedeschi che si trovavano in Inghilterra, e, secondo Brunel, i suoi colleghi non avevano alzato un dito per salvarlo. «Mancanza di cuore» aveva concluso Jack. «È la sola cosa di cui un vignettista abbia realmente bisogno. Che artista sarebbe stato Disney se non avesse avuto un cuore. Era la sua incrinatura fatale.» Brunel dirigeva un piccolo studio di disegni animati che aveva chiamato Scarecrow Productions come il personaggio del *Mago di Oz*.

La terza cornice conteneva l'ultima inquadratura di uno dei film del grande animatore giapponese, Yoji Kuri, le cui opere, con il loro straordinario cinismo, erano un'illustrazione perfetta delle idee di Brunel sul vignettista. In questo film, un uomo cadeva da un grattacielo; un'autopompa arrivava di corsa sul luogo dell'incidente e andava a mettersi sotto l'uomo che stava cadendo. Il tetto dell'autopompa scivolava indietro, facendo emergere una grande punta d'acciaio e, nell'inquadratura sulla parete di Allie, l'uomo scendeva a capofitto e la punta gli si conficcava nel cervello. «Disgustoso» dichiarò Gibreel Farishta.

Poiché questi doni generosi non avevano ottenuto alcun risultato, Brunel era dovuto uscire allo scoperto, comparendo di persona. Si presentò una sera all'appartamento di Allie, senza preavviso e già piuttosto malridotto da un'ingestione eccessiva di alcol, e tirò fuori dalla sua malconcia cartella una bottiglia di rum scuro. Alle tre del mattino, aveva fatto fuori il rum, ma non dava segno di voler andarsene. Allie si recò ostentatamente in bagno per lavarsi i denti e, al ritorno, trovò l'animatore completamente nudo in mezzo al tappeto del soggiorno, rivelando un corpo sorprendentemente ben fatto e coperto da una quantità smodata di peli grigi. Vedendola, allargò le braccia e gridò: «Prendimi! Fa' di me quello che vuoi!». Lei, con tutta la gentilezza possibile, lo costrinse a rivestirsi, e mise garbatamente fuori lui e la sua cartella. Non era mai più tornato.

Allie raccontò questa storia a Gibreel, con una così ridente franchezza da far pensare che non s'aspettava certo la tempesta che stava per scatenare. È tuttavia possibile (da qualche giorno i rapporti tra i due erano un po' tesi) che nella sua apparente innocenza ci fosse una punta di malafede, che quasi sperasse che Gibreel si decidesse a comportarsi male, perché così di ciò che sarebbe seguito avrebbe potuto attribuire la responsabilità a lui e non a se stessa – fatto sta che Gibreel andò su tutte le furie, accusando Allie di aver falsificato il finale della storia, e insinuando che il povero Brunel stava ancora aspettando accanto al proprio telefono e che lei intendeva chiamarlo non appena lui, Farishta, le avesse voltato le spalle. Vaneggiamenti, insomma, gelosia del passato, la peggiore di tutte. Appena questo terribile sentimento s'impadronì di lui, si trovò a improvvisare per Allie tutta una serie di amanti, immaginandoli in attesa a tutti gli angoli. Lei si era servita della storia di Brunel, gridò, per provocarlo, era stata una minaccia voluta e crudele. «Tu vuoi che gli uomini s'inginocchino» strillò, avendo perso da tempo gli ultimi brandelli del proprio autocontrollo. «Ma io non mi metto in ginocchio.»

«Adesso basta» disse Allie. «Fuori.»

La collera di lui raddoppiò. Avvolgendosi nella toga, andò a grandi passi in camera da letto per vestirsi, indossando i soli indumenti che possedeva, compresi il cappotto di gabardine con la fodera scarlatta e il cappello floscio di feltro grigio di Don Enrique Diamond; Allie rimase sulla soglia a guardare. «Non pensare che io torni» strepitò lui, sapendo che la propria rabbia era più che sufficiente a farlo buttar fuori da quella porta e aspettando che lei cominciasse a calmarlo, a parlargli sottovoce, a dargli modo di restare. Ma Allie alzò le spalle e si allontanò, e fu allora, nel momento preciso della sua massima ira, che i confini della terra si spaccarono, ed egli udì un rumore simile allo sfondamento di una diga, e mentre gli spiriti del mondo dei sogni straripavano da quella breccia nell'universo del quotidiano, Gibreel Farishta vide Dio.

Per l'Isaia di Blake, Dio era soltanto un'immanenza, un'indignazione incorporea, ma nella visione di Gibreel dell'Essere Supremo non c'era niente di astratto. Vide, seduto sul letto, un uomo più o meno della sua età, di statura media, con un fisico piuttosto massiccio e una barba sale e pepe cortissima che seguiva la linea delle mascelle. Ciò che più lo colpì fu che l'apparizione era quasi calva, aveva la forfora e portava occhiali. Non era quello l'Onnipotente che aveva immaginato. «Chi sei?» domandò con interesse. (Ora non gli interessava più Alleluia Cone, che si era fermata di botto, udendolo parlare da solo, e lo osservava con espressione sinceramente spaventata.)

«*Ooparvala*» rispose l'apparizione. «Il Tizio di Sopra.»

«Come faccio a sapere che non sei l'Altro?» domandò astutamente Gibreel, «*Neechayvala*, Quello di Sotto?»

Una domanda audace, che provocò una risposta brusca. Questa Divinità poteva avere l'aspetto di uno scrivano miope, ma sapeva mobilitare gli apparati tradizionali della collera divina. S'ammassarono nubi oltre la finestra; vento e tuono fecero tremare la stanza. Caddero alberi nei Fields. «Stiamo perdendo la pazienza con te, Gibreel Farishta. Hai dubitato di Noi per troppo tempo.» Gibreel chinò il capo, maledetto dalla collera di Dio. «Noi non siamo obbligati a spiegarti la Nostra natura» continuò il rabbuffo. «Se Noi siamo multiformi, plurali, nati dall'unione per ibridazione di opposti quali *Oopar* e *Neechay*, oppure puri, nudi, assoluti, non è questione da decidere qui.» Il letto sfatto su cui il Visitatore aveva posato il Proprio deretano (che ora, notò Gibreel, rifulgeva un poco, come il resto della Persona) fu oggetto di uno sguardo di grande disapprovazione. «Il punto è che non devono più esserci tentennamenti. Tu volevi segni chiari della Nostra esistenza? Noi abbiamo mandato rivelazioni a riempire i tuoi sogni; e in esse era evidente non soltanto la Nostra natura, ma anche la tua. Ma tu l'hai combattuta, hai lottato contro quel sonno in cui Noi ti stavamo svegliando. La tua paura della verità Ci ha infine costretti a mostrarCi, con qualche disagio personale, nell'abitazione di questa donna a un'ora avanzata della notte. È venuto il momento che tu ti dia una mossa. Ti abbiamo forse raccolto dai cieli perché potessi ruzzare e litigare con una (seppure notevole) bionda coi piedi piatti? C'è del lavoro da fare.»

«Sono pronto» disse Gibreel con umiltà. «Del resto me ne stavo proprio andando.»

«Senti» disse Allie Cone. «Gibreel, maledizione, la nostra lite non ha importanza. Io ti amo.»

Adesso nell'appartamento c'erano solo loro due. «Devo andare» disse pacatamente Gibreel. Lei gli si aggrappò a un braccio. «Credo proprio che tu non stia bene.» Lui si alzò in tutta la sua dignità. «Dopo avermi ordinato di uscire, non hai più giurisdizione sulla mia salute.» E corse via. Allie, mentre tentava di seguirlo, fu colpita da così lancinanti dolori ai piedi che, non avendo altra scelta, cadde singhiozzando sul pavimento; come un'attrice in un film *masala*: o come Rekha Merchant, il giorno in cui Gibreel la lasciò per l'ultima volta. Come, in ogni caso, un personaggio di una di quelle storie in cui non avrebbe mai immaginato di poter comparire.

La turbolenza meteorologica generata dalla collera di Dio nei confronti del proprio servo aveva lasciato il posto a una notte limpida e mite, presieduta da una luna grassa e cremosa. Solo gli alberi abbattuti restavano ad attestare la potenza dell'Essere ora partito. Gibreel, feltro floscio calcato sul capo, cintura con i soldi stretta in vita, mani sprofondate nel gabardine – con la destra che sentiva, lì dentro, la forma di un libro in brossura – ringraziò silenziosamente Dio della propria fuga. Sicuro ormai del suo stato d'arcangelo, scacciò dalla mente qualsiasi rimorso per il suo periodo di dubbio, sostituendolo con una nuova risoluzione: riportare questa metropoli degli empi, questa nuova 'Ad o Thamoud, alla conoscenza di Dio, inondarla delle benedizioni della Recitazione, della Parola sacra. Sentì venir via la sua vecchia personalità e se ne sbarazzò con un'alzata di spalle, ma decise di conservare, almeno per adesso, le sue proporzioni umane. Non era proprio il momento di crescere sino a riempire il cielo da un orizzonte all'altro – anche se ciò sarebbe certamente avvenuto fra non molto.

Le strade della città gli si avvolgevano attorno, sinuose come serpenti. Londra era di nuovo divenuta instabile, rivelando la sua vera natura, capricciosa e tormentata, l'angoscia di una città che aveva perso il senso di ciò che era e sguazzava quindi nell'impotenza di un rabbioso ed egoistico presente di maschere e parodie, soffocata e deformata dal peso insopportabile e ineliminabile del passato, e con gli occhi fissi sulla desolazione di un misero futuro. Vagò in quelle strade per tutta quella notte, e il giorno dopo e la notte dopo e così via finché luce e tenebre persero importanza. Sembrava non aver più bisogno di cibo o di riposo, ma solo di camminare senza mai fermarsi per la tormentata metropoli, la cui struttura si era radicalmente trasformata, le case dei quartieri ricchi fatte di paura solidificata, gli edifici governativi in parte di vanagloria e in parte di disprezzo, e le abitazioni dei poveri di confusioni e sogni materiali. Guardando con gli occhi di un angelo, vedevi essenze anziché superfici, vedevi lo sfacelo dell'anima riempire di bolle e vesciche la pelle dei passanti, vedevi la generosità di certi spiriti posarsi sulle loro spalle in forme d'uccelli. Aggirandosi nella città trasformata, vide folletti con ali di pipistrelli seduti sugli angoli di edifici fatti di inganni e scorgevi spiritelli che filtravano come vermi tra le piastrelle rotte degli orinatoi pubblici per uomini. Come un tempo il monaco tedesco Richalmus del XIII secolo chiudeva gli occhi e vedeva immediatamente nubi di diavoletti circondare ogni uomo e donna sulla terra, danzando al sole come granelli di polvere, così ora Gibreel, con gli occhi aperti e alla luce della luna oltre che del sole, scorgeva ovunque la presenza del suo avversario, del suo – per restituire alla parola il suo significato originario – *shaitan*.

Molto tempo prima del Diluvio, ricordò – adesso che aveva nuovamente assunto il ruolo dell'Arcangelo, stava evidentemente recuperando, a poco a poco, la memoria e la saggezza arcangeliche in tutta la loro estensione – numerosi angeli (i nomi di Semjaza e Azazel furono i primi che gli tornarono in mente) erano stati scacciati dal Paradiso perché avevano *desiderato carnalmente le figlie degli uomini*, cosa che col tempo diede vita a una razza malvagia di giganti. Cominciava a capire da quale pericolo si fosse salvato allontanandosi da Alleluia Cone. Oh la più falsa delle creature! Oh la principessa delle potenze dell'aria! – Quando il Profeta, sul cui nome sia pace, aveva ricevuto la *wahi*, la Rivelazione, non aveva forse temuto per il proprio equilibrio mentale? – E chi gli aveva dato la certezza rassicurante di cui aveva bisogno? – Ma Khadija, sua moglie! Era stata lei a convincerlo che non era un pazzo furioso, ma il Messaggero di Dio. – Cosa aveva fatto invece Alleluia per lui? *Tu non sei in te. Credo proprio che tu non stia bene.* – Oh portatrice di tribolazioni, creatrice di discordia, di afflizione del cuore! Sirena, tentatrice, demonio in forma umana! Quel corpo niveo con i suoi capelli chiari chiari: come se n'era servita per confondere la sua anima, e come gli era stato difficile resistere nella debolezza della propria carne... irretito nella trama di un amore così complesso da essere incomprensibile, era arrivato sull'orlo della Caduta definitiva. Come era stata benefica, poi, con lui la Super-Entità! – Capiva ora che la scelta era semplice: l'amore infernale delle figlie degli uomini o la celestiale adorazione di Dio! Era riuscito a scegliere la seconda cosa; appena in tempo.

Tirò fuori dalla tasca esterna del cappotto il libro che si era portato dietro da quando aveva lasciato la casa di Rosa, un millennio prima; il libro della città che era venuto a salvare, proprio Londra, capitale di Vilayet, tracciata a suo beneficio in esaurienti particolari, tutta quanta. Lui avrebbe redento questa città: la Londra dei Geografi, dalla A alla Z.

In una zona della città, nota un tempo per la sua popolazione di artisti, radicali e uomini in cerca di prostitute, e ora in mano al personale delle agenzie pubblicitarie, e a piccoli produttori cinematografici, l'Arcangelo Gabriele vide per caso, in un angolo, un'anima persa. Era giovane, maschia, alta e di straordinaria bellezza: naso singolarmente aquilino e lunghi capelli neri impomatati e con la riga in mezzo; i suoi denti erano fatti d'oro. L'anima persa stava sul bordo dcl marciapiede, volgendo le spalle alla strada, leggermente piegata in avanti, e aveva in mano qualcosa cui doveva tenere molto. Il suo comportamento attirava l'attenzione: prima fissava intensamente la cosa che aveva in mano, poi si guardava attorno, muovendo rapidamente il capo da destra a sinistra e scrutando con estrema concentrazione le facce dei passanti. Non volendo avvicinarsi troppo in fretta, Gibreel vide che l'oggetto che l'anima persa stava tenendo stretto era una piccola fotografia formato tessera. Quando passò per la seconda volta, accostò con decisione lo sconosciuto per offrirgli aiuto. L'altro lo guardò con diffidenza, poi gli mise la fotografia sotto il naso. «Quest'uomo» disse, colpendo più volte la foto con il suo lungo indice. «Lei conosce quest'uomo?»

Quando Gibreel vide, nella fotofrafia, un giovane di straordinaria bellezza, dal naso singolarmente aquilino e dai lunghi capelli neri, impomatati e con la riga in mezzo, capì che il suo istinto aveva visto giusto, e che qui, in un angolo di strada piena di traffico, intenta a guardare la folla nell'eventualità di veder passare se stessa, c'era un'anima alla ricerca del proprio corpo smarrito, uno spettro che aveva un bisogno disperato del perduto involucro fisico – perché gli Arcangeli sanno che l'anima, o *ka*, non può sopravvivere (una volta tagliato il cordone dorato di luce che la unisce al corpo) più di una notte e un giorno. «Posso aiutarti» promise, e la giovane anima lo guardò assolutamente incredula. Gibreel si sporse in avanti, prese la faccia della *ka* tra le mani e la baciò sulla bocca, perché lo spirito baciato dall'Arcangelo ritrova subito il senso dell'orientamento che ha perduto e ritorna sul vero e giusto cammino. L'anima persa ebbe però una reazione molto sorprendente per chi ha avuto il privilegio di essere baciato da un Arcangelo. «Vaffanculo» gridò, «posso essere disperato, signore, ma non fino a questo punto» – dopo di che, rivelando una solidità del tutto inconsueta per uno spirito disincarnato, sferrò all'Arcangelo del Signore un sonoro colpo sul naso con lo stesso pugno in cui teneva quell'immagine – con conseguenze disorientanti, e sanguinose.

Quando gli si schiarì la vista, l'anima persa era sparita, ma c'era, fluttuante sul solito tappeto a mezzo metro da terra, Rekha Merchant, che si faceva beffe della sua sconfitta. «Non è poi un grande inizio» sbuffò. «Arcangelo un accidente. Gibreel, *janab*, tu sei fuori di testa, credimi. Hai interpretato troppi personaggi alati per non doverla pagare. Io, nei tuoi panni, non mi fiderei neanche di quella tua Divinità» aggiunse in tono più complice, anche se Gibreel sospettava che le sue intenzioni fossero soprattutto satiriche. «Te lo ha fatto capire lui stesso, eludendo in quel modo la tua domanda su *Oopar-Neechay*. Questa idea della separazione delle funzioni, luce contro tenebre, male contro bene, sarà magari esplicita nell'Islam – *Oh, figli di Adamo, non lasciate che il diavolo vi seduca, come cacciò dal giardino i vostri genitori, strappando loro gli abiti per poter mostrare le loro vergogne* – ma torna un po' indietro e vedrai che è un'invenzione abbastanza recente. Amos, ottavo secolo a.C., domanda: "Ci può essere male in una città che non sia stato fatto dal Signore?". E anche Jahweh, citato duecento anni dopo da Deutero-Isaia, afferma: "Io formo la luce e creo le tenebre; io dono la pace e creo il male; io il Signore faccio tutte queste cose". È solo nel Libro delle Cronache, cioè nel quarto secolo a.C., che si comincia a usare la parola *shaitan*, per indicare un essere, e non soltanto un attributo di Dio.» Era un discorso che la "reale" Rekha sarebbe stata chiaramente incapace di fare, venendo da una tradizione politeistica e non avendo mai mostrato il minimo interesse per la religione comparata o, men che meno, per gli Apocrifi. Ma la Rekha che lo perseguitava da quando lui era caduto dal *Bostan*, non era reale, e Gibreel lo sapeva, in nessuna citazione oggettiva, psicologicamente o fisicamente coerente. Cos'era allora? Sarebbe facile immaginarla come un essere di sua fabbricazione – la sua complice-avversaria, il suo demone interiore. Ciò spiegherebbe la sua familiarità con gli arcani. – Ma lui come si era procurato queste conoscenze? Davvero le aveva un tempo possedute e poi perse, come gli diceva ora la sua memoria? (Aveva il persistente sospetto che in questo ci fosse qualcosa di impreciso, ma quando cercava di concentrare i propri pensieri sul suo "evo buio", cioè sul periodo durante il quale era inspiegabilmente arrivato a non credere nella propria natura angelica, si trovava di fronte a un denso banco di nubi, attraverso le quali, per quanto sbirciasse e battesse le palpebre, poteva distinguere quasi soltanto ombre.) – O forse i materiali di cui adesso erano pieni i suoi pensieri, per citare un solo esempio l'eco di come i suoi angeli-luogotenenti, Ithuriel e Zephon, avevano trovato l'avversario che, *acquattato come un rospo* nell'Eden, vicino all'orecchio di Eva, ricorreva a mille astuzie "per raggiungere / gli organi della sua fantasia, e con essi forgiare / le Illusioni che egli enumera, fantasmi e sogni", gli erano stati conficcati in testa da quello stesso ambiguo Creatore, quella cosa Disopra-Disotto, che era venuta nel *boudoir* di Alleluia a destarlo da un lungo sogno a occhi aperti? – Allora anche Rekha poteva essere un'emissaria di questo Dio, un'antagonista divina esterna anziché un'ombra interna creata dal senso di colpa; una mandata per lottare con lui e farlo ridiventare un tutto.

Il naso, che perdeva sangue, cominciò a fargli molto male. Non era mai stato capace di sopportare il dolore. «Sei sempre stato un piagnucolone» gli rise in faccia Rekha. Shaitan aveva capito di più:

C'è forse chi ama la propria pena?
Chi, trovando il mondo, non fuggirebbe dall'inferno,
Anche se ad esso condannato? Tu stesso lo faresti, di certo

E ti avventureresti ardito in qualsiasi luogo
Lontano dal dolore, dove potresti sperare di scambiare
Il tormento con il sollievo...

Nemmeno lui avrebbe potuto dir meglio. Una persona che dovesse trovarsi in un inferno, farebbe di tutto, stupro, estorsione, omicidio, *felo de se*, qualsiasi cosa, pur di uscirne... Si tamponò il naso col fazzoletto mentre Rekha, sempre presente sul suo tappeto volante, che aveva intuito la sua ascesa (o discesa) al regno della speculazione metafisica, tentava di riportare la discussione su un terreno più familiare. «Saresti dovuto restare con me» opinò. «Avresti potuto amarmi veramente. Io sapevo amare. Non tutti hanno questa capacità; io sì, voglio dire che ce l'avevo. Non come quell'egoistica bambola bionda che pensava in segreto ad avere un figlio tuo e non te ne ha mai neanche accennato. E nemmeno come il tuo Dio; non è più come ai vecchi tempi, quando quelle Persone s'interessavano davvero.»

Era un discorso che doveva contestare in più punti. «Tu eri sposata, dall'inizio alla fine» replicò lui. «Cuscinetti a sfere. Io ero il tuo piatto di contorno. E, avendo atteso per tanto tempo che Lui si manifestasse, non ne parlerò certo male adesso dopo la Sua apparizione personale. E per finire cos'è questo discorso sui bambini? Sei disposta a tutto, a quanto pare.»

«Tu non sai cosa sia l'inferno» ribatté lei, lasciando cadere la maschera dell'imperturbabilità. «Ma, mio caro, lo saprai presto. Se solo me lo avessi chiesto, avrei piantato quel noioso dei cuscinetti a sfera nel giro di due secondi, ma tu tacevi. E adesso ci rivedremo laggiù: all'Albergo Neechayvala.»

«Non avresti mai lasciato i tuoi figli» insistette Gibreel. «Poverini, li hai anche buttati giù per primi quando sei saltata.» Questo la scatenò. «Non dire niente! Avere la faccia tosta di parlare! Io cucinerò il tuo fegato! Io friggerò il tuo cuore e lo mangerò con il pane tostato! – E in quanto alla tua principessa Biancaneve, lei pensa che un figlio sia proprietà esclusiva della madre, perché gli uomini vanno e vengono ma lei continua per sempre, no? Tu sei soltanto il seme, scusa, lei è il giardino. Chi mai chiede a un seme il permesso di piantarlo? Cosa sai, maledetto idiota di Bombay, delle idee moderne delle *mame* con cui t'impicci?»

«E tu» replicò lui con energia, «hai chiesto, per esempio, il permesso al Babbo prima di buttare i suoi figli dal tetto?»

Rekha sparì furiosa in un gran fumo giallo, con un'esplosione che lo fece vacillare e gli strappò il cappello dalla testa (ora giaceva capovolto sul marciapiede). Provocò anche un effetto olfattivo di così nauseante potenza che lo fece vomitare. A vuoto: non aveva infatti in corpo né cibi né liquidi, non essendosi più nutrito da giorni. Oh, l'immortalità, pensò; oh, la nobile liberazione dalla tirannide del corpo. Notò due persone che lo stavano guardando incuriosite, uno un giovane dall'aria violenta in cuoio e borchie, con i capelli da moicano e una striscia di belletto a forma di lampo che scendeva a zig zag giù per il naso, e l'altra una donna di mezza età dall'aria gentile, con un foulard in testa. Benissimo allora: approfittiamo dell'occasione. «Pentitevi» gridò con passione. «Perché io sono l'Arcangelo del Signore.»

«Povero bastardo» disse il moicano, e gettò una moneta nel cappello caduto di Farishta. Poi se ne andò; mentre la donna gentile, ammiccando, si chinò su Gibreel in atteggiamento confidenziale e gli consegnò un volantino. «Credo che questo la interessi.» Lo riconobbe subito come un testo razzista che chiedeva il "rimpatrio" dei cittadini neri del paese. Dedusse che lo aveva scambiato per un angelo bianco. Gli angeli, quindi, apprese con stupore, non erano esenti da queste categorie. «Veda la cosa in questo modo» stava dicendo la donna, che aveva interpretato il suo silenzio come incertezza – e rivelava, passando a un modo di esprimersi eccessivamente articolato ed eccessivamente sonoro, che lo riteneva non esattamente un *pukka*, ma forse un angelo levantino, cipriota o greco, per il quale doveva ricorrere alla sua voce migliore per parlare-agli-afflitti. «Se mai arrivassero a riempire il paese da cui viene lei, be'! Non credo che le piacerebbe.»

Dopo aver preso un pugno sul naso, essere stato schernito dai fantasmi, aver ricevuto elemosine anziché riverenza, e aver visto, in varie forme, gli abissi in cui gli abitanti della città erano sprofondati, l'intransigenza del male che vi si manifestava, Gibreel era più che mai deciso a iniziare l'opera del bene, il grande lavoro di restringere le frontiere del dominio dell'avversario. L'atlante che aveva in tasca era il suo piano generale. Avrebbe redento la città quadratino per quadratino, da Hockley Farm, nell'angolo nordoccidentale della carta, a Chance Wood in quello sudorientale; dopo di che, forse, avrebbe festeggiato la fine delle proprie fatiche facendo un percorso di golf nel campo, dal nome così appropriato, che si trovava al limite estremo della pianta: Wilderness.

E in qualche punto di questo cammino lo stava aspettando l'avversario in persona, Shaitan, Iblis o qualsiasi altro nome avesse assunto – in realtà il nome Gibreel l'aveva sulla punta della lingua – e anche la faccia dell'avversario, cornuta e malevola, non era ancora del tutto a fuoco... be', avrebbe preso forma fra non molto, e il nome gli sarebbe tornato in mente, Gibreel ne era sicuro: i suoi poteri non stavano forse crescendo di giorno in giorno, e non sarebbe toccato a lui, restituito alla propria gloria, ricacciare l'avversario negli Abissi più tenebrosi? – Quel nome: qual era? Ci – qualcosa? Ciù, cié, cin, ciou. Non era importante. Tutto a suo tempo.

Ma la città, nella sua corruzione, si rifiutava d'assoggettarsi al dominio dei cartografi, e cambiava forma a suo capriccio e senza preavviso, impedendo così a Gibreel di affrontare la propria ricerca nel modo sistematico che avrebbe preferito. Certi giorni, voltando un angolo al termine di un grande colonnato fatto di carne umana e coperto di pelle che, graffiata, sanguinava, si trovava in una terra incolta, e non indicata sulla carta, sul cui bordo lontano poteva vedere alti edifici familiari, la cupola di Wren, la lunga candela metallica della Telecom Tower, sbriciolarsi al vento come castelli di sabbia. Incappava in parchi anonimi e sconcertanti per emergerne su affollate strade del West End, dove, con costernazione degli automobilisti, aveva cominciato a gocciolare acido dal cielo, scavando grandi buche sulla superficie delle strade. In questo pandemonio di miraggi, udiva frequenti risate: la città scherniva la sua impotenza, aspettava la sua resa, il suo riconoscimento del fatto che ciò che c'era qui andava oltre le sue possibilità di capire, non si dice di cambiare. Urlava insulti all'avversario ancora senza volto, implorava la Divinità di dargli un altro segno, temeva che le proprie energie non sarebbero mai state all'altezza del compito. Stava insomma diventando il più miserabile e spennacchiato degli arcangeli, con i vestiti sporchi, i capelli lunghi e unti, il mento che produceva peli in ciuffi incontrollabili. Fu in queste condizioni pietose che arrivò alla stazione del metrò Angel.

Doveva essere mattino presto, perché il personale, sotto i suoi occhi, stava aprendo e alzando la grata metallica della notte. Li seguì all'interno, strascicando i piedi e tenendo la testa bassa e le mani sprofondate nelle tasche (l'atlante stradale lo aveva buttato via da un pezzo); finché, levando gli occhi, si trovò di fronte un viso che stava per sciogliersi in pianto.

«Buon giorno» azzardò, e la giovane donna della biglietteria rispose con amarezza: «Cosa c'è di buono in questo giorno, vorrei tanto saperlo» e a questo punto cominciarono a scorrere le lacrime, gonfie, sferiche, abbondanti. «Su, su, figliola» disse Gibreel e lei gli scoccò un'occhiata incredula. «Lei non è un prete» affermò. Le rispose, esitando un poco: «Io sono l'Angelo, Gibreel». La donna si mise a ridere, con la stessa repentinità con cui aveva pianto. «Da queste parti i soli angeli sono quelli che impiccano ai lampioni per le illuminazioni natalizie. Solo in Consiglio può appenderli per il collo.» Ma lui non si lasciò scoraggiare. «Io sono Gibreel» ripeté, fissandola negli occhi. «Recita.» E con uno stupore energicamente espresso, la bigliettaria cominciò a parlare: *Io cyaan credo che sto facendo questo, sto confidandomi con un vagabondo, io non sono così, sa.*

Si chiamava Orphia Phillips, aveva vent'anni, i genitori vivi che erano a suo carico, soprattutto adesso che quella scema di sua sorella Hyacinth aveva perso il posto di fisioterapista, «mettendosi a fare stupidaggini.» Il suo ragazzo, perché naturalmente c'era un ragazzo, si chiamava Uriah Moseley. La stazione aveva installato da poco due luccicanti ascensori e Orphia e Uriah avevano il compito di azionarli. Nelle ore di punta, quando erano entrambi in funzione, c'era poco tempo per conversare; ma nel resto della giornata ne andava solo uno. Orphia si metteva dove si controllavano i biglietti, proprio davanti al pozzo dell'ascensore, e Uri riusciva a passare lì molto tempo, appoggiato al montante della porta del suo luccicante ascensore a pulirsi i denti con lo stuzzicadenti d'argento che il suo bisnonno aveva rubato ai vecchi tempi al padrone di una piantagione. Era amore vero. «Ma io mi lascio trasportare» gemette Orphia a Gibreel. «Sono sempre stata troppo impetuosa.» Un pomeriggio, in un momento di calma aveva abbandonato il suo posto e gli era passata davanti mentre lui se ne stava appoggiato a pulirsi i denti, ma vedendo come lei lo guardava aveva messo subito via lo stuzzicadenti. Da allora veniva a lavorare con un passo elastico; e anche lei era in paradiso quando scendeva, ogni giorno, nelle viscere della terra. I loro baci divennero più lunghi e più appassionati. A volte non si staccava neppure quando suonava il campanello per chiamare l'ascensore; e Uriah doveva allontanarla con una spinta, gridando: «Calma, ragazza, il pubblico». Uriah aveva una vocazione per il suo lavoro. Le parlava di quanto era fiero della propria divisa, soddisfatto di far parte di un servizio pubblico, di dedicare la vita alla società. A lei pareva un po' troppo enfatico e avrebbe voluto dirgli: «Uri, tu qui sei soltanto un ragazzo dell'ascensore» ma, intuendo che questo realismo non sarebbe stato accolto bene, teneva a freno la sua lingua importuna, o meglio se la spingeva in bocca.

I loro abbracci nel tunnel divennero guerre. Adesso lui cercava di liberarsi, raddrizzandosi la giubba, mentre lei gli mordicchiava l'orecchio e gli infilava una mano nei pantaloni. «Sei matta» diceva, ma lei, continuando, gli domandava: «Che c'è? Ti dà fastidio?».

Inevitabilmente li sorpresero: fu presentato un reclamo da una gentile signora in tweed e foulard. Potevano dirsi fortunati di non aver perso il posto. Orphia era stata "messa a terra", cacciata cioè dagli ascensori e rinchiusa nella biglietteria. Non solo, ma il suo posto era stato preso dalla bella della stazione, Rochelle Watkins. «Io so cosa sta succedendo» gridò con rabbia. «La vedo l'espressione di Rochelle quando viene su, si rimette in ordine i capelli e tutto quanto.» Uriah, ormai, evitava lo sguardo di Orphia.

«Non riesco a capire come sia riuscito a farmi parlare» concluse incerta. «Lei non è un angelo, poco ma sicuro.» Non poteva, però, per quanto tentasse, sottrarsi al suo sguardo ipnotico. «Lo so» le disse, «che cos'hai nel cuore.»

Infilò un braccio nello sportello e le prese una mano senza incontrare resistenza. – Sì, era questo, la forza dei desideri di Orphia, che lo colmava, permettendogli di ritrasmetterli a lei, rendendole possibile agire, mettendola in condizione di dire e fare ciò di cui aveva più profondo bisogno; questo era ciò che ricordava, la capacità di congiungersi alla persona cui appariva, col risultato che ciò che avveniva dopo era un prodotto di questa congiunzione. Ritornano finalmente, pensò, le funzioni arcangeliche. – Dietro lo sportello, l'impiegata Orphia Phillips aveva gli occhi chiusi, il corpo afflosciato sulla sedia, fiacco e pesante a vedersi, e le sue labbra si stavano muovendo. – E anche quelle di lui, all'unisono. – Ecco. Era fatto.

In quel momento, il direttore della stazione, un ometto collerico con nove lunghi capelli, recuperati a livello delle orecchie e incollati sulla sua calvizie, schizzò fuori come un cucù dalla sua porticina. «Cosa sta combinando?» gridò a Gibreel. «Se ne vada prima che io chiami la polizia.» Gibreel rimase dov'era. Il direttore della stazione vide Orphia uscire dal trance e cominciò a sbraitare. «Ehi, Phillips. Mai visto niente di simile. Qualunque cosa purché porti i calzoni, ma è ridicolo. Da quando sono a questo mondo. E addormentarsi sul lavoro, che idea.» Orphia si alzò, si mise l'impermeabile, raccolse l'ombrello pieghevole, uscì dalla biglietteria. «Lasciare incustodita una proprietà pubblica. Torna subito dentro, o ci rimetti il posto, sicuro come l'oro.» Orphia si avviò verso le scale a chiocciola per scendere nel sottosuolo. Privato della sua impiegata, il direttore si voltò di scatto verso Gibreel. «Via» disse. «Fuori dalle palle. Torni a strisciare sotto la sua pietra.»

«Sto aspettando» replicò Gibreel con dignità, «l'ascensore.»

Arrivata in fondo alle scale, Orphia Phillips voltò un angolo e vide Uriah Moseley appoggiato, nella sua solita posizione, alla cabina per il controllo dei biglietti, con Rochelle Watkins che sorrideva contenta. Ma Orphia sapeva cosa doveva fare. «A 'Chelle glielo permetti già di toccarti lo stuzzicadenti, Uri?» gridò. «Le piacerebbe tanto prenderlo in mano.»

Si raddrizzarono entrambi, offesi. Uriah cominciò a infuriarsi:

«Non essere volgare adesso, Orphia» ma un'occhiata di lei lo mise a tacere. Poi cominciò ad avvicinarsi, con aria sognante, piantando in asso Rochelle. «Così va bene, Uri» disse Orphia sottovoce, senza distogliere un attimo lo sguardo da lui. «Vieni adesso. Vieni dalla mamma.» *Ora cammina all'indietro sino all'ascensore e risucchialo lì dentro, e così è finita e ce ne andiamo.* – Ma c'era qualcosa che non andava. Lui aveva smesso di camminare. Rochelle Watkins si era portata al suo fianco, decisamente troppo vicina, e Uriah si era fermato. «Diglielo, Uriah» disse Rochelle. «Le sue stupide stregonerie quaggiù non funzionano.» Uriah stava cingendo con un braccio Rochelle Watkins. Non era questo che lei aveva sognato, ciò che all'improvviso era stata certa e sicura che sarebbe accaduto, dopo che Gibreel le aveva preso la mano, così, semplicemente, come un *fidanzato*; strano, pensò, cosa le stava succedendo? Si fece avanti. «Staccala da me, Uriah» gridò Rochelle. «Mi sta strappando la divisa e tutto il resto.» – Poi Uriah, tenendo la bigliettaria che si divincolava, per entrambi i polsi, annunciò la notizia: «Le ho chiesto di sposarmi!» – Orphia perse la voglia di battersi. I riccioli ornati di perline smisero di turbinare e di schioccare. «Quindi tu sei fuori gioco, Orphia Phillips» continuò Uriah sbuffando un po'. «E come dice la signora, non c'è stregoneria che possa cambiare qualcosa.» Orphia, respirando anche lei a fatica e con gli abiti in disordine, si lasciò cadere sul pavimento, voltando le spalle alla parete curva della galleria. S'avvicinò il rumore d'un treno; i due fidanzati corsero ai loro posti, rimettendosi in sesto e lasciando Orphia lì seduta. «Ragazza» le disse Uriah Moseley a mo' di addio, «tu sei troppo scatenata per me.» Rochelle Watkins mandò un bacio a Uriah dalla cabina per il controllo dei biglietti; Uriah, appoggiato al suo ascensore, si stava stuzzicando i denti. «Cucina casalinga» gli promise Rochelle. «E niente sorprese.»

«Lurido barbone» gridò Orphia Phillips a Gibreel dopo aver salito a piedi i duecentoquarantasette gradini della scala a chiocciola della sua disfatta. «Maledetto barbone. Chi ti ha chiesto d'impicciarti della mia vita?»

Persino l'aureola è sparita, come una lampadina saltata, e non so dove sia il negozio. Gibreel, su una panchina del giardinetto vicino alla stazione, meditava sulla futilità degli sforzi sinora fatti. E sentì riaffiorare le bestemmie: se sul *dabba* c'era un indirizzo sbagliato e finiva a un altro destinatario, la colpa era forse del *dabbawalla*? Se gli effetti speciali – stuoia trasportatrice e simili – non funzionavano e ne vedevi i contorni azzurri luccicare sui bordi di chi stava volando, perché prendersela con l'attore? Perlostessomotivo, se il suo lavoro d'angelo si rivelava insufficiente, di chi era la responsabilità, per favore? Sua o di qualche altro Personaggio? – Bambini stavano giocando nel giardino del suo dubitare, tra nubi di moscerini e rosai e disperazione. Mosca cieca, acchiappafantasmi, palla prigioniera, *Ellowen dioen, London.* La caduta degli Angeli, rifletté Gibreel, non era della stessa natura del Ruzzolone della Donna e dell'Uomo. Il caso delle persone umane era una questione morale. Il frutto dell'albero della conoscenza del bene e del male non avrebbero dovuto mangiarlo, e lo mangiarono. Prima la donna, poi, su suo suggerimento, l'uomo, acquisirono le norme etiche *verboten*, che avevano un gustoso sapore di mela: il serpente aveva loro donato un sistema di valori. Permettendogli, tra l'altro, di giudicare persino la Divinità, rendendo possibili col tempo tutte le domande imbarazzanti: Perché il male? Perché la sofferenza? Perché la morte? – E così dovettero andar via. Egli non voleva che le sue graziose creature si montassero la testa. – Bambini gli risero in faccia: *qualcosa di straano nel quartiere.* Armati di pistole giocattolo, s'apprestarono a farlo esplodere come un comune volgare fantasma. *Venite via di lì*, ordinò una donna, una donna in un abito aderente, bianca, rossa di capelli e con una grande striscia di lentiggini lungo la parte centrale del viso; la sua voce era carica di disgusto. *Mi avete sentita? Svelti!* – Viceversa il crollo degli angeli era stato una pura questione di potere: un chiaro esempio di lavoro poliziesco celestiale, un castigo per i ribelli, giusto e severo, *pour encourager les autres.* – E allora che poca fiducia aveva in Sé questa Divinità. Non voleva che le Sue creature più belle distinguessero il bene dal male; e regnava col terrore, esigendo la sottomissione assoluta persino dei Suoi collaboratori più stretti, spedendo tutti i dissidenti nelle Sue fiammeggianti siberie, nei gulag dell'Inferno... si frenò. Questi erano pensieri satanici, cacciatigli in testa da Iblis-Belzeebub-Shaitan. Se l'Entità lo stava ancora punendo per la sua precedente apostasia, non era questo il modo di guadagnarsi la remissione. Svuotata la propria mente, rimase seduto nell'addensarsi delle tenebre a guardar giocare i bambini (ora un po' lontani). *Ip-dip-sky-blue who's-there-not-you not-because-you're-dirty not-because-you'-re-clean*, e a questo punto, ne era sicuro, uno dei ragazzi, un undicenne dall'aria seria e con occhi enormi, lo guardò fisso: *my-mother-says You're-the fairy-queen.*[1]

Si materializzò Rekha Merchant, tutta gioielli e fronzoli. «I *bachchas* stanno facendo poesie insolenti su di te, Angelo del Signore» sfotté. «Neanche quella ragazzina della biglietteria è rimasta molto impressionata. Mi sembra proprio, *baba*, che le cose continuino ad andarti male.»

Ma in questa occasione lo spirito della suicida Rekha Merchant non era venuto soltanto per prenderlo in giro. Sostenne, meravigliandolo molto, che le sue molte tribolazioni era stata lei a produrle. «Credi forse che a comandare sia solo la tua Cosa Unica?» gridò. «Be', cocco, lascia che t'informi.» Il suo saccente inglese di Bombay gli diede una nostalgia improvvisa della città natale, ma lei non aspettò che ritrovasse il suo autocontrollo. «Ricordati che sono morta per amor tuo, verme; e questo mi dà qualche diritto. In particolare quello di vendicarmi, rovinandoti completamente la vita. Un uomo che ha indotto la sua amante a buttarsi deve soffrire; non ti pare? È la regola, almeno. È un pezzo ormai che ti metto a soqquadro; ma adesso sono stufa. Non dimenticare come ero brava a perdonare! Piaceva anche a te, *na*? Così sono venuta a dirti che è sempre possibile una soluzione di compromesso. Vuoi che ne discutiamo o preferisci continuare a perderti in questa pazzia, diventando non un angelo ma un vagabondo senza un quattrino, uno stupido buffone?»

Gibreel domandò: «Quale compromesso?».

[1]Ip-dip-cielo-blu chi-è-lì-non-sei-tu non-perché-tu-sei-sporco non-perché-tu-sei-pulito... dice-la-mia-mamma tu-sei-la-regina-delle fate. (*N.d.T.*)

«Tu cosa credi?» replicò lei, cambiando completamente tono, tutta gentilezza adesso, con gli occhi che le brillavano. «Una piccola cosa, mio *farishta*.»

Bastava che lui le dicesse che l'amava:

Bastava che lui glielo dicesse e che, una volta alla settimana, quando lei sarebbe venuta a giacere con lui, le dimostrasse il proprio amore:

Bastava che una notte, scelta da lui, fosse come quando l'uomo dei cuscinetti a sfere era via per affari:

«Allora porrò fine alle follie della città, con cui ti sto perseguitando; e non sarai più ossessionato da questa idea folle di cambiare, di *riscattare* la città come se fosse un oggetto depositato in un banco di pegni; sarà tutto calmo e tranquillo, potrai persino vivere con la tua *mame* dalla faccia pallida ed essere il più grande divo del cinema del mondo; come potrei essere gelosa, Gibreel, se sono già morta, non voglio che tu dica che sono importante quanto lei, no, mi basta un amore di second'ordine, un *amour* di contorno; il piede nell'altra scarpa. Che ne dici, Gibreel, bastano tre paroline, che ne dici?»

Dammi tempo.

«Non è neanche che ti stia chiedendo qualcosa di nuovo, qualcosa che non hai già accettato, fatto e goduto. Giacere con un fantasma non è poi tanto brutto. Cos'è successo laggiù dalla vecchia Mrs Diamond – quella notte nella rimessa per le barche? Un po' po' di *tamasha*, non ti pare? E allora, chi vuoi prendere in giro? Senti: io posso assumere per te la forma che preferisci; è uno dei vantaggi della mia condizione. Vuoi ancora la *mame* dell'età della pietra di quella rimessa? Pronti. Vuoi l'immagine speculare del tuo sudaticcio monello-iceberg-alpinista? Anche, *allakazoo*, *allakazam*. Chi credi che ci fosse ad aspettarti, dopo la morte della vecchia signora?»

Camminò per tutta la notte nelle strade della città, che erano stabili, banali, come restituite all'egemonia delle leggi naturali; mentre Rekha – fluttuando sopra di lui come un'artista su un palcoscenico, appena sopra il livello della sua testa – gli faceva serenate con le più dolci delle canzoni d'amore, accompagnandosi con un vecchio armonio d'avorio, e cantando di tutto, dai *ghazal* di Faiz Ahmed Faiz alle migliori musiche dei vecchi film, come l'aria insolente eseguita dalla danzatrice Anarkali davanti al Gran Mughal Akbar nel classico degli anni Cinquanta *Mughal-e-Azam* – con la quale ella proclama esultante il suo amore impossibile, proibito, per il principe Salim, – «*Pyaar kiya to darna kya?*» – Cioè, pressappoco, *perché aver paura dell'amore?* E Gibreel, che Rekha aveva abbordato nel giardino del suo dubbio, sentì che la musica toccava certe corde del suo cuore e lo conduceva a lei, che dopo tutto gli aveva chiesto, come lei stessa aveva detto, una così piccola cosa.

Arrivò al fiume; e a un'altra panchina, cammelli di ghisa che sorreggevano le assicelle di legno, sotto l'Obelisco di Cleopatra. Si sedette e chiuse gli occhi. Rekha cantò Faiz:

Non chiedermi, amor mio
l'amore che avevo un tempo per te...
Come sei ancora bella, amor mio,
ma io sono molto confuso;
perché il mondo ha altre pene che l'amore,
e anche altri piaceri.
Non chiedermi amor mio,
l'amore che avevo un tempo per te.

Gibreel vide un uomo dietro i suoi occhi chiusi; non Faiz, ma un altro poeta, certo non più nel fiore degli anni, un essere decrepito. – Sì, era così che si chiamava: Baal. Cosa faceva qui? Cosa voleva dire? – perché era chiaro che cercava di dire qualcosa; la sua dizione confusa, impastata rendeva difficile capirlo... *A qualsiasi idea nuova, Mahound, si fanno due domande. La prima la si fa quando è debole: Che specie di idea sei? Sei della specie che scende a compromessi, tratta, si adegua alla società, aspira a trovarsi una nicchia, a sopravvivere; o sei quel tipo di idea cocciuta, intrattabile, inflessibile che preferirebbe spezzarsi che lasciarsi portar via dalla brezza? Quella di questa specie sarà, quasi sicuramente, fatta a pezzi novantanove volte su cento; ma, la centesima, cambierà il mondo.*

«Qual è la seconda domanda?» domandò Gibreel ad alta voce.

Rispondi prima alla prima.

Gibreel, aprendo gli occhi all'alba, vide Rekha incapace di cantare, ammutolita da attese e incertezze. Le disse subito il fatto suo. «È un trucco. Non c'è altro Dio che Dio. Tu non sei né l'Entità né il Suo avversario, ma solo una miagolante nebbiolina. Niente compromessi; io non tratto con le nebbie.» Vide allora cadere dal suo corpo gli smeraldi e i broccati, seguiti dalla carne, finché rimase soltanto lo scheletro, e poi si sbriciolò anch'esso; ci fu infine un grido pietoso, lacerante, mentre quel che restava di Rekha volava con furia sconfitta nel sole.

E non tornò, se non alla fine – o quasi.

Convinto d'aver superato una prova, Gibreel si accorse che gli era stato tolto un gran peso di dosso; il suo umore diventava di secondo in secondo più gaio, finché allo spuntar del sole, stava letteralmente delirando dalla gioia. Adesso la cosa poteva davvero cominciare: la tirannide delle sue nemiche, di Rekha e di Alleluia Cone, e di tutte le donne che volevano legarlo con le catene dei desideri e delle canzoni, era stata abbattuta una volta per tutte; ora sentiva di nuovo la luce che sgorgava da quel punto invisibile appena dietro la sua testa; e anche il suo peso cominciò a diminuire. – Sì, stava perdendo le ultime tracce della propria umanità, stava recuperando la facoltà di volare, e diventava etereo, intessuto di aria luminosa. – A quel punto avrebbe potuto tranquillamente avanzare d'un passo da quel parapetto annerito e librarsi sopra il fiume vecchio e grigio; o buttarsi da uno qualsiasi dei suoi ponti e non toccar terra mai più. Insomma: era venuto il momento di mostrare alla città uno spettacolo grandioso, perché, quando avessero visto l'Arcangelo Gibreel ergersi in tutta la sua maestà sull'orizzonte occidentale, inondato dai raggi del sole nascente, i suoi abitanti avrebbero avuto una grande paura e si sarebbero pentiti dei loro peccati.

Cominciò ad ampliare la propria persona.

Incredibile, allora, che con tanti automobilisti che fluivano lungo l'Embankment – era l'ora di punta, dopo tutto – non uno rivolgesse anche una sola occhiata nella sua direzione o riconoscesse la sua presenza! Era davvero un popolo che aveva dimenticato come si vede. E poiché il rapporto tra uomini e angeli è ambiguo – essendo gli angeli, o *mala'ikah*, sia i controllori della natura sia gli intermediari tra la Divinità e la specie umana; ma nello stesso tempo, come afferma chiaramente il Quran, *noi dicemmo agli angeli, siate sottomessi ad Adamo*, che è un modo di esprimere in termini simbolici la capacità dell'uomo di dominare, per mezzo della conoscenza, quelle forze della natura che gli angeli rappresentano – l'ignorato e infuriato *malak* Gibreel in realtà non poteva far molto. Gli Arcangeli potevano parlare solo quando gli uomini decidevano di ascoltarli. Che gentaglia! Non aveva forse messo in guardia sin dall'inizio la SuperEntità contro questa banda di criminali e malfattori? «Li metterai sulla terra a far birbonate e a spargere sangue?» aveva chiesto, e l'Essere, come al solito, aveva risposto che Lui sapeva quello che faceva. Be', eccoli lì, i padroni della terra, inscatolati come tonni sulle loro auto, e ciechi come pipistrelli, con la testa piena di birbonate e i giornali di sangue.

Era veramente incredibile. Appariva un essere celestiale, tutto splendore, fulgore e bontà, più grande del Big Ben, capace di piantarsi a gambe divaricate sul Tamigi come un colosso, e quelle formichine rimanevano assorte ad ascoltare la radio e a litigare con altri automobilisti. «Io sono Gibreel» gridò con una voce che fece tremare ogni edificio sul lungofiume: nessuno se ne accorse. Non una persona uscì di corsa da quei tremanti palazzi per sfuggire al terremoto. Ciechi, sordi e addormentati.

Decise di forzare la situazione.

Il flusso del traffico continuava a scorrergli accanto. Allora respirò a fondo, alzò uno dei suoi piedi giganteschi e si fece avanti per affrontare le auto.

Gibreel Farishta era tornato alla porta di Allie, con molte ammaccature e una quantità di escoriazioni sulle braccia e sul viso, riportato bruscamente al suo equilibrio mentale da un minuscolo e luccicante gentiluomo con una notevole balbuzie, che si presentò come il produttore cinematografico S.S. Sisodia, «soprannominato whiwhisky perché ho un dede debole per le bebevande alcoliche; sisignora, questo è il mio bibi biglietto da visita.» (Quando si conobbero meglio, Sisodia faceva venire ad Allie convulsi di risa rimboccandosi la gamba destra dei pantaloni, mostrando il ginocchio e dicendo, mentre accostava i suoi enormi occhiali avvolgenti da cineasta allo stinco: «Auto riri ritratto». Era un po' presbite: «Non mi serve aiuto per vedere i fifilm, ma la vita reale è ormai troppo in priprimo piano».) Era stata la berlina noleggiata da Sisodia a investire Gibreel, per fortuna in un incidente al rallentatore data la congestione del traffico; l'attore finì sul cofano, pronunciando la più vecchia battuta del cinema: *Dove sono?*, e Sisodia, vedendo i lineamenti leggendari del semidio scomparso schiacciati contro il parabrezza della berlina, ebbe la tentazione di rispondere: *Sei totornato al tuo popo posto: sullo sche sche schermo.* «Neanche un osso rorotto» disse Sisodia ad Allie. «Un mimi miracolo. È sbu sbu sbucato proprio dada davanti al veve veicolo.»

Insomma sei tornato, fu il silenzioso benvenuto di Allie a Gibreel. *A quanto pare, finisci sempre qui ogni volta che cadi.*

«Anche Scotch-e-Sisodia» il produttore cinematografico tornò alla questione dei suoi soprannomi. «Per rra ragioni umoristiche. È il mio veve veleno preferito.»

«Lei è stato molto gentile a riportare a casa Gibreel» disse Allie che aveva capito, sia pure in ritardo, l'antifona. «Deve permetterci di offrirle da bere.»

«Certo! Certo!» Sisodia batté letteralmente le mani. «Per me, per tututto il cici cinema hindi, oggi è un gigiorno da fefe festeggiare.»

«L'hai mai sentita la storiella di quello schizofrenico paranoico che, convinto di essere l'imperatore Napoleone Bonaparte, accettò di sottoporsi alla prova della macchina della verità?» Alicja Cohen, mangiando avidamente *gefiltefisch*, agitò una delle forchette di Bloom's sotto il naso della figlia. «Gli fu fatta questa domanda: Sei Napoleone? E la risposta che lui diede, certo con un sorriso maligno, fu: *No*. Allora quelli guardano la macchina, ed essa indica, con tutta la perspicacia della scienza moderna, che il pazzo ha mentito.» Ancora Blake, pensò Allie. *Allora chiesi: la ferma convinzione che una cosa sia così la rende così? Egli* – cioè Isaia – *rispose. Tutti i poeti lo credono. E in epoche d'immaginazione questa ferma convinzione muove le montagne; ma molti non sono capaci di essere fermamente convinti di qualcosa.* «Mi stai ascoltando, ragazza? Sto parlando sul serio. Quel signore che ospiti nel tuo letto: non ha bisogno delle tue attenzioni notturne – scusami se parlo chiaro, è mio dovere – ma per essere franchi, di una cella imbottita.»

«Tu lo faresti, no?» ribatté Allie. «E butteresti via la chiave. E magari lo sottoporresti a un elettrochoc. Per bruciare i diavoli nel suo cervello: è strano che i pregiudizi non cambino mai.»

«Hmm» ruminò Alicja, assumendo la sua espressione più vaga e più ingenua per far infuriare la figlia. «Che male può fargli? Sì, direi un piccolo voltaggio, una piccola dose...»

«Ciò di cui ha bisogno è quello che gli stiamo dando, mamma. Un adeguato controllo medico, molto riposo e qualcosa che tu forse hai dimenticato.» Smise improvvisamente di parlare, sentendosi la lingua paralizzata, e fu con una voce molto diversa, bassissima, e guardando la sua insalata ancora intatta, che pronunciò l'ultima parola. «Amore.»

«Oh, il potere dell'amore.» Alicja diede un colpetto affettuoso alla mano della figlia (che subito la ritirò). «No, non è una cosa che io ho dimenticato, Alleluia. Ma una cosa che tu hai cominciato a imparare per la prima volta nella tua bella vita. E chi vai a scegliere?» Ripartì all'attacco. «Un fuori-a-colazione! Un novanta-penny alla sterlina! Un farfalle-nella-scatola-cranica! Insomma, *angeli*, mia cara. Mai sentita una cosa simile. Gli uomini pretendono sempre privilegi speciali, ma questo è un caso limite.»

«Mamma...» cominciò Allie, ma Alicja aveva di nuovo cambiato umore, e stavolta, quando lei parlò, Allie non ascoltava più le parole, ma udiva la sofferenza che insieme rivelavano e nascondevano, la sofferenza di una donna che la storia aveva colpito in maniera brutale, che aveva già perso un marito e visto una figlia precederla in quello che aveva un tempo definito, con un esempio indimenticabile di umorismo nero (doveva aver letto casualmente le pagine sportive, per imbattersi in questa espressione) un *bagno prematuro*. «Allie, bambina mia» disse Alicja Cohen, «dovremo prenderci cura di te.»

Una delle ragioni che permisero ad Allie di riconoscere l'angoscia e il panico sul viso di sua madre fu che aveva visto di recente la medesima combinazione nei lineamenti di Gibreel Farishta. Dopo che Sisodia lo ebbe riaffidato alla sue cure, risultò evidente che Gibreel era stato scosso fino al midollo, e c'era in lui un'espressione tormentata, uno spaventato strabuzzare d'occhi che le toccava il cuore. Affrontava con coraggio la realtà della propria malattia mentale, rifiutandosi di minimizzarla o di darle un nome falso, ma il riconoscerla lo aveva, comprensibilmente, terrorizzato. Pur non essendo più (almeno per il momento) l'esuberante screanzato che le aveva ispirato la "grande passione", divenne per lei, in questa nuova vulnerabile incarnazione, più che mai amabile. Era decisa a ricondurlo all'equilibrio mentale, a tener duro; ad aspettare che passasse la tempesta per raggiungere la vetta. E lui, per adesso, era il più calmo e malleabile dei pazienti, un po' assonnato per i forti sedativi che gli somministravano gli specialisti del Maudsley Institute; dormiva molte ore e quando era sveglio acconsentiva a ogni sua esigenza, senza un mormorio di protesta. Negli intervalli in cui era cosciente, le raccontava tutti i precedenti della malattia, gli strani sogni a puntate e, prima ancora, il collasso quasi mortale in India. «Non ho più paura di dormire» le disse. «Perché quello che mi è successo da sveglio è molto peggio.» La sua paura maggiore le ricordava il terrore di Carlo II, dopo la Restaurazione, di essere di nuovo mandato "in viaggio": «Darei qualsiasi cosa per sapere che non accadrà più» le disse, docile come un agnello.

C'è forse chi ama la propria pena? «Non accadrà» lo rassicurò. «Tu stai ricevendo la miglior assistenza che ci sia.» Lui la interrogò sui soldi e, quando lei cercò di sfuggire alle sue domande, insistette perché pagasse le parcelle degli psichiatri col piccolo capitale nascosto nella sua cintura. Era ancora depresso. «Non significa niente quello che dici» mormorò in risposta al gaio ottimismo di lei. «La pazzia è qui dentro e io vado su tutte le furie se penso che potrebbe venir fuori da un momento all'altro, anche adesso, e che *lui* sarebbe di nuovo il padrone.» Aveva cominciato a parlare del proprio ego "posseduto", "angelo", come di un'altra persona: per usare la formula beckettiana, *Non io. Lui.* Il suo Mr Hyde personale. Allie tentò di contestare queste definizioni. «Non è *lui*, è te, e quando starai bene non lo sarà più.»

Non funzionò. Ma per un certo periodo sembrò che le cure

avrebbero dato risultati. Gibreel pareva più tranquillo, più controllato; c'erano ancora sogni a puntate – di notte pronunciava ancora versetti in arabo, lingua che non conosceva: *tilk al-gharaniq al- 'ula wa inna shafa'ata-hunna la-turtaja*, che voleva dire, si scoprì (Allie, svegliata da questi discorsi, trascrisse foneticamente le parole e andò col suo foglietto alla moschea di Brickhall, dove la sua recitazione fece rizzare i capelli al *mullah* sotto il turbante): "Queste sono femmine eminenti la cui intercessione è desiderabile" – ma sembrava che riuscisse a considerare questi spettacoli notturni qualcosa di staccato da sé, e ciò dava sia ad Allie sia agli psichiatri del Maudsley la sensazione che Gibreel stesse lentamente ricostruendo il muro divisorio tra sogni e realtà, e fosse quindi avviato verso la guarigione. Di fatto, come risultò in seguito, questa separazione era collegata – era anzi lo stesso fenomeno – alla scissione del senso del proprio io in due entità, una delle quali egli cercava eroicamente di reprimere, ma nello stesso tempo, definendola altra da sé, la preservava, la alimentava e segretamente la rafforzava.

In quanto ad Allie, perse per un certo periodo la sensazione irritante, *sbagliata*, di essersi smarrita in un ambiente falso, in un racconto a lei estraneo; occupandosi di Gibreel, investendo per usare i suoi stessi termini, sul suo cervello, battendosi per salvarlo così che potessero riprendere insieme la grande eccitante lotta del loro amore – perché avrebbero probabilmente continuato a litigare sino alla tomba, rifletteva con tolleranza, sarebbero diventati due vecchi strambi che si picchiano debolmente con giornali arrotolati, seduti sulle verande della sera della loro vita – si sentiva di giorno in giorno sempre più unita a lui; radicata, per così dire, nella sua terra. Era passato un po' di tempo da quando aveva visto Maurice Wilson che, seduto tra i comignoli, la chiamava alla morte.

Mr "Whisky" Sosodia, quel luccicante e affascinante ginocchio con gli occhiali, divenne un visitatore abituale – tre o quattro volte la settimana – per tutta la convalescenza di Gibreel, arrivando invariabilmente con scatole piene di leccornie. Gibreel, durante il suo "periodo angelico", aveva letteralmente digiunato a morte e, a giudizio dei medici, la fame aveva contribuito non poco alle sue allucinazioni. «E allora ingrassiamolo» disse Sisodia, battendo i palmi, e, appena lo stomaco dell'invalido fu in condizione di reggerle, "Whisky" lo bombardò di ghiottonerie: grano dolce e zuppa di pollo cinesi, *bhel-puri* all'uso di Bombay, acquistato nel nuovo ristorante "Pagal Khana", elegante ma con un nome poco indovinato che con il suo "Cibo folle" (ma l'insegna si poteva anche tradurre *Manicomio*) era diventato così popolare, specie tra gli asiatici britannici più giovani, da minare la lunga egemonia dello Shaandaar Café, ma anche in questo locale Sisodia, non volendo sembrare indecorosamente fazioso, andava a fare acquisti – dolciumi, *samosas*, frittelle di pollo – per il sempre più vorace Gibreel. Portava anche piatti preparati con le sue stesse mani, curry di pesce, *raitas*, *sivayyan*, *khir*, ed elargiva, insieme con i commestibili, resoconti di grandi pranzi con tanti nomi famosi: quanto era piaciuto a Pavarotti il *lassi* di "Whisky", e oh il povero James Mason come adorava i suoi gamberetti piccanti. Venivano anche citati, Vanessa, Amitabh, Dustin, Sridevi, Christopher Reeve. «Un susu superdivo dovrebbe essere al corrente dei gugusti dei suoi papa pari.» Anche Sisodia, apprese Allie da Gibreel, era a suo modo una figura leggendaria. Era il più infido e persuasivo dei produttori e aveva fatto tutta una serie di film "di qualità" con bilanci microscopici, mantenendosi in sella per oltre vent'anni solo con il suo fascino e con trucchi ininterrotti. Chi partecipava ai suoi progetti era pagato con molte difficoltà, ma per una ragione o per l'altra non gliene importava. Una volta aveva domato un'insurrezione del cast – per la paga, ovviamente – portando l'intera unità a un grande picnic in uno dei più favolosi palazzi di maharajah dell'India, un luogo di solito inaccessibile a tutti eccetto che all'élite aristocratica, i Qwalior, i Jaipur, i Kashmir. Nessuno seppe mai come ci fosse riuscito, ma da allora quasi tutti i componenti di quell'unità avevano firmato contratti per le successive imprese di Sisodia, poiché la questione della paga era stata sepolta sotto la grandiosità di gesti del genere. «E quando c'è bisogno di lui» aggiunse Gibreel, «è sempre presente. Quando Charulata, una straordinaria attrice-danzatrice, di cui si era spesso servito, dovette sottoporsi a un trattamento per il cancro, anni di emolumenti mai versati si materializzarono all'improvviso in meno di ventiquattr'ore.»

Adesso, grazie a una serie di sorprendenti successi commerciali basati su antiche favole incluse nel compendio *Katha-Sarit-Sagar* – "L'oceano dei fiumi di storia", più lungo delle Mille e una Notte, e altrettanto stravagante – Sisodia non lavorava più soltanto nel suo minuscolo ufficio della Readymoney Terrace di Bombay, ma aveva anche appartamenti a Londra e a New York e Oscar nei suoi gabinetti. Si raccontava che portasse sempre nel portafoglio una fotografia di Run Run Shaw di Hong Kong, il produttore dei film di Kung Fu, suo presunto eroe, di cui peraltro non era capace di citare correttamente il nome. «A volte ci mette quattro Run, a volte una mezza dozzina» disse Gibreel ad Allie, felice di vederlo ridere. «Ma non ci giurerei. Forse è solo una voce messa in giro dai media.»

Allie era grata a Sisodia per le sue attenzioni. Il famoso produttore pareva avere quantità illimitate di tempo a disposizione, mentre il calendario degli impegni di Allie, proprio in questo periodo, era diventato molto fitto. Aveva firmato un contratto per la promozione di una gigantesca catena di negozi di surgelati il cui agente pubblicitario, Mr Hal Valance, disse ad Allie, nel corso di una colazione energetica – pompelmo, pane tostato, decaffeinato, il tutto ai prezzi del Dorchester – che il suo profilo «in quanto unisce i parametri positivi (per il nostro cliente) della "freddezza" e del "distacco", è esattamente ciò che ci occorre. Ci sono divi che finiscono per diventare vampiri, per risucchiare cioè l'attenzione a scapito del nome del prodotto, ma questa ha tutta l'aria di essere una vera sinergia.» Perciò adesso c'erano inaugurazioni di negozi di surgelati dove tagliava i nastri e congressi di venditori e spot pubblicitari con bidoncini di gelato cremoso; per non parlare degli incontri regolari con i designer e i fabbricanti delle sue linee autografate di attrezzature e indumenti per il tempo libero; e, naturalmente, del suo programma per tenersi in forma. Si era iscritta al raccomandatissimo corso di arti marziali di Mr Joshi nel centro sportivo della zona, e inoltre costringeva sempre le proprie gambe a fare otto chilometri di corsa al giorno intorno ai Fields, nonostante le fitte da piante-dei-piedi-su-cocci-di-vetro. «Non c'è popo problema» la congedava Sisodia con un allegro saluto. «Sta sta starò qua io sino al suo ritorno. Far cocompagnia a Gibreel è per me un pipi privilegio.» Lo lasciava a svagare Farishta con la sua riserva inesauribile di aneddoti, opinioni e chiacchiere generiche, e quando tornava lui andava ancora forte. Arrivò così a individuare un certo numero di temi ricorrenti; primo fra tutti il suo corpus di affermazioni sul Guaio degli Inglesi. «Il guaio degli inglesi è che la loro sto sto storia si è svolta oltremare, e quindi non sasa sanno che cosa sisisignifichi.» – «Il se segreto di un pranzo di gala a Londra è mettere in mi mi minoranza gli inglesi. Se sono in minoranza si comportano bene, se no soso sono guai.» – «Va' alla Ca Ca Camera degli orrori e vedrai co co cos'è che non va negli inglesi. È lì quello che veramente gli pipiace, ca cadaveri in babagni di sangue, barbieri pazzi ecc. ecc. Comprano giornali pieni di perversioni sessuali e di morti. Ma parlano al mo mondo del loro riserbo, dell'impassibilità, del se se self control e di tutto il resto, e noi siamo co co così stupidi da crederci.» Gibreel pareva ascoltare questa collezione di pregiudizi con un'approvazione senza riserve, che irritava a fondo Allie. Davvero queste generalizzazioni erano tutto ciò che vedevano dell'Inghilterra? «No» ammise Sisodia con un sorriso spudorato. «Ma mi fa pipiacere dire qu qu queste cose.»

Quando gli psichiatri del Maudsley furono in grado di raccomandare una riduzione drastica delle dosi di medicinali di Gibreel, Sisodia era diventato una tale presenza al suo capezzale, una specie di cugino perdigiorno, ma eccentrico e divertente, che quando fece scattare la sua trappola, Gibreel e Allie furono colti totalmente di sorpresa.

Si era messo in contatto con certi colleghi di Bombay: i sette produttori che Gibreel aveva piantato in asso salendo sul Volo 420 di Air India, *Bostan*. «Sono tutti co contenti della notizia che sei sopravvissuto» disse a Gibreel. «Ma pu pu purtroppo adesso c'è il problema della ina inadempienza contrattuale.» Anche altre parti erano interessate a chiamare in giudizio il risorto Gibreel, reclamando cospicui risarcimenti, in particolare una divetta di nome Pimple Bellimoria, che parlava di guadagni mancati e di danni professionali. «Potrebbe trattarsi di dedecine di milioni» disse Sisodia con aria lugubre. Allie si arrabbiò. «È stato lei a suscitare questo vespaio» disse. «Avrei dovuto capirlo: era troppo buono per essere vero.»

Sisodia cominciò ad agitarsi. «*Damn damn damn.*»

«Ci sono delle signore» lo ammonì Gibreel, ancora un po' intontito dai farmaci; ma Sisodia roteò le braccia, per far capire che si stava sforzando di spingere le parole oltre i denti troppo eccitati. «*Damage limitation.* [Limitare i danni]. Mia intenzione. Non tradimento non dodovete pepensarlo.»

A sentire Sisodia, nessuno a Bombay voleva realmente far causa a Gibreel, uccidere in tribunale la gallina che faceva le uova d'oro. Tutte le parti ammettevano che i vecchi progetti non potevano più essere ripresi: attori, registi, collaboratori tecnici importanti, gli stessi teatri di posa avevano altri impegni. Inoltre tutte le parti ammettevano che il ritorno dalla morte di Gibreel era un fatto con un valore commerciale ben superiore a qualsiasi defunto film; il problema era come utilizzarlo meglio, cioè nel modo più vantaggioso per tutti gli interessati. Il fatto che si fosse trasferito a Londra suggeriva la possibilità di una coproduzione internazionale, magari con finanziamenti americani, uso di esterni non indiani, partecipazione di divi "esteri" ecc. Insomma, per Gibreel era venuto il momento di uscire dal suo ritiro e di affrontare di nuovo le cineprese. «Non c'è scescelta» spiegò Sisodia a Gibreel, che seduto sul letto cercava di schiarirsi la mente. «Se rifiuti, passeranno all'attacco contro di te *en bloc*, e non potrebbe ba ba bastare neanche il tuo capitale. Bancarotta, cacacarcere, *funtoosh.*»

A forza di chiacchiere, Sisodia aveva acquisito il controllo della situazione: tutti i maggiori interessati avevano accettato di dargli pieni poteri in questa faccenda, e lui aveva già messo assieme un notevole pacchetto. L'imprenditore Billy Battuta, la cui base era in Inghilterra, era impaziente di investire sia sterline sia "rupie bloccate", cioè i guadagni non esportabili accumulati da diversi produttori cinematografici inglesi nel subcontinente indiano, che Battuta aveva rilevato pagando in contanti, e in valuta negoziabile, a un prezzo stracciato (uno sconto di 37 punti). Tutti i produttori indiani avrebbero contribuito e a Miss Pimple

Billimoria, per assicurarsene il silenzio, era stata offerta un'importante parte di fianco, con almeno due numeri di danza. La lavorazione si sarebbe estesa a tre continenti – l'Europa, l'India e la costa nordafricana. Gibreel avrebbe avuto il nome sopra il titolo e il tre per cento del profitto netto del produttore... «Il dieci» lo interruppe Gibreel, «con il due del lordo garantito.» Era evidente che la sua mente si stava schiarendo. Sisodia non batté ciglio. «Il dieci con il due garantito» acconsentì. «La cacampagna prepubblicitaria si svolgerà come sesegue...»

«Ma qual è il progetto?» domandò Allie Cone. Mr "Whisky" le rivolse un sorriso radioso. «Cara sisignora» disse. «Farà la parte dell'Arcangelo Gibreel.»

La proposta consisteva in una serie di film storici, e contemporanei, ognuno basato sulla lunga e illustre carriera dell'angelo: almeno una trilogia. «Non me lo dica» ribatté Allie, facendosi beffa del piccolo e brillante magnate. «*Gibreel a Jahilia, Gibreel incontra l'Imam*, *Gibreel e la ragazza delle farfalle*.» Sisodia, per niente imbarazzato, annuì con orgoglio. «Stostorylines, sceneggiature provvisorie, opzioni sul cacast, tutto questo è già sotto coco controllo.» Per Allie era troppo. «È uno schifo» sbottò infuriata, e Sisodia si tirò indietro, ginocchio tremante e conciliante, mentre lei lo inseguiva, arrivando addirittura a dargli la caccia nell'appartamento e a urtare contro i mobili e a sbattere le porte. «Si sfrutta la sua malattia, non si tiene conto dei suoi bisogni attuali e si mostra un disprezzo totale per i suoi desideri. Si è ritirato, non potete rispettare questa decisione? Non vuol più saperne di essere un divo. E lei mi fa il piacere di star fermo? Non ho intenzione di mangiarla.»

Lui smise di correre ma, per prudenza, tenne un divano tra loro. «La prego di capire che questo è imp imp imp» gridò, ma la balbuzie causata dall'ansia gli paralizzava la lingua. «Può forse riritirarsi la luna? E poi, scusi, ci sono le sue sette fi fi fi. *Firme*. Che sono un impegno assoluto. A meno che lei non decida di ricoverarlo in un papapa.» Rinunciò, sudando copiosamente.

«Un *che*?»

«Un *Pagal Khana*. Un manicomio. Sarebbe un'altra ssssssoluzione.»

Allie prese un pesante calamaio d'ottone a forma di Everest e si preparò a scagliarlo. «Lei è un vero farabutto» cominciò, ma a questo punto Gibreel era in piedi sulla soglia, ancora piuttosto pallido, ossuto e con gli occhi infossati. «Alleluia» disse. «Sto pensando che forse è questo che voglio. Forse ho bisogno di tornare al lavoro.»

«Gibreel Sahib! Non so dirle come sono felice. È rinata una stella.» Billy Battuta fu una sorpresa: non l'imbroglione coi capelli impomatati e le dita cariche d'anelli delle cronache mondane, ma un uomo sobriamente vestito, blazer con i bottoni d'ottone e blue jeans, e al posto della millanteria baldanzosa che si aspettava Allie, una simpatica reticenza, quasi deferente. Si era fatto crescere un pizzo che lo faceva assomigliare in maniera impressionante all'immagine di Cristo sulla Sindone di Torino. Dando il benvenuto ai tre (Sisodia era andato a prenderli con la sua berlina e l'autista, Nigel, un elegantone di St. Lucia, passò l'intero viaggio raccontando a Gibreel quanti altri pedoni aveva salvato, con i suoi riflessi fulminei, da ferite gravi o dalla morte, e interrompendo spesso queste reminiscenze per tessere conversazioni telefoniche in cui si discutevano affari misteriosi per quantità stupefacenti di quattrini), Billy aveva stretto calorosamente la mano ad Allie e si era poi gettato su Gibreel per abbracciarlo con una gioia pura, contagiosa. La sua compagna, Mimi Mamoulian, fu assai meno discreta. «È tutto a posto» annunciò. «Frutta, divette, paparazzi, dibattiti alla TV, voci, piccoli accenni di scandali: tutto quello che occorre per un personaggio di fama mondiale. Fiori, guardie del corpo, contratti per miliardi di sterline. Fate come se foste a casa vostra.»

Questa era l'idea generale, pensò Allie. La sua iniziale opposizione al progetto era stata travolta dall'interesse personale di Gibreel, che aveva indotto i suoi medici ad approvare, valutando che questo rientro in un ambiente familiare – un *ritorno a casa*, in un certo senso – poteva rivelarsi benefico. E il furto da parte di Sisodia dei racconti-sogni che aveva udito al capezzale di Gibreel poteva considerarsi un fatto positivo: una volta infatti che queste storie fossero state inequivocabilmente collocate nel mondo artificiale e artificioso del cinema, sarebbe forse stato più facile anche per Gibreel vederle come fantasie. Di conseguenza si sarebbe potuto ricostruire più in fretta quel Muro di Berlino tra il sogno e la veglia. La tesi di fondo era che valesse comunque la pena tentare.

Le cose (essendo cose) non andarono esattamente secondo le previsioni. Allie finì col risentirsi per il modo in cui Sisodia, Battuta e Mimi avevano invaso la vita di Gibreel, assumendo il controllo del suo guardaroba e dei suoi programmi quotidiani e obbligandolo a lasciare l'appartamento di Allie, col pretesto che non era ancora il momento per una "relazione stabile". Dopo un breve soggiorno al Ritz, furono messe a disposizione del divo tre stanze nel cavernoso ed elegante appartamento di Sisodia, in un vecchio palazzo signorile dalle parti di Grosvenor Square, tutto pavimenti di marmo Art Déco e tinte smorzate sulle pareti. Che Gibreel accettasse passivamente questi cambiamenti era la cosa che rendeva più furiosa Allie, la quale cominciava a capire quanto fosse stato importante il passo da lui fatto nel lasciarsi alle spalle quella che era chiaramente la sua seconda natura per venire a cercare lei. Adesso che stava di nuovo sprofondando in quell'universo di guardie del corpo armate e di cameriere che arrivavano sorridenti con il vassoio della prima colazione, l'avrebbe piantata con la stessa drammaticità con cui era entrato nella sua vita? E lei aveva contribuito a organizzare una migrazione alla rovescia che l'avrebbe lasciata sola e abbandonata? Gibreel compariva sui giornali, riviste, televisori, sorridendo stupidamente e tenendo sottobraccio molte donne diverse. Lei ne era dispiaciuta, ma lui non le badava. «Di che ti preoccupi?» cercò di tranquillizzarla, mentre si lasciava cadere su un divano di cuoio grande quanto un furgoncino. «Sono soltanto foto pubblicitarie, niente di più.»

Ma c'era di peggio: lui divenne geloso. Quando smise di prendere farmaci pesanti e quando il suo lavoro (come quello di Allie) cominciò a imporre periodi di separazione, si lasciò di nuovo possedere da quella diffidenza irrazionale e incontrollabile che già aveva provocato l'assurda lite sulle vignette di Brunel. Ogni volta che s'incontravano, la metteva sotto il torchio, sottoponendola a un minuzioso interrogatorio: dov'era stata, chi aveva visto, cos'aveva fatto lui, aveva cercato di sedurlo? Allie si sentiva soffocare. La malattia mentale, le nuove influenze sulla vita di Gibreel e adesso questi trattamenti notturni di terzo grado: come se la sua vera vita, quella che lei voleva, quella a cui si stava aggrappando e per la quale si batteva, venisse sepolta sempre più profondamente sotto questa valanga di torti. *Come la mettiamo con quello di cui ho bisogno io*, aveva voglia di urlare, *quando toccherà a me stabilire le condizioni?* Giunta al limite del proprio autocontrollo, chiese, come estrema risorsa, un consiglio alla madre. Nel vecchio studio di Otto in Moscow Road – che Alicja aveva mantenuto esattamente come piaceva a lui, solo che adesso le tende erano aperte per far entrare quel tanto di luce che poteva offrire l'Inghilterra, e c'erano vasi di fiori nei punti strategici – Alicja le offrì in un primo tempo poco più della propria stanchezza di vivere. «Insomma i piani di una donna sono stati soffocati da quelli di un uomo» disse, non senza gentilezza. «Benvenuta nel nostro genere. Ma è strano che tu non riesca a controllarti.» E Allie confessò: avrebbe voluto lasciarlo, ma aveva scoperto di non esserne capace. Non solo perché si sarebbe sentita in colpa abbandonando una persona gravemente ammalata; ma anche per la "grande passione", per la parola che ancora le paralizzava la lingua, ogni volta che cercava di pronunciarla. «Tu vuoi un figlio suo» intuì Alicja. Subito Allie esplose: «Voglio un figlio mio» ma poi, placatasi all'improvviso, annuì in silenzio, soffiandosi il naso, e stava quasi per piangere.

«Hai bisogno di farti esaminare la testa, ecco cosa dovresti fare» la confortò Alicja. Da quanto tempo non erano più state così, l'una tra le braccia dell'altra? Da troppo. E forse sarebbe stata l'ultima volta... Alicja, abbracciando la figlia, disse: «E adesso asciugati gli occhi. Stanno arrivando le belle notizie. Può darsi che i tuoi affari stiano andando a rotoli, ma quelli della tua vecchia madre si stanno mettendo proprio bene».

C'era un professore universitario americano, tale Boniek, un grosso nome dell'ingegneria genetica. «Non fare quella faccia, cara, tu non ne sai niente, non si tratta solo di Frankenstein e di *geeps*, ha anche molte applicazioni benefiche» disse Alicja, con evidente nervosismo, e Allie, superando la sorpresa e l'infelicità, che le cerchiava gli occhi di rosso, scoppiò in una risata convulsa e liberatoria, cui si associò anche la madre. «Alla tua età» singhiozzò, «dovresti vergognarti.» – «Be', io non mi vergogno» ribatté la futura Mrs Boniek. «Un professore, e a Stanford, in California, per cui mi porta anche il sole. Dedicherò molte ore alla mia abbronzatura.»

Quando scoprì (in un rapporto trovato per caso in un cassetto della scrivania nel palazzo di Sisodia) che Gibreel si era messo a farla pedinare, Allie decise finalmente di rompere. Scarabocchiò un messaggio – *Questo significa uccidermi* – e lo infilò tra le pagine del rapporto, che mise sul ripiano della scrivania; poi se ne andò senza salutare. Gibreel non le telefonò mai. Stava provando, in quei giorni, il suo grande rientro pubblico nel più recente di una serie fortunata di spettacoli di canti e danze, interpretati da divi del cinema indiani e presentati all'Earl's Court da una delle società di Billy Battuta. Sarebbe stato, non preannunciato, la sorprendente attrazione numero uno, da grande applauso di sortita, e già da settimane provava numeri di danza con il balletto dello spettacolo; oltre a reimparare l'arte di muovere le labbra sulla musica in playback. Voci sull'identità dell'Uomo del Mistero o del Divo Innominato venivano fatte circolare con oculatezza dagli addetti alle relazioni pubbliche di Battuta, ed era stata assunta l'agenzia pubblicitaria di Valance per ideare una serie di comunicati pubblicitari radiofonici incompleti e una campagna di manifesti di 48 fogli. L'arrivo di Gibreel sul palcoscenico dell'Earl's Court – lo avrebbero calato dal soppalco circondato da nuvole di cartone e di fumo – sarebbe stato il culmine della parte inglese del suo rientro quale superdivo. La tappa successiva, Bombay. Abbandonato, come diceva lui, da Alleluia Cone, ancora una volta "si rifiutò di strisciare" e si immerse nel lavoro.

La prima cosa che andò storta fu che Billy Battuta si fece arrestare a New York per la sua stangata satanica. Allie, che lesse la notizia sui giornali domenicali, soffocò il suo orgoglio e andò a trovarlo nella sala prove per metterlo in guardia dall'associarsi con criminali così spudorati. «Battuta è un farabutto» insistette. «I suoi modi erano solo una recita, un imbroglio. Voleva essere sicuro di aver successo con le vecchie matrone di Manhattan, e ci ha usati per il suo rodaggio. E quel pizzo! E quel blazer da college, per l'amor di Dio: come abbiamo fatto a caderci?» Ma Gibreel rimase freddo e distaccato; lei, a suo parere, lo aveva piantato, e lui non intendeva accettare consigli dai disertori. Inoltre, Sisodia e gli esperti di Battuta gli avevano garantito – perché su questo li aveva interrogati a fondo – che i problemi di Billy non avrebbero influito in alcun modo sulla serata di gala (FILMMELA, così era stata chiamata) perché gli accordi finanziari erano solidi, i fondi per gli onorari e le assicurazioni erano già stati stanziati, e tutti i divi di Bombay avevano confermato la loro presenza. «I piani si stanno rerealizzando in fretta» promise Sisodia. «Lo spettacolo deve andare in scescena.»

Poi la cosa che andò storta avvenne all'interno di Gibreel.

La decisione di Sisodia di non rivelare al pubblico l'identità del suo Divo Misterioso comportava che Gibreel dovesse entrare dall'ingresso del palcoscenico dell'Earl's Court indossando un *burqa*, in modo che restasse un mistero persino il suo sesso. Gli fu dato il camerino più grande – con una stella nera a cinque punte sulla porta – e vi fu chiuso dentro a chiave dall'occhialuto produttore a forma di ginocchio. Nel camerino trovò il suo costume da angelo, compreso un aggeggio da legare alla fronte, che avrebbe acceso le lampadine dietro la testa, creando così l'illusione di un'aureola; e un televisore a circuito chiuso su cui avrebbe potuto guardare lo spettacolo – Mithum e Kimi che si dimenavano per i tifosi del *disco-diwane*; Jayapradha e Rekha (nessun legame di parentela: la megastar, non un fantasma su un tappeto) che concedevano regalmente interviste in scena, nelle quali Jaya divulgava le proprie idee sulla poligamia mentre Rekha fantasticava su vite alternative – «Se non fossi nato in India, avrei fatto il pittore a Parigi»; esibizioni da superfusti di Vinod e Dharmendra; Sridevi che si bagnava il sari – finché non venne il momento di prender posto in una "gabbia" manovrata da un argano, sulla soffitta del palcoscenico. La gabbia conteneva un telefono senza filo, e Sisodia lo chiamò per dirgli che il teatro era pieno. – «C'è gente d'ogni genere» dichiarò trionfante, e proseguì esponendo a Gibreel la propria tecnica di analisi della folla: i pakistani si distinguevano perché vestivano in ghingheri, gli indiani perché vestivano con noncuranza, i bangladeshi perché vestivano male, «tutti quei *gota* rorossi e rosa e o oro che piacciono a loro» – e aggiungendo che il pubblico restava in silenzio; conteneva anche una grande scatola in confezione regale, un piccolo dono del premuroso produttore, che racchiudeva, si scoprì, Miss Pimple Billimoria con un'espressione seducente e una quantità di nastri dorati. Il cinema era arrivato in città.

Quella strana sensazione iniziò – cioè, *tornò* – quando era nella gabbia, aspettando di scendere. Si vedeva percorrere una strada sulla quale, da un momento all'altro, gli sarebbe stato proposto di scegliere – e questo pensiero gli si formulò in testa senza alcun aiuto da parte sua – tra due realtà, questo mondo e un altro che era anch'esso lì, visibile ma non visto. Si sentiva goffo, pesante, lontano da qualsiasi consapevolezza di sé, e si rendeva conto di non avere la minima idea del cammino che avrebbe imboccato, del mondo in cui sarebbe entrato. I medici, lo capiva ora, avevano sbagliato nel curarlo come schizofrenico; la scissione non era in lui, ma nell'universo. Quando la gabbia iniziò la sua discesa verso l'immenso rombo di marea che già stava crescendo sotto di lui, riprovò la sua battuta iniziale – *Io sono Gibreel Farishta e sono tornato* – e la udì, per così dire, in stereo, perché apparteneva anch'essa ad entrambi i mondi e aveva in ciascuno un significato differente; – e ora le luci lo illuminarono, lui alzò le braccia, stava tornando incoronato di nuvole – e la folla lo aveva riconosciuto, e anche gli altri attori; la gente si alzava dalle proprie poltrone, ogni uomo, donna, bambino della platea, ondeggiava verso il palcoscenico, inarrestabile come un mare. – Il primo che arrivò fino a lui ebbe il tempo di urlargli *Ti ricordi di me, Gibreel? Quello con sei dita nei piedi? Maslama, John Maslama. Ho tenuto segreta la tua presenza tra noi; ma, sì, ho parlato dell'avvento del Signore, sono andato prima di te, una voce che grida nel deserto, gli storpi diventeranno dritti e i luoghi scoscesi piani* – ma fu poi trascinato via e le guardie del corpo stavano attorno a Gibreel, *sono incontrollabili, è un vero tumulto, lei deve* – ma lui non volle proseguire, perché aveva visto che almeno metà degli spettatori sfoggiava strani copricapi, corna di gomma che li rendevano simili a demòni, emblemi di una complicità e di una sfida; e in quell'attimo, vedendo il simbolo dell'avversario, sentì biforcarsi l'universo e prese il sentiero a sinistra.

La versione ufficiale di ciò che accadde dopo, accettata da tutti i media, fu che Gibreel Farishta era stato sollevato dalla zona di pericolo su quella stessa gabbia manovrata da un argano in cui era sceso e da cui non aveva avuto il tempo di uscire; e che quindi non aveva avuto difficoltà a fuggire dalla sua posizione isolata e inosservata molto al di sopra della mischia. Questa versione si dimostrò sufficientemente solida per resistere alla "rivelazione" di "The Voice", che il vice direttore di scena, responsabile dell'argano, non, ripeto non, lo aveva più azionato da quando era arrivato a terra – che in effetti la gabbia era rimasta lì durante l'intero tumulto dei fan in estasi; e che somme cospicue di denaro erano state versate ai tecnici di palcoscenico per convincerli a confermare una storia che, proprio perché totalmente inventata, era abbastanza realistica per essere creduta dai compratori di giornali. Tuttavia la voce che Gibreel Farishta fosse levitato dal palcoscenico dell'Earl's Court e svanito nel nulla con i propri mezzi, si diffuse rapidamente nella popolazione asiatica della città, alimentata da molte testimonianze sull'aureola che era stata vista diffondersi da un punto appena dietro la sua testa. Pochi giorni dopo la seconda scomparsa di Gibreel, a Brickhall, Wembley e Brixton, i negozi di chincaglierie stavano già vendendo grandi quantità di aureole giocattoli (soprattutto cerchi verdi fluorescenti) nonché di copricapi cui erano state affisse corna di gomma.

Ora volava su Londra a grande altezza! – Haha, adesso non potevano più toccarlo quei diavoli che si erano slanciati contro di lui in quel Pandemonio! Guardò da lassù la città e vide gli inglesi. Il guaio degli inglesi era che erano inglesi: dei gelidi pesci! – Vivevano sott'acqua quasi tutto l'anno, in giorni che avevano il colore della notte! – Ma adesso c'era qui lui, il Grande Trasformatore, e stavolta ci sarebbe stato qualche cambiamento – le leggi della natura sono le leggi della sua trasformazione, ed era proprio lui la persona capace di servirsene! – Sì, davvero; stavolta, chiarezza.

Avrebbe mostrato loro – ma sì – il proprio *potere*. – Questi inglesi impotenti! – Non pensavano che la loro storia sarebbe tornata a tormentarli? – «L'indigeno è una persona oppressa il cui sogno permanente è diventare il persecutore» (Fanon). Le donne inglesi non lo tenevano più legato; la congiura era stata scoperta! – Allora via tutte le nebbie. Avrebbe rinnovato questo paese. Lui era l'Arcangelo, Gibreel. – *E sono tornato!*

Ancora una volta gli comparve davanti la faccia dell'avversario, sempre più nitida, più chiara. Faccia di luna con una piega sardonica alle labbra; ma il nome ancora gli sfuggiva... *tcha* come tè? *Scià*, un re? O come una danza: *Shatchacha*. – C'era quasi arrivato. – E la natura dell'avversario: uno che odiava se stesso, che si costruiva una falsa personalità, che tendeva all'autodistruzione. Ancora Fanon: «In questo modo l'individuo» – l'*indigeno* fanoniano – «accetta la disgregazione ordinata da Dio, s'inchina davanti al colonizzatore e alla propria sorte, e per una sorta di ristabilizzazione interiore, perviene a una gelida calma». – *Gliela darò io la gelida calma!* – Indigeno e colonizzatore, quell'antica disputa, che continuava ora in queste strade fradice, con un capovolgimento delle categorie. – Pensò allora di essere unito per sempre all'avversario, le braccia strette l'uno al corpo dell'altro, bocca contro bocca, testa contro coda, come quando caddero sulla terra, quando la *colonizzarono*. – Come cominciano, le cose continuano. – Sì, si stava avvicinando. – Chichi? Sasa? – *Il mio altro, il mio amore...*

... No! – Fluttuava sopra un terreno boscoso e gridò, spaventando gli uccelli. – Basta con queste ambiguità indotte dall'Inghilterra, con queste confusioni biblico-sataniche! – Chiarezza,

chiarezza, chiarezza a qualsiasi costo! – Shaitan non era un angelo caduto. – Dimentica queste storie del figlio-del-mattino; non era un bravo ragazzo traviato, ma il male puro. Anzi non era per niente un angelo! – «Era uno dei *ginn*, e quindi trasgredì.» – Quran, 18.50, chiaro come il sole. – Com'era più semplice questa versione! Quanto più pratica, positiva, comprensibile! – Iblis-/Shaitan che rappresenta le tenebre, Gibreel che rappresenta la luce. – Basta, basta con questi sentimentalismi: *congiungersi, stringersi, amarsi*. Cercare e distruggere: non c'era altro.

... Oh la più infida, la più diabolica delle città! – Dove queste nette, perentorie opposizioni annegavano sotto un'interminabile pioggerella di grigio. – Come aveva fatto bene, per esempio, a scacciare quei suoi dubbi satanico-biblici – quelli sulla riluttanza di Dio a permettere il dissenso tra i suoi luogotenenti – perché, dal momento che Iblis/Shaitan non era un angelo, non c'erano mai stati dissidenti angelici che la Divinità avesse dovuto reprimere; – e quelli sul frutto proibito, e sul presunto rifiuto di Dio di permettere una scelta morale alle proprie creature; – perché in tutta la Recitazione non c'era il minimo cenno all'Albero chiamato (nella Bibbia) la radice della conoscenza del bene e del male. Era soltanto un *Albero differente*! Shaitan, nel tentare la coppia dell'Eden, lo aveva chiamato "l'Albero dell'Immortalità" – ed essendo lui un bugiardo, la verità (scoperta con il procedimento dell'inversione) era che il frutto proibito (non si parlava specificamente di mele) pendeva dall'Albero della Morte, era nientemeno, il distruttore delle anime degli uomini. – Che restava ora di quel Dio che aveva paura della morale? Dove si poteva trovarLo? – soltanto laggiù, nei cuori inglesi. – Che lui, Gibreel, era venuto a trasformare.

Abracadabra!

Hocus Pocus!

Ma da dove cominciare? – Be', il guaio degli inglesi era il loro:

Il loro:

In una parola, dichiarò solennemente Gibreel, *il loro clima*.

Gibreel Farishta, fluttuando sulla sua nube, si convinse che la confusione morale degli inglesi dipendeva dalla meteorologia. «Quando il giorno non è più caldo della notte», ragionò, «quando la luce non è più luminosa delle tenebre, quando la terra non è più asciutta del mare, è chiaro che un popolo perde la capacità di distinguere e comincia a vedere ogni cosa – dai partiti politici ai partner sessuali e alle fedi religiose – come praticamente-uguale, niente-da-scegliere, più-o-meno-la-stessa. Quale follia! La verità, infatti, è estremista: è *così* e non *cosà*, è *lui* e non *lei*; è una questione su cui prender partito, non uno sport da guardare. È insomma *calda*. Città» gridò, e la sua voce risonò sulla metropoli come un tuono, «io ti tropicalizzerò.»

Gibreel enumerò i vantaggi della progettata metamorfosi di Londra in città tropicale: maggiore definizione morale, istituzione di una siesta nazionale, evoluzione di modi di comportamento vivaci ed espansivi nella plebe, musica di consumo di qualità superiore, nuovi uccelli sugli alberi (are, pavoni, cacatui), nuovi alberi sotto gli uccelli (palme di cocco, tamarindi, baniani con barbe pendenti). Miglioramento della vita per le strade, fiori dai colori intensi (magenta, vermiglio, verde neon), scimmie ragni sulle querce. Un nuovo mercato di massa per i condizionatori d'aria, i ventilatori da soffitto, le spirali e gli spray contro le zanzare. Un'industria delle fibre di cocco e della copra. Un crescente richiamo di Londra come sede di congressi ecc.; i migliori giocatori di cricket; maggior insistenza sul controllo della palla tra i calciatori professionisti; obsolescenza dovuta al caldo della tradizionale e gelida passione inglese per "l'alto tasso di produttività". Fervore religioso, fermenti politici, interesse rinnovato per l'intellighenzia. Fine della riservatezza britannica; messa al bando definitiva delle borse d'acqua calda, sostituite nelle notti fetide dal fare lentamente e profumatamente l'amore. Affermazione di nuovi valori sociali: amici che vanno a trovarsi senza aver preso appuntamento, chiusura degli ospizi per i vecchi, importanza data alla famiglia estesa. Cibi più piccanti; uso dell'acqua oltre che della carta nei gabinetti inglesi; la gioia di correre completamente vestiti sotto le prime piogge del monsone.

Svantaggi: colera, febbre tifoide, morbo del legionario, scarafaggi, polvere, rumore, una cultura d'eccessi.

In piedi sull'orizzonte, allargando le braccia sino a riempire il cielo, Gibreel gridò: «Così sia».

Accaddero, in fretta, tre cose.

La prima fu che, mentre le inimmaginabili forze colossali, gigantesche del processo di trasformazione sgorgavano dal suo corpo (non era lui infatti la loro *incarnazione*?), si sentì improvvisamente travolgere da una calda pesantezza, da un sommovimento soporifero (per nulla gradevole) che gli fece chiudere, solo per un istante, gli occhi.

La seconda fu che, nel momento in cui chiuse gli occhi, comparvero sullo schermo della sua mente i lineamenti cornuti e caprini di Mr Saladin Chamcha, nitidi e ben definiti quanto era possibile, accompagnati, come se ci fossero i sottotitoli, dal nome dell'avversario.

E la terza cosa fu che Gibreel Farishta, quando riaprì gli occhi, si trovò, ancora una volta, svenuto davanti alla porta di Alleluia Cone, a implorare il suo perdono, a gemere *Oh Dio, è successo, è successo di nuovo*.

Lei lo mise a letto; e lui fuggì nel sonno, tuffandovisi a capofitto, via da Londra e verso Jahilia, perché il terrore autentico aveva varcato il muro rotto del confine e si aggirava sinistro nelle sue ore di veglia.

«L'istinto del tornare a casa, un pazzo che si dirige verso un altro pazzo» disse Alicja quando la figlia le telefonò la notizia. «Evidentemente tu emetti un segnale, una specie di blip.» Nascondeva come sempre la propria preoccupazione, sotto le battute di spirito. Infine parlò chiaro: «Stavolta devi essere ragionevole, Alleluia, okay? Stavolta il manicomio».

«Vedremo. In questo momento dorme.»

«Così sodo che non si sveglierà più?» domandò Alicja, poi si controllò. «Ma sì, lo so, è la tua vita. Senti, ma non è strano questo clima? Dicono che potrebbe durare mesi: "situazione stabile", ha detto la televisione, piove a Mosca, mentre qui c'è un'ondata di caldo tropicale. Ho telefonato a Boniek a Stanford e gli ho detto: adesso abbiamo un clima anche qui a Londra.»

VI

RITORNO A JAHILIA

Quando il poeta Baal vide un'unica lacrima color sangue sgorgare dall'angolo dell'occhio sinistro della statua di Al-Lat nella Casa della Pietra Nera, capì che il profeta Mahound stava per tornare a Jahilia dopo un quarto di secolo d'esilio. Ruttò fragorosamente – era un disturbo della vecchiaia, la cui volgarità pareva corrispondere al generale ingrossamento indotto dagli anni, ingrossamento della lingua oltre che del corpo, e della lenta coagulazione del sangue che aveva trasformato il Baal cinquantenne in una figura assai diversa del giovane vivace di un tempo. A volte gli sembrava che fosse ingrossata persino l'aria, che gli resistesse al punto che persino una brevissima passeggiata lo lasciava ansante, con un braccio che gli doleva e i battiti irregolari nel petto... e anche Mahound doveva essere cambiato, ora che tornava nello splendore e nell'onnipotenza in un luogo da cui era fuggito a mani vuote, senza neppure una moglie. Mahound a sessantacinque anni. I nostri nomi s'incontrano, si separano, tornano a incontrarsi, pensò Baal, ma quelli che portano questi nomi non restano immutati. Lasciò Al-Lat per uscire al sole, e udì alle sue spalle una risatina repressa. Si voltò lentamente: nessuno in vista. L'orlo di una veste che spariva dietro un angolo. Da qualche tempo lo scalcagnato Baal provocava frequenti sorrisetti di forestieri nella strada. «Bastardo!» gridò con quanto fiato aveva in gola, scandalizzando i fedeli all'interno della Casa. Baal, il decrepito poeta, si stava di nuovo comportando male. Alzò le spalle e si avviò verso casa.

La città di Jahilia non era più fatta di sabbia. Nel senso che, il passare degli anni, le stregonerie dei venti del deserto, la luna pietrificante, la negligenza della gente e l'inevitabilità del progresso l'avevano indurita, sino a farle perdere il suo antico aspetto, mutevole e provvisorio, di miraggio dove gli uomini potevano vivere, e a trasformarla in un luogo prosaico, quotidiano e povero (come i suoi poeti). Le braccia di Mahound si erano allungate; la sua potenza aveva accerchiato Jahilia, tagliandone la linfa vitale, pellegrini e carovane. Adesso le fiere di Jahilia erano uno spettacolo miserando.

Persino il Grande aveva un'aria logora, con quei capelli bianchi, radi come i denti. Le sue concubine stavano morendo di vecchiaia e lui non aveva più l'energia – o il bisogno, a sentire le voci che circolavano nei vicoli più irrispettosi della città – per sostituirle. Certi giorni dimenticava di radersi, accentuando così il suo aspetto cadente e sfatto. Solo Hind era rimasta la stessa.

Aveva sempre avuto una certa fama di strega, capace di appiopparti malattie se trascuravi di inchinarti al passaggio della sua portantina, di occultista con il potere di trasformare gli uomini in serpenti del deserto quando ne era stufa, e di prenderli poi per la coda e farli cucinare con pelle e tutto per il pasto della sera. Adesso che era arrivata ai sessant'anni, la leggenda della sua negromanzia riceveva nuova conferma dal suo straordinario e innaturale non invecchiamento. Mentre intorno a lei ogni cosa si era indurita sino a stagnare, mentre le vecchie bande degli Squali, giunte alla mezza età, se ne stavano accovacciate agli angoli delle strade a giocare a carte e a lanciare dadi, mentre le vecchie streghe dei nodi e le contorsioniste morivano di fame nei canali di scolo, mentre cresceva una generazione il cui conservatorismo e la cui venerazione assoluta per il mondo materiale derivavano dalla consapevolezza di quanto fossero probabili miseria e disoccupazione, mentre la grande città perdeva coscienza di sé e persino il culto dei morti era sempre meno popolare, con sollievo dei cammelli, la cui riluttanza a essere abbandonati su tombe umane con i garretti tagliati era ben comprensibile... insomma, mentre Jahilia decadeva, Hind era ancora priva di rughe, con un corpo sodo come quello di una giovane, capelli neri come penne di corvo, occhi scintillanti come coltelli, portamento altero, voce che continuava a non tollerare opposizioni. Era Hind, non Simbel, che governava adesso la città; o almeno ne era innegabilmente convinta.

Quando il Grande scivolò in una molle e grassa vecchiaia, Hind prese a scrivere una serie di epistole ammonitrici ed esortative, o *bolle* agli abitanti della città. Venivano appese in tutte le strade. Fu per questo che i jahiliani cominciarono a pensare che fosse Hind, non Abu Simbel, l'incarnazione della città, il suo *avatar* vivente: perché trovavano nella sua immutabilità fisica e nell'inflessibile risolutezza dei suoi proclami una descrizione di se stessi assai più gradevole dell'immagine che vedevano specchiata nel viso sfatto di Simbel. I manifesti di Hind avevano più influenza dei versetti di qualsiasi poeta. Era ancora sessualmente vorace e si era portata a letto tutti gli scrittori cittadini (anche se da tempo Baal non era più autorizzato a entrarvi); e adesso gli scrittori erano sfiniti e abbandonati, e lei fiorente. Con la spada come con la penna. Era stata Hind ad arruolarsi nell'esercito jahiliano travestita da uomo, ricorrendo alla stregoneria per deviare lance e spade, cercando l'assassino dei suoi fratelli nella bufera della guerra. Era stata Hind che aveva macellato lo zio del profeta e mangiato il fegato e il cuore del vecchio Hamza.

Chi poteva resisterle? Per la sua eterna giovinezza che era anche la loro; per la sua ferocia che dava loro l'illusione di essere invincibili; e per le sue bolle, che rifiutavano il tempo, la storia e l'epoca, per cantare l'intatta magnificenza della città e sfidare la sporcizia e la decrepitezza delle strade, e insistere sulla grandezza, sull'egemonia, sull'immortalità, sul prestigio dei jahiliani come custodi del divino... per questi scritti la gente le perdonava la promiscuità sessuale, ignorava le voci secondo le quali Hind veniva pesata in smeraldi il giorno del suo compleanno, fingeva di non udire le chiacchiere di orge, rideva quando qualcuno parlava delle dimensioni del suo guardaroba, delle cinquecentottantun vestaglie di foglia d'oro e delle quattrocentoventi paia di ciabatte di rubini. I cittadini di Jahilia si trascinavano per le loro strade sempre più pericolose, dove uccidere per poche monetine stava diventando normale, dove si stupravano o si massacravano ritualmente le vecchie, dove i tumulti degli affamati erano brutalmente repressi dalla polizia personale di Hind, i Manticorpi; e, nonostante la testimonianza degli occhi, degli stomaci e dei portafogli, credevano a ciò che Hind sussurrava alle loro orecchie: Governa, Jahilia, gloria del mondo.

Non tutti, naturalmente. Non Baal, per esempio. Che non si occupava di politica e scriveva poesie d'amore non corrisposto. Masticando un ravanello bianco, arrivò a casa dopo essere passato sotto un sudicio arco in un muro pieno di crepe. C'era un cortiletto che puzzava d'orina, cosparso di piume, bucce di verdura, sangue. Nessuna traccia di vite umane: solo mosche, ombre, paura. Erano tempi in cui bisognava stare in guardia. Una banda di pericolosissimi *hashashin* s'aggirava per la città. Alle persone agiate si consigliava di avvicinarsi alla propria casa sul lato opposto della strada, per accertarsi che la casa stessa non fosse sorvegliata; dopo di che, se la via era libera, dovevano correre verso la porta e chiudersela alle spalle prima che qualche criminale in agguato potesse introdurvisi con una spinta. Baal non aveva bisogno di ricorrere a precauzioni del genere. Un tempo era stato agiato, ma era passato un quarto di secolo. Adesso nessuno chiedeva più satire – la diffusa paura di Mahound aveva distrutto il mercato degli insulti e delle frecciate spiritose. E col declino del culto dei morti erano drasticamente diminuite le ordinazioni di epitaffi e di odi trionfali di vendetta. I tempi erano duri per tutti.

Sognando banchetti perduti da un pezzo, Baal salì su un'instabile scala di legno alla sua cameretta al piano di sopra. Cosa avrebbero potuto rubargli? Lui non valeva una coltellata. Aprì la porta e, quando stava per entrare, una spinta lo fece ruzzolare fino a fargli sanguinare il naso contro la parete opposta. «Non ammazzarmi» gemette. «Oh Dio, non uccidermi. Oh, per pietà, oh!»

L'altro aveva chiuso la porta. Baal sapeva che, per quanto forte avesse urlato, sarebbero rimasti soli, isolati dal mondo, in quella stanza indifferente. Nessuno sarebbe venuto; lui stesso, udendo strillare il proprio vicino, avrebbe spinto la branda contro la porta.

Il cappuccio del mantello nascondeva completamente il volto dell'intruso. Baal, tamponandosi il naso sanguinante, si mise in ginocchio, con un tremito che non riusciva a controllare. «Io non ho denaro» implorò. «Io non ho niente.» Allora lo sconosciuto parlò: «Se un cane affamato cerca cibo, non lo cerca nel canile». Poi, dopo una pausa: «Baal. Non resta molto di te. Avevo sperato di più».

Ora Baal si sentiva stranamente offeso, oltre che terrorizzato. Che si trattasse di qualche ammiratore impazzito, deciso a ucciderlo perché le sue opere non erano più come quelle di un tempo? Sempre tremando, tentò la carta dell'autodenigrazione. «Conoscere uno scrittore significa, di solito, rimanere delusi» provò. L'altro ignorò le sue parole. «Mahound sta arrivando» disse.

Questa secca affermazione riempì Baal del terrore più profondo. «Che cosa c'entro io?» gridò. «Che cosa vuole? È passato tanto tempo – una vita – più che una vita. Che cosa vuole? Sei un suo uomo, è lui che ti ha mandato?»

«La sua memoria è lunga quanto la sua faccia» disse l'intruso, tirandosi indietro il cappuccio. «No, non sono il suo messaggero. Tu e io abbiamo qualcosa in comune. Abbiamo paura di lui.»

«Io ti conosco» disse Baal.

«Sì.»

«Il tuo modo di parlare. Sei uno straniero.»

«"Una rivoluzione di portatori d'acqua, immigranti e schiavi"» citò lo straniero. «Parole tue.»

«Tu sei l'immigrante» ricordò Baal. «Il persiano. Sulaiman.» Il persiano sorrise, con il suo sorriso contorto. «Salman» rettificò. «Non saggio, ma pacifico.»

«Eri uno di quelli più vicini a lui» disse Baal, perplesso.

«Quanto più sei vicino a un prestigiatore» replicò Salman con amarezza, «tanto più è facile scoprirne i trucchi.»

E Gibreel sognò questo:

Nell'oasi di Yathrib i seguaci della nuova fede della Sottomissione si trovarono a non possedere terra, e quindi erano poveri. Per molti anni si finanziarono con atti di brigantaggio, assalendo le ricche carovane di cammelli che andavano e venivano da Jahilia. Mahound non aveva tempo per gli scrupoli, raccontò Salman a Baal, né perplessità sui fini e i mezzi. I fedeli vivevano di azioni illegali, ma in quegli anni a Mahound – o bisognerebbe dire all'arcangelo Gibreel? – bisognerebbe dire ad Allah? – era venuta l'ossessione della legge. Tra le palme dell'oasi Gibreel apparve al profeta e cominciò a declamare regole, regole, regole, al punto che i fedeli non sopportavano più la prospettiva di altre rivelazioni, disse Salman; regole su qualsiasi cosa, se un uomo scorreggia, che volga il viso verso il vento, regola sulla mano da usare per pulirsi il sedere. Come se non si volesse lasciare sregolato, libero, neppure un aspetto dell'esistenza umana. La rivelazione – la *recitazione* – diceva ai fedeli quanto dovevano mangiare, quanto doveva essere profondo il loro sonno e quali posizioni sessuali riscuotevano l'approvazione divina, ed essi appresero che la sodomia e la "posizione del missionario" erano consentite dall'arcangelo, mentre proibite erano tutte quelle con la femmina sopra. Gibreel elencò inoltre gli argomenti di conversazione permessi e vietati ed enumerò le parti del corpo che non bisognava grattare per quanto insopportabile fosse il prurito. Vietò di consumare gamberetti, quelle bizzarre creature di un altro mondo che nessuno dei fedeli aveva mai visto, e impose di uccidere gli animali lentamente, dissanguandoli, perché compiendo sino in fondo l'esperienza della morte, potessero arrivare a capire il significato della propria vita: infatti è solo nel momento in cui muoiono che le creature viventi capiscono che la vita è stata realtà, e non una specie di sogno. E Gibreel, l'arcangelo, specificò come un uomo doveva essere sepolto e come dovevano essere divisi i suoi beni, e Salman il persiano cominciò a domandarsi che razza di Dio fosse questo che parlava come un uomo d'affari. Fu allora che gli venne l'idea che distrusse la sua fede, perché ricordò che Mahound era stato un uomo d'affari, e anche di grande successo, una persona per la quale l'organizzazione e le regole erano cose normali, e quindi gli faceva sin troppo comodo tirar fuori questo efficientissimo arcangelo, che comunicava le decisioni di un Dio estremamente *corporate* se non corporeo.

Poi Salman cominciò a notare quanto erano utili e tempestive le rivelazioni dell'angelo; quando per esempio i fedeli contestavano le opinioni di Mahound su un argomento qualsiasi, dalla possibilità di viaggiare nello spazio alla permanenza dell'inferno, arrivava l'angelo con una risposta, e appoggiava sempre Mahound affermando, senza la minima possibilità di dubbio, che era impossibile che un uomo potesse un giorno camminare sulla luna, ed essendo altrettanto categorico sul carattere transitorio della dannazione: anche il peggior malfattore sarebbe stato prima o poi purificato dal fuoco dell'inferno e avrebbe avuto accesso ai giardini profumati, Gulistan e Bostan. Sarebbe stato differente, si lamentò Salman con Baal, se Mahound avesse preso le sue posizioni dopo aver avuto la rivelazione da Gibreel; e invece no, lui stabiliva la legge e poi l'angelo la confermava; cominciai allora a sentire puzza di marcio, e pensai, deve essere l'odore di quelle favolose e leggendarie creature impure, come accidenti si chiamano, gamberetti.

L'odor di pesce stava ormai ossessionando Salman, che degli intimi di Mahound era il più istruito, per la superiorità del sistema scolastico allora vigente in Persia. Per questo motivo Salman era diventato lo scriba ufficiale di Mahound, e toccava a lui mettere per iscritto le regole, che continuavano a proliferare all'infinito. Tante rivelazioni e tutte così vantaggiose, disse a Baal, e quanto più facevo questo lavoro, tanto più la situazione si aggravava. – Per un po' tuttavia dovette accantonare i propri sospetti, perché l'esercito di Jahilia marciò su Yathrib, fermamente deciso a schiacciare le mosche che molestavano le carovane e intralciavano gli affari. Ciò che avvenne dopo è notissimo, non ho bisogno di ripeterlo, disse Salman, ma poi la sua immodestia esplose, costringendolo a raccontare a Baal che aveva salvato personalmente Yathrib da sicura distruzione, insieme con la pelle di Mahound, grazie all'idea del fossato. Salman aveva cioè convinto il Profeta a far scavare un'enorme trincea tutt'attorno all'oasi, che non era difesa da mura, e a farla troppo larga perché i favolosi cavalli arabi della celeberrima cavalleria jahiliana potessero saltarla. Un fossato: con pali acuminati sul fondo. Quando i jahiliani videro questo osceno scavo per niente signorile, il senso della cavalleria e dell'onore li obbligò a comportarsi come se la trincea non esistesse, e a spingere al massimo i loro cavalli in quella direzione, il fior fiore dell'esercito di Jahilia, umano oltre che equino, finì così infilzato sui pali appuntiti della tortuosità persiana di Salman: conta su un emigrante perché non giochi rispettando le regole. – E dopo la disfatta di Jahilia? Salman si lamentò con Baal: Tu penserai che mi abbiano trattato come un eroe, io non sono un vanitoso, ma dov'erano gli onori pubblici, dov'era la gratitudine di Mahound, perché l'arcangelo non nominava mai *me* nei suoi bollettini? Niente, neanche una sillaba, come se anche per i fedeli il mio fossato fosse stato uno sporco trucco, una trovata grossolana, disonorevole, scorretta: come se la loro virilità ne fosse stata danneggiata, come se li avessi offesi nell'orgoglio salvando loro la pelle. Io tenni la bocca chiusa e non dissi niente, ma da allora persi una quantità d'amici, la gente, credimi, detesta chi le rende un buon servizio.

Nonostante il fossato di Yathrib, i fedeli persero molti uomini nella guerra con Jahilia. E nelle loro scorrerie persero tante vite quante ne soppressero. E appena finisce la guerra, ecco che subito l'arcangelo Gibreel ordina ai maschi superstiti di sposare le vedove, per evitare che, rimaritandosi fuori della fede, vadano perdute per la Sottomissione. Che angelo pratico, sogghignò Salman a Baal. A questo punto aveva estratto dalle pieghe del mantello una bottiglia di vino di palma e i due uomini stavano bevendo in continuazione nella luce sempre più fioca. A mano a mano che calava il liquido giallo nella bottiglia, Salman diventava sempre più loquace; Baal non ricordava di aver mai sentito nessuno parlare tanto. Oh, quelle assennate rivelazioni, gridò Salman, ci fu persino detto che non aveva importanza se eravamo già sposati, potevamo fare anche quattro matrimoni, se eravamo in condizione di permettercelo, e be', come puoi immaginare, i ragazzi erano molto favorevoli.

Che cosa indusse finalmente Salman a chiudere con Mahound: la questione delle donne, e quella dei versetti satanici. Senti, io non sono un pettegolo, confidò Salman, ormai ubriaco, ma dopo la morte di sua moglie Mahound non fu per niente un angelo, non so se mi spiego. A Yathrib però rischiò di trovare pane per i suoi denti. Le donne di lassù: gli fecero venire la barba quasi bianca nel giro di un anno. Il fatto, mio caro Baal, è che al nostro Profeta non garbava che le sue donne lo rimbeccassero, lui aveva un debole per le madri e le figlie, pensa alla sua prima moglie e poi ad Ayesha: una troppo vecchia, l'altra troppo giovane, i suoi due amori. Non gli andava di scegliere una della sua età. A Yathrib però le donne sono diverse, non puoi neanche immaginare quanto, qui a Jahilia siete abituati a tiranneggiare le vostre femmine, quelle invece non lo sopporterebbero. Quando un uomo si sposa va a vivere con la famiglia della moglie! Pensa! Scandaloso, no? E fin quando dura il matrimonio, la donna conserva la propria tenda. Se vuole sbarazzarsi del marito, le basta voltarla nella direzione opposta, così quando lui arriva trova tela dove dovrebbe esserci la porta, e il gioco è fatto, lui è fuori, divorziato, e non può farci niente. Be', le nostre ragazze cominciavano ad apprezzare questo stato di cose e si stavano ficcando in testa chissà che razza di idee; e allora tutt'a un tratto, bang, salta fuori il regolamento, l'angelo comincia a sfornare regole su ciò che le donne non devono fare, imponendo loro di tornare a quella docilità di comportamento che il Profeta preferisce; docili, oppure materne, devono camminare tre passi indietro o starsene a casa ed essere savie e ingrassare. Come risero dei fedeli le donne di Yathrib, ma quell'uomo è un mago, nessuno poteva resistere al suo fascino; le fedeli fecero ciò che lui aveva ordinato. Si sottomisero; dopo tutto, lui offriva loro il paradiso.

«Comunque», disse Salman, arrivato quasi al fondo della bottiglia, «decisi finalmente di metterlo alla prova.»

Una notte lo scriba persiano sognò di trovarsi sospeso sopra la figura di Mahound, nella grotta del Profeta sul monte Cone. Sulle prime pensò che fosse soltanto una fantasia nostalgica sui vecchi tempi di Jahilia, ma poi s'accorse all'improvviso che, nel sogno, il suo punto di vista era stato quello dell'arcangelo, e allora gli tornò in mente l'episodio dei versetti satanici, vivido come se fosse avvenuto il giorno prima. «Forse non mi ero sognato nei panni di Gibreel» raccontò Salman. «Forse ero Shaitan.» Il rendersi conto di questa possibilità gli suggerì un'idea diabolica. Da allora, quando sedeva ai piedi del Profeta a mettere per iscritto regole regole regole, cominciò furtivamente a fare qualche cambiamento.

«Cose piccole, all'inizio. Se Mahound recitava un versetto in cui Dio era definito *chi tutto ode, chi tutto sa*, io scrivevo, *chi tutto sa, chi tutto capisce*. Il punto è questo: Mahound non s'accorgeva delle modifiche. Di fatto ero io che scrivevo il Libro, o almeno lo riscrivevo, contaminando la parola di Dio col mio linguaggio profano. Ma, santo cielo, se non era possibile distinguere le mie povere parole dalla Rivelazione del Messaggero di Dio, che cosa significava? Che cosa indicava della qualità della poesia divina? Ti giuro che ero sconvolto sin nel profondo dell'anima. Un conto è essere un tipo furbo e avere il vago sospetto che ci sia qualcosa di poco pulito, e un altro è scoprire di aver ragione.

Ascolta: io per quell'uomo cambiai la mia vita. Lasciai il mio paese, attraversai il mondo, mi stabilii tra persone che mi consideravano un viscido straniero cordardo perché avevo salvato loro la vita, che non apprezzarono mai quello che io... ma tutto questo pazienza. La verità è che ciò che mi aspettavo quando feci quel primo piccolo cambiamento, *chi tutto capisce*, al posto di *chi tutto ode* – quello che *volevo* – era che, quando lo avessi riletto al Profeta, lui dicesse: Ma che ti succede, Salman? Stai diventando sordo? E io avrei detto: Ops, Oh Dio, che svista, come ho potuto, e avrei subito corretto. Ma questo non accadde; e adesso stavo scrivendo io la Rivelazione, e nessuno se ne accorgeva, e io non avevo il coraggio di confessarlo. Ero spaventato a morte, t'assicuro. Ed ero anche triste come non lo ero mai stato. Dovetti quindi insistere. Forse, pensai, quella volta se l'è lasciato sfuggire, capita a tutti di sbagliare. Così, la volta dopo, feci un cambiamento più grosso. Lui disse *cristiano* e io scrissi *ebreo*. Questo l'avrebbe sicuramente notato; come poteva non accorgersene? Ma quando gli lessi il capitolo, annuì e mi ringraziò con la solita cortesia, e io uscii dalla sua tenda con gli occhi pieni di lacrime. Da allora seppi che i miei giorni a Yathrib erano contati, ma dovevo continuare. Dovevo. Non c'è amarezza paragonabile a quella di chi scopre di aver creduto in un fantasma. Sapevo che sarei caduto, ma lui sarebbe caduto con me. Proseguii dunque con le mie diavolerie, cioè modificando i versetti, finché un giorno, mentre glieli leggevo, lo vidi accigliarsi e scuotere il capo come per schiarirsi la mente, e poi annuire lentamente, ma con un'ombra di dubbio. Ero arrivato al limite, e sapevo che la prossima volta che avessi riscritto il Libro, avrebbe capito tutto. Quella notte rimasi sveglio, soppesando nelle mie mani il suo destino insieme col mio. Se mi fossi lasciato distruggere, avrei distrutto anche lui. Dovetti scegliere, in quella notte terribile, se preferivo morire vendicandomi o vivere senza niente. Scelsi, come vedi, la vita. Prima dell'alba, lasciai Yathrib sul mio cammello, e, dopo aver patito numerose disavventure che non ho voglia di raccontare, riuscii a tornare a Jahilia. E adesso che Mahound sta arrivando trionfante, perderò egualmente la vita. Il suo potere è ormai troppo grande, perché io possa abbatterlo.»

Baal domandò: «Perché sei così sicuro che t'ammazzerà?». Salman il persiano rispose: «È la sua Parola contro la mia».

Quando Salman scivolò sul pavimento in uno stato d'incoscienza, Baal andò a sdraiarsi sul suo pungente paglericcio, sentendo un cerchio d'acciaio intorno alla fronte e un tremolio ammonitore nel cuore. Gli era spesso accaduto di sentirsi così stanco della vita da desiderare di non diventare vecchio, ma, come aveva detto Salman, sognare una cosa è molto diverso che affrontarla nella sua realtà. Da qualche tempo, si era accorto che il mondo intorno a lui si stava restringendo. Non poteva più far finta che i suoi occhi fossero come avrebbe dovuto essere, e il loro offuscarsi rendeva la vita più indistinta, più difficile da afferrare. Tutta quell'evanescenza, quella perdita di particolari: non c'era da stupirsi che la sua poesia fosse andata in malora. E anche le orecchie stavano diventando inattendibili. Di questo passo, si sarebbe presto trovato isolato da tutto per aver perso i propri sensi... ma forse non ne avrebbe mai avuto la possibilità. Stava arrivando Mahound. Forse non avrebbe mai più baciato un'altra donna. Mahound, Mahound. Perché quel chiacchierone ubriaco è venuto da me, pensò con rabbia. Cosa c'entro io col suo tradimento? Lo sanno tutti perché anni fa ho scritto quelle satire; dovrebbe saperlo anche lui. Come il Grande mi minacciava e mi tiranneggiava. Non può ritenermene responsabile. E poi: chi è quel giovane prodigio dinamico e beffardo, Baal dalla lingua tagliente? Io non lo riconosco. Guardate me: grosso, intorpidito, miope, quasi sordo. Chi minaccio io? Non un'anima. Cominciò a scuotere Salman: svegliati, non voglio avere a che fare con te, mi metterai nei guai.

Il persiano continuava a russare, seduto a gambe larghe sul pavimento, con la schiena contro la parete, e la testa che pendeva da un lato come quella di un fantoccio; Baal, tormentato dal mal di capo, si lasciò cadere sulla branda. I suoi versetti, pensò, cosa dicevano? *Che specie d'idea*, maledizione, non riusciva neanche a ricordarli bene, *sembra oggi la Sottomissione*, sì, qualcosa del genere, dopo tutto questo tempo non c'era poi tanto da sorprendersi, *un'idea che scappa*, questa era comunque la fine. Mahound, a una nuova idea si fanno due domande. Quando è debole: scenderà a compromessi? E di questa conosciamo già la risposta. E adesso, Mahound, in occasione del tuo ritorno a Jahilia, è il momento della seconda domanda: come ti comporti quando vinci? Quando i tuoi nemici sono nelle tue mani e il tuo potere è assoluto? Noi siamo tutti cambiati: tranne Hind. Che, a sentire quello che racconta questo beone, sembra più una donna di Yathrib che di Jahilia. Non mi stupisce che voi due non andaste d'accordo: lei non sarebbe mai potuta essere tua madre o tua figlia.

Mentre si lasciava vincere dal sonno, Baal prese in esame la propria inutilità, il proprio fallimento d'artista. Adesso che aveva rinunciato alle tribune pubbliche, nei suoi versetti dominava un senso di perdita: della giovinezza, della bellezza, dell'amore, della salute, dell'innocenza, della determinazione, dell'energia, della certezza, della speranza. Perdita della conoscenza. Perdita del denaro. La perdita di Hind. Figure s'allontanavano da lui nelle sue odi, e con quanta passione le invocava, tanto più rapide fuggivano. Il paesaggio della sua poesia era ancora il deserto, le dune mutevoli con i pennacchi di sabbia bianca che soffiavano dalle loro cime. Montagne molli, viaggi incompiuti, la provvisorietà delle tende. Come tracciare la carta di un paese che assumeva ogni giorno forme nuove? Problemi del genere rendevano il suo linguaggio troppo astratto, le sue immagini troppo fluide, la sua metrica troppo incostante. Lo portavano a creare forme chimeriche, con testedileone corpidicaprone codediserpente, i cui contorni si sentivano obbligati a cambiare nel momento in cui lui li fissava, e il demotico s'insinuava a forza in versi di classica purezza e immagini d'amore erano costantemente degradate dall'intrusione di elementi farseschi. Nessuno vuole questa roba, pensò per la mille e unesima volta, e quando arrivò la perdita della conoscenza, concluse, ricavandone conforto: nessuno si ricorda di me. L'oblio è sicurezza. Poi il suo cuore perse un colpo e lui spalancò gli occhi, spaventato, gelato. Mahound, forse ti sottrarrò la tua vendetta. Passò la notte sveglio, ascoltando il sonoro, oceanico russare di Salman.

Gibreel sognò fuochi di bivacco:

Una figura famosa e inaspettata passeggia, una notte, tra i fuochi di bivacco dell'esercito di Mahound. Forse a causa del buio – o forse per l'improbabilità della sua presenza in questo luogo – sembra che il Grande di Jahilia abbia ritrovato, in questo momento finale del proprio potere, un po' della forza di un tempo. È venuto solo; e Khalid già portatore d'acqua, e l'ex schiavo Bilal lo conducono all'alloggio di Mahound.

Poi Gibreel sognò il ritorno a casa del Grande:

La città è un brulichio di voci e c'è una folla davanti alla casa. Dopo un po' si ode con chiarezza la voce di Hind che grida con rabbia. Poi la stessa Hind compare a uno dei balconi più alti e chiede alla folla di fare a pezzi suo marito. Il Grande si mostra accanto a lei; e riceve dalla moglie sonori e umilianti ceffoni su entrambe le guance. Hind ha scoperto che, nonostante i suoi sforzi, non è riuscita a impedire al Grande di consegnare la città a Mahound.

Non solo: Abu Simbel ha aderito alla fede.

Nella disfatta, Simbel ha perso molto della recente debolezza. Permette a Hind di colpirlo, ma poi parla con calma alla folla. Dice: Mahound ha promesso che chiunque si troverà entro i muri del Grande sarà risparmiato. «Quindi entrate tutti, e portate anche le vostre famiglie.»

Hind parla a nome della folla infuriata: «Vecchio scemo. Quanti cittadini credi che possano starci in una sola casa, sia pur grande come questa? Tu ti sei messo d'accordo per salvare la tua pelle. Voglio che loro ti dilanino e ti diano in pasto alle formiche».

Il Grande rimane calmo. «Mahound promette anche che tutti quelli che si fanno trovare a casa propria e con le porte chiuse saranno salvi. Se non volete venire a casa mia, andate a casa vostra; e aspettate.»

Sua moglie tenta per la terza volta di aizzare la folla contro di lui; è una scena del balcone, ma di odio, non di amore. Non si può scendere a compromessi con Mahound, urla, non c'è da fidarsene, la gente deve ripudiare Abu Simbel e prepararsi a combattere sino all'ultimo uomo, all'ultima donna. Lei stessa è pronta a scendere al loro fianco e a morire per la libertà di Jahilia. «Volete forse subire senza reazioni questo falso profeta, questo

Dajjal? Quale rispetto per la parola data possiamo aspettarci da un uomo che si accinge ad assaltare la città dove è nato? Come possiamo sperare in compromessi da chi non scende a compromessi, pietà dallo spietato? Noi siamo la potenza di Jahilia, e le nostre dee, gloriose nella battaglia, finiranno per vincere.» E ordina loro di combattere in nome di Al-Lat. Ma la gente comincia ad andarsene.

Marito e moglie se ne stanno sul balcone e la gente li vede chiaramente. Per molto tempo la città ha usato i due come specchi; e poiché ultimamente hanno preferito le immagini di Hind a quelle dell'ingrigito Grande, i jahiliani stanno ora subendo uno choc profondo. Un popolo che è rimasto convinto della propria grandezza e invulnerabilità, che ha deciso di credere in questo mito, nonostante tutte le prove contrarie, è un popolo in balia di una sorta di sonno o di follia. Adesso il Grande li ha svegliati da quel sonno; se ne stanno lì disorientati, a sfregarsi gli occhi, e in un primo tempo non riescono a crederci – se siamo così potenti, come mai siamo crollati così in fretta, così completamente? – ma poi se ne persuadono e si rendono conto che la loro sicurezza era basata soltanto su nuvole, sulla passione dei proclami di Hind e su pochissimo altro. Abbandonano lei e, con lei, le speranze. Immersi nella disperazione, i cittadini di Jahilia vanno a casa a barricarsi.

Hind grida, supplica, si scioglie i capelli. «Venite alla Casa della Pietra Nera! Venite a sacrificare a Al -Lat!» Ma ormai se ne sono andati. E Hind e il Grande restano soli sul loro balcone, mentre su tutta Jahilia cala un grande silenzio, inizia una grande quiete, e Hind s'appoggia al muro del proprio palazzo e chiude gli occhi.

È la fine. Il Grande sussurra: «Non siamo in molti ad avere motivi di temere Mahound quanti ne hai tu. Se tu mangi le interiora dello zio preferito di un uomo, crude, senza neanche un po' di sale o di aglio, non sorprenderti se lui poi, a sua volta, ti tratta come un pezzo di carne». Poi la lascia e, percorrendo strade da cui sono scomparsi persino i cani, scende ad aprire le porte della città.

Gibreel sognò un tempio:

Nei pressi delle porte aperte di Jahilia sorgeva il tempio di Uzza. E Mahound parlò a Khalid, che era stato un tempo portatore d'acqua e reggeva ora pesi maggiori: «Va' e purifica quel luogo». Allora Khalid con un gruppo di uomini attaccò il tempio, perché Mahound era restio a entrare nella città finché alle sue porte era in piedi questo abominio.

Quando il guardiano del tempio, che era della tribù degli Squali, vide avvicinarsi Khalid, con una grande schiera di guerrieri, prese la sua spada e andò dall'idolo della dea. Dopo aver detto le sue ultime preghiere, le appese la spada al collo dicendo: «Se sei davvero una dea, Uzza, difendi te stessa e il tuo servo dall'arrivo di Mahound». Poi Khalid entrò nel tempio e, vedendo che la dea non si muoveva, il guardiano disse: «Adesso so che il Dio di Mahound è il vero Dio, e questa pietra soltanto una pietra». Allora Khalid distrusse il tempio e l'idolo e tornò alla tenda di Mahoud. E il Profeta domandò: «Che cosa vedesti?». Khalid allargò le braccia. «Nulla» disse. «Allora non l'hai distrutta» gridò il Profeta. «Va' e completa la tua opera.» Così Khalid tornò al tempio abbattuto, e lì una donna gigantesca, tutta nera a parte la lunga lingua scarlatta, avanzò di corsa verso di lui, nuda dalla testa ai piedi, con i neri capelli fluttanti dal capo alle caviglie. Avvicinatasi, si fermò e recitò con la sua voce terribile di zolfo e fuoco infernale: «Hai sentito parlare di Lat, e Manat, e Uzza, la Terza, l'Altra? Sono gli Uccelli Eccelsi...». Ma Khalid la interruppe dicendo: «Uzza, questi sono versetti del diavolo, e tu sei la figlia del diavolo, una creatura non da venerare ma da ripudiare». Detto questo, sguainò la spada e l'ammazzò.

E tornò alla tenda di Mahound e disse ciò che aveva visto. E il Profeta disse: «Ora possiamo entrare a Jahilia» e si alzarono e vennero nella città e ne presero possesso, in Nome dell'Altissimo, il Distruttore di Uomini.

Quanti idoli nella Casa della Pietra Nera? Non dimenticatelo· trecentosessanta. Dio del sole, aquila, arcobaleno. Il colosso di Hubal. Trecentosessanta aspettano Mahound, sapendo che non saranno risparmiati. E non lo saranno: ma non sprechiamo tempo qui dentro. Le statue cadono; la pietra si spacca; quel che si deve fare si fa.

Mahound, dopo la purificazione della Casa, pianta la sua tenda nella vecchia area della fiera. La gente s'accalca intorno alla tenda per convertirsi alla fede vittoriosa. La Sottomissione di Jahilia: anche questa è inevitabile, e non occorre soffermarsi.

Mentre i jahiliani s'inchinano davanti a lui, mormorando le frasi che salveranno loro la vita, *Non c'è altro Dio che Al-Lah*, Mahound sussurra qualcosa a Khalid. Qualcuno non è venuto a inginocchiarsi davanti a lui; qualcuno atteso da tempo. «Salman» vuol sapere il Profeta, «lo avete trovato?».

«Non ancora. Se ne sta nascosto; ma non per molto.»

C'è un certo scompiglio. Una donna velata s'inginocchia davanti a lui, baciandogli i piedi. «Devi smetterla» le ordina. «Soltanto Dio deve essere venerato.» Ma come glieli bacia i piedi! Dito dopo dito, giuntura dopo giuntura, la donna lecca, bacia, succhia. E Mahound, snervato, ripete: «Basta. È scorretto». Ora lei si sta occupando delle piante dei suoi piedi, unendo le mani a coppa sotto il calcagno... turbato, le sferra un calcio che la colpisce alla gola. Lei cade, tossisce, poi si prostra davanti a lui e dice con fermezza: «Non c'è altro Dio che Al-Lah e Mahound è il suo Profeta». Mahound si calma, chiede scusa, le porge una mano. «Nessuno ti farà del male» le garantisce. «Tutti quelli che si Sottomettono saranno risparmiati.» Ma c'è uno strano turbamento in lui, e ora ne comprende la ragione, comprende la rabbia, l'amara ironia che stanno dietro quell'adorazione travolgente, eccessiva, sensuale dei suoi piedi. La donna si toglie il velo: Hind.

«La moglie di Abu Simbel» annuncia con chiarezza, e tutti tacciono. «Hind» dice Mahound. «Non ti avevo dimenticata.»

Ma, dopo una lunga pausa, annuisce. «Tu ti sei Sottomessa. Benvenuta nelle mie tende.»

L'indomani, mentre continuano le conversioni, Selman il persiano è trascinato alla presenza del Profeta. Khalid, tenendolo per un orecchio e con un coltello accostato alla sua gola, porta l'immigrante che frigna e piagnucola alla *takht*. «L'ho trovato, indovina un po', con una puttana, che sbraitava perché lui non aveva di che pagarla. Puzza di alcol.»

«Salman Farsi» il Profeta comincia a pronunciare la sentenza di morte, ma il prigioniero si mette a gridare la *qalmah*: «*La ilaha illallah! La ilaha!*».

Mahound scuote il capo. «La tua bestemmia, Salman, non può essere perdonata. Pensavi che non l'avrei scoperta? Contrapporre le tue parole alle Parole di Dio!»

Scriba, scavatore di fossi, condannato; incapace di fare appello a un minimo di dignità, piagnucola geme implora si batte il petto si umilia si pente. Khalid dice: «È un rumore insopportabile, Messaggero. Non posso tagliargli la testa?» Il rumore aumenta di colpo. Salman giura nuova fedeltà, supplica ancora un po' e poi, in un lampo di speranza disperata, fa un'offerta: «Io posso mostrarti dove sono i tuoi veri nemici». Guadagna così qualche secondo. Il Profeta china il capo. Khalid tira indietro per i capelli la testa dell'inginocchiato Salman: «Quali nemici?». E Salman fa un nome. Mahound sprofonda nei suoi cuscini mentre gli torna la memoria.

«Baal» dice e ripete, due volte: «Baal. Baal».

Con grande delusione di Khalid, Salman il persiano non è condannato a morte. Bilal intercede per lui, e il Profeta, che ha la mente altrove, concede: sì, sì, lasciamolo vivere. Oh, la generosità della Sottomissione! Hind è stata risparmiata e così Salman; e in tutta Jahilia non è stata sfondata una porta, non è stato trascinato fuori nella polvere un vecchio nemico da sgozzare come un pollo. È la risposta di Mahound alla seconda domanda: *che cosa accade quando vinci?* Ma un nome ossessiona Mahound, gli saltella attorno, giovane, sveglio, punta un lungo dito dipinto, canta versetti cui un crudele splendore conferisce particolare capacità di ferire. Quella notte, partiti i postulanti, Khalid domanda a Mahound: «Stai ancora pensando a lui?». Il Messaggero annuisce, ma non parla. Khalid dice: «Mi sono fatto accompagnare da Salman alla sua stanza, un tugurio, ma lui non c'è, si è nascosto da qualche parte». Ancora un cenno d'assenso, ma non una parola. Khalid insiste: «Vuoi che lo scovi? Non ci vorrebbe molto. Cosa vuoi che gli faccia? Questo? Questo?». Il dito di Khalid prima percorre trasversalmente il collo, poi s'infila come un pugnale nell'ombelico. Mahound perde le staffe. «Sei un idiota» grida all'ex portatore d'acqua che è diventato il suo capo di stato maggiore. «Non riesci mai a risolvere un problema senza il mio aiuto?»

Khalid s'inchina ed esce. Mahound s'addormenta: la sua vecchia dote naturale, il suo modo d'affrontare il malumore.

Ma Khalid, il generale di Mahound, non riuscì a trovare Baal. Nonostante le perquisizioni casa per casa, i proclami e le varie altre strade tentate, il poeta si rivelò impossibile da acciuffare. E le labbra di Mahound rimasero sigillate, non si schiusero perché ne uscissero i suoi voleri. Infine, non senza irritazione, Khalid rinunciò alla ricerca. «Lascia solo che quel bastardo si faccia vivo, una volta sola, in qualsiasi momento» giurò nella tenda del Profeta, tutta ombre e silenzi. «Lo taglierò a fette talmente sottili che potrai vedere attraverso ciascuna di esse.»

Khalid ebbe l'impressione che Mahound fosse deluso; ma nella luce fioca della tenda non poteva esserne sicuro.

Jahilia si adattò alla sua nuova vita: l'invito alla preghiera cinque volte al giorno, l'eliminazione dell'alcol, le mogli chiuse a chiave. Persino Hind si ritirò nei suoi alloggi... ma dov'era Baal?

Gibreel sognò una cortina.

La cortina, *Hijab*, era il nome del bordello più popolare di Jahilia, un enorme palazzo di palme da datteri in cortili tintinnanti d'acqua, circondati da camere che s'intrecciavano in stupefacenti strutture a mosaico, collegate da labirintici corridoi volutamente arredati in modo da sembrare uguali, ciascuno con le stesse invocazioni manoscritte all'amore, ciascuno coperto con tappeti identici, ciascuno con una grande urna di pietra contro la parete. Nessun cliente della cortina sarebbe mai riuscito a orientarsi senza aiuto per entrare nella camera della cortigiana preferita o per tornare in strada. In questo modo le ragazze erano protette dagli ospiti indesiderati e l'azienda aveva la certezza che tutti pagassero prima di uscire. Enormi eunuchi circassi, vestiti alla maniera ridicola dei geni delle lampade, scortavano i visitatori alle loro mete e ritorno, aiutandosi a volte con gomitoli di spago. Era un morbido universo di drappeggi senza finestre, governato dalla decrepita e innominata Signora della Cortina, le cui frasi gutturali, provenienti dall'inviolabilità di una sedia avvolta in veli neri, avevano acquisito con gli anni qualcosa di oracolare. Né il personale né i clienti avrebbero potuto disobbedire a quella voce sibillina che era, in un certo senso, l'antitesi profana delle sacre parole pronunciate da Mahound in una tenda più grande e più facilmente penetrabile non molto lontana. Perciò, quando l'esausto poeta Baal si prostrò davanti a lei per implorare aiuto, la sua decisione di nasconderlo e di salvargli la vita, in un atto di nostalgia per quel giovane bello, vivace e malizioso che era stato, fu accettata senza discussioni: e quando arrivarono le guardie di Khalid per perquisire i locali, gli eunuchi le guidarono in un viaggio vertiginoso per quella catacomba non sotterranea di contraddizioni e di percorsi inconciliabili, finché ai soldati non cominciò a girare la testa, e dopo aver guardato in trentanove urne senza trovarvi altro che unguenti e sottaceti, se ne andarono, bestemmiando, senza mai sospettare che ci fosse un quarantesimo corridoio dove non erano stati condotti, una quarantesima urna in cui si nascondeva come un ladro il poeta tremante e con il pigiama bagnato che era l'oggetto della loro ricerca.

Allora la Signora ordinò agli eunuchi di tingere la pelle del poeta sino a farla diventare di un nero brunito, e così i capelli e, facendogli indossare i pantaloni e il turbante di un *ginn*, gli comandò di iniziare un corso di body-building, poiché le sue attuali condizioni fisiche avrebbero sicuramente suscitato sospetti se non si fosse sbrigato a mettersi in forma.

Il soggiorno di Baal "oltre Cortina" non lo privò certo d'informazioni sugli eventi esterni; al contrario, anzi, perché, svolgendo il suo lavoro di eunuco, montava la guardia davanti alle camere del piacere e udiva i pettegolezzi dei clienti. L'assoluta mancanza di discrezione delle loro lingue, indotta dall'allegra lascivia delle carezze delle puttane e del fatto che i clienti sapevano che i loro segreti sarebbero stati mantenuti, offriva all'origliante poeta, per quanto miope e duro d'orecchio, un panorama della situazione migliore di quello che avrebbe potuto acquisire se fosse stato ancora libero di aggirarsi per le strade neo-puritane della città. La sordità era a volte un problema: comportava che ci fossero lacune nelle sue conoscenze, perché spesso i frequentatori abbassavano la voce fino al sussurro; ma riduceva anche al minimo l'aspetto lascivo del suo origliare, non essendo lui in grado di udire i mormorii che accompagnavano la fornicazione, a parte, s'intende, i momenti in cui clienti in estasi o lavoratrici simulanti alzavano la voce in grida di gioia reale o artefatta.

Che cosa apprese Baal alla Cortina:

Dall'irritato macellaio Ibrahim venne la notizia che, nonostante la recente messa al bando della carne di porco i convertiti superficiali di Jahilia affluivano alla sua porta di servizio per acquistarla in segreto, «le vendite aumentano» mormorò mentre montava la dama di sua scelta, «i prezzi del maiale al mercato nero sono altissimi, ma maledizione, le nuove regole hanno reso molto duro il mio lavoro. Non è facile scannare un maiale di nascosto, senza far rumore» dopo di che si mise a squittire, per motivi, si suppone, più di piacere che di sofferenza. – E il droghiere, Musa, confessò a un altro membro del personale orizzontale della Cortina che le vecchie abitudini erano difficili da perdere, e che lui quando era sicuro che nessuno lo stesse ascoltando diceva una preghiera o due alla «mia preferita di sempre, Manat, e qualche volta anche, che vuoi farci, ad Al-Lat; non c'è niente di meglio di una dea femmina, hanno attributi con cui i ragazzi non possono competere» dopo di che si dedicò lui pure e di buona lena a imitazioni realistiche di tali attributi. Fu così che Baal, appassito e in via d'appassimento, apprese nella sua amarezza che nessun *imperium* è assoluto, nessuna vittoria è completa. E, a poco a poco, si cominciò a criticare Mahound.

Baal stava cambiando. La notizia della distruzione del grande tempio di Al-Lat a Taif, che giunse alle sue orecchie punteggiata dai grugniti dello scannatore clandestino di maiali Ibrahim, lo aveva immerso in una grande tristezza, perché, persino ai tempi d'oro del suo cinismo giovanile, il suo amore per la dea era sempre stato sincero, forse il suo unico sentimento sincero, e la caduta di lei gli rivelò il vuoto di una vita nel corso della quale aveva realmente amato soltanto un pezzo di pietra incapace di difendersi. Quando poi si attutì questa prima, acutissima reazione di sofferenza, Baal si convinse che la caduta di Al-Lat significava che anche la propria fine non doveva essere lontana. Perse quello strano senso di sicurezza che la vita alla Cortina gli aveva per breve tempo ispirato; ma è interessante notare che la rinnovata consapevolezza della propria transitorietà, una scoperta sicura seguita da morte altrettanto sicura, non gli faceva paura. Dopo una vita votata alla codardia, scoprì con grande sorpresa che l'avvicinarsi della morte gli permetteva di gustare la dolcezza della vita, e lo stupiva il paradosso di essersi reso conto di tale verità in una casa di costose bugie. E qual era la verità? Era che Al-Lat era morta – non era mai vissuta – ma questo non faceva di Mahound un Profeta. Insomma, Baal approdò all'ateismo. Cominciò, esitando, a superare il concetto di dèi e capi e regole e a capire che la sua storia era talmente mescolata a quella di Mahound da rendere necessaria qualche grossa risoluzione. Che questa risoluzione comportasse con ogni probabilità la sua morte non lo turbava né lo preoccupava troppo; e quando un giorno Musa il droghiere brontolò per le dodici mogli del profeta, *una regola per lui, un'altra per noi*, Baal capì quale forma avrebbe assunto il suo scontro finale con la Sottomissione.

Le ragazze della Cortina – che erano chiamate "ragazze" solo per convenzione, essendo la più anziana una donna che aveva passato i cinquanta da un pezzo e la più giovane, a quindici anni, più esperta di molte cinquantenni – avevano finito per affezionarsi a questo malandato Baal, ed erano anche contente di avere un eunuco che non era tale, e quindi nelle ore libere lo stuzzicavano in varie deliziose maniere, esibendo davanti a lui i loro corpi, accostando i seni alle sue labbra, avvolgendogli le gambe intorno alla vita, baciandosi appassionatamente tra loro a un paio di centimetri dal suo viso, tanto da eccitare disperatamente il povero scrittore; dopo di che ridevano del suo turgore e a forza di prenderlo in giro lo portavano a una tremante e pudica detumescenza; oppure, molto di rado, quando lui ormai non s'aspettava più niente del genere, delegavano una del gruppo a soddisfare, gratis, la lussuria che avevano destato. In questo modo, come un toro miope, ammiccante e docile, il poeta trascorreva le sue giornate, posando la testa in grembi femminili e meditando sulla morte e la vendetta, incapace di stabilire se era l'uomo più soddisfatto o il più sventurato che ci fosse al mondo.

Fu durante una di queste giocose sedute al termine di una giornata di lavoro, quando le ragazze erano sole con i loro eunuchi e il loro vino, che Baal udì la più giovane parlare del proprio cliente, il droghiere Musa. «Che tipo!» disse. «Ha l'idea fissa delle mogli del Profeta. Lo ossessionano talmente che per eccitarsi gli basta pronunciarne i nomi. Dice, immaginate, che io personalmente sono l'immagine sputata di Ayesha, e là, lo sanno tutti, è la favorita di Sua Signoria. Figuratevi.»

Intervenne la cortigiana cinquantenne. «Eh, già, le donne di quell'harem, da un po' di tempo gli uomini non parlano d'altro. Non mi meraviglia che Mahound le tenga rinchiuse, ma questo non fa che peggiorare le cose. La gente fantastica di più su ciò che non può vedere.»

Specialmente in questa città, pensò Baal; soprattutto nella nostra Jahilia dai costumi licenziosi, dove, prima che arrivasse Mahound col suo regolamento, le donne vestivano di colori vivaci, e non si parlava che di scopate e di soldi, di soldi e di sesso, e non è che ci si limitasse a parlarne.

Disse alla puttana più giovane: «E tu perché non fingi per lui?».

«Lui chi?»

«Musa. Se Ayesha lo eccita tanto, perché non diventi la sua Ayesha privata e personale?»

«Bravo» disse la ragazza. «Se quelli ti sentissero, ti metterebbero a bollire le palle nel burro.»

Quante moglie? Dodici, più una vecchia, morta da tempo. Quante puttane dietro la Cortina? Dodici anche lì e, inaccessibile sul suo trono circondato di tende nere, la decrepita Signora che ancora sfidava la morte. Dove non c'è fede, non c'è bestemmia. Baal espose alla Signora la sua idea; e lei risolse la situazione con la sua voce di rana afflitta da laringite. «È assai pericoloso» dichiarò, «ma potrebbe giovare moltissimo agli affari. Ci muoveremo con prudenza, ma ci muoveremo.»

La quindicenne sussurrò qualcosa nell'orecchio del droghiere. Subito nei suoi occhi cominciò a brillare una luce. «Raccontami tutto» la implorò. «La tua infanzia, i tuoi giocattoli preferiti, i cavalli di Salomone e tutto il resto, raccontami di quando suonavi il tamburello e il Profeta veniva a guardarti.» Lei glielo raccontò, e allora la interrogò su come era stata sverginata a dodici anni, e lei gli raccontò anche questo, e alla fine lui la pagò il doppio della tariffa normale, perché «non ero mai stato meglio in vita mia». «Dovremo stare attenti alle loro condizioni cardiache» disse la Signora a Baal.

Quando si sparse per Jahilia la notizia che ogni puttana della Cortina, aveva assunto l'identità di una delle mogli di Mahound, l'eccitazione clandestina dei cittadini maschi fu immensa: avevano però una gran paura che la cosa venisse scoperta, sia perché avrebbero sicuramente perso la vita se Mahound o i suoi luogotenenti avessero saputo che erano complici di tali irriverenze, sia perché desideravano che il nuovo servizio offerto dalla Cortina fosse mantenuto e che il segreto non arrivasse all'orecchio delle autorità. In quel periodo Mahound era tornato con le mogli a Yathrib, preferendo il fresco clima dell'oasi del nord al caldo di Jahilia. La città era stata affidata al generale Khalid, al quale era facile nascondere le cose. Mahound per un po' aveva preso in considerazione l'ipotesi di fargli chiudere tutti i bordelli cittadini, ma Abu Simbel gli aveva sconsigliato un atto così precipitoso. «I jahiliani si sono convertiti da poco» gli fece notare. «Non avere fretta.» Mahound, il più pragmatico di tutti i Profeti, aveva quindi accettato una fase di transizione. Perciò, durante la sua assenza gli uomini di Jahilia affluivano in massa alla Cortina, il cui giro d'affari aumentò del trecento per cento. Per ragioni ovvie, non era opportuno che si formassero code in strada, e quindi una fila di uomini si snodava spesso lungo il perimetro del cortile più interno del bordello, girando attorno alla sua Fontana d'Amore che ne era il centro, un po' come i pellegrini ruotavano, per ragioni differenti, intorno all'antica Pietra Nera. A tutti i clienti della Cortina venivano consegnate delle maschere, e Baal, guardando da un alto balcone quelle figure mascherate, era soddisfatto. C'era più di un modo per rifiutare di Sottomettersi.

Nei mesi successivi il personale della Cortina cominciò ad appassionarsi a questo nuovo compito. La quindicenne "Ayesha" era la prediletta del pubblico pagante, proprio come la sua omonima lo era di Mahound, e come l'Ayesha che viveva casta nel proprio appartamento, negli alloggi riservati all'harem della grande moschea di Yathrib, questa Ayesha jahiliana cominciò a prendere molto sul serio la propria posizione preminente di Più Amata. S'irritava quando qualcuna delle "sorelle" sembrava aumentare i propri visitatori o riceveva mance eccezionalmente generose. La puttana più vecchia e più grassa, che aveva assunto il nome di "Sawdah", raccontava ai suoi clienti – e ne aveva molti, perché tanti uomini di Jahilia preferivano lei per le sue attrattive materne, e anche per la sua gratitudine – la storia di come Mahound aveva sposato lei e Ayesha lo stesso giorno, quando Ayesha era ancora una bambina. «Trovava in noi due» diceva, eccitando enormemente gli uomini «le due metà della prima moglie morta: la figlia e anche la madre.» La puttana "Hafsah" divenne irascibile come la sua omonima, e a mano a mano che le dodici entravano nello spirito dei propri ruoli le alleanze nel bordello finirono per rispecchiare le camarille politiche nella moschea di Yathrib. "Ayesha" e "Hafsah", per esempio, avevano costanti e meschini bisticci con le due puttane più altezzose, che le altre avevano sempre considerato un po' troppo piene di sé e che si erano scelte le identità più aristocratiche, diventando l'una "Umm Salamah la Makhzumita" e l'altra, la più spocchiosa di tutte, "Ramlah", la cui omonima, undicesima moglie di Mahound, era figlia di Abu Simbel e di Hind. C'erano anche una "Zainab-bint-Jahsh" e una "Juwairiyah", come la sposa catturata durante una spedizione militare, e una "Rehana l'Ebrea", una "Safia" e una "Maimunah", nonché la più erotica di tutte, esperta in trucchi che si rifiutava d'insegnare alla rivale "Ayesha", l'affascinante egiziana "Maria la Copta". La più strana era la puttana che aveva assunto il nome di "Zainab bint Khuzaimah", pur sapendo che questa moglie di Mahound era morta da poco. La necrofilia dei suoi amanti, che le proibivano di fare qualsiasi movimento, era uno degli aspetti più ripugnanti del nuovo regime della Cortina. Ma gli affari sono affari, e anche questo era un bisogno che le cortigiane colmavano.

Alla fine del primo anno le dodici erano diventate così abili nei loro ruoli che le loro identità precedenti cominciarono a dissolversi. Baal, di mese in mese più miope e più sordo, vedeva le figure delle ragazze passargli davanti con i contorni sfocati, come immagini in qualche modo doppie, come ombre sovrapposte ad altre ombre. Le ragazze intanto accarezzavano nuovi progetti anche su Baal. A quei tempi era abituale che una puttana, iniziando la professione, si prendesse un marito – una montagna, magari, o una fontana, o un cespuglio – che non potesse dar loro fastidio, al fine di assumere, per amor di forma, il titolo di donna sposata. Alla Cortina la regola era che tutte le ragazze sposassero il Getto d'Amore del cortile centrale, ma adesso stava covando una specie di rivolta, e venne il giorno in cui le prostitute andarono tutte assieme dalla Signora ad annunciarle che, da quando avevano cominciato a considerarsi le mogli del Profeta, sentivano il bisogno di un marito che fosse un po' meglio di una pietra che spruzzava acqua, cosa che, dopo tutto, era quasi un atto d'idolatria; e a dirle che avevano deciso di diventare tutte spose del balordo, Baal. All'inizio la Signora cercò di dissuaderle, ma quando vide che facevano sul serio, cedette e disse loro di mandare da lei lo scrittore. Con molte risatine e gomitate, le dodici cortigiane scortarono il poeta sino alla sala del trono. Quando Baal fu informato del progetto, il cuore gli prese a battere così irregolarmente che egli perse l'equilibrio e cadde, e "Ayesha", spaventata, strillò: «Oh Dio, saremo le sue vedove prima ancora di diventare le sue spose».

Ma Baal si riprese; il suo cuore ritrovò la calma. E, non avendo scelta, accettò le dodici proposte di matrimonio. Allora la Signora celebrò tutte le nozze e in quell'antro di degenerazione, in quell'anti-moschea, in quel labirinto di profanità, Baal divenne il marito delle mogli dell'ex uomo d'affari Mahound.

A questo punto le mogli gli fecero chiaramente capire che s'aspettavano che lui adempisse ai suoi doveri coniugali in ogni senso, ed elaborarono un sistema di rotazione in base al quale lui poteva trascorrere a turno un giorno con ognuna delle ragazze (alla Cortina giorno e notte erano invertiti, essendo la notte dedicata al lavoro e il giorno al riposo). Poi, appena egli ebbe intrapreso questo faticoso programma, convocarono una riunione in cui gli dissero che doveva decidersi a comportarsi un po' più come il "vero" marito, cioè come Mahound. «Perché non cambi nome come abbiamo fatto noi?» disse l'irascibile "Hafsah", ma Baal non volle saperne. «Forse non è un nome di cui essere molto fieri» sostenne, «ma è il mio. Inoltre io qui non lavoro con i clienti. Non c'è una ragione commerciale per cambiarlo.» «Be', comunque» la voluttuosa "Maria la Copta" alzò le spalle, «nome o non nome, vogliamo che tu cominci a comportarti come lui.»

«Io non ne so molto» fece per protestare Baal, ma "Ayesha" che era davvero la più attraente di tutte, o tale gli sembrava da qualche tempo, fece una smorfia deliziosa. «Andiamo, marito» lo lusingò. «Non è poi tanto difficile. Vogliamo solo, capisci, che tu sia il padrone.»

Risultò che le puttane della Cortina erano le donne più antiquate e convenzionali di Jahilia. Il loro lavoro, che avrebbe potuto renderle ciniche e disilluse (e certo erano capacissime di esprimere giudizi feroci sui visitatori) ne aveva fatto invece delle sognatrici. Isolate dal mondo esterno, avevano elaborato una visione fantastica di una "vita normale", e desideravano soltanto essere collaboratrici obbedienti, e – ma sì – sottomesse, di un uomo saggio, forte e affettuoso. In altre parole: gli anni trascorsi dando corpo alle fantasie degli uomini erano riusciti a corrompere i loro sogni, al punto che persino nel profondo del cuore volevano trasformarsi nella più antica delle fantasie maschili. Inoltre la piccante novità del recitare la vita domestica del Profeta le aveva portate tutte a uno stato d'animo di grande eccitazione, e lo stupefatto Baal scoprì cosa significasse avere dodici donne che si contendevano i suoi favori, la carità di un suo sorriso, mentre gli lavavano i piedi e glieli asciugavano con i loro capelli, gli oliavano il corpo e danzavano per lui, e recitavano in mille modi quel matrimonio sognato che non avevano mai veramente creduto di poter avere.

Fu una cosa irresistibile. Baal divenne così sicuro di sé da impartire loro ordini, da far da giudice nelle loro controversie, da punirle quando si arrabbiava. Una volta, irritato dalle loro liti, giurò che non le avrebbe più frequentate per un mese. Quando, dopo ventinove notti, andò da "Ayesha", lei lo prese in giro perché non ce l'aveva fatta a star lontano. «Questo mese dura solo ventinove giorni» replicò lui. Una volta fu sorpreso con "Maria la Copta" da "Hafsah", nell'alloggio di "Hafsah" e il giorno di "Ayesha". Pregò "Hafsah" di non dirlo ad "Ayesha", di cui si era innamorato; ma lei glielo disse egualmente e Baal dovette poi stare a lungo lontano da "Maria" dalla pelle chiara e dai capelli ricci. Insomma, era ormai preda delle seduzioni dell'essere diventato lo specchio segreto e profano di Mahound; e aveva ricominciato a scrivere.

Le poesie che produsse erano le più dolci che fossero mai uscite dalla sua penna. A volte, quando era con "Ayesha", sentiva un intontimento improvviso, una pesantezza, ed era costretto a sdraiarsi. «È strano» le disse. «È come se mi vedessi in piedi accanto a me stesso. E quello che sta in piedi posso farlo parlare; poi mi alzo e trascrivo i suoi versetti.» Questi intontimenti artistici di Baal erano molto ammirati dalle sue mogli. Una volta, esausto, si appisolò su una poltrona della camera di "Umm Salamah la Makhzumita". Quando si svegliò, qualche ora dopo, aveva il corpo indolenzito e il collo e le spalle pieni di nodi. Sgridò Umm Salamah: «Perché non mi hai svegliato?». Lei rispose: «Avevo paura perché poteva darsi che ti stessero arrivando i versetti». Lui scosse il capo. «Non preoccuparti per questo. La sola donna in compagnia della quale mi vengono è "Ayesha", non tu.»

Due anni e un giorno dopo che Baal era andato a vivere alla Cortina, uno dei clienti di "Ayesha" lo riconobbe, nonostante la pelle tinta, i pantaloni e gli esercizi di body-building. Baal montava la guardia davanti alla porta quando il cliente ne uscì e s'avviò deciso verso di lui, gridando: «Allora è qui che sei finito!». Arrivò di corsa "Ayesha", con gli occhi sfavillanti di paura. Ma Baal disse: «È tutto a posto. Non ci darà noie». Poi invitò Salman il persiano nel suo alloggio e stappò una bottiglia del vino dolce fatto di uva non pigiata che i jahiliani si erano messi a produrre da quando avevano scoperto che non era vietato da quello che chiamavano ormai, irrispettosamente, il Regolamento.

«Sono venuto perché sto finalmente per lasciare questa città infernale» disse Salman, «e volevo un attimo di piacere dopo tanti anni di merda.» Dopo che Bilal aveva interceduto per lui in nome della loro vecchia amicizia, l'immigrante aveva trovato lavoro come scrittore di lettere e scriba in generale e sedeva a gambe incrociate sul ciglio della strada principale del quartiere degli affari. Il suo cinismo e la sua disperazione erano stati bruniti dal sole. «La gente scrive per raccontare bugie» disse, bevendo rapidamente. «Di conseguenza, un bugiardo professionista si guadagna lautamente da vivere. Le mie lettere d'amore e la mia corrispondenza d'affari divennero famose come le migliori della città, per le mie doti naturali di inventore di belle menzogne che comportano soltanto una piccola deviazione dalla realtà. Così, in due anni sono riuscito a risparmiare abbastanza per tornare a casa. A casa! Al mio paese! Parto domani, e non sarà mai troppo presto.»

Mentre la bottiglia si svuotava, Salman riprese a parlare, come Baal aveva previsto, della fonte di tutti i suoi guai, il Messaggero e i suoi messaggi. Raccontò a Baal di una lite tra Mahound e Ayesha, riferendo questa voce come se fosse stata un dato di fatto incontrovertibile. «La ragazza non sopportava più che suo marito volesse tante altre donne» disse. «Lui parlava di necessità, di alleanze politiche eccetera, ma lei non si lasciò imbrogliare. Chi può rimproverarglielo? Alla fine lui ebbe – indovina un po' – una delle sue trance, e ne uscì con un messaggio dell'arcangelo. Gibreel gli aveva recitato molti versetti che gli davano il pieno appoggio divino. L'autorizzazione di Dio a scopare quante donne voleva. A questo punto: cosa poteva dire Ayesha contro i versetti di Dio? E sai cosa disse? Questo: "Evidentemente il tuo Dio salta sempre fuori quando hai bisogno che ti risolva qualche problema". Be', se non fosse stata Ayesha, chissà cos'avrebbe fatto lui, ma certo nessun altro avrebbe mai osato tanto.» Baal lo lasciò continuare senza interromperlo. Gli aspetti sessuali della Sottomissione turbavano molto il persiano. «È malsana» dichiarò, «questa faccenda della segregazione. Non ne uscirà niente di buono.»

Dopo un po' Baal cominciò a obiettare, e Salman udì con stupore che il poeta prendeva le parti di Mahound: «Devi capire il suo punto di vista» ragionò Baal. «Se le famiglie gli offrono delle spose e lui le rifiuta, si crea dei nemici – e poi è un uomo speciale ed è comprensibile che goda di dispense speciali – e in quanto al fatto di tenerle rinchiuse, be', pensa che disonore sarebbe se a una di loro capitasse qualcosa di brutto! Credimi, se tu vivessi qui, non penseresti più che un po' meno di libertà sessuale sia un male – per la gente comune, intendo.»

«Ti è andato il cervello in acqua» disse recisamente Salman. «È da troppo che non prendi il sole. O forse è il tuo costume che ti fa parlare come un pagliaccio.»

Baal a questo punto era un po' brillo e intendeva rispondergli per le rime, ma Salman alzò una mano malferma. «Non ho voglia di litigare» disse. «Lascia piuttosto che ti racconti. La storia più sensazionale che circola in città. Uh-uh! Ed è attinente a quello che tu stai dicendo.»

La storia di Salman: Ayesha e il Profeta erano partiti per una spedizione in un villaggio lontano; e, mentre tornavano a Yathrib, l'intera comitiva si accampò sulle dune per la notte. L'accampamento fu smontato nell'oscurità che precede l'alba. All'ultimo momento Ayesha fu costretta da un bisogno naturale a raggiungere di corsa un avvallamento dove nessuno potesse vederla. Durante la sua assenza, i portatori presero il suo palanchino e si misero in marcia. Era una donna leggera e loro, non notando molta differenza nel peso di quel massiccio palanchino, diedero per scontato che lei fosse lì dentro. Fatti i suoi bisogni, Ayesha tornò e si trovò sola, e chissà cosa le sarebbe successo se non fosse passato per caso un giovane, certo Safwan, sul suo cammello... Safwan riportò Ayesha a Yathrib sana e salva, e a questo punto cominciarono le chiacchiere, anche nell'harem dove ogni occasione di minare il potere di Ayesha era sempre colta con entusiasmo dalle sue rivali. I due giovani erano rimasti soli nel deserto per molte ore, e si insinuava, sempre più ad alta voce, che Safwan era un uomo bello e focoso mentre il Profeta, dopo tutto, era molto più vecchio di Ayesha, e allora non era possibile che si fosse sentita attratta da qualcuno di un'età più vicina alla sua? «Un bello scandalo» commentò allegramente Salman.

«Cosa farà Mahound?» volle sapere Baal.

«Oh, ha già fatto» replicò Salman. «La stessa cosa di sempre. Ha visto il suo amicone, l'arcangelo, e ha poi fatto sapere a tutti che Gibreel aveva prosciolto Ayesha.» Salman allargò le braccia, con una rassegnazione da uomo di mondo. «E stavolta, amico, la signora non si è lamentata di quanto gli facessero comodo i versetti.»

Salman il persiano partì il mattino dopo, con una carovana di cammelli diretta al nord. Nel congedarsi da Baal alla Cortina, lo abbracciò, lo baciò su entrambe le guance e disse: «Forse hai ragione tu. Forse è meglio star lontani dalla luce del giorno. Spero che duri». E il poeta replicò: «E io spero che tu trovi una tua casa e che lì ci sia qualcosa da amare». Il viso di Salman perse qualsiasi espressione. Aprì la bocca, la richiuse e se ne andò.

"Ayesha" venne nella camera di Baal in cerca di rassicurazione. «Non rivelerà il segreto la prima volta che si ubriaca?» domandò, accarezzando i capelli di Baal. «Ha fatto fuori una quantità enorme di vino.»

Baal disse: «Niente sarà mai più lo stesso». La visita di Salman lo aveva svegliato dal sogno in cui era lentamente sprofondato negli anni passati alla Cortina, e non poteva più riaddormentarsi.

«Sì, invece» disse Ayesha. «Sì. Vedrai.»

Baal scosse il capo e pronunciò la sola frase profetica della sua vita. «Sta per succedere qualcosa di grosso» predisse. «Un uomo non può stare nascosto per sempre tra le sottane.»

Il giorno dopo Mahound tornò a Jahilia e i soldati vennero a informare la Signora della Cortina che il periodo di transizione era finito. I bordelli erano costretti a chiudere, con effetto immediato. Quel che era troppo era troppo. Sempre nascosta dietro i suoi drappi, la Signora chiese ai soldati di allontanarsi per un'ora, in nome della decenza, per permettere agli ospiti di congedarsi, e l'ufficiale responsabile della squadra buoncostume era talmente inesperto che acconsentì. La Signora mandò i suoi eunuchi a informare le ragazze e ad accompagnare fuori i clienti da una porta posteriore. «Vi prego di chiedere scusa per l'interruzione» ordinò agli eunuchi, «e di dire che, date le circostanze, non si addebiterà loro nulla.»

Furono le sue ultime parole. Quando le ragazze allarmate, parlando tutte insieme, s'accalcarono nella sala del trono per sapere se il peggio era vero, lei non rispose alle loro domande terrorizzate, siamo disoccupate, come mangeremo, finiremo in prigione, cosa sarà di noi – finché "Ayesha", facendosi coraggio, fece una cosa che nessuna di loro aveva mai osato tentare. Tirò i neri tendaggi, ed esse videro una morta che poteva avere cinquant'anni come centoventicinque, alta meno di un metro: aveva l'aria di una grossa bambola, raggomitolata su una sedia di vimini carica di cuscini, e teneva un flacone di veleno vuoto, stretto nel pugno.

«Adesso che avete cominciato» disse Baal, entrando nella stanza, «tanto vale che tiriate giù tutte le tende. Non c'è più ragione di tenere fuori il sole.»

Il giovane ufficiale della buoncostume, Umar, si permise di manifestare il proprio petulante malumore nello scoprire il suicidio della tenutaria del bordello. «Be', se non possiamo impiccare la padrona, dovremo accontentarci delle operaie» gridò, e ordinò ai suoi uomini di arrestare le "bagasce", compito che essi svolsero con zelo. Le donne fecero un gran chiasso e sferrarono calci ai loro catturatori, mentre gli eunuchi se ne stavano a guardare senza muovere un muscolo, perché Umar aveva detto loro: «Vogliono che le troie siano processate, ma per quanto riguarda voi non ho avuto istruzioni. Perciò se non volete perdere la testa oltre che le palle, non immischiatevi». Gli eunuchi quindi non difesero le donne della Cortina quando i soldati le atterrarono; e tra gli eunuchi c'era anche Baal, della pelle tinta e della poesia. Poco prima di essere imbavagliata, la più giovane delle "troie", o "baldracche" strillò: «Marito, per l'amor di Dio, aiutaci se sei un uomo». Il capitano della buoncostume si mise a ridere. «Chi di voi è suo marito?» domandò, guardando con attenzione ognuno di quei visi sormontati da un turbante. «Su, confessate. Che effetto vi fa guardare il mondo con una moglie?»

Baal concentrò lo sguardo nel vuoto, per evitare sia le occhiatacce di "Ayesha" sia gli occhi stretti di Umar. L'ufficiale si fermò davanti a lui. «Sei tu?»

«Signore, cerchi di capire, è solo un modo di dire» mentì Baal. «Gli piace scherzare, alle ragazze. Ci chiamano mariti perché noi, noi...»

Senza preavviso, Umar gli afferrò i genitali e glieli strinse. «Perché non potete esserlo» disse. «Mariti, eh. Non male.»

Quando il dolore diminuì, Baal vide che le donne erano scomparse. Prima di uscire, Umar diede agli eunuchi un consiglio. «Squagliatevela» suggerì. «Domani possono darmi ordini che vi riguardano. Non molti hanno fortuna per due giorni di fila.»

Una volta portate via le ragazze della Cortina, gli eunuchi si sedettero a piangere senza riuscire a frenarsi vicino alla Fontana d'Amore. Ma Baal, pieno di vergogna, non pianse.

Gibreel sognò la morte di Baal:

Poco dopo l'arresto, le dodici puttane s'accorsero di essersi talmente abituate ai loro nuovi nomi da non ricordare più quelli vecchi. Erano troppo spaventate per fornire ai carcerieri quelli che avevano assunto, e di conseguenza non poterono indicarne alcuno. Dopo molte urla, e parecchie minacce, i carcerieri si arresero e le registrarono con dei numeri: Cortina 1, Cortina 2, eccetera. Anche i loro ex clienti, terrorizzati dalle conseguenze che avrebbe avuto il lasciarsi sfuggire il segreto di ciò che le puttane avevano combinato, restarono zitti, ed è quindi possibile che nessuno ne avrebbe mai saputo nulla se il poeta Baal non si fosse messo ad affiggere i suoi versetti sui muri del carcere.

Due giorni dopo gli arresti, la prigione traboccava di prostitute e magnaccia, il cui numero era notevolmente aumentato negli ultimi due anni, da quando cioè la Sottomissione aveva introdotto a Jahilia la segregazione sessuale. Si venne a sapere che molti jahiliani erano pronti a sopportare gli scherni della marmaglia, per non parlare dei possibili procedimenti giudiziari in base alle nuove leggi sull'immoralità, per venire sotto le finestre del carcere e far serenate alle meretrici di cui si erano innamorati. Il terzo giorno, però, comparve tra questi idioti infelici in amore, un individuo particolarmente afflitto in turbante e pantaloni, con una pelle scura che cominciava ad apparire parecchio chiazzata. Molti passanti, guardandolo, ridacchiarono, ma quando cominciò a cantare i suoi versetti, i risolini cessarono di colpo. I jahiliani erano sempre stati intenditori di poesia, e la bellezza delle odi cantate da quello strano personaggio li tenne immobili ad ascoltare. Baal cantò le sue poesie d'amore, e il dolore che esse contenevano ridusse al silenzio gli altri verseggiatori, i quali lasciarono che parlasse lui per tutti. Alle finestre del carcere fu possibile, per la prima volta, vedere i visi delle puttane sequestrate, attirate dalla magia dei versi. Quando finì il suo recital, andò a inchiodare la poesia al muro. Le guardie, i cui occhi grondavano lacrime, non fecero niente per fermarlo.

Da allora, quel bizzarro individuo ricompariva ogni sera, per recitare una nuova poesia, e ognuna pareva più bella della precedente. Fu forse questo eccesso di bellezza che impedì a chiunque di accorgersi, sino alla dodicesima sera, quando ebbe completato la dodicesima e ultima serie di versetti, ciascuna dedicata a una donna diversa, che i nomi delle sue dodici "mogli" corrispondevano a quelli di un altro gruppo di dodici.

Ma il dodicesimo giorno se ne accorsero, e subito la grande folla che si era riunita per sentir leggere Baal, cambiò umore. Reazioni offese sostituirono la precedente esaltazione, e il poeta si trovò circondato da uomini furiosi che volevano conoscere i motivi di quell'insulto così indiretto, così bizantino. A quel punto Baal si tolse l'assurdo turbante: «Io sono Baal» annunciò, «e non riconosco altra giurisdizione che quella della mia Musa, o, per essere preciso, delle mie dodici Muse.»

Le guardie s'impadronirono di lui.

Il generale Khalid avrebbe voluto far giustiziare Baal subito, ma Mahound volle che il poeta fosse processato immediatamente dopo le puttane. Così quando le dodici mogli di Baal, che avevano divorziato dalla pietra per sposare lui, furono condannate alla lapidazione, Baal si trovò a faccia a faccia con il Profeta, specchio di fronte all'immagine, tenebra di fronte alla luce. Khalid, che sedeva alla destra di Mahound, offrì a Baal un'ultima possibilità di spiegare le sue abominevoli gesta. Il poeta raccontò allora la storia del proprio soggiorno alla Cortina, parlando nel linguaggio più semplice, senza nascondere nulla, neppure l'atto finale di codardia, perché tutto quello che aveva fatto dopo era stato soltanto un tentativo di riscattarlo. Ma a questo punto accadde una cosa insolita. La folla che gremiva la tenda del giudizio, perché in fin dei conti quello era il famoso poeta satirico Baal, ai suoi tempi la lingua più affilata e l'ingegno più acuto di Jahilia, si mise a ridere (per quanto si sforzasse di non farlo). Quanto più era semplice e sincera la descrizione che dava Baal dei suoi matrimoni con le dodici "mogli del Profeta", tanto più incontrollabile diventava la gaiezza inorridita del pubblico. Alla fine del discorso i buoni cittadini di Jahilia ridevano letteralmente fino alle lacrime, senza riuscire a controllarsi, neanche quando i soldati armati di nervi di bue e di scimitarre li minacciarono di morte immediata.

«Non sto scherzando!» gridò Baal alla folla, che gli rispose urlando sghignazzando dandosi pacche sulle cosce. «Non è una barzelletta.» Ha, ha, ha, Infine ammutolirono: il Profeta si era alzato in piedi.

«In tempi lontani tu schernisti la Recitazione» disse Mahound nel silenzio. «Anche allora la gente rise dei tuoi scherni. Ora torni a disonorare la mia casa, e a quanto pare, riesci di nuovo a tirar fuori da loro il peggio.»

Baal disse: «Io ho finito. Fa' quello che vuoi».

Così fu condannato alla decapitazione, da eseguirsi entro un'ora, e mentre i soldati lo trascinavano dalla tenda al luogo dell'esecuzione, volse ancora il capo a gridare: «Puttane e scrittori, Mahound. Siamo noi quelli che non puoi perdonare».

Mahound replicò: «Scrittori e puttane. Non vedo nessuna differenza».

C'era una volta una donna che non cambiò.

Dopo che il tradimento di Abu Simbel ebbe consegnato Jahilia a Mahound su un piatto d'argento e sostituito all'idea della grandezza della città la realtà di quella di Mahound, Hind succhiò dita di piedi, recitò il *la-ilaha* e si ritirò poi in un'alta torre del proprio palazzo, dove le giunse la notizia della distruzione del tempio di Al-Lat a Taif e di tutte le statue della dea di cui si conosceva l'esistenza. Si chiuse in una stanza della torre, con una collezione di libri antichi in caratteri che a Jahilia nessun altro essere umano avrebbe saputo decifrare; e vi restò due anni e due mesi, studiando in segreto questi testi occulti, chiedendo solo che fosse lasciato un piatto di cibo semplice davanti alla sua porta una volta al giorno e che contemporaneamente venisse svuotato il suo vaso da notte. Per due anni e due mesi non vide altro essere vivente. Poi, all'alba, entrò nella camera del marito, elegantissima e con gioielli che luccicavano dai polsi, dalle caviglie, dalle dita dei piedi, dalle orecchie e dalla gola. «Svegliati» ordinò, tirando le tendine. «È un giorno da festeggiare.» Lui notò che non era invecchiata nemmeno di un giorno dall'ultima volta che l'aveva vista; se mai, pareva ancora più giovane, cosa che rendeva credibili le voci che con la sua stregoneria avesse convinto il tempo a star lontano da lei chiusa nella camera della torre. «Cosa dovremmo festeggiare?» domandò l'ex Grande di Jahilia, espettorando il solito sangue del mattino. Hind replicò: «Può darsi che io non sia capace di invertire il flusso della storia, ma se non altro la vendetta è dolce».

Dopo meno di un'ora arrivò la notizia che il Profeta Mahound era stato colpito da una malattia mortale e giaceva nel letto di Ayesha con la testa che gli batteva come se fosse piena di demoni. Hind continuò a preparare con calma un banchetto, mandando servi a invitare gente in ogni angolo della città. Ma ovviamente nessuno voleva partecipare a una festa proprio quel giorno. La sera Hind sedette sola nel grande salone di casa sua, mangiando un semplice piatto di couscous pur avendo attorno splendide, fumanti e aromatiche vivande di ogni tipo immaginabile. Abu Simbel si era rifiutato di farle compagnia, definendo la cena un'oscenità. «Tu hai mangiato il cuore di suo zio» gridò. «E adesso vorresti mangiare il suo.» Lei gli rise in faccia. Quando i servi si misero a piangere, allontanò anche loro e sedette a festeggiare da sola mentre le candele formavano strane ombre sul suo viso autoritario, inflessibile.

Gibreel sognò la morte di Mahound:

Quando infatti la testa del Messaggero cominciò a dolere come mai in precedenza, egli seppe che era venuto il momento in cui gli sarebbe stata offerta la Scelta:

Poiché nessun Profeta può morire prima che gli sia stato mostrato il Paradiso e gli sia stato chiesto di scegliere tra questo mondo e l'altro:

Così, mentre giaceva con il capo sul grembo dell'amatissima Ayesha, chiuse gli occhi e sembrò che la vita si fosse allontanata da lui; ma dopo un po' si riebbe:

E disse a Ayesha: «Mi è stata offerta la Scelta e l'ho fatta; ho scelto il regno di Dio».

Lei allora pianse, sapendo che aveva parlato della propria morte, e allora gli occhi di Mahound si spostarono di là da lei e parvero concentrarsi su un'altra figura presente nella stanza, anche se, Ayesha, quando si voltò a guardare, vide soltanto una lampada che ardeva sul suo supporto.

«Chi è?» gridò lui. «Sei Tu, Azraeel?»

Ma Ayesha udì una voce dolce e terribile, una voce di donna, rispondere: «No, Messaggero di Al-Lah, non è Azraeel».

E la lampada si spense, e nel buio Mahound domandò: «È opera tua questa malattia, Al-Lat?».

E lei disse: «È la mia vendetta su di te, e io sono soddisfatta. Che adesso taglino pure i tendini a un cammello e lo mettano sulla tua tomba».

Poi se ne andò e la lampada che si era spenta tornò a diffondere una luce grande e dolce, e il Messaggero mormorò: «Tuttavia, io Ti ringrazio, Al-Lat, di questo dono».

Non molto tempo dopo morì. Ayesha uscì nella stanza accanto dove le altre mogli ed i discepoli attendevano col cuore gonfio, ed essi cominciarono a lamentarsi, molto:

Ma Ayesha si asciugò gli occhi e disse: «Se c'è qui qualcuno che venerava il Messaggero, pianga pure, perché Mahound è morto; ma se c'è qui qualcuno che venera Dio, gioisca, perché Egli è sicuramente vivo».

Fu la fine del sogno.

VII

L'ANGELO AZRAEEL

1

Si riduceva tutto all'amore, rifletté Saladin nella sua tana: l'amore, "lo strano augello" del libretto di Meilhac e Halévy per *Carmen* – uno dei massimi esemplari, questo, dell'Uccelliera allegorica che aveva messo assieme in giorni più spensierati, e che comprendeva, tra le varie metafore alate, il Dolce (della giovinezza), il Giallo (più fortunato di me), l'Uccello del Tempo senza aggettivi di Khayyam-Fitzgerald (che può volare solo per un piccolo tratto, ed ecco! è sulle Ali), e l'Osceno, quest'ultimo da una lettera di Henry James senior ai figli: "... Ogni uomo che sia arrivato anche soltanto all'adolescenza intellettuale comincia a sospettare che la vita non sia una farsa; che non sia neanche una elegante commedia; che viceversa fiorisca e fruttifichi attingendo ai più profondi abissi tragici di quella povertà essenziale in cui affonda le radici il suo soggetto. Il retaggio naturale di chiunque sia capace di una vita spirituale è una foresta vergine dove ulula il lupo e squittisce l'uccello osceno della notte". Beccatevi questa, ragazzi! – E in una bacheca, differente ma vicina, della fantasia di un Chamcha più giovane e più felice svolazzava una prigioniera proveniente da un pezzo di musica da hit parade, la Farfalla Lucente e Sfuggente, che divideva l'*amour* con l'*oiseau rebelle*.

L'amore, una zona nella quale nessuno che desideri accumulare un corpus umano (cioè non robotico, non skinneriano-androide) di esperienze potrebbe permettersi di troncare le operazioni, ti ha imbrogliato, non c'è il minimo dubbio, e con ogni probabilità ti ha anche distrutto. Ti aveva persino avvertito in anticipo. «*L'amour est enfant de Bohème*» canta Carmen, l'Idea stessa dell'Amata, il suo modello perfetto, eterno, divino, «se t'amo dèi tremar per te.» Non si può pretendere nulla di più corretto. Personalmente Saladin aveva molto amato, e ora (ne era ormai convinto) stava subendo la vendetta di Amore sull'amante sciocco. Tra le cose dello spirito, aveva soprattutto amato la cultura proteiforme inesauribile dei popoli di lingua inglese; aveva detto, quando faceva la corte a Pamela, che *Otello*, da solo, valeva quanto l'opera omnia di qualsiasi altro drammaturgo in qualsiasi altra lingua; e pur sapendo che quella era un'iperbole, pensava di non aver esagerato molto. (Naturalmente, Pamela si sforzava in continuazione di tradire la propria classe e la propria razza, e quindi, come era prevedibile, si dichiarava inorridita, metteva assieme Otello e Shylock, e dava bastonate in testa a quel razzista di Shakespeare con questo bel paio.) Si era sforzato, come prima di lui lo scrittore bengalese Nirad Chaudhuri – pur senza il desiderio irresistibile di quella maliziosa intelligenza coloniale di essere considerato un *enfant terrible* – di essere degno della sfida implicita nella formula *Civis Britannicus sum.* L'Impero non esisteva più, ma lui sapeva che "tutto ciò che c'era di buono e di vivo" in lui era stato "prodotto, plasmato e stimolato" dal suo incontro con questa piccola isola di sensibilità, circondata dal freddo senno del mare. – Tra le cose materiali, aveva dato il suo amore a questa città, Londra, preferendola a quella dove era nato o a qualsiasi altra; vi si era insinuato piano piano, furtivamente, con crescente eccitazione, immobilizzandosi come una statua ogni volta che essa volgeva lo sguardo verso di lui, sognando di essere quello che l'avrebbe posseduta, e quindi, in un certo senso, sarebbe *diventato* lei, come quando nel gioco dei passi della nonna il bambino che tocca quello che sta *sotto* assume quell'ambita identità; come, anche, nel mito del Ramo d'Oro. Londra, la cui natura composita rispecchiava la sua, e così la sua reticenza; i suoi doccioni, i passi spettrali di piedi romani nelle sue strade, i richiami delle sue anatre migratrici in partenza. La sua ospitalità – sì! – nonostante le leggi sull'immigrazione, e la propria recente esperienza, lui insisteva ancora su questo punto: un'accoglienza imperfetta, certo, e con elementi di intolleranza, ma tuttavia reale, come attestava l'esistenza in un *borough* di South London di un pub dove non si udiva altra lingua che l'ucraino, nonché la riunione annuale, a Wembley, a un tiro di schioppo dal grande stadio circondato da echi imperiali – Empire Way, l'Empire Pool

– di oltre cento delegati, ciascuno dei quali era originario di un unico minuscolo villaggio di Goa. «Noi londinesi possiamo essere orgogliosi della nostra ospitalità» aveva detto a Pamela, e lei, ridendo a crepapelle, lo aveva portato a vedere il film di Buster Keaton che s'intitola appunto così, dove il comico, al capolinea di un'assurda ferrovia, viene accolto da gente che vuole ucciderlo. A quei tempi, questi contrasti li divertivano, e dopo accese discussioni finivano a letto... ora tornò alle riflessioni farneticanti sulla metropoli. La sua lunga storia – ripeteva a se stesso con ostinazione – come rifugio, ruolo conservato nonostante la recalcitrante ingratitudine dei figli dei rifugiati; e senza neanche un'ombra della tronfia retorica della "nazione d'immigranti" d'oltre oceano, anche lei con braccia tutt'altro che spalancate. Avrebbero mai gli Stati Uniti, con il loro sei-adesso-sei-mai-stato, permesso a Ho Chi Min di cucinare nelle cucine di un loro albergo? Cosa avrebbe detto la sua Legge McCarran-Walter di un moderno Karl Marx, fermo con la sua barba cespugliosa ad aspettare il permesso di varcare la linea bianca? Oh Londra! Veramente torpida sarebbe l'anima che non preferisse i suoi splendori sbiaditi, le sue nuove esitazioni, alle ardenti certezze di quella Nuova Roma transatlantica con il suo gigantismo architettonico nazificato, che si serviva dell'oppressione delle dimensioni per dare ai suoi abitanti umani la sensazione di essere vermi... Londra – malgrado un aumento di escrescenze quali la Nat West Tower, il logotipo di una società anonima estruso nella terza dimensione – era ancora a misura d'uomo. *Viva! Zindabad!*

Pamela era sempre stata caustica di fronte a queste rapsodie. «Sono valori da museo» gli diceva. «Santificati, appesi in cornici dorate a onorifiche pareti.» Non le era mai piaciuto ciò che durava nel tempo. Cambiare tutto! Sradicarlo! Lui diceva: «Se ci riuscirai, renderai impossibile che, tra una generazione o due, compaia una come te». Lei era felice di questa visione della propria obsolescenza. Se la sua fine doveva essere quella del dodo – un relitto impagliato, *Traditrice della Propria Classe*, 1980 ca. – sarebbe sicuramente stato, diceva, un progresso per il mondo. Lui si permise di dissentire, ma a questo punto già si stavano abbracciando: che era sicuramente un progresso, e così le diede ragione anche sull'altro punto.

(Un anno, il governo decise di far pagare l'ingresso ai musei, e gruppi d'infuriati amanti dell'arte picchettarono questi templi della cultura. Vedendo questo, Chamcha avrebbe voluto preparare anche lui un cartello e organizzare una controprotesta personale. Possibile che quella gente non sapesse quanto *valeva* ciò che c'era là dentro? Eppure se ne stavano lì, a rovinarsi allegramente i polmoni con sigarette che al pacchetto costavano più dei biglietti contro i quali stavano protestando; e ciò che di fatto dimostravano al mondo era lo scarso valore che attribuivano alla propria eredità culturale... Pamela puntò i piedi: «Non pensarci neanche» disse. Sosteneva la tesi, allora corretta, che i musei *valevano troppo* per far pagare l'ingresso. Perciò: «Non pensarci neanche» e, con sua sorpresa, lui scoprì che non ci pensava più. Non intendeva dire quello che poteva sembrare. Intendeva dire che, forse, in certe circostanze, avrebbe sacrificato la *vita* per ciò che c'era in quei musei. Di conseguenza, non poteva prendere sul serio le obiezioni a un biglietto d'ingresso che sarebbe costato pochi pence. Capiva tuttavia che la sua era una posizione confusa e maldifesa.)

– E tra gli esseri umani, Pamela, io amavo te. –

Cultura, città, moglie; più un quarto e ultimo amore, di cui non aveva mai parlato a nessuno: l'amore per un sogno. In passato il sogno tornava più o meno una volta al mese; un sogno semplice, ambientato in un parco cittadino, lungo un viale di olmi maturi, che con i loro rami arcuati trasformavano il viale stesso in una grande galleria dove gocciolavano qua e là il cielo e la luce del sole, attraverso le perfette imperfezioni di quel baldacchino di foglie. Saladin si vedeva in questo isolamento silvestre, insieme con un bimbetto sui cinque anni, cui stava insegnando ad andare in bicicletta. Il ragazzo, che all'inizio ondeggiava in maniera allarmante, si sforzava eroicamente di ritrovare e mantenere l'equilibrio, con la ferocia di chi vuole che suo padre sia fiero di lui. Il Chamcha del sogno correva dietro al figlio immaginario, tenendo stretto il portapacchi sopra la ruota posteriore per evitare che cadesse. Poi mollò la presa e il ragazzo (che ignorava di non essere più sorretto) continuava ad andare: la capacità di stare in equilibrio gli era arrivata come il dono del volo, e i due scivolavano sul viale, Chamcha correndo, il ragazzo pedalando con sempre più energia. «Ce l'hai fatta!» si rallegrò Saladin, e il bimbo, anche lui euforico, si voltò a gridargli: «Guardami! Vedi come ho fatto in fretta a imparare! Non sei contento di me? Non sei contento?». Era un sogno che faceva piangere; perché quando lui si svegliava non c'erano più né la bicicletta né il bambino.

«Cosa farai adesso?» gli aveva domandato Mishal fra le macerie del night Cera Bollente, e lui aveva risposto, con noncuranza eccessiva: «Io? Penso che tornerò alla vita». Più facile dirlo che farlo; era stata la vita, dopo tutto, a compensare il suo amore per il bambino del sogno con la mancanza di figli; il suo amore per una donna con l'allontanamento di lei e la di lei fecondazione a opera di un suo vecchio compagno di college; il suo amore per una città scaraventandolo su di essa da altezze da Himalaya; e il suo amore per una civiltà facendolo tormentare, umiliare, fracassare sulla ruota. Be', non proprio fracassare, corresse: era di nuovo intero, e poi c'era da considerare il caso di Niccolò Machiavelli (un uomo denigrato a torto, un nome diventato, come quello di Muhammad-Mahon-Mahound, un sinonimo di malvagio; quando, in realtà, le sue incrollabili convinzioni repubblicane gli avevano procurato il supplizio della ruota, al quale sopravvisse, ma erano poi tre i giri? – sufficienti comunque a far ammettere dalla maggior parte degli uomini di aver violentato le proprie nonne, o qualsiasi altra cosa, pur di non dover più soffrire – e tuttavia non aveva confessato niente, non avendo commesso alcun delitto al servizio della Repubblica fiorentina, quell'interruzione troppo breve del potere della famiglia Medici); se Niccolò era riuscito a sopravvivere a tante tribolazioni, fino a scrivere quella parodia, forse amareggiata forse sardonica, della servile letteratura specchio-dei-potenti, allora così in voga, che fu *Il Principe*, e poi i magistrali *Discorsi*, lui, Chamcha, non doveva certamente permettersi il lusso della disfatta. Resurrezione, dunque; spingi via quel masso dalla bocca oscura della caverna, e al diavolo i problemi legali.

Mishal, Hanif Johnson e Pinkwalla – agli occhi dei quali le metamorfosi di Chamcha avevano fatto dell'attore un eroe, perché aveva avuto il merito di far entrare la magia degli effetti speciali dei film fantastici (*Labyrinth*, *Legend*, *Howard the Duck*) nel Reale – portarono Saladin a casa di Pamela sul furgone del disc-jockey; stavolta pigiato nella cabina di guida con gli altri tre. Era il primo pomeriggio; Jumpy doveva essere ancora al centro sportivo. «Buona fortuna» disse Mishal, baciandolo, e Pinkwalla domandò se dovevano aspettarlo. «No, grazie» replicò Saladin. «Quando sei caduto dal cielo, sei stato abbandonato dal tuo amico, hai subito la brutalità della polizia, sei stato trasformato in un caprone, hai perso il lavoro e anche la moglie, hai imparato il potere dell'odio e hai ritrovato una forma umana, cosa ti resta da fare se non, come diresti tu, rivendicare i tuoi diritti?» Li salutò. «Auguri» disse Mishal, e se ne andarono. All'angolo della strada, i soliti ragazzini del quartiere, con i quali non era mai stato in buoni rapporti, stavano facendo rimbalzare un pallone su un lampione. Uno di loro, un mascalzoncello di nove o dieci anni con l'aria cattiva e gli occhi porcini, puntò un telecomando immaginario verso di lui e gridò: «Avanti veloci!». La sua era una generazione che credeva di poter evitare gli aspetti noiosi, fastidiosi e sgradevoli della vita, andando avanti veloce da un climax pieno d'azione a un altro. *Benvenuto a casa*, pensò Saladin, e suonò il campanello della porta.

Quando lo vide, Pamela si portò letteralmente le mani alla gola. «Pensavo che non lo si facesse più» disse lui «dai tempi del *Dottor Stranamore*.» La gravidanza non era ancora visibile; le domandò come si sentiva e lei arrossì, ma confermò che tutto andava bene. «Finora.» Era ovviamente alterata, l'offerta di un caffè in cucina arrivò con parecchi secondi di ritardo (personalmente "restò fedele" al whisky, che beveva in continuazione nonostante il bambino), ma di fatto Chamcha si sentì giù di corda (per un certo periodo era stato un avido appassionato dei divertenti libretti di Stephen Potter) per tutto il colloquio. Pamela, chiaramente, pensava che sarebbe toccato a lei trovarsi in una brutta posizione. Era stata lei a voler rompere il matrimonio, a rinnegarlo almeno tre volte; ma lui era altrettanto impacciato e confuso, e così sembrava che stessero facendo a gara per chi meritava di stare in castigo. La ragione dell'imbarazzo di Chamcha – ricordiamocelo, non era arrivato esitante, ma nervoso, combattivo – era che, rivedendo Pamela, con la sua vivacità troppo vivace, il suo viso simile a una maschera di santità dietro la quale chissà quali vermi banchettavano con la carne in putrefazione (lo allarmò la violenza ostile delle immagini che affioravano dall'inconscio), la sua testa rasata sotto quel ridicolo turbante, il suo alito di whisky, e la durezza che compariva ora nelle piccole rughe intorno alla bocca, si era reso conto che aveva semplicemente smesso di amarla, e non l'avrebbe voluta indietro neanche se (cosa improbabile, ma non impossibile) lei avesse voluto tornare. Nel momento in cui s'accorse di questo, cominciò, chissà perché, a sentirsi in colpa, e quindi in svantaggio nella conversazione. Inoltre il cane con i peli bianchi gli stava ringhiando contro. Si ricordò di non aver mai avuto una grande simpatia per gli animali domestici.

«Immagino» disse lei, seduta alla vecchia tavola di pino nella vasta cucina, e rivolgendosi al proprio bicchiere, «che quello che ho fatto sia imperdonabile, huh?»

Quel piccolo *huh* all'americana era una novità: un altro della serie interminabile di colpi contro la propria educazione? O glielo aveva attaccato Jumpy, o qualche conoscente all'ultima moda, come una malattia? (Di nuovo quell'irosa violenza: basta. Adesso che non la desiderava più, era del tutto fuori luogo.) «Non penso di poter dire che cosa sono capace di perdonare» replicò. «Nel caso particolare la risposta sembra sfuggire al mio controllo; forse potrò perdonarti oppure no, lo scoprirò col tempo. Diciamo dunque, per ora, che la giuria sta deliberando.» Questo a lei non piacque, avrebbe voluto che lui sdrammatizzasse la situazione e che potessero godersi in pace quel maledetto caffè. Pamela aveva sempre fatto un caffè pessimo; ma questo non era più un problema per Saladin. «Io torno ad abitare qui» disse. «La casa è grande e c'è molto spazio. Occuperò la tana e le stanze del piano di sotto, compreso il bagno di servizio; e così sarò abbastanza indipendente. Intendo usare la cucina con molta parsimonia. Suppongo che, non essendosi mai trovato il mio cadavere, ufficialmente io sia ancora disperso-presumibilmente-deceduto e che tu non sia andata in tribunale a farmi depennare. E allora non dovrei metterci molto tempo a risuscitare, una volta che avrò avvertito Bentine, Milligan e Sellers.» (Rispettivamente il loro avvocato, il loro fiscalista e l'agente di Chamcha.) Pamela ascoltava muta, in un atteggiamento che intendeva comunicargli che non avrebbe sollevato obiezioni, che qualunque cosa lui avesse voluto andava bene: facendo insomma ammenda col linguaggio del corpo. «Dopo di che» concluse lui, «venderemo tutto e tu avrai il tuo divorzio.» Corse via, sbrigandosi a uscire prima che cominciassero i tremiti, e raggiunse la propria tana un attimo prima che arrivassero. Pamela, da basso, stava probabilmente piangendo: per lui piangere non era mai stato facile, ma in fatto di tremiti era un campione. E adesso ci si metteva anche il cuore: bum badum dududum.

Per rinascere devi prima morire.

Rimasto solo, si ricordò subito che lui e Pamela erano stati un tempo in disaccordo, come su tutto il resto, su un racconto che avevano letto entrambi e che aveva appunto come tema la natura dell'imperdonabile. Un uomo e una donna erano stati amici intimi (ma non amanti) per tutta la loro vita d'adulti. Per il suo ventunesimo compleanno (allora erano tutti e due poveri), lei gli aveva regalato, per scherzo, il vaso di vetro più brutto e volgare che era riuscita a trovare, con colori che erano una parodia pacchiana della gaiezza veneziana. Venti anni dopo, quando entrambi avevano avuto successo e stavano diventando grigi, lei andò a trovarlo a casa e si mise a rimproverarlo per come aveva trattato un amico comune. Nel corso della lite, i suoi occhi si posarono sul vecchio vaso, che lui teneva ancora al posto d'onore sulla mensola del soggiorno, e senza interrompere la sua tirata, lo fece cadere sul pavimento dove si ruppe in mille pezzi. Da allora lui non le rivolse più la parola; e quando lei morì, cinquant'anni dopo, si rifiutò di andare a trovarla sul letto di morte o di assistere al suo funerale, benché fossero arrivati dei messaggeri a dirgli che era questo il suo desiderio più vivo. «Ditele» dichiarò agli emissari, «che lei non ha mai saputo quanto era prezioso per me ciò che ha rotto.» Gli emissari discussero, implorarono, s'arrabbiarono. Se lei non sapeva di quale significato lui aveva investito quella cosetta, come si poteva, oggettivamente, fargliene una colpa? E nel corso degli anni non aveva forse tentato infinite volte di scusarsi e di espiare? Adesso poi, perdio, stava morendo; non era possibile appianare questa antica e puerile divergenza? Avevano già perso tutta una vita d'amicizia; non potevano almeno dirsi addio? «No» disse l'implacabile uomo. «Ma è davvero per il vaso? O ci stai nascondendo qualcosa di più misterioso?» «È per il vaso» rispose lui. «Per il vaso e niente altro.» Secondo Pamela, l'uomo era meschino e crudele. Ma Chamcha aveva già allora apprezzato la strana privacy, il carattere intimo e inspiegabile del problema. «Nessuno può valutare una ferita interiore» aveva detto, «dalle dimensioni di quella esteriore, del foro.»

Sunt lacrimae rerum, avrebbe detto l'ex insegnante Sufyan, e nei giorni successivi Saladin ebbe ampie possibilità di osservare le lacrime delle cose. All'inizio rimase praticamente immobile nella sua tana, aspettando che tornasse a crescergli attorno secondo il proprio ritmo, che ritrovasse almeno in parte le solide confortevoli caratteristiche di un tempo, prima che l'universo si alterasse. Vide molta televisione con occhi distratti, saltando da un canale all'altro, poiché anche lui faceva parte della moderna cultura del telecomando quanto il ragazzetto porcino all'angolo della strada; anche lui poteva capire, o almeno illudersi di capire, il composito video-mostro al quale, premendo i pulsanti, dava vita... quale livellatore era questo aggeggio del telecomando, il letto di Procuste del ventesimo secolo: rimpiccioliva i pesi massimi e allungava i piccoli, finché tutte le trasmissioni, spot pubblicitari, polizieschi, giochi a premi, le mille e una gioia e paura del reale e dell'immaginario avevano lo stesso peso; – mentre il Procuste originario, cittadino di quella che oggi potrebbe essere definita una cultura "d'intervento", doveva usare sia il cervello sia i muscoli, lui, Chamcha, poteva starsene sdraiato sulla sua poltrona inclinabile Parker-Knoll e lasciare che le alterazioni le facessero le sue dita. Gli sembrava, schizzando oziosamente da un canale all'altro, che il televisore fosse pieno di mostri: c'erano mutanti – "*Mutts*" – in *Dr. Who*, creature bizzarre che parevano incrociate con vari tipi di macchine industriali: mietitrici, gru, trattori, martelli perforatori, seghe, e obbedivano a crudeli capi-sacerdoti chiamati *Mutilasiatici*; le trasmissioni per i bambini sembravano popolate esclusivamente di robot umanoidi e di creature con corpi metamorfi; mentre i programmi per gli adulti presentavano una sfilata ininterrotta di deformi sottoprodotti umani dei più recenti concetti della medicina moderna e dei suoi complici, le malattie moderne e la guerra. Un ospedale della Guyana era riuscito, a quanto pareva, a conservare il corpo di un tritone con branchie e scaglie. La licantropia era in aumento nelle Highland della Scozia. Si discuteva seriamente sulla possibilità genetica dei centauri. Si mostrava un'operazione per cambiare sesso. Gli tornò in mente un'esecrabile poesia che Jumpy Joshi gli aveva mostrato, con molte esitazioni, allo Shaandaar. Il titolo, *Io canto il Corpo Eclettico*, riassumeva perfettamente il contenuto. Lui però, nonostante tutto, aveva un corpo completo, pensò Saladin con amarezza. Aveva messo incinta Pamela senza nessun problema; non c'erano bastoncelli spezzati nei suoi maledetti cromosomi... rivide anche se stesso in una ripresa di un vecchio "classico" *Aliens Show*. (Nella cultura dell'avanti-veloci, era possibile diventare un classico in sei mesi; a volte persino da un giorno all'altro.) L'effetto di tutto questo guardare la TV fu una grossa tacca in quello che restava della sua concezione del carattere normale, medio, della realtà. Erano tuttavia all'opera anche forze compensatrici.

Durante il *Mondo dei giardinieri* gli fu mostrato come si ottiene una cosa chiamata "innesto chimerico" (quello stesso, che, per puro caso, era stato il vanto del giardino di Otto Cone); e sebbene per disattenzione gli fossero sfuggiti i nomi delle due piante che ne avevano formato una sola – Gelso? Laburno? Ginestra? – l'albero in sé lo scosse dal suo letargo. Era, chiaramente, una chimera con le sue radici, saldamente piantata e vigorosamente in crescita su un pezzo di terra inglese: un albero, pensò, capace di prendere metaforicamente il posto di quello che suo padre aveva abbattuto in un lontano giardino di un altro, incompatibile, mondo. Se un albero simile era possibile, lo era anche lui; lui pure poteva restare unito, affondare radici, sopravvivere. Fra tutte le immagini televisive di tragedie ibride – l'inutilità dei tritoni, i fallimenti della chirurgia plastica, la vacuità esperantesca di tanta arte moderna, la Coca-Colonizzazione del pianeta – gli era stato fatto questo dono. Bastava. Spense il televisore.

A poco a poco la sua animosità verso Gibreel diminuiva. E corna, zoccoli caprini ecc. non davano segno di volersi di nuovo manifestare. Pareva che la guarigione fosse ben avviata. Di fatto, col passare dei giorni, non solo Gibreel, ma tutto ciò che gli era capitato ultimamente e che non era conciliabile con la prosaicità del quotidiano, finì col sembrargli irrilevante, come accade al più ostinato degli incubi quando ti sei sciacquato la faccia, lavato i denti e hai ingoiato una bevanda calda e forte. Cominciò ad avventurarsi nel mondo esterno – da quei consiglieri professionali, avvocato fiscalista agente, che Pamela chiamava "Gli Idioti", e una volta seduto nella stabilità dei loro uffici decorati con pannelli e rivestiti di libri e di mastri, dove chiaramente i miracoli erano impossibili, parlava del suo "esaurimento" – "lo choc dell'incidente" – e così via, spiegando la propria scomparsa come se non fosse mai ruzzolato dal cielo cantando *Rule Britannia*, mentre Gibreel jodellava un'aria del film *Shree 420*. Si sforzò coscienziosamente di riprendere l'antica vita di squisita raffinatezza, recandosi a concerti, mostre d'arte e spettacoli teatrali, e se le sue reazioni erano un po' fiacche – se queste attività non lo mandavano a casa in quello stato di esaltazione che si aspettava dalla grande arte – insisteva con se stesso che l'entusiasmo sarebbe tornato; aveva avuto una "brutta esperienza" e ci voleva un po' di tempo.

Nella sua tana, seduto sulla poltrona Parker-Knoll, circondato da oggetti familiari – i Pierrot di porcellana, lo spettro a forma di cuore di vignettista, Eros che reggeva il globo di una lampada d'antiquariato – si felicitò di essere uno di quelli che non sanno odiare a lungo. Forse, nonostante tutto, l'amore era più duraturo dell'odio; anche se cambiava, ne rimaneva pur sempre un'ombra, un'eco persistente. Nei confronti di Pamela, per esempio, era ormai sicuro di nutrire soltanto l'affetto più altruistico. L'odio, forse, era come un'impronta digitale sul vetro liscio della sua anima sensibile; una semplice traccia di unto che spariva se la si lasciava stare. Gibreel? Puah! Era dimenticato; non esisteva più. Ecco: rinunciare all'animosità significava diventare libero.

L'ottimismo di Saladin aumentava, ma le lungaggini burocratiche che accompagnarono il suo ritorno alla vita si rivelarono più fastidiose del previsto. Le banche ci mettevano il loro tempo a sbloccare i suoi conti; fu costretto a farsi prestare soldi da Pamela. E non era facile trovar lavoro. La sua agente, Charlie Sellers, glielo spiegò per telefono. «I clienti si comportano in maniera strana. Si mettono a parlare di zombi, si sentono, come dire, sporchi: quasi stessero depredando una tomba.» Charlie, che a cinquant'anni passati pareva una giovane disorganizzata e un po' folle di solido ceppo campagnolo, dava l'impressione di condividere, almeno in parte, il loro punto di vista. «Abbi pazienza» gli consigliò. «Cambieranno idea. Dopo tutto, non è che tu sia una specie di Dracula, santo cielo.» Grazie, Charlie.

Sì: il suo odio ossessivo per Gibreel, il suo sogno di trarne crudele e appropriata vendetta – erano cose del passato, incompatibili col suo desiderio appassionato di rifarsi una vita normale. Neanche le immagini sediziose e decostruttive della televisione riuscirono a farlo deflettere. Ciò che rifiutava era che si potesse definire *mostruosi* lui e Gibreel. Mostruosi, figuriamoci: che idea assurda. C'erano mostri autentici al mondo: dittatori che ordinavano massacri, violentatori di bambini. Lo Squartatore di Nonnine. (Su questo punto era costretto ad ammettere, nonostante la sua antica e solida stima per la Polizia Metropolitana, che l'arresto di Uhuru Simba era una soluzione che faceva troppo maledettamente comodo.) Bastava aprire un *tabloid* in un giorno qualsiasi per trovarvi omossessuali irlandesi impazziti che riempivano di terra le bocche di neonati. Pamela, ovviamente, aveva sostenuto che "mostro" era un termine troppo *drastico* per queste persone; la compassione, diceva, ci imponeva di considerarle come vittime dell'epoca. La compassione, replicò lui, esigeva che considerassimo vittime gli oggetti delle loro violenze. «Con te non c'è proprio niente da fare» aveva detto lei con la sua voce più aristocratica. «Tu ragioni sempre come se stessi partecipando a qualche squallido dibattito.»

C'erano poi altri mostri, non meno reali dei malvagi dei *tabloid*: denaro, potere, sesso, morte, amore. Gli angeli e i diavoli – che bisogno ce n'era? «Perché i demoni, quando l'uomo stesso è un demone?» domandava "l'ultimo demone" del Premio Nobel Singer dal suo attico di Tishevitz. Al che il senso dell'equilibrio di Chamcha, il suo istintivo c'è-molto-da-dire-pro-e-contro, avrebbe voluto aggiungere: «E perché gli angeli quando l'uomo è anche angelico?» (Se non era così, come spiegare, per esempio, il Cartone di Leonardo? E Mozart era davvero Belzebù con una parrucca incipriata?) – Ma, bisognava ammettere, ed era questa la sua tesi di fondo, che le circostanze dell'epoca non richiedevano spiegazioni diaboliche.

Io non dico niente. Non domandatemi di chiarire le cose in un senso o nell'altro; il tempo delle rivelazioni è passato da un pezzo. Le leggi della Creazione sono abbastanza chiare: uno predispone le cose, le costruisce così e così e poi lascia che seguano il loro corso. Dov'è il divertimento se si interviene in continuazione a dar suggerimenti, a cambiare le regole, a truccare gli scontri? Bene, finora sono sempre riuscito a controllarmi e non intendo rovinare tutto proprio adesso. Non crediate che non avrei voluto intromettermi: l'ho desiderato tante volte. E una volta, è vero, l'ho fatto. Mi sono seduto sul letto di Alleluia Cone e ho parlato al superdivo Gibreel. *Ooparvala* o *Neechayala*, voleva sapere, e io non lo illuminai; e ora non intendo certo spifferare tutto a questo confuso Chamcha.

Me ne vado. L'uomo sta andando a dormire.

Durante la notte gli era più difficile conservare il suo rinato, inesperto e ancora fallibile ottimismo, perché di notte non era tanto semplice negare l'esistenza di quell'altro mondo di corna e di zoccoli. C'era poi il problema delle due donne che si erano messe a frequentare i suoi sogni. La prima – era duro ammetterlo, perfino a se stesso – altra non era che la donna-bambina dello Shaandaar, la sua fedele alleata in quel tempo di incubo, che ora cercava così intensamente di nascondere dietro banalità e nebbioline, l'*aficionada* delle arti marziali, l'amante di Hanif Johnson, Mishal Sufyan.

La seconda – che aveva lasciato a Bombay col coltello della sua partenza conficcato nel cuore, e che doveva ancora crederlo morto – era Zeena Vakil.

Il nervosismo di Jumpy Joshi, quando seppe che Saladin Chamcha era tornato, in forma umana, a occupare i piani superiori della casa di Notting Hill, fu uno spettacolo da far paura, e infuriò Pamela più di quanto lei fosse in grado di esprimere. La prima notte – aveva deciso di non dirgli niente prima di andare a letto – appena udì la notizia, spiccò un balzo di un metro buono e si ritrovò in piedi sul tappeto celeste, completamente nudo e tutto tremante, con il pollice in bocca.

«Torna qui e piantala di fare lo stupido» ordinò lei, ma Jumpy scosse freneticamente il capo e si tolse il pollice di bocca quel tanto che bastò per farfugliare: «Ma se lui è qui. In casa sua. Come posso io...» Detto questo, raccolse i suoi indumenti in un caotico fardello e scappò via; Pamela udì tonfi e schianti da cui si poté dedurre che le sue scarpe, forse accompagnate dalla sua persona, erano cadute dalle scale. «Bene», gli gridò dietro. «Spaccati pure il collo, fifone.»

Ma, pochi istanti dopo, Saladin ricevette la visita dell'ex moglie, rossa in viso e a testa nuda, che disse confusamente, e a denti stretti: «J.J. è giù in strada. Quell'idiota dice che non può entrare se tu non gli assicuri che per te va bene». Aveva bevuto, come al solito. Chamcha, sbalordito, sbottò, più o meno: «E tu? Tu vuoi che entri?» Cosa che Pamela interpretò come un modo di passare sale sulla ferita. Diventando ancora più rossa, annuì con umiliata ferocia. *Sì.*

Fu così che, la sua prima notte a casa, Saladin Chamcha dovette uscire. «Ehi, *hombre*! Lo sai che stai proprio bene!» lo salutò Jumpy terrorizzato, facendo il gesto di batter le mani per nascondere la propria paura – e lui convinse l'amante di sua moglie a tornare a letto con lei. Poi se ne andò di sopra, perché adesso Jumpy era così mortificato che non sarebbe mai entrato in casa finché Chamcha non si fosse tolto di mezzo.

«Che uomo!» pianse Jumpy con Pamela. «È un *principe*, un *santo*!»

«Se non la pianti» lo ammonì Pamela Chamcha, al limite del colpo apoplettico, «ti lancio contro il cane.»

Per Jumpy la presenza di Chamcha continuava a essere motivo di turbamento, in quanto la considerava (o almeno dava questa impressione il suo modo di comportarsi) un'ombra minacciosa che bisognava placare in continuazione. Ogni volta che cucinava per Pamela (si era infatti rivelato, con sorpresa e sollievo di costei, un notevole cuoco *Mughlai*), insisteva perché Chamcha scendesse a pranzare con loro e, quando Saladin si rifiutava, gli portava su un vassoio, spiegando a Pamela che agire diversamente sarebbe stato scortese, e anche provocatorio. «Guarda che cosa permette sotto il suo tetto! È un *gigante*: il minimo che possiamo fare è essere gentili.» Pamela, con rabbia crescente, era costretta a sopportare una serie di atti del genere, con le omelie che li accompagnavano. «Non avrei mai creduto che tu fossi così convenzionale» gli diceva infuriata, e Jumpy replicava: «È solo questione di rispetto».

In nome del rispetto, portava a Chamcha tazze di tè, giornali e posta; e non mancava mai, appena arrivato nella grande casa, di salire a fargli compagnia per almeno venti minuti, il tempo minimo richiesto dal suo senso della cortesia, mentre, tre piani più in basso, Pamela aspettava impaziente tracannando bourbon. Portava a Saladin anche dei regalini: offerte propiziatorie di libri, vecchi manifesti teatrali, maschere. Quando Pamela tentò di puntare i piedi, lui reagì con ingenua, ma anche testarda, passione: «Non possiamo far finta che sia invisibile. È qui, no? E allora dobbiamo coinvolgerlo nella nostra vita». Pamela ribatté stizzita: «Perché non gli chiedi anche di scendere e di venire a letto con noi?». E Jumpy replicò seriamente: «Non pensavo che tu avresti approvato».

Nonostante l'incapacità di rilassarsi e di dare per scontata la presenza di Chamcha al piano di sopra, per Jumpy Joshi fu un sollievo aver ottenuto, in quella maniera insolita, la benedizione del suo predecessore. Avendo così conciliato gli imperativi dell'amore e dell'amicizia, si rincorò, mentre sentiva crescere in sé l'idea della paternità. Una notte fece un sogno che lo portò a piangere, il mattino dopo, di una felice anticipazione: un semplice sogno, nel quale correva su un viale di alberi arcuati, aiutando un ragazzino ad andare in bicicletta. «Non sei contento di me?» gridava il bimbo entusiasta. «Guardarmi: non sei contento?».

Sia Pamela sia Jumpy si erano impegnati nella campagna contro l'arresto del dottor Uhuru Simba per i cosiddetti Delitti dello Squartatore di Nonnine. Anche di questo Jumpy andò a discutere con Saladin. «È un'accusa assolutamente infondata, basata soltanto su prove indiziarie e insinuazioni. Hanif sostiene di poter far passare un camion nei buchi delle tesi dell'accusa. È una chiara e perfida montatura: il solo problema è fin dove arriveranno. Tireranno certo fuori i loro verbali: *Appena tratto in arresto l'imputato disse le seguenti parole che io trascrissi su questo taccuino: è-un-bell'arresto-capo-lei-è-stato-bravissimo-a-prendermi.* E forse avranno addirittura dei testimoni che hanno assistito ai delitti. Dipende da quanta voglia hanno d'incastrarlo. Secondo me, parecchia: la sua era da tempo una voce che in città si faceva sentire.» Chamcha consigliò cautela. Ricordando l'odio di Mishal Sufyan per Simba, disse: «L'uomo ha – o sbaglio? – un passato di atti di violenza contro le donne...». Jumpy allargò le braccia. «Nella sua vita personale» ammise, «è senza dubbio un pezzo di merda. Ma questo non significa che sbudelli anziane cittadine; per essere innocente non c'è bisogno che tu sia un angelo. A meno che, s'intende, tu sia un nero.» Chamcha decise di non obiettare. «Il punto è che questa è una questione politica, non personale» sottolineò Jumpy, aggiungendo, mentre si alzava per congedarsi: «Uhm, domani su questo tema ci sarà una riunione pubblica. Pamela e io dobbiamo andarci; per favore, voglio dire se ti fa piacere, se può interessarti, insomma, vieni anche tu, se vuoi».

«Gli hai chiesto di venire con noi?» Pamela non credeva alle proprie orecchie. Da qualche tempo aveva quasi sempre la nausea, e ciò non giovava certo al suo umore. «E lo hai fatto senza consultarmi?» Jumpy pareva mortificato. «Be', comunque non ha importanza» aggiunse lei, togliendolo dall'imbarazzo. «Figurati se lui andrà mai a una cosa come questa.»

Ma il mattino dopo Saladin si presentò nell'atrio, con un elegante vestito marrone, un cappotto di cammello col bavero di seta e una lobbia marrone piuttosto pretenziosa. «Dove stai andando?» volle sapere Pamela, in turbante, giacca di pelle alla militare e pantaloni di tuta sportiva che rivelavano l'incipiente ingrossamento del suo ventre. «Ad Ascot?» «Credevo di essere stato invitato a una riunione» rispose Saladin nel suo tono meno aggressivo, e Pamela sghignazzò: «Dovrai stare attento» lo ammonì. «Vestito così, finiranno probabilmente per aggredirti.»

Che cosa lo trascinò di nuovo nell'altro mondo, in quella sottocittà di cui aveva per tanto tempo negato l'esistenza? Che cosa, o meglio chi, lo costrinse, col semplice fatto della sua (della propria) esistenza, a uscire da quella tana-bozzolo in cui stava recuperando – o almeno lo credeva – la personalità di un tempo, per tuffarsi ancora una volta nelle acque pericolose (perché inesplorate) del mondo e di se stesso? «Troverò il tempo per la riunione» gli aveva detto Jumpy Joshi, «prima della mia lezione di karate.» Dove lo aspettava la sua migliore allieva: alta, con capelli d'arcobaleno e, aggiunse Jumpy, diciotto anni appena compiuti. Ignorando che anche Jumpy soffriva in parte degli stessi desideri illeciti, Saladin attraversò la città per essere più vicino a Mishal Sufyan.

Si aspettava una piccola riunione, immaginando una saletta appartata piena di tipi sospetti che, a vederli e a sentirli parlare, gli sarebbero sembrati cloni di Malcom X (Chamcha ricordò di aver trovato divertente una battuta di un comico della TV. «La sapete la storia di quel nero che prese il nome di Mr X e querelò poi "News of the World" per diffamazione?» provocando così una delle liti più feroci della sua vita coniugale), e magari anche un po' di donne dall'aria arrabbiata; aveva previsto pugni chiusi e frasi roboanti. Trovò invece un grande salone, la Brickhall Friends Meeting House, stipato come un uovo di gente d'ogni sorta – vecchie signore grasse e scolaretti in divisa, *Rastas* e dipendenti di ristoranti, il personale al completo di un piccolo supermercato cinese di Plassey Street, signori sobriamente vestiti e ragazzi scatenati, bianchi e neri; e l'atteggiamento della folla era ben lontano dall'isterismo evangelico da lui immaginato; parevano invece quieti e preoccupati, mentre aspettavano di sapere cosa fosse possibile fare. In piedi accanto a lui c'era una giovane nera che diede un'occhiata rapida e divertita al suo abbigliamento; lui ricambiò l'occhiata e lei rise: «Okay, scusa, senza offesa». Portava un distintivo a luce polarizzata, di quelli che cambiano messaggio ogni volta che ci si muove. In una certa prospettiva diceva: *Uhuru per il Simba*; in altre *Libertà per il Leone*. «Questo si riferisce al significato del nome che si è scelto» spiegò. «In africano.» In quale lingua africana? volle sapere Saladin. La donna alzò le spalle e tornò ad ascoltare gli oratori. Era africano: nata, a giudicare dal suo accento, a Levisham o a Deptford o a New Cross, non le occorreva sapere altro... Pamela gli sibilò in un orecchio: «Vedo che hai finalmente trovato qualcuno a cui sentirti superiore». Sapeva ancora leggere in lui come in un libro aperto.

Una donna minuta sui settantacinque fu accompagnata sul palcoscenico, all'altra estremità del salone, da un uomo asciutto che, notò Chamcha trovando in questo una certa rassicurazione, assomigliava tutto a uno dei leader del Black Power americano, il giovane Stokely Carmichael – gli stessi occhiali ardenti – e che fungeva in pratica da presentatore. Si apprese che era il fratello minore del dottor Simba, Walcott Roberts, e che la signora minuta era Antoinette, la loro madre. «Dio solo sa come abbia fatto un omone come Simba a uscire da quel corpo» sussurrò Jumpy, e Pamela si accigliò infuriata, per un nuovo senso di solidarietà con tutte le donne incinte, del passato come del presente. Quando però Antoinette Roberts prese la parola, la sua voce era così potente da riempire la sala con la sola forza dei polmoni. Volle parlare del giorno in cui suo figlio si era presentato all'udienza preliminare, ed era un'attrice di prim'ordine. La sua era quella che Chamcha considerava una voce educata: parlava con l'accento da BBC di una che aveva imparato la dizione inglese dal World Service, ma c'era anche qualcosa dei Gospel e del predicatore che sa evocare le fiamme dell'inferno. «Mio figlio riempiva il banco degli imputati» disse al pubblico ammutolito. «Dio, come lo riempiva. Sylvester – scusatemi se ve ne parlo col nome che gli ho dato io, non lo faccio per deprezzare il nome da guerriero che si è scelto, è solo un'abitudine radicata – Sylvester si levò da quel banco come il Leviatano dalle onde. Voglio che voi sappiate come parlò: parlò forte e parlò chiaro. Parlò guardando negli occhi il suo avversario, e credete che quel pubblico ministero potesse costringerlo ad abbassare lo sguardo? Mai e poi mai. E voglio che voi sappiate cosa disse. "Io sono qui" dichiarò mio figlio, "perché ho scelto di coprire l'antico e rispettabile ruolo del *nigger* arrogante. Io sono qui perché non ho voluto sembrare ragionevole. Io sono qui per la mia ingratitudine." Era un colosso in mezzo a tanti nani. "Statene certi" disse in quell'aula, "noi siamo qui per cambiare le cose. Ammetto che dovremo cambiare anche noi: africani, caribi, indiani, pakistani, bangladeshi, ciprioti, cinesi, siamo diversi da ciò che saremmo stati se non avessimo attraversato gli oceani, se le nostre madri e i nostri padri non avessero solcato i cieli in cerca di lavoro e di dignità e di una vita migliore per i loro figli. Noi siamo stati rifatti: ma io vi dico che saremo ancora noi a rifare questa società, a riplasmarla da cima a fondo. Saremo i tagliaboschi degli alberi morti e i giardinieri del nuovo. Tocca a noi ora." Vorrei che voi pensaste a ciò che disse mio figlio, Sylvester Roberts, il dottor Uhuru Simba, in quell'aula di giustizia. Pensateci mentre decidiamo sul da farsi.»

Suo figlio Walcott l'aiutò a scendere dal palcoscenico tra applausi e canti; lei salutò con un pacato cenno d'assenso la fonte di quel rumore. Seguirono discorsi meno carismatici. Hanif Johnson, l'avvocato di Simba, presentò una serie di proposte – bisognava stipare la galleria per il pubblico; bisognava far capire ai dispensatori della giustizia che li si teneva d'occhio; bisognava picchettare l'aula, organizzando un sistema di rotazione; bisognava stendere un appello per ottenere finanziamenti. Chamcha mormorò a Jumpy: «Nessuno accenna al suo passato di aggressioni sessuali». Jumpy alzò le spalle. «Alcune delle donne da lui aggredite sono in questa sala. Mishal, per esempio, è laggiù, vedi, in un angolo del palcoscenico. Ma questo non è né il momento né il luogo. La follia maschilista di Simba è, se così si può dire, un problema della famiglia. Quello di cui ci occupiamo qui è un problema con il Padrone.» In altre circostanze Saladin avrebbe avuto parecchio da obiettare a un'affermazione del genere. Avrebbe detto, tanto per cominciare, che il passato di violenza di un uomo non dovrebbe essere liquidato con tanta disinvoltura quando quest'uomo è accusato d'omicidio. – E anche che l'uso di espressioni americane come "il Padrone" non gli garbava molto nella ben diversa situazione della Gran Bretagna, dove non c'era mai stata una storia di schiavitù; pareva un tentativo di prendere in prestito la forza d'attrazione di altre lotte più pericolose, cosa che a suo avviso valeva anche per la decisione degli organizzatori di interrompere ripetutamente i discorsi con canzoni cariche di significato come *We shall overcome*, e persino, roba da pazzi, *Nkosi sikelel'iAfrika*. Come se le cause fossero tutte uguali, le storie tutte intercambiabili. Ma non disse niente del genere, perché sentiva che gli stava girando la testa e che i suoi sensi avevano cominciato a vacillare, perché gli era stato concesso, per la prima volta in vita sua, uno stupefacente preannuncio della propria morte.

– Hanif Johnson era ormai alla fine del suo discorso. *Come ha scritto il dottor Simba, il nuovo entrerà in questa società grazie ad azioni collettive, non individuali*. Stava citando quello che Chamcha riconobbe come uno degli slogan più famosi di Camus: *Il passaggio dalla parola all'azione morale*, diceva Hanif, *ha un nome: diventare umani*. – E a quel punto una giovane e graziosa asiatica, con un naso un po' troppo bulbiforme e una voce roca da blues, intonò la canzone di Bob Dylan *I pity the poor immigrant*. Un'altra nota falsa e d'importazione: in realtà la canzone pareva piuttosto ostile agli immigranti, anche se certi versi toccavano delle corde, quelli sulle visioni dell'immigrante che andavano in frantumi come vetro o quelli sul fatto che era obbligato a "costruire la sua città col sangue". A Jumpy, con i suoi tentativi poetici di dare una diversa definizione della vecchia immagine razzista dei fiumi di sangue, probabilmente piaceva. Tutte queste cose Saladin le visse e le pensò come se fosse stato molto distante. Cos'era successo? Questo: quando Jumpy Joshi puntò un dito verso Mishal Sufyan, Saladin Chamcha, guardando in quella direzione, vide un fuoco sfavillante ardere in mezzo alla fronte della ragazza; e contemporaneamente sentì il battito, e l'ombra gelida di un gigantesco paio d'ali. – Ebbe allora quel tipo di visione sfocata che si associa di solito ai casi di diplopia, l'impressione di vedere nello stesso momento due mondi: uno era l'illuminatissima sala con divieto di fumare in cui si svolgeva la riunione, l'altro un mondo di fantasmi, in cui Azraeel, l'angelo sterminatore, stava piombando su di lui e la fronte di una ragazza poteva ardere di fiamme sinistre. – *Lei per me è morte, è questo il significato*, pensò Chamcha in uno dei due mondi, mentre nell'altro diceva a se stesso di non fare lo stupido; la sala era piena di gente che sfoggiava quegli assurdi distintivi tribali divenuti da un po' di tempo così popolari, aureole di neon verde, corna di diavolo dipinte con vernici fluorescenti; Mishal portava probabilmente qualche pezzo di bigiotteria da era spaziale. – Ma l'altro suo io assunse di nuovo il controllo, *lei per te è inaccessibile*, gli disse, *non tutte le possibilità ci sono aperte. Il mondo non è infinito; le nostre speranze traboccano dal suo orlo* – e a questo punto il suo cuore fece il solito numero, bababum, bumba, dabadum.

Adesso era fuori, con Jumpy che gli si affaccendava attorno, e persino Pamela pareva preoccupata. «Sono io quella che è incinta» disse con un burbero residuo d'affetto. «Che ti è saltato in mente di svenire?» Jumpy insistette: «Faresti meglio a venire con me al mio corso; te ne starai seduto tranquillo e alla fine ti porterò a casa». Ma Pamela voleva sapere se c'era bisogno di un medico. *No, no, andrò con Jumpy. Starò benissimo. È solo che lì dentro faceva troppo caldo. Mancava l'aria. E i miei vestiti erano troppo pesanti. Una sciocchezza. Niente.*

C'era un cinema d'essai vicino alla Friends House, e lui stava appoggiato al manifesto di un film. Il film era *Mefisto*, la storia di un attore che si lascia sedurre a collaborare con i nazisti. Nel manifesto l'attore – interpretato dal divo tedesco Klaus Maria Brandauer – era vestito da Mefistofele, viso bianco, mantello nero, braccia alzate. Sopra la sua testa c'erano alcuni versi di *Faust*:

– *Chi sei tu, allora?*
– *Parte di quella Forza mal compresa,*
che vuole sempre il Male e sempre opera il Bene.

Al centro sportivo: dovette fare uno sforzo per volgere gli occhi verso Mishal (lei pure aveva lasciato la riunione su Simba in tempo per la lezione). – Benché fosse piena di premure, *sei tornato, scommetto che sei qui per vedere me, che bello*, lui riuscì appena a parlarle con cortesia, e non certamente a domandarle *avevi qualcosa di luminoso in mezzo alla*, perché adesso non ce l'aveva più, mentre tirava calci e fletteva il lungo corpo, splendido nella calzamaglia nera. – Finché Mishal, accortasi della sua freddezza, si tirò indietro, piena di confusione e di orgoglio ferito.

«L'altra nostra diva oggi non si è fatta vedere» disse Jumpy a Saladin, durante una pausa tra un esercizio e l'altro. «Miss Alleluia Cone, quella che ha scalato l'Everest. Volevo che vi incontraste. Lei conosce, voglio dire che a quanto pare ci sta assieme, Gibreel. Gibreel Farishta, l'attore, quello che è sopravvissuto con te all'esplosione.»

Le cose mi stanno accerchiando. Gibreel scivolava verso di lui, come l'India quando, staccatasi dal protocontinente Gondwana, fluttuò verso Laurasia. (I suoi processi mentali, constatò distrattamente, stavano producendo associazioni piuttosto strane.) Quando si fossero scontrati, il cozzo avrebbe sollevato degli Himalaya. – Cos'è una montagna? Un ostacolo; una trascendenza; soprattutto un *effetto*.

«Dove stai andando?» gridò Jumpy. «Pensavo di darti un passaggio. Ti senti bene?»

Sto benissimo. Ho bisogno soltanto di camminare.

«D'accordo. Ma solo se ne sei sicuro.»

Sicurissimo. Andare via in fretta, evitando lo sguardo afflitto di Mishal. – ... Per strada. Andar via in fretta da questo posto sbagliato, da questo inferno. – Dio: non c'è scampo. Ecco una vetrina, un negozio che vende strumenti musicali, trombe sassofoni oboi, come si chiama? *Venti favorevoli*, e qui, nella vetrina, c'è un volantino stampato alla bell'e meglio. Che annuncia l'imminente ritorno di, ma sì, dell'arcangelo Gibreel. Il suo ritorno e la salvezza della terra. *Via. Via in fretta.*

... Ferma quel taxi. (I suoi abiti ispirano al taxista deferenza.) – Mi scusi signore le dà fastidio la radio. Uno scienziato che fu coinvolto in quel dirottamento e perse metà della lingua. Americano. Gliel'hanno ricostruita, dice, con carne presa dal suo deretano, scusi l'espressione. A me non piacerebbe avere la bocca piena di carne di una mia chiappa ma quel poveraccio non aveva altra scelta. Uno strano individuo. Con certe strane idee.

Eugene Dumsday parlava alla radio delle lacune nella documentazione fossile con la sua nuova lingua fatta di chiappa. *Il diavolo ha cercato di ridurmi al silenzio ma il buon Dio e le tecniche della chirurgia americana si sono dimostrati più forti.* Queste lacune erano l'argomento principale del creazionista: se la selezione naturale fosse la verità, dove sarebbero finite tutte le mutazioni casuali da essa scartate? Dov'erano i piccoli mostri, i bambini deformi dell'evoluzione? I fossili tacevano. Non c'erano tra loro cavalli con tre zampe. *Non serve discutere con questi fanatici*, disse il taxista. *Io personalmente non sono d'accordo con Dio.* Non serviva, approvò una piccola parte della coscienza di Chamcha. Non serviva far presente che la "documentazione fossile" non era una specie di perfetto casellario. E la teoria dell'evoluzione avava fatto molta strada dai tempi di Darwin. Adesso pareva probabile che le modificazioni più importanti della specie non fossero avvenute gradatamente, nella maniera casuale suggerita da Darwin, ma a grandi balzi radicali. La storia della vita non era il progresso uniforme e scorrevole che avrebbe voluto il pensiero vittoriano, ma qualcosa di violento, una serie di trasformazioni totali immediate: per usare la vecchia formula, più rivoluzione che evoluzione. *Ho sentito abbastanza*, disse il taxista. Eugene Dumsday scomparve dall'etere, sostituito da musica registrata. *Ave atque vale.*

Ciò che Saladin Chamcha comprese quel giorno era che stava vivendo in uno stato di finta pace, che il cambiamento avvenuto in lui era irreversibile. Gli si era aperto davanti (o dentro) un mondo nuovo e oscuro fin da quando era caduto dal cielo; per quanta diligenza mettesse nel tentativo di ricreare la sua vecchia esistenza, capiva ora che quello era un fatto che non si poteva disfare. Gli sembrava di avere di fronte una strada, con biforcazioni a destra e a sinistra. Chiuse gli occhi, si sistemò comodo contro la tappezzeria del taxi, e scelse il sentiero a sinistra.

2

La temperatura continuava a salire; e quando l'ondata di caldo giunse al culmine, e vi rimase così a lungo che l'intera città, i suoi edifici, le sue vie d'acqua e i suoi abitanti arrivarono pericolosamente vicini all'ebollizione – proprio allora Mr Billy Battuta e la sua compagna Mimi Mamoulian, tornati da poco nella metropoli, dopo un periodo in cui erano stati ospiti delle autorità penali di New York, annunciarono la festa del loro "grande rientro". Le relazioni d'affari di Billy nell'ambiente finanziario avevano fatto sì che il suo caso fosse giudicato da un magistrato bendisposto; il suo fascino personale aveva convinto tutte le ricche "vittime", cui aveva sottratto somme così generose per poter ricomprare dal diavolo la propria anima (compresa quella di Mrs Struwelpeter, che aveva chiamato la polizia dal bar Sushi), a firmare una petizione per chiedere clemenza; in essa le signore si dicevano convinte che Mr Battuta si fosse sinceramente pentito del suo errore e domandavano, in considerazione della sua promessa di concentrarsi d'ora innanzi sulla sua brillantissima carriera imprenditoriale (della cui utilità sociale, in termini di creazione di ricchezza e di possibilità d'impiego per molte persone, suggerivano, la corte avrebbe dovuto tener conto, come di un'attenuante, nell'emettere la sentenza), e dell'altra sua promessa di sottoporsi a cure psichiatriche per vincere finalmente la tendenza a iniziative criminali – che il rispettabile giudice gli infliggesse una pena meno severa di una condanna al carcere, «poiché, in questo caso, i fini deterrenti che sono la ragione d'essere dell'incarcerazione sarebbero più facilmente raggiunti» a parere di queste signore, «da un giudizio di tipo più cristiano.» Mimi, considerata una semplice subalterna ottenebrata dall'amore per Billy, ebbe una condanna con la condizionale; mentre per Billy, ci furono l'espulsione e una grossa multa, ma anche questa sentenza fu mitigata dall'assenso del giudice alla richiesta dell'avvocato difensore che il suo cliente potesse lasciare volontariamente il paese senza il marchio di un ordine d'espulsione impresso sul suo passaporto, che avrebbe recato grave danno ai suoi molti affari. Ventiquattr'ore dopo il verdetto, Billy e Mimi erano di nuovo a Londra, a far baldoria da Crockford's e a spedire stravaganti cartoncini d'invito per quella che prometteva d'essere la festa per antonomasia di una stagione stranamente afosa. Uno di questi cartoncini arrivò, per intercessione di Mr S.S. Sisodia, all'abitazione di Alleluia Cone e Gibreel Farishta; un altro finì, con un po' di ritardo, nella tana di Saladin Chamcha, fatto scivolare sotto la porta dal premuroso Jumpy. (Mimi era venuta da Pamela per invitarla, aggiungendo, con la solita franchezza: «Hai idea di dove sia finito quel tuo marito?». Al che Pamela aveva risposto, con tipica goffaggine inglese, *sì ehm ma*. Mimi le cavò di bocca l'intera storia in meno di mezz'ora, impresa non da poco, e concluse trionfante: «Sembra che la tua vita stia migliorando, Pam. Portali tutti e due; porta chi ti pare. Sarà una vera baraonda».

La sede della festa era un altro degli inspiegabili trionfi di Sisodia: si era infatti procurato, apparentemente gratis, il gigantesco teatro di posa degli studi cinematografici di Shepperton e gli invitati avrebbero quindi potuto spassarsela nella colossale ricostruzione della Londra dickensiana che lo occupava. Una riduzione a musical dell'ultimo romanzo completato dal grande scrittore, ribattezzato *Amico!*, con libretto e parole del celebre genio del teatro musicale Mr Jeremy Bentham, aveva avuto un successo colossale nel West End, nonostante il carattere macabro di certe scene; e ora, di conseguenza, *Gli amiconi*, come era chiamato il musical nell'ambiente, stavano per avere la consacrazione di una grossa produzione cinematografica. «Quelli delle pipi PR» disse Sisodia a Gibreel per telefono, «pensano che questo ri ri ricevimento, che sarrà pipi pieno di didi divi, gioverà al loro lancio pupu pubblicitario.»

E venne la sera stabilita: una serata terribilmente calda.

Shepperton! – Pamela e Jumpy sono già qui, portati sulle ali della MG di Pamela, quando arriva Chamcha, che ha rifiutato la loro compagnia, su una carrozza della flotta che gli organizzatori della serata hanno messo a disposizione di quegli invitati che preferiscono, per qualsiasi ragione, essere guidati anziché guidare. – Ed è arrivato anche un altro – quello con cui il nostro Saladin ricadde sulla terra; sta ora vagando all'interno. – Chamcha entra nell'arena; ed è sbalordito. – Qui Londra è stata alterata – no, *condensata* – secondo le esigenze del film. – Ma sì, ecco la Stucconia dei Veneering, quei *parvenus* tirati a lucido, scandalosamente adiacente a Portman Square e all'angolo buio che accoglie i vari Podsnap. – E c'è di peggio: guardate le montagne di spazzatura del Pergolato di Boffin nelle vicinanze immediate di Holloway, che si profila, in questa metropoli sintetica, sopra l'abitazione di Fascination Fledgeby nell'Albany, il cuore stesso del West End! – Tuttavia gli invitati non hanno voglia di brontolare; la città ricostruita, addirittura rimessa a nuovo, li lascia comunque senza fiato; soprattutto in quelle parti dell'immenso studio nelle quali serpeggia il fiume, il fiume con le sue nebbie e il battello di Gaffer Hexam, il Tamigi che scorre tra due ponti, l'uno di ferro e l'altro di pietra. – Sulle sue rive acciottolate si posano i passi festosi degli invitati; e paiono rumori lugubri, confusi, quasi sinistri. Un nebbione fatto col ghiaccio secco si leva su tutto il set.

Protagonisti della cronaca mondana, indossatrici, divi del cinema, alti papaveri di grandi aziende, un paio di membri secondari della famiglia reale, uomini politici utili e altra marmaglia sudano e si mescolano in queste finte strade con uomini e donne imperlati di sudore come gli invitati "reali" e finti quanto la città: comparse a pagamento in costume d'epoca, insieme con alcuni dei principali interpreti del film. Chamcha che, nell'attimo stesso in cui lo vede, si rende conto che questo incontro è stato l'unico scopo del suo viaggio – cosa che sinora era riuscito a nascondersi – avvista Gibreel nella folla sempre più chiassosa.

Sì, lì, sul Ponte di Londra Che È Di Pietra, senza alcun dubbio, Gibreel! – E quella dev'essere la sua Alleluia, la sua Reginadighiaccio Cone! – Come sembra distaccata l'espressione di lui, inclinato a sinistra di qualche grado; e come sembra amarlo lei –

del resto tutti lo adorano, perché lui è uno dei grandissimi della festa, con Battuta alla sua sinistra, Sisodia e Allie alla destra, e intorno una quantità di facce che sarebbero riconosciute dal Perù a Timbuctù! – Chamcha cerca di farsi largo tra la folla che diventa sempre più fitta a mano a mano che ci si avvicina al ponte; – ma lui è deciso – Gibreel! arriverà sino a Gibreel! – finché con un colpo di piatti attacca una musica fragorosa, uno degli immortali motivi da applauso a scena aperta di Mr Bentham, e la folla si divide come il Mar Rosso davanti ai figli d'Israele. – Chamcha, sbilanciato, arretra barcollando, e la folla lo schiaccia contro un edificio finto in legno e muratura che è – cos'altro potrebbe essere? – una Bottega d'antiquario, mentre una grande massa canora di signore poppute in cuffie con pizzi e camicette ornate di gale, accompagnate da un numero più che sufficiente di signori in cilindro, avanza allegramente sul lungo fiume, cantando a pieni polmoni.

Che specie d'uomo è il Nostro Comune Amico?
Quali sono le sue intenzioni?
È il tipo d'uomo di cui ci si può fidare?
ecc. ecc. ecc.

«È strano» dice alle sue spalle una voce di donna, «ma quando facevamo lo spettacolo al teatro C – ci fu un'epidemia di libidine tra i membri del cast; una cosa senza precedenti, per quello che ne so io. La gente non rispondeva alle battute d'entrata per i casini che succedevano dietro le quinte.»

Colei che sta parlando, constata Chamcha, è giovane, piccola, popputa, tutt'altro che sgradevole, madida di caldo, rossa di vino ed evidentemente preda del delirio lussurioso che sta evocando. – Nella "sala" non c'è molta luce, ma lui riesce ugualmente a cogliere il luccichio dei suoi occhi. «Abbiamo tutto il tempo» continua lei in tono pratico. «E una volta finito tutto questo, ci sarà l'assolo di Mr Podsnap.» Dopo di che, assumendo un atteggiamento che è un'abile parodia della boria dell'agente d'assicurazioni marittime, attacca la sua versione personale della Podsnapperia del musical:

La nostra è una lingua ricca,
faticosa per gli stranieri;

il nostro è un paese privilegiato,
benedetto e privo di pericoli...

Poi, in un recitar cantato alla maniera di Rex Harrison, si rivolge a uno Straniero invisibile. «Che gliene pare di Londra? – Enormemonte ricca. – Noi diciamo Enormemente Ricca. I nostri avverbi non terminano in monte. – E trova, signore, molte tracce della nostra Costituzione britannica nelle strade delle Metropoli del Mondo, London, Londres, Londra? – Io direi» aggiunse, sempre imitando Podsnap, «che c'è nell'inglese un misto di qualità, modestia, indipendenza, senso della responsabilità, compostezza, che si cercherebbe invano tra le Nazioni della Terra.»

Mentre si sgrava di queste battute, la creatura ha continuato ad avvicinarsi a Chamcha – sbottonandosi, nel frattempo, la camicetta; – e lui, mangusta di lei cobra, rimane lì pietrificato; mentre la creatura, scoprendo uno scultoreo seno destro, gli fa notare di avervi disegnato – in un atto d'orgoglio civico – nientemeno che la pianta di Londra, con un pennarello rosso, e il fiume tutto azzurro. La metropoli lo chiama – ma lui, con un grido assolutamente dickensiano, esce, facendosi largo a spintoni, dalla Bottega dell'antiquario e si tuffa nella follia della strada.

Gibreel lo sta guardando dal ponte di Londra; i loro sguardi – o così sembra a Chamcha – si incrociano. Sì: Gibreel alza, e agita, un braccio per niente eccitato.

Ciò che segue è tragedia. O, almeno, eco di tragedia, poiché l'originale autentico non è, a quanto si dice, alla portata degli uomini e delle donne d'oggi. – Una parodia per la nostra epoca degradata e imitativa, in cui i pagliacci riprendono ciò che fu fatto in origine da re ed eroi. – E va bene, d'accordo. – Il problema che qui si solleva è come sempre grosso: la natura del male, come nasce, perché cresce, come s'impadronisce unilateralmente di una complessa anima umana. O, se vogliamo: l'enigma di Iago.

Non è raro che esegeti letterario-teatrali, frustrati da questo personaggio, attribuiscano le sue azioni a una "malvagità immotivata". Il male è male e produrrà male, punto e basta: il veleno del serpente è ciò che lo definisce. – Be', queste liquidazioni sommarie qui non sono accettate. Il mio Chamcha può non essere il Vecchio di Venezia, la mia Allie la soffocata Desdemona, il mio Farishta il Moro, ma, perlomeno, indosseranno quelle spiegazioni che sono alla portata della mia intelligenza. – E così, adesso, Gibreel agita una mano per salutare; Chamcha si avvicina; si alza il sipario su un palcoscenico che si sta oscurando.

Vediamo, anzitutto, com'è isolato questo Saladin; la sua sola compagna volontaria è un'estranea ebbra, e col petto cartografato, ed egli deve lottare da solo in questa folla festante dove ogni persona sembra essere (e non è) amica di ogni altra; – mentre là, sul ponte di Londra, Farishta è circondato da ammiratori, al centro stesso della folla;

e, in secondo luogo, rendiamoci conto dell'effetto che ha su Chamcha – il quale amava l'Inghilterra nelle sembianze della perduta moglie inglese – la presenza dorata, pallida e glaciale, accanto a Farishta, di Alleluia Cone; afferra un bicchiere di vino dal vassoio di un cameriere di passaggio, lo tracanna in fretta, ne prende un altro; e sembra vedere, nella lontana Allie, la totalità della propria perdita;

e sotto altri aspetti, inoltre, Gibreel sta rapidamente diventando la sintesi delle sconfitte di Saladin; – lì con lui adesso, proprio in questo momento, c'è un altro traditore, montone travestito da agnello, ultracinquantenne, con le ciglia che battono come quelle di una diciottenne, è l'agente di Chamcha, la temibile Charlie Sellers; – non vorrete paragonare *lui* al vampiro transilvano, vero, Charlie, grida l'osservatore irato che è in lui; – e agguanta un altro bicchiere – e vede, in fondo a esso, la propria anonimità e la celebrità dell'altro, e la grande ingiustizia di questa divisione;

soprattutto – riflette amareggiato – perché per Gibreel, conquistatore di Londra, non ha alcun valore il mondo che sta ora cadendo ai suoi piedi! – dopo tutto, il bastardo ha sempre preso in giro questo posto, Proprio Londra, Vilayet, gli inglesi, Spoono, non hanno un minimo di sensibilità, credimi; – Chamcha, che avanza inesorabile verso di lui in mezzo alla folla, ha l'impressione di vedere, *proprio adesso*, lo stesso ghigno sul viso di Farishta, il disprezzo di un Podsnap alla rovescia, per il quale tutto ciò che è inglese merita irrisione anziché elogio; – Oh Dio, che crudeltà è questa, che lui, Saladin, il cui obiettivo e la cui crociata erano fare di Londra la propria città, debba vederla inginocchiarsi davanti al suo sprezzante rivale! – e così c'è anche questo; Chamcha vorrebbe essere nei panni di Farishta, mentre a Gibreel non importa niente di ciò che lui indossa.

Cos'è imperdonabile?

Chamcha, che guarda in faccia Farishta per la prima volta, dopo la loro turbolenta separazione nell'atrio di Rosa Diamond, vedendo la strana inespressività degli occhi dell'altro, ricorda con forza travolgente l'inespressività di quella volta, quando Gibreel sulle scale era rimasto impassibile, mentre lui, Chamcha, cornuto e prigioniero, veniva trascinato nella notte; e sente tornare l'odio, si sente riempire da capo a piedi di nuova e verde bile, *al diavolo le scuse*, grida l'odio, *al diavolo le circostanze attenuanti e i cosa-avrebbe-potuto-fare; ciò che non può essere perdonato è qualcosa di più. Non si può giudicare una ferita interiore dalle dimensioni del foro.*

Insomma: Gibreel Farishta, processato dal tribunale della mente di Chamcha, riceve un trattamento assai peggiore di quello di Mimi e Billy a New York; è proclamato colpevole, per tutta l'eternità, della Cosa Imperdonabile. E da questo consegue ciò che segue. – Ma possiamo permetterci di riflettere un po' sulla vera natura di questa Colpa Suprema, Inespiabile? – È davvero, può davvero essere, soltanto il suo silenzio sulle scale di Rosa? – O sono in gioco risentimenti più profondi, rancori dei quali la cosiddetta Causa Primaria non è altro in realtà che un succedaneo, una facciata? – Non sono forse questi due, opposti e congiunti, ciascuno l'ombra dell'altro? – L'uno che cerca di essere trasformato in uno di quegli stranieri che ammira, l'altro che preferisce, sprezzantemente, trasformare; l'uno uno sventurato che sembra costantemente punito per delitti che non ha commesso, l'altro chiamato angelico da tutti quanti, il tipo d'uomo che la fa sempre franca. – Possiamo dire che Chamcha è un uomo di grandezza un po' meno che naturale; mentre il rumoroso e volgare Gibreel è, senza dubbio, persona di proporzioni eccessive, disparità questa che può ispirare a Chamcha ambizioni neo-procustiane: allungare se stesso riducendo le dimensioni di Farishta.

Cos'è imperdonabile?

Che cosa, se non la nudità da brividi di essere *totalmente conosciuto* da una persona di cui non ci si fida? – E Gibreel non ha forse visto Saladin Chamcha in circostanze – dirottamento, caduta, arresto – in cui i segreti dell'io erano messi completamento a nudo?

Bene. – Ci stiamo avvicinando? Dovremmo anche dire che questi sono due *tipi* di personalità sostanzialmente differenti? Non possiamo convenire che Gibreel, nonostante il suo nome d'arte e le sue interpretazioni; e malgrado i suoi slogan sulla rinascita, il ricominciare da capo, le metamorfosi – ha voluto restare, in buona parte, *continuo* – cioè unito al passato e da esso derivante; – che non ha scelto né la malattia quasi mortale né la caduta trasformante; che di fatto teme soprattutto gli stati d'alterazione in cui i sogni s'infiltrano, fino a travolgerlo, nel suo io cosciente, facendo di lui quell'angelico Gibreel che non ha nessuna voglia di essere; – e quindi è ancora una creatura che, per quello che ora ci interessa, possiamo definire "vera"... mentre Saladin Chamcha è una creatura di discontinuità *scelte*, una reinvenzione *volontaria*; e la sua rivolta *intenzionale* contro la storia lo rende quindi, nel linguaggio per cui abbiamo optato "falso"? E non possiamo neanche dire che è questa falsità dell'io a rendere possibile in Chamcha una falsità più grave e più profonda – che chiamiamo "male" – e che è questa la verità, la porta aperta in lui dalla sua caduta? – Mentre Gibreel, seguendo la logica della terminologia che abbiamo stabilito, è da considerare "buono" perche *vuol rimanere*, nonostante tutte le sue vicissitudini, un uomo fondamentalmente non modificato?

– Ma, e ancora ma; tutto questo non sembra pericoloso come un ragionamento volutamente falso? – Queste distinzioni, basate, come non potrebbe essere altrimenti, su un'idea dell'io (idealmente) omogeneo, non ibrido, "puro", – concetto assolutamente assurdo! – non possono, non devono essere sufficienti. No! Diciamo piuttosto una cosa ancora più dura: che il male può non essere tanto al disotto delle nostre superfici come ci piacerebbe credere. – Che, in realtà, noi precipitiamo in esso *natural-*

mente, cioè, *non contro la nostra natura*. – E che Saladin Chamcha si propose di distruggere Gibreel Farishta perché, alla fine, risultò facilissimo farlo; poiché il vero fascino del male è la seducente semplicità con cui si può imboccare questa strada. (E, aggiungiamo per concludere, la successiva impossibilità di tornare indietro.)

Saladin Chamcha, tuttavia, sostiene una tesi differente. «È stato il suo tradimento a casa di Rosa Diamond; il suo silenzio, niente altro.»

Mette piede sul finto Ponte di Londra. Da una vicina baracca di burattini, a-strisce-rosse-e-bianche, Punch – che sta picchiando Judy – gli grida: *È così che si fa!* Dopo di che anche Gibreel pronuncia parole di saluto, il cui calore è smentito dalla indifferenza contraddittoria della voce: «Spoono, ma sei tu. Diavolo d'un uomo. Eccoti qui vivo e vegeto. Vieni, Salad baba, vecchio Chumch».

Successe questo:

Nel momento stesso in cui s'avvicinò ad Allie Cone tanto da sentirsi pietrificato, e anche raggelato, dai suoi occhi, Saladin Chamcha, capì che la sua risorta ostilità nei confronti di Gibreel si estendeva anche a lei, a quella sua espressione sprezzante a zero gradi, a quella sua aria di essere al corrente di qualche grande e segreto mistero dell'universo; e anche a quella che lui avrebbe definito a posteriori *selvatichezza*, qualcosa di duro, di rarefatto, antisociale, autosufficiente, un'essenza. Perché gli dava tanto fastidio? Perché, prima ancora che aprisse bocca, l'aveva classificata come parte integrante del nemico?

Forse perché la desiderava; e desiderava ancora di più quella che gli pareva la sua sicurezza interiore; o se no la invidiava e cercava di colpire l'oggetto della propria invidia. Se l'amore è smania di essere come (anche di diventare) la persona amata, l'odio può essere generato dalla medesima ansia, quando è impossibile placarla.

Successe questo: Chamcha inventò una Allie e divenne l'antagonista di questa finzione... Non lo diede a vedere. Sorrise, strinse la mano, si disse lieto di conoscerla; e abbracciò Gibreel. *Lo seguo perché mi serve per il mio scopo.* Allie, che non aveva alcun sospetto, si scusò. Loro due dovevano avere tante cose da comunicarsi, disse; e promettendo di tornare presto, si allontanò; andò, per usare le sue parole, in esplorazione. Chamcha la vide zoppicare leggermente per un paio di passi; poi si fermò un attimo e riprese a camminare con energia. Tra le cose che ignorava di lei, era il suo male.

Non sapendo che il Gibreel che gli stava davanti, con uno sguardo distante e saluti puramente formali, era soggetto a un attento controllo medico – o che era obbligato a prendere, ogni giorno, certi farmaci che gli intorpidivano i sensi, data la concretissima possibilità di una ricaduta nella sua malattia non-più-senza-nome, cioè nella schizofrenia paranoica; – o che era stato tenuto a lungo lontano, per la ferma insistenza di Allie, dalla gente del cinema di cui lei era arrivata a diffidare fortemente dopo l'ultima sua crisi; – o che la loro presenza alla festa di Battuta-Mamoulian era una scelta alla quale si era appassionatamente opposta, cedendo soltanto dopo una terribile scenata, durante la quale Gibreel aveva urlato che non voleva più essere tenuto prigioniero e che era ben deciso a fare un altro sforzo per tornare alla sua "vera vita"; – o che la fatica di badare a un amante mentalmente disturbato e capace di vedere diavoletti simili a pipistrelli appesi a testa in giù nel frigorifero, aveva logorato Allie come una camicia lisa, costringendola ad assumere i ruoli dell'infermiera, del capro espiatorio e della stampella – imponendole insomma di agire contro la propria natura inquieta e complessa – non sapendo niente di tutto questo, non riuscendo a capire che il Gibreel che stava guardando, e credeva di vedere, il Gibreel incarnazione di tutte le fortune che Chamcha, perseguitato dalle furie, chiaramente non aveva, era una creatura della sua fantasia, una finzione come la sua inventata e detestata Allie, la classica bionda senza cuore o *femme fatale*, evocata dalla propria invidiosa e tormentata immaginazione orestea, – Saladin, nella sua ignoranza, penetrò tuttavia, per puro caso, nella crepa dell'armatura (certo un po' da Don Chisciotte) di Gibreel e capì come era possibile distruggere in fretta il suo odiato Altro.

Fu una domanda banale di Gibreel ad aprire questo varco. Limitato dai sedativi alle chiacchiere più insulse, domandò in tono vago: «E come sta, dimmi, la tua cara moglie?». Al che Chamcha, con la lingua sciolta dall'alcol, sbottò: «Come sta? Col pancione. *Enceinte*. Gravida di un fottuto bambino». All'intontito Gibreel sfuggì la violenza di queste parole: sorrise distrattamente, cinse con un braccio le spalle di Saladin. «*Shabash mubarak*» si congratulò. «Spoono! Hai fatto maledettamente in fretta!»

«Congratulati con il suo amante» s'infuriò Saladin con voce impastata. «Il mio vecchio amico Jumpy Joshi. Quello sì, devo ammetterlo, è un uomo. Le donne, sembra, ne vanno pazze. Sa Dio perché. Vogliono i suoi maledetti bambini e non gli domandano neanche il permesso.»

«Chi per esempio?» gridò Gibreel, facendo voltare parecchie teste e indietreggiare lo stupefatto Chamcha. «Chi chi chi?» urlò, provocando risatine ebbre. Rise anche Saladin Chamcha: ma senza allegria. «Ti dirò io chi per esempio. Mia moglie per esempio, ecco chi. Non è una signora, mister Farishta, Gibreel, Pamela, la mia non-signora-moglie.»

Proprio in quel momento, per puro caso – mentre l'alticcio Saladin ignorava completamente l'effetto che le sue parole stavano avendo su Gibreel, – nel quale si erano fuse in maniera esplosiva due immagini, la prima il ricordo improvviso di Rekha Merchant, che dal suo tappeto volante lo metteva in guardia contro il segreto desiderio di Allie di avere un bambino senza informarne il padre, *chi chiede al seme il permesso di essere piantato*, la seconda una visione del corpo dell'istruttore d'arti marziali congiunto in scalciante carnalità con la stessa Miss Alleluia Cone – si vide la figura di Jumpy Joshi percorrere il "Ponte di Southwark" in uno stato di evidente agitazione; – stava di fatto cercando Pamela, da cui era stato separato a causa di quella medesima irruzione di cantanti dickensiani che aveva spinto Saladin verso il seno metropolitano della ragazza della Bottega dell'antiquario. «Si parla del diavolo» lo indicò Saladin. «Eccolo lì, il bastardo.» E si voltò verso Gibreel; ma Gibreel era sparito.

Ricomparve Allie, adirata, frenetica. «Dov'è? Gesù, non posso lasciarlo neanche per un fottuto *secondo*? Non poteva tenerlo d'occhio?»

«Perché? Che c'è?» Ma intanto Allie si era tuffata tra la folla, e così, quando Chamcha vide Gibreel percorrere il "Ponte di Southwark" non era più a portata d'orecchio. – C'era invece Pamela che domandava: «Hai visto Jumpy?» – E lui le indicò, «Da quella parte» dopo di che sparì anche lei, senza neanche dirgli grazie; e a questo punto si vide di nuovo Jumpy che percorreva il "Ponte di Southwark" nella direzione opposta, con i capelli ricciuti più scarmigliati che mai, le spalle ad attaccapanni ingobbite nel cappotto che non aveva voluto togliersi, gli occhi in perlustrazione, il pollice piantato in bocca; – e poco dopo anche Gibreel attraversò il simulacro di quel ponte Che È Di Ferro, nella medesima direzione di Jumpy.

Insomma, gli eventi cominciavano a sfiorare il farsesco; ma quando, qualche minuto dopo, l'attore che interpretava la parte di "Gaffer Hexam" e che sorvegliava quel tratto del Tamigi dickensiano alla ricerca di cadaveri galleggianti, per alleggerirli di tutti gli oggetti di valore prima di consegnarli alla polizia – discese rapidamente il fiume dello studio, con i capelli ispidi e brizzolati, imposti dal contratto, rizzati dallo spavento, la farsa bruscamente si concluse; perché lì su quel battello malfamato giaceva il corpo privo di sensi di Jumpy Joshi nel suo cappotto impregnato d'acqua. «Messo k.o.» gridò il barcaiolo, indicando il grosso bernoccolo sulla parte posteriore del cranio di Jumpy; «e finito in acqua svenuto, è un miracolo che non sia annegato.»

Una settimana dopo, in risposta a un'appassionata telefonata di Allie Cone, che lo aveva rintracciato tramite Sisodia, Battuta e infine Mimi, e che pareva essersi parecchio sgelata, Saladin Chamcha si trovò seduto accanto a lei su una Citroën giardinetta argentea di tre anni, che la futura Alicja Boniek aveva regalato alla figlia prima di partire per un prolungato soggiorno in California. Allie era venuta a prenderlo alla stazione di Carlisle e aveva ripetuto le scuse che già gli aveva fatto per telefono. «Non avevo il diritto di parlarle in quel modo; lei non sapeva niente, voglio dire della sua, be', grazie al cielo nessuno ha assistito all'aggressione, e sembra che sia stato messo tutto a tacere, ma quel poveraccio, un colpo di remo sulla testa è una brutta faccenda; il punto è che abbiamo preso una casa su nel nord, da certi miei amici che sono via, mi è parso opportuno allontanarlo dagli altri esseri umani, e, be', continua a chiedere di lei; lei potrebbe davvero aiutarlo, penso, e, se devo essere franca, di un po' di aiuto avrei bisogno anch'io» cosa che non chiarì molto a Saladin la situazione ma accese la sua curiosità – e adesso la Scozia stava sfilando a una velocità allarmante oltre i finestrini della Citroën: uno spigolo del Vallo di Adriano, il vecchio rifugio degli amanti in fuga di Gretna Green, e poi all'interno verso i Southern Uplands: Ecclefechan, Lockerbie, Beattock, Elvanfoot. Chamcha istintivamente considerava tutte le aree non metropolitane alla stregua di spazi interstellari, e un viaggio al loro interno era sempre irto di pericoli; perché un guasto alla macchina in quel deserto significava sicuramente morire soli e non essere mai più ritrovati. Aveva già notato, con diffidenza, che uno dei fari anteriori della Citroën era rotto, che l'indicatore del carburante era in rosso (scoprì solo in seguito che era guasto), che la luce del giorno si stava affievolendo e che Allie guidava come se la A 74 fosse stata la pista di Silverstone in una giornata di sole. «Non può andare molto lontano senza un mezzo di trasporto, ma non si sa mai» spiegò con aria arcigna. «Tre giorni fa ha rubato le chiavi della macchina e l'hanno trovato che imboccava in senso vietato uno degli svincoli della M 6, sbraitando sulla dannazione. *Preparatevi per la vendetta del Signore*, disse agli agenti della stradale, *Perché io presto chiamerò il mio luogotenente Azraeel*. E quelli hanno trascritto tutto sui loro taccuini.» Chamcha, il cui cuore era ancora colmo di desiderio di vendetta, simulò simpatia e sorpresa. «E Jumpy?» domandò. Allie staccò le mani dal volante e le allargò in un gesto di rassegnazione, mentre l'auto ondeggiava paurosamente sulla strada piena di curve. «Secondo i medici, la gelosia possessiva potrebbe essere parte del suo disturbo; o almeno potrebbe far scoppiare la pazzia come una miccia.»

Era contenta di avere la possibilità di parlare; e Chamcha l'ascoltava volentieri. Se si fidava di lui, era perché se ne fidava anche Gibreel; e lui non aveva intenzione di minare questa fiducia. *Una volta lui ha tradito la mia fiducia; lasciamo ora che, per un po' di tempo, si fidi di me*. Era un marionettista principiante; aveva bisogno di studiare i fili, per scoprire a quale fantoccio fossero collegati... «Non posso farci niente» stava dicendo Allie, «ma mi sento confusamente responsabile. La nostra vita insieme non funziona, e la colpa è mia. Quando parlo così, mia madre si arrabbia.» Alicja, poco prima di prendere l'aereo per la California, aveva sgridato la figlia al Terminal Tre. «Non capisco da dove ti vengano certe idee» gridò in mezzo ai facchini, alle valigie e alle mamme asiatiche in lacrime. «Si potrebbe dire che neanche la vita di tuo padre è andata come lui aveva previsto. E per questo sarebbe sua la responsabilità dei campi di sterminio? Studia la storia, Alleluia. In questo secolo la storia ha smesso di prestare attenzione all'orientamento psicologico della realtà. Voglio dire che il carattere non è più il destino. Lo è l'economia. Lo è l'ideologia, lo sono le bombe. Cosa importa a una carestia, a una camera a gas, a una bomba di come hai vissuto la tua vita? Arriva la crisi, arriva la morte e il tuo patetico io individuale non può farci niente, se non soffrirne le conseguenze. Questo tuo Gibreel: è forse il modo in cui ti casca addosso la storia.» Era tornata, senza preavviso, allo stile grandioso del guardaroba preferito da Otto Cone, e, a quanto pareva, a un'oratoria in armonia con i grandi cappelli neri e i vestiti ornati di gale. «Divertiti in California, mamma» disse seccamente Allie. «Una di noi è felice» replicò Alicja. «Perché non dovrei essere io?» E, prima che la figlia potesse rispondere, passò oltre la transenna per i passeggeri, agitando passaporto, carta d'imbarco e biglietto e puntando alle bottiglie *duty-free* di Opium e di Gordon's Gin, in vendita sotto un'insegna luminosa che diceva: "Salutate i buoni acquisti".

Nell'ultima luce del giorno, la strada aggirò uno sperone di brulle colline coperte di erica. Tanto tempo prima, in un altro paese, in un altro crepuscolo, Chamcha aveva aggirato uno sperone simile, e si era poi trovato davanti i ruderi di Persepoli. Ora, invece, era diretto a un rudere umano: non per ammirare, ma forse (perché la decisione di fare il male non la si prende in modo definitivo se non nell'istante in cui la si traduce in atto; resta sempre un'ultima possibilità di tirarsi indietro) per distruggere. Per scarabocchiare il proprio nome vendicatore sulla carne di Gibreel: *Saladin è stato qui*. «Perché resti con lui?» domandò ad Allie, che, con sua sorpresa, arrossì. «Perché non ti risparmi questa sofferenza?»

«Io non ti conosco bene, anzi non ti conosco per niente» cominciò lei, poi s'interruppe e fece una scelta. «Non sono orgogliosa della risposta, ma è la verità» disse. «È per il sesso. Insieme siamo incredibili, perfetti, mai visto niente di simile. Amanti da sogno. Lui sembra che, che, che *sappia*. Che conosca *me*.» Tacque. La notte le nascondeva il viso. Riaffiorò l'amarezza di Chamcha. Era circondato da amanti da sogno; lui, che non sognava, poteva soltanto guardare. Digrignò i denti con rabbia; e, per sbaglio, si morse la lingua.

Gibreel e Allie si erano rintanati a Durisdeer, un villaggio così piccolo che non aveva neanche un pub, e vivevano in una chiesa non conformista sconsacrata, e convertita – il termine quasi religioso sembrò strano a Chamcha – da un architetto amico di Allie che aveva fatto fortuna a forza di trasformare il sacro in profano. A Saladin pareva un luogo tetro, nonostante le pareti bianche, i riflettori nascosti, e la moquette a pelo riccio. Nel giardino c'erano lapidi funebri. Come rifugio per uno che soffriva dell'illusione paranoica di essere il principale arcangelo di Dio, pensò Chamcha, lui non l'avrebbe mai scelto. L'ex chiesa era un po' staccata da quella dozzina di case di pietre e tegole che costituivano la comunità; isolata, dunque, persino in quell'isolamento. Gibreel era già in piedi sulla porta, un'ombra sullo sfondo dell'atrio illuminato, quando si fermò la macchina. «Sei arrivato» gridò. «*Yaar*, che bello. Benvenuto in questa maledetta prigione.»

I farmaci rendevano Gibreel maldestro. Quando si sedettero tutti e tre intorno al tavolo di *pitchpine* della cucina, sotto fonti di luce signorilmente abbassabili e regolabili, rovesciò due volte la sua tazza di caffè (aveva apparentemente smesso di bere; fu Allie, versando due dosi generose di Scotch, che fece compagnia a Chamcha), e, bestemmiando, s'aggirò per la cucina in cerca di tovaglioli di carta per rimediare al malfatto. «Quando mi stufo di stare così, riduco le dosi senza dirle niente» confessò. «E allora comincia la merda. Ti giuro, Spoono, non ce la faccio a sopportare l'idea schifosa che non finirà mai, che la sola scelta è fra le droghe e le cimici nel cervello. Non ce la faccio, cazzo, a sopportarlo. Ti giuro, *yaar*, che se pensassi che sarà sempre così, be', *bas*, non so, farei, non so che cosa.»

«Chiudi il becco» disse a bassa voce Allie. Ma lui gridò:

«Spoono, l'ho persino picchiata, lo sapevi? Sì, cazzo. Un giorno ho pensato che fosse una specie di demone *rakshasa* e le sono saltato addosso. Lo sai quanto è forte la forza della pazzia?»

«Per mia fortuna io seguivo quelle – opps, ehm – quelle lezioni di difesa personale» sogghignò Allie. «Adesso esagera per salvare la faccia. Ma in realtà fu lui che finì con lo sbattere la testa sul pavimento.» – «Proprio qui» assentì docile Gibreel. Il pavimento della cucina era fatto di grandi pietre per lastricare. «Doloroso» azzardò Chamcha. «Ci puoi scommettere» tuonò Gibreel, ora curiosamente allegro. «Mi ha messo *bilkul* k.o.»

L'interno della chiesa era stato diviso in una grande sala di ricevimento a due piani ("di volume doppio", nel gergo degli agenti immobiliari) – l'ex salone della congregazione – e in una parte più convenzionale, con cucina e servizi al pianterreno, camere da letto e bagno di sopra. Non riuscendo a dormire, Chamcha finì a mezzanotte nel grande soggiorno (freddissimo: l'ondata di caldo aveva un bel continuare nel sud dell'Inghilterra: quassù non c'era neanche un'increspatura, e il clima era gelido e autunnale), e vagò fra le voci spettrali dei predicatori allontanati, mentre Gibreel e Allie facevano l'amore ad alto volume. *Come Pamela*. Cercò di pensare a Mishal e a Zeeny Vakil, ma non lo aiutò. Infilandosi le dita nelle orecchie, combatté l'immagine della copulazione di Farishta e Alleluia Cone.

Il loro era stato fin dall'inizio un congiungimento ad alto rischio, rifletté; prima la drammatica rinuncia di Gibreel alla propria carriera, e la sua corsa da un capo all'altro della terra, e ora l'irriducibile determinazione di Allie di *arrivare fino in fondo*, di sconfiggere in lui quella folle divinità angelica e di ricostituire l'umanità che lei amava. Non c'erano compromessi per loro; si stavano giocando tutto. Mentre lui, Saladin, si era rassegnato a vivere sotto lo stesso tetto della moglie e dell'amante di costei. Qual era la scelta migliore? Il capitano Achab muore, ricordò: è lo stivatore, Ishmael, che sopravvive.

Il mattino dopo, Gibreel impose una scalata alla "Cima" locale. Ma Allie rifiutò, anche se per Chamcha era evidente che il ritorno in campagna la riempiva di gioia. «Dannatissima *mame* coi piedi piatti» la maledisse Gibreel con affetto. «Vieni, Salad. Noi furbacchioni di città faremo vedere alla conquistatrice dell'Everest come si scala. Che vita alla rovescia, *yaar*. Noi facciamo dell'alpinismo e lei resta qui a fare telefonate d'affari.» I pensieri di Saladin si susseguivano incalzanti: capiva adesso la sua strana andatura zoppicante a Shepperton; capiva anche che questo rifugio isolato non poteva non essere provvisorio – che, venendo qui, Allie stava sacrificando la propria vita, e non poteva certo continuare così all'infinito. E lui che cosa avrebbe dovuto fare? Qualcosa? Niente? – Se voleva vendicarsi, quando e come? «Mettiti quegli scarponi» ordinò Gibreel. «Credi che questa pioggia del cazzo durerà tutto il giorno?»

Durò. Quando arrivarono al mucchio di pietre sulla cima della montagna scelta da Gibreel, si trovarono avvolti in una pioggerella sottile. «Un gran bello spettacolo» ansimò Gibreel. «Guarda: eccola là, comodamente seduta come un pezzo grosso.» Indicò la chiesa. Chamcha, con il cuore che gli martellava, si sentì un idiota. Doveva decidersi a comportarsi come un uomo che ha problemi cardiaci. Cosa c'è di glorioso nel morire d'infarto su questa Cima da niente, e per niente, sotto la pioggia? Poi Gibreel tirò fuori un binocolo e cominciò a perlustrare la valle. Si vedevano poche figure in movimento – due o tre uomini e cani, qualche pecora, niente altro. Gibreel seguì gli uomini col binocolo. «Ora che siamo soli» disse all'improvviso, «posso dirti qual è la vera ragione per cui siamo scappati in questo maledetto buco deserto. È per causa sua. Sì, sì: non lasciarti ingannare da quello che ho fatto! Dipende tutto dalla sua fottuta bellezza! Gli uomini, Spoono, le ronzano attorno come mosche. Lo giuro! Li ho visti sbavare e allungare le mani. Non è giusto. Lei è una persona molto riservata, la più riservata che ci sia al mondo. Dobbiamo proteggerla dalla loro libidine.»

Questo discorso colse Saladin di sorpresa. Povero bastardo, pensò, stai andando fuori di testa a una velocità spaventosa. E subito dopo questo pensiero, comparve nella sua testa, come per magia, una seconda frase: *Non sognarti che questo significhi che io ti perdonerò*.

Mentre tornavano in macchina alla stazione ferroviaria di Carlisle, Chamcha accennò allo spopolamento della campagna. «Non c'è lavoro» disse Allie. «E quindi si svuota. Gibreel non riesce ad abituarsi all'idea che tutto questo spazio sia un segno di povertà; a lui, dopo le folle dell'India, sembra un lusso.» «E il tuo lavoro?» domandò Chamcha. «Come la metti?» Lei, sbarazzatasi da tempo della maschera di fanciulla di ghiaccio, gli sorrise. «Sei gentile a domandarmelo. Io continuo a pensare: un giorno sarà la mia vita ad avere la precedenza. O meglio, anche se per me è difficile parlare in prima persona plurale, la nostra vita. Suona meglio, no?»

«Non permettergli di tagliarti fuori» le consigliò Saladin. «Da Jumpy, dal tuo mondo, da tutto il resto.» Fu quello il momento da cui si può dire che fosse davvero cominciata la sua campagna; perché mise piede su quella strada comoda e allettante dove era possibile procedere in una sola direzione. «Hai ragione» disse Allie. «Oh Dio, se lui sapesse. Il suo adorato Sisodia, per esempio: non corre dietro soltanto alle divette di due metri, anche se quelle gli piacciono da morire.» – Le avrà fatto delle proposte, intuì Chamcha; e, contemporaneamente, archiviò l'informazione per poterla usare più avanti. – «È un perfetto spudorato» rise Allie. «Proprio sotto il naso di Gibreel. Però non si offende se lo respingi: si limita a inchinarsi e a mormorare *sesesenza offesa*, e la faccenda è chiusa. Ti immagini se lo raccontassi a Gibreel?»

Alla stazione ferroviaria Chamcha augurò ad Allie buona fortuna. «Dovremo tornare a Londra tra un paio di settimane» gli disse lei dal finestrino della macchina. «Io ho delle riunioni. E magari tu e Gibreel potrete rivedervi: questo incontro gli ha fatto molto bene.»

«Telefonami quando vuoi» disse lui agitando la mano per salutarla, e seguì con gli occhi la Citroën finché non scomparve.

Che Allie, terzo lato di un triangolo di finzioni – non si erano infatti Gibreel e Allie uniti soprattutto immaginandosi, sotto la spinta dei loro bisogni, una "Allie" e un "Gibreel" di cui l'altro potesse innamorarsi? e Chamcha non stava loro imponendo le esigenze del proprio cuore turbato e deluso? – dovesse essere lo strumento involontario e innocente della vendetta di Saladin, divenne ancora più chiaro per il cospiratore quando scoprì che Gibreel, con il quale aveva concordato di trascorrere un equatoriale pomeriggio londinese, non desiderava altro che descrivere, con imbarazzanti particolari, l'estasi carnale dell'andare a letto con lei. Che specie di persone erano queste, si domandò Saladin disgustato, che si divertivano a imporre le proprie intimità ad altri che non ne erano partecipi? Mentre Gibreel (con un certo compiacimento) descriveva posizioni, morsi amorosi, il vocabolario segreto del desiderio, stavano passeggiando in Brickhall Fields tra scolarette e bambini che andavano sui pattini e padri che lanciavano malamente *boomerang* e *frisbee* a figli sprezzanti, e si facevano strada fra arroventate carni orizzontali di segretarie; e Gibreel interruppe la sua rapsodia erotica per dire, follemente, che «certe volte guardo tutta questa gente rosea e, invece della pelle, Spoono, vedo carne in putrefazione; e sento l'odore di marcio qui» e si toccò le narici con fervore, come se stesse svelando un segreto, «nel naso». Poi tornò all'interno delle cosce di Allie, ai suoi occhi torbidi, alla valle perfetta del suo fondoschiena, ai gridolini che le piaceva emettere. Era un uomo che correva il pericolo imminente di sfaldarsi. L'energia frenetica e la meticolosità maniacale delle descrizioni suggerirono a Chamcha che stesse di nuovo riducendo le proprie dosi, che rollasse di nuovo verso la cresta della pazzia, quello stato di eccitazione febbrile che sotto un certo aspetto assomigliava molto (secondo Allie) all'ubriachezza, nel senso che non ricordava più niente di ciò che aveva detto o fatto quando, com'era inevitabile, tornava sulla terra. – Le descrizioni continuavano interminabili. La lunghezza insolita dei capezzoli, la riluttanza a lasciarsi toccare l'ombelico, la sensibilità estrema delle dita dei piedi. Chamcha disse a se stesso che, follia o non follia, tutto ciò che questi discorsi sul sesso rivelavano (perché c'erano stati anche quelli di Allie sulla Citroën) era la *debolezza* della loro cosiddetta "grande passione" – termine che Allie aveva usato solo in tono quasi scherzoso – perché, per dirla in poche parole, non c'era niente altro che funzionasse; non c'era, insomma, altro aspetto del loro stare insieme su cui andare in estasi. – Nello stesso tempo, però, si sentiva eccitato. Cominciò a vedersi in piedi davanti alla finestra di lei, che se ne stava lì nuda come un'attrice sullo schermo, e le mani di un uomo che l'accarezzavano in mille modi, portandola sempre più vicina all'orgasmo; arrivò addirittura a identificarsi in quelle mani, gli pareva quasi di sentire la sua freschezza, le sue reazioni, udiva quasi le sue grida. – Si controllò. Il desiderio lo disgustava. Allie era irraggiungibile; e questo era voyeurismo puro, non doveva cedergli. – Ma il desiderio che le rivelazioni di Gibreel avevano suscitato non voleva sparire.

L'ossessione sessuale di Gibreel, ricordò Chamcha a se stesso, facilitava di fatto il suo compito. «È senza dubbio una donna molto attraente» mormorò a titolo d'esperimento, e gli fece piacere ricevere in cambio un'occhiataccia furiosa e minacciosa. Ma subito dopo Gibreel con un ostentato desiderio di controllarsi, cinse con un braccio Saladin e gridò: «Scusami, Spoono. Divento subito irascibile quando si tratta di lei. Ma tu e io! Noi siamo *bhai-bhai*! Abbiamo visto il peggio e ne siamo usciti sorridendo; e adesso andiamocene, basta con questo giardinetto sperduto. Torniamo in città».

C'è il momento che precede il male; poi il momento del; poi il periodo successivo, quando il primo passo è stato fatto e quelli successivi diventano sempre più facili. «Per me va bene» replicò Chamcha. «Fa piacere vederti così in buona salute.»

Un ragazzo di cinque o sei anni passò davanti a loro su una bicicletta BMX. Chamcha, voltando la testa per seguirne il cammino, lo vide scomparire in un viale di alberi arcuati, attraverso i quali riusciva, qua e là, a gocciolare la luce del sole. Lo choc dell'aver scoperto l'ubicazione del suo sogno disorientò Chamcha per un attimo, e gli lasciò in bocca un cattivo sapore; il gusto acido di ciò-che-poteva-essere. Gibreel fermò un taxi e si fece portare in Trafalgar Square.

Oh, era proprio su di giri quel giorno, mentre denigrava Londra e gli inglesi quasi col brio di un tempo. Dove Chamcha vedeva una grandezza gradevolmente sbiadita, Gibreel vedeva un naufrago, una città-Robinson, abbandonata sull'isola del proprio passato, che si sforzava, con l'aiuto di un sottoproletariato-Venerdì, di mantenere le apparenze. Sotto lo sguardo dei leoni di pietra, corse dietro ai piccioni gridando: «Ti giuro, Spoono, che da noi questi ciccioni non camperebbero un giorno; portiamocene uno a casa per cena». L'anima anglicizzata di Chamcha si fece piccola per la vergogna. Più tardi, in Covent Garden, parlò a Gibreel del giorno in cui l'antico mercato di frutta e verdura era stato trasferito a Nine Elms. Le autorità, preoccupate per i ratti, avevano chiuso le fogne e ne avevano uccisi a decine di migliaia. «Quel giorno, ratti affamati uscirono a sciami sui marciapiedi» ricordò. «Giù giù fino allo Strand e oltre il Ponte di Waterloo, e nei negozi, alla ricerca disperata di cibo.» Gibreel sbuffò: «Adesso sono sicuro che questa è una nave che affonda» gridò, e Chamcha era furibondo per avergli dato l'occasione di dirlo. «Persino i ratti se la squagliano.» E, dopo una pausa: «Avrebbero avuto bisogno di un pifferaio magico, no? Che li portasse alla distruzione a suon di musica».

Quando non stava insultando gli inglesi o descrivendo il corpo di Allie dalle radici dei capelli al morbido triangolo del «luogo dell'amore, la dannatissima *yoni*» Gibreel sembrava soprattutto interessato a stendere elenchi; voleva sapere quali fossero i dieci libri preferiti di Spoono, e anche i film, le dive del cinema, i cibi. Chamcha diede risposte cosmopolite e convenzionali. Il suo elenco di film comprendeva *Potemkin*, *Citizen Kane*, *Otto e mezzo*, *I sette samurai*, *Alphaville*, *L'angelo sterminatore*. «Ti sei fatto fare il lavaggio del cervello» lo schernì Gibreel. «Sono tutte stronzate occidentali da cinema d'essai.» I suoi dieci migliori di tutto venivano da "casa nostra" ed erano aggressivamente anti-intellettuali. *Mother India*, *Mr India*, *Shreee Charsawbees*: niente Ray, né Mrinal Sen, né Aravindan o Benegal. «Hai la testa piena di stupidaggini» disse a Saladin. «E hai dimenticato quello che vale la pena di sapere.»

La sua crescente agitazione, la sua ciarliera determinazione a trasformare il mondo in un ammasso di hit-parade, la sua andatura focosa – dovevano aver percorso almeno trenta chilometri al termine del loro vagabondare – convinsero Chamcha che non ci sarebbe voluto molto a spingerlo oltre il limite. *A quanto pare sono diventato anch'io un imbroglione, Mimi. L'arte dell'assassino consiste nell'avvicinarsi alla vittima; è più facile accoltellarla.* «Mi sta venendo fame» annunciò Gibreel in tono imperioso. «Portami in uno dei tuoi dieci ristoranti migliori.»

Sul taxi, Gibreel continuò a punzecchiare Chamcha, che non lo aveva informato della destinazione. «Un locale francese, *na*? O giapponese, con pesci crudi e polipi. Dio, perché mi sono fidato dei tuoi gusti?»

Arrivarono allo Shaandaar Café.

Jumpy non c'era.

E, a quanto pareva, Mishal Sufyan non si era rappacificata con la madre; Mishal e Hanif erano assenti, e né Anahita né sua madre fecero a Chamcha un'accoglienza che si potesse definire calorosa. Solo Haji Sufyan gli diede il benvenuto: «Su, su, siediti: hai un bell'aspetto». Il Café era stranamente vuoto, e neppure la presenza di Gibreel bastò a creare movimento. Ci volle qualche secondo prima che Chamcha capisse cosa stava succedendo; poi vide un quartetto di giovani bianchi che sedevano a un tavolo d'angolo, impazienti di menar le mani.

Il giovane cameriere bengalese (che Hind era stata costretta ad assumere dopo la partenza della figlia maggiore) venne a prendere le ordinazioni – melanzane, *sikh kababs*, riso – senza togliere gli occhi di dosso dal quartetto dei piantagrane, che erano anche, Saladin se ne accorse solo adesso, molto ubriachi. Il cameriere, Amin, era irritato con Sufyan quanto con i beoni. «Non avrebbe mai dovuto lasciarli sedere» mormorò a Chamcha e a Gibreel. «Adesso sono obbligato a servirli. Per il *seth* va tutto bene; lui non è in prima linea.»

Gli ubriachi furono serviti contemporaneamente a Chamcha e a Gibreel. Quando cominciarono a lamentarsi della cucina, l'atmosfera della stanza divenne ancora più tesa. Infine si alzarono. «Noi non mangiamo questa merda, stronzi» gridò il capo, una mezza cartuccia con i capelli d'un biondo rossiccio, la faccia pallida e smunta e alcune macchie. «È *merda*. Potete andare a farvi fottere, troiacce del cazzo.» I suoi tre compagni lasciarono il locale, ridacchiando e bestemmiando. Il capo si fermò ancora un momento. «Vi piace quello che state mangiando?» urlò a Chamcha e a Gibreel. «È merda. Ma è quello che mangiate anche a casa vostra, no? Stronzi.» Gibreel aveva una faccia che diceva, chiaro e forte: È così che sono adesso gli inglesi, questo grande popolo di conquistatori. Ma non rispose. Il tizio con la faccia da topo si avvicinò. «Vi ho fatto una fottuta domanda» disse. «Ho detto. Vi piace, cazzo, la vostra fottuta cena di merda?» E Saladin Chamcha, forse perché seccato che Gibreel non avesse potuto reincontrare l'uomo che aveva quasi ammazzato – cogliendolo alla sprovvista e alle spalle, come fanno i vigliacchi – rispose: «Ci piacerebbe, se non fosse per te». Mezzacartuccia, dondolando sulle gambe, assimilò questa informazione; poi fece una cosa davvero sorprendente. Respirò a fondo, si levò in tutto il suo metro e sessanta; poi si sporse in avanti e sputò violentemente e abbondantemente su tutti i piatti.

«*Baba*, se quello è uno dei tuoi dieci migliori» disse Gibreel sul taxi che li riportava a casa, «non condurmi mai in un locale che non ti piace tanto.»

«*Minnamin. Gut mag alkan. Pern dirstan*» replicò Chamcha. «Significa, "Caro mio, Dio fa gli affamati, il Diavolo gli assetati." Nabokov.»

«Di nuovo lui» si lamentò Gibreel. «Che cazzo di lingua è?»

«La inventò lui. È una frase che la bambinaia di Kinbote dice a Zembla quando lui è ancora piccolo. In *Fuoco pallido*.»

«*Pendirstan*» ripeté Farishta. «Sembra il nome di un paese. Comunque, ci rinuncio. Come si fa a leggere un uomo che scrive in un gergo che si è inventato lui?»

Erano quasi arrivati all'appartamento di Allie, che si affacciava su Brickhall Fields. «Il drammaturgo Strindberg» disse distrattamente Chamcha, come se stesse seguendo qualche ragionamento profondo, «dopo due matrimoni infelici, sposò una bellissima e famosa attrice di vent'anni che si chiamava Harriet Bosse. Nel *Sogno* era un grande Puck. Scrisse per lei anche la parte di Eleanora in *Pasqua*. Un angelo di pace. I giovani impazzivano per lei, e Strindberg, be', ne divenne così geloso che rischiò di perdere il senno. Cercò di tenerla chiusa a chiave in casa, lontana dagli sguardi degli uomini. Lei voleva viaggiare, e lui le comprava libri di viaggio. Proprio come nella vecchia canzone di Cliff Richard: *Bisogna che la chiuda in un baule / Così non ci sarà nessun fusto / Che potrà portarmela via.*»

Farishta annuì in segno d'apprezzamento. Era assorto in qualche fantasticheria. «E poi cosa accadde?» domandò mentre arrivavano a destinazione. «Lei lo lasciò» affermò Chamcha con aria innocente. «Disse che non ce la faceva a conciliarlo con la razza umana.»

Tornando a casa a piedi dal metrò, Alleluia Cone lesse la lettera che manifestava la felicità delirante di sua madre, da Stanford, California. "Se qualcuno ti dice che la felicità è irraggiungibile" scriveva Alicja con i suoi caratteri larghi, curvi e inclinati da mancina, "sii così cortese da puntare un dito verso di me. Io gli chiarirò le idee. L'ho infatti trovata due volte, la prima, come tu sai, con tuo padre, la seconda con quest'uomo grosso e cortese, il cui viso ha esattamente il colore delle arance che da queste parti crescono dappertutto. Appagamento, Allie. È qualcosa di più dell'eccitazione. Provalo." Quando alzò gli occhi, Allie vide il fantasma di Maurice Wilson seduto su un grande faggio rosso nel suo solito abbigliamento di lana – berretto scozzese, maglione Pringle a rombi, calzoni alla zuava – e un po' a disagio perché vestito troppo pesantemente per quel caldo. «Non ho tempo per te adesso» gli disse, e lui alzò le spalle. *Posso aspettare*. Le facevano di nuovo male i piedi. Strinse i denti e continuò per la sua strada.

Saladin Chamcha, nascosto dietro lo stesso faggio rosso da cui il fantasma di Maurice Wilson stava seguendo il doloroso cammino di Allie, vide Gibreel Farishta sbucare all'improvviso dal portone del condominio dietro il quale aveva atteso con impazienza il ritorno di lei; lo vide infuriato e delirante. I demoni della gelosia si erano posati sulle sue spalle, e ora stava urlando la stessa canzone di sempre, dovediavolo chiè coshai noncrederedipotermiinfinocchiare comeosi puttanaputtanaputtana. Sembrava che Strindberg fosse riuscito dove Jumpy (per la sua assenza) aveva fallito.

L'osservatore sui rami più alti si smaterializzò; l'altro, con un gesto di soddisfazione, s'allontanò su un viale di alberi ombrosi e fronzuti.

Le telefonate che Allie e Gibreel cominciarono a ricevere, prima nella loro abitazione londinese e poi a un remoto indirizzo di Dumfries e Galloway, non erano troppo frequenti; ma non si poteva nemmeno dire che fossero infrequenti. E le voci non erano troppe per essere plausibili; ma erano comunque piuttosto numerose. Non erano chiamate brevi, come quelle fatte da chi ansima pesantemente e da altri abusivi della rete telefonica, ma non duravano mai a sufficienza per permettere alla polizia in ascolto di individuarne la fonte. E non si può dire che l'intero sgradevole episodio fosse durato molto – non più di tre settimane e mezzo, dopo di che i disturbatori smisero per sempre; ma si può anche aggiungere che continuò esattamente quanto era necessario, cioè sino a spingere Gibreel Farishta a fare ad Allie Cone ciò che aveva fatto in precedenza a Saladin – vale a dire la Cosa Imperdonabile.

Bisognerebbe dire che nessuno, né Allie, né Gibreel, e neanche gli intercettatori telefonici professionisti chiamati da loro, ebbe mai il sospetto che a telefonare fosse sempre lo stesso uomo; ma per Saladin Chamcha, famoso un tempo (sia pure in ambienti un po' ristretti) come l'Uomo dalle mille voci, un inganno del genere era un'operazione semplice e del tutto esente da sforzi e rischi. Tutto sommato, fu costretto a scegliere non più di trentanove voci, su mille e una che aveva a disposizione.

Quando rispondeva Allie, udiva uomini sconosciuti sussurrarle all'orecchio segreti intimi, estranei che parevano conoscere i recessi più remoti del suo corpo, esseri senza volto che dimostravano di sapere, per esperienza, quali fossero le sue preferenze tra le mille forme dell'amore; e, quando cominciarono i tentativi di rintracciare la fonte delle chiamate, la sua umiliazione divenne ancora più forte, perché adesso non poteva più riattaccare subito, ma doveva starsene ad ascoltare, col viso in fiamme e un brivido lungo la spina dorsale, tentando semmai (senza successo) di prolungare le conversazioni.

Anche Gibreel aveva la sua parte di voci: superbi aristocrati byroniani che si vantavano di aver "conquistato l'Everest", teppisti beffardi, untuose voci amichevoli che mescolavano ammonimenti e pseudocommiserazione, *a buon intenditor, come fai a essere così stupido, non hai ancora capito che razza di donna è, qualsiasi cosa purché porti i pantaloni, povero idiota, da' retta a chi ti è amico.* Ma una voce spiccava tra le altre, la voce acuta e appassionata di un poeta, una delle prime che Gibreel udì e quella che lo colpì più profondamente; una voce che parlava sempre in rima, recitando zoppicanti versetti di una disarmante ingenuità, se non addirittura innocenza, e così nettamente in contrasto con la rozzezza masturbatoria di quasi tutti gli altri disturbatori che Gibreel finì presto per considerarla la minaccia più insidiosa.

Mi piace il caffè, mi piace il tè,
mi piaccion le cose che tu fai con me.

Dille questo, sussurrò la voce, e riattaccò. Un altro giorno si rifece viva con un'altra poesiola.

Mi piace il tè, mi piace il caffè,
ma nessuna mi piace quanto te.

Passale anche questo messaggio, per gentilezza. C'era qualcosa di diabolico, decise Gibreel, qualcosa di profondamente immorale nel nascondere la corruzione sotto questi versetti da cartolina d'auguri.

Mela rosa, pomi d'oro
questo è il nome del mio tesoro.

A... l... l... Gibreel, disgustato e spaventato, sbatté giù il ricevitore; tremava. Dopo di che, per un po', il rimatore non chiamò più; ma era la sua voce che Gibreel aspettava, temendone la ricomparsa, e avendo forse accettato, a un livello più profondo della coscienza, che sarebbe stata questa perfidia infernale e infantile, a distruggerlo definitivamente.

Oh, come fu tutto facile! Come ci stava bene il male in quelle corde vocali duttili e infinitamente flessibili, in quelle corde da marionettista! Con quanta sicurezza camminava sui fili della rete telefonica, come un acrobata a piedi nudi; con quanta fiducia s'insinuava alla presenza delle vittime, certo dei risultati, come un bell'uomo in un abito dal taglio perfetto! E con quanta cautela aspettò il momento giusto, emettendo tutte le voci tranne quella che avrebbe sferrato il colpo di grazia – perché anche Saladin aveva capito la particolare potenza di quei versetti – voci profonde e voci stridule, lente, rapide, tristi e allegre, aggressive e timide. A una a una, giocciolavano nelle orecchie di Gibreel, allentando il suo legame con la realtà, attirandolo a poco a poco nella loro rete menzognera, al punto che a poco a poco le loro oscene donne inventate cominciarono a ricoprire la donna reale come una viscida pellicola verde e, benché affermasse il contrario, Gibreel prese a scivolar via da lei; e venne allora il momento in cui tornarono quei versetti satanici che lo fecero impazzire.

Le rose sono rosse e le violette blu,
più dolce dello zucchero sei certamente tu.

Passala a lei. Tornò, innocente come sempre, a far nascere un tumulto di farfalle nello stomaco pieno di nodi di Gibreel. Da allora le rime arrivarono fitte e frequenti. Potevano avere un'oscenità da cortile scolastico:

Quando è giù a Waterloo
lei non porta no sì si no,
lo vogliamo dire infine
lei non porta mutandine.

o, una volta o due, il ritmo degli incitamenti di un capotifoso:

Knickerknacker, firecracker,
Sis! Boom! Bah!
Alleluia! Alleluia!
Rah! Rah! Rah!

E infine, dopo il loro ritorno a Londra, durante un'assenza di Allie per l'inaugurazione ufficiale di un emporio di cibi surgelati a Hounslow, l'ultima poesiola.

Mi piace il tè, mi piace il caffè,
e lei è a letto qui con me.

Addio, tonto.

Segnale di libero.

Tornata a casa, Alleluia Cone scoprì che Gibreel se n'era andato e, nel silenzio del proprio appartamento vandalizzato decise che stavolta non lo avrebbe più ripreso, per quanto pietose potessero essere le sue condizioni, neanche se fosse arrivato strisciando a implorare perdono e amore; perché, prima di sparire, si era vendicato in maniera orribile, distruggendo dal primo all'ultimo tutti i surrogati dell'Himalaya da lei raccolti negli anni, sgelando l'Everest di ghiaccio che teneva nel freezer, tirando giù e facendo a brandelli le cime di seta da paracadute che si levavano sopra il suo letto, e tagliando a pezzi (con una piccola accetta che lei teneva, insieme con l'estintore, nello sgabuzzino per le scope) l'inestimabile ricordo intagliato della sua conquista di Chomolungma, dono dello sherpa Pemba, monito e insieme commemorazione. *Allie bibi, abbiamo avuto fortuna. Non provarci più.*

Spalancò le finestre a ghigliottina e insultò a squarciagola i Fields innocenti. «Che tu possa morire lentamente! Che tu possa bruciare all'inferno!»

Poi, piangendo, telefonò a Saladin Chamcha per comunicargli la brutta notizia.

Mr John Maslama, proprietario del night Cera Bollente, dell'omonima casa discografica e di Venti Favorevoli, il leggendario negozio dove potevi procurarti i migliori corni – e clarini, sassofoni, tromboni – che una persona potesse trovare in tutta la città di Londra, era un uomo occupato, e quindi avrebbe sempre attribuito all'intervento della Divina Provvidenza il caso felice che gli permise di essere presente nel negozio di trombe quando l'Arcangelo di Dio vi entrò, con tuoni e fulmini che gli cingevano la nobile fronte come una corona d'alloro. Cauto uomo d'affari, Mr Maslama aveva sinora nascosto ai dipendenti la propria attività collaterale di araldo numero uno dello Spirito Celeste e Essere Semidivino tornato sulla terra, e appiccicava manifesti sulle vetrine solo quando era sicuro che nessuno lo vedesse, evitava di firmare le inserzioni che faceva pubblicare su giornali e riviste, con notevoli spese personali, per proclamare la Gloria imminente dell'Avvento del Signore. Emetteva anche dei comunicati stampa, tramite un'agenzia di PR sussidiaria dell'agenzia Valance, alla quale chiedeva di proteggere con cura la sua anonimità. "Il nostro cliente è in grado di affermare" annunciavano questi enigmatici comunicati – che per qualche tempo furono seguiti con divertita attenzione dagli specialisti di Fleet Street in pezzi di colore – "che i suoi occhi hanno visto la Gloria di cui sopra. Gibreel in questo momento è tra noi, in qualche luogo del centro di Londra – probabilmente a Camden, Brickhall, Tower Hamlets o Hackney – e si rivelerà presto, forse tra giorni o settimane." – Tutto ciò era ignoto ai tre alti e languidi commessi di Venti Favorevoli (Maslama si rifiutava di assumere donne per queste mansioni; «il mio motto» soleva dire, «è che nessuno si fida di una femmina perché lo aiuti col suo corno»); e fu per questo che non credettero ai loro occhi quando il loro realistico padrone modificò completamente la sua personalità e si precipitò incontro a questo sconosciuto scarmigliato e malrasato come se fosse stato Dio Onnipotente – con le sue scarpe di coppale a due colori, il suo vestito di Armani e i capelli lisci alla Robert De Niro sopra le proliferanti sopracciglia, Maslama non sembrava certo il tipo che striscia, eppure era proprio questo che stava facendo, ma sì, sul suo dannato ventre, e allontanava da sé il personale, *Mi occuperò io di questo signore*, e s'inchinava e si piegava e camminava all'indietro, roba da non credere. – Comunque lo sconosciuto aveva una *cintura gonfia di soldi* sotto la camicia e cominciò a tirar fuori manciate di banconote di grosso taglio; poi indicò una tromba su uno scaffale alto, *quella*, così e basta, senza quasi neanche guardarla, e Mr Maslama salì subito sulla scala, vado-a-prenderla-io-ho-detto-vado-a-prenderla-io, e adesso viene la parte veramente incredibile, cercò persino di rifiutare i soldi, Maslama! tutto un no, *signore*, non posso farla pagare, *signore*, ma lo sconosciuto pagò lo stesso, infilando le banconote nel taschino della giacca di Maslama come se fosse stato una specie di fattorino, avreste dovuto vederlo, e alla fine il cliente si rivolge all'intero negozio e grida a squarciagola, *Io sono il braccio destro di Dio*. – Proprio così, figuratevi, e disse che il giorno del Giudizio era vicino. – A questo punto Maslama era completamente fuori di testa e tremava tutto e si buttò addirittura in ginocchio. Allora lo sconosciuto alzò la tromba sopra la testa e gridò: *Io dò a questa tromba il nome di Azraeel l'Ultima Tromba, lo Sterminatore di Uomini*; – e noi ce ne stavamo lì, credetemi, pietrificati, perché tutt'intorno alla testa di quel matto da manicomio, c'era uno strano bagliore, capite, che sembrava sgorgare proprio da dietro la sua testa.

Un'aureola.

Dite quello che volete, ripeterono in seguito i tre commessi a chiunque fosse disposto ad ascoltarli, *dite quello che volete, ma noi abbiamo visto quello che abbiamo visto.*

3

La morte del dottor Uhuru Simba, già Sylvester Roberts, detenuto in attesa di giudizio, fu definita dal responsabile dei rapporti con la comunità della polizia di Brickhall, un certo ispettore Stephen Kinch, "una probabilità su un milione". A quanto sembrava, il dottor Simba aveva avuto un incubo così spaventoso da fargli emettere grida laceranti nel sonno e da attirare immediatamente l'attenzione di due agenti di servizio. Questi signori, accorsi subito nella cella, arrivarono appena in tempo per vedere la forma ancora addormentata di questo gigantesco individuo sollevarsi letteralmente dalla cuccetta, sotto l'influenza maligna del sogno, e piombare sul pavimento. I due funzionari udirono uno schiocco fragoroso: il rumore prodotto dal collo del dottor Uhuru Simba che si spezzava. La morte fu istantanea.

Alla minuscola madre del morto, Antoinette Roberts, in piedi tutta in nero, cappello e vestito di poco prezzo, sulla parte posteriore del camioncino del figlio minore, col velo del lutto scostato provocatoriamente dal viso, non ci volle molto per riprendere le parole dell'ispettore Kinch e scaraventarle contro quel suo viso florido, flaccido e impotente, la cui espressione da cane bastonato attestava l'umiliazione di un uomo che i colleghi della polizia avevano soprannominato *pisciadinegro*, e, peggio ancora, *fungo*, alludendo al fatto che lo tenevano sempre all'oscuro e che ogni tanto – per esempio nelle attuali spiacevoli circostanze – gli gettavano addosso palate di merda. «Voglio che vi rendiate conto» declamò Mrs Roberts alla folla piuttosto numerosa che si era rabbiosamente riunita davanti alla stazione di polizia di High Street, «che questa gente sta giocando con la nostra vita. E voglio che voi tutti riflettiate su ciò che questo significa come testimonianza del loro rispetto per noi, quali esseri umani.» E, sempre dal camioncino di Walcott Roberts, Hanif Johnson, come avvocato di Uhuru Simba, aggiunse qualche precisazione, facendo notare che il presunto tuffo fatale del suo cliente sarebbe stato spiccato dalla più bassa delle due cuccette della cella; che in un'epoca di estremo sovraffollamento delle carceri del paese era quanto meno insolito che avessero lasciato vuota l'altra cuccetta per essere certi che la sua morte non avrebbe avuto testimoni all'infuori del personale della prigione; e che un incubo non era certo la sola spiegazione possibile delle grida di un nero nelle mani delle autorità carcerarie. Nelle sue frasi conclusive, che l'ispettore Kinch avrebbe in seguito definito "incendiarie e poco professionali", paragonò le parole del responsabile dei rapporti con la comunità a quelle del famigerato razzista John Kingsley Read, che una volta aveva reagito all'annuncio della morte di un nero con lo slogan: «Uno è andato; ne restano un milione». La folla mormorò e gorgogliò; era una giornata calda e cattiva. «Conservate la vostra rabbia» gridò alla folla Walcott Roberts, il fratello di Simba. «Non permettete a nessuno di calmarvi.»

Poiché Simba era già stato in pratica processato e condannato da quella che lui aveva una volta definito la "stampa arcobaleno" – rossa come gli stracci della provocazione, gialla come la vena della vigliaccheria, blu come le luci dei film porno, verde come la melma – la sua fine parve a molti bianchi un atto di giustizia rudimentale, la conclusione meritata di un mostruoso assassino. Ma in un altro tribunale nero e silenzioso, aveva avuto un giudizio decisamente più favorevole, e queste differenti valutazioni del deceduto traboccarono, dopo la sua morte, nelle strade cittadine e fermentarono in quell'interminabile caldo tropicale. La "stampa arcobaleno" era piena di frasi di Simba che appoggiavano Qazhafi, Khomeini e Louis Farakhan; mentre nelle vie di Brickhall, giovani d'ambo i sessi mantenevano e attizzavano la lenta fiamma della propria rabbia, una fiamma-ombra ma capace di nascondere la luce.

Due sere dopo, dietro la Birreria Charringtons in Tower Hamlets, lo "Squartatore di Nonnine" tornò a colpire. E la notte successiva una vecchia fu uccisa nei pressi del campo giochi del Victoria Park, ad Hackney; ancora una volta il delitto portava l'orripilante "firma" dello Squartatore – la disposizione rituale degli organi interni intorno al corpo della vittima, la cui precisa configurazione non era mai stata resa pubblica. Quando l'ispettore Kinch, con l'aria di un uomo distrutto, comparve alla televisione per esporre la straordinaria tesi che "un assassino copione" era riuscito in qualche modo a scoprire il marchio di fabbrica, tenuto nascosto per tanto tempo e con tanta cura, e aveva poi raccolto il mantello che il defunto Uhuru Simba aveva lasciato cadere – il Commissario di polizia ritenne opportuno, come misura precauzionale, quadruplicare il numero di poliziotti di ronda nelle strade di Brickhall e tenerne di riserva talmente tanti che fu necessario annullare le partite di calcio in programma per quel fine settimana nella capitale. In effetti nel vecchio territorio di Uhuru Simba, i nervi si stavano logorando: Hanif Johnson emanò un comunicato in cui sosteneva che l'aumentata presenza della polizia era "provocatoria e incendiaria" e allo Shaandaar e al Pagal Khana incominciarono ad affluire gruppi di giovani neri e asiatici decisi ad affrontare le pantere delle forze dell'ordine. Alla Cera Bollente, l'effigie scelta per la *fusione* era la figura sudaticcia e già in disfacimento del responsabile dei rapporti con la comunità. Intanto la temperatura continuava a salire inesorabile.

Cominciarono ad infittirsi gli episodi di violenza: attacchi a famiglie nere residenti nelle case popolari, molestie agli scolari neri che tornavano a casa, risse nei pub. Al Pagal Khana un giovane con la faccia da topo e tre suoi compari sputarono nei piatti di molta gente; ne seguì una zuffa al termine della quale tre camerieri bengalesi furono accusati di aggressione e percosse; e il quartetto degli espettoranti non fu neanche trattenuto. Storie sulla brutalità della polizia, su giovani neri caricati in gran fretta in macchine e furgoni senza insegne, appartenenti a squadre speciali, e scaraventati poi fuori, con eguale discrezione, coperti di tagli e ammaccature, si diffusero in tutte le comunità. Pattuglie d'autodifesa di giovani sikh, bengalesi e afrocaribici – che i loro avversari politici chiamavano gruppi di *vigilantes* – presero a percorrere il quartiere a piedi o su vecchie Ford Zodiac e Cortina, risoluti a "non lasciarsi calpestare". Hanif Johnson disse alla sua amante e convivente Mishal Sufyan che, secondo lui, un ulteriore delitto dello Squartatore avrebbe acceso la miccia. «Quell'assassino non solo si gloria di essere ancora libero» disse. «Sta anche ridendo della morte di Simba, ed è questo che la gente non sopporta.»

In una di queste strade in ebollizione, una sera eccezionalmente umida, arrivò Gibreel Farishta soffiando nel suo corno d'oro.

Alle otto di quella sera, un sabato, Pamela Chamcha se ne stava con Jumpy Joshi – che si era rifiutato di lasciarcela andare da sola – accanto alla macchina fotografica automatica, nell'atrio principale della stazione di Euston, con la sensazione di agire come una congiurata da operetta. Alle otto e un quarto le si avvicinò un giovane snello, che le parve più alto di come lei lo ricordava; seguendolo senza una parola, lei e Jumpy salirono su uno scassato camioncino azzurro e furono condotti in un minuscolo appartamento di Brixton, sopra una bottiglieria di Railton Road, dove Walcott Roberts li presentò a sua madre Antoinette. I tre uomini, che Pamela ritenne a posteriori degli haitiani, in obbedienza a qualche stereotipo, come lei stessa ammetteva, non le furono invece presentati. «Prenda un bicchiere di vino allo zenzero» ordinò Antoinette Roberts. «Fa bene anche al bambino.»

Dopo che Walcott ebbe fatto gli onori di casa, Mrs Roberts, che pareva sperduta in una logora e voluminosa poltrona (con le gambe sorprendentemente pallide, e sottili come fiammiferi, che emergevano sotto l'abito nero e finivano in ribelli calzini rosa e in comode scarpe coi lacci, e non arrivavano al pavimento), mise subito le carte in tavola. «Questi signori erano colleghi del mio ragazzo» disse. «Sembra che sia stato assassinato per le indagine che stava facendo su una questione che, mi dicono, interessa anche lei. Noi crediamo che sia venuto il momento di agire in modo più formale, utilizzando anche i canali che lei rappresenta.» A questo punto uno dei tre "haitiani" porse a Pamela una cartella di plastica rossa. «Contiene» spiegò garbatamente Mrs Roberts, «ampie prove dell'esistenza di congreghe di streghe nella Polizia metropolitana.»

Walcott si alzò. «Ora dobbiamo andare» disse con fermezza. «Prego.» S'alzarono anche Pamela e Jumpy. Mrs Roberts rivolse loro un vago e distratto cenno di saluto, facendo scricchiolare le giunture delle mani vizze. «Addio» disse Pamela e le fece le sue condoglianze in termini convenzionali. «Non sprecare il fiato, ragazza» la interruppe Mrs Roberts. «Devi solo inchiodare quegli stregoni. Inchiodarli al cuore.»

Walcott Roberts li scaricò a Notting Hill alle dieci. Jumpy tossiva forte e si lamentava di quei dolori alla testa che lo avevano spesso tormentato dopo l'aggressione subita a Shepperton, ma quando Pamela confessò che la innervosiva possedere l'unica copia di quei documenti esplosivi nella cartella di plastica, volle assolutamente accompagnarla all'ufficio del consiglio per i rapporti con la comunità di Brickhall, dove Pamela intendeva fare qualche fotocopia da distribuire a un certo numero di amici e colleghi fidati. Di conseguenza, alle dieci e un quarto erano entrambi sull'amata MG di Pamela e stavano attraversando la città in direzione est, mentre si addensava la tempesta. Li seguiva un vecchio furgone Mercedes blu, nello stesso modo in cui aveva seguito il camioncino di Walcott; cioè inosservato.

Quindici minuti prima, una pattuglia di sette robusti giovani sikh, stipati in una Vauxhall Cavalier, stava percorrendo il ponte del canale Malaya Crescent nella parte meridionale di Brickhall. Udendo un grido che veniva dall'alzaia sotto il ponte, i sette si precipitarono sul posto e vi trovarono un uomo pallido e scialbo, statura e corporatura medie, capelli chiari che spiovevano su occhi inespressivi, che balzò in piedi, con un bisturi in mano, per allontanarsi il più in fretta possibile dal cadavere di una vecchia, la cui parrucca azzurra era caduta e stava ora galleggiando sul canale come una medusa. I giovani sikh non ci misero molto a raggiungerlo e a sopraffarlo.

Alle undici la notizia della cattura dell'omicida era penetrata in ogni fessura del quartiere, insieme con una quantità di voci: la polizia era restia a incriminare il maniaco, i membri della pattuglia erano stati trattenuti per essere interrogati, si stava preparando un'operazione di copertura. Cominciarono a radunarsi folle agli angoli delle strade, e quando si svuotarono i pub, scoppiarono risse. Ci furono danni alle proprietà: furono fracassati i finestrini di tre macchine, fu saccheggiato un negozio di video, furono lanciati un po' di mattoni. Fu a questo punto, alle undici e mezzo di un sabato sera, quando club e dancing stavano già buttando fuori i loro eccitati e gasatissimi clienti, che il sovrintendente divisionale della polizia, dopo aver consultato le autorità superiori, dichiarò che nel centro di Brickhall era in atto un tumulto, e scatenò tutta la potenza della Polizia metropolitana contro i "tumultuanti".

A questo punto, inoltre, Saladin Chamcha, che era andato a cena da Allie Cone nel suo appartamento affacciato su Brickhall Fields, per salvare le apparenze, simpatizzare, mormorare bugie incoraggianti, emerse nella notte; trovò una *testudo* di uomini con caschi e scudi di plastica che avanzava verso di lui dai Fields a un trotto costante e inesorabile; e vide arrivare sopra la sua testa uno sciame di elicotteri simili a cavallette gigantesche, da cui scendeva luce come fitta pioggia; assistette all'arrivo degli idranti; e, obbedendo a un irresistibile riflesso primario, girò i tacchi e si mise a correre, non sapendo d'aver scelto la direzione sbagliata, verso lo Shaandaar.

Le telecamere arrivano appena in tempo per l'irruzione al Club Cera Bollente.

Ecco che cosa vede una telecamera: meno dotata di un occhio umano, nella visione notturna non va oltre ciò che è illuminato dai riflettori ad arco. Un elicottero rimane sospeso sopra il night, orinando luce in lunghi getti dorati; la telecamera capisce questa immagine. La macchina dello stato che schiaccia i suoi nemici. – E adesso c'è anche una telecamera in cielo: da qualche parte un redattore del telegiornale ha autorizzato i costi di una fotografia aerea; e da un altro elicottero una squadra del telegiornale sta *riprendendo* dall'alto. Nessuno tenta di allontanare questo elicottero. Il frastuono delle pale del rotore soffoca il rumore della folla. Anche sotto questo aspetto, l'attrezzatura per la ripresa video è meno sensibile dell'orecchio umano.

– Stacco. – Un uomo, illuminato da un *sun-gun*, parla svelto a un microfono. Alle sue spalle una confusione di ombre. Ma fra il cronista e la confusa terra delle ombre c'è un muro: uomini con caschi da combattimento e scudi. Il cronista parla con voce solenne: bombemolotov proiettilialplastico poliziottiferiti idranti saccheggi, limitandosi, ovviamente, ai fatti. Ma la telecamera vede ciò che lui non dice. Una telecamera è un oggetto che è facile da rompere o rubare; la sua fragilità la rende meticolosa. Una telecamera ha bisogno di legalità, di ordine, della sottile linea azzurra. Cercando di proteggersi, se ne sta dietro il muro degli scudi, a osservare le terre delle ombre da lontano, nonché, s'intende, dall'alto; in altre parole prende partito.

– Stacco. – I *sun-guns* illuminano un altro viso, arrossato, con guance cascanti. Questo viso ha un nome: parole in sovrimpressione compaiono sulla sua giubba. *Ispettore Stephen Kinch*. La telecamera lo vede qual è: un brav'uomo con un compito impossibile. Un padre di famiglia, un cittadino cui piace farsi ogni tanto una birra. Parla: non-possiamo-tollerare-aree-intransitabili occorre-maggiore-protezione-per-i-poliziotti guardate-gli-scudi-di-plastica-che-prendono-fuoco. Accenna alla malavita organizzata, agli agitatori politici, alle fabbriche di bombe, agli stupefacenti. «Noi ci rendiamo conto che alcuni di questi ragazzi possono avere dei giusti risentimenti, ma non possiamo e non vogliamo essere i capri espiatori della società.» Incoraggiato dalle luci e dagli obiettivi pazienti e silenziosi, si spinge ancora oltre. Questi ragazzi, suggerisce, non sanno quanto sono fortunati. Dovrebbero chiedere informazioni ai loro amici e parenti. L'Africa, l'Asia, i Caraibi: quelli sì che sono posti con problemi veri. Posti dove i risentimenti della gente meritano rispetto. Qui invece le cose non vanno tanto male, proprio per niente; qui non ci sono massacri, né torture, né colpi di stato militari. La gente dovrebbe valutare bene ciò che ha, prima di rischiare di perderlo. Il nostro, dice, è sempre stato un paese pacifico. La nostra operosa razza isolana. – Dietro di lui la telecamera inquadra ambulanze, barelle, sofferenza. – Vede strane figure umanoidi, dissotterrate dalle viscere del Club Cera Bollente e riconosce le effigi dei potenti. L'ispettore Kinch spiega. Lassù le cuociono in un forno, lo trovano divertente, ma io non userei mai questo aggettivo. – La telecamera osserva le figure di cera con disgusto. – Non c'è in esse qualcosa di *stregonesco*, di cannibalesco, un odore malsano? Che vi si praticasse la *magia nera*? – La telecamera inquadra finestre rotte. Vede qualcosa che brucia a una distanza media: una macchina, un negozio. Non riesce a capire, né a mostrare, che senso abbia tutto questo. La gente sta dando fuoco alle proprie strade.

– Stacco. – Ecco un illuminatissimo negozio di video. Ci sono ancora molti apparecchi nelle vetrine; la telecamera, la più delirante dei narcisisti, guarda le TV, creando per un attimo una successione infinita di televisori che diventano sempre più piccoli fino a ridursi a un punto. – Stacco. – Ecco una testa seria inondata di luce; un dibattito dallo studio. La testa sta parlando di *fuorilegge*. Billy the Kid, Ned Kelly: erano uomini che si schieravano *pro* e non solo *contro*. I massacratori moderni, privi di questa dimensione eroica, non sono che creature malate, menomate; personalità assolutamente grigie, commettono delitti caratterizzati da un'estrema attenzione alla procedura, alla metodologia – diciamo al rituale – spinti, forse, da qualche nullità che desidera farsi notare, uscendo dalla massa per diventare un divo, anche solo per un momento. – Oppure da un desiderio di morte trasposto: uccidere la persona amata e quindi distruggere se stessi. – *Chi è lo Squartatore di Nonnine?* domanda qualcuno. *E come la mettiamo con Jack?* Il vero fuorilegge, insiste la testa, è un'immagine speculare in nero dell'eroe. – *Questi tumultuanti, dice?* è l'obiezione. *Non sta correndo il rischio di renderli affascinanti, di dar loro "legittimità"?* – La testa fa segno di no, si lamenta del materialismo della gioventù moderna. Non era certo al saccheggio di negozi di video che la testa voleva alludere. – *Ma come la mettiamo con quelli di una volta? Butch Cassidy, i fratelli James, il capitano Moonlight, la banda Kelly. Erano tutti rapinatori di banche, no?* – Stacco. – Qualche ora dopo, durante la notte, la telecamera tornerà a inquadrare la vetrina del negozio. I televisori saranno spariti.

– Dall'alto la telecamera guarda l'ingresso del Club Cera Bollente. La polizia, sistemate le effigi di cera, ora sta portando fuori esseri umani. La telecamera punta sugli arrestati: un albino alto; un uomo in completo di Armani, che sembra un ritratto di de Niro in uno specchio scuro; una ragazzina di – quanti anni? – quattordici? quindici? – un giovane accigliato sulla ventina. Non ci sono nomi in sovrimpressione; la telecamera non conosce questi volti. A poco a poco emergono però i fatti. Il disc-jockey del club, Aloysius Phillips, detto "Pinkwalla" e il proprietario, Mr John Maslama, saranno accusati di traffico di stupefacenti su vasta scala – *crack*, *brown sugar*, hashish, cocaina. L'uomo arrestato con loro, un commesso del vicino negozio di musica di Maslama, Venti Favorevoli, è ufficialmente proprietario di un furgone in cui si è trovata una quantità non specificata di "droghe pesanti"; nonché un certo numero di videoregistratori "che scottano". La ragazza si chiama Anahita Sufyan; è minorenne, si dice che abbia bevuto molto e s'insinua che abbia avuto rapporti sessuali con almeno uno degli arrestati. Sembra inoltre che abbia un passato di assenze ingiustificate dalla scuola e di legami con noti criminali: una deliquente, è chiaro. – Un giornalista illuminato fornirà al paese queste informazioni molte ore dopo l'evento, ma la notizia già corre incontrollabile per le strade del quartiere: Pinkwalla! – e il *Cera*: lo hanno distrutto – completamente! – A questo punto è guerra!

Tutto questo però accade – come tante altre cose – in luoghi che la telecamera non può vedere.

Gibreel:

si muove come in un sogno, perché dopo giorni di vagabondaggio per la città, senza mangiare o dormire, con la tromba chiamata Azraeel al sicuro in una tasca del cappotto, non sa più distinguere tra il sogno e la veglia; ma adesso capisce qualcosa del concetto di onnipresenza; si muove infatti contemporaneamente in più storie, c'è un Gibreel che piange per il tradimento di Alleluia Cone, e un Gibreel sospeso sopra il letto di morte del Profeta, e un Gibreel che osserva in segreto il procedere di un pellegrinaggio verso il mare, in attesa del momento in cui dovrà rivelarsi, e un Gibreel che sente, sempre più forte col passare dei giorni, la volontà dell'avversario, che lo sta attirando a sé, e lo condurrà presto all'abbraccio finale: l'avversario scaltro e ingannevole, che ha assunto l'aspetto del suo amico, del suo migliore amico Saladin, per indurlo ad abbassare la guardia. E c'è un Gibreel che percorre le strade di Londra, cercando di capire la volontà di Dio.

Dovrà essere l'agente della Sua collera?

O del Suo amore?

È vendetta o perdono? Deve tenere in tasca la tromba fatale o tirarla fuori e soffiarci dentro?

(Io non gli do istruzioni. Interessa anche a me cosa finirà per scegliere – quale sarà l'esito di questo incontro di lotta. Carattere contro destino: un incontro di lotta libera. Lo decideranno due cadute, due sottomissioni o un knockout.)

Lottando, egli procede per le sue molte strade.

Ci sono momenti in cui la desidera con ardore, Alleluia, il nome stesso lo esalta; ma poi gli tornano in mente i versetti diabolici, e rivolge altrove i suoi pensieri. La tromba che ha in tasca chiede di essere suonata; ma lui si trattiene. Non è il momento. Sempre in cerca di indicazioni – *cosa bisogna fare?* – s'aggira per le vie della città.

A un certo punto vede, da una finestra illuminata, un televisore. C'è sullo schermo una testa di donna, una "presentatrice" famosa, intervistata da un ammiccante "conduttore" irlandese altrettanto famoso. – Qual è la cosa peggiore che riesci a immaginare? – Oh, credo, anzi no, ne sono sicura, che sarebbe, oh sì: essere soli la vigilia di Natale. Perché in questo caso devi davvero guardarti in faccia, in uno specchio severo, e domandarti, *tutto qui quello che c'è?* – Gibreel che è solo, e non sa che giorno è oggi, continua a camminare. Nello specchio, l'avversario si avvicina alla sua stessa velocità, chiamandolo con un cenno, allargando le braccia.

La città gli manda messaggi. Qui, dice, è dove il re olandese decise di stabilirsi, quando arrivò tre secoli fa. Allora era un villaggio fuori porta, nei verdi campi inglesi. Ma quando venne il re e vi si insediò, piazze di Londra spuntarono tra i campi, edifici in mattoni rossi guarniti di merli olandesi si levarono al cielo, perché i suoi cortigiani potessero avere delle residenze. Non tutti i migratori sono impotenti, sussurrano le costruzioni ancora in piedi. Impongono le loro necessità alla nuova terra, portano la loro logica nel nuovo paese, reinventandolo. Ma attenzione, ammonisce la città. Anche l'illogicità deve avere il suo spazio. Cavalcando nel parco dove aveva deciso di vivere – e che aveva civilizzato – Guglielmo III cadde da cavallo, urtò con forza il suolo recalcitrante e si spezzò il collo regale.

Certi giorni si trova fra cadaveri ambulanti, grandi folle di morti, che non vogliono ammettere d'essere finiti, cadaveri che continuano testardi a comportarsi come se fossero vivi, e prendono gli autobus, flirtano, vanno a casa a far l'amore, fumano sigarette. *Ma voi siete morti*, egli grida. *Tornate nelle vostre tombe, zombi.* Loro lo ignorano, o ridono, o appaiono imbarazzati, o minacciano di prenderlo a pugni. Lui ammutolisce e si allontana in fretta.

La città è ormai vaga, amorfa. Sta diventando impossibile descrivere il mondo. Pellegrinaggio, Profeta, avversario si fondono, si dileguano nella nebbia, riemergono. Come lei: Allie, Al-Lat. *È l'uccello eccelso. Molto desiderabile.* Adesso ricorda: gli aveva parlato, tanto tempo fa, delle poesie di Jumpy. *Sta cercando di farne una raccolta. Un libro.* L'artista col pollice in bocca e le sue visioni infernali. Un libro è il frutto di un patto col Diavolo, che è l'opposto del contratto faustiano, aveva detto ad Allie. Il dottor Faustus sacrifica l'eternità in cambio di due dozzine d'anni di potere; lo scrittore accetta la rovina della propria vita e guadagna (se ha fortuna) non l'eternità, forse, ma almeno una posterità. In entrambi i casi (era la tesi di Jumpy) è il Diavolo che vince.

Cosa scrive un poeta? Versi. Che cosa tintinna nel cervello di Gibreel? Versi. Che cosa gli ha spezzato il cuore? Versi, ancora versi.

La tromba, Azraeel, invoca dalla tasca del cappotto: *Prendimi! Sìsìsì: la Tromba. Al diavolo tutto quanto; tutto questo miserabile pasticcio: non hai che gonfiare le guance e perepé perepé perepé. Coraggio, la festa comincia.*

Che caldo che fa: afoso, soffocante, intollerabile. Non è più Londra, questa città indecorosa. Airstrip One, Mahagonny, Alphaville. Gibreel vaga in una confusione di lingue. Babele: una contrazione della parola assira "babilu". "La porta di Dio". Babilondra.

Dove siamo?

– Sì. – S'aggira, una notte, dietro le cattedrali della Rivoluzione industriale, le stazioni ferroviarie della zona nord di Londra. L'anonima King's Cross, il campanile incombente di St. Pancras, così simile a un pipistrello, i gasometri rossi e neri che si gonfiano e si sgonfiano come giganteschi polmoni di ferro. Dove un tempo cadde in battaglia la regina Boudicca, Gibreel Farishta lotta con se stesso.

La Goodsway – oh quali merci succulente indugiano nei vani delle porte e sotto i lampioni al tungsteno, quali leccornie sono esposte in questa via! – Borsette dondolanti, che reclamano attenzione, creature in gonne argentee e in calzamaglie a rete: merci non solo giovani (età media fra i tredici e i quindici anni) ma a buon mercato. Hanno tutte storie brevi e identiche: hanno tutte bambini depositati da qualche parte; sono state tutte cacciate di casa da furibondi genitori puritani, nessuna di loro è bianca. Magnaccia armati di coltello intascano il novanta per cento dei loro guadagni. Le merci, dopo tutto, sono solo merci, specialmente se diseredate.

– Nella Goodsway, Gibreel Farishta viene chiamato da ombre e lampioni; e, all'inizio, affretta il passo. *Cosa c'entro io? Maledette stronzate.* Ma poi rallenta e si ferma, udendo qualcos'altro che lo chiama dalle ombre e dai lampioni, un bisogno, un'istanza senza parole, che si nasconde sotto le voci tintinnanti delle prostitute da dieci sterline. I suoi passi diventano più lenti, poi cessano del tutto. Sono i loro desideri che lo bloccano. *Per quale motivo?* Ora avanzano verso di lui, attratte come pesci da un amo invisibile. Man mano che si avvicinano, la loro andatura cambia, smettono di ancheggiare e, nonostante il trucco, cominciano a dimostrare la loro età. Appena lo raggiungono, s'inginocchiano, *Chi dite che sono?* domanda, e vorrebbe aggiungere: *Io conosco i vostri nomi. Vi ho già incontrate una volta, altrove, dietro una cortina. Dodici allora come adesso. Ayesha, Hafsah,*

Ramlah, Sawdah, Zainab, Zainab, Maimunnah, Safia, Juwairiyah, Umma Salamah la Makhzumita, Rehana l'ebrea e la bella Maria la Copta. Rimangono mute in ginocchio. Gli fanno sapere che cosa vogliono senza parlare. *Cos'è un arcangelo se non un fantoccio? Kathputli, marionetta. I fedeli ci piegano ai loro voleri. Noi siamo forze della natura e loro i nostri padroni. Padrone anche.* La pesantezza dei suoi arti, il caldo, e nelle orecchie come un ronzio di api nei pomeriggi estivi. Sarebbe facile svenire.

Non sviene.

Resta lì, tra le bambine inginocchiate, aspettando i magnaccia.

Solo quando arrivano, si decide ad andarsene e accosta alle labbra la sua tromba inquieta: lo sterminatore Azraeel.

Dopo che il fiume di fuoco è emerso dalla bocca della sua tromba dorata e ha consumato gli uomini che si stavano avvicinando, avvolgendoli in un bozzolo di fiamme, distruggendoli così totalmente, che sul marciapiede non ci sono neanche più le loro scarpe che sfrigolano, Gibreel capisce.

Sta di nuovo camminando, con la gratitudine delle puttane alle sue spalle, verso il quartiere di Brickhall. Azraeel è tornato nella sua tasca capace. La situazione si sta chiarendo.

Egli è l'Arcangelo Gibreel, l'angelo della Recitazione, colui che detiene il potere della rivelazione. Può penetrare nei petti di uomini e donne, estrarne gli aneliti più segreti, tradurli in realtà. È colui che appaga i desideri, che soddisfa le libidini, che esaudisce i sogni. È il genio della lampada e il suo padrone è il Rok.

Quali desideri, quali imperativi ci sono nell'aria di mezzanotte? Egli li aspira. – E annuisce, così sia, certo. – Sia fuoco. È una città questa che si è lavata nelle fiamme, si è purificata bruciando dalle fondamenta.

Fuoco, pioggia di fuoco. «Questo è il giudizio di Dio nella Sua collera» dichiara Gibreel Farishta alla notte tumultuosa. «Che agli uomini sia concesso di realizzare i desideri dei loro cuori, e che ne siano consumati.»

Alte case a basso costo lo circondano. *Il negro mangia la merda del bianco*, suggeriscono muri non molto originali. Gli edifici hanno un nome: "Isandhlwana", "Rorke's Drift". Ma è in corso un'operazione revisionistica: due dei grattacieli sono stati ribattezzati e si chiamano ora "Mandela" e "Toussaint l'Ouverture". – I grattacieli sorgono su palafitte e nel cemento informe sotto di esse e tra esse ulula un vento perpetuo e turbinano i detriti: cucine abbandonate, gomme di bicicletta sgonfie, pezzi di porte rotte, gambe di bambole, rifiuti vegetali recuperati dai sacchetti per la spazzatura da cani e gatti affamati, pacchetti di cibo precotto, prospettive di impiego infrante, speranze lasciate cadere, illusioni perdute, collere sbollite, amarezze accumulate, paure vomitate e una vasca da bagno arrugginita. Egli resta immobile mentre piccoli gruppi di residenti passano correndo in varie direzioni. Alcuni (non tutti) sono armati. Bastoni, bottiglie, coltelli. In ogni gruppo ci sono giovani bianchi insieme con i neri. Egli si porta la tromba alle labbra e comincia a suonare.

Piccoli germogli di fuoco sgorgano dal cemento, alimentati da mucchi di beni e di sogni abbandonati. C'è una piccola pila di invidia in putrefazione: brucia verde nella notte. Le fiamme hanno tutti i colori dell'arcobaleno e non tutte hanno bisogno di combustibile. Egli soffia dalla sua tromba fiorellini di fiamma che danzano sul cemento senza bisogno di combustibili, di materiali o di radici. Eccone uno rosa. Cos'è che sarebbe bello? Io lo so: una rosa d'agento. – E ora i germogli sbocciano in cespugli, s'inerpicano come rampicanti sui fianchi dei palazzi, s'allungano verso i loro vicini, formano siepi di fiamme multicolori. È come vedere un giardino luminoso, che cresce mille volte più in fretta, un giardino che sboccia, fiorisce e diventa troppo rigoglioso, aggrovigliato, impenetrabile, un giardino di fitte chimere intrecciate, che rivaleggia nella sua incandescenza con i biancospini spuntati intorno al palazzo della bella addormentata in un'altra favola di tanto tempo fa.

Ma qui dentro non c'è una bella che dorme. C'è Gibreel Farishta che si sveglia in un mondo di fuoco. In High Street vede case fatte di fiamme, con muri di fuoco, e fiamme che penzolano dalle finestre come tendine. – E ci sono uomini e donne con la pelle infuocata che camminano, corrono; gli si aggirano intorno, indossando giacche di fuoco. Le strade sono arroventate, incandescenti, un fiume che ha il colore del sangue. – Tutto divampa mentre lui suona il suo gaio corno, *dando alla gente ciò che essa vuole*, e i capelli e i denti dei cittadini sono rossi e fumanti e i vetri bruciano e gli uccelli volano con ali fiammeggianti.

L'avversario è molto vicino. L'avversario è un magnete, è l'occhio di un vortice, è il centro irresistibile di un buco nero, e la sua forza di gravità crea un orizzonte uniforme cui né Gibreel né la luce possono sfuggire. *Da questa parte*, grida l'avversario. *Io sono qui.*

Non un palazzo, solo un caffè. E nelle stanze di sopra una pensione. Non c'è una principessa addormentata, ma una donna delusa, oppressa dal fumo, che giace svenuta; e accanto a lei, sul pavimento vicino al letto, svenuto pure lui, il marito, l'ex maestro tornato dalla Mecca, Sufyan. – Altrove, intanto, nello Shaandaar in fiamme, persone senza volto stanno alle finestre agitando pateticamente le braccia per invocare aiuto, poiché non possono (non hanno bocca) urlare.

L'avversario: eccolo che soffia!

Stagliato sullo sfondo dello Shaandaar Café in fiamme; guardatelo, è proprio lui!

Azraeel balza, non richiesto, nella mano di Farishta.

Anche un arcangelo può avere una rivelazione, e quando Gibreel coglie, per il più fuggevole degli istanti, lo sguardo di Saladin Chamcha – in quell'attimo brevissimo e infinito si squarciano i veli che ha davanti agli occhi – e si rivede passeggiare con Chamcha in Brickhall Fields, assorto in una rapsodia, intento a rivelare i segreti più intimi del suo amore con Alleluia Cone – quegli stessi segreti che furono poi sussurrati al telefono da una schiera di perfide voci – dietro le quali Gibreel riconosceva ora il talento unificante dell'avversario, che sapeva essere gutturale e acuto, che insultava e insinuava, che era insistente e insieme timido, che era prosaico – sì! – e anche versificante. – Adesso finalmente Gibreel Farishta si rende conto che l'avversario non ha assunto i lineamenti di Chamcha per camuffarsi; – che non è un caso di possessione paranormale, di appropriazione di un corpo da parte di un invasore venuto dall'Inferno; che insomma il male non è esterno a Saladin, ma sgorga da qualche recesso della sua vera natura, che si è esteso nella sua persona come un cancro, cancellando ciò che c'era di buono in lui, cassando il suo spirito – e lo ha fatto attraverso numerose e ingannevoli finte e sotterfugi, dando a volte l'impressione di recedere; mentre in realtà, durante queste remissioni illusorie, da esse, per così dire, coperto, ha continuato, perniciosamente, a estendersi; – e ora, senza alcun dubbio, lo ha riempito del tutto; ora di Saladin non resta nulla, se non questo, il fuoco buio del male nella sua anima, che lo consuma come l'altro fuoco, ingordo e multicolore, sta divorando la città urlante. Queste sono davvero le *fiamme più orride, malevole, sanguinose, niente a che vedere con la bella fiamma di un fuoco normale*.

Il fuoco è un arco nel cielo. Saladin Chamcha, l'avversario che è anche *Spoono, il mio vecchio Chumch*, è sparito all'interno dello Shaandaar Café. È la bocca del buco nero; intorno l'orizzonte si restringe, tutte le altre possibilità svaniscono, l'universo si riduce a questo punto solitario, irresistibile. Con un grande squillo di tromba, Gibreel s'immerge oltre la porta aperta.

L'edificio occupato dal consiglio per i rapporti con la comunità di Brickhall era un mostro a un solo piano fatto di mattoni purpurei con finestre blindate, una specie di bunker costruito negli anni Sessanta, quando queste linee erano considerate eleganti. Non era facile entrarvi, c'era un citofono alla porta, che si apriva su uno stretto vicolo lungo un lato dell'edificio stesso, e al cui termine c'era un'altra porta, anch'essa con una chiusura di sicurezza. C'era inoltre un impianto d'antifurto.

Questo impianto, si scoprì in seguito, era stato neutralizzato, probabilmente dalle due persone, un maschio e una femmina, che erano riuscite ad entrare con una chiave. Si insinuava, da fonti ufficiali, che queste persone intendevano compiere un atto di sabotaggio, un "lavoro dall'interno", poiché una delle due, la donna morta, era in effetti un'impiegata dell'organizzazione che aveva lì i suoi uffici. Le ragioni del crimine erano ancora oscure e, poiché i malfattori erano periti nelle fiamme, era improbabile che potessero venire alla luce. Un "autogol" era comunque la spiegazione più attendibile.

Una vera tragedia: la donna era incinta di molti mesi.

L'ispettore Stephen Kinch, nel comunicato in cui erano esposti i fatti, stabiliva un "collegamento" tra l'incendio del CRC di Brickhall e quello dello Shaandaar Café, dove la seconda persona morta, il maschio, alloggiava in maniera più o meno stabile. Era possibile che fosse stato l'uomo il vero incendiario e che la donna, che era la sua amante, benché sposata, e ancora convivente con un altro uomo, fosse stata soltanto un suo strumento. Non si potevano escludere in partenza moventi politici – erano entrambi noti per le loro idee estremistiche – ma la confusione esistente tra i gruppuscoli d'estrema sinistra da loro frequentati era tale da rendere assai difficile avanzare un'ipotesi precisa sulla natura di tali moventi. Poteva anche darsi che i due crimini, sebbene commessi dallo stesso uomo, avessero avuto moventi diversi. Che l'uomo, cioè, fosse soltanto un sicario a pagamento, e avesse incendiato lo Shaandaar, su richiesta dei proprietari ora deceduti, per i soldi dell'assicurazione, dando poi fuoco al CRC su richiesta dell'amante, forse dettata dal desiderio di vendicarsi di qualche collega d'ufficio.

Che l'incendio del CRC fosse doloso era indubbio. Erano state versate dosi abbondanti di benzina su scrivanie, carte e tende. «Molti non si rendono conto della rapidità con cui si estende il fuoco prodotto dalla benzina» aveva dichiarato l'ispettore Kinch a giornalisti affaccendati a prendere appunti. I cadaveri, talmente consumati che per identificarli si era dovuto ricorrere alle documentazioni dentarie, erano stati trovati nella sala delle fotocopiatrici. «Tutto qui quello che sappiamo.» Fine.

Io so di più.

O almeno, ho qualche domanda da fare. – Per esempio su un furgone Mercedes blu senza contrassegni, che seguì prima il camioncino di Walcott Roberts, poi la MG di Pamela Chamcha. –

Sugli uomini che scesero dal furgone, con il viso nascosto da maschere carnevalesche e s'introdussero a forza negli uffici del CRC mentre Pamela apriva la porta esterna. – Su ciò che realmente accadde in quegli uffici, poiché per l'occhio umano non è facile penetrare oltre mattoni purpurei e vetri blindati. – E infine su dove poteva essere finita una certa cartella rossa di plastica, con i documenti in essa contenuti.

Ispettore Kinch? Sei lì?

No, è andato via. Non ha risposte da darmi.

Ecco che Mr Saladin Chamcha, in giacca di cammello col bavero di seta, corre per High Street come un malvivente di quart'ordine. – Lo stesso terribile Mr Chamcha che ha passato la serata in compagnia di Alleluia Cone, senza ombra di rimorso. – «Io gli guardo i piedi» dice Otello di Jago, «ma è una favola.» Anche Chamcha non è più favoloso: basta la sua umanità a spiegare le sue azioni. Ha distrutto ciò che lui non è e non può essere; si è vendicato, contraccambiando il tradimento col tradimento; e lo ha fatto sfruttando la debolezza del suo nemico, colpendo il suo tallone non protetto. – C'è soddisfazione in questo. – Comunque, ecco che Mr Chamcha sta correndo. Il mondo è pieno di rabbia e di eventi. La situazione è incerta. Un edificio brucia.

Bumba, martella il suo cuore. *Dumba, bumba, dadum.*

A questo punto vede lo Shaandaar in fiamme e si ferma con una slittata. Ha un senso d'oppressione al torace e fitte al braccio sinistro – *badumba!* – Ma non bada a queste cose; sta osservando l'edificio che brucia.

E vede Gibreel Farishta.

E si volta: e corre dentro.

«Mishal! Sufyan! Hind!» grida il malvagio Mr Chamcha. Il pavimento del pianterreno non è ancora in fiamme. Spalanca la porta che dà sulle scale e un vento rovente e pestilenziale lo spinge indietro. *Alito di drago*, pensa. Il pianerottolo ha preso fuoco; lastre di fiamme salgono dal pavimento al soffitto. Impossibile proseguire.

«Nessuno?» grida Saladin Chamcha. «Non c'è nessuno lì?» Ma il ruggito del drago è più forte del suo urlo.

Qualcosa d'invisibile gli sferra un calcio nel petto, lo fa cadere indietro, sul pavimento del caffè fra i tavoli vuoti. *Dum*, canta il suo cuore. *Prendi questo. E questo.* Sopra la sua testa c'è un rumore che assomiglia allo scalpiccio di un miliardo di ratti, roditori spettrali che seguono un pifferaio fantasmatico. Alza lo sguardo: il soffitto è in fiamme. S'accorge di non reggersi in piedi. Mentre guarda, una parte del soffitto si stacca, ed egli si vede cadere addosso un pezzo di trave. Incrocia le braccia in un debole tentativo di autodifesa.

La trave lo inchioda al pavimento, spaccandogli entrambe le braccia. Il petto è pieno di dolore. Il mondo si allontana. Respirare è difficile. Non è in grado di parlare. È l'Uomo dalle mille voci, e non gliene resta neanche una.

Gibreel Farishta, con Azraeel in mano, entra nello Shaandaar Café.

Che succede quando vinci?

Quando i tuoi nemici sono alla tua mercé: come ti comporti allora? Il compromesso è la tentazione dei deboli, questa è la prova per i forti. «Spoono» dice Gibreel all'uomo caduto. «Mi hai proprio imbrogliato, devo riconoscere che sei in gamba.» E Chamcha, vedendo ciò che c'è negli occhi di Gibreel non può smentirlo. «Cos» comincia, ma smette subito. *Cosa intendi fare?* Adesso cade fuoco tutt'intorno a loro: uno sfrigolio di pioggia dorata. «Perché l'hai fatto?» domanda Gibreel, poi accantona la domanda con un gesto della mano. «È maledettamente stupido chiedertelo. È meglio domandarti come ti è venuto in mente di correre qui. È una cosa maledettamente stupida. Cosa è la gente, Spoono? Un mucchio di pazzi bastardi, no?»

Adesso tutt'intorno a loro ci sono pozzanghere di fuoco.Tra poco si troveranno accerchiati, abbandonati in un'isola provvisoria al centro di questo mare letale. Chamcha riceve un secondo calcio nel petto e sussulta violentemente. Con la prospettiva di tre morti differenti – per il fuoco, per "cause naturali" e per mano di Gibreel – si sforza disperatamente di parlare, ma emette soltanto gracidii. «Pe Dar MMM.» *Perdonami*. «A Pi.» *Abbi pietà*. I tavolini del caffè stanno bruciando. Altre travi piovono dall'alto. Gibreel sembra in trance. Ripete in tono vago: «Cose maledettamente stupide».

È possibile che il male non sia mai totale, che la sua vittoria, per quanto schiacciante, non sia mai assoluta?

Pensate all'uomo caduto. Ha cercato, senza il minimo scrupolo, di distruggere la mente di un altro essere umano; e per far questo ha sfruttato una donna del tutto innocente, spinto, almeno in parte, dal proprio impossibile e voyeuristico desiderio di lei. Eppure lo stesso uomo ha rischiato di morire, quasi senza esitazione, nel tentativo temerario di salvare altre persone.

Che significa questo?

Il fuoco li avvolge ora totalmente, e c'è fumo dappertutto. Nel giro di pochi secondi i due uomini potrebbero essere travolti. Domande aspettano risposte, e sono più urgenti di quelle *maledettamente stupide* di poco fa.

Quale scelta farà Farishta?

Può scegliere?

Gibreel lascia cadere la tromba; si china; libera Saladin dalla prigione della trave caduta; lo prende in braccio. Chamcha, che si è rotto le costole oltre che le braccia, geme debolmente, e a sentirlo sembra il creazionista Dumsday prima che gli fabbricassero una nuova lingua col meglio delle sue natiche. «To. Ta» *È troppo tardi.* Un piccolo schizzo di fuoco coglie il bordo della sua giacca. Un acre fumo nero riempie tutto lo spazio disponibile, insinuandosi dietro gli occhi, assordandogli le orecchie, soffocando naso e polmoni. – Ma adesso Gibreel Farishta comincia pian piano a esalare, un'esalazione lunga e continua di una durata straordinaria e, soffiando verso la porta, taglia col suo alito il fumo e il fuoco come un coltello; – e a Saladin Chamcha, che boccheggia e si sente svenire, con un mulo in petto, sembra di vedere – ma in seguito non saprà dire con certezza se lo ha visto davvero – il fuoco che si divide davanti a loro come quel mar rosso che è diventato, e lo stesso il fumo, come una cortina o un velo; finché davanti a loro si apre un cammino verso la porta; – e a questo punto Gibreel Farishta avanza rapidamente, portando Saladin sulla via del perdono nell'aria calda della notte; e così, in una notte in cui la città è in guerra, notte carica di furore e di ostilità, c'è, a mo' di riscatto, questa piccola vittoria dell'amore.

Conclusioni.

Mishal Sufyan è davanti allo Shaandaar quando essi ne escono, e sta piangendo, confortata da Hanif, per i suoi genitori. Ora è Gibreel che crolla; sempre portando Saladin, sviene ai piedi di Mishal.

Adesso Mishal e Hanif sono sull'ambulanza con i due uomini privi di sensi, e mentre Chamcha ha una maschera d'ossigeno sul naso e sulla bocca, Gibreel, che soffre soltanto di spossatezza, parla nel sonno, un delirante chiacchiericcio su una tromba magica e sul fuoco che ha soffiato, come musica, dalla sua bocca. – E Mishal, che ricorda Chamcha come diavolo, e ha imparato ad accettare come possibili tante cose, domanda: «Tu pensi – ?». Ma Hanif è sicuro, deciso. «Impossibile. Questo è Gibreel Farishta, l'attore, non lo riconosci? Il poveretto sta semplicemente recitando una scena di film.» Mishal non è convinta. «Ma, Hanif...» e lui diventa enfatico. Parla con dolcezza, perché, dopo tutto, lei è appena rimasta orfana, ma il suo tono è categorico. «Ciò che è accaduto stanotte qui a Brickhall è un fenomeno sociopolitico. Non cadiamo nella trappola di qualche dannato misticismo. Stiamo parlando di storia: di un episodio della storia della Gran Bretagna. Del processo di cambiamento.»

All'improvviso la voce di Gibreel cambia, e anche il suo argomento. Cita *pellegrini*, e un *bambino morto*, e *come nei "Dieci comandamenti"* e *una dimora in rovina* e un *albero*; perché, dopo il fuoco purificatore, sta facendo, per l'ultimissima volta, uno dei suoi sogni a puntate; – e Hanif dice: «Dammi retta, Mishu, tesoro. È pura finzione, niente di più». La cinge con un braccio, la bacia su una guancia, la tiene stretta. *Resta con me. Il mondo è reale. Noi dobbiamo viverci; dobbiamo vivere qui, continuare a vivere.*

Proprio allora Gibreel, ancora addormentato, urla con quanto fiato ha in gola:

«Mishal! Torna indietro! Non sta accadendo niente! Mishal, per pietà, voltati, torna indietro, torna indietro.»

VIII

LA SPARTIZIONE DEL MARE ARABICO

Era una vecchia abitudine di Srinivas, il mercante di giocattoli, minacciare ogni tanto moglie e figli che un giorno, appena il mondo materiale avesse perso per lui ogni sapore, avrebbe abbandonato tutto, nome compreso, per diventare un *sanyasi* e vagare da un villaggio all'altro con una ciotola da mendico e un bastone. Mrs Srinivas acccoglieva queste minacce con tolleranza, sapendo benissimo che il suo gelatinoso e bonario marito amava essere considerato un uomo devoto, ma con qualcosa dell'avventuriero (non aveva forse voluto a ogni costo, qualche anno prima, fare quel volo assurdo e scarificante sul Grand Canyon d'Amrika?); e l'idea di diventare un santone mendicante appagava entrambi questi bisogni. Tuttavia, quando vedeva il suo ampio deretano confortevolmente sistemato su una poltrona della loro veranda, a osservare il mondo attraverso una rete metallica di poco prezzo – o quando lo guardava giocare con la figlia più piccola, Minoo, di cinque anni – o quando notava che il suo appetito, lungi dal diminuire sino al livello della ciotola del mendico, aumentava con soddisfazione a mano a mano che passavano gli anni, – Mrs Srinivas increspava le labbra, assumeva l'espressione altera di una bellona da cinema (pur essendo grassoccia e traballante come il suo sposo) e rientrava fischiettando in casa. Di conseguenza, quando trovò vuota la sua poltrona, con un bicchiere di succo di limone bevuto solo a metà su un bracciolo, la cosa la colse del tutto impreparata.

A dire il vero, neanche Srinivas riuscì mai a dare una spiegazione attendibile di ciò che l'aveva indotto a lasciare il comfort della sua veranda per assistere all'arrivo degli abitanti del villaggio di Titlipur. I monelli della strada, che sapevano tutto un'ora prima che accadesse, avevano annunciato a gran voce l'avvento di un'incredibile processione che si stava avvicinando con armi e bagagli dalla pista delle patate per raggiungere la grande camionale, con una ragazza dai capelli d'argento a far da guida, grandi punti esclamativi di farfalle sopra ogni testa e, a chiudere la sfilata, Mirza Saeed Akhtar sulla sua Mercedes-Benz giardinetta verde oliva, con l'aria di un uomo nella cui gola è rimasto conficcato un nocciolo di mango.

Nonostante i silos per le patate e le famose fabbriche di giocattoli, Chatnapatna non era una località talmente grande che vi potesse passare inosservato l'arrivo di centocinquanta persone. Poco prima che giungesse la processione, Srinivas aveva ricevuto una delegazione degli operai della sua fabbrica, venuta a chiedergli il permesso di sospendere il lavoro per un paio d'ore, onde assistere al grande evento. Ben sapendo che probabilmente se ne sarebbero andati comunque, egli diede la sua approvazione. Ma personalmente rimase, almeno per un po', ostinatamente immobile sulla veranda, cercando di evitare che le farfalle dell'eccitazione mettessero in subbuglio il suo stomaco capace. Avrebbe in seguito confidato a Mishal Akhtar: «Fu un presentimento. Cosa devo dire? Sapevo che voialtri non eravate qui solo per rinfrescarvi. Ayesha era venuta a prendere me».

Tutlipur arrivò a Chatnapatna in un putiferio di neonati che urlavano, di bambini che strillavano e di vecchi che scricchiolavano, con battute acide dell'Osman del torello bum-bum, che non interessavano per niente a Srinivas. Poi i monelli informarono il re dei giocattoli che tra i viaggiatori c'erano la moglie e la suocera dello *zamindar* Mirza Saeed, e che andavano a piedi, come le contadine, in semplici pigiama - *kurta* e senza gioielli. Fu a questo punto che Srinivas giunse allo spaccio sul ciglio della strada, intorno al quale si erano raccolti i pellegrini di Titlipur cui venivano distribuiti *bhurta* di patate e *parathas*. Vi arrivò contemporaneamente alla jeep della polizia di Chatnapatna. L'ispettore, in piedi sul sedile a fianco del guidatore, stava gridando al megafono che sarebbe intervenuto con energia contro questo corteo "comunitario" se non si fosse sciolto immediatamente. Un pasticcio tra indù e musulmani, pensò Srinivas: brutta faccenda.

La polizia stava trattando il pellegrinaggio come una manifestazione settaria, ma, quando Mirza Saeed Akhtar si fece avanti e raccontò come stavano le cose, l'ispettore non ne fu più così convinto. Sri Srinivas, un brahmino, non era ovviamente uomo cui fosse mai venuto in mente di fare un pellegrinaggio alla Mecca, ma era anche lui impressionato. Si fece largo tra la folla per ascoltare ciò che stava dicendo lo *zamindar*. «E queste brave persone si propongono di andare a piedi fino al Mare Arabico, convinte che il mare si aprirà davanti a loro.» La voce di Mirza Saeed era flebile e l'ispettore, che comandava la stazione di polizia di Chatnapatna, non era ancora persuaso. «Sta parlando sul serio, *ji*?» Mirza Saeed disse: «Io non c'entro. Ma loro lo fanno spaventosamente sul serio. Io voglio che cambino idea prima che succeda qualche disastro». L'ispettore, tutto cinghie, baffoni e sicumera, scosse il capo. «Ma, vede, signore, come posso permettere che tanti individui si radunino in strada? Potrebbero perdere le staffe; c'è rischio di incidenti.» Proprio allora la folla dei pellegrini si divise e Srinivas vide per la prima volta la figura fantastica di una ragazza, tutta vestita di farfalle, con lunghi capelli nivei sciolti fino alle caviglie «*Arré deo*» gridò. «Sei proprio tu, Ayesha?» E aggiunse, scioccamente: «Dove sono allora le mie Bambole Pianificazione familiare?».

Il suo sfogo rimase senza risposta; guardavano tutti Ayesha, che si stava avvicinando al borioso ispettore. Non gli disse nulla, ma gli sorrise e annuì, e l'uomo parve ringiovanire di un ventennio, e nel tono di un ragazzo di dieci o undici anni, disse: «Okay, okay, *mausi*. Mi dispiace. Non volevo offenderti. Ti chiedo scusa». Da quel momento la polizia non diede più fastidio. Qualche ora dopo, nell'afa pomeridiana, un gruppo di giovani notoriamente legati al RSS e al Vishwa Hindu Parishad si mise a lanciare pietre dai tetti vicini; e l'ispettore li fece arrestare e imprigionare in due minuti netti.

«Ayesha, figliola» disse ad alta voce Srinivas nel vuoto. «Cosa diavolo ti è successo?»

Nelle ore calde i pellegrini riposarono dove poterono trovare un po' d'ombra. Srinivas vagava tra loro in una sorta d'intontimento, col cuore pieno d'emozione e la consapevolezza di essere inspiegabilmente arrivato a una grande svolta della sua vita. I suoi occhi continuavano a cercare la figura trasformata di Ayesha la maga, che riposava nell'ombra di un *pipal* insieme con Mishal Akhtar, la madre di costei, Mrs Qureishi, e Osman, malato d'amore, con il suo torello. Poi Srinivas vide anche lo *zamindar* Mirza Saeed, sdraiato sul sedile posteriore della sua Mercedes-Benz, insonne, tormentato. Srinivas gli parlò con un'umiltà nata dallo stupore. «*Sethji*, tu non credi nella ragazza?»

«Srinivas» replicò Mirza Saeed, mettendosi a sedere, «noi siamo uomini moderni. Sappiamo, per esempio, che durante i lunghi viaggi, i vecchi muoiono, che Dio non guarisce il cancro e che gli oceani non si aprono. Dobbiamo fermare questa idiozia. Vieni con me. C'è tanto spazio in macchina. Forse potrai darmi una mano a convincerli; quell'Ayesha ha debiti di gratitudine nei tuoi confronti, può darsi che ti dia retta.»

«Venire in macchina?» Srinivas si sentiva paralizzato, come se mani poderose gli avessero afferrato gli arti. «C'è la mia fabbrica, ma.»

«Per molti dei nostri è una missione suicida» insistette Mirza Saeed. «Ho bisogno di aiuto. E naturalmente potrei pagare.»

«Il punto non è il denaro» si ritrasse Srinivas offeso. «Scusami, *Sethji*, devo riflettere.»

«Non lo capisci?» gli gridò dietro Mirza Saeed. «Noi non siamo gente comunitaria, tu e io. *Bhai bhai* indù-musulmano! Potremmo aprire un fronte laico contro questo misticismo di quart'ordine.»

Srinivas si voltò. «Ma io non sono un incredulo» obiettò. «Sulla mia parete c'è sempre l'immagine della dea Lakshmi.»

«La ricchezza è un'ottima dea per un uomo d'affari» disse Mirza Saeed.

«E anche nel mio cuore» aggiunse Srinivas. Mirza Saeed perse le staffe. «Ma le dee, insomma. Anche i vostri filosofi ammettono che sono solo concetti astratti. Incarnazioni dello *shakti*, che è a sua volta una notazione astratta: il potere dinamico degli dèi.»

Il mercante di giocattoli stava contemplando Ayesha, addormentata sotto la sua coltre di farfalle. «Io non sono un filosofo, *Sethji*» disse. E non aggiunse che gli era balzato il cuore in gola, perché si era reso conto che la ragazza addormentata e la dea del calendario sulla parete della sua fabbrica avevano lo stesso identico viso.

Quando i pellegrini lasciarono la città, Srinivas li accompagnò, sordo alle suppliche della sua scarmigliata moglie che sollevò con le braccia Minoo e la scosse davanti agli occhi del marito. Spiegò ad Ayesha che, pur non avendo alcun desiderio di visitare la Mecca, gli era venuta voglia di camminare con lei per un po', forse anche sino al mare.

Prendendo posto tra gli abitanti di Titlipur e adeguando il passo a quello dell'uomo che gli stava accanto, notò con un misto d'incomprensione e di sgomento che sopra le loro teste sciamava una quantità infinita di farfalle, come un ombrello gigantesco che riparava i pellegrini dal sole. Pareva che le farfalle di Titlipur avessero assunto le stesse funzioni del grande albero. Poi emise un gridolino di paura, sbalordimento e piacere, poiché alcune dozzine di queste camaleontiche creature alate si erano posate sulle sue spalle ed erano immediatamente diventate dello stesso rosso scarlatto della sua camicia. Riconobbe allora nell'uomo al suo fianco il Sarpanch, Muhammad Din, che aveva deciso di non mettersi in testa alla processione. Lui e la moglie Khadija avanzavano contenti nonostante l'età inoltrata, e Muhammad Din, quando vide scendere la benedizione lepidotterica sul mercante di giocattoli, allungò un braccio e lo prese per mano.

Era sempre più evidente che le piogge non sarebbero venute. File di ossuti bovini migravano in quel paesaggio, cercando da bere. *L'amore è acqua*, aveva scritto qualcuno con la biacca sul muro in mattoni di una fabbrica di scooter. Per strada incontrarono altre famiglie dirette a sud dopo aver affastellato le proprie vite sulle groppe di asini morenti, e anch'esse andavano, piene di speranze, verso l'acqua. «Ma non la fottuta acqua salata» gridò Mirza Saeed ai pellegrini di Titlipur. «E non per vederla dividersi in due. Vogliono restare vivi, mentre voi, pazzi, volete morire.» Avvoltoi si raggruppavano sul ciglio della strada per assistere al loro passaggio.

Mirza Saeed passò le prime settimane del pellegrinaggio al Mare Arabico in uno stato di perenne agitazione isterica. Camminavano in genere al mattino e nel tardo pomeriggio, e in queste ore Saeed scendeva spesso dalla giardinetta per implorare la moglie morente. «Torna in te, Mishu. Sei una donna malata. Vieni almeno a sdraiarti, lascia almeno che ti massaggi un po' i piedi.» Ma lei rifiutava e sua madre lo mandava via. «Vedi, Saeed, il tuo umore è così negativo che ci deprime. Va' a bere la tua cocacola nel tuo veicolo con l'aria condizionata e lascia in pace noi *yatri*.» Dopo la prima settimana, il veicolo con l'aria condizionata perse il suo guidatore; l'autista di Mirza Saeed si licenziò e si unì ai pellegrini a piedi; lo *zamindar* dovette mettersi al volante. Da quel momento, quando l'ansia lo sopraffaceva, non poteva far altro che fermare la macchina, parcheggiare e mettersi a correre avanti e indietro come un pazzo tra i pellegrini, minacciando, supplicando, cercando di corromperli. Almeno una volta al giorno accusava direttamente Ayesha di avergli rovinato la vita, ma non riusciva mai a prolungare molto gli insulti, perché ogni volta che la guardava la desiderava tanto da vergognarsene. Il cancro aveva cominciato a ingrigire la pelle di Mishal, e anche Mrs Qureishi si stava consumando; le sue eleganti calzature si erano disintegrate e ai piedi le erano venute tremende vesciche che sembravano palloncini gonfi d'acqua. Ma quando Saeed le offriva le comodità dell'auto, continuava a rifiutarle senza esitazione. L'incantesimo che Ayesha aveva gettato sui pellegrini persisteva. E alla fine di queste scorrerie nel cuore del pellegrinaggio, Mirza Saeed, sudato e intontito dal caldo e dalla crescente disperazione, si rendeva conto che i marciatori avevano distaccato di parecchio la sua macchina ed era quindi costretto a tornare indietro barcollando da solo, immerso nel suo malumore. Un giorno, raggiunta di nuovo la giardinetta, trovò che un guscio di noce di cocco gettato dal finestrino di un pullman di passaggio aveva mandato in frantumi il parabrezza, trasformandolo in una ragnatela piena di mosche a forma di rombi. Dovette buttar fuori tutti i pezzi, e sembrava che i rombi di vetro, cadendo sulla strada e nell'auto, lo prendessero in giro; sembrava anche che parlassero della transitorierà e dell'insignificanza dei beni terreni; ma un laico vive nel mondo delle cose e Mirza Saeed non intendeva certo lasciarsi fracassare con la stessa passività di un parabrezza. Di notte andava a sdraiarsi accanto alla moglie su un sacco a pelo sotto le stelle, lungo la camionale. Quando le parlò dell'incidente, ne ottenne un gelido conforto. «È un segno» disse. «Abbandona la giardinetta e unisciti finalmente a noi.»

«Abbandonare una Mercedes-Benz?» strillò Saeed sinceramente inorridito.

«E allora?» replicò Mishal, con la sua voce grigia, esausta. «Tu parli continuamente di rovina. Che differenza può fare una Mercedes?»

«Tu non capisci» pianse Saeed. «Nessuno mi capisce.»

Gibreel sognò una siccità:

La terra si colorava di marrone sotto cieli senza pioggia. Cadaveri di pullman e di antichi monumenti imputridivano nei campi accanto alle messi. Mirza Saeed vide, attraverso il parabrezza in frantumi, i primi sintomi della calamità: gli asini che s'accoppiavano esausti e cadevano morti, ancora congiunti, in mezzo alla strada; gli alberi che si ergevano su radici messe a nudo dall'erosione del suolo, simili a enormi artigli di legno intenti a raschiare la terra in cerca d'acqua; i contadini affamati costretti a lavorare per lo stato come manovali. scavando un serbatoio lungo la strada principale, un contenitore vuoto per una pioggia che non voleva venire. Misere vite sul ciglio della strada. Una donna con un fagotto diretta a una tenda di stracci e bastoni, una ragazza condannata a sfregare ogni giorno pentole e casseruole nel suo pezzo di polvere sporca. «Le loro vite valgono quanto le nostre?» domandò a se stesso Mirza Saeed Akhtar. «Quanto la mia? Quanto quella di Mishal? Quanto poco sanno, quanto poco hanno per nutrirsi l'anima.» Un uomo in *dhoti* e in un largo *pugri* giallo se ne stava come un uccello su una pietra miliare, appollaiato lì con un piede sull'altro ginocchio, una mano sotto l'altro gomito, una *biri* in bocca. Quando passò Mirza Saeed Akhtar, l'uomo sputò e colpì lo *zamindar* in pieno viso.

I pellegrini avanzavano lenti, tre ore di camminata al mattino, altre tre quando cessava il gran caldo, al passo del più lento tra loro, e con innumerevoli intoppi, vomiti di bambini, angherie di autorità, una ruota che si staccava da uno dei carri trainati da torelli; tre chilometri al giorno quando andava proprio bene, e ancora duecencinquanta prima di arrivare al mare, un viaggio di undici settimane almeno. Il primo decesso avvenne il diciottesimo giorno. Khadija, la vecchia signora priva di tatto che era stata per mezzo secolo la sposa soddisfatta e soddisfacente del Sarpanch Muhammad Din, vide in sogno un arcangelo. «Gibreel» sussurrò, «sei tu?»

«No» rispose l'apparizione. «Sono Azraeel, quello che fa il lavoro più schifoso. Scusami se ti ho delusa.»

L'indomani mattina, riprese il pellegrinaggio, senza rivelare al marito la sua visione. Dopo un paio d'ore arrivarono ai ruderi di una delle locande Mughal costruite, in tempi remoti, a intervalli di cinque miglia lungo lo stradone. Quando li vide, Khadija non sapeva nulla del loro passato, dei viandanti rapinati nel sonno e così via, ma capì benissimo il presente. «Devo andare lì a sdraiarmi» disse al Sarpanch, che protestò: «Ma la marcia!». «Non ti preoccupare» disse lei con dolcezza. «Potrai raggiungerli più tardi.»

Si sdraiò tra le macerie del vecchio rudere appoggiando la testa a una pietra liscia che le aveva procurato il Sarpanch. Il vecchio pianse, ma non servì a nulla, perché lei morì dopo meno di un minuto. Raggiunse allora di corsa i pellegrini e affrontò con rabbia Ayesha. «Non avrei mai dovuto darti retta» le disse. «E adesso hai ucciso mia moglie.»

La marcia s'interruppe. Mirza Saeed Akhtar, approfittando dell'occasione, insistette a gran voce perché Khadija venisse portata in un vero cimitero musulmano. Ma Ayesha obiettò: «Ci è stato ordinato dall'arcangelo di andare direttamente al mare, senza nessuna deviazione». Mirza Saeed fece appello ai pellegrini. «È la moglie amatissima del vostro Sarpanch» gridò. «Volete scaricarla in una fossa sul ciglio della strada?»

Quando gli abitanti di Titlipur sostennero che Khadija doveva essere sepolta immediatamente, Saaed non credette alle proprie orecchie. Si rese conto che la loro determinazione era ancora più forte di quanto lui avesse immaginato; acconsentì persino l'afflitto Sarpanch. Khadija fu sepolta in un angolo di un campo infecondo, dietro le rovine della stazione di posta del passato.

L'indomani, però, Mirza Saeed notò che il Sarpanch si era staccato dagli altri pellegrini e ciondolava sconsolato a una certa distanza, fermandosi ogni tanto ad annusare i cespugli di bougainvillee. Saeed scese d'un balzo dalla Mercedes e corse a fare un'altra scenata ad Ayesha. «Sei un mostro!» gridò. «Un mostro senza cuore! Perché hai portato qui a morire quella vecchia?» Lei lo ignorò, ma mentre Saeed tornava alla giardinetta, gli si avvicinò il Sarpanch e disse: «Eravamo gente povera. Sapevamo di non aver nessuna speranza di andare alla Mecca Sharif prima che lei ci convincesse. Ma ci convinse e ora guarda le conseguenze delle sue gesta».

Ayesha l'*hakim* chiese di parlare col Sarpanch, ma non gli offrì neanche una parola di consolazione. «Rafforza la tua fede» lo rimproverò. «A chi muore nel grande pellegrinaggio è assicurato un posto in Paradiso. Tua moglie siede ora tra gli angeli e i fiori; di che cosa ti lamenti?»

Quella sera il Sarpanch Muhammad Din si avvicinò a Mirza Saeed, seduto davanti a un piccolo fuoco di bivacco. «Scusami, *Sethji*» disse, «ma mi è possibile viaggiare, come mi avevi proposto una volta, sulla tua automobile?»

Non volendo abbandonare del tutto il progetto per cui sua moglie era morta, e non avendo più la fede assoluta che l'operazione richiedeva, Muhammad Din salì sulla giardinetta dello scetticismo. «Il mio primo convertito» si rallegrò Mirza Saeed.

Nella quarta settimana, la defezione del Sarpanch Muhammad Din cominciò ad avere il suo effetto. Sedeva sul sedile posteriore della Mercedes, come se fosse stato lui lo *zamindar*, e Mirza Saeed il suo autista, e a poco a poco il rivestimento di pelle e l'impianto dell'aria condizionata e lo stipetto di whisky and soda e i finestrini di cristallo manovrati elettricamente cominciarono a insegnargli la boria; il suo naso s'arricciava nell'aria e aveva l'espressione arrogante dell'uomo che può vedere senza essere visto. Mirza Saeed, al posto di guida, aveva occhi e naso intasati dalla polvere che veniva dal foro dov'era un tempo il parabrezza, ma, nonostante questo fastidio, si sentiva meglio di prima. Ora, al termine di ogni giornata, una piccola folla di pellegrini si raccoglieva intorno alla Mercedes-Benz e alla sua stella lucente, e Mirza Saeed cercava di farli ragionare mentre loro guardavano

Sarpanch Muhammad Din che alzava ed abbassava i finestrini posteriori di cristallo in modo che di volta in volta vi vedessero riflessa la sua faccia e le loro. La presenza del Sarpanch sulla Mercedes conferiva nuova autorità alle parole di Mirza Saeed.

Ayesha non cercava mai di richiamare gli abitanti del villaggio, e sinora la sua fiducia si era dimostrata giustificata; nessun altro era passato dalla parte degli infedeli. Ma Saeed la vedeva lanciare spesso occhiate verso di lui e, fosse o meno una visionaria, avrebbe scommesso un bel po' di quattrini che erano le occhiate iraconde di una ragazzina che non era più tanto sicura di averla vinta.

Poi scomparve.

Si allontanò durante una siesta pomeridiana e non si fece più viva per un giorno e mezzo, provocando così un certo pandemonio tra i pellegrini, – sapeva sempre giocare sull'emotività di un pubblico, dovette ammettere Saeed; dopo di che tornò lemme lemme da quel paesaggio coperto da una nube di polvere, e stavolta i suoi capelli argentei erano striati d'oro ed erano dorate anche le sopracciglia. Radunò gli abitanti del villaggio e comunicò che l'arcangelo era furioso perché la gente di Titlipur era piena di dubbi dovuti al semplice fatto che una martire era salita in Paradiso. Li avvertì che stava seriamente pensando di ritirare l'offerta di dividere le acque, «e così tutto quello che ricaverete dal Mare Arabico sarà un bagno nell'acqua salata, dopo di che tornerete ai vostri campi di patate abbandonati dove non cadrà mai più pioggia.» I pellegrini erano sbigottiti. «No, non può essere» supplicarono. «Perdonaci, Bibiji.» Era la prima volta che usavano il nome della santa di tantotempofa riferendolo alla ragazza che li stava guidando, con un assolutismo che aveva cominciato a spaventarli oltre che a impressionarli. Dopo questo discorso, il Sarpanch e Mirza Saeed rimasero soli sulla giardinetta. "La seconda ripresa è dell'arcangelo" pensò Mirza Saeed.

Nella quinta settimana la salute di quasi tutti i pellegrini più anziani era molto peggiorata, le riserve di cibo si stavano esaurendo, l'acqua era difficile da trovare e i condotti lacrimali dei bambini erano asciutti. Gli stormi d'avvoltoio non erano mai molto lontani.

A mano a mano che i pellegrini si lasciavano alle spalle le zone rurali e s'avvicinavano a territori più densamente popolati, aumentavano le vessazioni. Pullman e camion si rifiutavano spesso di deviare e costringevano i pedoni a farsi da parte, urlando e inciampando l'uno addosso all'altro. Ciclisti, famiglie di sei persone su moto-scooter Rajdoot, piccoli bottegai scagliavano ingiurie. «Pazzi! Cafoni! Musulmani!» Spesso erano obbligati a marciare per tutta una notte, perché le autorità di questa o quella cittadina non volevano una marmaglia simile sui loro marciapiedi. Era inevitabile che crescesse il numero dei morti.

Poi il torello del convertito Osman cadde in ginocchio tra le biciclette e lo sterco di cammello di una cittadina senza nome. «Alzati, idiota» gli gridò lui, impotente. «Cosa credi di fare, morendo così davanti ai banchi di frutta di questi stranieri?» Il torello annuì, due volte per dire sì, e spirò.

Farfalle coprirono il cadavere, assumendo il colore della sua pelle grigia, delle corna e dei campanellini. Osman corse da Ayesha (che si era messa un sari sporco quale concessione al perbenismo urbano, anche se nubi di farfalle continuavano a seguirla come uno strascico). «I torelli vanno in Paradiso?» domandò con voce struggente; lei alzò le spalle. «I torelli non hanno anima» disse con freddezza, «ed è per salvare le anime che noi stiamo marciando.» Osman la guardò e si accorse che non l'amava più. «Sei diventata un demonio» le disse disgustato.

«Io non sono niente» disse Ayesha. «Sono una messaggera.»

«Allora dimmi perché il tuo Dio è così ansioso di distruggere gli innocenti!» s'infuriò Osman. «Di che cosa ha paura? È così insicuro che dobbiamo morire per dimostrargli il nostro amore?»

Come per rispondere a questa bestemmia, Ayesha impose misure disciplinari ancor più severe, obbligando tutti i pellegrini alle cinque preghiere quotidiane e stabilendo che il venerdì sarebbe stato giorno di digiuno. Alla fine della sesta settimana, aveva costretto i marciatori ad abbandonare altri quattro cadaveri dove erano caduti: due vecchi, una vecchia e una bambina di sei anni. I pellegrini continuavano ad avanzare, voltando le spalle ai morti; dietro di loro, però, Mirza Saeed Akhtar li raccoglieva e faceva in modo che avessero degna sepoltura. Era coadiuvato in questo dal Sarpanch Muhammad Din, e dall'ex intoccabile Osman. In giornate come quelle restavano parecchio più indietro della processione, ma una Mercedes-Benz giardinetta non ci mette molto a raggiungere più di centoquaranta uomini, donne e bambini che camminano stanchi verso il mare.

A mano a mano che aumentava il numero dei morti, di sera in sera, diventava sempre più folto il gruppo dei pellegrini irrequieti intorno alla Mercedes. Mirza Saeed cominciò a raccontare loro aneddoti. Parlò dei lemming e della maga Circe che trasformava gli uomini in porci; raccontò anche la storia del pifferaio che trascinò tutti i bambini di una città in un crepaccio di montagna. Narrata questa storia nella loro lingua, recitò versi in inglese, perché potessero ascoltare la musica delle parole anche se non ne capivano il significato. «Hamelin si trova nel Brunswich» cominciò. «Presso la città famosa di Hanover. Il fiume Weser, largo e profondo, ne bagna le mura dal lato sud...»

A questo punto ebbe la soddisfazione di vedere avvicinarsi la ragazza Ayesha, con un'aria furibonda e circondata da farfalle che ardevano come i fuochi di bivacco dietro di lei e davano l'impressione che sgorgassero fiamme dal suo corpo.

«Quelli che ascoltano i versi del Diavolo, detti nella lingua del Diavolo» gridò, «finiranno tra le braccia del Diavolo.»

«Allora è una scelta» le rispose Mirza Saeed, «tra il diavolo e il profondo mare azzurro.»

Erano trascorse otto settimane e i rapporti tra Mirza Saeed e sua moglie Mishal erano peggiorati al punto che non si rivolgevano più la parola. Nel frattempo, malgrado il cancro che l'aveva fatta diventare grigia come cenere funebre, Mishal era diventata la luogotenente di Ayesha e la sua discepola più devota. I dubbi degli altri pellegrini servivano solo a rafforzare la sua fede, e di questi dubbi incolpava espressamente il marito.

«Inoltre» lo aveva rimbeccato nel loro ultimo colloquio, «in te non c'è più calore. Mi fa paura avvicinarti.»

«Non c'è più calore?» strillò lui. «Come puoi dirlo? Per chi credi che io mi sia unito a questo stupido pellegrinaggio? Per badare a chi? Perché amo chi? Per chi sono così preoccupato, così triste e così infelice? Non più calore? Sei diventata un'estranea? Come puoi dire una cosa simile?»

«Prova ad ascoltarti» disse lei con una voce che già si stava dissolvendo in una sorta di fumosità, di opacità. «Niente altro che rabbia. Rabbia fredda, gelida come una fortezza.»

«Non si tratta di rabbia» tuonò lui. «Ma di ansia, di afflizione, di avvilimento, di irritazione, di sofferenza. Dove la senti la rabbia?»

«La sento e come» disse Mishal. «E la sentono tutti in un raggio di chilometri.»

«Vieni con me» la supplicò Mirza Saeed. «Ti porterò nelle migliori cliniche europee, canadesi, statunitensi. Abbi fiducia nella tecnologia occidentale. Possono fare miracoli. E poi ti sono sempre piaciuti i congegni.»

«Io sto andando in pellegrinaggio alla Mecca» replicò lei allontanandosi.

«Stupida cagna» le urlò alle spalle. «Il fatto che stai per morire non significa che tu debba portarti dietro tutta questa gente.» Lei però continuò a camminare verso l'accampamento sul ciglio della strada senza mai voltarsi; e, adesso che, perdendo il controllo e dicendo ciò che non avrebbe mai voluto dire, aveva dimostrato che la moglie aveva ragione, lui si gettò in ginocchio e pianse. Dopo quella lite, Mishal si rifiutò di dormire accanto al marito. Lei e sua madre stesero i loro sacchi a pelo accanto alla profetessa coperta di farfalle del loro viaggio alla Mecca.

Di giorno Mishal lavorava instancabile con i pellegrini, rassicurandoli, rafforzando la loro fede, radunandoli tutti sotto l'ala della sua dolcezza. Ayesha si stava sempre più rifugiando nel silenzio e Mishal Akhtar divenne, a tutti gli effetti, la guida del pellegrinaggio. C'era però una persona su cui non aveva più alcun controllo: Mrs Qureishi, sua madre, la moglie del direttore della banca di stato.

L'arrivo di Mr Qureishi, il padre di Mishal, fu un avvenimento. I pellegrini si erano fermati all'ombra di un filare di platani e, mentre stavano raccogliendo legna da ardere e sfregando pentole, fu avvistato un corteo di automobili. Immediatamente Mrs Qureishi, che pesava dodici chili meno di quando aveva cominciato la marcia, balzò in piedi scricchiolando e cercò freneticamente di scrollarsi via la polvere dai vestiti e di rimettersi in ordine i capelli. Mishal vide la madre armeggiare debolmente con un rossetto sciolto e domandò: «Perché ti agiti tanto, mamma? Rilassati, *na*».

La madre indicò con un debole gesto le auto che si stavano avvicinando. Qualche istante dopo, si erse sopra di loro la figura alta e severa del grande banchiere. «Se non l'avessi visto, non ci avrei mai creduto» disse. «Quando me l'hanno raccontato, ho pensato che scherzassero. E comunque mi ci è voluto molto tempo per trovarvi. Sparire da Peristan senza una parola: che accidenti vi ha preso?»

Mrs Qureishi tremava impotente sotto lo sguardo del marito, e già cominciava a piangere, sentendo i calli sotto i piedi e la spossatezza che era penetrata in ogni poro del suo corpo. «Oh Dio, non so, mi dispiace» disse. «Sa Dio che cosa è successo.»

«Non ti rendi conto che io occupo un posto delicato?» gridò Mr Qureishi. «La fiducia dell'opinione pubblica mi è indispensabile. Che cosa possono pensare se mia moglie va a zonzo con dei *bhangi*?»

Mishal abbracciò la madre e disse al padre di non tiranneggiarla. Mr Qureishi si rese conto per la prima volta che la figlia aveva il segno della morte sulla fronte, e subito si sgonfiò come una camera d'aria. Mishal gli parlò del cancro e della promessa della maga Ayesha che alla Mecca sarebbe avvenuto il miracolo e che lei sarebbe completamente guarita.

«Lascia allora che ti ci porti io in aereo» implorò il padre. «Perché camminare quando puoi andarci in Airbus?»

Mishal però fu irremovibile. «Dovresti andartene» disse al padre. «Solo i fedeli possono portare a buon fine questa impresa. A me baderà la mamma.»

Mr Qureishi sulla sua berlina si unì impotente a Mirza Saeed in coda alla processione, mandando continuamente da Mishal uno dei due servi che lo avevano accompagnato sui loro motoscooter, per chiederle se aveva bisogno di viveri, di medicinali, di Thums Up o di altre cose. Mishal respinse ogni sua offerta e dopo tre giorni – poiché la banca è sempre la banca – Mr Qureishi tornò in città, lasciando uno dei suoi *chaprassi* in motoscooter a occuparsi delle donne. «È a vostra disposizione» disse loro. «Non siate sciocche. Fate in modo di viaggiare il più comodamente possibile.»

Il giorno dopo la partenza di Mr Qureishi, il *chaprassi* Gul Muhammad abbandonò il suo scooter in un fossato e si unì ai pellegrini appiedati, legandosi un fazzoletto intorno al capo come segno della propria devozione. Ayesha non disse nulla, ma quando vide lo scooter-*wallah* unirsi al pellegrinaggio, fece un largo sorriso birichino che servì a ricordare a Mirza Saeed che non era, dopo tutto, un personaggio uscito da un sogno bensì una ragazza in carne e ossa.

Mrs Qureishi cominciò a lamentarsi. Quel breve contatto con la sua vita di un tempo aveva fatto crollare la sua determinazione e, adesso, che era troppo tardi, si era messa a pensare in continuazione a feste e morbidi cuscini e bicchieri di succo di limetta ghiacciato. Le sembrava del tutto irragionevole che una persona con la sua educazione dovesse andare a piedi nudi come uno straccione qualsiasi. Con aria imbarazzata, si presentò a Mirza Saeed.

«Saeed, figlio, mi odi completamente?» lo blandì mentre i suoi lineamenti grassocci assumevano un'espressione ridicolmente civettuola.

Saeed fu orripilato da questa smorfia. «No, naturalmente» riuscì a dire.

«Sì, invece, tu mi detesti, e la mia è una causa disperata» flirtò lei.

«*Ammaji*» boccheggiò Saeed, «cosa stai dicendo?»

«Perché ogni tanto ti ho parlato in maniera villana.»

«Non pensarci più, ti prego» disse Saeed, sbalordito da quella esibizione; ma lei insistette. «Devi sapere che l'ho fatto solo per amore. L'amore» disse Mrs Qureishi, «è una cosa meravigliosa.»

«Fa girare il mondo» assentì Mirza Saeed, cercando di entrare nello spirito della conversazione.

«L'amore vince ogni cosa» confermò Mrs Qureishi. «Ha vinto anche la mia collera. E te lo dimostrerò viaggiando con te sulla tua macchina.»

Mirza Saeed s'inchinò. «È tua, *Ammaji.*»

«Allora dovrai chiedere a quei due paesani di sedersi davanti con te. Una signora ha bisogno di isolamento, vero?»

«Vero» disse lui.

La storia del villaggio che stava andando a piedi fino al mare si era diffusa in tutto il paese e, nel corso della nona settimana, i pellegrini furono importunati da giornalisti, politicanti locali a caccia di voti, uomini d'affari che si dicevano pronti a sponsorizzare la marcia purché gli *yatri* acconsentissero a portare tavole pubblicitarie di vari prodotti e servizi come uomini sandwich, turisti stranieri alla ricerca dei misteri dell'Oriente, gandhiani nostalgici e quegli avvoltoi umani che vanno a vedere le corse automobilistiche per godersi gli incidenti. Vedendo quella turba di farfalle camaleontiche che fornivano alla ragazza Ayesha l'unico indumento e insieme l'unico suo nutrimento solido, questi visitatori sbalorditi si congedavano con aspettative confuse, vale a dire con un buco nella loro immagine del mondo che non potevano più tappare con della carta. Fotografie di Ayesha comparvero su tutti i giornali, e i pellegrini passarono anche davanti a cartelloni pubblicitari dove la bellezza lepidotterica era raffigurata tre volte più grande della realtà, accanto a slogan che dicevano *I nostri vestiti sono delicati come ali di farfalle* e cose del genere. Poi giunsero notizie più preoccupanti. Certi gruppi religiosi estremistici avevano diffuso comunicati in cui attaccavano lo "*Haji* di Ayesha" come un tentativo di "dirottare" l'attenzione del pubblico e di "istigare sentimenti settari." Si distribuivano volantini – che Mishal raccoglieva per strada – in cui si affermava che il "*Padyatra*, o pellegrinaggio a piedi, è un'antica tradizione preislamica della cultura nazionale, non una innovazione degli immigranti Mughal". E anche "L'appropriarsi di questa tradizione da parte della cosiddetta Ayesha Bibiji è un tentativo flagrante e deliberato di esasperare una situazione già delicata."

«Non ci saranno incidenti» annunciò la *kahin*, rompendo il silenzio.

Gibreel sognò un sobborgo:

Quando lo Haji di Ayesha s'avvicinò a Sarang, il più remoto sobborgo della grande metropoli sul Mare Arabico, verso il quale la fanciulla visionaria li stava conducendo, giornalisti, politici e funzionari di polizia raddoppiarono le loro visite. All'inizio i poliziotti minacciarono di sciogliere il corteo con la forza; ma i politici fecero osservare che sarebbe parso un atto molto settario e avrebbe potuto provocare esplosioni di violenza collettiva da un capo all'altro del paese. Così i comandanti della polizia autorizzarono la marcia, borbottando però in tono minaccioso che non avrebbero «potuto garantire l'incolumità» dei pellegrini. Mishal Akhtar disse: «Noi proseguiremo».

Il sobborgo di Sarang doveva la sua relativa opulenza alla presenza di ricchi giacimenti di antracite nelle vicinanze. Si apprese che i minatori di Sarang, uomini che avevano passato la vita scavando cunicoli nella terra – "dividendola" si potrebbe dire – non sopportavano l'idea che una ragazza potesse fare lo stesso con il mare, con un semplice movimento della mano. I quadri di certi gruppetti si erano messi all'opera, incitando i minatori alla violenza, e, in seguito alle mene di questi agenti provocatori, si radunò una folla munita di cartelli che chiedevano: NIENTE PADYATRA ISLAMICO! STREGA FARFALLA, GO HOME.

La sera precedente il loro ingresso a Sarang, Mirza Saeed rivolse un altro vano appello ai pellegrini. «Rinunciate», li implorò senza successo. «Domani ci ammazzeranno tutti.» Ayesha sussurrò qualcosa all'orecchio di Mishal, che disse a voce alta: «Meglio un martire che un codardo. Ci sono codardi qui?».

Ce n'era uno. Sri Srinivas, esploratore del Grand Canyon, proprietario di una Toy Univas, il cui motto era "creatività e sincerità", si schierò con Mirza Saeed. Essendo un devoto della dea Lakshmi, il cui viso assomigliava in maniera sconcertante a quello di Ayesha, non se la sentiva di partecipare allo scontro ormai imminente, da nessuna delle due parti. «Io sono un uomo debole» confidò a Saeed. «Ho amato Miss Ayesha e un uomo dovrebbe battersi per ciò che ama; ma io, che posso farci, mi dichiaro neutrale.» Srinivas divenne così il quinto membro della cricca dei rinnegati della Mercedes-Benz, e a questo punto a Mrs Qureishi non restò altra scelta che condividere il sedile posteriore con un uomo comune. Srinivas la salutò con tristezza e, vedendola balzare scontrosa il più lontano possibile da lui, si sforzò di placarla. «La prego d'accettare un pegno della mia stima.» Ed estrasse da una tasca interna una Bambola Pianificazione Familiare.

Quella notte i disertori rimasero sulla giardinetta mentre i fedeli stavano pregando all'aperto. Erano stati autorizzati ad accamparsi in uno scalo di smistamento per treni merci in disuso, sotto la sorveglianza della polizia militare. Mirza Saeed non riuscì a dormire. Stava pensando a una cosa che gli aveva detto Srinivas, e cioè che ideologicamente era un gandhiano, «ma sono troppo debole per tradurre in pratica queste idee. Scusami, ma è la verità. Io non sono fatto per soffrire, *Sethji*. Avrei dovuto restare con moglie e figli e rinunciare a questa malattia dell'avventura che mi ha portato in un luogo simile.»

Anche nella mia famiglia, rispose Mirza Saeed nella sua insonnia all'addormentato mercante di giocattoli, abbiamo sofferto di una sorta di malattia: quella del distacco, dell'incapacità di entrare in contatto con cose, fatti, sentimenti. Quasi tutte le persone si definiscono in base al lavoro che fanno o alle loro origini o a faccende del genere; noi invece abbiamo vissuto troppo all'interno delle nostre menti. È una situazione maledettamente difficile da maneggiare.

Il che equivaleva a dire che gli era difficile credere che tutto questo stesse realmente accadendo; eppure accadeva.

Il mattino dopo, quando i pellegrini di Ayesha erano pronti a mettersi in cammino, le grandi nubi di farfalle che avevano viaggiato con loro sin da Titlipur improvvisamente si sciolsero e sparirono, rendendo visibile il fatto che il cielo si stava riempiendo di altre nubi più prosaiche. Persino le creature che avevano vestito Ayesha – il corpo scelto, per così dire – se la svignarono, e lei fu obbligata a guidare la processione indossando prosaicamente un vecchio sari di cotone con l'orlo stampato a foglie. La sparizione del miracolo che pareva convalidare il loro pellegrinaggio depresse tutti i marciatori; al punto che, nonostante le esortazioni di Mishal Akhtar, non erano più in grado di cantare mentre camminavano, privati della benedizione delle farfalle, verso il proprio destino.

La folla del Niente Padyatra Islamico aveva preparato una particolare accoglienza per Ayesha in una strada fiancheggiata dalle baracche dei riparatori di biciclette. Avevano anche bloccato il percorso dei pellegrini con biciclette non più funzionanti e aspettavano dietro questa barricata di ruote rotte, di manubri piegati e di campanelli ammutoliti mentre lo Haji di Ayesha entrava dalla parte settentrionale della strada. Ayesha avanzò verso la folla come se questa non esistesse, e quando arrivò all'ultimo incrocio, oltre il quale erano in attesa i bastoni e i coltelli del nemico, ci fu un colpo di tuono, simile alla tromba del giudizio, e dal cielo di riversò un oceano. La siccità era finita troppo tardi per salvare i raccolti; ripensandoci, molti pellegrini avrebbero un giorno dichiarato che Dio aveva tenuto in serbo l'acqua proprio con questo fine, lasciando che s'accumulasse in cielo sino a diventare sterminata come il mare e sacrificando le messi di quell'anno per salvare la profetessa e la sua gente.

La stupefacente violenza dell'acquazzone innervosì sia i pellegrini sia gli aggressori. Nel trambusto dell'alluvione si udì una seconda tromba del giudizio. Era, in realtà, il clacson della Mercedes-Benz di Mirza Saeed, che l'aveva guidata a grande velocità nelle soffocanti viuzze secondarie del sobborgo, abbattendo file di camicie penzolanti da stendibiancheria e carretti di venditori di zucche e vassoi di gingilli di plastica a buon mercato, sino ad arrivare alla strada dei tessitori di panieri, che incrociava quella dei riparatori di biciclette poco più a nord della barricata. Qui giunto, accelerò al massimo e si lanciò verso l'incrocio, sparpagliando in ogni direzione pedoni e sgabelli d'artigiani. Arrivò all'incrocio immediatamente dopo che il mare aveva cominciato a cadere dal cielo, e frenò bruscamente. Sri Srinivas e Osman balzarono a terra, afferrarono Mishal Akhtar e la profetessa Ayesha e le caricarono sulla Mercedes in un turbinio di gambe, saliva e insulti. Poi Saeed si allontanò in fretta, prima che qualcuno riuscisse a liberarsi gli occhi da quell'acqua accecante.

All'interno della macchina: corpi ammassati in un furibondo miscuglio. Mishal Akhtar che urlava ingiurie al marito dal fondo del mucchio: «Sabotatore! Traditore! Canaglia! Mulo!». Allora Saeed replicò con sarcasmo: «Il martirio è troppo facile, Mishal. Non vuoi vedere l'oceano che si apre come un fiore?».

E Mrs Qureishi, spingendo avanti la testa tra le gambe capovolte di Osman, aggiunse boccheggiando: «Okay, Mishu, smettila. Le nostre intenzioni erano buone».

Gibreel sognò un'alluvione:

Quando venne la pioggia, i minatori di Sarang stavano aspettando, armati di piccozze, i pellegrini, ma, una volta spazzata via la barricata di biciclette, non poterono fare a meno di pensare che Dio si era messo dalla parte di Ayesha. La rete di fognature della città si arrese immediatamente all'assalto travolgente dell'acqua e i minatori vennero presto a trovarsi in una melmosa alluvione che arrivava loro alla vita. Alcuni cercarono di avvicinarsi ai pellegrini, che intanto si sforzavano ancora di avanzare. Ma la violenza del temporale raddoppiò, e poi raddoppiò ancora, con la pioggia che cadeva dal cielo in spesse cortine rendendo difficile la respirazione, come se la terra stesse per essere sommersa e il firmamento di sopra stesse per unirsi a quello di sotto.

Gibreel, sognando, s'accorse che la sua visione era offuscata dall'acqua.

Cessò la pioggia e un sole acquoso illuminò una scena veneziana di devastazione. Le strade di Sarang erano diventate canali su cui viaggiavano relitti d'ogni genere. Dove ancora recentemente passavano risciò a motore, carri trainati da cammelli e biciclette riparate, galleggiavano adesso giornali, fiori, braccialetti, angurie, ombrelli, *chappal*, occhiali da sole, panieri, escrementi, flaconi di medicinali, carte da gioco, *dupatta*, frittelle, lampade. L'acqua aveva uno strano colore rossastro che dava alla folla inzuppata la sensazione che la strada traboccasse di sangue. Non c'erano più tracce né dei minatori attaccabrighe né dei pellegrini di Ayesha. Un cane attraversò a nuoto l'incrocio sfiorando la barricata di biciclette travolta, e tutt'intorno c'era l'umido silenzio dell'alluvione, le cui acque sciabordavano contro gli autobus abbandonati, mentre i bambini guardavano dai tetti i vicoli liquefatti, troppo impressionati per uscire a giocare.

Poi tornarono le farfalle.

All'improvviso, come se fossero rimaste nascoste dietro il sole; e per festeggiare la fine della pioggia avevano tutte il colore della luce solare. L'arrivo di questo immenso tappeto di luce nel cielo sbalordì gli abitanti di Sarang, già sconvolti dalla tempesta; temendo l'apocalisse, si rifugiarono nelle loro case e chiusero le imposte. Ma da una collina vicina, Mirza Saeed Akhtar e il suo gruppo videro rinnovarsi il miracolo, e tutti, persino lo *zamindar,* ne furono scossi.

Mirza Saeed aveva guidato a spron battuto, sebbene quasi accecato dalla pioggia che si riversava dal parabrezza in frantumi, finché, su una strada che serpeggiava su una collina, andò a fermarsi davanti ai cancelli del bacino carbonifero di Sarang numero 1. Sotto la pioggia l'imboccatura della miniera era appena visibile. «Imbecille» lo insultò debolmente Mishal Akhtar. «Quei mascalzoni sono laggiù che ci aspettano e tu ci porti qui dai loro compagni. Una bella trovata, Saeed. Di prim'ordine.»

Ma i minatori non crearono più fastidi. Era il giorno del disastro che lasciò millecinquecento di loro sepolti vivi sotto la collina di Sarang. Saeed, Mishal, il Sarpanch, Osman, Mrs Qureishi, Srinivas e Ayesha se ne stavano esausti e fradici fino alle ossa sul ciglio della strada, mentre arrivavano in gran numero ambulanze, autopompe, squadre di salvataggio, e padroni della miniera, che poi ripartivano, dopo un lungo intervallo, scuotendo il capo. Il Sarpanch si prese i lobi delle orecchie tra i pollici e gli indici. «La vita è sofferenza» disse. «È sofferenza e perdita; è una moneta di nessun valore, vale meno ancora di un *kauri* o di un *dam*.»

Osman del torello morto, che, come il Sarpanch, aveva perso durante il pellegrinaggio un compagno molto amato, pianse. Mrs Qureishi tentò di prendere le cose con un po' d'ottimismo: «L'importante è che noi stiamo bene» ma nessuno le diede retta. Poi Ayesha chiuse gli occhi e recitò nella voce cantilenante delle profezie: «È una condanna che hanno subito per il loro malvagio tentativo».

Mirza Saeed s'infuriò. «Loro non erano sulla barricata, maledizione» gridò. «Stavano lavorando sottoterra.»

«Si sono scavati la propria fossa» replicò Ayesha.

Fu allora che avvistarono il ritorno delle farfalle. Saeed guardò incredulo la nube dorata, che si addensò per poi diffondere getti di luce alata in ogni direzione. Ayesha voleva tornare all'incrocio. Saeed obiettò: «È tutto inondato laggiù. La nostra sola possibilità è scendere in macchina dall'altro versante della collina e arrivare nella parte opposta della città.» Ma Ayesha e Mishal si erano già messe in cammino; la profetessa sorreggeva l'altra donna, cinerea, cingendole la vita con un braccio.

«Mishal, per l'amor del cielo» gridò Mirza Saeed alla moglie. «Per l'amor di Dio. Cosa ne faccio dell'automobile?»

Ma lei continuò a scendere la collina, verso l'alluvione, senza voltarsi, appoggiandosi pesantemente ad Ayesha la maga.

Fu così che Mirza Saeed Akhtar finì per abbandonare la sua amata Mercedes-Benz giardinetta vicino all'ingresso delle miniere allagate di Sarang e per unirsi al pellegrinaggio a piedi verso il Mare Arabico.

I sette fradici viaggiatori se ne stavano, immersi nell'acqua fino alle cosce, all'incrocio tra la strada dei riparatori di biciclette e il vicolo dei tessitori di panieri. Adagio adagio l'acqua aveva cominciato a scendere. «Guardiamo le cose in faccia» sostenne Mirza Saeed. «Il pellegrinaggio è finito. Gli abitanti del villaggio sono chissà dove, forse annegati, probabilmente ammazzati, sicuramente persi. Non c'è più nessuno che possa seguirti, tranne noi.» Accostò il viso a quello di Ayesha. «Perciò lascia perdere, sorella; sei spacciata.»

«Guarda» disse Mishal.

Da ogni parte, dai vicoletti degli artigiani, gli abitanti di Titlipur stavano tornando nel luogo dove si erano dispersi. Erano vestiti, dal collo alle caviglie, di farfalle dorate e lunghe file di queste creaturine li precedevano, come funi che li traessero in salvo dal fondo di un pozzo. La gente di Sarang guardava terrorizzata dalle finestre, e, mentre le acque del castigo si ritiravano, lo Haji di Ayesha si ricostituì in mezzo alla strada.

«Non ci credo» disse Mirza Saeed.

Ma era vero. Ogni partecipante al pellegrinaggio era stato rintracciato dalle farfalle e riportato sulla strada principale. E si raccontarono in seguito cose ancor più strane: che quando le creature si erano posate su una caviglia rotta la frattura si era risanata e una ferita aperta si era chiusa come per magia. Molti viaggiatori dissero di aver sentito, svegliandosi, farfalle che gli svolazzavano intorno alle labbra. Alcuni erano addirittura convinti di essere morti annegati, e che le farfalle li avessero riportati in vita.

«Non dite sciocchezze» gridò Mirza Saeed. «Vi ha salvati la tempesta; ha spazzato via i vostri nemici, e non c'è quindi da stupirsi che solo pochi di voi siano stati feriti. Siamo scientifici, per favore.»

«Fidati dei tuoi occhi, Saeed» disse Mishal, indicandogli i cento e più uomini, donne e bambini, avvolti in farfalle dorate, che stavano davanti a loro. «Cosa dice di questo la tua scienza?»

Negli ultimi giorni del pellegrinaggio, la città li circondava da ogni parte. Funzionari del Consiglio municipale si incontrarono con Ayesha e Mishal per stabilire il percorso attraverso la metropoli. Su questo percorso c'erano moschee, dove i pellegrini avrebbero avuto modo di dormire senza ingorgare le strade. Grande era l'eccitazione in città; ogni giorno, quando essi si mettevano in marcia verso il loro successivo luogo di riposo, folle enormi si radunavano a guardarli, e se alcuni erano ostili e beffardi, molti portavano dolci, viveri e medicinali.

Mirza Saeed, sporco ed esausto, era in uno stato di frustrazione profonda, non essendo riuscito a convincere più di un gruppetto di persone che era meglio aver fede nella ragione che nei miracoli. Ma i miracoli li avevano aiutati parecchio, fecero notare gli abitanti di Titlipur, non del tutto a torto. «Quelle maledette farfalle» borbottò Saeed al Sarpanch. «Senza di loro avremmo avuto una possibilità.»

«Ma sono con noi sin dalla partenza» replicò il Sarpanch con un'alzata di spalle.

Mishal Akhtar stava evidentemente per morire; già cominciava a odorare di morte ed era diventata di un bianco gessoso che metteva una gran paura a Saeed. Lei comunque non gli permetteva nemmeno di avvicinarsi. Aveva anche dato l'ostracismo alla madre, e quando suo padre si prese una vacanza dalla banca per venire a trovarla, la prima notte che i pellegrini trascorsero in una moschea della città, gli disse di levarsi di torno. «Siamo ormai arrivati a un punto» dichiarò, «in cui solo i puri possono stare coi puri.» Quando Mirza Saeed udì uscire dalla bocca della moglie il linguaggio di Ayesha, le sue speranze si ridussero al lumicino.

Venne il venerdì, e Ayesha acconsentì a fermare il pellegrinaggio per un giorno perché tutti potessero partecipare alle preghiere del venerdì. Mirza Saeed, che aveva dimenticato quasi tutti quei versetti in arabo che aveva un tempo dovuto imprimersi nella memoria, e ricordava a stento quando doveva stare in piedi con le mani tenute davanti al viso come un libro, quando genuflettersi, quando premere al suolo la fronte, sbagliò spesso nel corso della cerimonia, durante la quale sentì crescere il disgusto per se stesso. Ma, alla fine delle preghiere, accadde qualcosa che bloccò all'improvviso l'Haji di Ayesha.

Mentre i pellegrini guardavano i membri della congregazione che lasciavano il cortile della moschea, si udì un trambusto davanti al cancello principale. Mirza Saeed andò a indagare. «Cos'è questo baccano?» domandò, cercando di farsi largo tra la folla sui gradini; poi vide il paniere su quello più basso. E udì, proveniente dal paniere, il pianto di un neonato.

Il trovatello poteva avere due settimane, era evidentemente illegittimo e nella vita aveva altrettanto palesemente prospettive assai limitate. La folla era esitante e confusa. Poi in cima alla rampa, comparve l'Imam della moschea, e accanto a lui c'era Ayesha la maga, la cui fama si era ormai diffusa in tutta la città.

La folla si divise come il mare, e Ayesha e l'Imam scesero verso il paniere. L'Imam esaminò sommariamente il neonato; si rialzò; e si voltò per parlare alla folla.

«Il bambino è nato per un atto diabolico» disse. «È il figlio del Diavolo.» Era un uomo giovane.

L'atteggiamento della folla divenne sempre più rabbioso. Mirza Saeed Akhtar urlò: «E tu, Ayesha, *kahin*, che cosa dici?».

«Tutto ci sarà chiesto» replicò lei.

La folla, che non aveva bisogno di inviti più espliciti, lapidò a morte il neonato.

Dopo di che i pellegrini di Ayesha si rifiutarono di proseguire. L'uccisione del trovatello aveva creato un clima di ribellione tra gli abitanti del villaggio, nessuno dei quali aveva raccolto o scagliato una pietra. Mishal, ora bianca come la neve, era troppo indebolita dalla malattia per rianimarli; Ayesha si rifiutò, come sempre, di discutere. «Se voltate le spalle a Dio» ammonì, «non stupitevi quando Lui farà lo stesso con voi.»

I pellegrini si erano accovacciati tutti assieme in un angolo della grande moschea, dipinta di verde limetta all'esterno e d'azzurro brillante dentro, e illuminata, quando era necessario, da tubi al neon multicolori. Udito il monito di Ayesha, le voltarono le spalle e si avvicinarono ancora di più gli uni agli altri, nonostante il clima caldo e umido. Mirza Saeed, avendo capito che quella era la sua grande occasione, decise di sfidare apertamente Ayesha, ancora una volta. «Dimmi» le domandò con dolcezza, «esattamente in che termini l'angelo ti dà tutte quelle informazioni? Non ci hai mai riferito le sue parole precise, ma solo la tua interpretazione. Perché questo metodo indiretto? Perché non lo hai mai citato letteralmente?»

«Egli mi parla» disse Ayesha, «in modi chiari e memorabili.»

Mirza Saeed, pieno dell'acre energia del proprio desiderio di lei, e della sofferenza per il distacco dalla moglie morente, e del ricordo delle tribolazioni della marcia, intuì nella sua reticenza quel punto debole che aveva tanto cercato. «Ti prego di essere più precisa» insistette. «Altrimenti perché qualcuno dovrebbe crederti? Quali sono questi modi?»

«L'arcangelo canta per me» ammise lei, «sull'aria di canzonette di successo.»

Mirza Saeed Akhtar batté le mani tutto contento e si mise a ridere della sonora ed echeggiante risata della vendetta, cui si unì Osman, l'uomo del torello, percuotendo il suo *dholki* e caracollando intorno ai pellegrini accovacciati e cantando i più recenti *filmi ganas* e facendo gli occhioni come una *nautch-girl*. «*Ho ji!*» gorgheggiò. «È così che recita Gibreel, *ho ji! Ho ji!*»

E l'uno dopo l'altro, un pellegrino dopo l'altro, tutti si alzarono e si unirono al ritmo del tamburino, ballando nel cortile della moschea la propria delusione e il proprio disgusto, finché non arrivò di corsa l'Imam a strillare contro l'empietà delle loro azioni.

Scese la notte. Gli abitanti del villaggio si erano raggruppati intorno al loro Sarpanch, Muhammad Din, e stavano discutendo seriamente su come tornare a Titlipur. Forse era ancora possibile salvare una parte del raccolto. Mishal Akhtar giaceva morente con la testa sul grembo della madre, il corpo torturato dal male e un'unica lacrima che emergeva dall'occhio sinistro. E, in un angolo lontano del cortile della moschea verdeazzurra, sedevano soli a parlare la visionaria e lo *zamindar*. Li illuminava una luna nuova, fredda, a due corni.

«Sei un uomo abile» disse Ayesha. «Hai saputo approfittare dell'occasione.»

Fu allora che Mirza Saeed le offrì una soluzione di compromesso. «Mia moglie sta morendo» disse. «E desidera moltissimo andare a Mecca Sharif. Perciò tu e io abbiamo un interesse comune.»

Ayesha ascoltava. Saeed insistette: «Ayesha, io non sono un uomo cattivo. Permettimi di dirti una cosa: durante questa camminata sono stato maledettamente impressionato da molte cose, *maledettamente* impressionato. Tu hai offerto a questa gente una profonda esperienza spirituale, su questo non ci sono dubbi. Non credere che a noi uomini moderni manchi una dimensione spirituale».

«La gente mi ha abbandonata» disse Ayesha.

«La gente è confusa» replicò Saeed. «Il fatto è che se tu li portassi fino al mare e poi non dovesse accadere nulla, Dio mio, allora sì che ti si rivolterebbero contro. E quindi ecco la mia proposta. Ho dato un colpo di telefono al papà di Mishal che ha accettato di coprire la metà dei costi. Ti proponiamo di portare in aereo alla Mecca te e Mishal e, diciamo, dieci-dodici! abitanti del villaggio entro quarantotto ore. Sono già state fatte le prenotazioni. Ti lasceremo scegliere gli individui più degni di questo viaggio. A quel punto avrai fatto un vero miracolo per alcuni, anziché per nessuno. E a mio modo di vedere, già in sé il pellegrinaggio è stato, in un certo senso, un miracolo. Ma così avrai ottenuto moltissimo.»

Trattenne il fiato.

«Devo pensarci» disse Ayesha.

«Pensaci, pensaci» la incoraggiò allegramente Saeed. «Interroga il tuo arcangelo. Se lui è d'accordo, vuol dire che va bene.»

Mirza Saeed Akhtar sapeva che, quando Ayesha avesse annunciato che l'arcangelo Gibreel aveva accettato l'offerta, il suo potere sarebbe stato distrutto per sempre, perché gli abitanti del villaggio si sarebbero accorti della sua fraudolenza, e anche della sua disperazione. – Ma come avrebbe potuto rifiutare? – Quale scelta aveva? «La vendetta è dolce» disse a se stesso. Una volta screditata quella donna, avrebbe portato lui Mishal alla Mecca, se ancora lo desiderava.

Le farfalle di Titlipur non erano entrate nella moschea. Ne bordavano i muri esterni e la cupola a bulbo, luccicando verdi nell'oscurità.

Ayesha durante la notte: si mosse nell'ombra, si sdraiò, si alzò per aggirarsi ancora. C'era incertezza in lei; poi sopravvenne la stanchezza e lei parve dissolversi nelle ombre della moschea. Tornò all'alba.

Dopo la preghiera del mattino, domandò ai pellegrini il permesso di fare un discorso; e loro, esitando, glielo concessero.

«Stanotte l'angelo non ha cantato» disse. «Mi ha invece parlato del dubbio, e di come se ne serve il Diavolo. Io ho detto, ma loro dubitano di me, che cosa posso fare? Mi ha risposto: solo una prova può placare il dubbio.»

Aveva ormai tutta la loro attenzione. Poi riferì ciò che Mirza Saeed le aveva suggerito durante la notte. «Mi ha detto di andare a chiederlo al mio angelo, ma io so come stanno le cose» gridò. «Come potevo scegliere tra voi? O tutti o nessuno.»

«Perché dovremmo seguirti» domandò il Sarpanch, «dopo tutti i morti, il bambino e il resto?»

«Perché quando le acque si divideranno, voi sarete salvi. Entrerete nella Gloria dell'Altissimo.»

«Quali acque?» strillò Mirza Saeed. «E come si divideranno?»

«Seguitemi» disse lei, «e giudicatemi dalla loro divisione.»

Nell'offerta di Saeed era contenuta una vecchia domanda. *Che specie d'idea sei?* E lei, a sua volta, aveva dato una vecchia risposta: *Sono stata tentata, ma mi sono rinnovata; sono intransigente; assoluta; pura.*

Si era già alzata la marea quando il pellegrinaggio di Ayesha imboccò un vicolo lungo la Holiday Inn, alle cui finestre amanti di divi del cinema facevano scattare le loro nuove Polaroid – quando i pellegrini sentirono l'asfalto della città diventare arenoso e trasformarsi in sabbia – quando si trovarono a camminare in un denso pacciame di noci di cocco marce pacchetti di sigarette abbandonati escrementi di pony bottiglie non degradabili bucce di frutta meduse e carta, – diretti verso la sabbia marroncina su cui incombevano inclinate palme di cocco e i balconi dei condomìni di lusso con vista sul mare – passando accanto a squadre di giovani, con muscoli così affilati da sembrare deformazioni, che stavano eseguendo contorsioni ginniche d'ogni genere, come un micidiale esercito di ballerini – e incrociando vagabondi, soci di club e famiglie venute a prendere aria o a concludere affari o a raccogliere di che vivere dalla sabbia – e contemplarono, per la prima volta in vita loro, il Mare Arabico.

Mirza Saeed vide Mishal, sorretta da due uomini del villaggio, poiché non aveva più la forza di reggersi da sola. Ayesha le stava accanto, e Saeed ebbe l'impressione che la profetessa fosse in certo qual modo uscita dalla morente, che tutta la luminosità di Mishal fosse schizzata fuori dal suo corpo per assumere questa forma mitologica, lasciandosi dietro un guscio vuoto. Poi s'arrabbiò con se stesso per aver permesso che la soprannaturalità di Ayesha contaminasse anche lui.

Gli abitanti di Titlipur avevano accettato di seguire Ayesha, dopo una lunga discussione cui non le avevano permesso di partecipare. Il buonsenso disse loro che sarebbe stato sciocco tornare indietro dopo essere arrivati fin lì e quando erano ormai prossimi alla loro prima meta; ma i nuovi dubbi fiaccavano le loro forze. Era come se stessero uscendo da qualche Shangri-La creato da Ayesha, perché adesso che si limitavano a camminare dietro di lei anziché seguirla nel senso vero del termine, parevano diventare a ogni passo più vecchi e malati. Sicché, quando videro il mare, erano un gruppo zoppo, barcollante, catarroso, febbricitante e con gli occhi rossi, e Mirza Saeed si domandò quanti di loro sarebbero riusciti a percorrere i pochi metri che mancavano al bordo dell'acqua.

Li accompagnavano le farfalle, alte sopra le loro teste.

«E adesso, Ayesha?» le gridò Saeed, nell'orribile presentimento che l'adorata moglie potesse morire lì, sotto gli zoccoli dei pony a noleggio e davanti agli occhi dei venditori di succo di canna da zucchero. «Ci hai portati tutti al limite dell'estinzione, ma ora abbiamo un fatto incontestabile: il mare. Dov'è il tuo angelo?»

Lei si arrampicò, con l'aiuto degli uomini del villaggio, su una *thela* abbandonata accanto a un banco di bibite e non rispose a Saeed finché non poté guardarlo dall'alto del suo nuovo posatoio. «Gibreel dice che il mare è come le nostre anime. Quando noi le apriamo, possiamo procedere verso la saggezza. Se riusciamo ad aprire i nostri cuori, possiamo aprire il mare.»

«La divisione è stata un bel disastro qui sulla terraferma» la stuzzicò lui. «Ci sono stati molti morti, come forse ricorderai. Credi proprio che nell'acqua sarà diverso?»

«Ssst!» disse Ayesha all'improvviso. «L'angelo sta per arrivare.»

A prima vista, era sorprendente che, dopo tutte le attenzioni di cui la marcia era stata oggetto, ci fosse sulla spiaggia una folla non più che modesta; ma le autorità avevano preso molte precauzioni, chiudendo strade e deviando il traffico; e quindi i curiosi erano soltanto un paio di centinaia. Niente di cui preoccuparsi.

La cosa veramente strana fu che questi spettatori non videro né le farfalle, né ciò che esse fecero dopo. Ma Mirza Saeed scorse chiaramente la grande nube luccicante che volava verso il mare aperto; si fermava; rimaneva sospesa; e assumeva la forma di una creatura colossale, un radioso gigante fatto soltanto di minuscole ali, che si estendeva da un orizzonte all'altro, riempiendo il cielo.

«L'angelo!» gridò Ayesha ai pellegrini. «Lo vedete? È stato con noi per tutto il viaggio. Mi credete ora?» Mirza Saeed vide che i pellegrini avevano ritrovato la loro fede assoluta. «Sì» piansero, chiedendole perdono. «Gibreel! Gibreel! *Ya* Allah.»

Mirza Saeed fece il suo ultimo sforzo. «Le nuvole possono assumere molte forme» gridò. «Elefanti, divi del cinema, qualsiasi cosa. Guardate, sta ancora cambiando.» Ma nessuno gli diede retta; guardavano tutti, pieni di stupore, le farfalle che si tuffavano nel mare.

Gli abitanti del villaggio strillavano e ballavano per la gioia. «La divisione! La divisione!» gridavano. Gli astanti si rivolsero a Mirza Saeed: «Ehi, signore, perché sono così eccitati? Noi non vediamo niente».

Ayesha si era avviata verso l'acqua e Mishal veniva trascinata nella stessa direzione dai suoi due aiutanti. Saeed le si avvicinò di corsa e si mise a lottare con questi uomini. «Lasciate andare mia moglie! Immediatamente! Maledizione! Io sono il vostro *zamindar*. Mollatela, toglietele quelle manacce di dosso!» Ma Mishal sussurrò: «Non lo faranno. Vattene, Saeed. Tu sei chiuso. Il mare si aprirà solo per quelli che sono aperti».

«Mishal!» gridò lui, ma Mishal aveva già i piedi bagnati.

Una volta entrata in acqua Ayesha, gli abitanti del villaggio si misero a correre. Quelli che non ne erano capaci saltavano sulle spalle di quelli che potevano. Stringendo a sé i figlioletti, le madri di Titlipur si precipitarono in mare; nipoti portavano in spalla le nonne e si lanciavano nelle onde. Nel giro di pochi minuti, l'intero villaggio era in acqua, spruzzando dappertutto, cadendo, rialzandosi, ma continuando ad avanzare, verso l'orizzonte, senza mai voltarsi a guardare la costa. Anche Mirza Saeed era in acqua. «Torna indietro» supplicò. «Non sta succedendo niente; torna indietro.»

Sul bordo dell'acqua c'erano Mrs Qureishi, Osman, il Sarpanch e Sri Srinivas. La madre di Mishal singhiozzava come un'eroina di melodramma: «Oh bambina mia, bambina mia. Cosa sarà di te?» Osman disse: «Quando avranno capito che i miracoli non avvengono, torneranno indietro». «E le farfalle?» gli domandò Srinivas, con voce querula. «Cos'erano? Un caso?»

Cominciarono a rendersi conto che gli abitanti del villaggio non sarebbero tornati. «Ormai non toccano più il fondo» disse il Sarpanch. «Quanti di loro sanno nuotare?» domandò piagnucolando Mrs Qureishi. «Nuotare?» gridò Srinivas. «Da quando in qua la gente di un villaggio nuota?» Si stavano tutti scambiando urla, come se fossero stati lontani dei chilometri, e saltellavano da un piede all'altro, con i corpi che li sollecitavano a entrare in acqua, a fare qualcosa. Avevano l'aspetto di chi sta danzando sul fuoco. Il capo della squadra di poliziotti, mandato per sorvegliare la folla, si fece avanti mentre Saeed usciva di corsa dal mare.

«Cosa sta succedendo?» domandò. «Cos'è quest'agitazione?»

«Li fermi» ansimò Saeed, indicandogli il mare.

«Sono miscredenti?» domandò il poliziotto.

«Stanno per annegare» replicò Saeed.

Era troppo tardi. Gli abitanti del villaggio, di cui si potevano vedere in lontananza le teste che ancora ballonzolavano, erano arrivati al limite del banco di sabbia sottomarino. E quasi tutti nello stesso momento, senza tentare in alcun modo di salvarsi, scomparvero sotto la superficie. Nel giro di pochi istanti, ognuno dei pellegrini di Ayesha era ormai andato a fondo.

Nessuno di loro ricomparve. Non una testa boccheggiante, non un braccio che si agitasse.

Saeed, Osman, Srinivas, il Sarpanch, persino la grassa Mrs Qureishi, corsero in acqua strillando: «Dio abbi pietà; su, venite tutti ad aiutarci».

Gli esseri umani che rischiano di affogare lottano contro l'acqua. È contrario alla natura umana avanzare docili finché il mare non ti inghiotte. Ma Ayesha, Mishal Akhtar e gli abitanti del villaggio di Titlipur sprofondarono sotto il livello del mare; e non li vide più nessuno.

Mrs Qureishi fu trascinata a riva dai poliziotti, con il viso blu e i polmoni pieni d'acqua, e fu necessario farle la respirazione bocca a bocca. Immediatamente dopo furono tirati fuori Osman Srinivas e il Sarpanch. Solo Mirza Saeed Akhtar continuò a tuffarsi, sempre più al largo, restando sott'acqua per periodi sempre più lunghi; finché non fu anche lui recuperato dal Mare Arabico, esausto, sofferente e in procinto di svenire. Il pellegrinaggio era terminato.

Mirza Saeed, quando si svegliò in una corsia d'ospedale, si trovò accanto un uomo del Dipartimento indagini criminali. Le autorità stavano prendendo in considerazione l'ipotesi di accusare i superstiti della spedizione di Ayesha di tentata emigrazione illegale, e avevano ordinato agli agenti di raccogliere le loro deposizioni prima che avessero modo di consultarsi.

Questa fu la testimonianza del Sarpanch di Titlipur, Muhammad Din: «Proprio quando le mie forze erano venute meno e già pensavo che sarei sicuramente morto in acqua, vidi la cosa con questi miei occhi; vidi il mare dividersi, come i capelli quando li si pettina; e loro erano tutti lì, molto lontano, che si allontanavano da me a piedi. C'era anche mia moglie, Khadija, che io amavo».

Ecco che cosa raccontò Osman, il ragazzo del torello, agli investigatori, già scossi dalla deposizione del Sarpanch: «All'inizio avevo una grande paura di annegare. Tuttavia continuavo a cercare e a cercare, soprattutto lei, Ayesha, che conoscevo prima della sua trasformazione. E proprio alla fine, la vidi, quella cosa meravigliosa. Le acque si aprirono, e li vidi camminare sul fondo dell'oceano, fra i pesci morenti».

Anche Sri Srinivas giurò sulla dea Lakshmi di aver visto la divisione del Mare Arabico; e quando fu la volta di Mrs Qureishi gli investigatori erano totalmente snervati, sapendo che era impossibile che si fossero messi tutti d'accordo per inventare quella storia. La madre di Mishal, moglie del grande banchiere, la ripeté con parole sue. «Potete credermi o non credermi» concluse in tono enfatico, «ma ciò che i miei occhi hanno visto la mia lingua ripete.»

Gli investigatori, che avevano ormai la pelle d'oca, tentarono il terzo grado: «Senta, Sarpanch, basta con le stronzate. Con tutta la gente che c'era lì, nessuno ha visto queste cose. I corpi degli annegati stanno già fluttuando a riva, gonfi come palloni e fetidi come carogne. Se lei continua a mentire, la porteremo là e le faremo toccare col naso la verità».

«Potete mostrarmi quello che volete» disse il Sarpanch Muhammad Din a chi lo interrogava. «Ma io ho visto quello che ho visto.»

«E lei?» Gli investigatori si riunirono per domandare a Mirza Saeed Akhtar, appena sveglio: «Che cosa ha visto sulla spiaggia?».

«Come osate disturbarmi?» protestò lui. «Mia moglie è annegata. Non tormentatemi con le vostre domande.»

Quando scoprì di essere il solo superstite dell'Haji di Ayesha che non avesse assistito alla divisione delle acque – fu Srinivas a riferirgli ciò che avevano visto gli altri, aggiungendo in tono lugubre: «È per nostra vergogna che non siamo stati ritenuti degni di accompagnarli. Davanti a noi, *Sethji*, le acque si sono chiuse, ci sono state sbattute in faccia come le porte del Paradiso» – Mirza Saeed crollò e pianse per una settimana e un giorno, con asciutti singhiozzi che continuavano a scuotergli il corpo anche quando i condotti lacrimali erano rimasti da tempo senza sale.

Poi tornò a casa.

Le tarme avevano mangiato i *punkah* di Peristan e la biblioteca era stata divorata da un miliardo di vermi affamati. Quando aprì i rubinetti, ne scesero serpi invece che acqua, e i rampicanti si erano attorcigliati intorno al letto a colonne su cui avevano dormito dei vicerè. Come se il tempo fosse accelerato durante la sua assenza, e fossero trascorsi secoli anziché mesi, quando toccò il gigantesco tappeto persiano arrotolato nella sala da ballo, lo vide sbriciolarsi nella sua mano, e le vasche da bagno erano piene di rane con gli occhi scarlatti. Di notte ululavano al vento gli sciacalli. Il grande albero era morto, o prossimo a morire, e i campi erano aridi come il deserto. I giardini di Peristan, dove tanto tempo prima aveva visto per la prima volta una bella ragazza, erano orribilmente ingialliti. Gli avvoltoi erano i soli uccelli in cielo.

Portò una sedia a dondolo sulla veranda, si sedette e si lasciò cullare dolcemente fino ad addormentarsi.

Una volta, una soltanto, andò a vedere l'albero. Il villaggio si era polverizzato; contadini senza terra e saccheggiatori avevano cercato d'impadronirsi dei terreni abbandonati, ma la siccità li aveva costretti a fuggire. Lì non era mai piovuto. Mirza Saeed tornò a Peristan e chiuse con un lucchetto il cancello arrugginito. Non lo interessava la sorte degli altri superstiti; andò al telefono e lo strappò dal muro.

Trascorso un numero mai contato di giorni, gli venne in mente che stava morendo di fame, nel sentire il corpo che puzzava di acetone; ma non era né affamato né assetato, e decise quindi che non c'era ragione di mettersi a cercare del cibo. A quale scopo?

Molto meglio dondolare sulla poltrona, e non pensare, non pensare, non pensare.

L'ultima notte della sua vita, udì un rumore simile a quello che avrebbe fatto un gigante schiacciando una foresta sotto i piedi, e sentì una puzza simile a una scorreggia del gigante, e si rese conto che l'albero stava bruciando. Si alzò dalla sedia e barcollò frastornato fino alla porta del giardino per contemplare l'incendio, le cui fiamme stavano distruggendo storie, ricordi, genealogie e purificando la terra, e si avvicinavano a lui per liberarlo; – poiché il vento spingeva il fuoco verso la sua dimora, e quindi tra poco, tra pochissimo, sarebbe venuta la sua volta. Vide l'albero esplodere in mille frammenti, e il tronco schiantarsi come un cuore; allora si allontanò e si avviò vacillando verso quel punto del giardino dove Ayesha aveva attratto per la prima volta la sua attenzione; e si sentì invadere da una pesantezza, dalla sensazione di una grande oppressione, e si sdraiò sull'arida polvere. Prima di chiudere gli occhi, percepì che qualcosa gli stava sfiorando le labbra e vide un piccolo sciame di farfalle che cercavano di entrargli in bocca. Poi si riversò su di lui il mare, e si trovò nell'acqua accanto ad Ayesha, uscita miracolosamente dal corpo di sua moglie... «Apriti» gridava lei. «Spalancati!» Tentacoli di luce fluivano dal suo ombelico, e lui li spezzava, li spezzava, con la mano. «Apriti» gridò lei. «Sei arrivato fin qui, adesso fa' il resto.» Come poteva udire la sua voce? Erano sott'acqua, smarriti nel fragore del mare, ma la udiva chiaramente, la udivano tutti, quella voce simile a una campana. «Apriti» gli disse. Lui si chiuse.

Era una fortezza con le porte che sbattevano. Stava annegando. Anche lei stava annegando. Vide l'acqua riempirle la bocca, la udì gorgogliare nei suoi polmoni. Poi qualcosa che era in lui rifiutò tutto questo, fece una scelta diversa, e nell'attimo stesso in cui gli si schiantò il cuore, si aprì. Il suo corpo si divise in due dal pomo d'adamo all'inguine, tanto che lei poté affondarvi le mani in profondità, e adesso lei era aperta, erano tutti aperti, e nel momento in cui si aprirono, le acque si divisero ed essi raggiunsero a piedi La Mecca sul letto del Mare Arabico.

IX

UNA LAMPADA MERAVIGLIOSA

1

Diciotto mesi dopo il suo attacco di cuore, Saladin Chamcha prese di nuovo un aereo, in seguito a un telegramma da cui aveva appreso che suo padre era giunto alle fasi terminali di un mieloma multiplo, un cancro sistematico del midollo osseo, «mortale al cento per cento» come disse, senza ombra di sentimentalismo, il medico personale di Chamcha quando lui gli telefonò per informarsi. Tra padre e figlio non c'erano più stati veri contatti da quando, tante eternità prima, Changez Chamchawala aveva spedito a Saladin il ricavato del suo noce abbattuto. Saladin gli aveva mandato un biglietto per annunciargli che era sopravvissuto al disastro del *Bostan* e aveva avuto in cambio un messaggio ancora più conciso: «Ricevuta vostra comunicazione. Informazione già in nostro possesso». Ma quando arrivò il telegramma con la brutta notizia – firmato dalla sconosciuta seconda moglie, Nasreen II, e steso in termini piuttosto crudi: *Padre se ne sta andando in fretta stop se desideroso di vederlo meglio sbrigarsi stop Mrs N. Chamchawala* – si accorse con sorpresa che dopo una vita di rapporti difficili col padre, dopo lunghi anni di scambi di telegrammi e di "rotture irrevocabili", era ancora capace di una semplice reazione. Era chiaramente, irresistibilmente essenziale arrivare a Bombay prima che Changez se ne andasse per sempre.

Passò buona parte di una giornata prima facendo la coda per un visto nel reparto consolare dell'India House e poi cercando di convincere un affaticato funzionario dell'urgenza della propria richiesta. Stupidamente, aveva dimenticato di portare il telegramma, e la conseguenza fu che gli dissero che «è questione di prove. Chiunque, vede, potrebbe venire qui a raccontarci che suo padre sta morendo, no? Per accelerare le pratiche.» Chamcha si sforzò di dominare la propria collera, ma alla fine esplose: «Le sembro un fanatico del Khalistan?». Il funzionario alzò le spalle. «Adesso le dico io chi sono» ruggì Chamcha, infuriato da quel gesto. «Sono quel povero diavolo che è stato fatto saltare in aria dai terroristi, è precipitato per diecimila metri dal cielo a causa dei terroristi e che ora, sempre per questi stessi terroristi, deve lasciarsi insultare da uno scribacchino come lei.» La sua richiesta di un visto, che l'avversario aveva infilato con decisione in fondo a una grossa pila, fu accolta solo tre giorni dopo. Il primo volo disponibile partiva dopo altre trentasei ore: era un 747 dell'Air India e l'apparecchio si chiamava *Gulistan*.

Gulistan e Bostan, i due giardini del Paradiso – uno era esploso in volo e ne rimaneva uno soltanto... Chamcha, scendendo uno dei cunicoli attraverso i quali il Terminal Tre faceva gocciolare passeggeri nell'aereo, vide il nome dipinto accanto alla portiera aperta del 747 e impallidì. Poi udì la hostess indiana in sari che gli dava il benvenuto con un inconfondibile accento canadese e si perse d'animo, allontanandosi dall'apparecchio in una reazione istintiva di terrore. Restando lì a guardare la folla innervosita dei passeggeri che aspettavano di salire a bordo, si rese conto di quanto doveva essere assurdo il suo aspetto, con la sacca da viaggio di pelle marrone in una mano, due valigie con i vestiti nell'altra e gli occhi che si guardavano attorno furtivi; ma per un lungo periodo non fu assolutamente in grado di muoversi. La folla divenne irrequieta: *se questa è un'arteria*, si sorprese a pensare, *io sono il maledetto grumo*. «A a anch'io una volta avevo fi fifi fifa» disse una voce allegra. «Ma adesso ho capito cosa bisogna fare. Baba batto le mani durante il dedecollo e l'apparecchio riesce sempre ad arri arrivare in cielo.»

«Ormai la de dea numero uno è indiscutibilmente Lakshmi» confidò Sisodia sorseggiando whisky, una volta che si trovarono in volo senza più rischi. (Aveva intanto mantenuto la parola, agitando freneticamente le braccia mentre il *Gulistan* correva sulla pista e sistemandosi poi tutto contento sul suo sedile e con un sorriso di modestia. «Fufufunziona tutte le volte.» Viaggiavano entrambi nella cabina superiore del 747, riservata ai non fumatori di prima classe, e Sisodia si era trasferito sul sedile libero accanto a quello di Chamcha come un soffio d'aria che riempie un vuoto. «Mi chiami Whisky» insistette. «Di che coco cosa si occupa? Qu qu quanto guadagna? Quanto te tempo è stato via? Conosce donne in città o ha bisogno di ah ah aiuto?» Chamcha chiuse gli occhi e si concentrò su suo padre. La cosa più triste, constatò, era che non ricordava di aver passato un solo giorno felice con Changez in tutta la sua vita d'adulto. E la più rallegrante era lo scoprire che, alla lunga, si poteva perdonare persino il delitto imperdonabile di essere il padre di una persona. *Tieni duro*, implorò in silenzio. *Sto arrivando più in fretta che posso.* «In questi tempi così mama materialistici» spiegò Sisodia, «come popo potrebbe non essere la dea della ricchezza? A Bombay i giovani uomini d'affari fa fanno feste che durano tutut tutta la notte. Presiede una statua di Lakhmi, con le mama mani voltate in fuori e lampadine sulle didi dita, che si accendono l'una dopo l'altra, capisce, come se ri ri riversasse ricchezza sui suoi palmi.» Sullo schermo cinematografico della cabina, una hostess stava mostrando le norme di sicurezza. In un angolo una figura maschile in sovrimpressione traduceva le sue parole nel linguaggio dei segni. Questo sì che era progresso, riconobbe Chamcha. Un film al posto di esseri umani, un piccolo aumento di raffinatezza (i segni) e un grande aumento di costi. L'alta tecnologia al servizio, in apparenza, della sicurezza; quando in realtà viaggiare in aereo diventava di giorno in giorno più pericoloso, poiché il patrimonio mondiale di apparecchi stava invecchiando e nessuno poteva permettersi di rinnovarlo. Ogni giorno c'erano aerei che perdevano pezzi, o almeno davano questa impressione, e gli scontri, reali o sfiorati, erano anch'essi in crescita. Di conseguenza il film era una sorta di bugia, poiché con la sua esistenza diceva: *Guarda cosa arriviamo a fare per la tua sicurezza. Addirittura un film.* La forma al posto della sostanza, l'immagine al posto della realtà... «Sto preparando una grossa propro produzione su di lei» disse Sisodia. È una notizia stre strettamente riservata. Forse su mimi misura per Sridevi, spe spero. Adesso che il rientro di Gibreel si è riri rivelato un fiasco, è lei la numero uno.»

Chamcha aveva già saputo che il ritorno agli schermi di Gibreel Farishta non era andato secondo le previsioni. Il suo primo film, *La divisione del Mare Arabico*, era stato un tonfo clamoroso; gli effetti speciali erano troppo approssimativi, la ragazza che impersonava la figura centrale di Ayesha, tale Pimple Billimoria, era parsa spaventosamente inadeguata e la stessa interpretazione di Gibreel, nel ruolo dell'arcangelo, era stata definita narcisistica e megalomane da molti critici. I tempi in cui Gibreel non poteva mai sbagliare erano finiti per sempre; il suo secondo film, *Mahound*, aveva urtato contro tutti gli scogli religiosi immaginabili, affondando poi senza lasciare traccia. «Vede, ha dedeciso di lavorare con altri produttori» si lamentò Sisodia. «La vivi l'avidità dei di di divi. Con me gli ef effetti funzionano sempre e anche il buon gugu gusto lo si può dare per sco sco scontato.» Saladin Chamcha chiuse gli occhi e si appoggiò allo schienale. Avendo paura dell'aereo, aveva bevuto il suo whisky troppo in fretta, e ora gli girava la testa. Sisodia sembrava non ricordare i suoi passati rapporti con Farishta; meglio così. Era al passato che appartenevano quei rapporti, e solo a esso. «Sc sc Sridevi è Lakhmi» proclamò Sisodia in un tono per niente confidenziale. «E questo è oro mamassiccio. Tu sei un a attore. Dovresti lavorare in papa in patria. Telefonami. Forse coco combineremo qualcosa. Ma quel film è pupu puro platino.»

La testa di Chamcha turbinava. Che strani significati stavano assumendo le parole. Ancora qualche giorno prima quell'*in patria* gli sarebbe suonato falso. Ma ora suo padre stava morendo e antichi sentimenti allungavano i loro tentacoli per impadronirsi di lui. Forse la sua lingua si stava di nuovo sciogliendo, stava portando in Oriente il suo accento insieme col resto della sua persona. Osava appena aprir bocca.

Quasi vent'anni prima, quando il giovane Saladin, che aveva da poco cambiato nome, si guadagnava faticosamente da vivere ai margini del teatro londinese, per mantenere una distanza di sicurezza dal padre; e quando Changez si stava ritirando in altri modi, con la scelta dell'isolamento e della religione; un giorno, all'improvviso, il padre aveva scritto al figlio per offrirgli una casa. Era una vasta dimora nel centro di villeggiatura collinare di Solan. "Il primo immobile che io abbia mai posseduto" scrisse Changez, "e di conseguenza è il primo che ti dono." La reazione immediata di Saladin fu di considerare l'offerta un tranello, un modo di ricongiungerlo alla *patria*, all'ordito del potere di suo padre; e quando scoprì che la proprietà di Solan era stata da tempo requisita dal governo indiano in cambio di un canone d'affitto nominale, e che da molti anni era sede di una scuola maschile, il dono si rivelò, oltre al resto, un inganno. Cosa importava a Chamcha che la scuola fosse disposta a trattarlo, ogni volta che vi si fosse recato, come un capo di Stato in visita, con sfilate ed esibizioni ginniche? Erano cose che potevano attrarre la vanità smisurata di Changez, ma Chamcha non voleva saperne. Il punto era che la scuola non intendeva trasferirsi; il dono quindi era inutile, e probabilmente era anche un rompicapo amministrativo. Scrisse a suo padre respingendo l'offerta. Fu l'ultima volta che Changez Chamchawala cercò di regalargli qualcosa. La *patria* s'allontanò dal figliol prodigo.

«Io non dimentico mai una fafaccia» stava dicendo Sisodia. «Tu sei amico di mi Mimi. Il superstite del *Bostan*. L'ho capito nel momento in cui t'ho visto tete terrorizzato al caca cancello. Spero che tu non ti senta troppo mama male.» Saladin, con un tuffo al cuore, scosse la testa, no, sto bene, davvero. Sisodia, luccicante come un ginocchio, strizzò orribilmente l'occhio a una hostess di passaggio e ordinò dell'altro whisky. «Che pepeccato per Gibreel e la sua donna» continuò poi. «Aveva un nome bellissimo, alla alla Alleluia. Ma che caratteraccio quel ragazzo, che titi tipo geloso. Duro da sopportare per una rara ragazza momoderna. Si so so sono separati.» Saladin cercò ancora di isolarsi fingendo di dormire. *Mi sono appena ripreso dal passato. Se ne vada.*

Aveva dichiarato ufficialmente di essere del tutto guarito solo cinque settimane prima, alle nozze di Mishal Sufyan e di Hanif Johnson. Dopo la morte dei genitori nell'incendio dello Shaandaar, Mishal era stata tormentata da un terribile e illogico senso di colpa in seguito al quale vedeva in sogno sua madre che la sgridava: «Se mi avessi passato l'estintore quando te l'ho chiesto. Se avessi soffiato un po' più forte. Ma tu non mi dai mai retta e i tuoi polmoni sono talmente marci a forza di sigarette, che non ce la facevi neanche a spegnere una candela, figuriamoci poi una casa in fiamme». Perseguitata dallo sguardo severo del fantasma materno, Mishal lasciò l'appartamento di Hanif, andò ad abitare con altre tre donne, chiese e ottenne il vecchio posto di Jumpy Joshi al centro sportivo e litigò con le compagnie d'assicurazione finché non si rassegnarono a pagare. Solo quando lo Shaandaar era pronto per riaprire sotto la sua direzione, lo spettro di Hind Sufyan riconobbe che era tempo di partire per l'altro mondo; e Mishal allora telefonò a Hanif e gli chiese di sposarla. Troppo sorpreso per rispondere, lui dovette passare il ricevitore a un collega, che le spiegò che il gatto si era mangiato la lingua di Mr Johnson e che accettò l'offerta di Mishal per conto dell'ammutolito avvocato. Tutti quanti, insomma, si stavano riprendendo dalla tragedia; persino Anahita, che era stata costretta a vivere con una soffocante zia all'antica, al matrimonio aveva un'aria soddisfatta, forse perché Mishal le aveva promesso di restituirle le sue stanze nel rinnovato Hotel Shaandaar. Mishal aveva chiesto a Saladin di farle da testimone, per ringraziarlo di aver tentato di salvare la vita ai suoi genitori, e mentre andavano all'ufficio del registro sul furgone di Pinkwalla (tutti i capi d'accusa contro il disc-jockey e il suo padrone, John Maslama, erano stati lasciati cadere per mancanza di prove), Chamcha disse alla sposa: «Oggi mi sembra che sia un nuovo inizio anche per me; forse per tutti noi». Nel suo caso c'erano state l'installazione del by-pass e la difficoltà di rassegnarsi a tante morti e l'incubo di trovarsi di nuovo trasformato in qualche demone sulfureo dal piede caprino. Era anche stato, per un certo periodo, menomato professionalmente da un senso di vergogna così profondo che, quando i clienti cominciarono di nuovo a cercarlo e a richiedere una delle sue voci, per esempio quella di un pisello surgelato o di un burattino-pacchetto di salsicce, sentiva il ricordo dei suoi crimini telefonici salirgli alla gola per strangolare sul nascere la sua interpretazione. Ma alle nozze di Mishal si sentì improvvisamente libero. Fu una cerimonia da non dimenticare, soprattutto perché i giovani sposi non riuscirono a fare a meno di baciarsi durante tutta la procedura, e l'ufficiale di stato civile (una simpatica donna che aveva anche esortato gli invitati a non bere troppo se intendevano poi guidare) dovette sollecitarli perché si sbrigassero a pronunciare le formule di rito, dovendo dare presto inizio alla cerimonia nuziale successiva. In seguito, allo Shaandaar, i baci continuarono e diventarono a poco a poco più lunghi e più espliciti, finché gli invitati ebbero la sensazione di essere degli intrusi in un momento d'intimità e scivolarono via in silenzio, lasciando Hanif e Mishal a godersi una passione così coinvolgente che neanche si accorsero della presenza degli amici; e neppure si resero conto della piccola folla di bambini radunati davanti alle vetrine dello Shaandaar Café per guardarli. Chamcha, l'ultimo degli invitati ad andarsene, fece agli sposini il favore di abbassare le veneziane, con grande disappunto dei bambini; e si avviò sulla ricostruita High Street, sentendosi talmente leggero che si mise addirittura a saltellare, sia pure con un certo imbarazzo.

Niente dura in eterno, pensò dietro le palpebre chiuse mentre sorvolava, più o meno, l'Asia Minore. Forse l'infelicità è il continuo attraverso il quale la vita procede, e la gioia non è che una serie di blip, di isole nella corrente. O se non proprio l'infelicità, almeno la malinconia... Queste riflessioni furono interrotte da un energico russare proveniente dal sedile accanto. Mr Sisodia, col bicchiere di whisky in mano, stava dormendo.

Il produttore aveva chiaramente fatto colpo sulle hostess. S'affaccendarono intorno alla sua persona addormentata, togliendogli il bicchiere dalle dita e posandolo in un luogo sicuro, stendendo una coperta sulla metà inferiore del suo corpo e cinguettando ammirate sopra il suo capo russante: «Non sembra un cagnolino? È proprio tanto caruccio, devo dire!» Chamcha ricordò inaspettatamente le signore della buona società di Bombay che gli accarezzavano la testa durante le piccole *soirées* di sua madre e trattenne a stento lacrime di sorpresa. In realtà Sisodia aveva un aspetto leggermente osceno; prima di addormentarsi, si era tolto gli occhiali, senza i quali appariva curiosamente nudo. A giudizio di Chamcha, assomigliava soprattutto a un enorme Shivalingam. Forse era questa la ragione del suo successo con le signore.

Sfogliando i giornali e le riviste che gli erano stati offerti dalle hostess, Saladin s'imbatté in una vecchia conoscenza nei guai. La versione sterilizzata dell'*Aliens Show* di Hal Valance era stata un grosso fiasco negli Stati Uniti e l'avevano addirittura tolta dal palinsesto. Non solo, ma la sua agenzia pubblicitaria, con le relative consociate, era stata assorbita da un colosso americano, ed era probabile che Hal stesse per essere licenziato, vinto dal drago transatlantico che si era prefisso di domare. Era difficile dolersi per Valance, disoccupato e ridotto agli ultimi milioni, abbandonato dall'amatissima Mrs Torture e dalle sue colleghe, relegato nel limbo riservato ai favoriti in disgrazia, insieme con imprenditori falliti e finanzieri trafficoni ed ex ministri rinnegati; ma Chamcha, che stava volando verso il letto di morte del padre, era così teso ed emozionato che riuscì a farsi salire alla gola persino un groppo di saluto per il perfido Hal. *A quale tavolo di biliardo*, si domandò vagamente, *starà ora giocando Baby?*

In India la guerra tra gli uomini e le donne non dava segno di placarsi. Saladin lesse su "Indian Express" il resoconto del più recente "suicidio di sposa". *Il marito, Prajapati, è latitante.* Nella pagina successiva c'era la rubrica settimanale dei piccoli annunci matrimoniali, in cui i genitori dei giovani maschi esigevano, e quelli delle giovani femmine offrivano con fierezza, spose di carnagione "quasi bianca". Chamcha ricordò che un amico di Zeeny, il poeta Bhupen Gandhi, parlava di queste cose con appassionata amarezza. «Come possiamo accusare gli altri di avere pregiudizi quando le nostre mani sono così sporche?» aveva declamato. «Molti di voi in Inghilterra parlavano di vittimizzazione. Be', io non ci sono stato, e non conosco la vostra situazione, ma per mia esperienza personale non riesco mai a sentirmi a mio agio quando mi si definisce una vittima. In termini di classe, è chiaro che non lo sono. E anche in termini culturali, qui puoi trovare tutti i settarismi e tutte le prepotenze che si attribuiscono di solito ai gruppi oppressori. Perciò, anche se è indubbio che molti indiani sono degli oppressori, io non penso che uno di *noi* abbia le carte in regola per aspirare a una posizione così attraente.»

Il guaio delle critiche radicali di Bhupen» aveva osservato Zeeny, «è che per i reazionari come il nostro Salad *baba* è un gran piacere lapparle.»

Stava imperversando uno scandalo legato agli armamenti: il governo indiano aveva davvero versato bustarelle a certi intermediari, cercando poi di mettere tutto a tacere? Erano in ballo grosse somme e la credibilità del primo ministro era parsa indebolita, ma per Chamcha questo non aveva alcun interesse. Stava guardando la foto sfocata, in una pagina interna, di forme gonfie e confuse che galleggiavano numerose scendendo un fiume. In una cittadina dell'India settentrionale c'era stato un massacro di musulmani, i cui cadaveri erano stati gettati in acqua, ad aspettare l'intervento di qualche Gaffer Hexam del ventesimo secolo. C'erano centinaia di cadaveri, gonfi e rancidi; il loro fetore sembrava levarsi dalla pagina. E nel Kashmir un primo ministro, un tempo popolare, che aveva "concluso un accordo" con il Congresso-I, durante le preghiere dell'Eid, era stato bombardato dalle scarpe di furibondi fondamentalisti islamici. Le tensioni tra le varie comunità erano ovunque; come se fossero entrati in guerra gli dèi. Nella lotta eterna tra la bellezza del mondo e la sua crudeltà, la crudeltà guadagnava ogni giorno terreno. La voce di Sisodia s'intromise in queste tetre meditazioni. Il produttore, appena sveglio, aveva visto la foto di Meerut che lo guardava dal tavolino pieghevole di Chamcha. «Il fatto è» disse senza più tracce della consueta bonomia, «che la fefede religiosa che incorpora le più nono nobili aspirazioni della razza umana è ora, nel nostro papaese, al servizio degli istinti più bassi, e didi Dio è la creatura del male.»

Noti storici da strapazzo responsabili dei massacri? insinuava un portavoce del governo, ma gli "elementi progressisti" rifiutavano questa ipotesi. *La polizia cittadina è contaminata da agitatori comunitari*, ribattevano. *Nazionalisti indù sono in preda a furore omicida.* Un quindicinale politico pubblicava una fotografia dei cartelloni montati davanti al Juma Masjid nella Vecchia Delhi. L'Imam, un uomo panciuto con gli occhi cinici, visibile quasi tutte le mattine nel suo "giardino" – un terreno incolto di macerie e di terra rossa all'ombra della moschea – mentre contava le rupie offerte dai fedeli e arrotolava a una a una tutte le banconote, sicché sembrava avesse in mano una manciata di sottili sigarette simili a *beedi* – e non certo estraneo alla politica comunitaria, aveva apparentemente deciso che si doveva trarre profitto dagli errori di Meerut. *Estinguiamo il fuoco nei nostri petti*, proclamavano i cartelli. *Salutiamo con riverenza chi ha subito il Martirio dai proiettili della polizia.* E anche: *Ahimè! Ahimè! Ahimè! Svegliamo il primo ministro!* Infine, l'incitamento all'azione: *Il bandh sarà celebrato*, con la data prevista per lo sciopero.

«Brutti tempi» continuò Sisodia. «Per il cici cinema e anche per la TV e l'economia gli effetti saranno Delhi Delhi deleteri.»

Poi, all'avvicinarsi delle hostess, tornò di buon umore. «Confesso di essere socio del co co club alto un miglio» disse allegramente, in modo che tutte lo udissero. «E tu? Vuoi che veda che cosa riesco a coco combinare?»

Oh, le dissociazioni di cui è capace la mente umana, si stupì Saladin con tristezza. Oh, le personalità in conflitto che si agitano e sobbalzano in questi sacchi di pelle. Non c'è da meravigliarsi se non riusciamo a restare concentrati a lungo su niente; non c'è da meravigliarsi se inventiamo meccanismi di telecomando per saltare da un canale all'altro. Se volgessimo questi aggeggi verso le nostre persone, scopriremmo più canali di quanti ne abbia mai sognati uno zar dei cavi o dei satelliti... Lui stesso aveva visto i propri pensieri vagare, per quanto si sforzasse di tenerli fissi su suo padre, verso il problema di Miss Zeenat Vakil. Le aveva telegrafato per informarla del suo arrivo: sarebbe venuta a prenderlo all'aeroporto? Cosa poteva accadere o non accadere tra loro? Lasciandola, non tornando, perdendo i contatti per un lungo periodo, aveva commesso la Colpa Imperdonabile? Ma lei – pensò, e lo turbò la constatazione che questa ipotesi non gli fosse mai passata per la mente – si era sposata? Era innamorata? Impegnata? E lui che cosa voleva veramente? *Lo saprò quando la vedrò*, pensò. Il futuro, anche quando era soltanto un luccichio avvolto di domande, non sarebbe stato eclissato del passato; anche quando la morte si spostava verso il centro del palcoscenico, la vita continuava a battersi per i propri diritti.

Il volo si svolse senza incidenti.

Zeenat Vakil non era ad aspettarlo all'aeroporto.

«Vieni» gli fece cenno Sisodia. «È venuta a prendermi la mia mama macchina. Lalascia dunque che ti dia un passaggio.»

Trentacinque minuti dopo, Saladin Chamcha era a Scandal Point, fermo con borsa e valigie davanti ai cancelli dell'infanzia, a osservare il sistema di sorveglianza d'importazione con controllo video. Sul muro di cinta erano stati dipinti slogan contro la droga: DI SOGNI NON NE RESTA UNO/ SE LO ZUCCHERO È BRUNO. E: NERO È SEMPRE IL FUTURO/ QUANDO LO ZUCCHERO È

BRUNO. Coraggio, vecchio mio, si disse; e suonò come gli avevano detto, una sola volta, con forza, per richiamare l'attenzione.

Nel giardino lussureggiante il troncone del noce abbattuto attirò il suo sguardo inquieto. Probabilmente adesso, meditò, lo usano come tavolino da picnic. Suo padre aveva sempre avuto una tendenza ai gesti melodrammatici di autocommiserazione, e pranzare su una superficie carica di tanta forza emotiva – con molti sospiri profondi tra un boccone e l'altro – era decisamente in carattere col suo personaggio. Avrebbe teatralizzato anche la sua morte? si domandò Saladin. Quali spettacolose richieste di simpatia poteva presentare adesso il vecchio bastardo! Chiunque si trovasse nelle vicinanze di un moribondo era decisamente alla sua mercé. E i pugni sferrati da un letto di morte lasciano ammaccature che non vengono più via.

La matrigna emerse dalla marmorea dimora del morente per accogliere Chamcha senza ombra di rancore. «Salahuddin. Che bello che tu sia venuto. Gli solleverà l'animo, e a questo punto è solo con l'animo che può combattere, perché il corpo è praticamente kaput.» Poteva avere sei o sette anni meno di quanti ne avrebbe avuto la madre di Saladin, ma apparteneva alla stessa razza delle donne-uccellini. Il suo grosso ed espansivo genitore era stato singolarmente coerente almeno in questo. «Per quanto ne ha ancora?» domandò Saladin. Nasreen, come già si capiva dal suo telegramma, non si faceva illusioni. «Potrebbe succedere da un giorno all'altro.» Il mieloma era presente in tutte le "ossa lunghe" di Changez – il cancro aveva introdotto nella casa il proprio vocabolario; non si parlava più di *braccia e gambe* – e nel suo cranio. Erano state individuate cellule cancerose nel sangue intorno alle ossa. «Avremmo dovuto accorgercene prima» disse Nasreen, e Saladin cominciò a sentire l'energia della vecchia, la forza di volontà che le permetteva d'imbrigliare le proprie emozioni. «La sua marcata perdita di peso negli ultimi due anni. E poi si lamentava di fitte e indolenzimenti, soprattutto alle ginocchia. Ma sai com'è. Trattandosi di un vecchio, si attribuisce tutto all'età e non a un'atroce terribile malattia.» S'interruppe, poiché aveva bisogno di controllare la propria voce. Kasturba, la ex *ayah*, si era unita a loro in giardino. Si venne a sapere che suo marito Vallabh era morto, di vecchiaia, nel sonno, quasi un anno prima; una morte ben più dolce di quella che stava ora divorando il corpo del suo padrone, del seduttore di sua moglie. Kasturba indossava ancora i vecchi e pesanti sari di Nasreen I; quel giorno aveva scelto uno dei più vertiginosi degli stampati Op-Art in bianco e nero. Anche lei aveva accolto Saladin con calore: abbracci baci lacrime. «Personalmente» singhiozzò, «non smetterò mai di pregare per un miracolo, finché resterà un po' di fiato nei suoi poveri polmoni.»

Nasreen II abbracciò Kasturba: ognuna delle due posò la testa sulla spalla dell'altra. L'intimità tra queste donne era spontanea e non offuscata da risentimenti; come se l'avvicinarsi della morte avesse spazzato via i litigi e le gelosie della vita. Le due vecchie si confortavano a vicenda nel giardino, e ognuna consolava l'altra per la perdita imminente della più preziosa delle cose: l'amore. O meglio: la persona amata. «Vieni» disse infine Nasreen a Saladin. «Deve vederti subito.»

«Lui sa?» domandò Saladin. Nasreen rispose in modo evasivo. «È un uomo intelligente. Continua a chiedere: dov'è finito tutto il sangue? Dice che ci sono solo due malattie nelle quali il sangue sparisce in questo modo. Una è la tubercolosi.» Ma, insistette Saladin, non pronuncia mai quella parola? Nasreen abbassò il capo. La parola non era mai stata pronunciata, né da Changez né in sua presenza. «Ma non dovrebbe saperlo?» domandò Chamcha. «Un uomo non ha il diritto di prepararsi alla morte?» Per un attimo vide fiammeggiare gli occhi di Nasreen. *Chi credi di essere per dirci qual è il nostro dovere? Tu hai rinunciato a ogni diritto.* Poi si spensero, e quando parlò lo fece con voce calma, fredda, sommessa. «Forse hai ragione.» Ma Kasturba gemette: «No! Come si fa a dirglielo, pover'uomo? Gli spezzerebbe il cuore».

Il cancro aveva talmente ispessito il sangue di Changez che era difficile per il cuore pomparlo all'interno del corpo. Aveva anche contaminato la corrente sanguigna con corpi estranei, piastrine che attaccavano qualsiasi tipo di sangue che vi fosse trasfuso, compreso quello dello stesso tipo. *Insomma, non posso neanche dargli questo piccolo aiuto*, rifletté Saladin. Era possibile che

Changez morisse per questi effetti collaterali, prima che il cancro completasse la sua opera. Se fosse morto di cancro, la sua fine avrebbe assunto la forma di una polmonite o di un collasso renale, e i medici, sapendo di non poter più far niente per lui, lo avevano mandato a casa ad aspettarla. «Il mieloma è sistemico, e quindi non si può ricorrere né alla chemioterapia né alla radioterapia» spiegò Nasreen. «La sola medicina è il Melphalan, che in certi casi può prolungare la vita anche di dieci anni. Ma ci hanno detto che lui appartiene alla categoria di quelli che non reagiscono alle compresse di Melphalan.» *Lui però non è stato informato,* insistettero le voci interne di Saladin. *E questo è sbagliato, sbagliato, sbagliato.* «Comunque un miracolo c'è già stato» gridò Kasturba. «Secondo i dottori questo normalmente è uno dei cancri più dolorosi, ma tuo padre non soffre. Quando uno prega, ottiene sempre qualche consolazione.» Era per questa strana assenza di dolori che c'era voluto tanto tempo per diagnosticare il cancro; in effetti si stava estendendo nel corpo di Changez da almeno due anni. «Devo vederlo subito» disse garbatamente Saladin. Un servitore, durante questa conversazione, aveva portato in casa la borsa e le valigie; e ora, finalmente, anche lui poté seguire all'interno i propri indumenti.

L'arredamento della casa non era cambiato – la generosità della seconda Nasreen nei confronti della memoria della prima pareva sconfinata, almeno in quei giorni, gli ultimi che il loro sposo comune avrebbe trascorso sulla terra – se non per il fatto che Nasreen II vi aveva trasferito la sua collezione di uccelli impagliati (upupe e pappagalli rari sotto campane di vetro, un pinguino adulto nell'atrio di marmi e mosaici, con il becco brulicante di formicole rosse) e le sue bacheche di farfalle trafitte. Saladin percorse questo coloratissimo corridoio di alati defunti per raggiungere lo studio del padre – Changez aveva voluto abbandonare la propria camera e si era fatto portare un letto al pianterreno in quel rifugio rivestito con pannelli di legno e pieno di vecchi libri, desiderando evitare che la gente dovesse correre tutto il giorno su e giù per le scale per occuparsi di lui – e arrivò infine alla porta della morte.

Sin dalla prima giovinezza, Changez Chamchawala aveva acquisito la sconcertante capacità di dormire con gli occhi spalancati, «per stare in guardia», come gli piaceva dire. E adesso, quando Saladin entrò in silenzio nella stanza, l'effetto di quegli occhi grigi che fissavano il soffitto senza vederlo era decisamente snervante. Per un attimo Saladin pensò che fosse troppo tardi; che Changez fosse morto mentre lui stava chiacchierando in giardino. Poi l'uomo sul letto emise una serie di piccoli colpi di tosse, volse il capo e allungò un braccio esitante. Saladin Chamcha s'accostò al padre e chinò il capo sotto il palmo del vecchio che lo accarezzava.

Innamorarsi del padre dopo lunghi decenni di rabbia fu una cosa bella e terribile; una cosa rigeneratrice, dispensatrice di vita, avrebbe voluto dire Saladin, ma evitò di farlo perché sembrava una riflessione da vampiro; come se, succhiando da suo padre questa nuova vita, stesse facendo posto alla morte nel corpo di Changez. Tuttavia, pur cercando di non dar peso alla cosa, si sentiva di ora in ora più vicino ai suoi molti vecchi io rifiutati, ai molti Saladin – o meglio Salahuddin – alternativi che aveva amputato da sé nel fare le sue varie scelte di vita, ma che a quanto pareva erano comunque sopravvissuti, forse negli universi paralleli della teoria dei quanti. Il cancro aveva letteralmente spogliato Changez Chamchawala fino all'osso: le sue guance si erano afflosciate nelle cavità del cranio e doveva tenere un cuscino di gommapiuma sotto le natiche dove la carne si era atrofizzata. Ma lo aveva anche spogliato dei suoi difetti, di tutto ciò che c'era in lui di dispotico, di tirannico e di crudele, mettendo a nudo, ancora una volta, l'uomo malizioso, affettuoso e brillante che vi si nascondeva sotto, perché tutti potessero vederlo. *Oh se fosse riuscito a essere così tutta la vita*, si sorprese ad augurarsi Saladin (che, per la prima volta in vent'anni, cominciava a gradire il proprio nome originario, non ancora anglicizzato). Com'è duro ritrovare il proprio padre quando non si può che dirgli addio.

La mattina del suo ritorno, Salahuddin Chamchawala si sentì chiedere dal padre di raderlo. «Queste mie vecchie non sanno neanche quale sia la parte che taglia di un Philips.» La pelle di Changez penzolava dal viso in guance molli e coriacee, e i peli sembravano (quando Salahuddin vuotò la macchinetta) delle ceneri. Salahuddin non ricordava l'ultima volta in cui aveva toccato in quel modo il viso del padre, tendendogli delicatamente la pelle mentre la percorreva il rasoio, e poi accarezzandola per accertarsi che fosse liscia. Dopo aver finito, continuò ancora per un momento a passargli le dita sulle guance. «Guardalo il vecchio» disse Nasreen a Kasturba mentre entravano nella stanza, «non toglie gli occhi di dosso dal suo ragazzo.» Changez Chamchawala sorrise di un sorriso esausto, mostrando una bocca piena di denti rovinati e screziata di saliva e di briciole.

Quando il padre si addormentò di nuovo, dopo essere stato costretto da Nasreen e Kasturba a bere una piccola quantità d'acqua, e guardò in alto – che cosa? – con i suoi sognanti occhi aperti, capaci di vedere contemporaneamente tre mondi, quello reale dello studio, quello visionario dei sogni e anche l'altro mondo ormai vicino (o almeno così si sorprese a immaginare Salahuddin, in un momento di abbandono alla fantasia) – il figlio andò a riposare in quella che era stata la camera di Changez. Teste grottesche di terracotta dipinta lo guardavano torve dalle pareti: un demone con le corna; un arabo lascivo con un falco sulla spalla; un calvo che roteava gli occhi e tirava fuori la lingua terrorizzato da un'enorme mosca nera che gli si era posata su un sopracciglio. Non riuscendo a dormire sotto queste figure, che conosceva da tutta la vita, e anche odiava, essendo arrivato a considerarle dei ritratti di Changez, si trasferì infine in un'altra stanza, più neutra.

Svegliandosi la sera presto, scese e vide davanti alla camera di Changez le due vecchie che cercavano di mettersi d'accordo su ciò che avrebbero dovuto somministrargli. A parte la compressa quotidiana di Melphalan, gli era stata infatti prescritta tutta una serie di medicine per combattere i perniciosi effetti secondari del cancro: l'anemia, la tensione cardiaca eccetera. Isosorbide dinitrato, due compresse, quattro volte al giorno; Furosemide, una compressa, tre volte; Prednisolone, sei compresse, due volte... «Me ne occupo io» disse, con sollievo delle due vecchie. «Almeno è una cosa che posso fare.» Agarol per la stitichezza, Spirolonactone sa Dio perché e Allopurinol, uno zilorico; all'improvviso gli tornò in mente, per un'assurda associazione, una remota recensione teatrale in cui il critico inglese Kenneth Tynan aveva immaginato i personaggi polisillabi di *Tamerlano il Grande* di Marlowe come "un'orda di pillole e di farmaci miracolosi decisi a sterminarsi a vicenda":

Mi sfidasti tu qui, ardito Barbiturico?
Sire, tua nonna è morta – la vecchia Nembutal.
Le stelle scintillanti piangeranno per Nembutal...
Non è impresa da poco essere un re,
Aureomicina e Formaldeide,
non è impresa da poco essere un re,
e cavalcare in trionfo per Anfetamina?

Le cose che vomita la memoria! Ma forse questo *Tamerlano* farmaceutico non sarebbe stato un brutto elogio funebre per il monarca caduto che giaceva nel suo studio da topo di biblioteca, a contemplare tre mondi e ad aspettare la fine. «Su, *Abba*» disse avviandosi allegramente verso di lui. «È ora di salvarti la vita.»

Era ancora al suo posto, su uno scaffale dello studio di Changez, una certa lampada di rame e ottone, che si diceva avesse il potere di appagare i desideri, ma non era stata messa alla prova, non avendola mai sfregata nessuno. Un po' annerita, guardava ora dall'alto il padrone morente, ed era oggetto a sua volta degli sguardi dell'unico figlio. Fortemente tentato, per un attimo, di tirarla giù, di sfregarla tre volte e di domandare al ginn in turbante un incantesimo magico... Salahuddin lasciò però la lampada dov'era. Non c'era posto qui per i ginn o i *ghoul* o gli *afreet*; non erano permessi né fantasmi né fantasie. E neanche formule magiche; soltanto l'impotenza delle pillole. «È arrivato lo stregone» proclamò Salahuddin, scuotendo i piccoli flaconi e destando il padre dal sonno. «Medicine» disse Changez con una smorfia infantile. «*Ec, bhaak, thu.*»

Quella notte, Salahuddin costrinse Nasreen e Kasturba a dormire comode nei loro letti mentre lui vegliava Changez da un materasso sul pavimento. Dopo la dose di Isosorbide della mezzanotte, il morente dormì per tre ore, al termine delle quali ebbe bisogno di andare alla toilette. Lo sollevò praticamente Salahuddin, sbalordito dalla leggerezza del padre. Era sempre stato un uomo massiccio, ma era ormai diventato un pranzo vivente per le avanzanti cellule cancerogene... Nella toilette, Changez rifiutò di farsi aiutare. «Non ti lascia far niente» si era lamentata affettuosamente Kasturba. «È un uomo talmente timido.» Mentre tornava a letto, si appoggiò appena al braccio di Salahuddin, e trascinò i suoi piedi piatti nelle vecchie e logore ciabatte, mentre i pochi capelli superstiti sporgevano in buffe angolazioni e la testa si protendeva in avanti come un becco sul collo scarno e fragile. Salahuddin sentì all'improvviso il desiderio di prenderlo tra le braccia e di cullarlo e di cantargli dolci e confortanti canzoni. Ma di fatto sbottò, nel momento meno adatto, in un appello alla riconciliazione. «*Abba*, sono venuto perché non volevo più che ci fossero dissensi tra noi...» *Fottuto imbecille. Che il diavolo ti porti, idiota con la faccia color crema. In piena notte, accidenti! Anche se non ha capito che sta morendo, questo discorsetto da letto di morte glielo avrà certamente fatto sapere*. Changez continuò a trascinarsi; la mano che s'aggrappava al braccio del figlio si strinse appena un poco. «Sono cose che non hanno più importanza» disse. «Le ho dimenticate, quali che fossero.»

La mattina Nasreen e Kasturba arrivarono con sari freschi di bucato e con un'aria riposata, ma si lamentarono che «è stato talmente orribile dormire lontano da lui che non abbiamo chiuso occhio.» Si buttarono su Changez e così tenere furono le loro carezze che Salahuddin provò di nuovo quella sensazione di spiare un momento d'intimità, che già aveva avuto al matrimonio di Mishal Sufyan. Lasciò la stanza in silenzio, mentre i tre amanti s'abbracciavano, si baciavano e piangevano.

La morte, il grande fatto, tesseva il suo incantesimo intorno alla casa di Scandal Point. Salahuddin vi si abbandonò come tutti gli altri, compreso Changez che, quel secondo giorno, sorrideva spesso del suo vecchio sorriso contorto, quello che diceva so benissimo cosa sta succedendo, e mi va bene così, ma non crediate d'ingannarmi. Nasreen e Kasturba gli s'affaccendavano intorno in continuazione, spazzolandogli i capelli, persuadendolo a forza di blandizie a mangiare e a bere. Gli si era ingrossata la lingua, impastando un poco la sua dizione e dandogli problemi nell'ingoiare; rifiutava qualsiasi cibo fibroso, persino i petti di pollo che aveva amato per tutta la vita. Un boccone di minestra, una purée di patate, un assaggio di budino. Un pasto da neonati. Quando si rizzò a sedere sul letto, Salahuddin prese posto alle sue spalle; e Changez, mentre mangiava, s'appoggiò al corpo del figlio.

«Aprite la casa» ordinò quel mattino Changez. «Voglio vedere qualche faccia sorridente invece dei vostri tre musi tristi.» Così, dopo un lungo intervallo, cominciò ad arrivare gente: giovani e vecchi, cugini semidimenticati, zii, zie; e qualche compagno dei vecchi tempi del movimento nazionalista, signori con la schiena rigida e capelli bianchi, giacche *achkan* e monocolo; impiegati delle varie *foundations* e iniziative benefiche che Changez aveva messo in piedi anni prima; industriali concorrenti di spruzzatori per l'agricoltura e di concimi artificiali. Insomma, di tutto un po', pensò Salahuddin; ma si stupì anche del bel comportamento di ciascuno davanti al morente: i giovani gli parlavano in confidenza della propria vita, come per rassicurarlo che la vita in sé era invincibile e per offrirgli la ricca consolazione di essere parte della grande processione della razza umana – mentre i vecchi evocavano il passato, per fargli sapere che niente era stato dimenticato o perduto; che nonostante gli anni di segregazione volontaria, era ancora unito al mondo. La morte portava alla luce il meglio della gente; era bello constatare – si rese conto Salahuddin – che gli esseri umani erano anche questo: premurosi, affettuosi, persino nobili. Siamo ancora capaci di esaltarci, pensò nella sua euforia; nonostante tutto, possiamo ancora trascendere. Una graziosa ragazza – venne in mente a Salahuddin che era probabilmente sua nipote e si vergognò di non conoscerne il nome – stava scattando con una Polaroid istantanee di Changez e dei suoi visitatori, e il malato si divertiva pazzamente, faceva smorfie e baciava le molte guance che gli erano offerte, con una luce negli occhi che Salahuddin identificò come di nostalgia. "È come una festa di compleanno" pensò. O come la veglia di Finnegan. Il morto che si rifiuta di starsene sdraiato e di lasciare che siano solo i vivi a divertirsi.

«Dobbiamo dirglielo» insistette Salahuddin dopo la partenza dei visitatori. Nasreen chinò il capo e annuì. Kasturba scoppiò in lacrime.

Glielo dissero il mattino successivo, dopo aver chiesto allo specialista di essere presente, per rispondere a eventuali domande di Changez. Lo specialista, Panikkar – uno di quei nomi, pensò Salahuddin, che fanno sempre ridere gli inglesi, come il musulmano "Fakhar" – arrivò alle dieci, splendente d'amor proprio. «È bene che glielo dica io», dichiarò, assumendo il controllo della situazione. «I pazienti in genere si vergognano di lasciar vedere ai loro cari che hanno paura.» «Se ne guarderà bene» disse Salahuddin, con una veemenza che lo sorprese. «Be', in tal caso.» Panikkar alzò le spalle, e fece per andarsene; vincendo così la discussione, perché Nasreen e Kasturba si misero a supplicare Salahuddin: «Ti prego, non litigare». Salahuddin, sconfitto, accompagnò il medico da suo padre; e chiuse la porta dello studio.

«Ho il cancro» disse Changez a Nasreen, Kasturba e Salahuddin dopo la partenza di Panikkar. Parlava con chiarezza, pronunciando la parola con meticolosità eccessiva e provocatoria. «È molto avanzato. Non mi sorprende. Ho detto a Panikkar: "È quello che le ho detto già il primo giorno. Se no dove sarebbe finito tutto quel sangue?"» Uscita dallo studio, Kasturba disse a Salahuddin: «Da quando sei arrivato tu, c'era luce nei suoi occhi. E com'era contento ieri, con tutta quella gente! Ma adesso i suoi occhi sono appannati. Non si batterà più».

Quel pomeriggio, mentre le due donne facevano un sonnellino, Salahuddin rimase solo col padre. Scoprì che, dopo aver voluto che tutto uscisse allo scoperto, che si pronunciasse la parola, si sentiva ora imbarazzato e incapace di esprimersi, non sapendo più come parlare. Ma Changez aveva qualcosa da dire.

«Voglio che tu sappia» disse al figlio, «che questa cosa non mi dà nessun problema. Un uomo deve morire di qualcosa, e non è come se morissi giovane. Non mi faccio illusioni; so che dopo non andrò da nessuna parte. È la fine questa. Per me va bene. La sola cosa che mi spaventa è il male, perché un uomo quando ha male perde la sua dignità. E non voglio che questo accada.» Salahuddin era impressionato. *Prima ci si innamora di nuovo del proprio padre, e poi s'impara anche ad ammirarlo.* «Secondo i medici, di casi come il tuo ce n'è uno su un milione» replicò. «Sembra che il male ti sia stato risparmiato.» Allora Changez si rilassò un poco e Salahuddin si rese conto di quanta paura avesse avuto il vecchio e del suo bisogno di essere tranquillizzato... «*Bas*» disse burbero Changez Chamchawala. «Allora sono pronto. E, a proposito, dopo tutto la lampada l'avrai tu.»

Un'ora più tardi cominciò la diarrea: un sottile stillicidio nero. Dalle telefonate angosciate di Nasreen al pronto soccorso dell'ospedale Beach Candy si apprese che Panikkar non era disponibile. «Gli faccia smettere subito l'Agarol» disse il medico di guardia, e prescrisse invece l'Imodium. Non servì. Alle sette di sera, il rischio della disidratazione stava aumentando e Changez era troppo indebolito per mettersi seduto a mangiare. Non aveva quasi appetito, ma Kasturba riuscì a fargli inghiottire qualche cucchiaiata di semolino con albicocche grattugiate. «Yum, yum», disse lui ironico, con il suo sorriso contorto.

Si addormentò, ma all'una si era già alzato tre volte. «Per l'amor di Dio» gridò Salahuddin al telefono, «mi dia il numero di casa di Panikkar.» Ma il regolamento dell'ospedale non lo permetteva. «Deve giudicare lei» disse il medico di guardia, «se è venuto il momento di portarlo qui.» Carogna, borbottò Salahuddin Chamchawala. «Grazie tante.»

Alle tre Changez era così debole che Salahuddin dovette praticamente condurlo alla toilette in braccio. «Tirate fuori la macchina», gridò a Nasreen e a Kasturba. «Lo portiamo all'ospedale. Subito.» La dimostrazione del declino di Changez fu che, quest'ultima volta, permise al figlio di aiutarlo. «Brutta cosa se la merda è nera» disse, ansimando. I polmoni gli si erano riempiti in misura allarmante; il respiro era come un gorgoglio che cercasse di aprirsi un varco nella colla. «Ci sono cancri che sono lenti, ma mi pare che questo sia velocissimo. Il deterioramento è molto rapido.» E Salahuddin, l'apostolo della verità, disse bugie confortanti: *Non preoccuparti, Abba. Andrà tutto bene*. Changez Chamchawala scosse il capo. «Me ne sto andando, figlio» disse. Vomitò e Salahuddin prese una grossa tazza di plastica e gliela tenne sotto la bocca. Il morente rigettò più di mezzo litro di muco misto a sangue; e poi era troppo debole per parlare. Stavolta Salahuddin dovette portarlo fino al sedile posteriore della Mercedes, dove Changez prese posto tra Nasreen e Kasturba, mentre lui guidava velocissimo verso l'ospedale Breach Candy, lontano meno di un chilometro. «Devo aprire il finestrino, *Abba*?» domandò a un certo punto, e Changez scosse la testa e gorgogliò «No». Molto tempo dopo, Salahuddin si rese conto che era stata l'ultima parola di suo padre.

Il reparto del pronto soccorso. Gente che correva, inservienti, sedie a rotelle, Changez deposto su un letto, tende. Un giovane medico, che faceva quel che bisognava fare, con molta rapidità ma senza dar l'impressione d'aver fretta. *Mi piace*, pensò Salahuddin. Poi il medico lo guardò negli occhi e disse: «Non penso che ce la farà». Era come prendere un pugno nello stomaco. Salahuddin capì di essersi aggrappato a una futile speranza, *lo cureranno e noi lo riporteremo a casa; non è quella cosa*, e la sua prima reazione alle parole del medico fu di rabbia: *Il meccanico è lei. Non venga a dirmi che la macchina non parte; la ripari, maledizione*. Changez se ne stava disteso, ad annegare nei suoi polmoni. «Non possiamo arrivare al petto con questo *kurta*; potremmo...» *Taglialo. Fa' quello che devi fare.* Sgocciolio, il blip di un battito cardiaco, sempre più debole, su uno schermo, impotenza. Il giovane medico mormorò: «Ormai non ci vorrà più molto, e quindi...». Allora Salahuddin fece uno sbaglio grossolano. Si voltò verso Nasreen e Kasturba e disse: «Venite qui subito. Venite a dirgli addio». «Per l'amor di Dio» esplose il medico... le donne non piansero, ma si avvicinarono a Changez e ognuna gli prese una mano. Salahuddin arrossì di vergogna. Non seppe mai se suo padre aveva udito la sentenza di morte uscita dalle labbra del figlio.

A questo punto trovò parole migliori, recuperando il suo urdu dopo una lunga assenza: *Ti siamo tutti vicini, Abba. Ti amiamo tutti moltissimo*. Changez non era in grado di parlare, ma quello era – no?. – sì, doveva esserlo – un piccolo cenno d'assenso. *Mi ha udito*. Poi, a un tratto, Changez Chamchawala abbandonò il proprio volto; era ancora vivo, ma era andato in qualche altro luogo, si era voltato verso il proprio interno a guardare quello che c'era da vedere. *Mi sta insegnando a morire*, pensò Salahuddin. *Non distoglie gli occhi, ma guarda in faccia la morte.* Mai nella sua agonia Changez Chamchawala pronunciò il nome di Dio.

«Per favore» disse il medico, «andate fuori della tenda e lasciateci fare un ultimo tentativo.» Salahuddin condusse le due donne qualche passo più in là; e, quando la tenda escluse Changez dal loro campo visivo, piansero. «Aveva giurato di non lasciarmi mai» singhiozzò Nasreen, rinunciando finalmente al suo ferreo autocontrollo, «e invece se n'è andato.» Salahuddin andò a guardare attraverso una fessura della tenda – e vide pompare voltaggio nel corpo di suo padre e la verde linea frastagliata del polso sullo schermo del monitor; vide il medico e le infermiere che martellavano il petto di suo padre; vide la disfatta.

L'ultima cosa che scorse sul viso di Changez, un attimo prima dell'estremo inutile sforzo del personale medico, fu l'affiorare di un terrore così profondo che lo gelò sino alle ossa. Cosa aveva visto? Che cos'era che lo stava aspettando; come aspettava tutti noi, e che immetteva tanta paura negli occhi di un uomo coraggioso? – Poi, passato tutto questo, tornò al capezzale; e vide che la bocca di suo padre era piegata in su, in un sorriso.

Accarezzò quelle dolci guance. *Oggi non l'ho rasato. È morto con la barba lunga.* Come era già freddo il suo viso; ma il cervello, il cervello aveva ancora un po' di calore. Gli avevano infilato dell'ovatta nelle narici. *Ma se si fossero sbagliati? Se lui volesse respirare?* Gli era accanto Nasreen Chamchawala. «Portiamo a casa tuo padre» disse.

Chamchawala tornò a casa in ambulanza, steso su un vassoio d'alluminio sul pavimento del veicolo, fra le due donne che lo avevano amato, con Salahuddin che li seguiva in macchina. Gli addetti all'ambulanza lo adagiarono nel suo studio; Nesreen accese al massimo il condizionatore. Dopo tutto era una morte tropicale, e tra poco si sarebbe levato il sole.

Che cosa ha visto? continuava a domandarsi Salahuddin. *Perché l'orrore? E come mai quel sorriso finale?*

Arrivò di nuovo gente. Zii, cugini, amici si presero cura di tutto. Nasreen e Kasturba sedevano su bianche lenzuola nella stessa stanza dove, tanto tempo prima, Saladin e Zeeny avevano fatto visita all'orco Changez; altre donne sedevano con loro a piangere, e molte recitavano in continuazione il *qualmah*, con l'aiuto di un rosario. La cosa irritò Salahuddin, che però non aveva voglia di farle smettere. Poi arrivò il *mullah* e cucì il sudario di Changez, e venne il momento di lavare il cadavere; e benché fossero presenti molti uomini, e non ci fosse bisogno del suo aiuto, Salahuddin insistette. *Se lui ha potuto guardare la morte negli occhi, posso farlo anch'io.* E quando, obbedendo alle istruzioni del *mullah*, ebbero finito di lavare suo padre, di far rotolare il suo corpo da una parte e dall'altra, con la carne ammaccata e flaccida, la cicatrice dell'appendice lunga e bruna, Salahuddin ricordò la sola altra volta in vita sua in cui aveva visto nudo il padre, fisicamente così pudico; aveva allora nove anni ed era entrato per sbaglio in una stanza da bagno dove Changez si stava facendo la doccia, e la vista del suo pene gli aveva dato uno choc mai più dimenticato. Quell'organo grosso e tozzo, come un bastone. Oh, come era potente; e come era insignificante il suo... «Gli occhi non si chiudono» si lamentò il *mullah*. «Avreste dovuto farlo prima.» Era un uomo robusto e pratico, questo *mullah* con la sua barba senza baffi. Trattava il cadavere come un oggetto qualsiasi, che bisognava lavare, come una macchina o una vetrina o un piatto. «Lei viene da Londra? Proprio da Londra? Ci ho vissuto tanti anni. Facevo il portiere al Claridge's.» *Oh? Davvero? Interessante.* L'uomo aveva voglia di chiacchierare! Salahuddin era scandalizzato. *È mio padre, non lo capisce?* «Quegli indumenti» domandò il *mullah*, indicando l'ultimo pigiama-*kurta* di Changez, quello che il personale dell'ospedale aveva dovuto tagliare per arrivare al petto. «Ne ha bisogno?» *No, no. Li prenda. La prego.* «Lei è molto gentile.» Pezzetti di panno nero erano stati infilati nella bocca di Changez e sotto le sue palpebre. «Quel panno è stato alla Mecca» disse il *mullah*. *Lo tiri fuori!* «Non capisco. È panno sacro.» *Mi ha sentito: fuori, fuori.* «Che Dio abbia pietà della sua anima.»

E:

La bara, cosparsa di fiori, come un'enorme culla da neonato.

Il corpo, avvolto in un lenzuolo bianco, con trucioli di legno di sandalo disseminati tutt'attorno per dare fragranza.

Altri fiori e una coltre di seta verde con versetti del Quran ricamati in oro.

L'ambulanza, con la bara a bordo, che aspetta l'autorizzazione della vedova per partire.

Gli ultimi addii delle donne.

Il cimitero. Maschi, mentre corrono a caricarsi sulle spalle la bara, calpestano un piede di Salahuddin, staccando una scheggia di unghia dall'alluce.

Tra i partecipanti, un vecchio amico di Changez perso di vista, presente nonostante la sua polmonite doppia; e un altro vecchio signore, che piange copiosamente e morirà l'indomani; e gente d'ogni genere, la documentazione ambulante della vita di un morto.

La tomba. Salahuddin vi scende, si mette a un'estremità, con il becchino dall'altra. Vi si cala Changez Chamchawala. *Il peso della testa di mio padre, nella mia mano. Lo depongo; a riposare.*

Il mondo, scrisse qualcuno, è il luogo di cui dimostriamo la realtà morendo in esso.

C'era ad aspettarlo quando tornò dal cimitero: una lampada di rame e ottone, la sua eredità rinnovata. Andò nello studio di Changez e chiuse la porta. Accanto al letto c'erano le sue vecchie ciabatte; era diventato, come aveva predetto, "un paio di scarpe vuote". Le lenzuola portavano ancora l'impronta del corpo paterno, la stanza era impregnata di un profumo dolciastro: legno di sandalo, canfora, chiodi di garofano. Tolse la lampada dallo scaffale e si sedette alla scrivania di Changez. Tirò fuori di tasca un fazzoletto e la strofinò con energia: una volta, due, tre.

All'improvviso s'accesero tutte le luci.

Zeeny Vakil entrò nella stanza.

«Oh, Dio, scusami, forse le volevi spente, ma con le persiane chiuse era tutto così triste.» Agitando le braccia, parlando forte con la sua bella voce roca, con i capelli intrecciati, per una volta, in una coda di cavallo che le arrivava alla vita, era la sua ginn personale. «Mi sento in colpa per non essere venuta prima; cercavo solo di farti del male, ma che brutto momento ho scelto, sono stata maledettamente egoista, *yaar*, mi fa piacere vederti, povero salame rimasto orfano.»

Era la stessa di sempre, immersa nella vita sino al collo, e ancora alternava occasionali lezioni d'arte all'università all'esercizio della professione medica e alle attività politiche. «Quando tu sei arrivato, ero in quel dannato ospedale, lo sai? Ero proprio lì, ma non ho saputo di tuo padre se non quando è finito tutto, e anche allora non sono venuta ad abbracciarti, che stronza, se vuoi buttarmi fuori, io non protesto.» Era una donna generosa, la più generosa che avesse mai conosciuto. *Quando la vedi, lo saprai*, aveva promesso a se stesso, e la cosa si stava dimostrando vera. «Ti amo» disse, bloccandola dove si trovava. «Okay, non voglio prenderti in parola» disse infine, con un'espressione molto soddisfatta. «Il tuo equilibrio mentale è chiaramente alterato. Per tua fortuna, non sei in uno dei nostri grandi ospedali pubblici; quelli dove mettono i matti insieme con gli eroinomani, e nei reparti c'è un tale traffico di droga che i poveri schizo finiscono per contrarre pessime abitudini. – Comunque, se me lo dirai ancora fra quaranta giorni, fa' attenzione, perché allora forse ti prenderò sul serio. Per ora potrebbe essere soltanto una malattia.»

Il reingresso nella sua vita dell'indomabile (e apparentemente libera) Zeeny completò quel processo di rinnovamento, di rigenerazione, che era stato la conseguenza più sorprendente e paradossale della malattia terminale di suo padre. La sua vecchia vita in Inghilterra, con le bizzarrie e i mali che l'avevano accompagnata, pareva ora lontanissima, addirittura irrilevante come il suo abbreviato nome d'arte. «Era quasi ora» lo approvò Zeeny quando le disse del suo ritorno a *Salahuddin*. «Adesso puoi finalmente smettere di recitare.» Sì; pareva proprio l'inizio di una nuova fase, nella quale il mondo sarebbe stato solido e reale e non ci sarebbe più stata la figura massiccia di un genitore a intromettersi tra lui e l'inevitabilità della tomba. Una vita da orfano, come quella di Muhammad; come quella di tutti. Una vita dominata da una morte stranamente radiosa, che continuava a brillare, nell'occhio della sua mente, come una sorta di lampada magica.

Devo considerarmi, d'ora innanzi, come uno che vive perennemente nel primo istante del futuro, decise, qualche giorno dopo, nell'appartamento di Zeeny in Sophia College Lane, mentre si riprendeva, nel suo letto, dal vorace entusiasmo del suo modo di far l'amore. (Lo aveva invitato a casa sua con timidezza, come se si stesse togliendo un velo che l'aveva a lungo tenuta nascosta.) Ma non è così facile sbarazzarsi della storia; dopo tutto, lui stava anche vivendo *nel momento presente del passato*, e la sua vecchia vita si preparava di nuovo a sollevarsi intorno a lui, per portare a compimento il suo ultimo atto.

Si rese conto di essere un uomo ricco. Secondo il testamento di Changez, l'enorme patrimonio del defunto magnate e le sue mille partecipazioni finanziarie sarebbero stati gestiti da un gruppo di rispettabili amministratori, e il reddito sarebbe stato diviso in parti uguali fra i tre eredi: la seconda moglie di Changez, Nasreen, Kasturba, che nel documento era definita "la mia terza in ogni senso", e il figlio Salahuddin. Alla morte delle due donne, tuttavia, l'amministrazione fiduciaria sarebbe cessata non appena Salahuddin lo avesse voluto; in altre parole, avrebbe ereditato lui tutto quanto. "A condizione", aveva maliziosamente stabilito Changez Chamchawala, "che quella canaglia accetti il dono precedentemente respinto, vale a dire la scuola requisita di Solan, Himachal Pradesh". Changez poteva aver fatto abbattere il noce, ma non aveva mai tentato di tagliar fuori Salahuddin dal proprio testamento. Le case di Pali Hill e di Scandal Point erano però escluse da queste disposizioni. La prima passò interamente a Nasreen Chamchawala; la seconda divenne, con effetto immediato, proprietà esclusiva di Kasturbabai, che annunciò l'intenzione di vendere la vecchia dimora a una società immobiliare. Era un'area che valeva milioni e Kasturba non era per niente sentimentale quando si trattava di beni immobili. Salahuddin protestò con energia, e si prese un duro rabbuffo. «Ho vissuto qui tutta la vita» gli annunciò lei. «E quindi spetta soltanto a me decidere.» Nasreen Chamchawala era del tutto indifferente alla sorte della vecchia casa. «Un grattacielo in più, un pezzo della vecchia Bombay in meno» disse con una scrollata di spalle. «Che differenza fa? Le città cambiano.» Si stava preparando a traslocare a Pali Hill, e aveva già staccato le bacheche di farfalle dalle pareti e ammassato nell'atrio gli uccelli impagliati. «Lascia perdere» disse Zeenat Vakil. «Non potresti comunque vivere in quel museo.»

Naturalmente aveva ragione lei; aveva appena deciso di guardare verso il futuro, eppure stava riandando con nostalgia al passato e rimpiangeva la fine dell'infanzia. «Adesso devo vedere George e Bhupen, te li ricordi?» disse Zeeny. «Perché non vieni anche tu? Devi pur cominciare a metterti in rapporto con la città.» George Miranda aveva appena completato un documentario sul "*communalism*", intervistando indù e musulmani di tutte le sfumature. I fondamentalisti di entrambe le religioni avevano subito cercato di far vietare dalla legge la proiezione del film, e benché i tribunali di Bombay avessero respinto la richiesta, il caso era arrivato sino alla Corte Suprema. George, con la barba lunga, i capelli lisci e lo stomaco dilatato più di come lo ricordasse Salahuddin, beveva rum in una taverna di Dhobi Talao e pestava sulla tavola pugni pessimisti. «È la stessa Corte Suprema del caso Shao Bano» gridò, alludendo alla famigerata vicenda nella quale, cedendo alle pressioni degli estremisti islamici, la Corte aveva deciso che il pagamento degli alimenti era contrario alla volontà di Allah, rendendo così le leggi dell'India ancora più reazionarie di quelle, per esempio, del Pakistan. «E così non ho molte speranze.» E si arricciò, sconsolato, le punte dei baffi impomatati. La sua nuova ragazza, una bengalese alta e magra con i capelli corti, che a Salahuddin ricordava un poco Mishal Sufyan, scelse proprio quel momento per aggredire Bhupen Gandhi, reo d'aver pubblicato un volume di versi sulla sua visita alla "cittadina templare" di Gagari nei Gati occidentali. Questi versi erano stati criticati dalla destra indù; un eminente professore del Sud aveva dichiarato che Bhupen aveva «rinunciato al diritto di essere chiamato un poeta indiano» ma, secondo la ragazza, Swatilekha, egli si era invece lasciato sedurre dalla religione pervenendo a una pericolosa ambiguità. Con la chioma grigia sussultante e il viso tondo che luccicava, Bhupen cercò di difendersi. «Ho detto che il solo prodotto di Gagari sono gli dèi di pietra estratti dalle colline. Ho parlato di orde di leggende, con il tintinnio dei campanacci delle vacche sacre che brucano sui pendii. Non sono immagini ambigue.» Swatilekha non era convinta. «Di questi tempi» insistette, «dobbiamo esporre le nostre posizioni con chiarezza cristallina. Qualsiasi metafora rischia di essere interpretata male da quelle che lei chiamava le *grandi narrazioni*: storia, economia, etica. In India l'ascesa di un apparato statale chiuso e corrotto aveva «escluso le masse popolari dal progetto etico». Di conseguenza esse cercavano soddisfazioni etiche nella più antica delle grandi narrazioni, cioè nella fede religiosa. «Ma queste narrazioni sono manipolate dalla teocrazia e da vari settori politici in modo assolutamente retrogrado.» Bhupen disse: «È impossibile negare l'onnipresenza della fede. Se scriviamo in termini tali da far apparire questa fede come qualcosa di falso o di illusorio, non ci rendiamo forse colpevoli di élitismo, di imporre alle masse la nostra visione del mondo?». Swatilekha lo guardò con disprezzo. «Nell'India di oggi la linea del fronte è già stata tracciata» gridò. «Secolare contro irrazionale, luce contro tenebre. Ti conviene scegliere da che parte schierarti.»

Bhupen, furioso, si alzò per andarsene. Zeeny lo calmò. «Non possiamo permetterci scismi. Dobbiamo programmare.» Lui tornò a sedersi, e Swatilekha lo baciò su una guancia. «Scusami» disse. «Troppi studi universitari, mi dice sempre George. In realtà le poesie mi sono piaciute. Stavo solo discutendo un problema.» Bhupen, placato, fece finta di darle un pugno sul naso; la crisi passò.

Si erano riuniti, cominciò a capire Salahuddin, per discutere la loro partecipazione a un'importante manifestazione politica: la formazione di una catena umana dalla Porta dell'India agli estremi suburbi settentrionali della città, a favore della "integrazione nazionale". Il Partito Comunista (Marxista) indiano aveva organizzato di recente una catena umana del genere nel Kerala, con molto successo. «Ma» obiettò George Miranda, «qui a Bombay sarà tutta un'altra cosa. Nel Kerala il PC(M) è al potere. Ma qui, con quei bastardi dello Shiv Sena che controllano la città, possiamo aspettarci molestie d'ogni genere, dall'ostruzionismo della polizia alle aggressioni della plebaglia contro certe parti della catena – soprattutto quando toccherà, e non potrà non toccarle – le roccaforti di Sena, a Mazagoon ecc.» Nonostante i pericoli, però, spiegò Zeeny a Salahuddin, queste manifestazioni pubbliche erano indispensabili. A mano a mano che cresceva la violenza comunitaria – e Meerut era solo il più recente di una lunga serie di massacri – diventava essenziale impedire alle forze della disgregazione di fare a modo loro. «Dobbiamo dimostrare che sono all'opera anche forze che agiscono in senso opposto.» Salahuddin era un po' confuso dalla rapidità con cui, ancora una volta, la sua vita aveva cominciato a cambiare. *Io che partecipo a una manifestazione del PC(M).* Le sorprese non finiranno mai. Devo proprio essere innamorato.

Una volta sistemata la questione – quanti amici sarebbe riuscito a portare ciascuno di loro, dove riunirsi, cosa portarsi appresso in fatto di cibi, bevande e attrezzature per il pronto soccorso – si rilassarono, scolarono un po' di rum scuro a buon mercato e chiacchierarono del più e del meno, e fu allora che Salahuddin udì per la prima volta le voci sullo strano comportamento del divo cinematografico Gibreel Farishta, che circolavano da qualche tempo in città, e si sentì pungere dalla sua vecchia vita come da una spina nascosta – e udì il passato risonargli nelle orecchie, come una tromba lontana.

Il Gibreel Farishta che tornò a Bombay da Londra per riprendere il filo della sua carriera cinematografica, non era, a giudizio generale, l'irresistibile Gibreel di una volta. «Sembra marciare deciso verso il suicidio» affermò George Miranda, che conosceva tutti i pettegolezzi di Cinelandia. «Chissà come mai. Dicono che è diventato un po' matto perché ha avuto sfortuna in amore.» Salahuddin tenne la bocca chiusa, ma si sentì avvampare in viso. Allie Cone si era rifiutata di riaccogliere Gibreel dopo gli incendi di Brickhall. In fatto di perdono, rifletté Salahuddin, nessuno aveva pensato di consultare Alleluia, totalmente innocente e gravemente offesa; *ancora una volta abbiamo reso la sua vita periferica alla nostra. Non c'è da stupirsi che sia ancora furiosa.* Gibreel aveva detto a Salahuddin, in un'ultima e piuttosto tesa conversazione telefonica, che stava tornando a Bombay «con la speranza di non vedere mai più né lei, né te, né questa fredda città del cazzo, per quanto mi resta da vivere». E ora, a quanto si diceva, stava di nuovo naufragando, e nella sua città per giunta. «Sta facendo film molto strani» continuò George. «E stavolta ha dovuto investire denaro suo. Dopo due fiaschi, i produttori si sono affrettati a tirarsi indietro. E così se va male anche questo, Gibreel è rovinato, finito, *funtoosh*.» Farishta lavorava a un rifacimento in abiti moderni della storia del Ramayana, dove gli eroi e le eroine erano diventati corrotti e malvagi anziché puri e liberi dal peccato. C'era un Rama libidinoso e beone e una Sita troppo volubile; mentre Ravana, il re dei demoni, era presentato come un uomo retto e sincero. «Gibreel interpreta Ravana» spiegò George, inorridito e insieme affascinato. «Sembra proprio che stia cercando uno scontro finale con i settari religiosi, pur sapendo che non può vincere e che lo faranno a pezzi.» Parecchi membri del cast avevano già abbandonato la lavorazione e concesso clamorose interviste, in cui accusavano Gibreel di "bestemmie", "satanismo" e altre malefatte. La sua ultima amante, Pimple Billimoria, era raffigurata sulla copertina di "Ciné-Blitz" nell'atto di dichiarare: «Era come baciare il Diavolo». Il vecchio problema dell'alitosi sulfurea di Gibreel si era evidentemente ripresentato in forma ancora più grave.

Il suo comportamento eccentrico aveva suscitato ancora più pettegolezzi della scelta dei soggetti da filmare.

«Ci sono giorni in cui è tutto luce e dolcezza» disse George. «Ma altre volte va a lavorare come se fosse dio onnipotente e pretende che la gente s'inginocchi ai suoi piedi. Personalmente non credo che riuscirà a finire il film, a meno che non risolva il problema della sua salute mentale che, a mio parere, è molto scossa. Prima la malattia, poi l'incidente aereo, poi l'amore infelice: si può capire che abbia qualche problema.» Circolavano voci anche peggiori: era in corso un'indagine sulla sua situazione fiscale; funzionari di polizia erano andati a interrogarlo sulla morte di Rekha Merchant, il cui marito, il re dei cuscinetti a sfere, aveva minacciato di «spaccare a quel bastardo tutte le ossa» col risultato che, per qualche giorno, Gibreel dovette farsi accompagnare da guardie del corpo, persino quando prendeva l'ascensore a Everest Vilas; e, peggio ancora, si accennava alle sue visite notturne nel quartiere delle luci rosse dove, s'insinuava, aveva frequentato certi bordelli di Foras Road finché i pappa lo avevano buttato fuori perché seviziava le ragazze. «Dicono che alcune di loro sono state gravemente menomate» disse George. «E che ha dovuto sborsare grosse somme per metter tutto a tacere. Ma la gente dice quel cazzo che le viene in mente. E naturalmente quella Pimple si è associata subito al coro. *L'uomo che odia le donne*. Ne approfitta per farsi una fama di donna fatale. Comunque c'è qualcosa che non funziona in Farishta. Tu lo conosci, credo» concluse George, guardando Salahuddin; che arrossì.

«Non benissimo. Solo per l'incidente aereo e il resto.» Era tutto agitato. A quanto pareva, Gibreel non era riuscito a sfuggire ai suoi demoni interni. Lui, Salahuddin, aveva creduto – ingenuamente, alla prova dei fatti – che ciò che era accaduto durante gli incidenti di Brickhall, quando Gibreel gli aveva salvato la vita, li avesse in qualche modo purificati entrambi, scacciando quei diavoli nelle fiamme distruttrici; che l'amore avesse davvero dimostrato di riuscire a esercitare un potere umanizzante pari a quello dell'odio; che la virtù potesse trasformare gli uomini come il vizio. Ma niente era eterno; nessuna cura, evidentemente, era completa.

«L'industria cinematografica è piena di matti» stava dicendo affettuosamente Swatilekha a George. «Non hai che da guardarti allo specchio.» Ma Bhupen divenne serio. «Ho sempre considerato Gibreel una forza positiva» disse. «Un attore, appartenente a una minoranza, che interpreta personaggi di molte religioni e si fa accettare. Se è caduto in disgrazia, è un brutto segno.»

Due giorni dopo, Salahuddin Chamchawala lesse sui giornali della domenica che una squadra internazionale di alpinisti, in procinto di tentare la scalata della Cima Hidden, era arrivata a Bombay; e quando vide che della squadra faceva parte anche la famosa "Regina dell'Everest" Miss Alleluia Cone, ebbe la strana sensazione di essere perseguitato, come se le ombre della sua immaginazione stessero uscendo nel mondo della realtà e il destino acquisisse la logica lenta e fatale di un sogno. "Adesso so che cos'è un fantasma" pensò. "Una faccenda in sospeso."

Nei due giorni successivi la presenza di Allie a Bombay arrivò a preoccuparlo sempre di più. La sua mente insisteva nello stabilire assurdi collegamenti, per esempio, fra l'evidente guarigione dei suoi piedi e la fine della sua relazione con Gibreel; come se fosse stato lui a farla zoppicare col suo amore geloso. Razionalmente sapeva che il problema dell'appiattimento delle volte plantari aveva preceduto il rapporto con Gibreel, ma ormai era entrato in uno stato d'animo curiosamente sognante, che pareva sordo a qualsiasi logica. Ma che cosa stava facendo qui Allie? Perché era venuta? Si convinse dell'imminenza di qualche spaventosa tragedia.

Zeeny, alla quale gli ambulatori, le lezioni universitarie e il lavoro per la manifestazione della catena umana non lasciavano, per ora, il tempo di occuparsi di Salahuddin e dei suoi umori, considerava erroneamente il suo silenzio introverso un'espressione di dubbi – sul suo ritorno a Bombay, sull'essere stato trascinato in un tipo di attività politica che aveva sempre aborrito, su lei stessa. Per mascherare le proprie paure, gli parlò come se gli stesse facendo una lezione. «Se hai seriamente intenzione di sbarazzarti della tua estraneità, Salad *baba*, non cadere in cambio in una sorta di limbo senza radici. Capisci? Siamo tutti qui. Siamo davanti a te. Dovresti cercare di stabilire un rapporto adulto con questo luogo e con questa epoca. Sforzati di accettare la città quale è, e non come un ricordo infantile che ti suscita insieme nostalgia e disgusto. Avvicinala a te. La città reale, esistente. Fa' che i suoi difetti siano i tuoi. Diventa una sua creatura; fanne parte.» Lui annuì distratto; e lei, pensando che si stesse preparando a lasciarla anche stavolta, sbottò in un accesso di rabbia che lo lasciò assolutamente perplesso.

Doveva telefonare ad Allie? Gibreel le aveva detto delle voci?

Doveva cercar di vedere Gibreel?

Sta per succedere qualcosa, lo avvertì la sua voce interiore. *Succederà e tu non sai cosa sia e non puoi farci un accidente di niente. Oh, sì: sarà qualcosa di brutto.*

Accadde il giorno della manifestazione, che, contro tutte le previsioni, ebbe un notevole successo. Giunse notizia di qualche piccola scaramuccia nel quartiere di Mazagoon, ma, in genere, l'evento si svolse nell'ordine. Gli osservatori del PCI(M) parlarono di una catena ininterrotta di uomini e donne che si tenevano per mano da un capo all'altro della città, e Salahuddin, che si trovava fra Zeeny e Bhupen in Muhammad Ali Road, non poteva negare il potere dell'immagine. Molti dei componenti la catena erano in lacrime. L'ordine di tenersi per mano lo avevano dato gli organizzatori – tra i quali spiccava Swatilekha, che girava sul sedile posteriore di una jeep, con un megafono in mano – alle otto del mattino; un'ora dopo, quando il traffico dell'ora di punta raggiunse il suo strombettante apogeo, la folla cominciò a disperdersi. Tuttavia, nonostante le migliaia di partecipanti alla manifestazione, nonostante il suo carattere pacifico e il suo messaggio costruttivo, la formazione della catena non fu riferita dal telegiornale Doordarshan. E neanche Radio All-India trasmise la notizia. Evitò di riportarla anche la maggioranza della "stampa in lingua" (favorevole al governo)... e la pubblicarono soltanto un quotidiano in lingua inglese e un giornale della domenica; nessun altro. Zeeny, che ricordava come era stata trattata la catena del Kerala, aveva previsto questo silenzio assordante mentre tornava a casa a piedi con Salahuddin. «È una manifestazione comunista» spiegò. «E quindi, ufficialmente, è un non-evento.»

Cos'è che conquistò i titoloni sul giornale della sera?

Che cosa gridò ai lettori a caratteri cubitali, quando alla catena umana non era stato concesso neppure un sussurro in corpo minimo?

REGINA DELL'EVEREST, MAGNATE DEL CINEMA MUOIONO
DOPPIA TRAGEDIA IN MALABAR HILL
GIBREEL FARISHTA SPARISCE
LA MALEDIZIONE DI EVEREST VILAS COLPISCE ANCORA

Il cadavere del rispettato produttore cinematografico S.S. Sisodia era stato trovato dai domestici al centro del tappeto del soggiorno nell'appartamento del famoso attore, Gibreel Farishta, con un foro di proiettile al cuore. Miss Alleluia Cone, in un incidente che si riteneva "collegato" a questo, era morta precipitando dal tetto del grattacielo, quello stesso da cui, un paio d'anni prima, Mrs Rekha Merchant aveva lanciato se stessa e i propri figli verso il cemento sottostante.

I giornali del mattino furono meno ambigui sul più recente ruolo di Gibreel: FARISHTA, SOSPETTATO, È LATITANTE.

«Torno a Scandal Point» disse Salahuddin a Zeeny, che, fraintendendo questo suo rifugiarsi in una stanza interna dello spirito, esplose: «Amico, faresti meglio a deciderti». Lasciandola, non sapeva come rassicurarla: come spiegarle questo opprimente senso di colpa, di *responsabilità*; come dirle che questi omicidi erano i fiori scuri di semi da lui piantati tanto tempo prima? «Ho solo bisogno di pensare» disse debolmente, confermando i suoi sospetti. «Per un giorno o due.»

«Salad *baba*» disse lei con durezza. «Una cosa devo riconoscertela. Il tuo tempismo: davvero eccezionale.»

La sera dopo che aveva partecipato alla formazione della catena umana, Salahuddin Chamchawala stava guardando dalla finestra della camera da letto della propria infanzia le immagini notturne del Mare Arabico, quando Kasturba bussò con insistenza alla porta. «C'è qui un uomo che vuole vederti» disse, sibilando quasi le parole e chiaramente spaventata. Salahuddin non aveva visto entrare nessuno dal cancello. «Dalla porta di servizio» disse Kasturba, rispondendo a una sua domanda. «E, *baba*, ascolta, è quel Gibreel, Gibreel Farishta, che secondo i giornali...» Le venne meno la voce e si mise a mordicchiarsi nervosamente le unghie della mano sinistra.

«Dov'è?»

«Non so, avevo paura» gridò Kasturba. «Gli ho detto di andare nello studio di tuo padre, forse ti sta aspettando lì. Ma è meglio che tu non ci vada. Devo chiamare la polizia? *Baapu ré*, che brutta storia.»

No, non telefonare. Vado a vedere che cosa vuole.

Gibreel era seduto sul letto di Changez con la vecchia lampada tra le mani. Indossava uno sporco pigiama-*kurta* bianco e aveva l'aria di uno che ha dormito male. I suoi occhi erano sfocati, spenti, morti. «Spoono» disse con voce stanca, agitando la lampada verso una poltrona. «Fa' come se fossi a casa tua.»

«Hai un aspetto orribile» azzardò Salahuddin, strappandogli

un sorriso cinico, lontano, bizzarro. «Siediti e sta' zitto, Spoono» disse Gibreel Farishta. «Sono qui per raccontarti una storia.»

Sei stato tu, allora, comprese Salahuddin. *Tu sei il colpevole: li hai ammazzati tutti e due*. Ma Gibreel aveva chiuso gli occhi, unito le punte delle dita e iniziato la sua storia, che era anche la fine di tante storie, con queste parole:

Kan ma kan
Fi qadim azzaman

Fu così   non fu così   in un'epoca da tempo dimenticata

Be', comunque   succede più o meno così

Non posso esserne sicuro   perché quando vennero a trovarmi non ero me stesso no *yaar*   non ero per niente me stesso   certi giorni sono duri   come spiegarti com'è la malattia   più o meno così   ma non posso esserne sicuro

Una parte di me sta sempre fuori   e grida   no per piacere non farlo no   ma non serve   capisci   quando arriva la malattia.

Io sono l'angelo   il dannato angelo di dio   e in questi giorni è l'angelo vendicatore   Gibreel il vendicatore   sempre vendetta   perché

non posso esserne sicuro   più o meno così   per il delitto di essere una creatura umana

soprattutto se femmina   ma non esclusivamente   la gente deve pagare

Più o meno così

È lui se la portò dietro   non aveva cattive intenzioni   adesso lo so   voleva solo che ci rimettessimo insieme tutu tu non capisci disse   non ti ha didi dimenticato   niente affatto   e tu disse   sei ancora papa pazzo di lei   lo sanno tutti   voleva solo che noi due fossimo   fossimo   fossimo

Ma io udii dei versi

Mi hai fregato tu Spoono

Versi

Mela rosa torta al limone   Sis bum ba

Mi piace il caffè mi piace il tè

Le rose sono rosse e le violette blu ricordati di me quando non ci sarò più più più

Questo genere di cose

Non riuscivo a togliermele di mente e lei cambiò davanti ai miei occhi cominciai a coprirla d'insulti puttana eccetera e lui sapevo tutto di lui

Sisodia quel porco sapevo cos'avevano in mente

ridevano di me in casa mia più o meno così

Mi piace il tè mi pace il caffè

Versi Spoono chi credi che inventi queste maledette cose

Invocai allora la collera di Dio puntai un dito gli sparai al cuore ma lei carogna pensai carogna fredda come il ghiaccio

restò lì ad aspettare aspettare e basta e poi non so non posso esserne sicuro non eravamo più soli

Più o meno così

C'era anche Rekha che fluttuava sul suo tappeto te la ricordi Spoono

ti ricordi Rekha sul suo tappeto quando cademmo e un altro tizio che pareva matto vestito da scozzese un tipo *gora*

non ho capito il nome

Lei li vide o non li vide Non posso esserne sicuro lei rimase lì.

Fu un'idea di Rakha portarla di sopra la cima dell'Everest una volta che ci sei arrivato non puoi far altro che scendere

Puntai un dito contro di lei salimmo.

Non la spinsi io

Rekha la spinse

Io non l'avrei spinta

Spoono

Credimi Spoono

Maledizione

Io amavo quella ragazza.

Salahuddin stava pensando che Sisodia, con la sua singolare predisposizione agli incontri casuali (Gibreel che gli si parava davanti nel traffico londinese, lo stesso Salahuddin preso dal panico davanti alla porta di un aereo e ora, a quanto sembrava, Alleluia Cone nella hall del suo albergo) alla fine si era casualmente imbattuto nella morte; e pensava anche ad Allie, meno fortunata di lui quando cadeva, che aveva compiuto (anziché l'ambita scalata solitaria dell'Everest) questa ignominiosa discesa mortale – e al fatto che Gibreel stava morendo per i suoi versi, ma non riusciva a convincersi che la sentenza di morte fosse ingiusta.

Bussarono alla porta. *Aprite, per favore. Polizia.* Nonostante tutto, Kasturba aveva telefonato.

Gibreel prese il coperchio della meravigliosa lampada di Changez Chamchawala e lo lasciò cadere rumorosamente.

Ci ha nascosto dentro una pistola, si rese conto Salahuddin. «Attenzione» gridò. «C'è un uomo armato qui dentro.» Smisero di bussare e Gibreel passò la mano su un lato della lampada magica: una volta, due, tre.

La rivoltella schizzò nell'altra sua mano.

Comparve uno spaventoso ginn di mostruosa statura, ricordò Salahuddin. «*Qual è il tuo desiderio? Io sono lo schiavo di colui che possiede la lampada.*» Che oggetto limitativo è un'arma, pensò Salahuddin, sentendosi curiosamente distaccato da ciò che stava avvenendo. – Come Gibreel, quando arrivava la malattia. – Sì, davvero; un oggetto assolutamente restrittivo. – Com'erano poche le scelte, adesso che Gibreel era l'*uomo armato* e lui il *disarmato*; come si era rimpicciolito l'universo! I veri ginn di un tempo avevano il potere di spalancare le porte dell'Infinito, di rendere possibili tutte le cose, di permettere la realizzazione di qualsiasi miracolo; com'era banale, in confronto, questo fantasma moderno, questo discendente degradato di avi possenti, questo debole schiavo di una lampada novecentesca.

«Ti dissi molto tempo fa» dichiarò pacatamente Gibreel Farishta, «che se avessi pensato che la malattia non mi avrebbe mai lasciato, che sarebbe tornata per sempre, non avrei potuto sopportarlo.» Poi, immediatamente, prima che Salahuddin potesse alzare un dito, Gibreel s'infilò in bocca la canna della pistola; e premette il grilletto; e fu libero.

Si mise alla finestra della propria infanzia a guardare il Mare Arabico. La luna era quasi piena; il chiaro di luna, che dagli scogli di Scandal Point si estendeva sino al lontano orizzonte, creava l'illusione di un sentiero argentato, come una riga nei capelli lucenti dell'acqua, come una strada per terre miracolose. Lui scosse il capo; non poteva più credere alle fiabe. L'infanzia era finita e il panorama dalla finestra non era che una vecchia eco sentimentale. Al diavolo! Vengano pure i bulldozer! Se il vecchio si rifiutava di morire, non poteva nascere il nuovo.

«Vieni» disse alle sue spalle la voce di Zeenat Vakil. Sembrava che, nonostante i suoi misfatti, la sua debolezza, le sue colpe – nonostante la sua umanità – gli fosse stata concessa un'altra possibilità. La fortuna non si spiega, questo è chiaro. Era lì e basta, e gli prendeva il gomito con la mano. «A casa mia» propose Zeeny.. «Andiamocene subito da qui.»

«Vengo» le rispose, e voltò le spalle al panorama.

INDICE

Ringraziamenti

Le citazioni dal Corano riportate in questo libro sono in parte tratte dalla versione inglese di N.J. Dawood nell'edizione Penguin e in parte dalla versione di Maulana Muhammad Ali (Lahore, 1973) con qualche intervento mio personale; il brano tratto da Faiz Ahmad Faiz è una variante della traduzione di Mahmood Jamal nel *Penguin Book of Modern Urdu Poetry*. Per la descrizione della manticora sono debitore al *Libro degli esseri immaginari* di Jorge Luis Borges, mentre il materiale sull'Argentina deriva in parte dagli scritti di W.H. Hudson, soprattutto da *Un mondo lontano*. Desidero inoltre ringraziare Pauline Melville per i preziosi consigli sull'uso dello slang delle Indie Occidentali; nonché confessare che le poesie *Gagari* di Bhupen Gandhi riecheggiano in realtà quelle della raccolta *Jejuri* di Arun Kolatkar. I versi tratti da *The Living Doll* sono di Lionel Bart (copyright © 1959, ripubblicati con l'autorizzazione di Peter Maurice Music Co. Ltd, Londra WC2H Old) e quelli di Kenneth Tynan nell'ultima parte del romanzo sono tratti da *Tynan Right and Left* (copyright © Kenneth Tynan, 1967).
Mi auguro che l'identità di molti Autori che mi sono stati maestri risulti evidente del testo; altri devono restare anonimi, ma desidero ringraziare anche loro.

QUESTO VOLUME È STATO IMPRESSO NEL MESE DI FEBBRAIO 1989
PRESSO ARNOLDO MONDADORI S.P.A.
STABILIMENTO NUOVA STAMPA MONDADORI - CLES (TN)

STAMPATO IN ITALIA - PRINTED IN ITALY